中国古代文学作品选

高等学校文科教材

上册

张燕瑾 编

精卫填海／女娲补天／七月／东山／齐桓晋文之事／逍遥游／离骚／刺客列传／西北有高楼／洛神赋／兰亭集序／归去来兮辞／之宣城郡出新林浦向板桥／秋日登洪府滕王阁饯别序／春江花月夜／白雪歌送武判官归京／答王十二寒夜独酌有怀／茅屋为秋风所破歌／自京赴奉先县咏怀五百字／早春呈水部张十八员外二首／李凭箜篌引／长恨歌／安定城楼／商山早行／吴宫怀古／鹊踏枝／柳毅传

中国社会科学出版社

图书在版编目（CIP）数据

中国古代文学作品选 / 张燕瑾主编．－－2版
－－北京：中国社会科学出版社，2010.6
ISBN 978-7-5004-8883-5

Ⅰ．①中… Ⅱ．①张… Ⅲ．①古典文学－作品－中国
－高等学校－教材 Ⅳ．①I212.1

中国版本图书馆CIP数据核字(2010)第125519号

中国古代文学作品选

主　　编	张燕瑾
责任编辑	罗　莉
责任校对	林福国
装帧设计	博鑫 BOOKs DESIGN
技术编辑	李　建
出版发行	中国社会科学出版社
地　　址	北京鼓楼西大街甲158号　　邮　编　100720
电　　话	010-84029450（邮购）
网　　址	http://www.csspw.cn
经　　销	新华书店
印　　刷	三河市九洲财鑫印刷有限公司
版　　次	2010年7月第2版
印　　次	2023年5月第2次印刷
开　　本	787×960毫米　　1/16
印　　张	76.25　　　　插　页　4
字　　数	1366千字　　　印　数　5001－10000册
书　　号	ISBN 978-7-5004-8883-5
定　　价	90.00元（上下册）

凡购买中国社会科学出版社图书，如有质量问题请与本社发行部联系调换
版权所有，翻印必究

修订说明

感谢读者提出意见和要求，这次修订就是根据这些意见和要求进行的。我们做了以下几方面的工作：

一、增加了选文篇目；

二、为无注诗文增补了注释；

三、增补了［集评］条目；

四、修改了部分释文；

五、校对全书。

修订分工如下：

邱少华　上册修订；

张燕瑾　下册修订、《史记》之《魏公子列传》、《李将军列传》及司马迁《报任安书》三篇文章的注释等工作。

仍然期待着大家的意见。

张燕瑾

2009 年 10 月

前　言

张燕瑾

当这部《中国古代文学作品选》付梓之际，我们在想，这部书的特点是什么？编写的目的是什么？曲言不如直道：我们追求的目标是实用，而不是新异，不是要表现我们对文学的独特见解、学术的独特个性，那些可以写成论文或专著；只求适用于教学，这是我们考虑问题的出发点。

所谓教学，是指普通高校四年制中文系本科的教学。现在的中文系与20世纪80年代以前有了很大的不同。最明显的变化是新课程的增加，挤压得中国古代文学课时越来越少。这是正常的。随着时代的发展出现了一些新的学科，这些新学科对于人们的工作和生活有着重要的关系，比如计算机，理所当然地应当纳入课程体系。即使是中国语言、文学及其理论体系内部，知识结构也已有所变化。古代文学的教学应当适应这些变化。

中国古代文学历史悠久，底蕴深厚，是历代学人穷毕生之力探采不尽的宝藏。从学科本身的要求来看，阅读的作品、掌握的知识越多越好，而本科生的课时有限，精力和课余时间有限，过多地向他们倾泻知识，使学生头脑胀满，反而会影响他们的理解能力和创造性思维。因此，知识的完整性、系统性不是我们追求的目标，我们更多考虑的是作家作品的代表性和特殊性，通过这些作品认知文学的、文体的品质特性，培养和启发学生的审美能力、解悟能力、思辨能力，发挥学生创造性思维和联想能力。他们还没有固定收入，无力购买超大型教学用书，由于各种因素的限制，我们认为，作为教材，篇幅以百万字左右为宜。大约二分之一或三分之二左右的篇章满足课堂教学之用，三分之一甚至二分之一左右的篇章则留给学生自学和供讲授文学史举例之用。不培养和训练学生的自学能力，就不能实现教育目的。我们希望在本科教学中，加强同学们对经典作品的精读，不仅读懂，而且读深，而不是一般性地浏览、泛读。

本书编选范围，上起先秦，下迄近代（1919年五四运动）。选篇以名篇佳作为主，兼及其他方面的代表作。这些作品是经过历代人的慧眼拣择筛选出来的，是经过时间考验的，最能体现一个时代文学的面貌，最能代表一个时代的创作成就，最能显示作家的创作风格，在学术界具有广泛的认同性。历代名篇甚多，有时我们处于鱼与熊掌不可得兼的两难境地，选择起来颇费思量。从文学的角度看，文学作品无非是表现什么和如何表现两个方面，也就是常说的思想性和艺术性。这两个方面其实是很难分割的，既没有脱离表现方法的思想内容，也没有不含思想内容的独立存在的艺术手法。如何权衡作品的成就和价值，就体现出我们的鉴别和判断。能够入选的，当然就是我们认为好的、比较好的，或具有某种代表性的作品。这种选择是否得当，有没有、有多少是我们看花了眼、定错了位，也有待实践的检验。

入选作品中一半以上有注释，其余则仅录白文，这也是出于培养学生自学能力的考虑。

不论加注的作品还是白文，篇末一律括注原文所据版本，遇有异文，择善而从，一般不出校记；且都有"题解"，以供阅读者参考。

重要作品后面附有"集评"和"参考书"。"集评"均选古人评语；"参考书"则是入选作品原文所据版本以外的足资参考的版本，为对中国古代文学感兴趣的同学进一步阅读提供帮助（评价作家作品的参考书，将在与本书配套的《中国文学史》中列出）。无论是所据版本还是参考书，有不少是今人整理本，可靠而易见，方便适用。

与其他作品选本不同的是，我们增加了小说和戏曲作品的入选量。相对于诗文，小说和戏曲往往不被各选本看好，不甚收录。有的教学用中国文学作品选中，也收录了戏曲和短篇小说，但数量很少，远不能与诗文相比，显示不出"史"的线索，使中国古代文学完整辉煌的殿堂缺砖少瓦，比例失调，使雄浑的文体交响曲缺少了些音符，不那么悦耳了。我们尝试着改变这种状况。从收录的篇数来看，戏曲、小说的数量远不能与诗文相比，但它们篇长字多，在全书中所占比例也就相当可观了。

长篇白话小说的节选也是我们有别于他书的地方。我们考虑的是，一、白话小说，尤其是长篇白话小说，其成就远在文言小说之上，缺失了它们，便不能体现小说创作的成就，甚至也不能全面体现中国古代文学的创作成就；二、既然戏曲可以节选，长篇小说也应同等对待，这样一碗水才能端平，于理才可以说得过去。

作品排列系于作家或专书，同一作家的作品则分别文体排列。由于文学各发展阶段的特点不同，在作家作品的排列上，各阶段不强求一律。考虑到文学史的讲授方式，各阶段采取了不同的处理。

本科生的作品选教学，只能使学生了解各时期文学发展的概貌和大致脉络，更深入的研究，那是研究生阶段所要解决的任务了。本书只是为进一步研究和创新性思考奠基、铺路。

本书共选录作品 711 篇，其中诗歌（含词、曲）557 篇，散文（含赋）93 篇，小说（含神话、寓言）37 篇，戏曲 24 篇。这些作品由每位撰写者分工执笔完成，最后由张燕瑾统一修改定稿。

参加本书编撰的有（依姓氏笔画为序）：
邱少华　首都师范大学教授
杨　栋　博士，河北师范大学教授，博士生导师
汪龙麟　博士，首都师范大学副教授
张明非　广西师范大学教授，博士生导师
张燕瑾　首都师范大学教授，博士生导师
钟　涛　博士，中国传媒大学教授，博士生导师
霍现俊　博士，河北师范大学教授，博士生导师
薛海燕　博士，中国海洋大学副教授

从选篇到注解，我们都参考并吸收了前哲时贤的学术成果，是在前人成果的基础上完成的，并不是一空倚傍的开创之作。至于选本中存在的不足乃至错误，我们真诚企盼同仁的见教，以便进一步修改完善。

在编撰过程中，鄢福路先生及中国社会科学出版社的罗莉女士给了我们很多帮助，提供了很多方便，在此表示由衷的谢意。

与本书配套使用的，是我们编写的《中国文学史》。

2006 年 7 月 8 日

目 录

先秦部分

古代神话 ·· (3)
　　精卫填海(3)　　黄帝擒蚩尤(3)　　女娲补天(4)　　姮娥
　　奔月(4)
先秦寓言 ·· (5)
　　杞人忧天(5)　　守株待兔(6)　　买椟还珠(6)　　揠苗助
　　长(7)　　狐假虎威(7)　　鹬蚌相争(8)
尚　书 ··· (8)
　　无逸(8)
诗　经 ··· (11)
　　关雎(12)　　芣苢(13)　　静女(13)　　氓(14)　　黍
　　离(16)　　伐檀(17)　　硕鼠(18)　　蒹葭(18)　　无
　　衣(19)　　月出(20)　　七月(21)　　东山(24)　　采
　　薇(25)　　北山(27)　　公刘(28)　　良耜(30)
左　传 ··· (31)
　　郑伯克段于鄢(31)　　晋公子重耳之亡(33)　　烛之武退秦师(38)
　　秦晋殽之战(39)
国　语 ··· (43)
　　邵公谏厉王弭谤(43)　　叔向贺贫(45)
战国策 ··· (47)
　　苏秦始将连横(47)　　邹忌讽齐王纳谏(51)　　冯谖客孟尝君(52)
　　赵威后问齐使(54)　　庄辛说楚襄王(55)
论　语 ··· (58)
　　子路曾皙冉有公西华侍坐(59)　　季氏将伐颛臾(61)　　长沮
　　桀溺耦而耕(62)　　子路从而后(63)
墨　子 ··· (64)
　　非攻(上)(65)
孟　子 ··· (66)
　　齐桓晋文之事(66)　　庄暴见孟子(71)　　天时不如地利(72)

鱼我所欲也（73）　　生于忧患死于安乐（74）

庄　子 ··· （76）
　　逍遥游（76）　　养生主（节录）（81）　　秋水（节录）（83）

荀　子 ··· （85）
　　劝学篇（85）　　成相篇（节录）（91）　　赋篇（节录）（92）

韩非子 ··· （93）
　　说难（93）

屈　原 ··· （97）
　　离骚（98）　　湘夫人（110）　　山鬼（111）　　国殇（113）
　　涉江（113）　　哀郢（115）　　橘颂（117）

宋　玉 ··· （119）
　　风赋（119）

李　斯 ··· （122）
　　谏逐客书（122）

两汉部分

贾　谊 ··· （127）
　　鵩鸟赋（127）

司马迁 ··· （130）
　　项羽本纪（节录）（131）　　魏公子列传（141）　　刺客列传
　　（节录）（147）　　李将军列传（156）　　报任安书（166）

司马相如 ··· （175）
　　子虚赋（176）

班　固 ··· （183）
　　苏武传（节录）（183）

张　衡 ··· （189）
　　四愁诗（189）

乐府诗 ··· （190）
　　战城南（190）　　上邪（191）　　江南（192）　　东门行（192）
　　陌上桑（193）　　古诗为焦仲卿妻作并序（195）

古诗十九首 ··· （201）
　　行行重行行（201）　　青青河畔草（202）　　青青陵上柏（202）

西北有高楼（203）　　涉江采芙蓉（204）　　驱车上东门（204）

魏晋南北朝部分

曹　操···（209）
　　蒿里行（209）　　短歌行（210）　　苦寒行（211）　　步出夏门行（观沧海）（212）

诸葛亮···（213）
　　出师表（213）

王　粲···（216）
　　七哀诗（西京乱无象）（216）　　登楼赋（217）

陈　琳···（219）
　　饮马长城窟行（219）

蔡　琰···（220）
　　悲愤诗（221）

曹　丕···（223）
　　燕歌行（223）

曹　植···（224）
　　送应氏（步登北邙阪）（225）　　七哀（225）　　杂诗（南国有佳人）（226）　　赠白马王彪（227）　　洛神赋（229）

阮　籍···（234）
　　咏怀八十二首（夜中不能寐）（234）　　（嘉树下成蹊）（234）　　（独坐空堂上）（235）

嵇　康···（236）
　　幽愤诗（236）

李　密···（239）
　　陈情事表（239）

潘　岳···（241）
　　悼亡诗（荏苒冬春谢）（241）

陆　机···（243）
　　赴洛道中（远游越山川）（243）　　猛虎行（244）

左　思···（245）
　　咏史（弱冠弄柔翰）（245）　　（郁郁涧底松）（246）　　（皓天

舒白日）(247)

刘琨··(248)
　　重赠卢谌(248)

郭璞··(250)
　　游仙诗（京华游侠窟）(250)

王羲之··(251)
　　兰亭集序(251)

陶渊明··(253)
　　和郭主簿（蔼蔼堂前林）(253)　归园田居（少无适俗韵）(254)
　　（种豆南山下）(255)　杂诗（人生无根蒂）(256)　（白日沦
　　西阿）(257)　饮酒（结庐在人境）(257)　拟古（日暮天无
　　云）(258)　读山海经（精卫衔微木）(259)　归去来兮辞并
　　序(260)　桃花源记(262)

谢灵运··(264)
　　登池上楼(264)　登江中孤屿(266)　石壁精舍还湖中作(266)

鲍照··(267)
　　拟行路难（奉君金卮之美酒）(268)　（泻水置平地）(269)
　　（对案不能食）(269)

孔稚珪··(270)
　　北山移文(270)

谢朓··(274)
　　玉阶怨(274)　暂使下都夜发新林至京邑赠西府同僚(275)
　　之宣城郡出新林浦向板桥(276)　晚登三山还望京邑(277)

江淹··(278)
　　别赋(278)

何逊··(282)
　　慈姥矶(282)　临行与故游夜别(283)　相送(283)

陶弘景··(284)
　　答谢中书书(284)

吴均··(285)
　　与朱元思书(285)

萧纲··(286)
　　咏内人昼眠(286)

郦道元··(287)

三峡（287）

杨衒之 ·· （288）
　　洛阳伽蓝记　永宁寺（节录）（288）

庾　信 ·· （290）
　　奉和山池（291）　拟咏怀（榆关断音信）（291）　（摇落秋为气）（292）　（日晚荒城上）（293）　（萧条亭障远）（294）
　　小园赋（294）　哀江南赋序（300）

阴　铿 ·· （304）
　　江津送刘光禄不及（304）

乐府诗 ·· （305）
　　子夜歌（始欲识郎时）（305）　（自从别郎来）（305）　（常虑有二意）（305）　子夜四时歌（春林花多媚）（306）　（田蚕事已毕）（306）　（自从别欢来）（306）　（渊冰厚三尺）（306）
　　读曲歌（打杀长鸣鸡）（307）　西洲曲（307）　企喻歌辞（男儿欲作健）（308）　（放马大泽中）（308）　琅琊王歌辞（新买五尺刀）（309）　陇头歌辞（陇头流水）（309）
　　（朝发欣城）（309）　（陇头流水）（310）　木兰诗（310）

列异传 ·· （312）
　　宋定伯卖鬼（312）

博物志 ·· （313）
　　鲛人泣珠（313）

干　宝 ·· （314）
　　搜神记　董永（314）　三王墓（315）　韩凭妻（316）
　　李寄（317）

刘义庆 ·· （318）
　　世说新语　周处自新（319）　雪夜访戴（319）　刘伶病酒（320）　王蓝田性急（321）

隋唐五代部分

卢思道 ·· （325）
　　从军行（325）

薛道衡 ·· （326）
　　昔昔盐（326）　人日思归（328）

王　绩 ·· (328)
　　野望 (328)

卢照邻 ·· (329)
　　长安古意 (330)

骆宾王 ·· (333)
　　在狱咏蝉 (333)　　于易水送人 (334)

王　勃 ·· (334)
　　送杜少府之任蜀川 (335)　　秋日登洪府滕王阁饯别序 (335)

杨　炯 ·· (342)
　　从军行 (342)

沈佺期 ·· (343)
　　古意呈乔补阙知之 (343)　　杂诗三首（闻道黄龙戍）(344)

宋之问 ·· (345)
　　度大庾岭 (345)　　渡汉江 (346)

陈子昂 ·· (346)
　　感遇三十八首（兰若生春夏）(347)　　登幽州台歌 (347)　　送魏大从军 (348)　　与东方左史虬修竹篇序 (349)

刘希夷 ·· (350)
　　代悲白头翁 (350)

张若虚 ·· (351)
　　春江花月夜 (351)

张九龄 ·· (353)
　　感遇十二首（兰叶春葳蕤）(353)　　（江南有丹橘）(354)　　望月怀远 (354)

贺知章 ·· (355)
　　回乡偶书二首（少小离家老大回）(355)　　咏柳 (356)

孟浩然 ·· (356)
　　夜归鹿门山歌 (356)　　望洞庭湖上张丞相 (357)　　过故人庄 (358)　　春晓 (358)　　宿建德江 (359)　　晚泊浔阳望庐山 (359)

王　维 ·· (360)
　　辋川闲居赠裴秀才迪 (360)　　酬张少府 (361)　　送梓州李使君 (362)　　终南别业 (362)　　汉江临泛 (363)　　渭川田家 (363)　　观猎 (364)　　使至塞上 (365)　　山居秋暝 (365)　　终南山 (366)　　积雨辋川庄作 (367)　　鹿柴 (368)　　竹

里馆（368） 辛夷坞（369） 相思（369） 少年行四首（新丰美酒斗十千）（369） 九月九日忆山东兄弟（370） 鸟鸣涧（370）

裴　迪 ·· （371）
　　宫槐陌（371）

王之涣 ·· （371）
　　登鹳雀楼（372） 凉州词二首（黄河远上白云间）（372）

李　颀 ·· （373）
　　古从军行（373） 听董大弹胡笳弄兼寄语房给事（374） 送魏万之京（375）

王昌龄 ·· （376）
　　出塞二首（秦时明月汉时关）（376） 闺怨（377） 芙蓉楼送辛渐二首（寒雨连江夜入吴）（377） 从军行七首（烽火城西百尺楼）（378） （琵琶起舞换新声）（379） （大漠风尘日色昏）（379）

崔　颢 ·· （380）
　　黄鹤楼（380） 长干曲（君家何处住）（381） （家临九江水）（381）

王　翰 ·· （381）
　　凉州词（葡萄美酒夜光杯）（381）

高　适 ·· （382）
　　燕歌行并序（382） 人日寄杜二拾遗（384） 封丘作（385） 别董大（千里黄云白日曛）（386） 塞上听吹笛（386）

岑　参 ·· （387）
　　与高适薛据登慈恩寺浮图（387） 逢入京使（388） 武威送刘判官赴碛西行军（389） 白雪歌送武判官归京（389） 走马川行奉送出师西征（390）

常　建 ·· （392）
　　题破山寺后禅院（392）

李　白 ·· （393）
　　峨眉山月歌（393） 渡荆门送别（394） 望天门山（394） 夜泊牛渚怀古（395） 黄鹤楼送孟浩然之广陵（396） 静夜思（396） 子夜吴歌（长安一片月）（397） 古风（大车扬飞尘）（397） 蜀道难（398） 春夜洛城闻笛（400） 将

进酒（400） 塞下曲（五月天山雪）（401） 月下独酌（花间一壶酒）（402） 梦游天姥吟留别（402） 登金陵凤凰台（405） 答王十二寒夜独酌有怀（406） 宣州谢朓楼饯别校书叔云（408） 秋浦歌（白发三千丈）（409） 赠汪伦（410） 望庐山瀑布（日照香炉生紫烟）（410） 早发白帝城（411） 横江词（海神来过恶风回）（411） 山中与幽人对酌（412） 菩萨蛮（平林漠漠烟如织）（412） 忆秦娥（箫声咽）（413）

杜 甫 ……………………………………………………………（413）
望岳（414） 兵车行（415） 自京赴奉先县咏怀五百字（416） 月夜（420） 春望（420） 哀江头（421） 羌村三首（峥嵘赤云西）（422） 北征（423） 赠卫八处士（428） 石壕吏（428） 新婚别（429） 梦李白二首（死别已吞声）（430） 蜀相（431） 春夜喜雨（432） 江畔独步寻花七绝句（黄四娘家花满蹊）（433） 客至（433） 茅屋为秋风所破歌（434） 闻官军收河南河北（435） 旅夜书怀（436） 秋兴八首（玉露凋伤枫树林）（436） 咏怀古迹五首（摇落深知宋玉悲）（437）（群山万壑赴荆门）（438） 登高（439） 登岳阳楼（440） 江南逢李龟年（441）

元 结 ……………………………………………………………（442）
贼退示官吏并序（442） 欸乃曲（湘江二月春水平）（443）

张 继 ……………………………………………………………（444）
枫桥夜泊（444）

刘长卿 ……………………………………………………………（444）
逢雪宿芙蓉山主人（445） 新年作（445）

钱 起 ……………………………………………………………（446）
归雁（446）

韩 翃 ……………………………………………………………（447）
寒食（447）

顾 况 ……………………………………………………………（448）
囝（448）

戴叔伦 ……………………………………………………………（449）
除夜宿石头驿（449）

张志和 ……………………………………………………………（450）
渔父（西塞山前白鹭飞）（450）

韦应物 ………………………………………………………………… (451)
　　滁州西涧 (451)
卢　纶 ………………………………………………………………… (452)
　　和张仆射塞下曲（林暗草惊风）(452)　　（月黑雁飞高）(452)
李　益 ………………………………………………………………… (453)
　　夜上受降城闻笛 (453)　　江南曲 (454)
孟　郊 ………………………………………………………………… (454)
　　游子吟 (455)　　游终南山 (455)　　秋怀（秋月颜色冰）(456)
韩　愈 ………………………………………………………………… (457)
　　山石 (457)　　八月十五日夜赠张功曹 (458)　　听颖师弹琴 (460)
　　左迁至蓝关示侄孙湘 (461)　　早春呈水部张十八员外二首（天街
　　小雨润如酥）(461)　　答李翊书 (462)　　送孟东野序 (464)
　　师说 (468)　　张中丞传后叙 (470)　　进学解 (473)　　杂说
　　一（龙嘘气成云）(477)　　杂说四（世有伯乐）(478)
张　籍 ………………………………………………………………… (479)
　　野老歌 (480)　　节妇吟寄东平李司空师道 (480)
王　建 ………………………………………………………………… (481)
　　水夫谣 (481) 十五夜望月 (482) 宫词（树头树底觅残红）(482)
刘禹锡 ………………………………………………………………… (483)
　　竹枝词二首（杨柳青青江水平）(483)　　西塞山怀古 (484)　　石
　　头城 (485)　　乌衣巷 (485)　　酬乐天扬州初逢席上见赠 (486)
白居易 ………………………………………………………………… (487)
　　赋得古原草送别 (488)　　轻肥 (488)　　长恨歌 (489)　　卖
　　炭翁 (493)　　琵琶行并序 (494)　　钱塘湖春行 (497)
　　大林寺桃花 (497)　　暮江吟 (498)　　忆江南（江南好）(498)
柳宗元 ………………………………………………………………… (499)
　　渔翁 (499)　　江雪 (500)　　登柳州城楼寄漳汀封连四州 (501)
　　与浩初上人同看山寄京华亲故 (502)　　别舍弟宗一 (502)　　捕蛇
　　者说 (503)　　始得西山宴游记 (505)　　至小丘西小石潭记 (506)
　　答韦中立论师道书 (508)　　段太尉逸事状 (512)　　三戒并序 (516)
元　稹 ………………………………………………………………… (518)
　　遣悲怀（昔日戏言身后意）(518)　　行宫 (519)　　离思（曾经
　　沧海难为水）(520)　　闻乐天授江州司马 (520)
贾　岛 ………………………………………………………………… (521)

题李凝幽居（521）　　寻隐者不遇（522）

朱庆馀 ·· （522）
宫词（522）　　闺意呈张水部（523）

李　贺 ·· （523）
李凭箜篌引（523）　　雁门太守行（525）　　天上谣（525）
南园（男儿何不带吴钩）（526）　　金铜仙人辞汉歌（527）　　马
诗二十三首（此马非凡马）（528）　　苏小小墓（528）

许　浑 ·· （529）
咸阳城东楼（529）　　秋日赴阙题潼关驿楼（530）

杜　牧 ·· （531）
早雁（531）　　过华清宫绝句三首（长安回望绣成堆）（532）　　泊
秦淮（532）　　赤壁（533）　　秋夕（534）　　江南春绝句（534）
寄扬州韩绰判官（534）　　山行（535）　　阿房宫赋（535）

温庭筠 ·· （538）
商山早行（539）　　菩萨蛮（小山重叠金明灭）（539）

李商隐 ·· （540）
宿骆氏亭寄怀崔雍崔衮（541）　　安定城楼（541）　　马嵬二首
（海外徒闻更九州）（543）　　夜雨寄北（543）　　隋宫（544）
锦瑟（545）　　无题（相见时难别亦难）（546）　　嫦娥（547）
乐游原（547）　　吴宫（548）　　贾生（548）

皮日休 ·· （549）
橡媪叹（550）

陆龟蒙 ·· （551）
新沙（551）　　吴宫怀古（551）

韦　庄 ·· （552）
台城（552）　　菩萨蛮（人人尽说江南好）（553）

聂夷中 ·· （553）
咏田家（553）

杜荀鹤 ·· （554）
山中寡妇（554）

冯延巳 ·· （555）
鹊踏枝（谁道闲情抛掷久）（555）　　谒金门（风乍起）（556）

李　璟 ·· （556）
摊破浣溪沙（菡萏香消翠叶残）（557）

李　煜······(558)
　　乌夜啼（林花谢了春红）(558)　虞美人（春花秋月何时了）(558)
　　浪淘沙（帘外雨潺潺）(559)

敦煌曲子词······(560)
　　菩萨蛮（枕前发尽千般愿）(560)

沈既济······(561)
　　任氏传(561)

李朝威······(565)
　　柳毅传(565)

白行简······(572)
　　李娃传(572)

蒋　防······(578)
　　霍小玉传(578)

先秦部分

古代神话

精卫填海

发鸠之山，其上多柘木，有鸟焉，其状如乌[1]，文首，白喙，赤足，名曰"精卫"，其鸣自詨[2]。是炎帝之少女，名曰女娃。女娃游于东海，溺而不返，故为精卫。常衔西山之木石，以堙于东海[3]。

（《山海经校译》，袁珂校译，上海古籍出版社 1985 年版。下同）

【注释】

[1] 乌：乌鸦。下文"文首"，头部有花纹。
[2] 自詨（xiào）：自呼其名。
[3] 堙（yīn）：填，塞。

【题解】

选自《山海经·北山经》。《山海经》是现存我国最早的一部地理书。原题为夏禹、伯益所作，不可信。实际当出于春秋、战国间人之手，秦、汉间有所增益。今流传本有十八卷，记述各地山川、物产、部族以及神奇灵怪等传说故事，是保存古代神话资料最多的一部书。少女溺于海而填海，己溺而不使人溺，表现出博大的胸怀、坚强的意志，富有悲壮精神。

黄帝擒蚩尤

蚩尤作兵[1]，伐黄帝。黄帝乃令应龙攻之冀州之野[2]。应龙畜水，蚩尤请风伯雨师，纵大风雨。黄帝乃下天女曰"魃"[3]。雨止，遂杀蚩尤。

【注释】

[1] 蚩尤：古代传说中九黎族首领。作兵：制造武器。
[2] 应（yìng）龙：善于兴云作雨之神。
[3] 魃（bá）：旱魃。

【题解】

选自《山海经·大荒北经》。这是一则描写两个部族之间战争的神话故事。斗勇斗智，文字简略但情节完整。

女娲补天

往古之时，四极废[1]，九州裂，天不兼覆，地不周载。火爁焱而不灭[2]，水浩洋而不息。猛兽食颛民[3]，鸷鸟攫老弱。于是女娲炼五色石以补苍天。断鳌足以立四极，杀黑龙以济冀州，积芦灰以止淫水[4]。苍天补，四极正，淫水涸，冀州平，狡虫死，颛民生。

（《淮南鸿烈集解》，刘安编，刘文典集解，中华书局1989年版）

【注释】

[1] 四极：天的四边。废：坏。
[2] 爁焱（lǎn yàn）：大火燃烧的样子。
[3] 颛（zhuān）民：善良的百姓。
[4] 淫水：泛滥的洪水。

【题解】

选自《淮南子·览冥训》。《淮南子》，又称《淮南鸿烈》，系西汉淮南王刘安及其门客共同撰写的一部著作。全书共二十一篇，思想基本上属于道家，书中保存了不少古代神话资料。这则神话故事反映了先民在与自然灾害作斗争中所表现出的雄伟气概和高度智慧，表达了渴求改造自然的愿望和对安定生活的向往。

姮娥奔月

羿请不死之药于西王母[1]，姮娥窃之以奔月[2]。将往，枚筮之于有黄[3]，有黄占之曰："吉。翩翩归妹[4]，独将西行，逢天晦芒[5]，毋惊毋恐，后且大昌。"姮娥遂托身于月，是为蟾蜍。

（《全上古三代秦汉三国六朝文》，严可均辑，中华书局1958年版）

【注释】

[1] 羿（yì）：后羿，古代传说帝尧时善于射箭的英雄。西王母：神话传说中的女仙人，旧时以为长生不老的象征。
[2] 姮（héng）娥：后羿之妻，原名恒娥，避汉文帝刘恒讳，改"恒"为"姮"、"嫦（常）"。
[3] 枚筮：不告诉所卜何事而占卜吉凶曰枚筮。有黄：古代的巫师。

[4] 翩翩：动作轻疾貌。归妹：《易》卦名，六十四卦之一，卦形为䷸，兑下震上。兑为少女，故谓妹，以嫁震男，故称归妹。《杂卦》云："归妹，女之终也。"意为归妹是女子的最后归宿，女嫁为归。这里代指将要奔月（有所归往）而来卜卦的嫦娥。

[5] 晦芒：昏暗不明的样子。

【题解】

　　选自《灵宪》。《灵宪》，东汉张衡著，是一部关于古代天文学的专门著作，共七百四十七卷，已佚。嫦娥是从古至今我国民间最熟悉的神话人物。"嫦娥奔月"神话产生后，经过了不同时期的各种演变。奔月后的"嫦娥"变为"蟾蜍"这种极端丑陋的动物，可能与宓妃故事，与统治者对妇女的压迫有关。不过，后世的人们却赋予这则神话以全新的意义，特别是和可爱的月亮合二为一后，"月里嫦娥"竟成为古代人们用来形容女性美的艳称，嫦娥也就具备了温柔、美丽、聪明、善良等种种美的属性，具有相当崇高的地位。

【参考书】

　　[1]《山海经校译》，袁珂校译，上海古籍出版社1985年版。
　　[2]《古神话选释》，袁珂选释，人民文学出版社1979年版。

先秦寓言

杞人忧天

　　杞国有人[1]，忧天地崩坠，身亡所寄[2]，废寝食者。又有忧彼之所忧者，因往晓之[3]，曰："天，积气耳，亡处亡气。若屈伸呼吸，终日在天中行止，奈何忧崩坠乎？"其人曰："天果积气，日月星宿不当坠耶？"晓之者曰："日月星宿，亦积气中之有光耀者。只使坠，亦不能有所中伤。"其人曰："奈地坏何？"晓者曰："地，积块耳[4]。充塞四虚，亡处亡块。若躇步跐蹈[5]，终日在地上行止，奈何忧其坏？"其人舍然大喜[6]，晓之者亦舍然大喜。

（《列子集释》，杨伯峻集释，中华书局1979年版）

【注释】

　　[1] 杞（qǐ）国：周初诸侯国，都雍丘（今河南杞县）。
　　[2] 身亡所寄：自己没有存身之处。

[3] 晓之：开导他。
[4] 块：土块。
[5] 若：你。踌（chú）步跐（cǐ）蹈：行走踩踏。
[6] 舍（shì）然：疑虑顿消貌。舍，通"释"。

【题解】

　　选自《列子·天瑞》。"杞人忧天"已演变为一个含有讽刺意味的成语。常用来嘲笑那些为不可能发生的事而担忧发愁的人。

守株待兔

　　宋人有耕者，田中有株[1]，兔走触株，折颈而死。因释其耒而守株[2]，冀复得兔。兔不可复得，而身为宋国笑。

（《韩非子集释》，陈奇猷集释，中华书局1958年版）

【注释】

[1] 株：露出地面的树根。
[2] 耒（lěi）：一种木质的农具。

【题解】

　　选自《韩非子·五蠹》。"守株待兔"之所以愚蠢可笑，是由于把"偶然"当成"必然"。后世常用以比喻做事时死守狭隘经验，不知变通；或讽刺不经过努力而妄想不劳而获的侥幸心理。

买椟还珠

　　楚人有卖其珠于郑者，为木兰之椟[1]，薰以桂椒，缀以珠玉，饰以玫瑰[2]，辑以翡翠，郑人买其椟而还其珠。此可谓善卖椟矣，未可谓善鬻珠也。

（《韩非子集释》，陈奇猷集释，中华书局1958年版）

【注释】

[1] 木兰：香木。下文"桂、椒"，香料名。椟：匣子。
[2] 玫瑰：美玉。下文"辑"，集。"翡翠"，翠鸟的羽毛。

【题解】

有人批评墨子的文章过于朴素无华了（"其言多不辩"）。韩非则认为，内容比形式更重要，不可"以文害用"。比如楚人卖珠，而郑人只买了装珠的匣子，不是他不识货，而是过分的包装转移了他的注意力，也许这包装比珠子更值钱。当然，如果被包装的不是珠而是鱼目，就更不足论了。

揠苗助长

宋人有闵其苗之不长而揠之者[1]。芒芒然归[2]，谓其人曰："今日病矣[3]！予助苗长矣！"其子趋而往视之，苗则槁矣。

（《孟子译注》，杨伯峻译注，中华书局1960年版）

【注释】

[1] 闵（mǐn）：忧，担心。揠（yà）：拔，拔高。
[2] 芒芒然：疲惫貌。
[3] 病矣：犹今言累坏了。

【题解】

选自《孟子·公孙丑上》。任何事物的发展都有自己的规律，如果违背客观规律办事，强求速成，不论主观热情多高，结果将适得其反。

狐假虎威

虎求百兽而食之[1]，得狐。狐曰："子无敢食我也，天帝使我长百兽[2]。今子食我，是逆天帝命也。子以我为不信，吾为子先行，子随我后，观百兽之见我而敢不走乎[3]？"虎以为然，故遂与之行。兽见之皆走。虎不知兽畏己而走也，以为畏狐也。

（《战国策集注汇考》，诸祖耿汇考，江苏古籍出版社1985年版。下同）

【注释】

[1] 求：寻找。
[2] 长（zhǎng）：统率，为……之首领。
[3] 走：跑，逃。

【题解】

选自《战国策·楚策一》。后世常用这则故事,比喻仰仗别人的威势自得或欺人。

鹬蚌相争

蚌方出曝[1],而鹬啄其肉。蚌合而拑其喙[2]。鹬曰:"今日不雨,明日不雨,即有死蚌。"蚌亦谓鹬曰:"今日不出,明日不出,即有死鹬。"两者不肯相舍,渔者得而并禽之。

【注释】

[1] 出曝:张壳晒太阳。下文"鹬(yù)",水鸟名。
[2] 拑:夹住。喙(huì):鸟兽的嘴。

【题解】

选自《战国策·燕策二》。劝人不要意气用事,两相争斗,各不相让,让第三者从中得利。

【参考书】

[1]《古代寓言精华》,朱靖华编选,人民文学出版社1992年版。

尚 书

《尚书》,意谓上古帝王之书,中国上古历史文件与部分追述古代事迹著作的汇编,时代涉及虞夏商周,相传由孔子删定。汉代为五经之一。今通行本《尚书》五十八篇,考定为伪作者二十五篇。有《尚书正义》二十卷(《四库全书》本)。

无 逸

周公[1]曰:呜呼,君子所其无逸[2]。先知稼穑之艰难,乃逸,则知小人之依[3]。相小人[4],厥父母勤劳稼穑,厥子乃不知稼穑之艰难,乃逸乃谚[5]。既诞[6],否则侮厥父母曰[7]:"昔之人无闻知。"

周公曰：呜呼，我闻曰，昔在殷王中宗[8]，严恭寅畏天命[9]，自度，治民祗惧，不敢荒宁。肆中宗之享国，七十有五年。其在高宗[10]，时旧劳于外，爰暨小人。作其即位，乃或亮阴[11]，三年不言。其惟不言，言乃雍[12]，不敢荒宁。嘉靖殷邦，至于小大，无时或怨[13]。肆高宗之享国，五十有九年。其在祖甲[14]，不义惟王，旧为小人。作其即位，爰知小人之依，能保惠于庶民，不敢侮鳏寡。肆祖甲之享国，三十有三年。自时厥后立王，生则逸。生则逸，不知稼穑之艰难，不闻小人之劳，惟耽乐之从。自时厥后，亦罔或克寿，或十年，或七八年，或五六年，或四三年。

周公曰：呜呼，厥亦惟我周太王、王季[15]，克自抑畏。文王卑服[16]，即康功田功，徽柔懿恭，怀保小民，惠鲜鳏寡。自朝至于日中昃[17]，不遑暇食，用咸和万民。文王不敢盘于游田[18]，以庶邦惟正之供[19]。文王受命惟中身[20]，厥享国五十年。周公曰：呜呼，继自今嗣王[21]，则其无淫于观、于逸、于游、于田，以万民惟正之供。无皇曰："今日耽乐[22]。"乃非民攸训，非天攸若，时人丕则有愆[23]。无若殷王受之迷乱[24]，酗于酒德哉！周公曰：呜呼，我闻曰，古之人，犹胥训告[25]，胥保惠，胥教诲，民无或胥诪张为幻[26]。此厥不听，人乃训之，乃变乱先王之正刑，至于小大[27]。民否则厥心违怨，否则厥口诅祝。

周公曰：呜呼，自殷王中宗，及高宗，及祖甲，及我周文王，兹四人迪哲[28]。厥或告之曰："小人怨汝詈汝。"则皇自敬德[29]，厥愆，曰："朕之愆。"允若时，不啻不敢含怒[30]。此厥不听，人乃或诪张为幻，曰："小人怨汝詈汝。"则信之。则若时，不永念厥辟，不宽绰厥心[31]，乱罚无罪，杀无辜，怨有同，是丛于厥身[32]。

周公曰：呜呼，嗣王其监于兹！

（《十三经注疏·尚书正义》标点本，北京大学出版社 1999 年版）

【注释】

[1] 周公：姓姬名旦，封于周，史称周公，为文王（名昌）之子，武王（名发）之弟。武王卒后，成王（名诵）年幼，由周公摄政，平定叛乱，分封诸侯，制定典章礼乐。其后周公归政于成王。

[2] "君子"句：君子居其位，不可贪图逸乐。君子，在上位者，与小人（在下位者，庶民）相对而言。所，居其位。

[3] 依：凭依，依靠。如农之依田，小民非稼穑无以为生。一说，依，隐，指小民内心之隐痛。

[4] 相（xiàng）：视，察。

[5] 诞：强悍鲁莽。《论语·先进》："由也诞。"

[6] 既诞：既而又妄诞欺诈。

[7] 否则：甚或，乃至于。下文大意谓，老古板没见识。"昔之人"，上年纪的人。

[8] 中宗：殷（商）之第十三代王祖乙，在位十九年。下文"七十有五年"，指第九代王太戊在位时间说。

[9] 严、恭、寅畏：庄严、谨慎、敬畏。下文"自度"，自律其身。"祗惧"，敬谨小心，不敢怠慢。

[10] 高宗：殷（商）之第二十二代王武丁。即位前久居民间，与小民出入共事，知其艰难。在位五十九年，称盛世。

[11] 亮阴（ān）：或作谅闇，诚信而缄默（不轻易说话）。

[12] 雍：和。指高宗发言和顺，通达于理。

[13] "嘉靖"三句：使殷王朝社会嘉美安靖，大小臣民对高宗的施政没有怨言。时，是，此。

[14] 祖甲：高宗武丁之子，祖庚之弟，在位三十三年。高宗欲废兄立弟，祖甲以为不义（即下文"不义惟王"），乃逃于民间（即下文"旧为小人"）。故亦深知民之疾苦愿望。

[15] 周太王：周文王的祖父古公亶父，率周族自豳迁岐，发展农业，势力强盛。王季：文王之父。下文"克自抑畏"，对事业慎密敬谨。克，能。

[16] 卑服：破旧的衣服，推而广之，包括居处饮食之简朴。下文说，专心从事安定人民开垦土地之功事。即，就。

[17] 日中昃：太阳正中又偏西。

[18] 盘于游田：沉溺于游观田猎。盘，乐。

[19] "以庶"句：因而诸侯只须正常供应。蔡沈集注："上不滥费，则下无过取，而能以庶邦惟正之供，于常贡正数之外，无横敛也。"庶邦，指文王为西伯时所统之诸侯。

[20] 中身：中年。古籍记文王享年九十七岁，故中年受命，又享国五十年。

[21] 嗣王：继位为王者。实指成王说。

[22] "无皇"二句：不要忙着说什么"今天姑且享乐（下不为例吧！）"。皇，通"遑"，急。

[23] "乃非"三句：这就不是下民之所效法，上天之所顺意，这样的人就有罪过了。训，法。若，顺。时，是，此。丕则，于是乎。

[24] 殷王受：即商纣王，亡国之君。

[25] 胥训告：互相开导告诫。

[26] 诪（zhōu）张为幻：欺诈造假。

[27] "此厥"四句：这些话如果不听取，人们就会依了坏风气，就会破坏先王留下来的政令刑法，无论小的还是大的。训，效法。

[28] 迪哲：明智。

[29] 皇自敬德：立即敬修自己的德行。下文说，如果是自己的过失，就坦诚地说："这是我的错。"

[30] "允若"二句：真的如此，不仅不敢发怒（而且要虚心自省）。允，诚。时，此。

不啻（chì），不仅，不止于。

　　[31]"则若"三句：如果这样，就不能永记为君之道，不能宽大其心怀。辟（bì），君王，为君之道。

　　[32]"怨有"二句：人民的怨恨就会一同起来，聚集在他（君王）身上。

【题解】

　　此为周公归政成王时对成王的诫勉之辞。第一段开宗明义，揭出主题：君子不可贪图享乐。第二段以史为鉴，总结殷（商）之贤君了解民间疾苦，不敢荒宁，享国时间长；不肖之君不知稼穑艰难，惟知耽乐，则享国时间短。第三段说本朝三代先王都能兢兢业业，修德勤政，强调今后继位为君者，必须向先王学习，不可一日懈怠，不可如商纣王之无道，引起人民怨恨。第四段从正反两方面结合，再申此意。第五段一语总结，照应开篇主旨。篇章结构完整，态度严肃，语重心长。大约三千年前的一篇告诫之辞，三千年后仍有现实的教育意义，读来有亲切之感。

【参考书】

　　[1]《书经集传》，蔡沈注，中国书店1994年版。
　　[2]《尚书今古文注疏》，孙星衍注疏，中华书局1986年版。

诗　经

　　《诗经》，我国第一部诗歌总集，原称《诗》、《三百篇》，汉代尊为经，称《诗经》。大约编定于春秋中期。今本《诗经》收录了从西周初年到春秋中叶（前11世纪至前6世纪中）的诗歌三〇五篇，分为风（十五国风，各诸侯国的地方民歌）、雅（周王朝的正声，包括大小二雅）、颂（宗庙的乐歌，包括周、鲁、商三颂）三大部分。如果不算神话传说，《诗经》是我国第一部纯文学作品，是我国文学的光辉起点，其现实主义的手法，在文学史上的影响是巨大而深远的。汉代传授《诗经》的有鲁人申培公（鲁诗）、齐人辕固生（齐诗）、燕人韩婴（韩诗）、鲁人毛亨（毛诗）四家。前三家亡佚，仅毛诗流传至今。有《毛诗正义》四十卷（《四库全书》本）。

关　雎

关关雎鸠[1]，在河之洲。窈窕淑女[2]，君子好逑[3]。

参差荇菜[4]，左右流之[5]。窈窕淑女，寤寐求之。求之不得，寤寐思服[6]。悠哉悠哉，辗转反侧[7]。

参差荇菜，左右采之。窈窕淑女，琴瑟友之。参差荇菜，左右芼之[8]。窈窕淑女，钟鼓乐之。

（《诗经》，朱熹注，上海古籍出版社1987年版。下同）

【注释】

[1] 关关：象声词。此象鸟之和鸣声。雎（jū）鸠：水鸟名。
[2] 窈窕（yǎo tiǎo）：幽闲美好貌。淑：善，品德好。
[3] 好逑（hǎo qiú）：好的匹配，佳偶。
[4] 荇（xìng）菜：一种水草，叶浮水面，可食。
[5] 流之：流有择取义，与"求"押韵。之字无义。
[6] 思服：想念。《毛传》："服，思之也。"服与"侧"押韵。
[7] 辗转反侧：不断地翻身（难以入睡）。
[8] 芼（mào）之：拔取。

【题解】

　　此为周南之诗，诗三百篇之第一篇，也是十五国风的第一篇，写的是男念女的恋情，女子美丽而贤淑，男子对她的爱慕到了日思夜想难以安眠的程度。其中"琴瑟友之"、"钟鼓乐之"，是男子想象之词，似非恋爱成功之实写。全篇着重心理状态的刻画，诚挚庄重，语言含蓄典雅，用了君子、淑女、琴瑟、钟鼓一类的词，所以古人附会为后妃之德，文王与太姒之事，今人亦有贺婚诗或求贤诗等说。《诗·大序》说"诗有六义"，即风、雅、颂、赋、比、兴。前三者指体裁与内容说，后三者指创作手法说。朱熹说："兴者，先言他物以引起所咏之辞也。"本篇关于"关雎"、"荇菜"的描写，即是兴。又，诗是入乐的，音乐的反复咏叹与歌辞的重章叠句是配合一致的。重章叠句是《诗经》的艺术特点之一。

【集评】

[1] 周邑之咏初婚者，故以为房中乐。（方玉润《诗经原始》）

芣苢

采采芣苢[1]，薄言采之[2]。采采芣苢，薄言有之。
采采芣苢，薄言掇之[3]。采采芣苢，薄言捋之[4]。
采采芣苢，薄言袺之[5]。采采芣苢，薄言襭之[6]。

【注释】

[1] 采采：犹言采呀采。芣（fú）苢（yǐ）：车轮菜，可食。
[2] 薄言：发语词。下文"有（旧读yǐ）"，取。
[3] 掇（duō）：拾取。
[4] 捋（luō）：顺茎抹取。
[5] 袺（jié）：手提衣襟以承物。
[6] 襭（xié）：将衣襟掖于腰带以承物。

【题解】

　　此为周南之诗，是妇女们结伴采集芣苢的劳动之歌。诗的语言十分简洁，全篇四十八字，同四十二字，只换了六个动词，表现劳动的进程和收获，却极其生动地描绘了热烈的场景，欢快的气氛，具有浓郁的民歌风味，也是重章叠句的典型格式之一。

【集评】

　　[1] 读者试平心静气涵咏此诗，恍听田家妇女，三三五五，于平原绣野风和日丽中，群歌互答，余音袅袅，若远若近，忽断忽续，不知其情之何以移而神之何以旷，则此诗不必细绎而自得其妙焉。（方玉润《诗经原始》）

静女

静女其姝[1]，俟我于城隅，爱而不见[2]，搔首踟蹰。
静女其娈[3]，贻我彤管[4]，彤管有炜[5]，说怿女美。
自牧归荑[6]，洵美且异[7]，匪女之为美，美人之贻。

【注释】

[1] 静：贞静安娴。姝：美丽。

[2] 爱：通"薆"，掩蔽，躲藏。见：通"现"，出现，露面。

[3] 娈（luán）：美好。

[4] 彤管：红色的管子。或以为是乐器之类。

[5] 炜（wěi）：光泽，鲜明。下句说，喜爱你的颜色美好。说（yuè），通"悦"。女（汝），指彤管。

[6] 牧：郊外牧地。归：通"馈"，赠。荑（tí）：茅草之嫩者。

[7] 洵：真，确实。异：奇，不一般。下文"匪"，通"非"。女：汝。

【题解】

此为邶风之诗，写青年男女热恋中的一个场面。男子和他的情人相约在城的一角欢聚，女的"爱而不见"，男的急得"搔首踟蹰"，刻画何等生动。女子送给他一枝鲜艳的彤管，他高兴得不得了！不是说这礼物有多美，它是美人的一片心啊！这感情又是何等纯洁真诚。彤管是什么，众说纷纭，朱注则曰："未详何物。"依前后文意，彤管与荑草当是一物，田野之间随手可得，不必如何贵重，取其鲜艳润洁而已。

【集评】

[1] 通诗以爱为主……以所爱及所不爱也，皆从一爱字生出。然其传神处，尤在"搔首踟蹰"四字耳。（陈继揆《读诗臆补》）

氓

氓之蚩蚩[1]，抱布贸丝[2]。匪来贸丝，来即我谋。送子涉淇[3]，至于顿丘。匪我愆期[4]，子无良媒。将子无怒[5]，秋以为期。

乘彼垝垣[6]，以望复关。不见复关，泣涕涟涟。既见复关，载笑载言[7]。尔卜尔筮，体无咎言。以尔车来，以我贿迁[8]。

桑之未落，其叶沃若[9]。于嗟鸠兮，无食桑葚[10]。于嗟女兮，无与士耽[11]！士之耽兮，犹可说也[12]。女之耽兮，不可说也！

桑之落矣，其黄而陨。自我徂尔[13]，三岁食贫。淇水汤汤[14]，渐车帷裳。女也不爽[15]，士贰其行。士也罔极[16]，二三其德。

三岁为妇，靡室劳矣[17]。夙兴夜寐，靡有朝矣[18]。言既遂矣，至于暴矣[19]。兄弟不知，咥其笑矣。静言思之，躬自悼兮[20]。

及尔偕老，老使我怨。淇则有岸，隰则有泮[21]。总角之宴[22]，言笑晏晏。信誓旦旦，不思其反[23]。反是不思，亦已焉哉！

【注释】

[1] 氓（méng）：民。可译作"那人"，"这汉子"。蚩蚩：憨厚貌。一说，嬉笑貌。

[2] 布：古代的货币。

[3] 淇：淇水，经今河南淇县入黄河。下文"顿丘"，地名。

[4] 愆期：耽误佳期。按，上文"来即我谋"，是商议婚事；下文"子无良媒"，是要求男子请托媒人。

[5] 将（qiāng）：请。下句说秋天再说吧。

[6] 垝（guǐ）垣：颓败的墙头。下文"复关"，当指男子复回所经之关口。其他解释，不备述。

[7] 载笑载言：有说有笑。载，乃、且。下文"尔卜"二句，你卜（用龟甲占卦）了，你筮（用蓍草占卦）了，卦象都没有不吉利的话。

[8] 以我贿迁：把我的嫁妆运走。贿，财物。按，以上见得女子对婚事既慎重又热情。

[9] 沃若：润泽貌。比喻女子年轻之容色。一说比喻男子情意盛之时。以前一说为佳。

[10] 无食桑葚：传说鸠食桑葚多则迷醉。

[11] 耽：此指过分沉溺于情感。

[12] 说：通"脱"，解脱。

[13] 徂（cú）尔：嫁给你。徂，往。下句说，多年过着贫苦的生活。

[14] 汤汤（shāng shāng）：水大貌。下句说，浸湿了车围子。渐（jiān），浸。此暗示女子被弃回娘家。

[15] 不爽：没有差错。下文"贰"，当作忒（tè），与"爽"同义。此谓错在男不在女。

[16] 罔极：没有准则。即下文言行反复无常之意。按，以上写婚变被弃。

[17] 靡室劳：不以家务事为劳苦。靡，无，不。

[18] 靡有朝：不分早晚，日日如此。

[19] "言既"二句：日子过得顺心了，（你）就粗暴了。言，语助词，无义。遂，成也。

[20] "兄弟"四句：兄弟不了解我，讥笑我，只有自己可怜自己了。咥（xì），大笑貌。言，无义。悼，伤也。

[21] "淇则"二句：以淇有岸隰有泮，暗示自己的痛苦没有尽期。隰（xí）：新垦的土地。一说隰即湿水（漯河）。泮，通"畔"，田界。

[22] 总角之宴：年少时的快乐。总角，男女未成年时结发如两角。宴，乐。下文"晏晏"，和悦温馨。

[23] 不思其反：男子不想将昔日的情景挽回来。按，以上回顾往事，不胜其痛。

【题解】

此卫风之诗，为弃妇诗，完整地叙述了一位女子尽管品德贤淑，处事稳重，勤劳家务，却终于被弃的悲剧故事。诗中的"氓"与女主人公是从小相识的，女子对待婚恋的态度既非常热情诚挚，又慎之又慎；在倾诉了自己的深沉痛苦之后，却又显得十分决绝："反是不思，亦已焉哉！"既然不念前情，那就算了吧！她又是一位十分坚强而自信的女性。无论是自述，还是代言，全诗以丰富的内涵塑造了一个栩栩如生的在文学史上有重大意义的典型形象。在她之后，大约就是《孔雀东南飞》中的刘兰芝了。以《诗经》"六义"的赋比兴而言，本篇主体用赋。朱熹说："赋者敷陈其事而直言之者也。"其中又间用比兴，显得文势多姿。如"桑之未落"以下四句，朱注："比而兴也。"既有比喻的作用，又有起兴的意味。而"桑之落矣，其黄而陨"，朱注："比也。"比，朱熹说："比者，以彼物比此物也。"兴，已见《关雎》注。以下所选各篇，均可依此考察，不赘述。

【集评】

[1] 风人之诗，含蓄固其本体，若《谷风》与《氓》，恳款竭诚，委曲备至，则又无不佳。其所以与文异者，正在微婉优柔，反复动人也。（许学夷《诗源辨体》）

黍 离

彼黍离离[1]，彼稷之苗。行迈靡靡[2]，中心摇摇[3]。知我者谓我心忧，不知我者谓我何求。悠悠苍天，此何人哉！

彼黍离离，彼稷之穗。行迈靡靡，中心如醉。知我者谓我心忧，不知我者谓我何求。悠悠苍天，此何人哉！

彼黍离离，彼稷之实。行迈靡靡，中心如噎。知我者谓我心忧，不知我者谓我何求。悠悠苍天，此何人哉！

【注释】

[1] 黍：稷（谷子）。离离：繁茂貌。
[2] 靡靡：脚步迟重貌。
[3] 中心摇摇：心情恍惚，难以自制。中心，内心。

【题解】

此为王风之诗，抒写亡国之痛之作。西周幽王无道亡国，平王东迁洛邑。诗人途经故都废墟，发此感慨。"此何人哉！"这历史的悲剧何人所致！是谴责统治者之辞。苗、穗、实，叙述谷子由长苗到抽穗到结实的过程，当是见其一而联想其余，不必亲睹全过程。本篇的主题对后世影响极其深远，评论家经常用"黍离之悲"来说明遗民诗人的某些作品的寓意。黍离之悲，即成为亡国之痛或故国之思的同义语。一说，就诗的本身，看不出写的是周大夫悲故都镐京，只不过是一个失意的行路人倾诉自己的痛苦。录以备考。

【集评】

[1] 感慨沉痛，细读之，有不欷歔欲泣者？（戴君恩《诗经臆评》）

[2] 三章只换六字，而一往情深，低徊无限。（方玉润《诗经原始》）

伐　　檀

坎坎伐檀兮[1]，置之河之干兮，河水清且涟猗[2]。不稼不穑，胡取禾三百廛兮[3]？不狩不猎，胡瞻尔庭有县貆兮[4]？彼君子兮，不素餐兮！

坎坎伐辐兮，置之河之侧兮，河水清且直猗。不稼不穑，胡取禾三百亿兮[5]？不狩不猎，胡瞻尔庭有县特兮[6]？彼君子兮，不素食兮！

坎坎伐轮兮，置之河之漘兮[7]，河水清且沦猗[8]。不稼不穑，胡取禾三百囷兮[9]？不狩不猎，胡瞻尔庭有县鹑兮？彼君子兮，不素飧兮！

【注释】

[1] 坎坎：伐木声。下文"干"，岸。

[2] 涟：水面波纹。猗（yī）：语气词，犹"兮"、"啊"。

[3] 三百：言其多，不一定是实数。廛（chán）：束，捆。一说，为百亩之田。

[4] 县：通"悬"，悬挂。貆（huán）：小貉（狗獾）。

[5] 亿：禾束之数，十万曰亿。

[6] 特：三岁之兽。

[7] 漘（chún）：水边。

[8] 沦：水流旋转。

[9] 囷（qūn）：圆形的谷仓。

【题解】

此魏风之诗，为怨刺诗，刺不劳而获的剥削者。每章之前三句描写劳动者伐木造车的环境。环境是美好的，平静的，他们的心情却不平静，充满怨恨。他们质问剥削者，你不稼不穑，不狩不猎，院子里哪来这么多的谷物和兽产！那些称得起君子的人，是不白吃饭的啊！

硕　鼠

　　硕鼠硕鼠，无食我黍。三岁贯女[1]，莫我肯顾。逝将去女[2]，适彼乐土。乐土乐土，爰得我所[3]。

　　硕鼠硕鼠，无食我麦。三岁贯女，莫我肯德。逝将去女，适彼乐国。乐国乐国，爰得我直[4]。

　　硕鼠硕鼠，无食我苗。三岁贯女，莫我肯劳。逝将去女，适彼乐郊。乐郊乐郊，谁之永号[5]！

【注释】

[1] 三岁贯女：多年养着你。贯，服事。
[2] 逝将去女：发誓要离开你。逝，通"誓"。
[3] 爰：乃。所：处所。
[4] 直：通"值"，（劳动的）代价。
[5] 永号（háo）：长叹。号，大声喊叫。

【题解】

　　此魏风之诗，亦怨刺诗，刺横征暴敛的统治者。诗人形象地把统治者比作贪得无厌的大老鼠：多年豢养着你，你却无情无义，不知顾恤。我发誓要离开你，另寻去处。这里特别值得提出的是"乐土"思想。这个乐土是安居乐业的，没有不平的，劳动能获得相应的报酬的地方，这是不是数千年后空想社会主义思想的滥觞呢？对理想社会的期望与追求，是人类进步的动力。

【集评】

　　[1]《硕鼠》，刺重敛也。国人刺其君重敛，蚕食于民，不修其政，贪而畏人若大鼠也。（《毛诗序》）

蒹　葭

　　蒹葭苍苍[1]，白露为霜。所谓伊人[2]，在水一方。溯洄从之[3]，道阻且长。溯游从之[4]，宛在水中央。

　　蒹葭凄凄，白露未晞[5]。所谓伊人，在水之湄[6]。溯洄从之，道阻且跻[7]。溯游从之，宛在水中坻[8]。

蒹葭采采，白露未已。所谓伊人，在水之涘。溯洄从之，道阻且右[9]。溯游从之，宛在水中沚[10]。

【注释】

[1] 蒹（jiān）葭（jiā）：芦苇。苍苍：茂盛貌。下文"凄凄（萋萋）"、"采采"，同义。

[2] 伊人：此人。

[3] 溯洄从之：沿着曲折的河岸向上流追求。

[4] 溯游从之：沿着直流的河岸向下流追求。游，通"流"。下文"宛"，分明可见。

[5] 晞（xī）：干。

[6] 湄：水滨。下文"涘（sì）"，同义。

[7] 跻（jī）：登，升高。

[8] 坻（chí）：水中的小块高地。

[9] 右：迂曲。

[10] 沚（zhǐ）：水中小洲。

【题解】

此秦风之诗，为怀人诗。诗中反复涵咏的蒹葭白露，秋水伊人，构成一幅既亲切又渺远清高的美丽的图画，颇似神仙境界；而"所谓伊人"，简直就是神仙中人，无论是"溯洄从之"，还是"溯游从之"，总是可望而不可即，总是既亲切而又渺远清高。是绝色的佳人，还是绝伦的贤士？只有诗人自己知道了。我们能够想象的，是这缥缈的意境；能够体会的，是这诚挚的情怀。

【集评】

[1] 意境空旷，寄托元淡，秦川咫尺，宛然有三山云气，竹影仙风，故此诗在《国风》为第一缥缈文字，宜以恍惚迷离读之。（陈继揆《读诗臆补》）

[2] 此自贤人隐居水滨，而人慕而思见之诗。"在水之湄"，此一句已了，更加"溯洄"、"溯游"，两番摹拟，所以写其深企愿见之状。于是，于下一"在"字上添一"宛"字，遂觉点睛欲飞，入神之笔。（姚际恒《诗经通论》）

无　衣

岂曰无衣？与子同袍[1]。王于兴师[2]，修我戈矛，与子同仇[3]！
岂曰无衣？与子同泽[4]。王于兴师，修我矛戟，与子偕作[5]！
岂曰无衣？与子同裳[6]。王于兴师，修我甲兵，与子偕行！

【注释】

[1] 袍：长袍。
[2] 于：助词，无义。
[3] 同仇：共同对敌。
[4] 泽：内衣，汗衫。
[5] 偕作：一起振作，干起来。
[6] 裳：下衣，裤。

【题解】

此秦风之诗，为秦国士兵的军歌，以简劲铿锵的音节反映慷慨从军和团结友爱的精神。"同仇"、"同泽"、"同裳"，是亲如兄弟，相互关照（同仇之"仇"似不当解作仇敌，《毛传》："仇，匹也。"）；"修我"三句，是积极准备，勇往直前。全诗意气高昂，态度乐观，行为主动，不是什么刺用兵之诗。究其口气，也不大可能是申包胥乞师救楚，秦哀公同意发兵时所作。不详论。

【集评】

[1] 毅然以天下大义为己任，其心忠而诚，其气刚而大，其词壮而直。……千载而下，闻其风莫不兴起。（谢枋得《诗传注疏》）
[2] 英壮迈往，非唐人出塞诸诗所能及。（吴闿生《诗义会通》引旧评）

月　　出

月出皎兮[1]，佼人僚兮[2]。舒窈纠兮[3]，劳心悄兮[4]。
月出皓兮，佼人忉兮[5]。舒忧受兮[6]，劳心慅兮[7]。
月出照兮，佼人燎兮[8]。舒夭绍兮[9]，劳心惨兮[10]。

【注释】

[1] 皎：洁白。
[2] 佼（jiǎo）人：美人。僚（liáo）：美好貌。
[3] 舒：发语词，无义。一说是舒徐义。窈纠（jiǎo）：体态苗条。
[4] 劳心：忧心，心忧。悄（qiǎo）：烦闷。
[5] 忉（liú）：娇好。
[6] 忧（yōu）受：优美安闲。
[7] 慅（sǎo）：心动貌。

[8] 燎（liáo）：亮丽。

[9] 夭绍：身材好。

[10] 惨（zào）：烦躁。

【题解】

　　此陈风之诗，为怀人诗。在洁白清亮的月光下，诗人反复咏叹，"僚"、"懰"、"燎"，描写整体的美；"窈纠"、"懮受"、"夭绍"，则状其体态之美。"悄"、"慅"、"惨"，则形容诗人自己劳心苦思的心态。究竟是在月光下见到了真在的美人呢，还是由于月光的触动而想起了曾经有过的情景呢？不得而知。这样的作品，似乎不必深究其具体的现实内容，只须享受艺术的"纯美"就可以了。这么一说，《月出》竟然有了符合千百年后唯美主义美学要求的嫌疑了！

【集评】

　　[1] 此诗虽男女词，而一种幽思牢愁之意固结莫解，情念虽深，心非淫荡。且从男意虚想，活现出一月下美人，并非实有所遇，盖巫山洛水之滥觞也。不料诸儒认以为真，岂不为诗人所哂？（方玉润《诗经原始》）

七　月

　　七月流火[1]，九月授衣。一之日觱发[2]，二之日栗烈[3]。无衣无褐，何以卒岁！三之日于耜[4]，四之日举趾[5]。同我妇子，馌彼南亩，田畯至喜[6]。

　　七月流火，九月授衣。春日载阳[7]，有鸣仓庚，女执懿筐，遵彼微行，爰求柔桑。春日迟迟[8]，采蘩祁祁。女心伤悲，殆及公子同归[9]。

　　七月流火，八月萑苇[10]。蚕月条桑，取彼斧斨，以伐远扬，猗彼女桑[11]。七月鸣鵙[12]，八月载绩。载玄载黄，我朱孔阳[13]，为公子裳。

　　四月秀葽[14]，五月鸣蜩。八月其获[15]，十月陨萚。一之日于貉[16]，取彼狐狸，为公子裘。二之日其同[17]，载缵武功。言私其豵[18]，献豜于公。

　　五月斯螽动股[19]，六月莎鸡振羽。七月在野，八月在宇，九月在户，十月蟋蟀入我床下。穹窒熏鼠[20]，塞向墐户。嗟我妇子，曰为改岁，入此室处。

　　六月食郁及薁[21]，七月亨葵及菽[22]。八月剥枣[23]，十月获稻。为此春酒[24]，以介眉寿。七月食瓜，八月断壶[25]，九月叔苴。采荼薪樗[26]，食我农夫。

　　九月筑场圃，十月纳禾稼。黍稷重穋[27]，禾麻菽麦。嗟我农夫，我稼既同，上入执宫功[28]。昼尔于茅，宵尔索绹[29]，亟其乘屋，其始播百谷。

二之日凿冰冲冲，三之日纳于凌阴[30]，四之日其蚤[31]，献羔祭韭。九月肃霜[32]，十月涤场。朋酒斯飨，曰杀羔羊[33]。跻彼公堂[34]，称彼兕觥，万寿无疆！

【注释】

[1] 流火：大火星向西偏。流，下也。火，星名，或称大火，偏西向下，是暑退将寒之时。故下句有"授衣"（授以御寒之冬衣）之说。

[2] 一之日：夏历十一月。下文"二之日"，十二月；"三之日"，正月；"四之日"，二月。周人兼用夏正，王先谦《诗三家义集疏》："此诗言'月'者皆夏正，言一、二、三、四'之日'者，皆周正。"觱发（bì bō）：风寒。

[3] 栗烈：气寒。

[4] 于耜（sì）：修整农具。于，为。

[5] 举趾：犹言动腿，指下地劳动。

[6] "同我"三句：老者（"我"）与妇女孩子往田地给耕作者送饭，田官见了表示高兴。馌（yè），馈食，送饭。田畯（jùn），监管农事者。

[7] 载阳：天气暖和起来了。载，开始。下文"仓庚"，黄莺。"懿筐"，深筐。微行（háng）：小路。

[8] 迟迟：缓缓。指春天白昼渐长。下句"蘩（fán）"，白蒿，用于养蚕。一说用于祭祀。"祁祁"，多貌。

[9] "女心"二句：朱注："盖是时公子犹娶于国中，而贵家大族连姻公室者亦无不力于蚕桑之务，故其许嫁之女，预以将及公子同归而远其父母为悲也。"殆及，将与。公子，诸侯之子。

[10] 萑（huán）苇：蒹葭，芦苇类植物。此指采集并储备萑苇，为明年做蚕箔之用。

[11] "蚕月"四句：写三月（"蚕月"）里修理桑树。条，作动词用。斨（qiāng），方孔的斧子。远扬，伸长突起的桑枝。猗，通"掎（jǐ）"，牵引，亦是理顺之意。女桑，桑条之柔弱者。

[12] 鵙（jié）：即伯劳鸟。下文"绩"，纺绩。

[13] "载玄"二句：丝织品有玄（黑红）色、黄色，而以朱（正红）色最为鲜明。孔，极其。阳，鲜亮。

[14] 秀葽（yāo）：葽草结实。葽，或即今之远志，可入药。下文"蜩（tiáo）"，蝉。

[15] 获：收获农作物。下文"陨萚（tuò）"，落叶。

[16] 于貉（hè）：与下文"取彼狐狸"互文见义，言猎取狐貉。于，取。貉，狐类。

[17] 同：会同。指集合猎手，整队出猎。下文"缵（zuǎn）"，继续。"武功"，田猎（有练兵作用）之事。

[18] 私其豵（zōng）：猎得的小兽归自己。豵，一岁的猪。下句说，大兽献给公家。豜（jiān），三岁的猪，指代大兽。

[19] 斯螽（zhōng）：蝗一类的昆虫，旧说以两股相切摩而发鸣声。下文"莎（suō）

鸡"，今名纺织娘，以鼓翅发声。

[20] 穹窒：把空隙（比如说墙缝）塞住。下文说堵上朝北的窗，用泥涂抹（竹木编成的）门。墐（jǐn），用泥涂。以上均指准备过冬。

[21] 郁、薁（yù）：郁为梨的一种，薁为李的一种（依高亨说），一说为葡萄。

[22] 亨：通"烹"。葵、菽：葵菜与豆类。

[23] 剥：通"扑"，敲击。

[24] 春酒：冬酿春熟的酒。下文说，祝老者长寿。"介"，借为"丐"，求也，眉寿，老人眉毛之秀出者，古时以为寿者相。

[25] 断壶：摘葫芦。下文"叔苴（jū）"，拾取麻子。

[26] 采荼薪樗（chū）：采集苦菜吃，砍来臭椿当薪柴。薪，作动词用。樗，材质粗疏之所谓恶木。下文"食（sì）"，给吃，供养。

[27] 重穋（chóng lù）：或写作"穜稑"。先种后熟曰重，后种先熟曰穋。

[28] "上入"句：还得到统治者家里去修缮房屋，上，通"尚"，还得。执，行。宫功，修建房舍之事。功，事。

[29] "昼尔"二句：白天采集茅草，晚上（用茅草）搓成绳子。尔，助词无义。下二句说，赶紧上屋修缮，春耕播种的季节就要到了。按，此四句叙述农夫为自己补屋。

[30] 纳于凌阴：放入冰窖里。

[31] 蚤：通"早"，早朝，即下文之"献羔祭韭"，仲春二月，用羔羊与韭菜献祭祖先的仪式。

[32] 肃霜：霜降之后，天气清肃。下文"涤场"，清理场院。

[33] "朋酒"二句：用羊羔酒浆招待人。朋酒，连成一对的两樽酒。斯、曰，语词无义。

[34] 跻彼公堂：登上了乡村的会所（公共场所）。下文"称彼兕觥"，举起酒杯相互祝贺。兕觥，用兕角制成的饮酒器。

【题解】

此豳风之诗，为农事诗。大体来说，第一章自深秋写到来年春耕；第二章描述在大好春光中妇女采桑的景象；第三章写修整桑树与纺绩制衣；第四章记田猎之事；第五章以斯螽、莎鸡、蟋蟀记物候，准备过冬；第六章写各项作物的收获；第七章写打场收粮，然后修缮房舍；第八章写凿冰藏冰，祭祀，在公共场所集会宴饮。全面地叙述了一年之间农夫们从播种到收粮，从治桑到制衣，从打猎到修房等的生产与生活情况，历历在目，栩栩如生。在平实质朴的叙述与描写中，渗透了劳动者的思想感情和他们的苦乐。这在中国文学史上的农事诗系列中具有极其重要的意义（参阅本书范成大《四时田园杂兴六十首》及题解）。

【集评】

[1] 衣食为经，月令为纬，草木禽兽为色，横来竖去，无不如意。固是叙述忧勤，然即事感物，兴趣更自有馀。体被文质，调兼《雅》、《颂》，真是无上神品。（陈子展《诗经直解》引孙鑛）

东　山

我徂东山[1]，慆慆不归。我来自东[2]，零雨其濛。我东曰归，我心西悲。制彼裳衣，勿士行枚[3]。蜎蜎者蠋[4]，烝在桑野。敦彼独宿，亦在车下[5]。

我徂东山，慆慆不归。我来自东，零雨其濛。果臝之实[6]，亦施于宇。伊威在室[7]，蠨蛸在户。町畽鹿场，熠耀宵行[8]。不可畏也，伊可怀也[9]。

我徂东山，慆慆不归。我来自东，零雨其濛。鹳鸣于垤[10]，妇叹于室。洒扫穹窒，我征聿至。有敦瓜苦[11]，烝在栗薪。自我不见，于今三年。

我徂东山，慆慆不归，我来自东，零雨其濛。仓庚于飞，熠耀其羽。之子于归[12]，皇驳其马。亲结其缡，九十其仪[13]。其新孔嘉，其旧如之何？

【注释】

[1] 徂（cú）东山：前往东山。东山，行师攻伐所至之地。下文"慆（tāo）慆"，久久。或作"滔滔"。

[2] 我来自东：我自东边返回（战士东征，而家园在西）。下句"零雨其濛"，小雨迷濛。

[3] "制彼"二句：大意或者是说，（回家之后）做一套普通人的衣服，不再从军作战了。士，通"事"，从事。行枚，义同"横枚"，行军时口中横衔着枚（形制如筷子），以防出声。

[4] 蜎（yuān）蜎者蠋（zhú）：蠕动着的桑间野蚕。下文"烝（zhēng）"，久也。

[5] "敦（duī）彼"二句：我也是缩作一团，在车下过夜。敦，团团，一说独处貌。

[6] 果臝（luǒ）：瓜蒌，葫芦科植物。下句"施（yì）于宇"，吊挂在屋檐间。施，蔓延。

[7] 伊威：土鳖虫之类。下文"蠨蛸（xiāo shāo）"：今名喜蛛。

[8] "町畽（tǐng tuǎn）"二句：宅旁空地，也许成了野兽出没之所，田地间也许闪耀着萤光。熠耀（yì yào），闪光，光亮。宵行，磷火。

[9] 伊：此也。指上述想象中可能破败了的家园。

[10] 鹳（guàn）鸣于垤（dié）：鹳鸟在土堆上鸣叫。按，此为兴，兴起下句"妇叹于室"。

[11] 瓜苦：指匏瓜，可一剖为二以盛酒浆，用于婚礼上之夫妻合 。下文"栗薪"，堆起来的柴火。

[12] 之子于归：这位女子出嫁。下句说拉车的马有黄白色的（"皇"），也有赤白色（"驳"）的。

[13] "亲结"二句：母亲为她结好佩巾，婚礼非常隆重。九十，言其繁多。

【题解】

此豳风之诗，为行役诗。写一位从东山征战归来的军人途中所历所感，前人或以为背景即是周公东征之事。第一章着重表达过和平生活的强烈愿望，第二章说多年在外，家园也许破败不堪了，即使如此，仍然热爱它，归心似箭，第三、四章用全诗的二分之一篇幅怀念自己的妻子，想象她在家里叹息，并忙于洒扫，念叨着"我的征人要回来了！"又进而回忆结婚时的亲切温馨的场景，最后说，当时她是多好啊，现在是不是还好啊，会不会这些年操劳过度，累坏了啊！每章前四句反复咏叹，"慆慆"突出行役之久，"零雨其濛"衬托归途心情是如此沉重。以兴为主，比、兴错落其间，叙述中有想象，还有想象中之想象（征人想象妻子如何想念自己），章法句法极为整饬而内容却丰富多彩。是同类题材的代表作之一。

【集评】

[1]《东山》之三章……四章……写闺阁之致，远归之情，遂为六朝唐人之祖。（王士禛《渔洋诗话》）

[2]《东山》诗何故四章俱云"零雨其濛"？盖行者思家，惟雨雪之际最难为怀。……《七月》诗中有画，《东山》亦然。古人文字不可及处在一真字。如《东山》诗言情写景亦止是真处不可及耳。（陈子展《诗经直解》引王照圆《诗说》）

[3] 一篇悲喜离合，都从室家男女生情。（牛运震《诗志》）

[4]《东山》一诗，乃后来从军行、出塞曲之祖。（陈继揆《读诗臆补》）

采　　薇

采薇采薇[1]，薇亦作止[2]。曰归曰归，岁亦莫止[3]。靡室靡家，玁狁之故[4]。不遑启居[5]，玁狁之故。

采薇采薇，薇亦柔止。曰归曰归，心亦忧止。忧心烈烈，载饥载渴。我戍未定，靡使归聘[6]。

采薇采薇，薇亦刚止。曰归曰归，岁亦阳止[7]。王事靡盬[8]，不遑启处。忧心孔疚[9]，我行不来。

彼尔维何[10]？维常之华。彼路斯何[11]？君子之车。戎车既驾，四牡业业[12]。岂敢定居，一月三捷。

驾彼四牡，四牡骙骙[13]。君子所依，小人所腓[14]。四牡翼翼[15]，象弭鱼服。岂不日戒，猃狁孔棘[16]！

昔我往矣，杨柳依依。今我来思，雨雪霏霏。行道迟迟，载渴载饥。我心伤悲，莫知我哀！

【注释】

[1] 薇：豆科植物，嫩苗可食。

[2] 作：起；长出来。止：语尾助词。无义。

[3] 莫：暮。

[4] "靡室"两句：意谓远离家室，（等于没有家。"靡（mǐ）"，无）是为了抵御猃狁。猃狁（xiǎn yǔn），西周时种族名，秦汉时称匈奴，长期为中原地区之边患。

[5] 不遑启居：无暇休息。

[6] 靡使归聘：无人归乡代为慰问家室。聘，问也。

[7] 阳：十月为阳。

[8] 王事靡盬（gǔ）：公家之事没有止息。

[9] 孔疚：非常痛苦。下文"来"，归来。

[10] 尔：同荠（ěr），花盛貌。下文说，那是棠棣的花。

[11] 路：大车。下文"君子"，指将帅。

[12] 牡：驾车的雄马。业业：高大貌。

[13] 骙（kuí）骙：马强壮貌。

[14] 腓（féi）：凭依，依托。

[15] 翼翼：整齐貌。下句"象弭鱼服"，象牙做的弭（弓端受弦之处），沙鱼皮做的箭袋。

[16] 孔棘：（军情）很紧急。

【题解】

此小雅之诗，亦行役诗。与《东山》不同之处在于，《东山》着重叙写归途之所见所感，本篇则是着重追忆行役中的经历情思。以"薇"之"作"、"柔"（柔嫩时）、"刚"（老壮时）起兴，亦有时间推移之义。士兵行役历久不归，有家有室等于无家无室的原因，诗人反复强调是"猃狁之故"，是"猃狁孔棘"，对自己"载饥载渴"、"不遑启处"的艰辛从事表示理解，洋溢着舍己为公的爱国精神。最后一章，写终于可以回家了，这才迸发出压抑已久的痛苦感情："我心伤悲，莫知我哀！"真是呕心沥血。"昔我"四句，以景托情，情景交融，而形象生动，自是千古名句。

【集评】

[1] 愚谓曰归岁暮，可以预计；而柳往雪来，断非逆覩。使当前好景亦可代言，则景必不真；诗何能动人乎？此诗之佳全在末章，真情实景，感时伤事，别有深情，不可言喻，故曰莫知我哀。不然，凯奏生还，乐矣，何哀之有邪？（方玉润《诗经原始》）

北 山

陟彼北山[1]，言采其杞。偕偕士子[2]，朝夕从事。王事靡盬，忧我父母[3]。

溥天之下，莫非王土。率土之滨，莫非王臣。大夫不均，我从事独贤[4]！

四牡彭彭[5]，王事傍傍。嘉我未老，鲜我方将。旅力方刚，经营四方[6]。

或燕燕居息[7]，或尽瘁事国，或息偃在床，或不已于行。

或不知叫号[8]，或惨惨劬劳，或栖迟偃仰，或王事鞅掌[9]。

或湛乐饮酒，或惨惨畏咎，或出入风议，或靡事不为。

【注释】

[1] 陟（zhì）：登，登上。下文"杞"，枸杞。按，此以"采杞"起兴。

[2] 偕偕士子：诗人自指。偕偕，强壮貌。士子，统治阶级王、公、大夫、士的最低一级。

[3] "王事"二句：朝廷的差使无休无止，使我的父母为我担忧。靡，无。盬（gǔ），止。

[4] 独贤：犹言独劳。

[5] 四牡彭（bāng）彭：马车在奔驰。牡，驾车的公马。彭彭，不得止息。下文"傍（bēng）傍"，无穷无尽。

[6] "嘉我"四句：看上我年富力强，让我奔走四方办差事。鲜，善也。将，壮也。旅力，同膂力。

[7] 燕燕居息：安逸地在私居休息。

[8] 不知叫号（háo）：没有体验过痛苦。下句"惨惨劬劳"，忧心而劳神。

[9] 鞅掌：仓促烦扰。

【题解】

此小雅之诗，为怨刺诗。当是王朝多事之秋，政令苛烦，事务忙碌，而"大夫不均，我（士）从事独贤！"揭露统治阶级内部劳逸不均，上层统治者耽于逸乐，而劳其下臣任意驱使的现象。在艺术上的一大特色，是后三章连用十二个"或"字,构成六组形象鲜明的对比,而且没有收束语,似乎事犹未尽,意犹未尽,还要继续对比下去。怨之深而刺之厉,别开生面。

【集评】

[1]《鸱鸮》诗连下十"予"字,《蓼莪》诗连下九"我"字,《北山》诗连下十二"或"字。情至,不觉音之繁、辞之复也。后昌黎(韩愈)《南山》用《北山》之体而张大之,下五十余"或"字,然情不深而侈其辞,只是汉赋体段。(陈子展《诗经直解》引沈德潜)

公　刘

笃公刘[1]!匪居匪康。乃场乃疆,乃积乃仓[2]。乃裹糇粮,于橐于囊[3]。思辑用光[4],弓矢斯张,干戈戚扬,爰方启行。

笃公刘!于胥斯原[5]。既庶既繁[6],既顺乃宣,而无永叹。陟则在巘,复降在原[7]。何以舟之?维玉及瑶,鞞琫容刀[8]。

笃公刘!逝彼百泉,瞻彼溥原[9]。乃陟南冈,乃觏于京[10]。京师之野[11],于时处处,于时庐旅,于时言言,于时语语。

笃公刘!于京斯依[12]。跄跄济济[13],俾筵俾几。既登乃依[14],乃造其曹。执豕于牢,酌之用匏。食之饮之,君之宗之[15]。

笃公刘!既溥既长[16]。既景乃冈,相其阴阳,观其流泉[17]。其军三单[18]。度其隰原[19],彻田为粮,度其夕阳,豳居允荒[20]。

笃公刘!于豳斯馆[21]。涉渭为乱,取厉取锻。止基乃理[22],爰众爰有。夹其皇涧,溯其过涧。止旅乃密,芮鞫之即[23]。

【注释】

[1] 笃公刘:实诚的公刘。笃,厚也,赞美之辞。公刘,周族始祖后稷的曾孙。下句说他不敢安居懈怠。

[2] "乃场(yì)"二句:整理田界,积贮粮食。场、疆,田界。

[3] "乃裹"二句:用口袋(有底为囊,无底为橐)把粮装起来。糇(hóu)粮,干粮。

[4] 思辑用光:公刘想着要团结本族,光大事业。下文三句说,于是把族人武装起来,开始迁徙。"戚"、"扬",斧类的武器。"方",开始。

[5] 胥斯原:考察这原野(指豳地,在今陕西彬县)。

[6] 既庶既繁:人口众多,又物产丰富。下句说民心和顺,民情宣畅。

[7] "陟则"二句:公刘或登上山顶,或下至平地。指考察地理环境。巘(yǎn),小

山，山顶。

[8]"何以"三句：公刘身上带着什么？是装饰着玉石的佩刀。舟，通"周"，环绕。鞞琫（bǐng běng），刀鞘上的装饰物，在上曰琫，在下曰鞞。容，装饰。

[9]"逝彼"二句：前往泉水众多之处，观察开阔的平原。

[10]乃觏（gòu）于京：于是看到了（南冈之下的）京。京，豳之地名。

[11]京师：犹言京邑。师，都邑。下文"于时处处"，于是乎人民居有定所。"庐旅"，过路人有了寄寓。

[12]依：安居，指定都于此。以下数句是对庆典的描述。

[13]跄（qiǎng）跄济（jǐ）济：士大夫们安详、庄重的仪态。

[14]"俾筵"二句：摆好筵席，安置几案，然后登席凭几。俾，使之。下句"乃造其曹"，犹言排座次。曹，群，指众宾。

[15]"食（sì）之"二句：公刘请他们（众宾）吃，请他们饮，做他们的君主和族长。饮（yìn），给喝。

[16]既溥既长：开垦的土地很广大。

[17]"既景（yǐng）"三句：根据日影测定方位，又登上高冈，察看山南山北，勘查泉水的情况。景，通"影"，作动词用。

[18]其军三单：朱注："未详。"今疑当时兵民合一，此实指劳动组织的编制。

[19]度（duó）其隰（xí）原：测量土地。隰，低洼地。

[20]"彻田"三句：治理土地，播种庄稼，又丈量山的西边的地方，豳人之所居确实很广阔了。彻，治。夕阳，指代西边。荒，大。

[21]馆：作动词，修建房舍。

[22]"涉渭"四句：渡过渭水，取来厉石和锻石，锄头也修理好了。乱，截流横渡。"厉（砺）是磨刀石，锻是锤物石。……'止基'即镃錤（锄）。"（见高亨《诗经今注》）下句"爰众爰有"，人也众了，物也有了。

[23]"夹其"四句：大意谓选定皇涧与过涧一带的水边，安置后来的族众。皇涧、过涧，涧名。密，安也。芮（汭，ruì）鞫，河道弯曲处，岸内凹为汭，岸外凸为鞫。之即，就此。

【题解】

此大雅之诗，为周民族的史诗。歌颂公刘率领周族从邰（今陕西武功县境）迁豳，考察地理，安顿族人，开荒耕种，庆贺定都，并继续修建，扩大规模，终于使周族强盛繁荣起来。周以农立国，选地定居与发展农业占了全诗的几乎全部篇幅。语言质朴而时见艰涩，可见成篇较早。但周密的叙事中有生动的描写，章句整齐，结构完整，是史诗中的佳作之一。

良　　耜

畟畟良耜[1]，俶载南亩。播厥百谷，实函斯活[2]。或来瞻女，载筐及筥。

其馌伊黍[3],其笠伊纠。其镈斯赵[4],以薅荼蓼。荼蓼朽止,黍稷茂止。获之挃挃[5],积之栗栗。其崇如墉,其比如栉[6],以开百室。百室盈止,妇子宁止。杀时犉牡,有捄其角[7]。以似以续,续古之人[8]。

【注释】

[1] 畟(cè)畟良耜(sì):锋利的好犁头。下文"俶(chù)",开始(耕种)。载,事。

[2] 实函斯活:播下的种子成活。实,谷种。函,含有生机。

[3] "或来"三句:指给田间劳动者送饭。女,通"汝",指农夫。载,背负。筥(jǔ),圆形的竹制盛器。馌,通"饷"。黍,泛指食物。

[4] "其笠"二句:农夫的笠子是草绳编的,锄头是用来松土的。镈(bó),锄类的农具。赵,刺。下文"薅(hāo)",除草。荼,陆地杂草。蓼(liǎo),水中杂草。

[5] 挃(zhì)挃:割取庄稼的声音。下文"栗栗",堆积众多貌。

[6] "其崇"二句:谷堆垛起来高如墙,排起来密如篦。栉,梳篦的总称。下文"室",指粮仓说。

[7] "杀时"二句:杀牲祭祖。时,此。犉(rún)牡,黄毛黑唇的公牛。捄(qiú),长而曲。

[8] "以似"句:这样做是为了承前启后。似,通"嗣",承往年。续,启以后。下文"古之人",指祖先说。

【题解】

　　此周颂之诗,为秋收后答谢社稷神的朝廷乐歌,《诗序》云:"秋报社稷也。"开篇至"黍稷茂止",写春夏的犁地,播种,除草,庄稼成熟茂盛,在繁忙的劳动中插入一个饷饭的场景。"获之挃挃"至"妇子宁止",写秋季的收获,用夸张与比喻来表达丰收的喜悦,连妇女孩子们也心里踏实。最后四句归结到杀牲祭祀,表示要承前启后,继续祖先的事业。看来,周人对自己的农耕生活的前途是信心十足的。

【参考书】

　　[1]《诗经今注》,高亨注,上海古籍出版社1980年版。
　　[2]《国风选译》(增订本),陈子展选译,上海古籍出版社1983年版。
　　[3]《诗经选》,余冠英注译,人民文学出版社1956年版。

左 传

《左传》，亦称《左氏春秋》或《春秋左氏传》，相传为左丘明撰，成书当在战国初年。编年体史书，系统翔实地记录了二百五十五年间春秋列国政治、军事、外交各方面的重大事件，以及社会生活、礼仪制度、天道灾祥等等。《左传》标志着我国记叙散文的发展达到一个空前的高度：就取材说，剪裁精当，组织严密；就行文说，曲折委婉，跌宕多姿；就情节说，不仅有梗概，而且有细节；就人物说，不仅有共性，而且有个性。语言精练准确，生动传神。辞令之美，尤为后人所称许。有《春秋左传正义》六十卷（《四库全书》本）。

郑伯克段于鄢[1]

初，郑武公娶于申，曰武姜[2]。生庄公及共叔段。庄公寤生[3]，惊姜氏，故名曰"寤生"，遂恶之。爱共叔段，欲立之。亟请于武公，公弗许。及庄公即位，为之请制[4]。公曰："制，岩邑也[5]，虢叔死焉。佗邑唯命[6]。"请京[7]，使居之，谓之京城大叔。

祭仲曰[8]："都[9]，城过百雉，国之害也。先王之制：大都，不过参国之一[10]，中，五之一；小，九之一。今京不度[11]，非制也。君将不堪。"公曰："姜氏欲之，焉辟害[12]？"对曰："姜氏何厌之有！不如早为之所，无使滋蔓。蔓，难图也。蔓草犹不可除，况君之宠弟乎！"公曰："多行不义，必自毙[13]，子姑待之。"

既而大叔命西鄙北鄙贰于己[14]。公子吕曰[15]："国不堪贰，君将若之何？欲与大叔[16]，臣请事之；若弗与，则请除之。无生民心。"公曰："无庸，将自及。"大叔又收贰以为己邑，至于廪延[17]。子封曰："可矣。厚将得众[18]。"公曰："不义不昵[19]，厚将崩。"

大叔完聚[20]，缮甲兵，具卒乘，将袭郑。夫人将启之[21]，公闻其期，曰："可矣！"命子封帅车二百乘以伐京。京叛大叔段，段入于鄢，公伐诸鄢。五月辛丑，大叔出奔共。……遂置姜氏于城颍而誓之曰[22]："不及黄泉，无相见也[23]！"既而悔之。

颍考叔为颍谷封人[24]，闻之[25]，有献于公。公赐之食。食舍肉[26]，公问之。对曰："小人有母，皆尝小人之食矣[27]，未尝君之羹，请以遗之[28]。"公曰："尔有母遗，繄我独无[29]。"颍考叔曰："敢问何谓也？"公语之故，且告之悔。对曰："君何患焉？若阙地及泉[30]，隧而相见，其谁曰不然！"公从之。

公入而赋："大隧之中，其乐也融融！"姜出而赋："大隧之外，其乐也泄泄[31]！"遂为母子如初。

君子曰[32]："颍考叔，纯孝也。爱其母，施及庄公。《诗》曰[33]：'孝子不匮，永锡尔类。'其是之谓乎！"

（《十三经注疏·春秋左传正义》，北京大学出版社标点本，1999年版。下同）

【注释】

[1] 郑伯：春秋时郑国之君，即郑庄公，姬姓，名寤生。郑为伯爵国，故称郑伯，庄是谥号，公为诸侯之通称。克：战胜。段：郑庄公之弟，又称共（gōng）叔段。共，地名，在今河南辉县。叔，排行在后者。鄢：地名，在今河南鄢陵境内。

[2] 武姜：郑武公夫人。武，取丈夫之谥号。姜，申（在今河南南阳一带）为姜姓国。

[3] 寤生：难产，出生时脚在先头在后。因以为名。寤，牾之借字，逆也。

[4] 为之请制：姜氏为共叔段求封于制。制，邑名，在今河南荥阳西北。

[5] 岩邑：犹言险邑。下文"虢（guó）叔死焉"，虢叔即死于此地。虢叔，东虢国君，为郑所灭。

[6] 佗邑唯命：其他地方则唯命是从。佗，通"他"。

[7] 京：邑名，在今荥阳东南，下文"大（tài）叔"，大，通"太"。

[8] 祭（zhài）仲：郑国大夫。

[9] 都：都邑。下文"城"，城墙。"雉"，高一丈长三丈为一雉。

[10] 参（sān）国之一：国都的三分之一。参，通"三"。

[11] 不度：不合制度。指京的城墙超过百雉。

[12] 焉辟（bì）害：如何能避免这种危害？辟，通"避"。

[13] 自毙：自己摔跟头。毙，跌跤，失败。

[14] 西鄙北鄙：西部与北部的边邑。贰：两属，即明属庄公，暗属自己（共叔段）。

[15] 公子吕：郑国大夫，字子封。

[16] 欲与大叔：如果想把郑国交给太叔。下文"事之"，侍奉太叔。

[17] 至于廪（lǐn）延：（在完全将西鄙北鄙收归己有之后）势力扩展到廪延。廪延，在今河南延津北。

[18] 厚将得众：势力雄厚将得民力。

[19] 不义不昵：不义于君，不亲于兄。

[20] 完聚：修好城池，聚集粮食。下文"甲兵"，铠甲与兵器；"卒乘（shèng）"，步兵与战车。

[21] 启之：开城门接应共叔段。下文"期"，袭郑的日期。

[22] 置：安置，城颍：在今河南临颍西北。

[23] "不及"二句：意谓不死不相见。黄泉，指代墓穴。

[24] 颍谷：在今河南登封西南。封人：管理疆界的官。

[25] 闻之：听到了庄公母子失和之事。下句说，给庄公有所贡献。按，颍考叔是有心

做调解人来见庄公的。

[26] 舍肉：将肉放在一边。

[27] 皆尝：犹言备尝，遍尝。下文"羹"，带汁的肉。

[28] 遗（wèi）：赠送，留给。

[29] 繄（yī）：语气助词，无义。

[30] 阙（jué）：通"掘"。下文"隧"，挖地道。

[31] 泄泄（yìyì）：舒畅貌。

[32] 君子曰：或为作者自己的议论，或为作者取他人之言论（依杨伯峻说）。下文"施（yì）"，延及。

[33]《诗》：《诗经》。以下引文见《大雅·既醉》，大意谓孝子行孝未有尽期，故能永远延及同类。锡，赐。

【题解】

本篇选自《左传·隐公元年》（前722），标题见《春秋经》。姜氏狭隘偏私，叔段浅薄无知而贪婪，得寸进尺。庄公则老谋深算，处心积虑地等待弟弟犯错误，使之道义全亏，人心丧尽，然后一举攻破。不过，事前的包容与事后的补救，又能赢得读者的某种同情。人物性格的刻画有深度有层次，形象鲜明。一个并不复杂的事件，写来一波三折，富有戏剧性。又，末尾叙"黄泉"相见，母子如初，是喜剧，不是丑剧。庄公的愧悔是真心的，这才能主动倾诉，主动释嫌。

【集评】

[1] 以简古透快之笔，写惨刻伤残之事，不特使诸色人须眉毕现，直令郑庄狠毒性情流露满纸，千百载后，可以洞见其心。真是鬼斧神工，非寻常笔墨所能到也。（余诚《重订古文释义新编》卷一）

晋公子重耳之亡[1]

晋公子重耳之及于难也[2]，晋人伐诸蒲城。蒲城人欲战，重耳不可，曰："保君父之命而享其生禄[3]，于是乎得人。有人而校[4]，罪莫大焉。吾其奔也！"

遂奔狄[5]。从者狐偃、赵衰、颠颉、魏武子、司空季子[6]。狄人伐廧咎如[7]，获其二女叔隗、季隗，纳诸公子。公子取季隗[8]，生伯鯈、叔刘；以叔隗妻赵衰，生盾。将适齐[9]，谓季隗曰："待我二十五年，不来而后嫁。"对曰：“我二十五年矣，又如是而嫁，则就木焉[10]。请待子。”处狄十二年而行。

过卫[11]，卫文公不礼焉。出于五鹿[12]，乞食于野人，野人与之块。公子怒，欲鞭之。子犯曰：“天赐也[13]。”稽首[14]，受而载之。

及齐，齐桓公妻之[15]，有马二十乘，公子安之。从者以为不可。将行，谋于桑下。蚕妾在其上[16]，以告姜氏。姜氏杀之，而谓公子曰：“子有四方之志，其闻之者，吾杀之矣。”公子曰：“无之。”姜曰：“行也！怀与安实败名[17]。”公子不可。姜与子犯谋，醉而遣之[18]。醒，以戈逐子犯。

及曹[19]，曹共公闻其骈胁，欲观其裸。浴[20]，薄而观之。僖负羁之妻曰[21]：“吾观晋公子之从者，皆足以相国[22]。若以相，夫子必反其国。反其国，必得志于诸侯。得志于诸侯而诛无礼，曹其首也，子盍早自贰焉[23]。”乃馈盘飧[24]，置璧焉。公子受飧反璧。

及宋[25]，宋襄公赠之以马二十乘。

及郑[26]，郑文公亦不礼焉。叔詹谏曰[27]：“臣闻天之所启[28]，人弗及也。晋公子有三焉，天其或者将建诸[29]？君其礼焉！男女同姓，其生不蕃[30]；晋公子，姬出也[31]，而至于今，一也。离外之患[32]，而天不靖晋国，殆将启之，二也。有三士足以上人[33]，而从之，三也。晋、郑同侪[34]，其过子弟，固将礼焉，况天之所启乎！”弗听。

及楚[35]，楚子飨之，曰：“公子若反晋国，则何以报不穀[36]？”对曰：“子女玉帛，则君有之；羽毛齿革[37]，则君地生焉，其波及晋国者，君之馀也。其何以报君？”曰：“虽然[38]，何以报我？”对曰：“若以君之灵，得反晋国，晋、楚治兵，遇于中原，其辟君三舍[39]。若不获命，其左执鞭弭，右属櫜，以与君周旋。”子玉请杀之。楚子曰：“晋公子广而俭[40]，文而有礼，其从者肃而宽，忠而能力。晋侯无亲[41]，外内恶之。吾闻姬姓，唐叔之后，其后衰者也，其将由晋公子乎？天将兴之，谁能废之！违天必有大咎。”乃送诸秦。

秦伯纳女五人[42]，怀嬴与焉。奉匜沃盥[43]，既而挥之。怒曰[44]：“秦、晋匹也，何以卑我！”公子惧，降服而囚[45]。他日，公享之[46]。子犯曰：“吾不如衰之文也[47]，请使衰从。”公子赋《河水》[48]，公赋《六月》。赵衰曰：“重耳拜赐。”公子降拜稽首，公降一级而辞焉。衰曰：“君称所以佐天子者命重耳，重耳敢不拜[49]！”

二十四年春王正月[50]，秦伯纳之。不书，不告入也[51]。及河[52]，子犯以璧授公子，曰：“臣负羁绁从君巡于天下[53]，臣之罪甚多矣。臣犹知之，而况君乎？请由此亡。”公子曰：“所不与舅氏同心者，有如白水[54]！”投其璧于河。济河，围令狐[55]，入桑泉，取臼衰。二月甲午[56]，晋师军于庐柳。秦伯使公子絷如晋师[57]，师退，军于郇。辛丑，狐偃及秦、晋之大夫盟于郇。壬寅，公子入于晋师。丙午，入于曲沃[58]。丁未，朝于武宫[59]。戊申，使杀怀公于高梁[60]。不书，亦不告也。

【注释】

[1] 重耳：姬姓，名重耳，晋献公之子，史称晋文公（前636—前628年在位）。亡，逃亡，流亡。

[2] 及于难（nàn）：晋献公宠姬骊姬生子奚齐，骊姬为立奚齐为太子，谮害原太子申生与公子重耳、夷吾。申生自杀，重耳出奔蒲城（今山西隰县西北）。夷吾出奔屈（今山西吉县北）。事在僖公五年（前655），此为追叙。

[3] 保：恃，仰赖。生禄：养生的禄邑。下文"得人"，得到众人拥戴。

[4] 校：较量。与（君父）对抗。

[5] 狄：北方部族名。《史记·晋世家》："狄，其（指重耳）母国也。是时重耳年四十三。"

[6] 从者：追随者。狐偃：字子犯，晋大夫，重耳之舅父。赵衰（cuī）：字子馀。颠颉：后亦为大夫。魏武子：魏犨（chóu）。司空季子：名胥臣，字季子。

[7] 廧（qiáng）咎（gāo）如：狄族的一支，隗（wěi）姓。下文"叔隗、季隗"，隗姓二女，叔、季是排行。"纳诸"，进献给……。诸，于。

[8] 取：通"娶"。下文"伯儵（yóu）、叔刘"，伯、叔是排行。"妻（qì）"，以女嫁人，嫁给。

[9] 适齐：前往齐国。齐都临淄，在今山东淄博临淄。

[10] 就木：入棺；老死。

[11] 卫：卫国都朝歌，在今河南淇县。

[12] 五鹿：地名，在今河南清丰西北。下文"野人"，乡野之人，农夫。"块"，土块。

[13] 天赐：有土寓意有国，故以为上天之赐。

[14] 稽（qǐ）首：叩头至地的大礼。下句说，接受土块，载于车上。

[15] 齐桓公：姜姓，名小白。春秋五霸之一。下文"乘（shèng）"，四马驾一车为一乘。

[16] 蚕妾：采桑养蚕的女奴。其上：桑树之上。

[17] 怀与安：依恋妻室，安于现状。

[18] 醉而遣之：灌醉了重耳，打发他上路。下说，重耳酒醒后，恼恨子犯，持戈追击之。

[19] 曹：曹国都陶丘，在今山东定陶。下文说，曹共（gōng）公听说重耳"骈（pián）胁（xié）"（腋下肋骨长在一起）。

[20] 浴：重耳脱衣入浴。下文"薄"，靠近。

[21] 僖负羁：曹国大夫。

[22] 足以相国：完全可以成为辅国良臣。下文"夫（fú）子"，那人，指重耳。反，

通"返"。

[23]"子盍（hé）"句：您何不事先表示一下自己与他人不同的态度（以免将来受祸）呢？

[24] 馈盘飧（sūn）：送给重耳一盘晚餐。下文说，在盘中放了一块璧（表示敬意）。

[25] 宋：宋国都商丘，在今河南商丘。

[26] 郑：郑国都新郑，在今河南新郑。

[27] 叔詹：郑国大夫。

[28] 天之所启：上天所要开导佑助的人。启，开导。下句说，一般人是比不上的。

[29]"天其"句：上天也许要立他为晋国之君呢！其，表揣度之词。下句说，还是礼遇他吧！其，表希冀之词。

[30] 其生不蕃：意谓生育子孙不会多。蕃，盛。

[31] 姬出：姬氏所生。按，晋为姬姓国（始祖为周成王之弟唐叔虞），亦即重耳父母都姓姬，犯了"男女同姓其生不蕃"之忌。下句说，而重耳一直活到现在。

[32] 离外之患：遭到流亡在外的患难。离，通"罹"。下文"靖"，安定。"殆"，大概。

[33] 三士：据《国语·晋语》韦昭注，为狐偃、赵衰、贾佗。上人：才能超过一般人。

[34] 同侪：同等地位。晋、郑同为姬姓国。

[35] 楚：楚国都郢（今湖北荆州）。下文"楚子"，楚成王，本是子爵，自称王。飨（xiǎng），设宴招待。

[36] 不穀：不善。诸侯的谦称。

[37] 羽毛齿革：比如孔雀、旄牛、象牙、犀牛皮之类。下文"波及"，流散而到……。

[38] 虽然：尽管如此。

[39] 辟君三舍：退让您九十里（成语"退避三舍"）。下四句说，如果还得不到您的谅解，那就只好拿起武器，与您较量一番了。鞭弭（mǐ），指弓箭说。櫜（gāo）鞬（jiān），指箭袋说。

[40] 广而俭：志向远大而严于律己。俭，通"检"，约束。

[41] 晋侯：晋惠公夷吾（参见注[2]），先于重耳返国夺位为君。无亲：没有亲附者。

[42] 秦伯：秦穆公，春秋五霸之一。下句"怀嬴与焉"，怀嬴在五人之中。

[43] 奉匜（yí）沃盥：怀嬴捧着匜，倒水给重耳盥洗。匜，青铜盛水器。下文"挥之"，挥手使怀嬴走开。按，此举或有轻慢之意，故下文云云。

[44] 怒曰：主语是怀嬴。下文说，秦与晋是地位相等的国家。

[45] 降服而囚：脱去上衣如囚犯状（以谢罪）。

[46] 享之：宴请重耳。

[47] 文：文彩；善于言辞。

[48]《河水》：当作《沔水》，《诗经·小雅》篇名，首二句云："沔彼流水，朝宗于海。"赋诗言志，可以断章取义。重耳以此表示尊奉秦为上国。下文《六月》，《诗经·小

雅》篇名，述尹吉甫奉周宣王之命出征获胜而建功立业之事。赵衰认为这是以尹吉甫比重耳。

[49]"君称"二句：您（秦伯）称述用以辅佐天子的辞章来教导重耳，重耳怎么敢不拜谢。

[50] 王正月：周历正月。王，指周天子。下句说，秦伯派兵护送重耳返回晋国。纳，入。

[51]"不书"二句：《春秋经》没有记载这件事，是因为晋国与秦国都没有报告给鲁国。按，这是《左传》作者解释《春秋》著作体例之辞。

[52] 河：黄河。

[53] 负羁绁（xiè）：自谦为仆役之辞。负，以肩膀牵引。羁，马络头。绁，马缰绳。按，以下云云，是子犯担心重耳回国之后得志骄纵不念故人，以此敬醒之。

[54]"所不"二句：如若不与舅父同心，有黄河为证！"所……有如"是誓言格式。下文"投璧"，亦是取信之意。

[55] 令（líng）狐：地名。与"桑泉"均在今山西临猗西。"臼衰（cuī）"，在今山西运城西南。"庐柳"，在临猗西北。

[56] 甲午：干支记日。此甲午为二月四日。下文"辛丑"，十一日。"壬寅"，十二日。"丙午"，十六日。"丁未"，十七日。"戊申"，十八日。

[57] 公子絷：秦公子。如晋师：前往晋（怀公）的军队。按，意在表明支持重耳的政治立场。下文"军于郇"，怀公之军退驻郇（地名，在今山西稷山东）。

[58] 曲沃：在今山西曲沃南。

[59] 朝于武宫：朝拜晋武公（重耳祖父）的神庙。

[60] 高梁：在今山西临汾东。

【题解】

本篇选自僖公二十三年、二十四年（前637—前636）。重耳，晋献公之子，为了躲避在晋国内乱中被迫害的祸难，逃亡国外，时间长达十九年（出亡时四十三岁，返晋时六十二岁），经"奔狄"、"过卫"、"及齐"、"及曹"、"及宋"、"及楚"，最后被秦伯收留，以武力护送渡过黄河，终于夺得君位。在长期的磨炼中，重耳由一个平常的贪图安逸胸无大志的公子（试看他在齐国的无赖，是被灌醉了酒打发走的），转变为一个老练的"广而俭，文而有礼"的政治家（试看他回答楚子"何以报我"时的有理有节，不卑不亢；在秦国为了一点无心之过又怎样赔礼道歉）。数年之后，晋、楚战于城濮，这位楚子（楚成王）是主张回避重耳（晋文公）的，他感叹说："晋侯在外十九年矣，而果得晋国。险阻艰难，备尝之矣；民之情伪，尽知之矣。"全文条理清晰，叙事明快，细节的描写尤为精彩。

【集评】

[1] 此文精神只在得人，而兼写公子，并及天命。……于是一篇中，时而从者，时而女子，时而天命，时而公子，读者眼光不知所措，而孰知草蛇灰线，一笔不乱耶。（王源《文章练要》）

烛之武退秦师[1]

晋侯、秦伯围郑[2]，以其无礼于晋[3]，且贰于楚也。晋军函陵[4]，秦军氾南。佚之狐言于郑伯曰[5]："国危矣，若使烛之武见秦君，师必退。"公从之。辞曰[6]："臣之壮也，犹不如人；今老矣，无能为也已。"公曰："吾不能早用子，今急而求子，是寡人之过也。然郑亡，子亦有不利焉。"许之。

夜缒而出[7]，见秦伯，曰："秦、晋围郑，郑既知亡矣。若亡郑而有益于君，敢以烦执事[8]。越国以鄙远[9]，君知其难也，焉用亡郑以陪邻[10]？邻之厚，君之薄也。若舍郑以为东道主[11]，行李之往来[12]，共其乏困，君亦无所害。且君尝为晋君赐矣，许君焦、瑕，朝济而夕设版焉，君之所知也[13]。夫晋，何厌之有！既东封郑，又欲肆其西封[14]，若不阙秦[15]，将焉取之？阙秦以利晋，唯君图之。"

秦伯说[16]，与郑人盟，使杞子、逢孙、杨孙戍之，乃还。子犯请击之。公曰："不可。微夫人之力不及此[17]。因人之力而敝之[18]，不仁；失其所与[19]，不知；以乱易整[20]，不武。吾其还也。"亦去之。

【注释】

[1] 烛之武：郑大夫。烛，或是以地为姓氏。一说烛是其采邑。
[2] 晋侯：晋文公（重耳）。秦伯：秦穆公。郑：郑国都新郑（今河南新郑）。
[3] 无礼于晋：见《晋公子重耳之亡》："及郑，郑文公亦不礼焉。"下文"贰于楚"，偏心向楚。按，郑曾助楚击秦。
[4] 军：驻军。函陵：山名，在新郑北三十里。下文"氾（fàn）南"，氾水之南。此指东氾水，流经今河南中牟南。
[5] 佚之狐：郑大夫。郑伯：郑文公。
[6] 辞：推辞。主语为烛之武。
[7] 缒而出：以绳系身从城墙吊下出城。
[8] "若亡"二句：如果灭亡郑国对您秦国有利，那就麻烦您（这么做）吧。敢，敬词。执事，左右办事之人。按，不直指秦穆公，亦是表敬。
[9] "越国"句：越过（晋）国而以远方（的郑国）作为自己的边邑。按，秦在晋之西，郑在晋之东。秦国即使得到郑，也只是一块"飞地"。

[10] 陪邻：增益邻国的幅员。邻，指晋。下文说邻国壮大了，也就是秦国弱小了。

[11] 舍郑：放弃郑国不加攻击。亦即保留郑国。东道主：东方道路上招待来客的主人。

[12] 行李：使者。下文"共"，通"供"，供应。

[13] "且君"四句：再说了，您曾经给了晋君那么大的好处（按，此指秦穆公护送晋惠公（夷吾）回国之事）。晋君答应给您焦与瑕二地，可晋君早上渡过黄河晚上就筑城防备，这是您知道的事。焦，在今河南三门峡。瑕，在今河南灵宝西。

[14] "既东"二句：晋国既要攻灭郑，以郑为其东方封疆；又要扩张其西方疆界。封，名词作动词用。肆，扩展。

[15] 阙秦：损害秦国。阙，缺失，使之缺失。下句说，晋国又能从何处取得（土地）呢？

[16] 说（yuè）：通"悦"。下文"杞子、逄（páng）孙、杨孙"，均秦国大夫。"戍"，驻防。

[17] "微夫（fú）"句：如果没有那人的大力帮助就没有我的今天。夫人，指秦穆公。按，事见《晋公子重耳之亡》。

[18] 敝之：伤害他。敝，败坏。之，秦穆公。

[19] 失其所与：失去盟国。下文"知"，通"智"。

[20] 以乱易整：直译为以混乱冲突取代整齐一致。杨伯峻《春秋左传注》："晋攻秦为乱，秦、晋和为整。"

[21] 去之：离开郑国。撤兵。

【题解】

本篇选自僖公三十年（前630）。秦、晋联军攻郑，郑大夫烛之武奉命劝说秦国撤兵。说辞的精彩，基于对秦、晋两国利害关系的透辟解析。一、秦国"越国以鄙远"，只不过是"亡郑以陪邻"。这是秦、晋、郑三国地理位置决定了的。二、晋国是不讲信用的，有史实为证。三、因此，晋国强大了，焉知不向西扩张，直接损害秦的利益？态度谦和，言词委婉，始终是探讨的口气；用不容置疑的情理说话，逻辑严密，切中要害，而又绵里藏针，使听者豁然开悟。《左传》行文人辞令之美，此为一例。

【集评】

[1] 此是第一篇反间文字。……以挑拨之笔舌之妙。真为《国策》开山。然《国策》有其圆警，无其简洁隽逸也。（冯李骅《左绣》）

秦晋殽之战[1]

冬[2]，晋文公卒，庚辰，将殡于曲沃，出绛，柩有声如牛，卜偃使大夫拜[3]，曰："君命大事，将有西师过轶我，击之，必大捷焉。"杞子自郑使告于秦[4]，曰："郑人使我掌其北门之管[5]，若潜师以来，国可得也。"

穆公访诸蹇叔[6]，蹇叔曰："劳师以袭远，非所闻也。师劳力竭，远主备之，无乃不可乎。师之所为，郑必知之，勤而无所[7]，必有悖心，且行千里，其谁不知"！公辞焉。召孟明、西乞、白乙[8]，使出师于东门之外。蹇叔哭之，曰："孟子，吾见师之出，而不见其入也。"公使谓之曰："尔何知！中寿，尔墓之木拱矣[9]。"

蹇叔之子与师，哭而送之，曰："晋人御师必于殽，殽有二陵焉，其南陵[10]，夏后皋之墓也；其北陵，文王之所辟风雨也。必死是间，余收尔骨焉。"秦师遂东。

三十三年春，秦师过周北门[11]，左右免胄而下，超乘者三百乘。王孙满尚幼[12]，观之，言于王曰："秦师轻而无礼[13]，必败。轻则寡谋，无礼则脱[14]，入险而脱，又不能谋，能无败乎！"

及滑[15]，郑商人弦高将市于周，遇之，以乘韦先[16]，牛十二，犒师。曰："寡君闻吾子将步师出于敝邑，敢犒从者。不腆敝邑[17]，为从者之淹，居则具一日之积，行则备一夕之卫。"且使遽告于郑[18]。

郑穆公使视客馆[19]，则束载厉兵秣马矣。使皇武子辞焉，曰："吾子淹久于敝邑，唯是脯资饩牵竭矣[20]，为吾子之将行也，郑之有原圃[21]，犹秦之有具囿也。吾子取其麋鹿，以闲敝邑[22]，若何？"杞子奔齐，逢孙、杨孙奔宋。

孟明曰："郑有备矣，不可冀也。攻之不克，围之不继，吾其还也。"灭滑而还。……

晋原轸曰[23]："秦违蹇叔，而以贪勤民，天奉我也。奉不可失，敌不可纵。纵敌患生，违天不祥，必伐秦师。"栾枝曰[24]："未报秦施，而伐其师，其为死君乎！"先轸曰："秦不哀吾丧[25]，而伐吾同姓，秦则无礼，何施之为！吾闻之，一日纵敌，数世之患也。谋及子孙，可谓死君乎！"

遂发命，遽兴姜戎[26]。子墨衰绖[27]，梁弘御戎[28]，莱驹为右。夏四月辛巳，败秦师于殽，获百里孟明视、西乞术、白乙丙以归。遂墨以葬文公。晋于是始墨。

文嬴请三帅[29]，曰："彼实构吾二君[30]，寡君若得而食之不厌，君何辱讨焉[31]。使归就戮于秦，以逞寡君之志[32]，若何？"公许之。先轸朝，问秦囚。公曰："夫人请之，吾舍之矣。"先轸怒曰："武夫力而拘诸原[33]，妇人暂而免诸国，堕军实而长寇雠，亡无日矣！"不顾而唾。

公使阳处父追之，及诸河，则在舟中矣。释左骖[34]，以公命赠孟明。孟明稽首曰："君之惠，不以累臣衅鼓[35]，使归就戮于秦，寡君之以为戮，死且不朽。若从君惠而免之，三年，将拜君赐[36]。"

秦伯素服郊次[37]，乡师而哭，曰："孤违蹇叔，以辱二三子，孤之罪也。"不替孟明[38]。"孤之过也，大夫何罪？且吾不以一眚掩大德[39]。"

【注释】

[1] 殽（yáo）：或作"崤"，山名，在今河南洛宁西北，分东崤山与西崤山，或称"二陵"，形势险绝。

[2] 冬：晋文公九年（前628）之冬。下文"庚辰"，（十二月）十日。"曲沃"，在今山西曲沃南，有晋文公祖庙，故殡于此。"绛"，晋国都城，在今山西翼城东南。下文说棺中发声如牛吼。

[3] 卜偃：卜筮之官，名偃。下文说，死去的国君（晋文公重耳）在棺中以大事命令我们。大事，指军事。按，《左传》记占卜迷信及天道灾祥之事颇多，且无不应验者。

[4] 杞子：与逢孙、杨孙三人同为受秦穆公命戍守郑国者。（事见《烛之武退秦师》）

[5] 管：锁钥。句意谓可做潜师偷袭的内应。

[6] 访：咨询，征求意见。蹇叔：秦国老臣，上大夫。

[7] 勤而无所：劳师动众而无用武之地。下句"必有悖心"，士卒因劳而无功，必有悖逆之心。

[8] 孟明：姓百里，名视，字孟明，与西乞（西乞术）、白乙（白乙丙）合称三帅，见下文。

[9] "中寿"二句：如若你中寿而死，墓上的树早已长到两手合抱了。中寿说法不一，或以为当指六七十岁光景。蹇叔或已年过八十。按，此为诅咒语，嫌其老悖，出言不吉。

[10] 南陵：即西崤山。下文"夏后皋"，夏代国君，桀之祖父。

[11] 周北门：周王都城洛邑之北门。按，春秋时，周天子在名义上仍是诸侯各国的共主。下文"左右"二句：战车上左右士兵虽然脱了头盔下车，却随即一跃上车（"超乘"）的有三百乘。古兵车一乘三人，御者居中，持弓箭者居左，持戈盾者居右。

[12] 王孙满：周共王的裔孙，名满。以下为批评秦军过天子之门而不敬之辞。

[13] 轻而无礼：轻浮，不遵礼法（指左右虽下车，却"超乘"；而御者不停车不下车）。

[14] 脱：粗疏放肆。下文"险"，指东西二崤。

[15] 滑：国名，在今河南偃师东南。下文"市"，贸易。

[16] 以乘（shèng）韦先：先以四张熟牛皮致意。乘，古代四马驾一车，因以乘代四。先，在重礼（"牛十二"）之先。

[17] 不腆（tiǎn）：不丰富，不富足。下文"淹"，久，滞留。

[18] 遽：驿车。此处可释为迅急。

[19] 客馆：杞子等三人的居所。下文说，杞子等人已经做好了战斗准备。"束载"，收拾行装。"厉兵"，磨砺兵器。"秣马"，喂饱马匹。

[20] 脯资饩（xì）牵：各种食物。脯，干肉。资，粮食。饩牵，指牲畜。

[21] 原圃：郑国的养牧场。下文"具囿"，秦国的养牧场。

[22] 以闲敝邑：让我们这里也消停一下。以上是委婉而又明白无误的逐客令。

[23] 原轸：晋大夫先轸，食邑在原，又称原轸。下文"勤民"，使人民劳苦。"奉"，助也。

[24] 栾枝：晋大夫。下说，尚未报答秦国的好处（秦以武力护送重耳返国夺取君位），却攻伐他的军队，是心目中没有先君（晋文公重耳）! 为，有。

[25] 吾丧：晋文公之丧。下文"同姓"，晋与郑、滑均为姬姓国。

[26] 遽兴姜戎：立即调动姜戎（居于晋国境内的姜氏之戎族）的力量。

[27] 子：晋襄公，其父文公未葬，故称子。墨衰（cuī）绖（dié）：将丧服染黑。衰绖，统指丧服。按，丧服本为白色，染黑是为了战争中取吉。

[28] 御戎：为襄公驾御兵车。下文"为右"，为车右（御手右侧之武士）。

[29] 文嬴：晋文公夫人，襄公之母。文是丈夫谥号，嬴是秦国之姓。按，文嬴请求释放秦之三帅，是以娘家亲情干预国政。

[30] 构吾二君：挑拨我们晋、秦二君的关系。

[31] 君何辱讨：何劳您来惩罚。君，指襄公。

[32] 逞：快意，使……称心如意。寡君：指秦穆公，文嬴之父。

[33] 拘诸原：俘获于战场。原，原野。下文"暂"，欺诈。"免"，释放。

[34] 释左骖（cān）：解下车左边的马。骖，一车三马（或四马）中两旁的马。下文"以公命"，假托襄公的意思。

[35] "不以"句：意谓不杀我。累臣，被俘之臣。衅鼓，杀牲取血涂抹新制之鼓。

[36] "三年"二句：三年之后，会回来拜谢晋国的恩惠。正面的意思是要复仇雪耻。

[37] 素服：丧服，凶服。郊次：在郊外迎候。次，止。下文"乡（xiàng）"，通"向"，面对。

[38] 不替孟明：不革孟明之职。替，废。

[39] 一眚（shěng）：比喻小的过失。眚，眼睛生翳。

【题解】

本篇选自僖公三十二年、三十三年（前628—前627）。善于描写战争，是《左传》的显著特色之一。作者高瞻远瞩，着眼全局，结合政治与外交以及人心向背的错综复杂的关系，交待战争的起因，叙述战争的过程，总结战争的胜败得失，无不好整以暇，异彩纷呈。而各大战役的具体记叙，其谋篇布局，又各有取舍详略之不同。殽之战是秦晋争霸的一次极重要的战役。秦国的失败，在政治上是师出无名，"以贪勤民"，将士骄纵轻慢；在战略上是"劳师袭远"，"师劳力竭"，而又忽略了二崤的绝险。晋国则能"谋及子孙"，当机立断，以逸待劳，取得截击秦军的胜利。故事富有戏剧性，人物形象如穆公的刚愎自用与勇于悔过，蹇叔的倔强，弦高的机智，文嬴的巧辩，都很生动。至于战役本身，则寥寥数语交代，与晋楚城濮之战的波澜壮阔，齐晋鞌之战的曲折细腻，又自不同。

【集评】

[1] 读原轸语，读栾枝语，读破栾枝语，读文嬴语，读先轸怒语，读孟明谢阳处父语，读秦伯哭师语，逐段细细读，逐段如画。（金圣叹《天下才子必读书》卷一）

[2] 只"遂发命"一段，是正写晋败秦师处。以上皆所以败秦之故，以下皆败秦师后文字。……至叙述诸人问答，描画诸人举动形声，无不婉然曲肖，更为写生妙手。（余诚《重订古文释义新编》卷二）

【参考书】

[1]《春秋左传注》，杨伯峻注，中华书局1981年版。

国　语

《国语》，传为左丘明著，近人或以为是先秦史料的汇编，非一人一时之作，成书当在战国之初，二十一卷，我国第一部国别体史书，分记周及鲁、齐、晋、郑、楚、吴、越诸国史事，上自周穆王下至周敬王，约五百年。与《左传》比较，《国语》重在记言，内容充实，议论周详，风格较质朴，但也有精彩的段落，如《吴语》、《越语》，魅力不减《左传》。叙事则往往不甚连贯，缺乏完整的体系。有韦昭注《国语》二十一卷（《四库全书》本）。

邵公谏厉王弭谤

厉王虐[1]，国人谤王。邵公告曰[2]："民不堪命矣！"王怒，得卫巫[3]，使监谤者，以告，则杀之。国人莫敢言，道路以目[4]。王喜，告邵公曰："吾能弭谤矣[5]，乃不敢言。"

邵公曰："是障之也[6]。防民之口，甚于防川。川壅而溃，伤人必多；民亦如之。是故为川者决之使导，为民者宣之使言[7]。故天子听政，使公卿至于列士献诗，瞽献曲，史献书，师箴，瞍赋，矇诵，百工谏，庶人传语，近臣尽规，亲戚补察，瞽、史教诲，耆、艾修之[8]，而后王斟酌焉，是以事行而不悖。民之有口，犹土之有山川也，财用于是乎出，犹其有原隰衍沃也[9]，衣食于是乎生。口之宣言也，善败于是乎兴，行善而备败[10]，其所以阜财用衣食者也。夫民虑之于心而宣之于口，成而行之，胡可壅也！若壅其口，其与能几何[11]？"

王不听，于是国莫敢出言[12]。三年，乃流王于彘[13]。

（《国语》，上海师范大学古籍整理研究所校点，上海古籍出版社1988年版。下同）

【注释】

[1] 厉王：西周厉王，名胡，前878—前842在位。下句"国人谤王"，民众指责厉王的暴虐。国人，西周、春秋时称居于国都的人。

[2] 邵公：邵穆公，名虎，周王朝的卿士。下文说，民众忍受不了暴虐的政令了。

[3] 卫巫：卫国的巫者。

[4] 道路以目：国人相遇于道路，以目光示意而已，不敢讲话。

[5] 弭（mǐ）谤：压制批评。弭，遏，止，消。

[6] 障：阻隔，堵塞。

[7] "是故"二句：因此，治水的人排障使之流通，治民的人开禁使之说话。宣，放也。

[8] "使公"十二句：意谓使从上到下，从内到外各色人等，都能各尽批评劝诫之责。诗，比如说《诗》三百篇中的刺诗。瞽，盲乐师。"无目曰瞽。""无眸子曰瞍（sǒu）。""有眸子而无见曰矇。"（均见韦昭注）耆、艾，王之师、傅，朝中老臣。修之，指整理来自各个方面的意见。

[9] 原隰（xí）衍沃：沃野平川。隰，低湿之地。

[10] "善败"二句：政事的优良或败坏于是就显现出来了，就可以实施优良的，防备败坏的了。下文"阜"，丰厚，使富足。

[11] "其与"句：赞成的人能有多少呢？与，心许，支持。

[12] 国：当作"国人"，脱"人"字。

[13] 流王于彘（zhì）：将厉王流放至彘（晋地名，在今山西霍州）。

【题解】

本篇选自《周语上》。《国语》的思想倾向，与后来成为儒家经典的《左传》是大体一致的，比如都十分重视敬德重民的政治观。周厉王无道，以杀戮来止谤。邵公说，这不是消除批评，而是堵塞批评。以治水必决之使导，比喻治民应该宣之使言，并且正面建议广开言路的各种措施，反映了一个有远见政治家的重民思想。"防民之口，甚于防川。"二千余年来成为振聋发聩的至理名言。就文辞说，比喻精当生动，议论周详有力，是《国语》记言的佳作。

【集评】

[1] 谏词只"天子听政"一段在道理上讲,其余俱是在利害上讲。而正意又每与喻意夹写,笔法新警异常。(余诚《重订古文释义新编》卷三)

[2] 文只是中间一段正讲,前后俱是设喻,前喻防民口有大害,后喻宣民言有大利。妙在将正意喻意夹和成文,笔意纵横,不可端倪。(吴楚材等《古文观止》卷三)

叔向贺贫

叔向见韩宣子[1],宣子忧贫,叔向贺之。

宣子曰:"吾有卿之名而无其实[2],无以从二三子,吾是以忧。子贺我,何故?"

对曰:"昔栾武子无一卒之田[3],其宫不备其宗器[4],宣其德行,顺其宪则[5],使越于诸侯,诸侯亲之,戎、狄怀之[6],以正晋国,行刑不疚,以免于难。及桓子[7],骄泰奢侈,贪欲无艺,略则行志,假贷居贿,宜及于难,而赖武之德,以没其身。及怀子[8],改桓之行,而修武之德,可以免于难,而离桓之罪,以亡于楚。夫郤昭子[9],其富半公室,其家半三军,恃其富宠,以泰于国,其身尸于朝,其宗灭于绛[10]。不然,夫八郤[11],五大夫三卿,其宠大矣。一朝而灭,莫之哀也。唯无德也。

"今吾子有栾武子之贫,吾以为能其德矣,是以贺。若不忧德之不建,而患货之不足,将吊不暇[12],何贺之有!"

宣子拜稽首焉,曰:"起也将亡,赖子存之,非起也敢专承之,其自桓叔以下,嘉吾子之赐[13]!"

【注释】

[1] 叔向:羊舌氏,名肸(xī)。晋国大夫,平公(前557—前532年在位)时为太傅。韩宣子:名起,晋国正卿。按,卿的地位在天子诸侯之下,大夫之上。

[2] 实:指财富说。下句说,因此无法与其他卿大夫交往。

[3] 栾武子:名书,晋国大夫,中军元帅。曾率师伐郑,与楚军战于鄢陵,得胜。一卒之田:百顷之田。《国语·晋语八》:"大国之卿,一旅之田,上大夫,一卒之田。"韦昭注:"五百人为旅,为田五百顷。""百人为卒,为田百顷。"依此,栾书为正卿,当有田五百顷,而不及上大夫之百顷之数。

[4] 宫:居室。宗器:宗庙的祭器。按,句意谓栾武子食禄微薄,不能置备祭器。

[5] 宪则:法度。下文"越",远扬。(德行宪则)传播于诸侯各国。

[6] 怀:归服。以下三句说,因而使晋国走上正轨,执法未出偏差,从而免了弑君

的责难。正，端正。疾，病也。按，栾书曾刺杀晋厉公，拥立悼公（事在前573年）。

　　[7] 桓子：栾书之子，名黡（yǎn）。下文"无艺"，没有止境。"略则行志"，违犯法则，肆行己志。"假贷居贿"，放债牟利，聚敛财货。

　　[8] 怀子：栾书之孙，栾黡之子，名盈。下文"亡于楚"，逃亡至楚国。今按，此述栾氏三代一段，意在说明，栾黡无道，"宜及于难"而得保全，是托了他父亲栾书有德之福；栾盈行其祖父之道，本应该"免于难"而终至逃亡，是吃了他父亲栾黡无德之亏。

　　[9] 郤（xì）昭子：郤至，晋国正卿。下文说，他家的富有占了公家的一半，他家的将佐占了三军的一半。按，晋作三军，郤縠（hú）将中军，郤溱（zhēn）佐之。城濮之战（前632）时，郤至佐下军。

　　[10]"其身"二句：他本人陈尸朝廷，他的宗族灭于绛城。按，《春秋左传》成公十七年（前574）："晋杀其大夫郤锜（qí）、郤犨（chōu）、郤至。"

　　[11] 八郤：《国语·周语下》韦昭注："三卿，锜、犨、至也，复有五人为大夫，故号八郤也。"

　　[12] 吊不暇：吊唁都来不及。

　　[13]"非起"三句：意谓不只是我（韩起）接受你的教导，连我祖宗以下的所有人都赞美你的恩赐。桓叔，《国语·晋语八》韦昭注："桓叔、韩氏之祖曲沃桓叔也。桓叔生子万，受韩以为大夫，是为韩万。"

【题解】

　　本篇选自《晋语八》。韩宣子为自己家资贫乏而烦恼，叔向给他道贺，立论的根据是忧德不忧贫：如果"不忧德之不建"，而只担心"货之不足"，那就吊唁都来不及，还贺什么！这个道理，完全通过事实来说明：栾武子及其子桓子、其孙怀子一家三代的事实，郤昭子本人及其一族的事实，都是应该忧德不忧贫的铁证。在今天看来，德与富未必总是如此矛盾对立，不可调和；但强调建德的重要性，仍然是中国传统文化的积极因素，仍然有非常现实的教育意义。

【集评】

　　[1] 不先说所以贺之之意，直举栾、郤作一榜样，以见贫之可贺与不贫之可忧。贫之可贺，全在有德，有德自不忧贫。后竟说出忧贫之可吊来，可见徒贫原不足贺也。言下，宣子自应汗流浃背。（吴楚材等《古文观止》卷三）

【参考书】

　　[1]《国语集解》，左丘明撰，徐元浩集解，上海中华书局1930年铅印本。

战国策

《战国策》，简称《国策》，是国别体的战国时代的史料汇编，最后由西汉学者刘向整理校订，去其复重，厘为三十三篇，包括东周、西周、秦、齐、楚、赵、魏、韩、燕、宋、卫、中山十二国策，反映了二百四十来年的史事。当时社会的形势是"上无天子，下无方伯"。"兵革不息，诈伪并起"。策士们应时崛起，游说诸侯，凭着他们丰富的知识与雄辩的才能，纵横捭阖，在诸侯各国间的政治、外交、军事方面，发挥重要的影响。其间也提出了一些进步的思想，表彰了一些高尚的人物。长篇大论的说辞，是《左传》辞令的发展，铺张扬厉，变本加奇。许多篇章情节完整，故事生动，人物形象极具个性，亦是《国策》的艺术特色。有《战国策注》三十三卷（《四库全书》本）。

苏秦始将连横

苏秦始将连横说秦惠王曰[1]："大王之国，西有巴蜀、汉中之利，北有胡貉、代马之用[2]，南有巫山、黔中之限，东有肴、函之固[3]。田肥美，民殷富，战车万乘[4]，奋击百万，沃野千里，蓄积饶多，地势形便，此所谓天府，天下之雄国也。以大王之贤，士民之众，车骑之用，兵法之教，可以并诸侯，吞天下，称帝而治。愿大王少留意[5]，臣请奏其效。"

秦王曰："寡人闻之，毛羽不丰满者不可以高飞，文章不成者不可以诛罚[6]，道德不厚者不可以使民，政教不顺者不可以烦大臣。今先生俨然不远千里而庭教之[7]，愿以异日。"

苏秦曰："臣固疑大王之不能用也。昔者神农伐补遂[8]，黄帝伐涿鹿而禽蚩尤，尧伐驩兜，舜伐三苗，禹伐共工[9]，汤伐有夏，文王伐崇，武王伐纣，齐桓任战而伯天下[10]。由此观之，恶有不战者乎？古者使车毂击驰[11]，言语相结，天下为一；约从连横，兵革不藏[12]；文士并饰，诸侯乱惑[13]；万端俱起，不可胜理；科条既备，民多伪态[14]；书策稠浊，百姓不足[15]；上下相愁，民无所聊；明言章理，兵甲愈起；辩言伟服，战攻不息；繁称文辞，天下不治；舌弊耳聋，不见成功；行义约信，天下不亲[16]。于是，乃废文任武，厚养死士，缀甲厉兵[17]，效胜于战场。夫徒处而致利[18]，安坐而广地，虽古五帝、三王、五伯[19]，明主贤君，常欲坐而致之，其势不能，故以战续之。宽则两军相攻，迫则杖戟相撞，然后可建大功。是故兵胜于外，义强于内[20]；

威立于上，民服于下。今欲并天下，凌万乘，诎敌国，制海内，子元元，臣诸侯，非兵不可[21]！今之嗣主，忽于至道[22]，皆惛于教，乱于治，迷于言，惑于语，沈于辩，溺于辞。以此论之，王固不能行也。"

说秦王书十上而说不行[23]。黑貂之裘弊，黄金百斤尽，资用乏绝，去秦而归。羸縢履蹻[24]，负书担橐，形容枯槁，面目黧黑，状有归色[25]。归至家，妻不下纴[26]，嫂不为炊，父母不与言。苏秦喟叹曰："妻不以我为夫，嫂不以我为叔，父母不以我为子，是皆秦之罪也。"乃夜发书[27]，陈箧数十，得太公阴符之谋[28]，伏而诵之，简练以为揣摩[29]。读书欲睡，引锥自刺其股，血流至足。曰："安有说人主不能出其金玉锦绣，取卿相之尊者乎？"期年[30]，揣摩成，曰："此真可以说当世之君矣！"

于是乃摩燕乌集阙[31]，见说赵王于华屋之下[32]，抵掌而谈。赵王大悦，封为武安君[33]。受相印，革车百乘，锦绣千纯[34]，白璧百双，黄金万镒，以随其后，约从散横，以抑强秦。故苏秦相于赵而关不通[35]。

当此之时，天下之大，万民之众，王侯之威，谋臣之权，皆欲决于苏秦之策。不费斗粮，未烦一兵，未战一士，未绝一弦，未折一矢，诸侯相亲，贤于兄弟。夫贤人在而天下服，一人用而天下从。故曰：式于政，不式于勇[36]；式于廊庙之内[37]，不式于四境之外。当秦之隆[38]，黄金万镒为用，转毂连骑，炫熿于道[39]，山东之国，从风而服，使赵大重。且夫苏秦，特穷巷掘门桑户棬枢之士耳[40]，伏轼撙衔[41]，横历天下，廷说诸侯之主，杜左右之口，天下莫之能伉。

将说楚王[42]，路过洛阳。父母闻之，清宫除道[43]，张乐设饮，郊迎三十里。妻侧目而视，倾耳而听。嫂蛇行匍伏，四拜自跪而谢。苏秦曰："嫂，何前倨而后卑也[44]？"嫂曰："以季子之位尊而多金。"苏秦曰："嗟乎，贫穷则父母不子，富贵则亲戚畏惧。人生在世，势位富贵，盖可忽乎哉[45]！"

（《战国策》，刘向集录，上海古籍出版社1979年版。下同）

【注释】

[1] 苏秦（？—前284）：字季子，洛阳人，战国时纵横家的代表人物，与张仪合称"苏张"。连横，秦国与山东六国中之个别国家攻击他国；合纵，山东六国四联合抗秦。按，东西为横，南北为纵。秦在西，六国在东。秦王，秦惠王，秦孝公之子嬴驷（前337—311在位）。

[2] 胡貉（hé）：胡地之貉（皮可制裘）。代马：代郡（今山西东北部）所产之良马。

[3] 肴：或作"殽"、"崤"，肴山，在今河南洛宁西北。函：函谷关，在今河南灵宝东北。东连崤山，西通潼关，号称天险。

[4] 乘（shèng）：四马驾一车为一乘。下文"奋击"，奋勇攻击。指能战之士。

[5] 少(shǎo)留意：稍稍关注这件事（直率的说法是不要大意了!）。下文"奏其效"，陈述秦国这些优势的攻效。

[6] 文章：指典章制度。

[7] 俨然：庄重貌。下文"愿以异日"，希望以后（再领教）。按，这是婉拒之辞。

[8] 神农：炎帝神农氏。补遂：未详。或以为古国名。下文"驩（huān）兜"，尧臣名。"三苗"，部落名。在今洞庭湖与鄱阳湖之间。

[9] 共(gōng)工：人名，亦部族名。与驩兜、三苗等为"四凶"，见《尚书·尧典》。下文"有夏"，夏王朝。"崇"，古国名，在今河南嵩县。

[10] 齐桓：齐桓公，春秋五霸之一。任：用。或解作"善"。伯：通"霸"。

[11] 车毂(gǔ)击驰：车辆急驰，相互碰撞。此极言各国交往之频繁。

[12] "约从"二句：不甚可解。一说，互相结盟交好，不蓄武备。

[13] "文士"二句：意谓文士们纷纷巧言游说，诸侯各国不知所从。

[14] "科条"二句：法令条例已经完备了，人民作伪的反而多起来。

[15] "书策"二句：文书简策繁多杂乱（似乎严密周到了），百姓的衣食反而不足了。

[16] 亲：亲附和谐。按，以上一段，反复辨析各种"文"的手段，都不能解决问题。

[17] 缀甲厉兵：缝缀甲衣，磨砺兵器。厉，通"砺"。下句说，致力于在战场取胜。

[18] 徒处：无所事事地白呆着。徒，空。

[19] 五帝：黄帝、颛顼、帝喾、帝尧、帝舜（此依《史记》）。三王：禹、汤、文武。五伯（霸）：齐桓公、宋襄公、晋文公、秦穆公、楚庄王。

[20] 义强于内：信义在国内得以加强。

[21] "今欲"七句：如今，想要吞并天下，压倒大国，制服敌国，控制海内，统治百姓，臣服诸侯，非战争不可！万乘，万辆兵车的大国。诎(qū)，同"屈"。子元元，以人民为子女。

[22] 忽于至道：不重视最重要的道理（"非兵不可"）。下文"悟"，不明。"沈"，通"沉"，沉溺。

[23] 不行：不被采纳。

[24] 羸(léi)縢(téng)履屩(juē)：缠着绑腿，穿着草鞋。下句说，背着书，挑着口袋。

[25] 归：通"愧"。

[26] 纴：纺织。指代织布机。

[27] 发：开，拿出来。下文"陈箧(qiè)"，摆开书箱。

[28] 太公：姜太公（吕尚），佐周武王灭商，以功封于齐。兵书《六韬》，是战国时人依托之作。阴符之谋：或即指《六韬》说。按，《阴符经》与《六韬》之考证，可参阅黄雲眉《古今伪书考补证》。

[29] "简练"句：大意谓反复熟悉"阴符之谋"的内容，用来揣摩世态人情。

[30] 期(jī)年：满一年。

[31] 摩：接近。燕乌集阙：宫阙名。

[32] 见说：进见并游说。赵王：当指赵肃侯，名语（前349—前326在位）。下文"抵掌"，当作"抵（zhǐ）掌"，击掌，拍掌。形容兴奋之态。

[33] 武安君：封号。武安，在今河北武安。

[34] 纯（tún）：匹，段。下文"镒"，一镒为二十四两。

[35] 关不通：六国与秦断绝关系，不相往来。关，函谷关。

[36] "式于"二句：功夫用在政治手段上（即"合纵"抗秦），而不是用在勇力上。式，用。

[37] 廊庙：庙堂。指代朝廷。下文"四境之外"，国外。

[38] 秦之隆：苏秦显赫鼎盛之时。

[39] "转毂"二句：车马络绎不绝，炫耀于路途。下句"山东之国"，崤山（或华山）以东各国，即秦以外的六国。

[40] 特：只是。掘门：凿墙为门洞。桑户，以桑条为门扇。棬（quān）枢：以木条为门枢。

[41] 伏轼樽（zǔn）衔：凭倚着车轼，控勒着马衔。轼，车厢前横木（扶手）。衔，金属的马具，即马嚼子，用以驭马。下文"横历"，走遍。

[42] 楚王：当指楚威王熊商（前339—前329在位）。

[43] 清宫除道：打扫居室，清理道路。

[44] 倨（jù）：傲慢。

[45] 盍可忽：怎么可以轻视。盍，通"盇（hé）"，何。

【题解】

本篇选自《秦策一》。合纵与连横，是战国七雄在相互兼并过程中两种完全对立的政治、军事、外交战略，却给策士们提供了纵横捭阖，施展才华，谋取功名的机会。本篇所述，夸张失实，并非信史，但能从一个方面反映出士阶层崛起于历史舞台的社会新面貌。作者以无比欣美的心态，通过典型情节来刻画苏秦这个典型形象，可分四个场面。一、以"连横"游说秦王失败，尽管他口若悬河，雄辩滔滔。二、失败后的狼狈潦倒与受到刺激后的发愤读书，乃至"刺股"流血。三、以"合纵"游说赵王，大获成功，洛阳城里"穷巷掘门"出身的一介贫士，一夜之间成为"山东之国从风而服"的不可一世的大人物。四、路过家门时父母亲人由"前倨"而"后卑"的喜剧式的转变，并以苏秦自己的嗟叹作结。这个形象有血有肉，有立体感，有深刻的社会历史内容与思想意义。

【集评】

[1] 作者欲为写照，少不得要把合纵功劳十分妆点，说过一番，又赞过一番，将一个暴得富贵的穷汉子，做个天上有地下无的人物，方可艳羡读者。但

作一种传奇看,却越不认真,越有意思。(林云铭《古文析义》卷五)

邹忌讽齐王纳谏

邹忌修八尺有余[1],身体昳丽。朝服衣冠窥镜,谓其妻曰:"我孰与城北徐公美[2]?"其妻曰:"君美甚,徐公何能及君也!"城北徐公,齐国之美丽者也。忌不自信,而复问其妾曰:"吾孰与徐公美?"妾曰:"徐公何能及君也?"旦日,客从外来,与坐谈,问之客曰:"吾与徐公孰美?"客曰:"徐公不若君之美也!"明日,徐公来。孰视之[3],自以为不如;窥镜而自视,又弗如远甚。暮,寝而思之曰:"吾妻之美我者,私我也[4];妾之美我者,畏我也;客之美我者,欲有求于我也。"

于是入朝见威王曰:"臣诚知不如徐公美。臣之妻私臣,臣之妾畏臣,臣之客欲有求于臣,皆以美于徐公。今齐地方千里[5],百二十城,宫妇左右莫不私王,朝廷之臣莫不畏王,四境之内莫不有求于王。由此观之,王之蔽甚矣!"王曰:"善。"乃下令:"群臣吏民,能面刺寡人之过者[6],受上赏;上书谏寡人者,受中赏;能谤议于市朝[7],闻寡人之耳者,受下赏。"

令初下,群臣进谏,门庭若市。数月之后,时时而间进[8]。期年之后,虽欲言,无可进者。燕、赵、韩、魏闻之,皆朝于齐。此所谓战胜于朝廷[9]。

【注释】

[1] 邹忌:齐国人,威王(田因齐,前356—前320在位)时为相,封于下邳,号成侯。修:(身)长。下句"昳(yì)丽":美好,有神采。

[2] 孰与:比……如何?

[3] 孰视:仔细端详。孰,通"熟"。

[4] 私:偏袒,偏爱。

[5] 方千里:千里见方,纵横各千里。

[6] 面刺:当面指摘。

[7] 市朝:人众汇集之处。

[8] 间(jiàn)进:间或有所进谏。

[9] "此所"句:这就是在朝廷上取胜于他国的意思。意谓政治修明则国势强大。

【题解】

本篇选自《齐策一》。邹忌不如徐公美,但妻、妾、客人出于不同的动机,一致说他美于徐公。他经过冷静的思考,从中悟出深刻的道理,于是入朝谏威王,取得了"战胜于朝廷"的良好政治效果。从生活小故事中引申出大道理,比喻恰切，语言明快，说服力很强。

冯谖客孟尝君

齐人有冯谖者[1]，贫乏不能自存，使人属孟尝君，愿寄食门下。孟尝君曰："客何好？"曰："客无好也。"曰："客何能？"曰："客无能也。"孟尝君笑而受之曰："诺。"左右以君贱之也，食以草具[2]。

居有顷，倚柱弹其剑，歌曰："长铗归来乎[3]，食无鱼！"左右以告。孟尝君曰："食之，比门下之客[4]。"居有顷，复弹其铗，歌曰："长铗归来乎，出无车！"左右皆笑之，以告。孟尝君曰："为之驾[5]，比门下之车客。"于是乘其车，揭其剑[6]，过其友曰："孟尝君客我。"后有顷，复弹其剑铗，歌曰："长铗归来乎，无以为家[7]！"左右皆恶之，以为贪而不知足。孟尝君问："冯公有亲乎？"对曰："有老母。"孟尝君使人给其食用，无使乏。于是冯谖不复歌。

后孟尝君出记[8]，问门下诸客："谁习计会[9]，能为文收责于薛者乎？"冯谖署曰："能。"孟尝君怪之，曰："此谁也？"左右曰："乃歌夫'长铗归来'者也。"孟尝君笑曰："客果有能也，吾负之，未尝见也。"请而见之，谢曰："文倦于事，愦于忧[10]，而性懧愚，沉于国家之事，开罪于先生。先生不羞，乃有意欲为收责于薛乎？"冯谖曰："愿之。"于是约车治装[11]，载券契而行，辞曰："责毕收，以何市而反[12]？"孟尝君曰："视吾家所寡有者。"

驱而之薛，使吏召诸民当偿者悉来合券，券遍合，起[13]，矫命以责赐诸民，因烧其券。民称万岁。

长驱到齐，晨而求见。孟尝君怪其疾也，衣冠而见之[14]，曰："责毕收乎？来何疾也！"曰："收毕矣。""以何市而反？"冯谖曰："君云'视吾家所寡有者。'臣窃计，君宫中积珍宝，狗马实外厩[15]，美人充下陈。君家所寡有者，以义耳！窃以为君市义。"孟尝君曰："市义若何？"曰："今君有区区之薛，不拊爱子其民[16]，因而贾利之。臣窃矫君命，以责赐诸民，因烧其券，民称万岁，乃臣所以为君市义也。"孟尝君不说[17]，曰："诺，先生休矣！"

后期年[18]，齐王谓孟尝君曰："寡人不敢以先王之臣为臣。"孟尝君就国于薛[19]，未至百里，民扶老携幼迎君道中。孟尝君顾谓冯谖曰："先生所为文市义者，乃今日见之。"冯谖曰："狡兔有三窟，仅得免其死耳。今君有一窟，未得高枕而卧也。请为君复凿二窟。"孟尝君予车五十乘，金五百斤，西游于梁[20]，谓惠王曰："齐放其大臣孟尝君于诸侯[21]，诸侯先迎之者富而兵强。"于是，梁王虚上位，以故相为上将军，遣使者，黄金千斤，车百乘，往聘孟尝君。冯谖先驱诚孟尝君曰[22]:"千金,重币也;百乘,显使也。齐其闻之矣。"梁使三反,孟尝君固辞不往也。齐王闻之,君臣恐惧,遣太傅赍黄金千斤[23],文车二驷[24],服剑一,封书谢孟尝君曰:"寡人不祥,被于宗庙之祟[25],沉于谄谀之臣,开罪于君。寡人不足为也[26],愿君顾先王之宗庙,姑反国统万人乎?"冯谖诫孟尝君曰:"愿请先王之祭器,立宗庙于薛。"庙成[27],还报孟尝君曰:"三窟已就,君姑高枕为乐矣。"

　　孟尝君为相数十年[28],无纤介之祸者,冯谖之计也。

【注释】

　　[1] 冯谖(xuān):齐国孟尝君的门客。谖,《史记》作驩,音同。孟尝君,姓田名文,孟尝为封号,齐国公族,食邑在薛(在今山东薛城)。以养士著称,门下食客达三千人。与魏信陵君、赵平原君、楚春申君合称战国四公子。

　　[2] 食(sì)以草具:给他粗劣的食物吃。

　　[3] 铗:剑柄,指代剑。

　　[4] 客:依下文"车客"例,似当作"鱼客"。

　　[5] 为之驾:给他准备马车。

　　[6] 揭:高举。下文"过",访问。

　　[7] 无以为家:无法养家。下文"亲",双亲,父母。

　　[8] 记:当指文告说,视下文"署"(签名)字可知。一说指账簿,似不确。

　　[9] 习计会(kuài):熟悉会计事务。下文"责",通"债"。

　　[10] 愦(kuì)于忧:被忧虑弄得心烦意乱。下文:"㤖(nuò)",通"懦"。

　　[11] 约车治装:准备车马,整理行装。下文"券契",借贷的契约字据。

　　[12] "以何"句:买什么东西回来。反,通"返",下同。

　　[13] 起:(冯谖)起身。下文"矫命",假借(孟尝君的)命令。

　　[14] 衣冠(yì guàn):用如动词,指穿(衣)戴(帽)整齐,郑重其事。

　　[15] 实:充满。下文"下陈",堂下,堂阶之下至门的步道。

　　[16] 子其民:以其民为子,爱民如子。下文"贾利之",如商贾那样牟利(放债)。

　　[17] 说(yuè):通"悦"。下文"先生休矣!"说的是先生休息吧,心里想的是去你的吧!

　　[18] 期(jī)年:满一年,一整年。下文"齐王",齐湣王。

　　[19] 就国:回到自己的封地。

　　[20] 梁:魏国都城大梁(今河南开封)。

　　[21] "齐放"句:大意谓齐国放逐其大臣孟尝君,正好给了其他诸侯一个用贤以强国的大好机会。

　　[22] 先:赶在魏国使者之前。

　　[23] 太傅:官名。鲍彪注:"此齐大臣也。"赍(jī):带。

[24] 文车二驷：绘有文采的马车二辆。驷，四马驾一车，下文"服剑"，佩剑。

[25] "被于"句：受到祖宗降下的祸殃。下文"沉"，迷惑。

[26] 不足为：不值得辅佐。为，助也。

[27] 庙成：薛地之宗庙建成。按，请祭器，建宗庙，提升薛的政治地位。是第三窟。

[28] 数十年：此亦夸饰之辞。孟尝君为齐相，或曰数年，或曰十余年。

【题解】

本篇选自《齐策四》。通过冯谖为孟尝君凿"三窟"的故事，赞扬策士的过人才智，反映他们在战国时代政治生活中的重要作用。平民出身的冯谖自负自信，言辞简约（如"客无好也。""客无能也。""能。""愿之。"）而行动果断（如"驱而之薛……起，矫命，""长驱到齐，晨而求见。"）。鼎鼎大名的贵人孟尝君却始终处于接受冯谖考验的地位（在焚券市义一事中，孟尝君见识不如冯谖）。弹铗、收债、游梁等情节，极富戏剧性。

【集评】

[1] 三番弹铗，想见豪士一时沦落，胸中磈礌，勃不自禁。通篇写来波澜层出，姿态横生，能使冯公须眉浮动纸上。沦落之士遂以顿生气色。（吴楚材等《古文观止》卷四）

[2] 此文之妙，全在立意之奇。令人读一段想一段，真有武夷九曲，步步引人入胜之致。（余诚《重订古文释义新编》卷四）

赵威后问齐使

齐王使使者问赵威后[1]。书未发[2]，威后问使者曰："岁亦无恙耶[3]？民亦无恙耶？王亦无恙耶？"使者不说[4]，曰："臣奉使使威后，今不问王，而先问岁与民，岂先贱而后尊贵者乎？"威后曰："不然。苟无岁，何以有民？苟无民，何以有君？故有舍本而问末者耶[5]？"

乃进而问之曰："齐有处士曰钟离子[6]，无恙耶？是其为人也，有粮者亦食[7]，无粮者亦食；有衣者亦衣，无衣者亦衣。是助王养其民者也，何以至今不业也[8]？叶阳子无恙乎[9]？是其为人，哀鳏寡，恤孤独，振困穷，补不足。是助王息其民者也[10]，何以至今不业也？北宫之女婴儿子，无恙耶[11]？彻其环瑱，至老不嫁，以养父母。是皆率民而出于孝情者也，胡为至今不朝也[12]？此二士弗业，一女不朝，何以王齐国，子万民乎？於陵子仲尚存乎[13]？是其为人也，上不臣于王，下不治其家，中不索交诸侯。此率民而出于无用者，何为至今不杀乎？"

【注释】

[1] 齐王：田建（前264—前221），齐国末代君主，亡于秦。问：聘问，国与国之间遣使出访。赵威后：赵惠文王之妻。惠文王卒，子孝成王年幼即位，由威后执政。

[2] 书未发：齐王致威后的书信尚未启封。

[3] "岁亦"句：年成还好吗？岁，一年的农业收成。恙，病痛，伤害。

[4] 说：通"悦"。

[5] 故：通"顾"，反而。本：岁与民。末：王。

[6] 处士：有才德而隐居不仕的人。钟离子：姓钟离，名未详。

[7] 食（sì）：给吃。下文"亦衣"之"衣（yì）"，给（衣服）穿。

[8] 不业：不使之出仕任官，成就功业。

[9] 叶阳子：当是姓叶阳（名未详）之处士。

[10] 息：生长繁殖。

[11] 婴儿子：人名，北宫氏之女，以孝著称。下文"彻其环瑱"，去掉饰物。环，耳环手镯之类。瑱（tiàn），玉制的耳饰。

[12] 不朝：不使之来朝（不召见）。

[13] 於（wū）陵子仲：人名。吴师道《战国策补正》以为，或即《孟子·滕文公下》提到的陈仲子，居于於陵（在今山东）。录以备考。

【题解】

本篇选自《齐策四》。赵威后（赵惠文王之妻，以太后执政）询问前来聘问的齐使，其顺序是：年成，人民，齐王。齐使不悦，认为是先卑贱，后尊贵；威后说，不，这是先本后末。战国时代，民本思想得到进一步的发展，威后说，"苟无岁，何以有民？苟无民，何以有君？"主张"养民"、"息民"，重用能够帮助国君养民息民的杰出人士。这种政治见解继承了"民为邦本，本固邦宁"的民本思想的传统，在当时的意义及其对后世的积极影响，是应当肯定的。

庄辛说楚襄王

庄辛谓楚襄王曰[1]："君王左州侯[2]，右夏侯，辇从鄢陵君与寿陵君[3]，专淫逸侈靡，不顾国政，郢都必危矣[4]！"襄王曰："先生老悖乎？将以为楚国妖祥乎[5]？"庄辛曰："臣诚见其必然者也，非敢以为国妖祥也。君王卒幸四子者不衰[6]，楚国必亡矣。臣请辟于赵，淹留以观之。"庄辛去之赵，留五月，秦果举鄢、郢、巫、上蔡、陈之地[7]，襄王流揜于城阳[8]。于是使人发驺征庄辛于赵[9]。庄辛曰："诺。"

庄辛至。襄王曰："寡人不能用先生之言，今事至于此，为之奈何？"

庄辛对曰："臣闻鄙语曰：'见兔而顾犬，未为晚也；亡羊而补牢，未为迟也。'臣闻昔汤、武以百里昌，桀、纣以天下亡。今楚国虽小，绝长续短[10]，犹以数千里，岂特百里哉！

"王独不见夫蜻蛉乎[11]？六足四翼，飞翔乎天地之间，俯啄蚊虻而食之，仰承甘露而饮之，自以为无患，与人无争也。不知夫五尺童子，方将调饴胶丝[12]，加己乎四仞之上，而下为蝼蚁食也。

"蜻蛉其小者也，黄雀因是以[13]。俯啄白粒[14]，仰栖茂树，鼓翅奋翼，自以为无患，与人无争也。不知夫公子王孙，左挟弹[15]，右摄丸，将加己乎十仞之上，以其颈为招[16]。昼游乎茂树，夕调乎酸咸[17]，倏忽之间，坠于公子之手。

"夫黄雀其小者也，黄鹄因是以。游于江海，淹乎大沼，俯啄鳝鲤，仰啮菱蘅[18]，奋其六翮而凌清风，飘摇乎高翔，自以为无患，与人无争也。不知夫射者，方将修其碆卢[19]，治其矰缴，将加己乎百仞之上。被礛磻，引微缴，折清风而抎矣[20]。故昼游乎江河，夕调乎鼎鼐。

"夫黄鹄其小者也，蔡圣侯之事因是以[21]。南游乎高陂，北陵乎巫山，饮茹溪之流[22]，食湘波之鱼，左抱幼妾，右拥嬖女，与之驰骋乎高蔡之中，而不以国家为事。不知夫子发方受命乎宣王[23]，系己以朱丝而见之也[24]。

"蔡圣侯之事其小者也，君王之事因是以。左州侯，右夏侯，辇从鄢陵君与寿陵君，饭封禄之粟[25]，而载方府之金，与之驰骋乎云梦之中[26]，而不以天下国家为事。不知夫穰侯方受命乎秦王[27]，填黾塞之内，而投己乎黾塞之外。"

襄王闻之，颜色变作，身体战栗。于是乃以执珪而授之[28]，封之为阳陵君，与淮北之地也[29]。

【注释】

[1] 庄辛：楚人，楚庄王之后，因以庄为姓。楚襄王：即楚顷襄王。怀王之子，名横（前298—前263年在位）。

[2] 州侯：与下文之夏侯、鄢陵君、寿陵君，都是襄王的宠臣，四人均以封号相称，姓名不详。州，在今湖北嘉鱼。夏，在今武汉。鄢陵，即安陵，在今河南漯河东南。寿陵，未详，一说即安徽寿县。

[3] 辇从：车后追随着。

[4] 郢都：楚国国都，今湖北荆州。

[5] "将以"句：要以此（郢都必危的话）来妄言楚国的祸福吗？祅（妖）祥，不祥之

兆。

[6] 卒幸：始终宠幸。下文"辟"，通"避"。

[7] 举：拔，攻下。鄢，与巫、上蔡、陈，皆楚地。鄢在今湖北宜城南。巫，在今四川巫山。上蔡，今河南上蔡西南。陈，今河南淮阳。按，以上所述与《史记》有出入。

[8] 流揜（yǎn）：流亡藏匿。城阳：在今河南信阳北。

[9] 发：派遣。驺（zōu）：掌马御车的官。此处指马车。征：召。

[10] 绝长续短：犹言截长补短。下文"以"，有。

[11] 蜻蛉（líng）：即蜻蜓。下文"嚼"（zhuó），通"啄"。

[12] 调饴（yí）胶丝：调和糖浆，粘在丝网上（缚以长竿，用来捕捉飞虫）。下文"加己"，加害于自己。己，指蜻蜓。以下用法仿此。

[13] "蜻蛉"二句：蜻蜓之事（指乐而忘患终遭不幸），只是小的事例。黄雀也是如此哩。因，如同。是，此。以，句末语气词。

[14] 白粒：米粒。

[15] 左挟弹：左手把着弹弓。下句说，右手拿着弹丸。

[16] 招：的，箭靶子。

[17] 调（tiáo）乎酸咸：加上作料（烹调成菜肴）。按，下文"倏忽"二句，当在"昼游"句之上。

[18] 菱（líng）、衡：均水草名。菱，通"菱"。衡，即荇（xìng）。下文"六翮（hé）"，指代翅膀。翮，鸟羽的主茎。

[19] 磻（bō）卢：弓矢。磻，石制的箭镞，此指箭。卢，黑弓。下文"矰缴（zhuó）"，带丝绳的箭。矰，射鸟的箭。缴，箭上的丝绳。

[20] "被矰（jiān）"三句：身带锋利的箭镞，拖着细细的丝绳，逆着清风掉下来了。矰，锐利。磻（bō），通"磻"。折，逆。抎（yǔn），通"陨"，坠落。

[21] 蔡圣侯：未详。或是楚惠王灭蔡以后迁其国于高蔡（在今湖南常德）的蔡国国君。

[22] 饮（yìn）：饮马。茹溪：水名。一说在巫山，一说为澧水支流。

[23] 子发：楚将。名舍，字子发。宣王：楚宣王（前369—前340在位）。

[24] "系己"句：被红绳子拴住来见宣王。己，指蔡圣侯。见（xiàn），使……见。

[25] "饭封"句：吃着从封地取来作为俸禄的粮食。饭，吃。下文"方府"，当是楚国府库之名。

[26] 云梦：大泽名。北起今湖北云梦，南接洞庭。

[27] 穰（ráng）侯：秦相魏冉，封于穰（今河南邓州），号穰侯。秦王：秦昭王（前306—前253年在位）。下句说，大队秦军越过黾（méng）塞，攻进楚国境内。黾塞，即平靖关，在今河南湖北交界处。之内，黾塞之南。

[28] 执珪：楚国爵位名。下句"阳陵"，或以为疑作"陵阳"，在今安徽青阳。

[29] "与淮"句：疑有脱文。大意谓襄王用庄辛之计，收复了淮北一带的失地。

【题解】

本篇选自《楚策四》。楚襄王奢侈纵欲，宠幸佞臣，导致破国之祸，庄辛进谏，极言居安忘危之害。在艺术风格上，是《国策》中别开生面的一篇，前人称之为策赋之流。意思大概是说，它是策士的说辞，却具有"铺采摛文，体物写志"（《文心雕龙·诠赋》）的赋的特色。文章通过一连串的比方，由小及大，由物及人，由历史说到现实，委婉从容而又层次紧逼，锋芒直落到襄王本人身上。通篇用艺术描写来说理，语言清新流丽，形象鲜明，寓意深刻，收到了良好的效果。

【集评】

[1] 此《策》，天下之善规也。襄王虽失之东隅，而收之桑榆。故其季年保境善邻，差为无事，此《策》为有力焉。（鲍彪《战国策》注）

[2] 宋玉、唐勒、景差，祖屈原从容辞令，莫敢直谏。太史公云：尔是其楚风乎？庄辛殆其流也。纤约婉秀，下开建安。（徐中玉主编《古文鉴赏大辞典》引浦起龙《古文眉诠》卷十四）

【参考书】

[1]《战国策笺注》，张清常等笺注，南开大学出版社1995年版。
[2]《战国策选注》，牛鸿恩等选注，天津古籍出版社1984年版。

论　语

《论语》，"孔子应答弟子、时人，及弟子相与言而接闻于夫子之语也。当时弟子各有所记，夫子既卒，门人相与辑而论纂，故谓之《论语》。"（《汉书·艺文志》）成书于战国初年。孔子（前551—前479），名丘，字仲尼，春秋末年鲁国人，儒家学派的创立者，中国历史上伟大的思想家与教育家。《论语》真实而准确地记录了孔子关于社会理想、政治哲学、教育观点等各方面的言论，孔子的思想成为儒学传统的核心和基础，对后世有极其深刻而久远的影响。作为中国第一部私家著作，《论语》是语录体，以编排论，显得杂乱无序；以言语论，则极为简练精彩，其中许多格言警句，二千余年来为人们所继承运用，到今天还具有真理性和生命力。有《论语正义》二十卷（《四库全书》本）。

子路曾皙冉有公西华侍坐

子路、曾皙、冉有、公西华侍坐[1]。

子曰:"以吾一日长乎尔,毋吾以也[2]。居则曰[3]:'不吾知也。'如或知尔,则何以哉?"

子路率尔而对曰:"千乘之国[4],摄乎大国之间,加之以师旅,因之以饥馑。由也为之[5],比及三年,可使有勇,且知方也[6]。"夫子哂之[7]。

"求,尔何如?"

对曰:"方六七十[8],如五六十。求也为之,比及三年,可使足民[9]。如其礼乐,以俟君子[10]。"

"赤,尔何如?"

对曰:"非曰能之,愿学焉。宗庙之事,如会同,端章甫,愿为小相焉[11]。"

"点,尔何如?"

鼓瑟希[12],铿尔,舍瑟而作。对曰:"异乎三子者之撰[13]。"

子曰:"何伤乎[14]?亦各言其志也。"

曰:"莫春者[15],春服既成,冠者五六人[16],童子六七人,浴乎沂,风乎舞雩,咏而归[17]。"

夫子喟然叹曰:"吾与点也[18]!"

三子者出,曾皙后。曾皙曰:"夫三子者之言何如?"

子曰:"亦各言其志也已矣。"

曰:"夫子何哂由也?"

曰:"为国以礼[19],其言不让,是故哂之。"

"唯求则非邦也与[20]?"

"安见方六七十如五六十而非邦也者?"

"唯赤则非邦也与?"

"宗庙会同,非诸侯而何?赤也为之小,孰能为之大?"

(《四书章句集注·论语集注》,朱熹集注,中华书局1983年版。下同)

【注释】

[1] 子路:仲由,字子路(一字季路)。曾皙(xī):曾点,字皙,曾参之父。冉有:名求,字子有。公西华:复姓公西,名赤,字子华。四人均孔子弟子。(见《史记·仲尼弟子列传》)按,《论语》中"子"称孔子。孔子对弟子直呼其名,弟子亦自称名。侍坐:陪

坐。

　　[2]"以吾"二句：我比你们年长一点，不要因此就不说了。上"以"字，因，由于。下"以"字，通"已"，止。

　　[3] 居则曰：平居无事时常说。下句"不吾知也"，没有人了解我啊。

　　[4] 千乘（shèng）之国：拥有一千辆兵车的诸侯国。下文"摄乎"，夹在。

　　[5] 为：做，治理。下文"比（bǐ）及"，等到。

　　[6] 知方：懂得义理。

　　[7] 哂（shěn）之：微微一笑。孔子了解子路的性格是直率又有点急躁，他的回答在意料之中。

　　[8] 方六七十：六七十里见方的小国。下文"如"，或者。

　　[9] 足民：人民富足。

　　[10]"如其"二句：至于礼乐教化之事，就只好等待贤德的君子了。

　　[11]"宗庙"四句：祖庙中的祭祀，或诸侯国间的盟会，我穿着礼服（"端"）戴上礼帽（"章甫"），愿意做个小小的司仪。相（xiàng），典礼的主持人。

　　[12] 鼓瑟希：弹瑟之声渐渐缓慢。希，通"稀"。下文"铿（kēng）尔"，象声词，这里指瑟声的最后一响。"舍瑟而作"，放下瑟，站起身来。

　　[13] 撰：述，意见。

　　[14] 何伤乎：有什么妨碍呢？

　　[15] 莫：通"暮"。下文"春服既成"，春天的服装（夹衣）已经穿得住了。

　　[16] 冠者：成年人。古者男子二十岁为成年，行冠礼。下文"童子"，与冠者对言，指未成年人。

　　[17]"浴乎"三句：在沂水里边洗洗澡，在舞雩（yú）台下吹吹风，唱着歌儿回家来。沂，水名，流经今山东曲阜南。舞雩，祈雨的祭坛，在曲阜东南。

　　[18] 吾与（yù）点：我赞成曾点的意见！

　　[19] 为国以礼：治国靠的是礼。按，孔子主张礼治。下文"让"，谦逊，礼让。

　　[20]"唯求"句：冉求所说的难道不是诸侯邦国之事吗？与（yú），通"欤"。朱注："曾点以冉求亦欲为国，而不见哂，故微问之。而夫子之答无贬辞，盖亦许之。"

【题解】

　　本篇选自《先进》。师生问答，反映了儒家积极从政的生活态度与"为国以礼"的政治主张；曾点所言，则是对礼治成功之后社会和谐安定局面的憧憬，所以孔子喟然叹曰："吾与点也！"这是一篇情节完整，富有生活气息的文字，通过简练的动态描写和个性化的言语来刻画人物的精神面貌。子路的鲁直、刚毅、自信，冉有和公西华的恭谨，曾点的澹泊高远，都栩栩如生。孔子，则是一位雍容和霭、平易近人的长者，对学生循循善诱的老师。

【集评】

[1] 冉有公西华二节，文法在中间相对。以子路之"率尔"，曾晳之"铿尔"首末相对，哂子路与"与点"之言相对。四段事，三样文法，变化之中又极整齐，真妙文也。（方存之《论文章本源》）

季氏将伐颛臾

季氏将伐颛臾[1]。冉有、季路见于孔子曰："季氏将有事于颛臾[2]。"

孔子曰："求，无乃尔是过与[3]？夫颛臾，昔者先王以为东蒙主[4]，且在邦域之中矣，是社稷之臣也。何以伐为？"

冉有曰："夫子欲之[5]，吾二臣者皆不欲也。"孔子曰："求，周任有言曰[6]：'陈力就列，不能者止。'危而不持，颠而不扶，则将焉用彼相矣，且尔言过矣，虎兕出于柙，龟玉毁于椟中[7]，是谁之过与？"

冉有曰："今夫颛臾，固而近于费。今不取，后世必为子孙忧。"

孔子曰："求，君子疾乎舍曰'欲之'而必为之辞[8]。丘也闻有国有家者，不患贫而患不均，不患寡而患不安[9]。盖均无贫，和无寡，安无倾[10]。夫如是，故远人不服，则修文德以来之。既来之，则安之。今由与求也，相夫子，远人不服而不能来也，邦分崩离析而不能守也，而谋动干戈于邦内。吾恐季孙之忧不在颛臾，而在萧墙之内也[11]！"

【注释】

[1] 季氏：季孙氏，春秋后期掌握鲁国政权的"三桓"（孟孙氏、叔孙氏、季孙氏）之一，势力最强。此季孙氏指季平子。颛（zhuān）臾（yú）：鲁国的附庸国，在今山东费县西北。

[2] 有事：指用兵。

[3] "无乃"句：难道不应该责备你吗？尔是过，解作"过尔"，责备你（依杨伯峻说）。

[4] 东蒙：即蒙山。在今山东蒙阴南。

[5] 夫（fú）子欲之：季氏想要这么做。夫子，那个人，指季氏。

[6] 周任：或是古代贤人。以下"陈力"二句，贡献了多大的才力，就担任与此相应的职位，否则就离开。

[7] "虎兕（sì）"二句：老虎犀牛从笼子中跑出来了，龟壳美玉在匣子里损坏了。柙（xiá），槛笼。

[8] "君子"句：君子痛恨那种不说自己有贪心却一定要另找借口（的做法）。

[9] "不患"二句：原本作"不患寡而患不均，不患贫而患不安"（依杨伯峻引俞樾

《群经评议》说)。患,担忧。

[10]"盖均"三句:因为财富平均了,也就无所谓贫穷了;社会和谐了,也就不在乎人少了;境内安定了,也就消除危机了。

[11]萧墙之内:自家内部。萧墙,宫室内当门的小墙。何晏《论语集解》引郑玄:"萧之言肃也,墙谓屏也。"

【题解】

本篇选自《季氏》。季孙氏为鲁国大夫,为了贪掠土地,将攻打已是鲁国附庸小国的颛臾,冉求与子路担任季康子的家臣,以此事报告孔子。孔子的反对意见主要是两点。一、"有国有家者,不患贫而患不均,不患寡而患不安。"他反对贫富不均,向往社会的和谐与安定。二、"远人不服,则修文德以来之。"他反对不合理的暴力,主张以德服人。这两点虽然不甚全面,有些天真,但本质意义的正义性与进步性却是显而易见的。另外,他还批评了辅佐那个季康子的两个学生,一是他们的失职,"虎兕出于柙,龟玉毁于椟中,是谁之过与?"二是"舍曰'欲之'而必为之辞",巧言掩饰,不说实话。使用比喻法和借用"周任"与"君子"的口气来说话,将锋芒藏于委婉之中。忧在萧墙之内,在后世更成了祸自内起的形象的说法。

【集评】

[1]首段正意已足,下两段因由两辩而发挥之。孔子之文极含蓄,惟此篇极发扬,波澜汹涌,峰峦高大。(方存之《论文章本源》)

长沮桀溺耦而耕

长沮、桀溺耦而耕[1]。孔子过之,使子路问津焉[2]。

长沮曰:"夫执舆者为谁[3]?"子路曰:"为孔丘。"曰:"是鲁孔丘与?"曰:"是也。"曰:"是知津矣[4]!"

问于桀溺。桀溺曰:"子为谁?"曰:"为仲由。"曰:"是鲁孔丘之徒与?"对曰:"然。"曰:"滔滔者天下皆是也,而谁以易之[5]?且而与其从辟人之士也[6],岂若从辟世之士哉!"耰而不辍[7]。

子路行以告,夫子怃然曰[8]:"鸟兽不可与同群,吾非斯人之徒与而谁与[9]?天下有道,丘不与易也。"

【注释】

[1]"长沮（jū）"句：长沮与桀溺一起耕种。长沮、桀溺，非真实姓名。一说"其一长而沮洳，其一人桀然高大而涂足，故因以其物色（形象）名之。"（《先秦文学史参考资料》引金履祥）

[2] 津：渡口。

[3] 执舆者：执辔驾车。朱熹注："盖本子路御而执辔，今下问津，故夫子代之也。"

[4] 是知津矣：言外之意是，周游列国的孔丘自然熟悉道路津渡，何劳下问！

[5]"滔滔"二句：社会动乱有如奔流不息的洪水，普天下都是如此，你与谁去收拾呢？而，你。以，与。易，变革。

[6] 辟（bì）人之士：回避坏人（或小人）的人，指孔子。下文"辟（bì）世之士"，回避社会（或现实）的人，指隐士，如长沮、桀溺。

[7] 耰（yōu）而不辍：仍然劳作不止。耰，农具名，此指以耰覆盖播下的种子。

[8] 怃（wǔ）然：惆怅失意貌。

[9]"鸟兽"二句：我不能与隐士一样和鸟兽同处山林，又怎能不与世人在一起呢。与，共处，在一起。

【题解】

本篇选自《微子》。孔子一直坚持积极入世的人生态度，为实现自己的政治理想而奔波各国，寻求施展的机会。自楚返蔡的途中，受到二位楚国隐士的嘲弄：是鲁国的那个孔丘吗？既然是，还用得着问津吗！居然不肯正面回答。"津"的含义由具体到宽泛，也可以指理论主张或方针措施。以救世救民为己任的人不识"路"要问"津"，不是很可笑吗！孔子虽然"怃然"，但仍然坚定地要走自己的路，知其不可而为之。极精练的动态神情描写，简洁的言语，写出两种不同的人的不同思想性格。

【集评】

[1] 程子曰："圣人不敢有忘天下之心，故其言如此也。"张子曰："圣人之仁，不以无道必天下而弃之也。"（朱熹《论语集注》引）

[2] 记二人傲倪孤高如画。末记孔子一谈，深情至切。……二人一讥孔子为知津，一以天下滔滔莫非津也。语意妙极。其不告津者，正所以告之也。（方存之《论文章本源》）

子路从而后

子路从而后[1]，遇丈人[2]，以杖荷蓧。子路问曰："子见夫子乎？"丈人曰："四体不勤，五谷不分，孰为夫子？"植其杖而芸[3]。

子路拱而立[4]。止子路宿，杀鸡为黍而食之，见其二子焉[5]。

明日，子路行以告。子曰："隐者也。"使子路反见之，至，则行矣。

子路曰："不仕无义。长幼之节，不可废也；君臣之义，如之何其废之？欲洁其身，而乱大伦[6]。君子之仕也，行其义也。道之不行，已知之矣！"

【注释】

[1] 从而后：追随（孔子出行）而落在后边。
[2] 丈人：老人。下句"以杖荷（hè）蓧（diào）"，用拐杖挑着除草的农具。
[3] 植：插（在地上）。芸：通"耘"，锄草。
[4] 拱而立：拱手站立。这是表敬之举。
[5] 见（xiàn）其二子：让其二子出见子路。见，引见。
[6] 伦：人伦，伦常。人际关系的准则。如《孟子·滕文公上》："父子有亲，君臣有义，夫妇有别，长幼有序，朋友有信。"称为五伦。

【题解】

本篇选自《微子》。这位荷蓧丈人自然也是隐士，他批评四体不勤五谷不分的孔门之徒，但有礼貌地招待了子路，引见了自己的两个儿子。子路借此发挥说，你既然不废长幼之礼，怎么忘了君臣之义呢？并且说明"君子之仕"是"行其义"的大道理。子路的话，实际上是孔子的思想。尤其是"道之不行，已知之矣"，反映了孔子知其不可而为之的态度。

【参考书】

[1]《论语译注》，杨伯峻译注，中华书局1980年版。

墨 子

《墨子》，墨家著作的总集。墨子（前468？—前376？），名翟（dí），鲁国（一说宋国）人。战国初期思想家，墨家学派的创立者。《墨子》书中的《尚贤》、《尚同》、《兼爱》、《非攻》、《节用》、《天志》、《非命》诸篇，分上、中、下，当是其弟子所记略有不同，比较完整地保存了墨子本人的思想。与《论语》比，《墨子》篇幅较长，结构较完整，讲究逻辑推理与论证，有些篇题能概括全文的内容主旨，显示说理文向成熟阶段过渡，在先秦散文发展史上有一定的地位。有《墨子》十五卷（《四库全书》本）。

非 攻（上）

今有一人[1]，入人园圃，窃其桃李，众闻则非之，上为政者得则罚之。此何也？以亏人自利也。至攘人犬豕鸡豚者[2]，其不义又甚入人园圃窃桃李。是何故也？以亏人愈多。苟亏人愈多，其不仁兹甚，罪益厚。至入人栏厩取人马牛者，其不仁义又甚攘人犬豕鸡豚。此何故也？以其亏人愈多。苟亏人愈多，其不仁兹甚，罪益厚。至杀不辜人也[3]，扡其衣裘取戈剑者，其不义又甚入人栏厩取人马牛。此何故也？以其亏人愈多。苟亏人愈多，其不仁兹甚矣，罪益厚。当此天下之君子，皆知而非之，谓之不义。今至大为攻国，则弗知非，从而誉之，谓之义。此可谓知义与不义之别乎！

杀一人，谓之不义，必有一死罪矣。若以此说往[4]，杀十人，十重不义，必有十死罪矣；杀百人，百重不义，必有百死罪矣。当此天下之君子，皆知而非之，谓之不义。今至大为不义，攻国，则弗知非，从而誉之，谓之义。情不知其不义也，故书其言以遗后世[5]；若知其不义也，夫奚说书其不义以遗后世哉[6]？

今有人于此，少见黑曰黑，多见黑曰白，则必以此人为不知白黑之辩矣[7]；少尝苦曰苦，多尝苦曰甘，则必以此人为不知甘苦之辩矣。今小为非，则知而非之；大为非攻国，则不知非，从而誉之，谓之义，此可谓知义与不义之辩乎！是以知天下之君子也，辩义与不义之乱也[8]！

（《墨子间诂》，孙诒让训诂，商务印书馆1935年版）

【注释】

[1] 今有一人：如果有这么一个人。今，有假设之意。

[2] 攘（rǎng）：侵夺，窃取。

[3] 不辜：无罪。下文"扡"，同"拖"，夺。

[4] 说：说开去，类推。

[5] "情不"二句：（这）真的是不懂得这是不义的，所以才记载这样的言论并留给后世。情，诚，的确。

[6] 奚说：如何解释。

[7] 辩：区别，不同。

[8] 乱：混乱，是非颠倒。

【题解】

　　非攻，反对不义的攻伐。"兼爱"与"非攻"，是墨子学说的基本内容。战国时代的诸侯兼并战争对人民的生命财产造成巨大的损失，墨子不仅在理论上痛加谴责，而且用实际行动予以抵制，如《公输》篇之止楚攻宋。本文通过比喻和推理来揭露侵略战争的非正义性。由小至大，由偷盗、杀人至攻国，层层推进，内容具体，逻辑严密，有很强的说服力。墨家重质不重文，反对追求形式与外表的美，所以文章也质朴无华，以达意为目的。《韩非子·外储说左上》："墨子之说，传先王之道，论圣人之言，以宣告人。若辩其辞，则恐人怀其文，忘其直，以文害用也。此与楚人鬻珠、秦伯嫁女同类。故其言多不辩。"

孟　子

　　孟子（前372?—前289?），名轲，或曰字子车，或曰字子舆，邹（今山东邹城）人。战国时儒家思想家、教育家。继承并发展了孔子"仁者爱人"的思想，倡导仁义、王道，提出行仁政而王天下的政治纲领，反对霸道和残暴的掠夺性的兼并战争。曾到过齐、宋、滕、魏等国，游说诸侯，诸侯国君多尊其人而不采其言。晚年返邹，与弟子"万章之徒序《诗》、《书》，述仲尼之意，作《孟子》七篇"（《史记·孟子荀卿列传》）。孟子文章已经不是单纯的语录体，不少长篇对话中心明确，层次清晰，已是议论文的体制，是先秦诸子散文由初期到后期的重要发展标志。其艺术特点是感情充沛，气势凌厉，具有强烈的战斗性与鼓动性；善于抓住时机和揣摩对方心理，或循循善诱，或巧设机彀，这又显示了作者的智慧与机敏；另外，孟子还以善用比喻著称。有《孟子正义》十四卷（《四库全书》本）。

齐桓晋文之事

　　齐宣王问曰[1]："齐桓、晋文之事，可得闻乎[2]？"
　　孟子对曰："仲尼之徒，无道桓、文之事者，是以后世无传焉，臣未之闻也。无以，则王乎[3]！"
　　曰："德何如则可以王矣？"
　　曰："保民而王，莫之能御也。"
　　曰："若寡人者，可以保民乎哉？"

曰："可。"

曰："何由知吾可也？"

曰："臣闻之胡龁曰[4]：王坐于堂上，有牵牛而过堂下者，王见之曰：'牛何之？'对曰：'将以衅钟[5]。'王曰：'舍之！吾不忍其觳觫[6]，若无罪而就死地。'对曰：'然则废衅钟与？'曰：'何可废也，以羊易之。'不识有诸[7]？"

曰："有之。"

曰："是心足以王矣！百姓皆以王为爱也[8]，臣固知王之不忍也。"

王曰："然[9]，诚有百姓者。齐国虽褊小[10]，吾何爱一牛！即不忍其觳觫，若无罪而就死地，故以羊易之也。"

曰："王无异于百姓之以王为爱也[11]。以小易大，彼恶知之[12]？王若隐其无罪而就死地，则牛羊何择焉？"

王笑曰："是诚何心哉！我非爱其财而易之以羊也，宜乎百姓之谓我爱也。"

曰："无伤也，是乃仁术也[13]，见牛未见羊也。君子之于禽兽也，见其生不忍见其死，闻其声不忍食其肉，是以君子远庖厨也。"

王说曰[14]："《诗》云：'他人有心，予忖度之。'夫子之谓也。夫我乃行之[15]，反而求之，不得吾心；夫子言之，于我心有戚戚焉[16]。此心之所以合于王者，何也？"

曰："有复于王者曰[17]：'吾力足以举百钧[18]，而不足以举一羽；明足以察秋毫之末[19]，而不见舆薪。'则王许之乎？"

曰："否。"

"今恩足以及禽兽，而功不至于百姓者，独何与？然则一羽之不举，为不用力焉；舆薪之不见，为不用明焉。百姓之不见保，为不用恩焉。故王之不王，不为也，非不能也。"

曰："不为者与不能者之形[20]，何以异？"

曰："挟太山以超北海[21]，语人曰：'我不能。'是诚不能也。为长者折枝[22]，语人曰：'我不能。'是不为也，非不能也。故王之不王，非挟太山以超北海之类也；王之不王，是折枝之类也。

"老吾老以及人之老，幼吾幼以及人之幼[23]，天下可运于掌。《诗》云：'刑于寡妻[24]，至于兄弟，以御于家邦。'言举斯心加诸彼而已。故推恩足以保四海[25]，不推恩无以保妻子。古之人所以大过人者[26]，无他焉，善推其所为而已矣。今恩足以及禽兽，而功不至于百姓者，独何与？权[27]，然后知轻重；度，然后知长短。物皆然，心为甚。王请度之。抑王兴甲兵[28]，危士臣，构怨于诸侯，然后快于心与？"

王曰："否，吾何快于是！将以求吾所大欲也。"

曰："王之所大欲，可得闻与？"

王笑而不言。

曰："为肥甘不足于口与[29]？轻暖不足于体与？抑为采色不足视于目与？声音不足听于耳与？便嬖不足使令于前与[30]？王之诸臣，皆足以供之，而王岂为是哉？"

曰："否。吾不为是也。"

曰："然则王之所大欲可知已：欲辟土地[31]，朝秦楚，莅中国而抚四夷也[32]。以若所为[33]，求若所欲，犹缘木而求鱼也。"

王曰："若是其甚与？"

曰："殆有甚焉。缘木求鱼，虽不得鱼，无后灾；以若所为，求若所欲，尽心力而为之，后必有灾。"

曰："可得闻与？"

曰："邹人与楚人战[34]，则王以为孰胜？"

曰："楚人胜。"

曰："然则小固不可以敌大，寡固不可以敌众，弱固不可以敌强。海内之地，方千里者九，齐集有其一[35]。以一服八，何以异于邹敌楚哉！盖亦反其本矣[36]！今王发政施仁，使天下仕者皆欲立于王之朝，耕者皆欲耕于王之野，商贾皆欲藏于王之市[37]，行旅皆欲出于王之涂，天下之欲疾其君者，皆欲赴诉于王。其若是，孰能御之！"

王曰："吾惛[38]，不能进于是矣。愿夫子辅吾志，明以教我。我虽不敏，请尝试之！"

曰："无恒产而有恒心者[39]，惟士为能。若民，则无恒产，因无恒心。苟无恒心，放辟邪侈[40]，无不为已。及陷于罪，然后从而刑之，是罔民也[41]。焉有仁人在位，罔民而可为也。是故明君制民之产，必使仰足以事父母，俯足以畜妻子，乐岁终身饱，凶年免于死亡。然后驱而之善[42]，故民之从之也轻。今也制民之产，仰不足以事父母，俯不足以畜妻子，乐岁终身苦，凶年不免于死亡。此惟救死而恐不赡[43]，奚暇治礼义哉！王欲行之，则盍反其本矣。五亩之宅，树之以桑，五十者可以衣帛矣；鸡豚狗彘之畜，无失其时[44]，七十者可以食肉矣；百亩之田，勿夺其时，八口之家，可以无饥矣；谨庠序之教[45]，申之以孝悌之义，颁白者不负戴于道路矣[46]。老者衣帛食肉，黎民不饥不寒，然而不王者，未之有也！"

（《四书章句集注·孟子集注》，朱熹集注，中华书局1983年版。下同）

【注释】

[1] 齐宣王：田氏代齐后之第四代齐国国君，姓田，名辟疆（前319—前301在位）。

[2] "齐桓"二句：齐桓公与晋文公（建立霸业）之事，可以说来听听吗。齐桓公，姓姜，名小白，春秋五霸之首。晋文公，姓姬，名重耳，继齐桓公为霸主。

[3] "无以"二句：如果非得说点什么，那就谈谈用王道统一天下的道理吧。以，通"已"，止。王（wàng），动词。按，以力服人为霸，以德服人为王。孟子提倡王道，以"未之闻也"一语撇开霸道的话题。

[4] 胡齕（hé）：齐宣王的近臣。

[5] 衅钟：杀牲取血以涂抹新铸之钟，一种祭礼。

[6] 觳觫（húsù）：恐惧战栗。下句说，就这样子无罪而被宰杀。就死地，走向死所。

[7] 不识有诸：不知有无此事（胡齕所述之事）？

[8] 爱：吝惜。下文"不忍"，不忍心。

[9] 然：犹言"是的"。表肯定之词。下文"诚"，确实。

[10] 褊（biǎn）小：（疆域）狭小。

[11] 无异：莫怪。异，以……为异。

[12] 彼恶（wū）知之：百姓怎么知道您是不忍心？下文"隐"，恻隐，怜悯。"何择"，有何区别。朱熹注："孟子故设此难，欲王反求而得其本心。王不能然，故卒无以自解于百姓之言也。"

[13] 是乃仁术：这（不忍之心）就是行仁之道。

[14] 说：通"悦"。以下引文见《诗经·巧言》，意谓别人的内心，我善于体会。忖度（cǔn duó），揣摩，推测。

[15] 行之：做了（以羊易牛）之事。下文说，回头再追究动机，自己心里也不明白。

[16] 戚戚：受到启发，有所感悟。

[17] 复：禀白，报告。按，此为假设其辞以为譬喻。

[18] 钧：三十斤为钧。

[19] 秋毫之末：秋天时鸟兽新生毫毛的末梢。极言其细微。下文"舆薪"，一车柴薪。

[20] 形：形态，情状，具体表现。下文"何以异"，如何区别？

[21] 挟（xié）：挟带，用胳膊夹着。太山：泰山。

[22] 折枝：折一段树枝。

[23] "老吾"二句：敬事自己的父兄长辈，并推广到他人的父兄长辈；关爱自己的子弟晚辈，并推广到他人的子弟晚辈。

[24] 刑于寡妻：（首先）给自己的妻子作出榜样。刑，通"型"，示范。寡妻，国君的正妻。下文"御"，治理。

[25] 推恩：由此及彼推广恩泽。即上文之"老吾老……"与"举斯心加诸彼"。

[26] 大过人：远远胜过一般人。

[27] 权：称一称。下文"度（duó）"，量一量。

[28] 抑：连词。或者，还是。下文"危士臣"，使士臣冒险犯难。

[29] 肥甘：指饮食说。下文"轻暖"，指衣服说。

[30] 便嬖（pián bì）：侍奉左右得到宠幸的人。

[31] 辟：开辟，扩张。下文"朝秦楚"，使秦楚等大国也来臣服。

[32] 莅（lì）中国：君临中原各国之上。中国，中原地区，与"四夷"相对。四夷：四方边远地区的少数民族。

[33] 若：如此这般（的）。下文"缘木求鱼"，攀援上树去找鱼。比喻手段与目的绝不相干。

[34] 邹：小国名，在今山东邹城一带。下文"楚"，是战国时疆域最广阔的大国。

[35] "方千"二句：纵横千里的共有九份，齐国之地，总计不过其中一份。故下文有"以一服八"之说。

[36] 盍（hé）：通"盍"，何不。反其本：回到根本上来。

[37] 藏：收藏聚集货物。市：集市。

[38] 惛（hūn）：糊涂，不明事理。下句谓，不能深入领会这些话的意思。

[39] 恒产：长久保有的产业。恒心：长久坚持的安居守分之心。

[40] 放辟邪侈：不受约束，胡作非为。

[41] 罔民：如同用罗网捕捉鸟兽那样陷害人民。罔，通"网"。

[42] 驱而之善：驱使人民向善。之，走向。下文"轻"，容易。

[43] 不赡：不足，来不及。下文"奚暇"，何暇，没有时间。

[44] 时：繁殖生长的季节。下文"时"，农时，农事季节。

[45] 谨：重视。庠（xiáng）序之教：学校教育。周代称庠，商代称序。

[46] 颁白：（头发）花白。颁，通"斑"。负：背负着。戴：头顶着。

【题解】

本篇选自《梁惠王上》。孟子在此集中完整地阐发了他的"保民而王"的仁政学说。自开头至"君子远庖厨"，为第一层，讲仁政的思想理论基础：恻隐之心。自"王说曰"至"然后快于心"，为第二层，讲仁政的原则：推恩足以保四海。自"王曰否"至"孰能御之"，为第三层，讲仁政的效果：天下归心。自"王曰吾惛"至"未之有也"，为第四层，讲仁政的蓝图：制产施教。历史的发展，并不如孟子所设想，但其思想却闪烁着美好的理想光辉，至今具有真理性和现实意义。文章与其说是对话式的语录，不如说是以对话作为结构手段的长篇议论文，层次分明，波澜起伏，而又一气呵成。孟子文章的循循善诱与雄辩滔滔，说理方式的灵活巧妙，在本文中得到了充分的体现。

【集评】

[1] 篇中钩勒顿挫，千回百转，重波迭浪，最后归宿于王道。有纲领，有血脉，有过峡，有筋节，意在不使一直笔，又不使一呆笔，读者熟复于此，其

于行文之道思过半矣。(牛运震《孟子论文》)

庄暴见孟子

庄暴见孟子[1],曰:"暴见于王[2],王语暴以好乐[3],暴未有以对也。"曰[4]:"好乐何如?"孟子曰:"王之好乐甚,则齐国其庶几乎[5]!"

他日[6],见于王曰:"王尝语庄子以好乐,有诸?"

王变乎色[7],曰:"寡人非能好先王之乐也[8],直好世俗之乐耳。"

曰:"王之好乐甚,则齐其庶几乎!今之乐犹古之乐也。"

曰:"可得闻与?"

曰:"独乐乐,与人乐乐,孰乐[9]?"

曰:"不若与人。"

曰:"与少乐乐,与众乐乐,孰乐?"

曰:"不若与众。"

"臣请为王言乐。今王鼓乐于此,百姓闻王钟鼓之声,管籥之音[10],举疾首蹙頞而相告曰[11]:'吾王之好鼓乐,夫何使我至于此极也?父子不相见,兄弟妻子离散。'今王田猎于此,百姓闻王车马之音,见羽旄之美[12],举疾首蹙頞而相告曰:'吾王之好田猎,夫何使我至于此极也?父子不相见,兄弟妻子离散。'此无他,不与民同乐也。

"今王鼓乐于此,百姓闻王钟鼓之声,管籥之音,举欣欣然有喜色而相告曰:'吾王庶几无疾病与[13],何以能鼓乐也?'今王田猎于此,百姓闻王车马之音,见羽旄之美,举欣欣然有喜色而相告曰:'吾王庶几无疾病与,何以能田猎也?'此无他,与民同乐也。今王与百姓同乐,则王矣!"

【注释】

[1] 庄暴:人名,其他未详。或是齐国大夫。

[2] 暴见于王:我朝见王(齐宣王)。见于,受到召见,被引见。

[3] 语(yù):告诉。好(hào)乐(yuè):喜爱音乐。下文"未有以对",没有什么用来回答,不知怎样回答。

[4] 曰:主语仍是庄暴。下句说,好乐怎么样?(是好还是不好?)

[5] 其庶几乎:大概要好起来了吧!其,表揣度之辞。庶几(jī),差不多,有希望。

[6] 他日:后来的某一日。下句主语是孟子。

[7] 变乎色:变了脸色(表情尴尬)。

[8] 先王之乐:高雅的古典音乐。下文"世俗之乐",世俗的流行音乐。

[9] "独乐"三句:(您自己)一个人欣赏音乐快乐,与众人一起欣赏音乐快乐,何者

更快乐呢？

[10] 管籥（yuè）：管，笙。籥，箫。
[11] 举：全，都。疾首蹙（cù）额：头痛皱眉。忧恨貌。
[12] 羽旄：旗帜。出猎时用作仪仗，以壮观瞻。
[13] 庶几：也许。与（yú）：通"欤"。

【题解】

本篇选自《梁惠王下》。齐王好乐，坦承自己好的是"世俗之乐"，不是"先王之乐"，自己觉得很没面子。孟子因势利导，指出问题不在于是"今之乐"还是"古之乐"，而在于你的"乐"建立在什么样的现实基础上，由"独乐乐，与人乐乐"逐步推进，归结为"与民同乐"则天下归心这个主题。自古以来，与民同乐成为儒家传统对统治阶级政治措施的一个要求，一种衡量标准。《孟子》多次强调这个道理。比如"乐民之乐者，民亦乐其乐；忧民之忧者，民亦忧其忧。乐以天下，忧以天下，然而不王者，未之有也。"（《梁惠王下》）这番话，孟子也是对齐宣王说的。

天时不如地利

孟子曰："天时不如地利，地利不如人和。三里之城[1]，七里之郭，环而攻之而不胜。夫环而攻之，必有得天时者矣；然而不胜者，是天时不如地利也。城非不高也，池非不深也[2]，兵革非不坚利也，米粟非不多也；委而去之[3]，是地利不如人和也。

"故曰：域民不以封疆之界[4]，固国不以山谿之险，威天下不以兵革之利。得道者多助，失道者寡助。寡助之至，亲戚畔之[5]；多助之至，天下顺之。以天下之所顺，攻亲戚之所畔，故君子有不战，战必胜矣。"

【注释】

[1] 三里：周长三里。极言其规模之小。下文"郭"，外城。
[2] 池：护城河。下文"兵革"，武器和甲胄。
[3] 委：放弃。去：离开。
[4] 域民：限制人民（不投奔他国）。
[5] 亲戚：内外亲族。畔：通"叛"。

【题解】

本篇选自《公孙丑下》。天时，指晴雨风霜寒暑之类；地利，指山川险阻城池高深之类；人和，指人民团结同心协力。孟子强调人和，而以战为喻；但人和的重要性，体现在治国平天下的各个方面，不仅战争而已。"得道者多助，失道者寡助"，是历史经验的总结，可垂鉴千古。

鱼我所欲也

孟子曰："鱼，我所欲也；熊掌，亦我所欲也。二者不可得兼，舍鱼而取熊掌者也。生，亦我所欲也；义[1]，亦我所欲也。二者不可得兼，舍生而取义者也。生亦我所欲，所欲有甚于生者[2]，故不为苟得也；死亦我所恶，所恶有甚于死者[3]，故患有所不辟也。如使人之所欲莫甚于生，则凡可以得生者，何不用也？使人之所恶莫甚于死者，则凡可以辟患者，何不为也[4]？由是则生而有不用也，由是则可以辟患而有不为也[5]，是故所欲有甚于生者，所恶有甚于死者。非独贤者有是心也[6]，人皆有之，贤者能勿丧耳。

"一箪食[7]，一豆羹，得之则生，弗得则死。呼尔而与之[8]，行道之人弗受；蹴尔而与之，乞人不屑也。万钟则不辨礼义而受之[9]。万钟于我何加焉？为宫室之美、妻妾之奉、所识穷乏者得我与[10]？乡为身死而不受[11]，今为宫室之美为之；乡为身死而不受，今为妻妾之奉为之；乡为身死而不受，今为所识穷乏者得我而为之。是亦不可以已乎？此之谓失其本心[12]。"

【注释】

[1] 义：正义，正理，正道。儒家伦理哲学的基本原则之一。"仁，人心也；义，人路也。"（《告子上》）

[2] 甚于生者：即义。下文"苟得"，苟且得到。

[3] 甚于死者：即不义。下文"辟"，通"避"。

[4] "如使"六句：假若人之所欲没有什么超过生，那么一切可以求生的手段都可以使用了；假若人之所恶没有什么超过死，那么一切可以避祸的事情都可以去做了。

[5] "由是"二句：通过这种（手段）则生，但不去用它；通过这种（事情）则可以避祸，但不去做它。

[6] 是心：舍生取义之心。下文"丧"，失去。

[7] 一箪（dān）食：一筐饭。箪，竹制盛器，此用作量词。下文"豆"，食器，用作量词。

[8] 呼尔：喝斥着。按，《礼记·檀弓》有不食嗟来之食的故事。下文"蹴（cù）"，踢，踩踏。

[9] 万钟：极丰厚的俸禄。钟，古量单位，按《左传》杜预注，一钟为六斛四斗。

[10] 穷乏者：困顿贫乏之人。穷，没有出路。得我：感激我。得，通"德"。

[11] 乡（xiàng）：通"向"，以前。

[12] 本心：本来具备的羞恶之心。"羞恶之心，人皆有之。""羞恶之心，义也。"（《告子上》）

【题解】

本篇选自《告子上》。孟子主"性善"。他认为："仁义礼智，非由外铄我也，我固有之也，弗思耳矣。"认为舍生取义之心人皆有之，而"贤者能勿丧"。从鱼与熊掌设譬说起，反复论证，层层推进，极力阐发舍生取义的道理。最后说到有些人在取得高位厚禄之后迷失本心，为了"宫室之美"、"妻妾之奉"、"所识穷乏者得我"而舍义趋利，表示惋惜与不屑。对于其立论的根基（性善说）虽然还有不同的意见，但舍生取义说的正大崇高，则激励了后世的无数仁人志士。文天祥临刑前书衣带曰："孔曰成仁，孟曰取义，惟其义尽，所以仁至。读圣贤书，所学何事？而今而后，庶几无愧。"（《宋史·文天祥传》）

【集评】

[1] 此章言羞恶之心人所固有，或能决死生于危迫之际，而不免计丰约于宴安之时，是以君子不可顷刻而不省察于斯焉。（朱熹《四书章句集注·孟子集注》）

[2] 全是元气磅礴！此等文字都从浩然气中流出，文人那得有此！（李贽《四书评》）

生于忧患死于安乐

孟子曰："舜发于畎亩之中[1]，傅说举于版筑之间[2]，胶鬲举于鱼盐之中[3]，管夷吾举于士[4]，孙叔敖举于海[5]，百里奚举于市[6]。

"故天将降大任于是人也，必先苦其心志，劳其筋骨，饿其体肤，空乏其身，行拂乱其所为[7]，所以动心忍性[8]，曾益其所不能。人恒过，然后能改；困于心，衡于虑[9]，而后作；征于色，发于声，而后喻[10]。

"入则无法家拂士[11]，出则无敌国外患者[12]，国恒亡。然后知生于忧患而死于安乐也。"

【注释】

[1] "舜发"句：帝舜兴起于农耕之中。畎（quǎn）亩，农田。按，舜耕于历山（在今

山西永济境内），帝尧选拔为摄政，后继其位。

[2] 傅说（yuè）：本为傅岩（地名）从事版筑（以版筑墙）的奴隶，名说。后被商王武丁举拔为辅政大臣。

[3] 胶鬲（gé）：商纣之臣。鱼盐：当指从事鱼盐业之生产劳动。

[4] 管夷吾：字仲，囚于士官（狱官），齐桓公举为相，助成霸业。

[5] 孙叔敖：朱熹注："孙叔敖隐处海滨，楚庄王举之为令尹（国相）。"所谓海，当指孙叔敖为期思（今河南固始）人，居淮水支流之滨。

[6] 百里奚：本虞国人，为楚人所执，秦穆公以五张羊皮赎回，任为大夫，助成霸业。

[7] "行拂"句：朱熹注："言使之所为不遂，多背戾也。"拂乱，干扰，搅乱。

[8] 动心忍性：朱熹注："谓竦动其心，坚忍其性也。"下文"曾"，通"增"。

[9] 衡于虑：大意谓思虑不通。衡，横也，有阻塞之义。下文"作"，振作，奋起。

[10] "征于"三句：（内在的修养必得）表现在脸色上，吐露在言论中，才能使人理解。

[11] 入：在内，国内。法家拂（bì）士：坚持法度的大臣和有辅佐之才的士人。拂，通"弼"。

[12] 出：在外，国外。

【题解】

本篇选自《告子下》。孟子认为，有作为的人，能够担负天降大任的人，都是经过艰难困苦的磨炼的。这个观点虽不能绝对化，却是历史经验和生活经验的总结，帝舜等六人起于底层，终成大事，就是坚实的佐证。普通人是如此，又何况治国平天下者！所以最后说到国君，在内要有法家拂士，在外要有敌国外患，否则就要亡国。结论是发人深省的：生于忧患而死于安乐！这种深深浸透在传统文化中的忧患意识，至今仍有现实的教育意义。

【集评】

[1] 通体盘旋，为末二句蓄势，章法极奇，贾生《过秦》所自出。千盘百折，厚集其阵，纯用劲折，无波磔痕。（《古文鉴赏大辞典》引吴闿生《重订孟子文法读本》）

【参考书】

[1] 《孟子译注》，杨伯峻编著，中华书局1960年版。

庄 子

庄子(前369? —前286?),名周,宋国蒙(今河南商丘东北)人。战国时道家学派的代表人物。家贫不仕,隐居著书。在哲学上持相对主义与虚无主义观点,主张万物齐一,清静无为。对社会的黑暗面有冷静深刻的观察与揭露,对儒家的仁义道德学说予以辛辣的批判。庄子文章的特色是用写文学作品的手法来写议论文,奇特的想象,大胆的夸张,生动的形象,构成浓厚的浪漫色彩;有意识地通过寓言故事来说理,即使是无生物,也可以随手拈来,赋予生命和思想感情,成为活生生的艺术形象;语言汪洋恣肆,变化多端,嬉笑怒骂,皆成文章。今本《庄子》三十三篇,包括内篇、外篇、杂篇。历代学者多以内篇七篇为庄子自作。有《庄子集释》(中华书局1961年版)。

逍 遥 游

北冥有鱼[1],其名为鲲[2]。鲲之大,不知其几千里也。化而为鸟,其名为鹏,鹏之背,不知其几千里也。怒而飞[3],其翼若垂天之云。是鸟也,海运则将徙于南冥[4]。南冥者,天池也。《齐谐》者[5],志怪者也。《谐》之言曰:"鹏之徙于南冥也,水击三千里,抟扶摇而上者九万里[6],去以六月息者也[7]。"野马也[8],尘埃也,生物之以息相吹也[9]。天之苍苍,其正色邪?其远而无所至极邪[10]?其视下也,亦若是则已矣。且夫水之积也不厚,则其负大舟也无力。覆杯水于坳堂之上[11],则芥为之舟,置杯焉则胶,水浅而舟大也。风之积也不厚,则其负大翼也无力。故九万里,则风斯在下矣,而后乃今培风[12],背负青天而莫之夭阏者[13],而后乃今将图南。蜩与学鸠笑之曰[14]:"我决起而飞[15],枪榆枋而止[16],时则不至,而控于地而已矣。奚以之九万里而南为[17]?"适莽苍者[18],三飡而反,腹犹果然;适百里者,宿舂粮;适千里者,三月聚粮。之二虫又何知[19]!小知不及大知[20],小年不及大年。奚以知其然也?朝菌不知晦朔[21],蟪蛄不知春秋,此小年也。楚之南有冥灵者[22],以五百岁为春,五百岁为秋;上古有大椿者,以八千岁为春,八千岁为秋。此大年也。而彭祖乃今以久特闻[23],众人匹之,不亦悲乎!

汤之问棘也是已[24]。"穷发之北[25],有冥海者,天池也。有鱼焉,其广数千里[26],未有知其修者,其名为鲲。有鸟焉,其名为鹏,背若泰山,翼若垂天之云,抟扶摇羊角而上者九万里。绝云气[27],负青天,然后图南,且适南冥也。斥鴳笑之曰[28]:'彼且奚适也!我腾跃而上,不过数仞而下,翱翔蓬蒿之间,此亦飞之至也。而彼且奚适也!'"

此小大之辩也[29]。

故夫知效一官[30],行比一乡,德合一君,而征一国者,其自视也亦若此矣。而宋荣子犹然笑之[31]。且举世而誉之而不加劝[32],举世而非之而不加沮,定乎内外之分[33],辩乎荣辱之境,斯已矣。彼其于世,未数数然也[34]。虽然,犹有未树也[35]。夫列子御风而行[36],泠然善也,旬有五日而后反。彼于致福者,未数数然也。此虽免乎行,犹有所待者也[37]。若夫乘天地之正,而御六气之辩,以游无穷者,彼且恶乎待哉[38]!故曰:至人无己,神人无功,圣人无名[39]。

尧让天下于许由[40],曰:"日月出矣,而爝火不息[41],其于光也,不亦难乎?时雨降矣,而犹浸灌,其于泽也,不亦劳乎?夫子立而天下治,而我犹尸之[42],吾自视缺然,请致天下。"许由曰:"子治天下,天下既已治也,而我犹代子,吾将为名乎?名者,实之宾也。吾将为宾乎?鹪鹩巢于深林,不过一枝;偃鼠饮河,不过满腹。归休乎君[43]!予无所用天下为!庖人虽不治庖[44],尸祝不越樽俎而代之矣。"

肩吾问于连叔曰[45]:"吾闻言于接舆,大而无当,往而不反。吾惊怖其言,犹河汉而无极也[46],大有迳庭,不近人情焉。"连叔曰:"其言谓何哉?"曰:"'藐姑射之山[47],有神人居焉。肌肤若冰雪,淖约若处子[48],不食五谷,吸风饮露,乘云气,御飞龙,而游于四海之外。其神凝[49],使物不疵疠,而年谷熟。'吾以是狂而不信也[50]。"连叔曰:"然。瞽者无以与乎文章之观,聋者无以与乎钟鼓之声。岂唯形骸有聋盲哉?夫知亦有之[51]。时其言也,犹时女也[52]。之人也,之德也,将旁礴万物以为一[53]。世蕲乎乱,孰弊弊焉以天下为事[54]!之人也,物莫之伤,大浸稽天而不溺[55],大旱金石流土山焦而不热。是其尘垢秕糠,将犹陶铸尧舜者也[56],孰肯以物为事!宋人资章甫而适诸越[57],越人断发文身,无所用之。尧治天下之民,平海内之政,往见四子藐姑射之山[58],汾水之阳,窅然丧其天下焉[59]。"

惠子谓庄子曰[60]:"魏王贻我大瓠之种[61],我树之成而实五石,以盛水浆,其坚不能自举也。剖之以为瓢,则瓠落无所容[62]。非不呺然大也[63],吾为其无用而掊之。"庄子曰:"夫子固拙于用大矣!宋人有善为不龟手之药者[64],世世以洴澼絖为事[65]。客闻之,请买其方百金。聚族而谋曰:'我世世为洴澼絖,不过数金;今一朝而鬻技百金,请与之。'客得之,以说吴王。越有难,吴王使之将。冬,与越人水战,大败越人。裂地而封之。能不龟手,一也,或以封,或不免于洴澼絖,则所用之异也。今子有五石之瓠,何不虑以为大樽而浮乎江湖[66]？而忧其瓠落无所容，则夫子犹有蓬之心也夫[67]！"

惠子谓庄子曰："吾有大树，人谓之樗[68]。其大本拥肿而不中绳墨，其小枝卷曲而不中规矩。立之涂，匠者不顾[69]。今子之言，大而无用，众所同去也。"庄子曰："子独不见狸狌乎[70]？卑身而伏，以候敖者。东西跳梁[71]，不避高下，中于机辟，死于网罟。今夫斄牛[72]，其大若垂天之云，此能为大矣，而不能执鼠。今子有大树，患其无用，何不树之于无何有之乡[73]，广莫之野，彷徨乎无为其侧[74]，逍遥乎寝卧其下，不夭斤斧，物无害者。无所可用，安所困苦哉！"

（《庄子集释》，郭庆藩集释，王孝鱼校点，中华书局1961年版。下同）

【注释】

[1] 北冥：北海。下文"南冥"，南海。冥，或作"溟"。

[2] 鲲：此处用作大鱼之名。一说即鲸。

[3] 怒而飞：振翅奋起而飞。

[4] 海运：海水涌动翻腾。海动必有飓风，大鹏乘风高飞。

[5] 《齐谐》：当是书名。下文"志怪"，记述怪异之事。

[6] 抟（tuán）扶摇：结聚大风之力。扶摇，盘旋直上的飙风。下文又称"羊角"。

[7] 去：离。离北冥飞往南冥。六月息：一飞半载，至南冥而后止息。一说指六月时的大风。

[8] 野马：春阳发动，山林田野间水气蒸腾，形似奔马。

[9] 息：气息。

[10] "天之"三句：天穹青青之色，是本来的颜色呢？还是因为极其高远而没有尽头呢？下文说，鹏在万里高空俯视下界，大概也是如此吧。

[11] 坳（ào）堂：疑当作"堂坳"，堂上凹坑。下文"芥"，小草。"胶"，胶着，搁浅。

[12] 而后乃今：然后才。培风：乘风。

[13] 莫之夭阏（è）：没有什么拦阻的东西。下文"图南"，准备南飞。

[14] 蜩（tiáo）与学鸠：小蝉与小斑鸠。

[15] 决起而飞：一使劲就飞起来（意谓用不着做那么多准备）。

[16] 枪榆枋（fāng）：冲到树林子里。枋，檀木。下二句说，有时候飞不到，摔到地上罢了。

[17] 奚以……为：何用……呢？为，助词，表感慨或诘难语气。

[18] 适莽苍：前往郊野。莽苍，郊野之色。下句说，三餐一日的时间就返回了。

[19] 之二虫：指蜩与学鸠。之，此。

[20] 知（zhì）：通"智"。下文"年"，年寿。

[21] 朝菌：当是早晨出生的菌类，所以不知道什么是晦（夜晚）什么是朔（平旦）。

下文"蟪蛄",一名寒蝉,春生夏死,夏生秋死,所以不知春秋。

[22] 冥灵:大海中的灵龟。

[23] 彭祖:传说彭祖姓篯名铿,尧时封于彭城,享年七八百岁。下文"匹之",(众人言长寿者)以彭祖为比。

[24] 棘(jí):传说中商汤时贤人。《列子·汤问》作"夏革(jí)"。按,以下引文为棘之答问之辞。

[25] 穷发:传说中的极北不毛之地。

[26] 广:鱼身之宽度。下文"修",长。

[27] 绝云气:穿越云层,下文"负",背靠。

[28] 斥鴳(yàn):沼泽中的小雀。

[29] 小大之辩:小智(比如斥鴳之类)与大智(大鹏)的区别。辩,通"辨"。

[30] 知效一官:智识可以胜任一种职务。下文"行比一乡",行事可以庇护一乡。比(bì),通"庇"。"德合一君",道德可以符合国君的心意。"而征一国",能力可以获得全国的信任。而,通"能"。按,上述四种人虽有高下之分,但都属于"小知(智)"。

[31] 宋荣子:或即宋钘(jiān),战国时思想家。按,《庄子》书中的历史人物,并不一定是其本来面目。犹然:喜笑自得貌。

[32] 加劝:更加振奋。劝,鼓励。下文"加沮",更加沮丧。

[33] 内外之分:内心与外物的分际。下文"斯已矣",也就如此而已。

[34] 数数(shuò shuò)然:急切热衷貌。

[35] 犹有未树:尚未达到某种境界。树,树立。

[36] 列子:列御寇,相传战国时道家人物。其御风飞行的故事,见《列子·黄帝篇》。下文"泠(líng)然",轻灵貌。

[37] 犹有所待:对世事还有所关注。待,对待,接触。

[38] "若夫(fú)"四句:至于那顺应天地万物的自然本性,驾驭客观环境的变化规律,而漫游于无穷境界的人,还会关注什么世事呢!六气,阴阳风雨晦明。辩,通"变"。恶(wū)乎待,无所待。

[39] "至人"三句:至人忘我而物我一体,神人不建树功业,圣人不追求声名。按,至人、神人、圣人是三位一体的,是一种人(境界)。无己、无功、无名,也是一致的。

[40] 许由:古史传说中人物,隐居箕山。

[41] 爝(jué)火:火把。相对于日月,火把之光是微不足道的。

[42] 尸之:无所作为而主其位。

[43] 归休乎君:直译为回去呆着吧,您哪!

[44] 庖人:厨师。下文"尸祝",祭礼主持人。"樽俎",酒器与盛肉器。指代烹饪之事。

[45] 肩吾:与连叔均为作者虚构之人物。下文"接舆",《论语·微子》有"楚狂接舆",接舆本非人名。

[46] 河汉:天上的银河。银河是没有边际的。

[47] 藐姑射（yè）：神话中的山名。一说，藐是渺远，姑射是山名。

[48] 淖（chuò）约：同"绰约"，体态柔美貌。处子：处女。

[49] 神凝：精神凝聚专注。下文"疵疠（lì）"，病害。

[50] 以是狂：认为这是虚妄之谈。狂，通"诳"。

[51] 知亦有之：智识方面也存在盲与聋。

[52] "是其"二句：这番话（"瞽者"三句），说的就是你啊。时，通"是"。女，汝。

[53] "之人"三句：这神人，这德性，能够包笼万物而使之成为一体（但不屑去做）。

[54] "世蕲（qí）"二句：世人祈求太平，神人怎么会忙忙碌碌地为天下做事呢！（因为神人是无为的）蕲，通"祈"，求。乱，治，太平。弊弊，疲惫劳碌。

[55] 大浸稽天：洪水滔天。下文"金石流"，金石熔化流动。

[56] "是其"二句：意谓即使是尘垢秕糠，神人也能将其造就为（儒家圣人）尧舜。

[57] 资章甫：贩卖礼帽。章甫，礼帽。下文说，越人断发文身，根本用不着帽子。

[58] 四子：四位得道之人。或指实为王倪、缺、被衣、许由。下文"汾水"，在今山西。

[59] "窅（yǎo）然"句：惆怅茫然而忘记了天下。此谓帝尧在四子面前感到自己渺小不足道，有一种失落感。

[60] 惠子：名施，战国时思想家，属名家者流。与庄子友善。

[61] 瓠（hú）：葫芦。下文"树"，种植。"实五石"，容量大到五石（十斗为一石）。

[62] 瓠（huò）落：大貌，虚空貌。

[63] 呺（xiāo）然：虚大貌。下文"掊（pǒu）"，击破。

[64] 不龟（jūn）手：使手之皮肤能防冻不开裂。

[65] 洴澼絖（píng pì kuàng）：漂洗丝绵。

[66] 虑（shū）：通"摅"，掏空（葫芦）。大樽：即所谓腰舟，形如葫芦，系于腰间，借其浮力泅水。

[67] 蓬之心：比喻心不开窍，思路阻塞。

[68] 樗（chū）：木名，俗称臭椿。下文"大本"，主干。

[69] 匠者不顾：（因其无用）木匠连看都不看。

[70] 狸狌（lí shēng）：兽名。狸即野猫，狌即黄鼠狼。下文"候"，等待。"敖者"，来往的小动物，如鸡鼠之类。敖，通"遨"，游。

[71] 跳梁：或写作"跳踉（liáng）"，跳跃。下文"中（zhòng）于机辟"，陷于捕猎野兽的机关。

[72] 斄（lí）牛：牦牛，形体巨大。

[73] 无何有：什么也没有。下文"广莫"，空旷广大。

[74] 彷徨：徘徊，盘桓。下文"不夭斤斧"，不被砍伐伤害。

【题解】

《逍遥游》的基本内容是从正面说明不预世事，脱俗全生的人生态度，从侧面提出无为而治的社会政治主张。"小大之辨"是全文的中心线索。第一部分先以物为喻,大鹏是大智,鸠雀之流是小智;后以人为喻,有所待的是小智,无所待的是大智。从而确立主题:"至人无己,神人无功,圣人无名。"第二部分是申论,反复举例阐明主题:治天下的尧是小智,"无所用天下"的许由是大智;接舆和理解接舆之言的连叔以及藐姑射神人是大智,而肩吾如同盲聋;不懂得"用大"的惠施是小智,了解小大之辨而教训了惠施的庄子是大智。大智就是超越尘俗,不预世事。反之为小智。全文汪洋恣肆,形象飞动,最能体现庄子文风。

【集评】

[1] 前段如烟雨迷离,龙变虎跃。后段如风清月朗,梧竹潇疏。善读者要须拨开枝叶,方见本根。千古奇文,原只是家常茶饭也。(胡文英《庄子独见》)

[2] 篇中忽而叙事,忽而引证,忽而譬喻,忽而议论,以为断而未断,以为续而非续,以为复而非复,只见云气空濛,往反纸上,顷刻之间,顿成异观。(林云铭《庄子因》)

养 生 主（节录）

庖丁为文惠君解牛[1],手之所触,肩之所倚,足之所履,膝之所踦[2],砉然响然,奏刀騞然,莫不中音[3]。合于《桑林》之舞,乃中《经首》之会。

文惠君曰:"嘻,善哉! 技盖至此乎[4]?"

庖丁释刀对曰:"臣之所好者,道也[5],进乎技矣。始臣之解牛之时,所见无非牛者。三年之后,未尝见全牛也。方今之时,臣以神遇而不以目视[6],官知止而神欲行。依乎天理,批大郤,道大窾,因其固然[7]。技经肯綮之未尝,而况大軱乎[8]! 良庖岁更刀[9],割也;族庖月更刀,折也。今臣之刀十九年矣,所解数千牛矣,而刀刃若新发于硎[10]。彼节者有间,而刀刃者无厚[11],以无厚入有间,恢恢乎其于游刃必有余地矣[12]。是以十九年而刀刃若新发于硎。虽然[13],每至于族,吾见其难为,怵然为戒,视为止,行为迟,动刀甚微,謋然已解[14],如土委地。提刀而立,为之四顾,为之踌躇满志[15],善刀而藏之。"

文惠君曰:"善哉! 吾闻庖丁之言,得养生焉。"

【注释】

[1] 庖丁：名丁的厨工。文惠君：梁惠王。解牛：宰牛。解，分解，解剖。

[2] 踦（yǐ）：抵住。下二句形容解牛时的各种声响。"砉（huā）然"，皮骨剥离声。"响然"亦是象声词。或以为"然"为衍文。"奏刀"，进刀，刀在牛体中游动。"騞（huō）然"，刀裂物之声。

[3] 中（zhòng）音：符合音乐的韵律。下文"《桑林》"，传说中商汤时的乐曲。"《经首》"，传说中帝尧时的乐曲。"会"，音节。

[4] "技盖（hé）"句：（你的解牛）技术何以到了如此的境界呢？盖，通"盍"。

[5] 道：道理，规律。与上文"技"相对而言。下文"进"，超越。

[6] 以神遇：用精神去接触领会。下句说，感官的作用停止了，只是精神在活动。

[7] "依乎"四句：按照牛体的天然结构，批击筋骨间的大缝隙，顺着关节间的大空穴，全部依据牛的本来结构（来运刀操作）。郤（xì），隙。窾（kuǎn），中空处。

[8] "技经"二句：连经脉肌肉纠结之处都不曾碰到，又何况大骨头呢！技，当作"枝"。肯綮（qǐ），筋肉结合之处。尝，试。軱（gū），大骨。

[9] 更：更换。下文"族庖"，普通的厨工，与上文"良庖"相对而言。

[10] 新发于硎（xíng）：刚刚从磨刀石上磨出来（没有丝毫损伤）。

[11] "彼节"二句：那牛的骨节总是有间（jiàn）隙的，而刀刃（薄得）几乎没有厚度。

[12] 恢恢乎：宽绰貌。游刃：活动刀锋。

[13] 虽然：尽管如此。下文"族"，筋骨交结处。

[14] 謋（huò）然：骨肉离散貌。下句"如土委地"，如土一样（服服贴贴地）堆在地面。

[15] 踌躇满志：心满意足而从容自得。下文"善"，擦拭。

【题解】

《养生主》的纲要是"为善无近名，为恶无近刑，缘督以为经。可以保身，可以全生，可以养亲，可以尽年"。《庖丁解牛》的故事是说明这个养生的关键的最重要的例证。庖丁解牛的刀用了十九年而"若新发于硎"，原因在于刀刃几乎是"无厚"的，而牛体总是"有间"的，以无厚入有间，必然"游刃有余"，解牛数千而不伤刀。寓言想说明的是，人生处世，只要避开各种矛盾冲突，即可免于伤害，保全自己，原旨是消极的。但是，它却告诉人们做事顺应自然规律的重要性，客观的启示又是积极的。最值得称道的是作者把解牛这样一种工作，描摹得有如古典的高雅的音乐与舞蹈那么优美，那么富有节奏感与韵律感，可以给人以审美享受。可见，庄子善于通过丰富的想象，把源自现实生活的素材，升华为不朽的艺术形象。

【集评】

[1] 须知通篇大旨，总是谓养其有生之主，惟在行无所事。起首正言六十餘字，既详且尽。下面滔滔三四百言，只申明缘督为经之意，而却无非一片灵气酝酿而成，真绝世之文。(余诚《重订古文释义新编》卷五)

[2] 庖丁一段，处处摹写好道，却处处关会养生。其对文惠君，并无一语涉及养生。煞尾只将养生轻轻一点，便已水到渠成。山鸣谷应，寻常挑剔伎俩，无此玲珑也。(刘凤苞《南华雪心编》)

秋　　水（节录）

秋水时至，百川灌河[1]。泾流之大[2]，两涘渚崖之间[3]，不辩牛马。于是焉河伯欣然自喜，以天下之美为尽在己。顺流而东行，至于北海，东面而视，不见水端。于是焉河伯始旋其面目[4]，望洋向若而叹曰[5]："野语有之曰：'闻道百[6]，以为莫己若'者，我之谓也。且夫我尝闻少仲尼之闻而轻伯夷之义者[7]，始吾弗信。今我睹子之难穷也[8]，吾非至于子之门，则殆矣。吾长见笑于大方之家[9]。"

北海若曰："井蛙不可以语于海者，拘于虚也[10]；夏虫不可以语于冰者，笃于时也；曲士不可以语于道者[11]，束于教也。今尔出于崖涘，观于大海，乃知尔丑[12]，尔将可与语大理矣。天下之水，莫大于海，万川归之，不知何时止而不盈；尾闾泄之[13]，不知何时已而不虚；春秋不变，水旱不知[14]。此其过江河之流，不可为量数。而吾未尝以此自多者[15]，自以比形于天地而受气于阴阳，吾在于天地之间，犹小石小木之在大山也。方存乎见少，又奚以自多[16]！计四海之在天地之间也，不似礨空之在大泽乎[17]？计中国之在海内，不似稊米之在大仓乎[18]？号物之数谓之万[19]，人处一焉；人卒九州[20]，谷食之所生，舟车之所通，人处一焉。此其比万物也，不似毫末之在马体乎？五帝之所连[21]，三王之所争[22]，仁人之所忧，任士之所劳[23]，尽此矣。伯夷辞之以为名，仲尼语之以为博，此其自多也。不似尔向之自多于水乎！"

【注释】

[1] 河：黄河。下文"河伯"，黄河神，相传名冯（píng）夷。

[2] 泾流：水流。泾，直流的水。

[3] 两涘（sì）渚崖：河的两岸与河中的沙洲的崖岸。下文"辩"，通"辨"，区分。

[4] 旋其面目：转变面容。上文说"欣然自喜"，这时面有愧色。

[5] 望洋向若：远远地仰望海神。望洋，或作"望羊"，联绵词。若，海神名，下文称

"北海若"。

[6] 闻道百：听到一百种道理。下文"莫己若"，没有谁能比得过自己。若，如同。

[7] "且夫（fú）"句：再说，我曾经听说有以为孔子学问少和伯夷的义没有什么了不起的人。少（shǎo），认为少。伯夷，孤竹国君之长子，因让位逃于周，又认为武王伐纣为不义而不食周粟而饿死。

[8] 子之难穷：大海的广阔无穷无尽。

[9] 大方之家：掌握了大道的人，学问道德修养极高的人。

[10] 拘于虚：局限在其所居之地。虚，通"墟"。下文"笃于时"，局限在其生活的季节。笃，固也。

[11] 曲士：偏执一隅之见的人，寡闻浅见的乡曲之士。

[12] 丑：鄙陋浅薄。下文"理"，即上文之道。

[13] 尾闾：传说中海水下泄之处。下文"虚"，亏。

[14] "春秋"二句：意谓海水的量不受季节与水旱的影响。成玄英疏："春秋不变其多少，水旱不知其增减。"下文说，这是由于大海的容量远远超过江河，简直不可度量。

[15] 自多：自满，自诩。下文说，我（海若）自知天地赋予我形体，阴阳给了我气息。比形，具形，成形。

[16] "方存"二句：我正以自己所有的太少，怎么会自诩呢！方，正。存，指心中存有某种想法。

[17] 礨空（lěi kǒng）：蚁穴。

[18] 稊（tí）米：小米粒。大（tài）仓：京城中的大粮仓。大，通"太"。

[19] "号物"句：指称物类的数量以万计。下文"人处一焉"，人类只占其中之一。

[20] 人卒九州：九州之内的人聚在一起。卒，当读为"萃"。下文"人处一焉"，个体的人在九州之人（人类）中只占其一。

[21] 连：连续。指五帝（黄帝、颛顼、帝喾、帝尧、帝舜）先后禅让。

[22] 争：争夺，攻伐。指夏禹、商汤、周武王争天下之事。

[23] 任士：贤能之士。下文"尽此矣"，意谓上述之大事件大人物全都与此（"礨空"、"稊米"、"毫末"）相同，其实渺小得很，不值一提。

【题解】

《秋水》是一篇长文。此处节录的开头两段，通过河伯与北海若的对话，生动地刻画了小而自以为大的"小智"，与大而自以为小的"大智"两个形象，并且寄寓了庄子的认识论，虽然带有相对主义的色彩，但仍然闪烁着辩证法的光辉。最后归结到五帝、三王、孔子等人的所谓伟大事业，其实是渺小得很。这与《逍遥游》以"无为"为最高境界的思想相契合。可贵的是，作者以其丰富的想象与生动的比喻来描写人与自然乃至与宇宙的关系：他似乎天才地推想到人与宇宙的整体性和宇宙的无穷性。"四海之在天地之间"，只不过如"礨空之在大泽";而"中国（华夏地区）之在海内",只不过如"稊米之在太仓"。这是很了不起的。

【集评】

[1] 不读《庄子·秋水篇》,见识终不宏阔。（李涂《文章精义》）

[2] 庄子寓真于诞,寓实于玄,于此见寓言之妙。（刘熙载《艺概·文概》）

【参考书】

[1]《庄子今注今译》,陈鼓应注译,中华书局1983年版。

[2]《庄子译注》,王世舜主编,山东教育出版社1984年版。

荀 子

荀子（前313?—前238?）,名况,字卿,汉人或称孙卿,赵人。战国后期儒家思想家。曾游学齐国稷下学宫,三为祭酒。后至楚,为兰陵令。授徒著述,终老兰陵。秦汉儒生所传《诗》、《礼》、《易》、《春秋》诸经说,多出荀子。其学说主"性恶","法后王",强调"隆礼",兼谈王霸。作品多长篇的专题政论,偏重抽象说理,以逻辑力量取胜。论点明确,论据具体,论证周详,所用比喻,多见之于史传或来自生活实践,极少虚构成分。文气宽缓,有学者之风。有《荀子》二十卷（《四库全书》本）。

劝 学 篇

君子曰：学不可以已[1]。青[2],取之于蓝,而青于蓝;冰,水为之,而寒于水。木直中绳[3],以为轮,其曲中规。虽有槁暴不复挺者[4],𫐓使之然也。故木受绳则直,金就砺则利[5],君子博学而日参省乎己[6],则知明而行无过矣。故不登高山,不知天之高也;不临深谿,不知地之厚也;不闻先王之遗言[7],不知学问之大也。干、越、夷、貊之子[8],生而同声,长而异俗,教使之然也。《诗》曰："嗟尔君子,无恒安息。靖共尔位,好是正直。神之听之,介尔景福[9]。"神莫大于化道[10],福莫长于无祸。

吾尝终日而思矣,不如须臾之所学也;吾尝跂而望矣[11],不如登高之博见也。登高而招，臂非加长也，而见者远；顺风而呼，声非加疾也，而闻者彰。假舆马者[12]，非利足也，而致千里；假舟楫者，非能水也，而绝江河。君子生非异也，善假于物也。

南方有鸟焉，名曰蒙鸠[13]，以羽为巢而编之以发，系之苇苕。风至苕折，卵破子死，巢非不完也，所系者然也。西方有木焉，名曰射干[14]，茎长四寸，生于高山之上，而临百仞之渊。木茎非能长也，所立者然也。蓬生麻中，不扶而直；白沙在涅，与之俱黑。兰槐之根是为芷，其渐之滫[15]，君子不近，庶人不服。其质非不美也，所渐者然也。故君子居必择乡，游必就士[16]，所以防邪僻而近中正也。

物类之起，必有所始；荣辱之来，必象其德[17]。肉腐出虫，鱼枯生蠹，怠慢忘身，祸灾乃作。强自取柱，柔自取束[18]，邪秽在身，怨之所构。施薪若一，火就燥也[19]；平地若一，水就湿也。草木畴生[20]，禽兽群焉，物各从其类也。是故质的张而弓矢至焉[21]，林木茂而斧斤至焉，树成阴而众鸟息焉，醯酸而蚋聚焉[22]。故言有招祸也，行有招辱也，君子慎其所立乎[23]！

积土成山，风雨兴焉；积水成渊，蛟龙生焉；积善成德而神明自得[24]，圣心备焉。故不积跬步[25]，无以至千里；不积小流，无以成江海。骐骥一跃，不能十步；驽马十驾[26]，功在不舍。锲而舍之，朽木不折；锲而不舍，金石可镂。螾无爪牙之利[27]，筋骨之强，上食埃土，下饮黄泉，用心一也；蟹八跪而二螯[28]，非蛇蟺之穴无可寄托者，用心躁也。是故无冥冥之志者[29]，无昭昭之明；无惛惛之事者，无赫赫之功。行衢道者不至[30]，事两君者不容。目不能两视而明，耳不能两听而聪。螣蛇无足而飞[31]，梧鼠五技而穷[32]。《诗》曰："尸鸠在桑，其子七兮，淑人君子，其仪一兮。其仪一兮，心如结兮[33]。"故君子结于一也。

昔者瓠巴鼓瑟而流鱼出听[34]，伯牙鼓琴而六马仰秣[35]。故声，无小而不闻；行，无隐而不形。玉在山而草木润，渊生珠而崖不枯。为善不积邪？安有不闻者乎[36]！

学恶乎始，恶乎终？曰：其数则始乎诵经[37]，终乎读礼；其义则始乎为士[38]，终乎为圣人。真积力久则入[39]，学至乎没而后止也。故学数有终，若其义则不可须臾舍也。为之，人也；舍之，禽兽也。故《书》者，政事之纪也[40]；《诗》者[41]，中声之所止也；《礼》者，法之大分，类之纲纪也[42]。故学至乎《礼》而止矣。夫是之谓道德之极。《礼》之敬文也[43]，《乐》之中和也，《诗》、《书》之博也，《春秋》之微也[44]，在天地之间者毕矣。

君子之学也，入乎耳，箸乎心，布乎四体，形乎动静[45]。端而言，蠕而动[46]，一可以为法则。小人之学也，入乎耳，出乎口，口耳之间则四寸耳，曷足以美七尺之躯哉？古之学者为己[47]，今之学者为人。君子之学也，以美其身；小人之学也，以为禽犊。故不问而告，谓之傲[48]；问一而告二，谓之囋。傲，非也；囋，非也。君子如响矣[49]。

学莫便乎近其人[50]。《礼》、《乐》法而不说，《诗》、《书》故而不切，《春秋》约而不速。方其人之习君子之说，则尊以遍矣，周于世矣[51]。故曰：学莫便乎近其人。学之经莫速乎好其人[52]，隆礼次之。上不能好其人，下不能隆礼，安特将学杂识志，顺《诗》、《书》而已耳[53]，则末世穷年，不免为陋儒而已。将原先王，本仁义，则礼正其经纬蹊径也。若挈裘领，诎五指而顿之，顺者不可胜数也[54]。不道礼宪，以《诗》、《书》为之，譬之犹以指测河也，以戈舂黍也，以锥飡壶也[55]，不可以得之矣。故隆礼，虽未明，法士也；不隆礼，虽察辩，散儒也。

问楛者[56]，勿告也；告楛者，勿问也；说楛者，勿听也。有争气者[57]，勿与辩也。故必由其道至然后接之，非其道则避之。故礼恭而后可与言道之方，辞顺而后可与言道之理，色从而后可与言道之致[58]。故未可与言而言，谓之傲；可与言而不言，谓之隐；不观气色而言，谓之瞽。故君子不傲，不隐，不瞽，谨顺其身。《诗》曰："匪交匪舒，天子所予[59]。"此之谓也。

百发失一，不足谓善射；千里蹞步不至，不足谓善御；伦类不通[60]，仁义不一，不足谓善学。学也者，固学一之也。一出焉，一入焉[61]，涂巷之人也。其善者少，不善者多，桀、纣、盗跖也[62]。全之尽之，然后学者也。君子知夫不全不粹之不足以为美也，故诵数以贯之[63]，思索以通之，为其人以处之[64]，除其害者以持养之。使目非是无欲见也，使耳非是无欲闻也，使口非是无欲言也，使心非是无欲虑也。及至其致好之也[65]，目好之五色，耳好之五声，口好之五味，心利之有天下。是故权利不能倾也，群众不能移也，天下不能荡也。生乎由是，死乎由是，夫是之谓德操。德操然后能定[66]，能定然后能应。能定能应，夫是之谓成人。天见其明[67]，地见其光，君子贵其全也。

（《荀子集解》，王先谦集解，沈啸寰等校点，中华书局1988年版。下同）

【注释】

[1] 已：止，停止。
[2] 青：青色。下文"蓝"，草名，可以做染青的颜料。
[3] 中（zhòng）绳：符合拉直的墨线。下文"鞣"，通"揉"，使弯曲。
[4] 槁暴（pù）：枯干。暴，通"曝"，晒。
[5] 金就砺：金属用品（如刀剑）经过磨砺。砺，磨刀石。

[6] 参(sān)省(xǐng)乎己：多次反省自己。参，通"三"。《论语·学而》："吾日三省吾身。"下文"知明"，智识明达。

[7] 先王：古代贤明的君王。

[8] 干、越、夷、貉(mò)：泛指四方少数民族。干，古国名，后为吴邑。夷，东方族名。貉，通"貊"，北狄名。

[9] "嗟尔"六句：见《诗经·小明》。大意谓君子不应贪图安逸，要敬谨供职，尊尚正道。神明有鉴于此，会赐予大的福运。好(hào)，喜好。

[10] 神：修养的最高境界。化道：对大道有融会贯通的理解。下文"长(cháng)"，大。

[11] 跂(qǐ)而望：踮起脚跟远望。

[12] 假：凭借，依靠。下文"利足"，腿脚好，善于走路。

[13] 蒙鸠：即鹪鹩，善于筑巢。下文说，蒙鸠筑巢尽管细密完整，但附着在脆弱的经不起风吹的芦苇上，结果只能是卵破子死。

[14] 射(yè)干：木名。下文说，它虽然短小，却立于高山之上，显得高了。按，射干"善假于物"，与蒙鸠不同。

[15] 其渐(jiān)之滫(xiū)：如若把它(兰芷)浸渍在臭水里。

[16] 游必就士：出游一定要接近贤士。

[17] 象其德：依据其德行，与其德行相适应。象，反映，体现。

[18] "强自"二句：物强硬则自取断折，物柔弱则自取约束。柱，读作"祝"，断(依王引之说)。下文"构"，集结。

[19] "施薪"二句：柴禾同样一个摆法，火烧向干燥的柴禾。

[20] 畴生：丛生，长在一起。下文"群"，聚群而居。

[21] 质的(dì)：箭靶的中心。

[22] 醯(xī)：醋。蜹(ruì)：蚊蚋之类。

[23] 所立：杨倞注："祸福如此，不可不慎所立。所立，即谓学也。"

[24] 神明：人的智慧。下文"圣心备"，具备圣人的思想和修养。

[25] 跬(kuǐ)步：半步。举足一次为跬，两次为步。

[26] 驽马十驾：劣马连续走十天。十驾，十天的路程。

[27] 螾：同蚓，蚯蚓。

[28] 跪：足。螯(áo)：节肢动物变形的足，其状如钳。下文"蟺(shàn)"，通"鳝"。

[29] 冥冥：与下文"惛惛"均为昏暗不明。

[30] 衢道：此指歧路，两岔路。不至：不能到达目的地。

[31] 螣(téng)蛇：郭璞曰："龙类，能兴云雾而游其中。"

[32] 鼫(shí)鼠：当是鼠的一种。一说，鼫鼠为蝼蛄。五技：杨倞注："谓能飞不能上屋，能缘(攀援)不能穷木(爬到树顶)，能游不能渡谷，能穴(掘洞穴)不能掩身，能走不能先人(速度慢于人)。"此比喻多技不精，不如螣蛇之专一。

[33]"尸鸠"六句：见《诗经·鸤鸠》。《毛传》说，鸤鸠（布谷鸟）给它的孩子喂食，上午自上至下，下午自下至上，平均如一。用以喻贤人君子处事的态度固结不散，专一不二。

[34] 瓠巴：传说中善弹瑟的人。流鱼：当作"沉鱼"，潜于水中的鱼。

[35] 伯牙：传说中善抚琴的人。仰秣：吃草时仰头听琴。

[36]"为善"二句：为善或者不能积累吧？（如果能积累）哪有不被人闻知的呢？

[37] 数：术，治学的方法门径。经：经书，如《诗》、《书》。下文"礼"，典礼之类。

[38] 义：意义。为学的意义，在于修身。士：王先谦曰："《荀》书以士、君子、圣人为三等，《修身》、《非相》、《儒效》、《哀公》篇可证。故云始士终圣人。"

[39]"真积"句：真诚积累而持久力行，即可入门。下文"没（mò）"，通"殁"，死。

[40] 政事之纪：《尚书》是古代政事的记录。

[41]《诗》：此处特指《诗经》的乐曲（《诗》三百篇是合乐的）。下文说，《诗》乐止于中正平和。

[42]"法之"二句：是法度仪制的基本原则与由此类推的准绳。分（fèn），原则。类，礼法所无，由已有的律条类推出来的成例。

[43] 敬文：杨倞注："礼有周旋揖让之敬，车服等级之文也。"车服之文饰，依等级之不同而不同。

[44] 微：《春秋》中包含的微言大义。下句说，世界上的学问全都在这些经典之中了。

[45]"箸乎"三句：存于内心，充满全身，体现在动静之间。

[46]"端（chuǎn）而"二句：最平常的言谈举止。端，读作"喘"，喘息，指微言。蝡（ruǎn），微动。下文"一"，全，都。

[47] 为己：为了自己的修养，即下文之"美其身"。下文"为人"，为了取悦他人，即"以为禽犊"，有如供人抚弄爱玩之宠物。

[48] 傲：读作"躁"，急躁，浮躁。《论语·季氏》，"言未及之而言谓之躁。"下文"囋（zàn）"，语声琐碎。

[49] 如响：有问有答，问一答一，如响之应声，恰如其分。

[50] 其人：贤师。下文说，经书学起来并不容易，所以要有好老师。"法而不悦"，有法度而无详尽的解说。"故而不切"，说的是古老的故事而不切近当世。"约而不速"，文义简约而不能迅速理解。

[51]"方其"三句：大意或者是说，接近良师而学习他的思想学说，可以提高自己的品格（"尊"）而丰富自己的学问（"遍"），并能周知世务了。第一个"之"字，而，做连词。

[52] 经：道，途径。好（hào）其人：敬爱贤师。下文"隆礼"，崇尚礼制。

[53]"安特"二句：大意谓只不过是学些百家杂说，能从字面上读通《诗》、《书》辞句罢了。安，或作"案"，助词，《荀子》常见。特，但，只是。识，衍文。"学杂识"与"顺《诗》、《书》"相对为文。

[54]"若挈（qiè）"三句：就如提起裘衣的领子，弯曲着五指去梳理其皮毛，裘毛就

全都理顺了。顿，引也。按，此为上三句之比喻，意谓隆礼是原先王本仁义的正确途径。

　　[55] 以锥飱壶：用锥子（代替筷子）从壶中取食。与上文"以指测河"与"以戈舂黍"均比喻徒劳无功之事。

　　[56] 问楛（kǔ）：所问之事不合礼义。楛，通"苦"，滥恶。

　　[57] 争气：所争者在意气。

　　[58] 色从：表情（态度）顺从。致：致极。

　　[59] "匪交"二句：见《诗经·采菽》（匪交，今本《诗经》作"彼交"）。大意谓君子不侮慢不怠懈，从容不迫，接受天子的赐予。交，通"绞"，侮也。王引之曰："此引《诗》'匪交匪舒'，正申明上文之'不傲'、'不隐'、'不瞽'。"

　　[60] 伦类不通：对礼法不能触类旁通。下文"一"，专一。

　　[61] "一出"二句：指或出或入，不能专注钻研。下文"涂巷之人"，普通人。

　　[62] 盗跖：传说中的大盗，名跖。

　　[63] 诵数（shǔ）：诵读。贯：贯通。

　　[64] "为其"句：设身处地，效法贤人的处身之方。下文"害者"，有害于学的事物。

　　[65] 至其致好（hào）：爱好（正学正道）到了极点。

　　[66] 定：坚持，即上文之不倾、不移、不荡。下文"应"，适应环境，应对世务。

　　[67] "天见"三句：天之所贵在其大，地之所贵在其广，君子之学则贵在其全其粹。见，当是"贵"字之误，明，大也。光，通"广"。

【题解】

　　本篇为荀子最重要的代表作之一，其思想与文学价值都是很高的。荀子主"性恶"说，所以特别强调学，强调后天的教育。"人之性恶，其善者伪（人为）也。""今人之性恶，必将待师法然后正，得礼义然后治。"《劝学》首先论述学的重要性，指出"君子博学而日参省乎己，则知明而行无过矣"。其次论及为学的正确态度是"锲而不舍，金石可镂"。再次指点求学的门径、内容、步骤、方法，并最终树立一个"君子贵其全"的高标准，体现了这位儒家大师和教育家对后学的殷切期望。全文运用大量的比喻和对偶排比等文学手段，说理周密而严谨，语言淳厚而繁富，从容不迫，反复叮咛，在诸子文中别具一格。

【集评】

　　[1] 佳言格论层出叠见，如太牢之悦口，夜明之夺目。（归有光《诸子汇函·荀子》引王凤洲）

　　[2] 大学自天子至庶人，皆以修身为本，其功用至于平治，故此篇引诗亦广言其效。……引诗作结，余味曲包，笔妙得之左氏。（张之纯《评注诸子菁华录·荀子》）

成 相 篇（节录）

请成相[1]，世之殃，愚闇愚闇堕贤良[2]。人主无贤，如瞽无相何伥伥[3]。（其一）

曷谓贤？明君臣，上能尊主下爱民。主诚听之[4]，天下为一海内宾。（其五）

世之愚，恶大儒[5]，逆斥不通孔子拘[6]。展禽三绌[7]，春申道缀基毕输[8]。（其十一）

凡成相，辨法方，至治之极复后王[9]。复慎、墨、季、惠[10]，百家之说诚不详。（其十四）

治之经，礼与刑，君子以修百姓宁。明德慎罚，国家既治四海平。（其十八）

请成相，道圣王，尧、舜尚贤身辞让。许由、善卷[11]，重义轻利行显明。（其二十三）

请成相，言治方，君论有五约以明[12]。君谨守之，下皆平正国乃昌。（其四十五）

臣谨修，君制变[13]，公察善思论不乱。以治天下，后世法之成律贯。（其五十六）

【注释】

[1] 请成相：请允许我奏此一曲。成，演奏。相，一种乐曲。

[2] "世之"二句：世上的祸殃，在于人们昏暗毁坏了贤良之人。

[3] "人主"二句：国君（如果）没有贤人辅佐，就如盲人没有搀扶的人无所适从。相，搀扶盲人的人。伥（chāng）伥，迷茫。

[4] 诚：果真。下文"海内宾"，四海之内都臣服归顺。

[5] 恶（wù）：嫉恨。大儒：道德崇高学问渊博而事功显著的儒，比如孔子。参见《荀子·儒教》。

[6] "逆斥"句：王先谦注："逆拒斥逐大儒，不使通也。拘，谓畏匡厄陈也。"

[7] 展禽三绌（chù）：展禽（鲁国人，官士师）三次被罢斥。绌，通"黜"。

[8] "春申"句：春申君（楚相黄歇，封春申君）的道术与事业全部废止倾覆了。

[9] 复：归复。后王：当代之王，与先王相对。荀子重视法后王，不拘于先王的成规。

[10] 慎：慎到，法家思想家。墨：墨子。季：季梁，杨朱之友。惠：惠施。下文"诚不详"，确实不好。详，通"祥"。

[11] 许由、善卷：尧、舜时贤士。尧让天下于许由，许由不受。舜让天下于善卷，善

卷不受。

　　[12]"君论"句：论为君之道有五，简约而明白。五，依王先谦注，一是臣下尽职，二是君法严明，三是刑法轻重恰当，四是言语有节度，五是在上者通达不壅蔽与官吏奉法不放纵。

　　[13]制变：掌握变革的主动权。下句说，公正地观察又善于思考，君臣之伦不乱。"论"，通"伦"。

【题解】

　　《成相》是荀子运用民间文艺形式创作的韵文。"审此篇音节，即后世弹词之祖。"（卢文弨说）共五十六段，内容大抵总结古今治乱盛衰的经验教训，申述作者的政治学术观点。选录八段为内容有代表性而文字又比较易懂者，以见一斑。

【集评】

　　[1]观荀卿作《成相篇》，已近于赋体，而其考列往迹，阐明事理，已开后世之联珠。《茧赋》诸篇，亦即小验大，析理至精，察理至明，故知其赋为阐理之赋也。（刘师培《论文杂记》）

赋　　篇（节录）

　　爰有大物[1]，非丝非帛，文理成章。非日非月，为天下明。生者以寿，死者以葬，城郭以固，三军以强。粹而王，驳而伯，无一焉而亡[2]。臣愚不识，敢请之王。王曰：此夫文而不采者与[3]？简然易知而致有理者与？君子所敬而小人所不者与？性不得则若禽兽，性得之则甚雅似者与？匹夫隆之则为圣人[4]，诸侯隆之则一四海者与？致明而约，甚顺而体[5]，请归之礼。——礼。

【注释】

　　[1]爰：犹言于此。大物：王先谦注："人之大者莫过于礼，故谓之大物也。"

　　[2]"粹而"三句：（此物）纯粹了可以王天下，驳杂了也还可以称伯（霸），一样都没有就要灭亡。

　　[3]文而不采：有文饰不过于华采。

　　[4]隆：推尊。下文"一"，统一。

　　[5]"致明"二句：极为明白而简约，非常顺当而能实施。体，身体力行。

【题解】

《赋篇》由赋五篇（《礼》、《知》、《云》、《蚕》、《箴》）以及"佹诗"与"小歌"组成。赋为《诗经》六义之一，以"赋"名篇，始自《荀子》。以问答解难的体制与敷张的手法状物说理，创造了一种新的文学样式。所选《礼》篇的主旨是强调礼的极端重要性：得之为雅士，不得若禽兽；匹夫隆礼可成为圣人，诸侯隆礼可统一天下。

【参考书】

[1]《荀子新注》，北京大学《荀子》注释组，中华书局1979年版。

韩非子

韩非子（前280？—前233），战国后期韩国人，荀子弟子。其学说力图阐明人性本私，唯利是图，人君治国，只能依靠专制权威与严明赏罚，提出综"法"（商鞅）、"术"（申不害）、"势"（慎到）为一整体而相互为用的统治思想，对后世颇有影响。韩非文与荀子文，以其篇章组织的完整性，分析议论的逻辑性与周密性而论，都达到了政论文的成熟阶段。而韩非文不同于荀子文的庄重从容，以严峭峻刻为其特色。有《韩子》二十卷（《四库全书》本）。

说　难

凡说之难，非吾知之有以说之之难也，又非吾辩之能明吾意之难也，又非吾敢横失而能尽之难也[1]。凡说之难，在知所说之心[2]，可以吾说当之。所说出于为名高者也，而说之以厚利，则见下节而遇卑贱[3]，必弃远矣。所说出于厚利者也，而说之以名高，则见无心而远事情[4]，必不收矣。所说阴为厚利而显为名高者也[5]，而说之以名高，则阳收其身而实疏之；说之以厚利，则阴用其言，显弃其身矣。此不可不察也。

夫事以密成，语以泄败。未必其身泄之也[6]，而语及所匿之事，如此者身危。彼显有所出事，而乃以成他故[7]，说者不徒知所出而已矣，又知其所以为，如此者身危。规异事而当，知者揣之外而得之[8]，事泄于外，必以为己也，如此者身危。周泽未渥也，而语极知[9]，说行而有功，则德忘，说不行而有败，则见疑，如此者身危。贵人有过端，而说者明言礼义以挑其恶，如此者身危。贵人或得计，而欲自以为功，说者与知焉[10]，如此者身危。强以其所不能为，止以其所不能已[11]，如此者身危。故与之论大人，则以为间己矣[12]；与之论细人，则以为卖重。论其所爱，则以为藉资[13]；论其所憎，则以为尝己也。径省其说[14]，则以为不智而拙之；米盐博辩[15]，则以为多而史之。略事陈意，则曰怯懦而不尽；虑事广肆，则曰草野而倨侮。此说之难，不可不知也。

凡说之务，在知饰所说之所矜，而灭其所耻[16]。彼有私急也[17]，必以公义示而强之。其意有下也，然而不能已[18]，说者因为之饰其美，而少其不为也。其心有高也，而实不能及，说者为之举其过而见其恶[19]，而多其不行也。有欲矜以智能，则为之举异事之同类者多为之地[20]，使之资说于我，而佯不知也，以资其智。欲内相存之言[21]，则必以美名明之，而微见其合于私利也。欲陈危害之事，则显其毁诽，而微见其合于私患也。誉异人与同行者，规异事与同计者[22]。有与同污者，则必以大饰其无伤也[23]；有与同败者，则必以明饰其无失也。彼自多其力，则毋以其难概之也[24]；自勇其断，则无以其谪怒之[25]；自智其计，则毋以其败穷之[26]。大意无所拂悟[27]，辞言无所系縻[28]，然后极骋智辩焉。此所道亲近不疑，而得尽辞也。

伊尹为宰[29]，百里奚为虏[30]，皆所以干其上也。此二人者，皆圣人也；然犹不能无役身以进，如此其污也[31]。今以吾言为宰虏，而可以听用而振世，此非能仕之所耻也[32]。夫旷日弥久而周泽既渥，深计而不疑，引争而不罪，则明割利害以致其功[33]，直指是非以饰其身[34]，以此相持，此说之成也。

昔者郑武公欲伐胡[35]，故先以其女妻胡君，以娱其意。因问于群臣："吾欲用兵，谁可伐者？"大夫关其思对曰："胡可伐。"武公怒而戮之，曰："胡，兄弟之国也，子言伐之，何也！"胡君闻之，以郑为亲己，遂不备郑。郑人袭胡，取之。宋有富人，天雨墙坏，其子曰："不筑，必将有盗。"其邻人之父亦云。暮而果大亡其财。其家甚智其子而疑邻人之父[36]，此二人说者皆当矣，厚者为戮，薄者见疑[37]，则非知之难也[38]，处知则难也。故绕朝之言当矣[39]，其为圣人于晋，而为戮于秦也，此不可不察。

昔者弥子瑕有宠于卫君[40]。卫国之法，窃驾君车者罪刖[41]。弥子瑕母病，人闻，往夜告之，弥子矫驾君车以出[42]，君闻而贤之，曰："孝哉！为母之故，忘其犯刖罪。"异日，与君游于果园，食桃而甘，不尽，以其半啖君[43]。君曰："爱我哉！忘其口味，以啖寡人。"及弥子色衰爱弛，得罪于君，君曰："是固尝矫驾吾车，又尝啖我以余桃。"故弥子之行未变于初也，而前之所以见贤而后获罪者，爱憎之变也。故有爱于主，则智当而加亲[44]；有憎于主，则智不当见罪而加疏。故谏说谈论之士，不可不察爱憎之主而后说焉。

夫龙之为虫也柔[45]，可狎而骑也。然其喉下有逆鳞径尺[46]，若人有婴之者，则必杀人。人主亦有逆鳞，说者能无婴人主之逆鳞，则几矣[47]。

（《韩非子集释》，陈奇猷校注，中华书局上海编辑所1958年版）

【注释】

[1]"凡说（shuì）"四句：大意谓，大凡游说（进言）的难处，不在于我的才智是否足以说服对方，也不在于我的论辩是否能够阐明我的观点，也不在于我是否敢于反复纵横畅所欲言。知，通"智"。失（yì），通"佚"。

[2] 所说（shuì）之心：游说（进言）对象的心思。下文"吾说（shuō）"，我的言辞（观点）。"当（dāng）之"，适应这种情况。

[3] 见下节：被视为志节低下。遇卑贱：受到卑贱的待遇。下文"弃远"，遗弃疏远。

[4] 见无心：被视为没有头脑。远事情：远离事实。下文"不收"，不录用。

[5] 阴：暗，内心。显：明，表面上。下文"阳"，通"佯"，假装。

[6] 其身：（进说者）本人。下文"所匿"，隐秘，保密。

[7] "彼显"二句：他（游说对象）明里摆出某一件事，而暗中想做成的却是另一件事。下文"不徒"，不仅。

[8] "规异"二句：（游说者）规划某件特殊的事恰当了，而聪明人从旁揣摩得到真相。下文"己"，自己，游说者自己。

[9] "周泽"二句：意谓恩泽还不深厚（关系还不亲密），却无保留地说出自己所知道的一切。周，周遍。下文"德忘"，好处被忘记了。

[10] 与（yù）知：参与并了解。

[11] "强以"二句：勉强他做他不能做之事，阻止他不肯罢休之事。

[12] "故与"二句：所以，与人主议论大臣（的是非），就会认为离间自己。己，人主。下文"细人"，小臣，近臣。"卖重"，出卖权势。

[13] 藉资：借（人主所爱者）势进身。资，助。下文"尝己"，试探自己。己，指人主。

[14] 径省其说：言论表达得径直简省。下文"拙"，认为笨拙，不会说话。

[15] 米盐博辩：琐琐碎碎，论辩周详。下文"史"，华而不实。

[16] "凡说（shuì）"三句：大凡游说（必须注意）之要务，在于懂得赞美所说对象自以为得意的事，而掩盖他感到不光彩的事。饰，文饰。矜，自夸。

[17] 私急：个人的（自私的）急需，与下文"公义"相对。

[18] "其意"二句：（如果）他有做卑下之事的意图，却欲罢不能。己，止。下二句说，说（shuì）者就应该顺势赞美这个意图有多么好，而批评他不去做。因，依顺。少（shǎo），轻视，不满。

[19] 过：缺点，错误。见（xiàn），揭示。下文"多"，肯定，称赞。

[20] 异事：（性质情况相同的）其他事。为之地：给他留下地步，提供方便。下文"资说于我"，采取我的见解。资，取资，资助。

[21] 内：通"纳"，进纳。相存之言：相安共处的意见。下文"微见（xiàn）"，稍微显示一下。

[22] "誉异"二句：称赞其他的与（国君）有相同行为的人，规划其他的与（国君）有相同设想的事。

[23] "有与"二句：有人与（国君）有相似的污点，就一定要大力粉饰说那是没什么妨碍的。

[24] "彼自"二句：他自以为能力过人，就不要以事情难办来压抑他。概，刮平斗斛的用具，引申为刮平，限制。

[25] "自勇"二句：自以为勇于决断，就不要用他的失误来让他生气。

[26] "自智"二句：自以为计谋高明，就不要用他的败坏使他尴尬。穷之，使之处于困境。

[27] 大意：基本宗旨，总的思路。拂悟：违逆，相冲突。悟，通"忤（wǔ）"。

[28] 系縻：拘束纠缠，不通畅，不清晰。下文"极骋智辩"，尽情发挥自己的智慧与辩才。

[29] 伊尹为宰：伊尹为了接近商汤，甘愿做宰（厨师）烹饪，借滋味进说，被商汤任为相。

[30] 百里奚：百里奚沦为奴隶（被俘为奴），为秦穆公所得，授以国政。下文"干"，求，求进。

[31] 污：辱没轻贱（自己）。

[32] "此非"句：这不是智能之士所应该感到屈辱的。仕，通"士"。

[33] 割：剖析。致：达到，取得。

[34] 直指：直接地（不必委婉曲折）指明。饰其身：给自己增荣。下文"相持"，相待。

[35] 郑武公：春秋早期郑国国君。胡：小国名。在今河南漯河。下文"妻（qì）"，以女嫁人。

[36] 智其子：认为其子很聪明。下文"二人"，关其思与邻人之父。"当（dàng）"，合宜，正确。

[37] "厚者"二句：重的（关其思）被杀了，轻的（邻人之父）也受到怀疑。

[38] 知：知识，见解。下文"处"，对待，运用

[39] 绕朝：春秋时秦国大夫。《左传》文公十三年（前614），晋人以计诱使逃亡秦国的大夫士会归晋，临行时绕朝对士会说："子无谓秦无人，吾谋适不用也。"依此，则绕朝事先识破晋人之计，而秦康公不听。杨伯峻注云："马王堆三号墓出土《春秋事语》云，'吾杀绕朝。'则韩非言非无据。"今按，绕朝明察事理，故在晋为圣，泄言犯忌，故在秦为戮。

[40] 弥子瑕：春秋时卫灵公之嬖臣。

[41] 刖（yuè）：断足之刑。

[42] 矫：假托（君命）。

[43] 啖（dàn）君：给君吃。

[44] 智当（dàng）：智能见解（就）恰当。加亲：加倍亲近。

[45] 柔：柔顺。下文"可狎"，可以与之狎昵。

[46] 逆鳞：倒生的鳞片。下文"婴"，通"撄"，触动、冒犯。

[47] 则几（jī）矣：那就差不多了（接近于游说成功了）。

【题解】

《说难》的主题是论述人臣游说人主的难处与危险，并进而提出进言的原则与方法。前两段点明"凡说之难，在知所说之心，可以吾说（shuō）当之"。并深刻地揭露了封建君主骄恣虚伪的阴暗心理，也隐约折射出作者自己的感慨，正如司马迁所说："然韩非知说之难，为《说难》书甚具，终死于秦，不能自脱。"又说："余独悲韩子为《说难》而不能自脱耳。"（《史记·老子韩非列传》）第三段讲"凡说之务"，正面阐述游说之术，是全文重心所在。以下各段为举证。最后总结主题。在写作上，是体现韩非严峭峻刻文风的代表作之一。连用七个"如此者身危"，六个"则以为"，两个"则曰"来分析君主居心叵测，其辞锋之锐利，有如解剖刀；理路之透彻，亦前人所未能到。

【集评】

[1] 世情极透，文笔亦古。说士不传之秘，尽行发泄。其结构之紧，变换之妙，顿挫关锁之精神，可为操觚家宝箓。（余诚《重订古文释义新编》卷四）

【参考书】

[1]《韩非子选译》，沈玉成等选译，上海古籍出版社1991年版。

屈　原

屈原（前340?—前278?），名平，字原，战国时楚人。博闻强志，明于治乱，娴于辞令，楚怀王（前328—前299在位）时曾任左徒，三闾大夫。入则与王图议国事，以出号令，出则接遇宾客，应对诸侯。思想上服膺儒家，称道尧舜禹汤、仁义道德，也受到法家的影响。一生主张修明内政，联齐抗秦。顷襄王（前298—前263在位）初年受谗被逐于江南，二十一年，秦将白起攻楚，破郢都，烧夷陵，屈原或于是时自沉汨罗江。屈原是楚辞（继《诗经》之后的新诗体）

的奠基人，中国文学史上第一位"逸响伟辞，卓绝一世"（鲁迅《汉文学史纲要》），富有浪漫精神的伟大诗人，其爱国精神与创作成就成为宝贵的财富，对后世影响至为深远。现存作品二十五篇，包括《离骚》、《九歌》（十一篇）、《天问》、《九章》（九篇）、《远游》、《卜居》、《渔父》。有王逸《楚辞章句》十七卷（包括宋玉、景差等人作品，《四库全书》本）。

离　　骚

帝高阳之苗裔兮，朕皇考曰伯庸[1]。摄提贞于孟陬兮，惟庚寅吾以降[2]。皇览揆余于初度兮[3]，肇锡余以嘉名：名余曰正则兮[4]，字余曰灵均。纷吾既有此内美兮[5]，又重之以修能。扈江离与辟芷兮[6]，纫秋兰以为佩[7]。汩余若将不及兮[8]，恐年岁之不吾与。朝搴阰之木兰兮[9]，夕揽洲之宿莽。日月忽其不淹兮，春与秋其代序[10]。惟草木之零落兮，恐美人之迟暮[11]。不抚壮而弃秽兮[12]，何不改乎此度？乘骐骥以驰骋兮，来吾导夫先路[13]！

昔三后之纯粹兮[14]，固众芳之所在。杂申椒与菌桂兮[15]，岂惟纫夫蕙茝！彼尧舜之耿介兮[16]，既遵道而得路。何桀纣之猖披兮[17]，夫惟捷径以窘步。惟夫党人之偷乐兮[18]，路幽昧以险隘。岂余身之惮殃兮[19]，恐皇舆之败绩。忽奔走以先后兮，及前王之踵武[20]。荃不察余之中情兮[21]，反信谗而齌怒。余固知謇謇之为患也[22]，忍而不能舍也。指九天以为正兮[23]，夫惟灵修之故也。初既与余成言兮[24]，后悔遁而有他。余既不难夫离别兮[25]，伤灵修之数化。

余既滋兰之九畹兮[26]，又树蕙之百亩；畦留夷与揭车兮[27]，杂杜蘅与芳芷。冀枝叶之峻茂兮，愿俟时乎吾将刈[28]。虽萎绝其亦何伤兮，哀众芳之芜秽。众皆竞进以贪婪兮[29]，凭不厌乎求索。羌内恕己以量人兮[30]，各兴心而嫉妒。忽驰骛以追逐兮[31]，非余心之所急。老冉冉其将至兮，恐修名之不立。朝饮木兰之坠露兮，夕餐秋菊之落英[32]。苟余情其信姱以练要兮[33]，长顑颔亦何伤[34]！揽木根以结茝兮[35]，贯薜荔之落蕊[36]；矫菌桂以纫蕙兮，索胡绳之纚纚[37]。謇吾法夫前修兮[38]，非世俗之所服。虽不周于今之人兮[39]，愿依彭咸之遗则。

长太息以掩涕兮[40]，哀民生之多艰。余虽好修姱以鞿羁兮[41]，謇朝谇而夕替[42]。既替余以蕙纕兮，又申之以揽茝[43]。亦余心之所善兮，虽九死其犹未悔！怨灵修之浩荡兮[44]，终不察夫民心。众女嫉余之蛾眉兮[45]，谣诼谓余以善淫。固时俗之工巧兮，偭规矩而改错[46]；背绳墨以追曲兮[47]，竞周容以为度。忳郁邑余侘傺兮，吾独穷困乎此时也[48]。宁溘死以流亡兮[49]，余不忍为此态也。鸷鸟之不群兮[50]，自前世而固然。何方圆之能周兮，夫孰异道而相安[51]。屈心而抑志兮，忍尤而攘诟[52]。伏清白以死直兮[53]，固前圣之所厚。

悔相道之不察兮[54]，延伫乎吾将反。回朕车以复路兮，及行迷之未远。步余马于兰皋兮，驰椒丘且焉止息[55]。进不入以离尤兮[56]，退将复修吾初服。制芰荷以为衣兮[57]，集芙蓉以为裳。不吾知其亦已兮，苟余情其信芳。高余冠之岌岌兮，长余佩之陆离[58]。芳与泽其杂糅兮[59]，唯昭质其犹未亏。忽反顾以游目兮，将往观乎四荒。佩缤纷其繁饰兮[60]，芳菲菲其弥章。民生各有所乐兮[61]，余独好修以为常。虽体解吾犹未变兮[62]，岂余心之可惩！

女媭之婵媛兮[63]，申申其詈予。曰："鲧婞直以亡身兮，终然殀乎羽之野[64]。汝何博謇而好修兮[65]，纷独有此姱节？薋菉葹以盈室兮[66]，判独离而不服。众不可户说兮[67]，孰云察余之中情？世并举而好朋，夫何茕独而不予听[68]？"

依前圣以节中兮[69]，喟凭心而历兹。济沅湘以南征兮[70]，就重华而陈辞[71]："启《九辩》与《九歌》兮[72]，夏康娱以自纵。不顾难以图后兮，五子用失乎家巷[73]。羿淫游以佚畋兮[74]，又好射夫封狐。固乱流其鲜终兮[75]，浞又贪夫厥家[76]。浇身被服强圉兮[77]，纵欲而不忍。日康娱而自忘兮，厥首用夫颠陨[78]。夏桀之常违兮[79]，乃遂焉而逢殃。后辛之菹醢兮[80]，殷宗用之不长。汤、禹俨而祗敬兮[81]，周论道而莫差。举贤才而授能兮，循绳墨而不颇[82]。皇天无私阿兮[83]，览民德焉错辅。夫维圣哲之茂行兮[84]，苟得用此下土。瞻前而顾后兮，相观民之计极，夫孰非义而可用兮，孰非善而可服[85]？阽余身而危死兮[86]，览余初其犹未悔。不量凿而正枘兮[87]，固前修以菹醢。"曾歔欷余郁邑兮[88]，哀朕时之不当。揽茹蕙以掩涕兮[89]，霑余襟之浪浪。

跪敷衽以陈辞兮[90]，耿吾既得此中正。驷玉虬以乘鹥兮，溘埃风余上征[91]。朝发轫于苍梧兮，夕余至乎县圃[92]。欲少留此灵琐兮，日忽忽其将暮。吾令羲和弭节兮[93]，望崦嵫而勿迫[94]。路曼曼其修远兮，吾将上下而求索。饮余马于咸池兮[95]，总余辔乎扶桑。折若木以拂日兮[96]，聊逍遥以相羊[97]。前望舒使先驱兮，后飞廉使奔属[98]。鸾皇为余先戒兮[99]，雷师告余以未具。吾令凤鸟飞腾兮，继之以日夜。飘风屯其相离兮[100]，帅云霓而来御。纷总总其离合兮，斑陆离其上下[101]。吾令帝阍开关兮[102]，倚阊阖而望予。时暧暧其将罢兮[103]，结幽兰而延伫。世溷浊而不分兮[104]，好蔽美而嫉妒。朝吾将济于白水兮[105]，登阆风而緤马[106]。忽反顾以流涕兮，哀高丘之无女[107]。

溘吾游此春宫兮[108]，折琼枝以继佩。及荣华之未落兮[109]，相下女之可诒。吾令丰隆乘云兮[110]，求宓妃之所在。解佩纕以结言兮[111]，吾令蹇修以为理。纷总总其离合兮，忽纬繣其难迁[112]。夕归次于穷石兮[113]，朝濯发乎洧盘。保厥美以骄傲兮[114]，日康娱以淫游。虽信美而无礼兮，来违弃而改求[115]。览相观于四极兮[116]，周流乎天余乃下。望瑶台之偃蹇兮[117]，见有娀之佚女[118]。吾令鸩为媒兮[119]，鸩告余以不好。雄鸠之鸣逝兮[120]，余犹恶其佻巧。心犹豫而狐疑兮，欲自适而不可[121]。凤皇既受诒兮[122]，恐高辛之先我。欲远集而无所止兮[123]，聊浮游以逍遥。及少康之未家兮，留有虞之二姚[124]。理弱而媒拙兮，恐导言之不固[125]。世溷浊而嫉贤兮，好蔽美而称恶。闺中既以邃远兮，哲王又不寤[126]。怀朕情而不发兮[127]，余焉能忍而与此终古！

索藑茅以筳篿兮[128]，命灵氛为余占之。曰："两美其必合兮[129]，孰信修而慕之？思九州之博大兮[130]，岂惟是其有女？"曰："勉远逝而无狐疑兮[131]，孰求美而释女？何所独无芳草兮[132]，尔何怀乎故宇？世幽昧以眩曜兮[133]，孰云察余之善恶？民好恶其不同兮，惟此党人其独异[134]。户服艾以盈要兮[135]，谓幽兰其不可佩。览察草木其犹未得兮[136]，岂珵美之能当？苏粪壤以充帏兮[137]，谓申椒其不芳。"

欲从灵氛之吉占兮，心犹豫而狐疑。巫咸将夕降兮[138]，怀椒糈而要之[139]。百神翳其备降兮，九疑缤其并迎[140]。皇剡剡其扬灵兮，告予以吉故[141]。曰："勉升降以上下兮[142]，求矩矱之所同。汤、禹俨而求合兮[143]，挚、咎繇而能调。苟中情其好修兮，又何必用夫行媒？说操筑于傅岩兮[144]，武丁用而不疑。吕望之鼓刀兮[145]，遭周文而得举。宁戚之讴歌兮[146]，齐桓闻以该辅。及年岁之未晏兮[147]，时亦犹其未央。恐鹈鴃之先鸣兮[148]，使夫百草为之不芳。"

何琼佩之偃蹇兮，众薆然而蔽之[149]。惟此党人之不谅兮[150]，恐嫉妒而折之。时缤纷其变易兮[151]，又何可以淹留？兰芷变而不芳兮，荃蕙化而为茅[152]。何昔日之芳草兮，今直为此萧艾也？岂其有他故兮，莫好修之害也。余以兰为可恃兮，羌无实而容长[153]。委厥美以从俗兮[154]，苟得列乎众芳。椒专佞以慢慆兮[155]，榝又欲充夫佩帏。既干进而务入兮，又何芳之能祗[156]？固时俗之流从兮，又孰能无变化？览椒兰其若兹兮，又况揭车与江离？惟兹佩之可贵兮，委厥美而历兹[157]。芳菲菲而难亏兮[158]，芬至今犹未沬。和调度以自娱兮[159]，聊浮游而求女。及余饰之方壮兮[160]，周流观乎上下。

灵氛既告余以吉占兮[161]，历吉日乎吾将行。折琼枝以为羞兮[162]，精琼爢以为粻。为余驾飞龙兮，杂瑶象以为车[163]。何离心之可同兮[164]，吾将远逝以自疏。邅吾道夫昆仑兮[165]，路修远以周流。扬云霓之晻蔼兮，鸣玉鸾之啾啾[166]。朝发轫于天津兮[167]，夕余至乎西极。凤皇翼其承旂兮[168]，高翱翔之翼翼。忽吾行此流沙兮[169]，遵赤水而容与。麾蛟龙使梁津兮，诏西皇使涉予[170]。路修远以多艰兮，腾众车使径待[171]。路不周以左转兮[172]，指西海以为期。屯余车其千乘兮[173]，齐玉轪而并驰。驾八龙之蜿蜿兮[174]，载云旗之委蛇。抑志而弭节兮，神高驰之邈邈[175]。奏《九歌》而舞《韶》兮[176]，聊假日以愉乐。陟升皇之赫戏兮，忽临睨夫旧乡。仆夫悲余马怀兮，蜷局顾而不行[177]。

乱曰[178]：已矣哉！国无人莫我知兮，又何怀乎故都。既莫足与为美政兮，吾将从彭咸之所居[179]。

（《楚辞集注》，朱熹集注，上海古籍出版社1979年版。下同）

【注释】

[1] "帝高"二句：(我是)高阳帝的远末子孙，我的父亲是伯庸。高阳，颛顼高阳氏，五帝（黄帝、颛顼、帝喾、唐尧、虞舜）之一。按，据《史记·楚世家》："楚之先祖出自帝颛顼高阳。"屈原为楚之同姓。苗裔，极远的后代。朕，在秦始皇以前为通用之第一人称代词。皇考，去世的父亲。父死曰考，皇是美之之辞。伯庸，当是屈父之字。

[2] "摄提"二句：我在寅年寅月的庚寅日降生。摄提："摄提格"之省文，指寅年。贞，正当。孟陬（zōu），正月，夏历建寅，正月为寅月。降，古音读如"洪"，与上文"庸"押韵。按，以下不赘述，可参阅王力《楚辞韵读》。

[3] "皇览"句：皇考研究了我生日的特点。览揆，观察揆度。初度，初生的时节。下文"肇"，始，这才。锡，赐。

[4] 正则：隐含"平"字之义。下文"灵均"，隐含"原"字之义。灵，善也。均，地之均平者也。

[5] 纷：盛多貌。纷是修饰"内美"（内在的美质）的，而置于句首，楚辞中常见句法。下文说，再加上好的才能。

[6] 扈：披。江离：与辟芷、秋兰均为香草名。

[7] 纫：贯穿连缀。佩：佩饰。

[8] 汩（yù）：水流迅疾貌。此指时间说。

[9] 搴（qiān）：取，折取。岯（pí）：山坡，岗峦。木兰：木名。皮似桂而香，去皮不死。下文"宿莽"，终冬不死的芥草。

[10] "日月"二句：时光迅速从不停留啊，春天与秋天轮流替代。

[11] 美人：理想的佳人。联系上文文意，当是作者自指。一说指楚怀王，似未妥。迟暮：衰老。由草木凋零联想到人的年华易逝。

[12] 不：何不。抚壮弃秽：凭借壮年之时抛弃污秽的东西。联系下文文意，指怀王说。下句"此度"，此种（不好的）作风气度。

[13] 导夫先路：在前面引路（去实现美好的政治）。

[14] 三后：楚国历史上的三位贤君。一说即熊绎、若敖、蚡冒（依戴震说）。下文"众芳"，比喻贤臣。

[15] 杂：汇集。申椒：与菌桂、蕙、茝（chǎi，即芷），皆芳草名，即上文之众芳。

[16] 耿介：光明正大。下文"道"，治国的正确主张与措施。"得路"，走上了康庄大路。

[17] 猖披：朱熹注："衣不带之貌。"衣不系带，引申为放纵自恣。下句说，因为走上邪僻小路而寸步难行。

[18] 党人：结成朋党的人。指怀王周围的奸佞之徒。偷乐：苟且安逸。

[19] 惮殃：畏惧灾祸。下句说，担心的是国家的倾覆。"皇舆"，以车喻国，皇是美辞。

[20] "忽奔"二句：（我）忙碌地前后奔走效力，为的是能继承前代贤王的事业。及，赶上。踵武，步伐。踵，脚跟。武，足迹。

[21] 荃（quán）：香草名。比喻君王。下文"齌（jì）怒"，盛怒，暴怒。

[22] 謇（jiǎn）謇：忠直的逆耳之言。

[23] 九天：天有九重。一说，中央与八方之天合称九天。下文"灵修"，指代君王。朱熹注："言其有明智而善修饰，盖妇悦其夫之称，亦托词以寓意于君也。"

[24] 成言：犹言定约。下文"有他"，有另外的打算。

[25] 离别：自己被疏远，乃至离开朝廷与君王。下文"数（shuò）化"，指怀王的政策（包括楚秦关系）屡屡变化。

[26] 滋：滋养，培植。畹：十二亩为一畹。

[27] 畦（qí）：田园中划分的区界。此处用作动词，分畦栽种。留夷：与"揭车"、"杜蘅"均香草名。

[28] "愿俟"句：希望到时候我能得到收获。此以栽种香花香草喻培养贤才。下二句说，即使是凋零了又有何妨，可痛心的是它们变质了。"萎绝"是受到摧残，与"芜秽"不同。

[29] 竞进：竞争着向上爬。下句说，贪得无厌，不知满足。"凭"，满，楚方言，与"厌"同义。

[30] "羌内"句：意谓宽容自己而苛求别人。羌，发语词，楚方言。

[31] 驰骛：奔驰乱跑。与上文"竞进"呼应。

[32] "朝饮"二句：此以饮露餐英比喻修养高洁的品德。落英，初生的花瓣。落，始也。一说落英即落花。

[33] 信姱（kuā）：确实美好。练要：犹言精粹专一。朱熹注："言所修精练，所守要约也。"

[34] 顑颔（kǎn hàn）：面容憔悴。

[35] 木根：未详。一说即木兰之根。结：连结。

[36] 贯：穿。下文"矫"，举。

[37] 索：作动词，搓成绳索。胡绳：香草名。纚（xǐ）纚：绳索美好貌。

[38] 謇：发语词，楚方言。法乎前修：效法前代贤人。下文"服"，服用，用为服饰。指上文香木香草而言。

[39] 周：合。下文"彭咸"，殷商时的贤大夫，谏君不听，投水死（依王逸说）。"遗则"，留下的法则。今按，此句应是宁死不屈之意。作者写《离骚》时，未必已经想好了若干年后的自沉汨罗江。

[40] 太息：叹息。下文"民生"，人生。屈原自指。

[41] 好（hào）修姱：喜爱修洁美好。鞿（jī）羁：马缰绳与马笼头。比喻自我约束而不放纵。

[42] 朝谇（suì）：早晨献上忠言。谇，净谏。夕替：晚上即被废弃。正如上文所说"伤灵修之数化"。

[43] "既替"二句：此仍以比喻法申述坚持自己原来的品德修养与政治态度。替，仍作废弃解，引申为剥夺。蕙纕（xiāng），蕙草做的佩带。

[44] 浩荡：广大貌。此处解作懵懂不明事理。下文"民心"，人心。作者自指。

[45] 众女：指君王周围的佞臣，犹言群小。蛾眉：朱熹注："谓眉之美好如蚕蛾之眉也。"蛾眉比喻美女，美女比喻贤才。

[46] 偭（miǎn）：违背。改错：改变（正确的）措施。

[47] 绳墨：木匠取直的工具，与上文"规矩"同指法度说。追曲：追求邪门歪道。下句说，争着以八面玲珑讨好他人为准则。

[48] "忳（tún）郁"二句：我怀着深深的不得志的苦闷，唯独我孤立无援处境艰难。忳，忧深貌。郁邑，烦恼苦闷。邑，通"悒"。侘傺（chà chì），失意不得志。

[49] "宁溘（kè）"句：宁肯受诛即死或者被贬远窜。溘，忽然。下文"此态"，即上文"固时"以下四句所指斥之群小丑态。

[50] 鸷鸟：鹰隼一类的高飞的猛禽，不与凡鸟同群。

[51] "何方"二句：方的和圆的怎么能相合，主张不同怎么能相安无事呢！道，道路，主张。

[52] "屈心"二句：我委屈着情怀，压抑着意气；忍受着指责，承担着耻辱。攘，取。

[53] 伏：通"服"，保持。下文"厚"，看重，嘉许。

[54] 相（xiàng）道：展望前路。下文"延伫"，徘徊。"反"，通"返"。

[55] "步余"二句：让我的马在长着兰草的岸边缓步，再跑上长着椒树的山坡停息。朱熹注："徐步驰走而遂止息，必依椒兰，不忘芳香，以自清洁，所谓'回朕车以复路'也。"

[56] 进不入：愿意仕进而被斥于朝廷之外（被疏远）。进，与下文"退"对举。离尤：遭受罪责。离，通"罹"。下文"初服"，本来的服饰（喻指夙志）。

[57] 芰（jì）荷：与下文"芙蓉"实为一物。分别言之，芰荷指荷叶，芙蓉指荷花。此亦互文见义，谓以荷花荷叶为衣裳（下衣曰裳）。

[58] 高……岌岌：使之高而又高。岌岌，高貌，下句句法同。陆离，长貌。

[59] "芳与"句：芳香（作者自喻）与污秽（喻小人）即使被人混淆（美恶不分）。

泽，污垢。下文"昭质"，光明的本质。

[60]"佩缤"句：身上的佩饰是那样地美盛。下文"弥章"，更加显著。章，通"彰"。

[61]民生：人生。下文"好修"，爱好修养（修洁，修饰）。

[62]"虽体解"句：即使粉身碎骨我也初衷不变。体解，即肢解，古代酷刑。

[63]女嬃（xū）：作者的侍妾。一说为作者之姊。婵媛（chán yuán）：情绪激动貌。下文说，反复地数落我。

[64]"鲧（gǔn）婞（xìng）"二句：鲧由于刚直不阿不顾性命，终于被杀于羽山之野。鲧，或写作"鮌"，大禹之父。亡身，忘身。羽山，在今山东蓬莱。此言鲧守正而死。另一说，鲧因治水失败，被帝舜所杀。

[65]博謇：过分的忠贞。博，广大。下文"姱节"，美好的节操。

[66]薋（cí）菉（lù）葹（shī）：堆积着许多的恶草。薋，动词，积草。菉、葹，恶草名。下句说，你却与众不同，离弃它们而不服用。判，分，划清界限。此指责屈原不肯同流合污。

[67]户说（shuì）：挨家挨户地去加以说服。下文"余"，指屈原。

[68]"世并"二句：世人都相互抬举喜欢拉帮结伙，你为何孤孤单单而不听我劝告。予，女　自指。

[69]节中：节制自己的内心。下句说，可叹可愤的是竟然经历如此遭遇。凭心，心情愤懑。兹，此。

[70]沅湘：沅水（流经今湖南西北部）与湘水（纵贯今湖南东部）。南征：向南远行。

[71]重华：帝舜，名重华，葬于九嶷山（亦名苍梧山，在今湖南宁远）。

[72]启：与下文"夏"合指夏启，禹之子。《九辩》、《九歌》：传说中天帝的乐章，为启所窃，用于人间。

[73]"五子"句：武观因而发动了内乱。五子，即五观，又作武观，启之子，因启耽于逸乐，乃作乱。用，因而。失，当是衍文。巷（hòng），通"哄"。

[74]"羿（yì）淫"句：后羿过分地游乐与田猎。羿，后羿，夏太康时的有穷国君主。淫、佚，过度。下文"封"，大也。

[75]乱流：胡作非为之辈。鲜（xiǎn）终：没有好结果。

[76]浞（zhuó）：寒浞，后羿用为国相。趁羿之荒乱，使逢蒙射杀羿，并贪占了他的妻室。

[77]浇（ào）：寒浞之子。被服强圉（yù）：仗恃着自己强暴有力。下文"忍"，克制。

[78]颠陨：落地。浇灭夏后相，相之子少康灭浇，有穷氏遂亡。史家有"少康中兴"之说。

[79]常违：违常，违背正道。下文"遂焉"，犹言到头来。

[80]后辛：即商纣王。菹醢（zū hǎi）：剁成肉酱。纣王残暴无道，曾对忠谏之臣用此酷刑，引申为暴政。下文"殷宗"，殷商的宗祀。

[81]俨而祗（zhī）敬：庄重而敬慎。下句说，周朝的开国之君（文王武王）讲求正道而没有差错。

[82] 不颇：不偏不倚，中道而行。

[83] 私阿（ē）：偏袒，私爱。下文"民德"，人之德。"错辅"，给予帮助。错，通"措"。

[84] 茂行：美盛的德行。下句说，才能成为天下之主。"用"，享用。"下土"，对上天而言。

[85] "瞻前"四句：历览前前后后的历史（已如上述），看一看人们谋虑的准则，谁能够不讲义不行善而可以享用天下？相（xiàng），与观同义。服，与用同义。

[86] 阽（diàn）：临近（危险的）边缘。下文"余初"，我的本心。

[87] "不量"句：不度量斧孔的大小形状就削好斧柄。比喻不懂得迎合取容。凿（záo），指斧头上的孔。枘（ruì），斧柄入凿孔的部分。下文"前修"，前贤。

[88] 曾歔欷：不断地叹息。曾，通"增"，加也。下句说，哀怜自己生不逢时。

[89] 茹蕙：柔软的蕙草。下文"浪（láng）浪"，水流不止貌。此言泪流滚滚。

[90] 跪敷衽（rèn）：跪下来铺开衣裳的前襟。下句说，我心里亮堂，得到了做人的中正之道。

[91] "驷玉"二句：我驾着虬龙乘着凤车，飘然乘风向天上远行。驷，一车四马谓之驷。此作动词。玉虬，虬是无角之龙，玉是美辞。鹥（yī），凤一类的鸟。溘，奄忽，迅速。埃风，带尘土的风。

[92] "朝发"二句：早晨从苍梧之野起程，晚上我到了县圃。发轫（rèn），撤去车轮下的横木（轫），使车子启动。苍梧，见注[70]。县（xuán）圃，神人所居之地，在昆仑山。县，通"悬"。下文"灵琐"，神灵宫殿（县圃）之门。琐，门上雕刻的花纹，指代门。

[93] 羲和：日御，太阳的驾车人。弭（mǐ）节：按节缓行。弭，按也，止也。

[94] 崦嵫（yān zī）：神话中山名，日所入处。勿迫：（车子）不忙于赶路。按，太阳走得缓，则天黑得晚。

[95] 咸池：神话中水名，日所浴处。下句说，我把缰绳拴在扶桑上。"扶桑"，神话中树名，生于日出处。

[96] 若木：神话中木名，生于昆仑之西极。拂日：拂拭太阳（使之光华不减）。

[97] 聊：姑且，暂且。相羊（cháng yáng）：或写作"徜徉"等，与逍遥同义。

[98] "前望"二句：使望舒（月御）在前面开路引导，使飞廉（风神）在后边奔走相随。属（zhǔ），相连。

[99] 鸾皇：凤凰一类的神鸟。先戒：前卫警戒。下句说，雷神告诉我尚未准备齐全。

[100] 屯其相离：团团地聚在一起。离，附丽，附着。

[101] "纷总"二句：（这云霓）缤纷繁多时离时合，五光十色令人眼花缭乱。陆离，此指形态奇异貌。

[102] 帝阍（hūn）：天帝（或亦喻指君王）的守门人。下句说，他只是靠着天门看着我。阊阖（chāng hé），天宫之门。

[103] 时暧暧：天色昏暗。罢（pí）：通"疲"，指人马困乏。下文"延伫"，久久地站立。

[104] 溷(hùn)浊：混乱污浊。下文"蔽美"，障蔽贤路。朱熹注："既不得入天门以见上帝，于是叹息世之溷浊而嫉妒。盖其意若曰：不意天门之下，亦复如此！于是去而它适也。"

[105] 济于白水：渡过白水。白水，神话中水名，源出昆仑山。

[106] 阆(làng)风：神话中山名，在昆仑山。緤(xiè)：系，拴住。

[107] 高丘：高高的山丘，即指阆风神山。女：神女。比喻理想中人，如贤士贤君。

[108] 春宫：东方青帝所居之宫。下句说，折取玉树的枝条加在佩带上。

[109] 荣华：花朵。即上文琼枝之花。下句说，看看下界（人间）有哪位美女值得以此相赠。诒，通"贻"，赠予。

[110] 丰隆：云神。下文"宓(fú)妃"，相传为伏羲氏之女，溺死洛水，为神。

[111] 结言：犹言以言结约。下文"蹇修"，人名。一说指音乐。"理"，媒。一说，理是提亲人，媒是媒介人。

[112] "纷总"句：她（宓妃）来时仪从盛多，或离或合地变换。下句说，忽然间又显得格格不入，难于迁就。纬繣(huī huà)：乖戾，不投合。按，此下数句写宓妃举动违礼。

[113] 归次：止宿。穷石：朱熹注："山名，在张掖，即后羿之国也。"下文"洧(wěi)盘"，神话中水名。源出崦嵫山。

[114] 保：持，仗着。

[115] "来违"句：于是我放弃了她而另外追求。

[116] 览相(xiàng)观：三字同义，察看，展望。四极：四方边远之际。

[117] 瑶台：美玉砌成的楼台。偃蹇：高峻貌。

[118] 有娀(sōng)：有娀氏，传说中古代部族名。佚女：美女。传为有娀氏之女，名简狄，嫁为帝喾（高辛氏）之妃，生商之始祖契(xiè)。

[119] 鸩(zhèn)：传说中的毒鸟。比喻奸人，故下句说"告余以（此佚女）不好"。

[120] 鸣逝：又会叫又会飞。比喻轻薄之人。下文"佻巧"，犹言花里胡哨。

[121] 自适：亲自前往。朱熹注："意欲自往，而于礼有不可者。"

[122] 凤皇：又称玄鸟。传说简狄吞玄鸟之卵而生契。下文"先我"，赶在我的前面迎娶简狄。

[123] "欲远"句：想到远方居留却无处落脚。下文"浮游"，飘泊。

[124] "及少"二句：趁着少康还没有成家，我先定下有虞氏的两位女儿。少康，夏代国君，姚，有虞氏为姚姓。

[125] 导言：引导介绍之言。

[126] "闺中"二句：美人的闺房既已深邃难近，国君又不醒悟。按，上句收束求女，下句收束叩阍。

[127] 发：抒发，表达。下句说，我怎能忍受此种（"好蔽美而称恶"）的环境直到永远呢！

[128] 索：取。藑(qióng)茅：一种灵草。以：与。筳(tíng)：小竹片。篿(zhuān)：楚人把结草折竹以占叫作　篿。下文"灵氛"，传说中善于占卜吉凶之人。

[129] 两美：贤臣与明主（以男女喻君臣）。下句说，谁真正美好却无人思念？"慕之"，当是"莫念"的误写（依闻一多说）。

[130] 九州：指代天下。下句说，难道只有此处（上文所游之处）才有可追求的女子？

[131] 勉远逝：勉力地远举高飞。下文"释女（rǔ）"，错过你。释，放。

[132] 芳草：比喻明君或贤人。下文"故宇"，故土，故国。指楚国。

[133] 眩曜（xuàn yào）：迷惑。下文"余"，指屈原（灵氛用屈原口气说话）。

[134] "民好"二句：人们的好恶可以有所不同，而这班拉帮结伙之人却特别怪异（即下文的好坏香臭都不分了）。

[135] "户服"句：家家户户的人都佩着野蒿子，缠满腰间。要（yāo），通"腰"。

[136] 未得：不明白，不知晓。下句说，又怎能评价美玉的好坏？"珵（chéng)"，美玉。"当"，合，评价合宜。

[137] "苏粪"句：取来污秽之物装进荷包。帏，装香料的佩囊。按，以上两"曰"字，均为灵氛占卜所得及引申发挥加以劝勉之辞。

[138] 巫咸：古代神巫，名咸。降：降神，使神灵下凡。

[139] 椒糈（xǔ）：指代祭神之物。椒，香物。糈，精米。要（yāo)：通"邀"，迎接。

[140] "百神"二句：天上众神纷纷地一齐下降，九嶷山之神也纷纷都来迎接。翳，遮蔽，形容其多，如遮天蔽日。

[141] "皇剡（yǎo）"二句：光闪闪地显示了一番神通，巫咸又转告我众神的一番吉言（见以下君臣遇合之事）。

[142] 升降：上天下地。下文"矩矱（huò）"，矩为求方的工具，矱为量长短的工具。比喻法度，引申为观点主张。

[143] 俨而求合：庄敬而追求志同道合者。下文"挚"，即伊尹，商汤的贤相。"咎繇（gāo yáo）"，即皋陶，夏禹的贤臣。"调"，协调，君臣一致。

[144] 说（yuè）：傅说，在傅岩操筑（持夹版筑墙）的奴隶，商王武丁起用他，成为贤相。

[145] 吕望：即姜尚（姜太公），曾为鼓刀屠宰之事，被周文王举拔重用。

[146] 宁戚：春秋时卫国人，曾为商贾，宿于齐之东门外，齐桓公夜出，闻其扣牛角而歌，知其贤，乃用之。下文"该辅"，备为辅佐之列，该，备。

[147] 未晏：未及晚年。下句说，来日方长。

[148] 鹈鴂（tí jué）：即杜鹃。常以春分至初夏间鸣叫，正是百花渐谢之时。

[149] "何琼"二句：为什么美德之人遭遇坎坷，是由于小人们的遮掩壅蔽。琼佩，以美饰喻贤人（屈原自指）。偃蹇，此处当解作困顿失志。薆（ài)，隐蔽。

[150] 谅：信实，正直。下文"折"，摧折。

[151] 时缤纷：时势混浊。指楚之政治环境。

[152] "兰芷"二句：以香花变为恶草，比喻君子变为小人。

[153] "余以"二句：我本来以为兰是可以依靠的，却并无实德而只是外表好看。长（cháng），好。按，兰与下文的"椒"，指屈原曾经培养过依靠过而后来变质的人，可参

"余既滋兰之九畹兮"、"兰芷变而不芳兮"等句。王逸《楚辞章句》以兰为"司马子兰"，椒为"大夫子椒"，朱熹《楚辞辩证》特为驳之。

[154] 委：弃。下句说苟且厚颜地混在芳草之列。

[155] 慢慆（tāo）：傲慢放肆。下文"樧（shā）"，木名，茱萸的一种。此亦指变香为臭者。

[156] "既干"二句：既然钻营向上爬，力求跻身君侧，又怎能振起其芳菲。祗（zhī），振起。下文"流从"，从流，随波逐流。

[157] "惟兹"二句：唯有我这佩饰才真正可贵，却被人委弃其美质而遭遇如此。

[158] 亏：减损。下文"沫"，泯灭。

[159] 和调（diào）度：使节奏和谐起来。古人身上佩玉，行步时节奏铿锵有度。此指使自己心态宽缓。

[160] 饰之方壮：以佩饰之芬芳尚在（见上文）喻年华之正当壮盛。下句说，要上天下地周游四方。

[161] 吉占：吉利的占卜之辞。下文"历"，选择。

[162] 羞：馐，美味。下句说，舂好了琼玉的细末作为干粮。"精"，使之精。糜（mí），细末。粻（zhāng），干粮。

[163] "杂瑶"句：交错地用美玉和象牙来装饰车子。

[164] "何离"句：与离心离德之人怎能结合。下文"自疏"，自行疏远。

[165] 邅（zhān）：转变方向。下文"周流"，犹言迂回，盘旋。

[166] "扬云"二句：高扬着云旗，遮蔽了日光；振动着鸾铃，鸣声清脆。云霓，以云霓为旗，或画有云霓之旗。晻（yǎn）蔼，日不明貌。玉鸾，玉制的车铃，如鸾鸟之形。

[167] 天津：天河，在天的东极。下文"西极"，西方的尽头。

[168] 翼其承旂：张开翅膀托起旗帜。旂，画有交龙图案的旗。下文"翼翼"，动作协调貌。

[169] 流沙：西部地区的沙漠。下句说，顺着赤水从容漫步。赤水，神话中水名，出昆仑山。

[170] "麾蛟"二句：指挥着蛟龙在渡口架桥，命令西皇将我渡过河去。梁，桥，用如动词。西皇，西方之神，或曰即少昊金天氏。

[171] 腾：传令。径待：在路上侍卫。待，一说当作"侍"，一说与侍同义。

[172] 路不周：经由不周山。不周山在昆仑山西北。下文"西海"，传说中极西之海。"期"，期会之地，目的地。

[173] 屯：聚集。下文"齐玉轪（dài）"，排齐了车子。轪，车毂的冒盖，指代车轮。

[174] 蜿蜿：龙身屈伸貌。下文"委蛇（wēi yí）"，曲折而长貌。此处解作旗帜高低飘动。

[175] "抑志"二句：我压低云旗，放慢龙车的节奏，但神思依然高高地飞向远方。志，通"帜"。

[176]《韶》：即《九韶》，传说中帝舜时的舞乐。下文"假（jiǎ）日"，借此暇时。

[177]"陟升"四句：旭日东升，光明普照，我忽然看见了自己的故乡。仆人伤悲，连马也动了感情，弯身回顾，再不肯走向远方。升皇，旭日。赫戏（xī），光芒照耀。蜷（quán）局，弯曲。顾，回头看。

[178] 乱：乐歌之末段。犹言"尾声"。

[179]"既莫"二句：既然无人可与我实现理想的政治，我将追随彭咸，与之共处。此言坚持原则，大不了一死了之。参见注[39]。

【题解】

《离骚》是我国古代文学史上最长的政治抒情诗，当作于楚怀王后期，屈原四五十岁，在政治上被谗见疏，极不得意之时。"离，犹遭也；骚，忧也。明己遭忧作辞也。"（班固《离骚赞序》）全诗三百七十二句，二千四百余言；四句为一小节，隔句为韵。第一大段（开篇至"霑余襟之浪浪"）从自叙身世并正面揭示政治主张开始，回顾斗争经历，托言女媭责难与向重华陈辞，通过正反对照，坚信自己是正确的。第二大段（"跪敷衽以陈辞兮"至"余焉能与此终古"）写对未来的热切希望与执著追求：上天下地，追求知音与同志，希望实现自己的理想。但是一切都落空了。第三大段（"索藑茅以筳篿兮"至篇末）托言灵氛与巫咸，揭露现实的溷浊黑暗，万无可留之理，而应该远举高飞；但强烈的故国之情使他不忍离去。"乱曰"数句为收束。全诗以"好修"为线索，写出自己纯洁美好的内心，正道直行的品行，进步的政治理想（效法圣王，修明法度，任用贤人），以及深沉的爱国主义精神与顽强的斗争意志。《离骚》从性格、爱好、理想、精神等方面塑造了一个光焰照人的爱国诗人的形象；奇特丰富的想象，层出不穷的比兴手法，大量采用的神话传说，强烈奔放的抒情，构成了作品植根于现实土壤中的奇幻风格；规模和气魄极其宏伟，结构完整而精细，体现作者高度的组织力和概括力；丰富、新鲜、优美的词藻，富有地方色彩的语言，有如《诗经》重章叠句式的一唱三叹反复环回，加强了作品的感染力。香草美人的托喻手法对后世诗词影响深远。

【集评】

[1] 屈平疾王听之不聪也，谗谄之蔽明也，邪曲之害公也，方正之不容也，故忧愁幽思而作《离骚》。离骚者，犹离忧也。……屈平正道直行，竭忠尽智以事其君，谗人间之，可谓穷矣。信而见疑，忠而被谤，能无怨乎！屈平之作《离骚》，盖自怨生也。……其文约，其辞微，其志洁，其行廉，其称文小而其指极大，举类迩而见义远。其志洁，故其称物芳。其行廉，故死而不容自疏。濯淖污泥之中，蝉蜕于浊秽，以浮游尘埃之外，不获世之滋垢，皭然泥

而不滓者也。推此志也，虽与日月争光，可也！（司马迁《史记·屈原列传》）

[2]《离骚》之文，依《诗》取兴，引类譬谕。故善鸟香草，以配忠贞；恶禽臭物，以比谗佞；灵修美人，以媲于君；宓妃佚女，以譬贤臣；虬龙鸾凤，以托君子；飘风云霓，以为小人。其词温而雅，其义皎而朗。（王逸《楚辞章句·离骚序》）

[3] 自《风》《雅》寝声，或莫抽绪，奇文郁起，其《离骚》哉！故以轩翥诗人（按，指《诗经》作者）之后，奋飞辞家（指汉赋作家）之前。（刘勰《文心雕龙·辨骚》）

[4] 纡回断续，《骚》之体也；讽喻哀伤，《骚》之用也；深远优柔，《骚》之格也；宏肆典丽，《骚》之词也。（胡应麟《诗薮》）

湘　夫　人

　　帝子降兮北渚[1]，目眇眇兮愁予[2]。袅袅兮秋风[3]，洞庭波兮木叶下。登白薠兮骋望[4]，与佳期兮夕张[5]。鸟何萃兮蘋中？罾何为兮木上[6]？沅有芷兮澧有兰[7]，思公子兮未敢言。荒忽兮远望，观流水兮潺湲。麋何食兮庭中？蛟何为兮水裔[8]？朝驰余马兮江皋[9]，夕济兮西澨。闻佳人兮召予，将腾驾兮偕逝。

　　筑室兮水中，葺之兮荷盖[10]。荪壁兮紫坛，播芳椒兮成堂。桂栋兮兰橑，辛夷楣兮药房[11]。罔薜荔兮为帷，擗蕙櫋兮既张[12]。白玉兮为镇[13]，疏石兰兮为芳。芷葺兮荷屋，缭之兮杜衡[14]。合百草兮实庭[15]，建芳馨兮庑门。九嶷缤兮并迎[16]，灵之来兮如云。

　　捐余袂兮江中，遗余褋兮澧浦[17]。搴汀洲兮杜若[18]，将以遗兮远者。时不可兮骤得[19]，聊逍遥兮容与。

【注释】

[1] 帝子：与下文"公子"、"佳人"均指湘夫人。北渚：北边的小洲。

[2] 目眇眇：犹言极目远望。愁予：朱熹注："望之不见，使我愁也。"

[3] 袅袅：轻微而细长。下文"木叶"，树叶。

[4] 白薠（fán）：草名。此指长着白薠的高处。骋望：纵目远望。

[5] 与佳期：与佳人相约。夕张：在黄昏时陈设安排（布置会面的场所）。

[6] "鸟何"二句：鸟儿为什么栖息在水草中？渔网为什么挂在树枝上？萃，集。罾（zēng），渔网。朱熹注："二物所施不得其所，以比'夕张'之地非神所处，而必不来也。"

[7] "沅有"句：朱熹注每以《诗经》"赋比兴"释楚辞。此即为"兴"。下文"未敢言"，相思之情难以言说。

[8]"麋何"二句：比喻不得其所。麋，似鹿而大。水裔，水边。

[9]皋：近水处的高地。下文"澨（shì）"，水涯。

[10]葺（qì）：以茅草覆盖房屋，修房。荷盖：以荷叶为屋顶。

[11]"苏壁"四句：用荪草装饰墙壁，用紫贝铺在庭院，在堂壁上刷上芳椒。桂木做栋，木兰做成椽，辛夷作门楣，白芷做成卧室。坛（shàn），庭院。橑（lǎo），屋椽。辛夷，落叶乔木，有香气。

[12]"罔薜"二句：编结薜荔做成帷帐，香蕙连成的席子已经铺起。罔，通"网"，做动词。擗（pǐ），析，剖开。"櫋（mián），联属之意。张，盖设以为席也。"（蒋骥《山带阁注楚辞》）

[13]镇：压座席之物。下句说，点缀着石兰飘着香气。石兰，香草名。

[14]缭：缠绕。此言以香草杜衡围绕房子的山墙。

[15]实庭：摆满庭院。下文"庑（wǔ）门"，庑与门。庑，廊，正堂周边的廊屋。

[16]"九嶷"句：九嶷山（帝舜葬于此）之神灵纷纷前来迎候。

[17]"捐余"二句：把我的衣袖抛进江心，把我的单衣留在澧水之滨。褋（dié），单衣。

[18]搴（qiān）：拔取。下文"远者"，远方的人。

[19]时：时光，机会。骤：屡屡。

【题解】

诗属《九歌》。《九歌》始见于《山海经·大荒西经》以及屈原《离骚》、《天问》，当是流传久远的歌舞乐结合的乐歌。其在楚国，则成为民间祀神并自娱的歌舞剧。屈原晚年被逐，留滞于沅湘，见而感之，或是重新创作，或是修改润色，极大地提高了其文学价值。本篇《湘夫人》与上篇《湘君》为一组，歌咏湘水配偶神。一般认为，《湘君》由女巫扮演女神，表演对湘君的思念。《湘夫人》由男巫扮演男神，表演对湘夫人的思念。第一段写湘君如约而来，而夫人爽约；第二段写原来计划之中的水中宫室之美；第三段写失望离去。神话故事是现实生活的镜子。组诗反映的是候人不至会合无缘的深沉痛苦与坚贞真挚的美好情操，并折射了人民大众在现实生活中的悲欢离合与追求幸福的愿望。组诗的艺术特点在于写景与抒情的融合，创造出一种空灵美妙的意境，一种凄清幽翳而略带神秘色彩的气氛，烘托了悲剧主题。另外，想象的丰富、具体、真切（如用铺陈手法极力刻画的水宫之美），给人的印象也是十分强烈的。

山 鬼

若有人兮山之阿[1]，被薜荔兮带女萝[2]。既含睇兮又宜笑[3]，子慕予兮善窈窕[4]。乘赤豹兮从文狸[5],辛夷车兮结桂旗。被石兰兮带杜衡,折芳馨兮遗所思[6]。

余处幽篁兮终不见天[7],路险难兮独后来。表独立兮山之上[8],云容容兮而在下。杳冥冥兮羌昼晦[9],东风飘兮神灵雨。留灵修兮憺忘归[10],岁既晏兮孰华予[11]!

采三秀兮於山间[12],石磊磊兮葛蔓蔓。怨公子兮怅忘归,君思我兮不得闲。山中人兮芳杜若[13],饮石泉兮荫松柏,君思我兮然疑作[14]。雷填填兮雨冥冥[15],猿啾啾兮狖夜鸣。风飒飒兮木萧萧[16],思公子兮徒离忧。

【注释】

[1] 若有人:指山鬼。若,语气词。山之阿(ē):山的深曲处。

[2] 被(pī)薜荔:以薜荔为衣。被,通"披"。带女萝:以女萝为带。

[3] 含睇(dì):目光流盼。宜笑:口齿美好,笑得好看。

[4] 子:山鬼称所思念之人。予:山鬼自称。

[5] 从文狸:文狸追随在后。

[6] 遗(wèi)所思:赠给自己思慕之人。

[7] 幽篁:幽深的竹林。

[8] 表:特也。王逸注:"言山鬼后到,特立于山之上,而自异也。"下文"容容",云气流动貌。

[9] 羌:句首语气词。昼晦:白天显得昏暗。下文"神灵雨",因风起而神灵应之以雨。

[10] "留灵"句:为了留住灵修而长久地安静等待,忘了回归。灵修,与下文之"公子"、"君",均指所思之人。憺(dàn),安。

[11] 孰华予:谁能使我青春长在呢!华,荣华。马茂元云:"以上八句,是山鬼的唱辞。""其余都是(祭祀时)女巫的叙述。"(见《楚辞选》)录以备考。

[12] 三秀:芝草。

[13] 芳杜若:如杜若(香草名)般芬芳。下文"饮石泉"、"荫松柏",王逸注:"饮石泉之水,荫松柏之木,饮食居处,动以香洁自修饰也。"

[14] 然疑作:一时相信一时怀疑,交替产生。

[15] 填填:雷声。下文"狖(yòu)",长尾猴。

[16] 萧萧:草木摇落声。下文"徒离忧",空自担忧。

【题解】

诗属《九歌》。《山鬼》歌咏的是山中女神。"采三秀兮於山间"的"於",可读"巫"音,所以有人说,"於山"即是巫山,山鬼即是巫山神女。作者通过正面描写与侧面烘托(如香草珍兽)的结合,刻画女神的美;通过反复抒情，表现女神的善。她居于深山而感到孤苦幽独，渴望光明、温暖、幸福，对所思之人一往情深，哀怨缠绵。美丽善良的女性得不到圆满的感情，使整个场景带有一种凄清的悲剧美。

国　殇

操吴戈兮被犀甲[1]，车错毂兮短兵接。旌蔽日兮敌若云，矢交坠兮士争先。凌余阵兮躐余行[2]，左骖殪兮右刃伤[3]。霾两轮兮絷四马[4]，援玉枹兮击鸣鼓。天时怼兮威灵怒，严杀尽兮弃原野[5]。出不入兮往不反[6]，平原忽兮路超远。带长剑兮挟秦弓，首身离兮心不惩[7]。诚既勇兮又以武，终刚强兮不可凌。身既死兮神以灵，魂魄毅兮为鬼雄[8]。

【注释】

[1] 吴戈：吴地所产之戈，以锋利著称。犀甲：以犀牛皮制成之铠甲，以坚韧著称。下句说，战车相互撞击，短兵相接。"毂（gǔ）"，车轮中心的圆木。指代车。"短兵"，戈、矛一类的短兵器。

[2] 凌：侵，冲击。躐（liè）：践踏。行：行列。

[3] 左骖：左边的骖马。按，四马驾一车，两旁为骖。殪（yì）：死。右：右骖。

[4] 絷：绊住。下文"玉枹（fú）"，嵌有玉饰的鼓槌。

[5] "天时"二句：大意谓天昏地暗神灵震怒，死伤殆尽弃尸原野。极言战斗之惨烈。

[6] "出不"句：王逸注："言壮士出斗，不复顾人，一往必死，不复还反也。"下文"忽"，荒忽，不分明。

[7] "带长"二句：战死时还身带长剑，手持秦弓，身首异处而心无悔意。秦弓，秦地所产之弓，材质坚硬。

[8] "身既"二句：身虽殁而精神不死，魂魄刚毅而成为鬼中之雄杰。后世李清照诗云："生当作人杰，死亦为鬼雄。"即取此意。

【题解】

诗属《九歌》。《国殇》是献给死于国事者的祭歌。在一场激烈的战争中，士兵们刚强勇武，争先杀敌，义无反顾而为国捐躯，他们精神不死（"神以灵"），他们生是人杰，死是"鬼雄"。通篇直赋其事，一气呵成，以饱满的热情唱出了一首爱国主义和英雄主义的赞歌。风格与《九歌》中的其他篇章迥然不同。

涉　江

余幼好此奇服兮[1]，年既老而不衰。带长铗之陆离兮，冠切云之崔嵬[2]。

被明月兮佩宝璐[3]。世溷浊而莫余知兮，吾方高驰而不顾。驾青虬兮骖白螭[4]，吾与重华游兮瑶之圃。登昆仑兮食玉英，吾与天地兮比寿，与日月兮齐光。哀南夷之莫吾知兮，且余将济乎江湘。

乘鄂渚而反顾兮[5]，欸秋冬之绪风。步余马兮山皋，邸余车兮方林[6]。乘舲船余上沅兮，齐吴榜以击汰[7]。船容与而不进兮[8]，淹回水而凝滞。朝发枉渚兮[9]，夕宿辰阳。苟余心之端直兮，虽僻远其何伤！入溆浦余儃佪兮[10]，迷不知吾所如。深林杳以冥冥兮[11]，乃猿狖之所居。山峻高以蔽日兮，下幽晦以多雨。霰雪纷其无垠兮，云霏霏而承宇[12]。哀吾生之无乐兮，幽独处乎山中。吾不能变心以从俗兮，固将愁苦而终穷。

接舆髡首兮[13]，桑扈裸行。忠不必用兮[14]，贤不必以。伍子逢殃兮[15]，比干菹醢。与前世而皆然兮，吾又何怨乎今之人！余将董道而不豫兮[16]，固将重昏而终身！

乱曰：鸾鸟凤皇，日以远兮。燕雀乌鹊，巢堂坛兮[17]。露申辛夷[18]，死林薄兮。腥臊并御[19]，芳不得薄兮。阴阳易位，时不当兮。怀信侘傺[20]，忽乎吾将行兮！

【注释】

[1] 奇服：奇伟的服饰。用以比喻高洁的品德。可参看《离骚》。
[2] 冠切云：头戴切云冠。切云，形容其高。
[3] 明月：夜光珠。璐（lù）：玉名。
[4] 骖：用作骖马（一车三马或四马的两旁之马）。下文"重华"，帝舜。"瑶之圃"，瑶圃，美如瑶玉的花园。
[5] 鄂渚：地名，在今湖北武昌。下文"欸（āi）"，叹。"绪风"，馀风。
[6] 邸：通"抵"，到达。方林：地名。当在长江岸边。
[7] "乘舲（líng）"二句：（我）乘船自沅水溯流而上，（船夫）一齐举起船桨击打水面。舲船，有窗的船。吴榜（bàng），船桨，吴地人所制船桨样式的船桨。汰（tài），水波。
[8] 容与：迟缓不进貌。下文"回水"，回旋的水流。
[9] 枉渚：地名，视上下文意，当离辰阳不远，水路仅一日可至。一说在今湖南常德。下文"辰阳"，地名，或即今湖南辰溪县治辰阳镇。
[10] 溆（xù）浦：溆水（沅水支流）之滨。溆浦县在辰溪东南。儃佪（chán huí）：徘徊。
[11] 杳以冥冥：深邃幽暗貌。下文"猿狖（yòu）"：猿猴。狖，黑色的长尾猴。
[12] 承宇：弥漫天宇。承，接。
[13] 接舆髡（kūn）首：朱熹注："接舆，楚狂也。被发佯狂，后乃自髡。"髡为剃发之刑，接舆剃发自贱以避世。下句"桑扈裸行"，朱熹注："桑扈，即《庄子》所谓'子桑

户'。裸行，谓赤体而行也。"

[14] 不必用：不一定得到信用。下文"以"，用，信用。

[15] 伍子：伍员（yún），字子胥，吴国相，忠谏吴王夫差，被杀。下文"比干菹醢(zū hǎi)"，商纣王叔父比干，因多次忠谏纣王，被剖心而死。菹醢，剁为肉酱。

[16] 董道：正道，遵守正道。豫：犹豫。

[17] 巢堂坛（shàn）：在堂屋和庭院筑巢。

[18] 露申：未详。或即"露甲"，亦名瑞香花（依蒋骥说）。下句说，死于丛林之中。薄，草木交错。

[19] 并御：同时并用。下文"薄"，接近。

[20] 怀信佗傺：怀抱忠信而志不得伸。

【题解】

诗属《九章》。《九章》收作品九篇，非一时之作，"九章"之称当是后人所加。《涉江》当是屈原晚年所作，第一段以"奇服"喻高志洁行，由于没有知音而欲与重华同游。第二段叙述放流长江沅水间（自鄂渚往西南入溆浦）的行程，道路之曲折与环境之恶劣，生活之幽独与心绪之悲凉，亦与《离骚》相近，而更具纪实性。全篇（尤其是"乱曰"一段）的语气则比《离骚》更为强烈而决绝，以"忽乎吾将行兮"一句作结，似乎已有放弃一切幻想，一去不返之志。

【集评】

[1] 此章言己佩服殊异，抗志高远，国无人知之者，徘徊江之上，叹小人在位，而君子遇害也。（王逸《楚辞章句·涉江》）

[2] 此又一幅清江泛棹图也。一叶孤帆，沙汀夜泊，淹回难进，能不令迁客魂销于江上耶！（杨胤宗《屈赋新笺·九章篇》引陈本礼评"乘舲船"以下数句）

哀　郢

皇天之不纯命兮[1]，何百姓之震愆[2]！民离散而相失兮，方仲春而东迁[3]。去故都而就远兮，遵江夏以流亡[4]。出国门而轸怀兮[5]，甲之鼂吾以行。发郢都而去闾兮[6]，怊荒忽其焉极。楫齐扬以容与兮[7]，哀见君而不再得。望长楸而太息兮[8]，涕淫淫其若霰。过夏首而西浮兮[9]，顾龙门而不见。心婵媛而伤怀兮，眇不知其所跖[10]。顺风波以从流兮，焉洋洋而为客。凌阳侯之泛滥兮[11]，忽翱翔之焉薄？心絓结而不解兮[12]，思蹇产而不释。

将运舟而下浮兮，上洞庭而下江。去终古之所居兮，今逍遥而来东[13]。羌灵魂之欲归兮，何须臾之忘反！背夏浦而西思兮[14]，哀故都之日远。登大坟以远望兮[15]，聊以舒吾忧心。哀州土之平乐兮，悲江介之遗风[16]。

当陵阳之焉至兮，淼南渡之焉如？曾不知夏之为丘兮，孰两东门之可芜[17]？心不怡之长久兮，忧与愁其相接。惟郢路之辽远兮，江与夏之不可涉。忽若不信兮，至今九年而不复[18]。惨郁郁而不通兮，蹇侘傺而含戚[19]。

外承欢之汋约兮，谌荏弱而难持[20]。忠湛湛而愿进兮，妒被离而障之[21]。尧舜之抗行兮[22]，瞭杳杳而薄天。众谗人之嫉妒兮，被以不慈之伪名[23]。憎愠忨之修美兮[24]，好夫人之忼慨。众踥蹀而日进兮[25]，美超远而逾迈。

乱曰：曼余目以流观兮，冀壹反之何时！鸟飞反故乡兮，狐死必首丘[26]。信非吾罪而弃逐兮，何日夜而忘之！

【注释】

[1] 皇天：犹言老天爷。不纯命：天命无常。纯，正，常。

[2] 震愆：因动乱而失去生活常态。即下文的人民"离散相失"。愆，差失。

[3] 东迁：楚国都城自郢（今湖北荆州）迁至陈（今河南淮阳）。

[4] 遵江夏：循着长江与夏水。夏水，即汉水。

[5] 国门：都门，郢都城门。轸怀：内心伤痛。下文"甲之鼌（zhāo）"，二月（"仲春"）甲日的早晨。鼌，同"朝"。

[6] 去闾（lú）：犹言离家。闾，里巷之门。下句说前路茫茫，何处是尽头。

[7] 楫：船桨。容与：缓慢貌。船行缓慢，寓依恋君国之情。

[8] 长楸：高大的楸树。"长楸，所谓故国之乔木，令人顾望而不忍去者。"（蒋骥《山带阁注楚辞》）下文"淫淫"，多貌。霰（xiàn），小冰粒子。

[9] 夏首：夏水入江处。西浮：向西浮行。舟行向东，小有曲折处。下文"龙门"，郢都"两东门"（见下文）之一。

[10] "眇不"句：前途渺远，不知止于何处。

[11] 凌：乘。阳侯：传说陵阳国侯溺水而死成为波神，此处及下文之"凌阳"指代波浪水流。下文"薄"，泊止之处。

[12] 絓（guà）结：牵挂。下文"蹇产"，曲折纠结。

[13] 逍遥：飘泊不定貌。来东：向东行进。

[14] 夏浦：夏水之滨。西思：思念郢都。与"来东"相对，思念郢都。

[15] 坟：水边高地。

[16] "哀州"二句：可哀可悲的是，此间土地平沃人民安乐与风俗质朴的景象就要被破坏了。江介，江边，江畔。

[17] "曾（zēng）不"二句：大意谓"江介"之民不知大厦变成了废墟，又何能知道郢都两座东门已经荒芜。曾，乃，竟。夏，大殿，大屋。孰，何，怎么。

[18]"忽若"二句：大意谓倏忽之间，被斥离开朝廷而不能返回，已经多年了。去，离。九年，当非实数。

[19] 蹇（jiǎn）：语气助词。戚：忧伤。

[20]"外承"二句：（奸佞们）表面上讨人喜欢，其实内里软弱并不可靠。汋（chuò）约，仪态柔美貌。谌（chén），实际上（是）。

[21] 被（pī）离：众盛貌。指奸人说。鄣：遮蔽，阻塞。

[22] 抗行：高尚的品行。

[23] 不慈：尧舜以天下传贤（而不传子），"且可被以不慈之名，况其他乎！"（王夫之《楚辞通释》）

[24] 愠（wěn）忳（lǔn）：忠悃笃实（之人）。下句说，却喜好那些激昂慷慨高谈阔论的小人。夫（fú），指示词。

[25] 踥（qiè）蹀（dié）：小步跟进。下句说，修美的君子日见疏远。

[26]"鸟飞"二句："鸟飞反故乡，思旧巢也。首丘，谓以首枕丘而死，不忘其所自生也。"（朱熹《楚辞集注》）

【题解】

《史记·白起列传》载，秦昭王二十九年（楚顷襄王二十一年，前278），秦将白起"攻楚，拔郢，烧夷陵，遂东至竟陵。楚王亡去郢，东走徙陈"。本篇（《九章》之一）所写，正是郢都沦洛，作者与民众一起遭受国破家亡流离失所之痛苦的具体景象；进而揭示了灾难的根源在于朝廷昏暗，政治腐败，忠良被黜而谗佞当道；其中，又反复申诉了自己眷恋故土须臾难忘的爱国之情，"鸟飞反故乡兮，狐死必首丘。"此情又是何等的执着深沉。篇名"哀郢"，实则包括了哀国，哀君，哀民，哀己。

【集评】

[1] 此章言己虽被放，心在楚国，徘徊而不忍去，蔽于谗谄，思见君而不得。故太史公读《哀郢》而悲其志也。（王逸《楚辞章句·哀郢》）

[2] 哀故都之弃捐，宗社之丘墟，人民之离散，顷襄之不能效死以拒秦，而亡可待也。原之被谗，盖以不欲迁都而憎益甚。然且不自哀，而为楚之社稷人民哀。怨悱而不伤，忠臣之极致也。（王夫之《楚辞通释》）

橘　　颂

后皇嘉树，橘徕服兮[1]。受命不迁[2]，生南国兮。深固难徙[3]，更壹志兮。绿叶素荣[4]，纷其可喜兮。曾枝剡棘[5]，圆果抟兮。青黄杂糅[6]，文章烂兮。精色内白，类可任兮[7]。纷缊宜修[8]，姱而不丑兮。

嗟尔幼志，有以异兮[9]。独立不迁，岂不可喜兮。深固难徙，廓其无求兮[10]。苏世独立[11]，横而不流兮。闭心自慎[12]，终不失过兮。秉德无私，参天地兮[13]。愿岁并谢，与长友兮[14]。淑离不淫[15]，梗其有理兮。年岁虽少，可师长兮。行比伯夷[16]，置以为象兮。

【注释】

[1] "后皇"二句：天地之间生有嘉树，唯此橘服习楚国水土（蒋骥《山带阁注楚辞》）。后皇，皇天后土。徕，来。

[2] 受命：犹言秉性。不迁：不迁移，不改易。

[3] 深固：根深柢固。难徙：即不迁。下文"壹志"，心志专一。

[4] 素荣：白花。下文"纷"，美盛。

[5] 曾（zéng）枝剡（yǎn）棘：重叠的枝，尖锐的刺。下文"抟（tuán）"，圆也。

[6] 青黄杂糅：叶青果黄，错杂俱盛。下文"文章烂"，文采灿烂鲜明。

[7] "精色"二句：橘的表皮颜色精纯，内瓤洁白，似是可以承担大任。

[8] 纷缊宜修：繁茂而美好。下文"姱（kuā）"，美，美貌。

[9] 有以异：有别于其他树木。

[10] 廓其无求：大意谓清操自守，无求于外。廓，廓落，孤独貌。

[11] 苏世：大意或是"众人皆醉我独醒"之意。苏，醒。下文"横而不流"，不随波逐流。横，王逸注为"横立自持"。

[12] 闭目心自慎：闭心即为自慎。蒋骥注："谓固闭其心，不为物所摇也。"

[13] 参天地：与天地公正之心相合。

[14] "愿岁"二句：王逸注："言己愿与橘同心并志，岁月虽去，年且衰老，长为朋友，不相远离也。"谢，辞去也。

[15] 淑离不淫：大意谓橘树花香果美而无繁艳妖冶之态。淑，善也。离，丽也。下文"梗"，梗介坚强。"有理"，不失义理。

[16] 伯夷：孤竹国君的长子。因坚辞君位而出逃，因不食周粟而饿死。"伯夷者，特立独行，穷天地亘万世而不顾者也。"（韩愈《伯夷颂》）

【题解】

诗属《九章》。《橘颂》为咏物诗，是屈原青年时代的作品。通过拟人化的手法，将颂橘与明志结合起来。具体生动地描写外在的和内含的美质，尤其是"受命不迁"与"深固难徙"的本质特点，既是橘树的，同时又是诗人自己的丰满光辉的形象。受命不迁，就是永远正道直行，坚持美政理想。深固难徙，就是植根在祖国的大地，为之生，亦为之死。屈原的一生，完全实践了自己青年时代的志向。

【集评】

[1] 言橘之贞操亮节，不但为我之友，并可以为我之师与长，何也？盖伯夷圣之清者，我素所景仰，欲写伯夷之像不可得，今若范橘之形，可当伯夷之像而事之也。（杨胤宗《屈赋新笺·九章篇》引陈本礼）

【参考书】

[1]《楚辞补注》，王逸注、洪兴祖补注，中华书局1983年版。
[2]《楚辞选》，马茂元选注，人民文学出版社1958年版。

宋 玉

宋玉（生卒年不详），战国时楚人，或以为屈原弟子，顷襄王时在朝为臣。著名辞赋家，后世以其与屈原并称"屈宋"，对汉代辞赋创作颇有影响。《汉书·艺文志》录其作品十六篇。

风 赋

楚襄王游于兰台之宫[1]，宋玉、景差侍。有风飒然而至，王乃披襟而当之，曰："快哉此风！寡人所与庶人共者邪？"

宋玉对曰："此独大王之风耳，庶人安得而共之？"王曰："夫风者，天地之气，溥畅而至[2]，不择贵贱高下而加焉。今子独以为寡人之风，岂有说乎？"宋玉对曰："臣闻于师：枳句来巢，空穴来风[3]。其所托者然[4]，则风气殊焉。"王曰："夫风，始安生哉？"

宋玉对曰："夫风，生于地，起于青蘋之末[5]，侵淫溪谷[6]，盛怒于土囊之口。缘泰山之阿，舞于松柏之下。飘忽淜滂，激扬熛怒，耾耾雷声，回穴错迕。蹶石伐木，梢杀林莽[7]。至其将衰也，被丽披离[8]，冲孔动楗，眴焕粲烂[9]，离散转移。故其清凉雄风，则飘举升降，乘凌高城，入于深宫。邸华叶而振气[10]，徘徊于桂椒之间，翱翔于激水之上[11]，将击芙蓉之精，猎蕙草，离秦衡，概新夷，被荑杨[12]，回穴冲陵，萧条众芳[13]。然后倘佯中庭[14]，北上玉堂，跻于罗帷[15]，经于洞房，乃得为大王之风也。故其风中人[16]，状直憯凄惏栗，清凉增欷，清清泠泠，愈病析酲，发明耳目，宁体便人[17]。此所谓大王之雄风也。"王曰："善哉论事。夫庶人之风，岂可闻乎？"

宋玉对曰："夫庶人之风，塕然起于穷巷之间[18]，堀堁扬尘；勃郁烦冤[19]，冲孔袭门；动沙堁，吹死灰，骇溷浊，扬腐余，邪薄入瓮牖[20]，至于室庐。故其风中人，状直憞溷郁邑，殴温致湿，中心惨怛，生病造热，中唇为胗，得目为蔑，啖龁嗽获，死生不卒[21]。此所谓庶人之雌风也。"

（《文选》，中华书局 1977 年版）

【注释】

[1] 楚襄王：即楚顷襄王（前 298—前 263 在位）。兰台：宫名，遗址在今湖北钟祥。下文"景差"，楚大夫，辞赋家。

[2] 浦畅：普遍地畅快地吹来。下文"加焉"，吹到身上。加，施加。

[3] "枳（zhǐ）句（gōu）"二句：枳树多曲枝，就有鸟来筑巢；门户有缝隙，就有风吹进来。

[4] 所托者然：所处的地位如此。托，依托。下句说，风的气势气质气味也就不一样了。

[5] 青蘋之末：大水萍的末梢。蘋为生于浅水中的植物，萍之大者曰蘋。按，此极言风初起时之极细小极柔弱。

[6] 侵淫溪谷：渐积扩展于溪谷之间。下文"土囊"，大洞穴。"溯（pīng）滂（pāng）"，风击物声。"熛（biāo）怒"，风势猛如烈火。按，此数句极言风势的逐渐强大威猛。

[7] "耾（hóng）耾"四句：风声大得如雷声耾耾作响，回旋交错，撼动石头折断树木，冲击草丛。按，此极言风之极致无所不摧。

[8] 被（pī）丽披离：形容风势转缓转轻，四散分开。下文"动楗（jiàn）"，触动门户。楗，门栓，指代门户。

[9] 眴（xuàn）焕粲烂：（风过后）视线清明。

[10] 邸：通"抵"，触及。华叶：花叶。振气：发出香气。

[11] 激水：波动之水。下文"精"，通"菁"，花。

[12] "猎蕙"四句：大意谓此风拂过了各种芬芳的花草。猎，通"躐"，超越，踩踏。离、被（pī），分，披开。概，刮平。蕙草、秦衡（秦地所生之杜衡）、新夷（辛夷）、槩（tí）杨，均属香花香草香木。

[13] 萧条：当作冷落解。依上下意，似此风吹拂"众芳"之后，另有去处，因而显得冷落了"众芳"。

[14] 徜（cháng）徉（yáng）中庭：徘徊于庭院之中。下文"北上玉堂"，自南向北吹上华美的宫殿。宫殿一般座北朝南，故有"北上"之说。

[15] 跻（jī）：登上。下文"洞房"，深邃的内室。

[16] 中（zhòng）人：吹到人身上。

[17] "状直"六句：大意谓那情状就是（起初）有点儿寒气袭人而难受，（然后）觉着爽快感叹不已，（最后）变得清清凉凉，能够治病解酒，使人耳聪目明，通体舒泰。憯（cǎn）悽，悲痛貌。淋（lín）栗，寒冷貌。醒（chéng），酒病。便人，使人放松。

[18] 塕(wěng)然：风起貌。下文"堀(jué)堁(kè)扬尘"，尘土飞扬。堀(突起)堁(灰尘)即扬尘。

[19] 勃郁烦冤：屈折盘旋。

[20] "骇溷(hùn)"三句：搅动混浊恶臭的气味，扬起腐烂的残渣，又从侧面刮入了破败的窗户。邪，偏斜。薄，逼近。瓮牖，用（无底的）破陶瓮做的窗子。指代陋室。

[21] "状直"八句：大意谓那情状就是（起初）使人感到烦浊忧郁，（然后）是一股温湿之气，使人内心伤痛，身体生病，碰着嘴唇生溃疡，长在眼里成红斑，（最后）风病发作，口舌乱动，活着受罪又死不了。憞(dùn)溷，烦浊不清爽。殴，通"驱"，驱动。惨怛(dá)，伤痛。胗(chěn)，疮疱。蔑，通"䁾(miè)，眼病"。唊(dàn)䶴(zé)嗽获：中风者口动之貌。唊䶴、咬嚼。嗽获，嘴角抽搐。

【题解】

风本"天地之气"，施之于人，不分"贵贱高下"，襄王所言，本来不错。但宋玉却说，不然！有一种风，起于青蘋之末（何等富有诗意！），盘旋于高空大地，刚健清凉，吹过香花香草，上北堂，升罗帷，直达洞房；可以治病解酒，使人耳目聪明，体健心舒。另一种风，起于陋巷（何等俗气！），吹动沙尘，搅起浊物，袭入破窗；以至于使人生病造热，中风之后，不死难活。雄风雌风，上下判若云泥。用丰富的想象，生动的描写，通过鲜明的对比，揭示大王与庶人的两种不同的生活。其讽谏之意既委婉又明确；设为问答与铺张扬厉的表达方式，也被汉赋继承了。

【集评】

[1] 宋玉《风赋》出于《雅》，《登徒子好色赋》出于《风》，二者品居最上。（刘熙载《艺概》卷三）

[2] 赋中骈偶处，语取蔚茂；单行处，语取清瘦。此自宋玉、相如已然。（同上）

[3] 梅曾亮言曰：居深宫之中，有池沼之观，花木之娱，玉堂罗帷之适，岂知庶民之所居者，乃穷巷、瓮牖、沙堁之中，秽浊腐余之侧乎！庄言之，殊索然无味，借风之所经历言之，而君民苦乐之悬绝自见，是为神妙而不可测也。（姚鼐《古文辞类纂》卷七十）

[4] 通篇斥王不能苏民之困，自缭兰台之乐。风，一也。入高爽之处，则愈病析酲；入于瓮牖之间，则生病造热。盖借风以斥楚王之不恤民隐。然言之无迹，但以贵贱共乐相形，盖善于谲谏也。（林纾选评《古文辞类纂》卷十）

李 斯

李斯（？—前208），战国时楚国上蔡（今河南上蔡）人。与韩非师事荀子，学帝王之术。入秦为客卿，佐秦王政（始皇）统一天下，官至丞相。力主废分封，立郡县，书同文，车同轨。秦二世时为赵高构陷，以谋逆罪腰斩于咸阳，夷三族。

谏逐客书

臣闻吏议逐客，窃以为过矣。昔缪公求士[1]，西取由余于戎，东得百里奚于宛，迎蹇叔于宋，来丕豹、公孙支于晋。此五子者，不产于秦，而缪公用之，并国二十，遂霸西戎。孝公用商鞅之法[2]，移风易俗，民以殷盛，国以富强，百姓乐用，诸侯亲服；获楚、魏之师，举地千里，至今治强。惠王用张仪之计[3]，拔三川之地[4]，西并巴、蜀，北收上郡[5]，南取汉中，包九夷，制鄢、郢，东据成皋之险，割膏腴之壤，遂散六国之从[6]，使之西面事秦，功施到今。昭王得范雎[7]，废穰侯，逐华阳，强公室，杜私门，蚕食诸侯，使秦成帝业。此四君者，皆以客之功。由此观之，客何负于秦哉？向使四君却客而不内[8]，疏士而不用，是使国无富利之实，而秦无强大之名也。

今陛下致昆山之玉[9]，有随、和之宝，垂明月之珠，服太阿之剑[10]，乘纤离之马，建翠凤之旗，树灵鼍之鼓。此数宝者，秦不生一焉[11]，而陛下说之，何也？必秦国之所生然后可，则是夜光之璧不饰朝廷，犀象之器不为玩好[12]，郑、卫之女不充后宫，而骏良駃騠不实外厩，江南金锡不为用，西蜀丹青不为采。所以饰后宫、充下陈、娱心意、说耳目者[13]，必出于秦然后可，则是宛珠之簪、傅玑之珥、阿缟之衣、锦绣之饰不进于前[14]，而随俗雅化、佳冶窈窕赵女不立于侧也[15]。夫击瓮叩缶、弹筝搏髀，而歌呼呜呜快耳目者，真秦之声也[16]；郑、卫桑间[17]，韶虞、武象者，异国之乐也。今弃击瓮叩缶而就郑、卫，退弹筝而取韶虞，若是者何也？快意当前，适观而已矣[18]。今取人则不然，不问可否，不论曲直，非秦者去，为客者逐。然则是所重者在乎色、乐、珠玉，而所轻者在乎人民也。此非所以跨海内、制诸侯之术也[19]。

臣闻地广者粟多，国大者人众，兵强则士勇。是以太山不让土壤[20]，故能成其大；河海不择细流，故能就其深；王者不却众庶，故能明其德。是以地无四方，民无异国，四时充美[21]，鬼神降福：此五帝三王之所以无敌也[22]。今乃弃黔首以资敌国[23]，却宾客以业诸侯，使天下之士退而不敢西向，裹足不入秦：此所谓藉寇兵而赍盗粮者也[24]。

夫物不产于秦，可宝者多；士不产于秦，而愿忠者众。今逐客以资敌国，损民以益仇，内自虚而外树怨于诸侯；求国无危，不可得也。

（《史记》，中华书局1959年版）

【注释】

[1] 缪（mù）公：秦穆公（前659—前621在位），春秋时曾为霸主。下文"由余"，祖先为晋人，流亡至西戎（西北戎族的总称，分布在黄河上游及今甘肃一带），后归秦。"百里奚"，虞国大夫，后为奴，逃至楚，秦以五张羊皮赎回，为相七年。"蹇（jiǎn）叔"，原居宋国，经百里奚推荐，迎入秦，为上大夫。"丕豹"，晋大夫丕郑之子，避难至秦，为大将。"公孙支"，曾游晋，后入秦。

[2] 孝公：秦孝公（前361—前338在位）。商鞅（前390？—前338）：卫国人，名鞅。封于商，因号商君。佐孝公两次变法，奠定秦国富国强兵的坚实基础。后被害。

[3] 惠王：秦惠文王（前337—前311在位）。张仪（？—前310）：魏国人，入秦为相，封武信君。战国纵横家代表人物，游说山东六国服从秦国。

[4] 三川之地：今河南西北部。因在黄河、洛水、伊水之间，故称。今按，秦占三川，建郡，是张仪死后之事。

[5] 上郡：郡名。大体包括今陕北地区。下文"九夷"，地区名，在今陕西旬阳与湖北竹溪一带。"鄢"，今湖北宜城。"郢"，今湖北荆州。"成皋"，地名，在今河南荥阳。

[6] 从（zòng）：合纵，山东六国（韩、赵、魏、楚、齐、燕）联合抗秦。下文"施（yì）"，延续。

[7] 昭王：秦昭王（前306—前251在位）。范雎（jū，？—前255）：字叔，魏人，入秦为相，封于应，称应侯。下文"穰（ráng）侯"，魏冉，昭王之母宣太后之弟，封穰侯。专秦政三十余年。"华阳"，宣太后之弟。芈（mǐ）戎，封华阳君。

[8] 向：当初。使：假如。却：退，拒绝。内：通"纳"，接纳。

[9] 昆山：昆仑山。下文"随、和之宝"，随侯珠与和氏璧。随（隋）国君救活一条大蛇，此蛇从江中衔来一大珠为报，因曰隋侯珠或明月珠。楚人卞和于荆山中所得美玉，称和氏璧。

[10] 太阿（ē）之剑：宝剑名，相传为春秋时欧冶子与干（gān）将（jiāng）所铸。下文"纤离之马"，骏马名。"翠凤之旗"，以翠鸟羽毛制成的凤形旗饰。"灵鼍（tuó）"，鳄鱼的一种，其皮可以蒙鼓。

[11] 秦不生一：秦国一样也不出产（全是外来的）。下文"说"，通"悦"。

[12] 犀象：指犀牛角与象牙。下文"郑、卫女"，指代美女。"駃（jué）騠（tí）"，良马名。"全锡"，当指金属制品。"丹青"，丹砂与青䨼两上矿物，可作颜料。

[13] 下陈：殿堂之下陈列礼物或站列婢妾之处。说（yuè）：愉悦。

[14] 宛珠之簪：以宛地所产珍珠装饰的簪子。傅玑之珥：装饰着珠子的耳环。傅，附着，镶嵌。阿（ē）缟（gǎo）：阿地（今山东东阿）出产的丝绸。

[15] 随俗雅化：随着世俗改变服饰（及其他享受），而且做得闲雅适宜。

[16] "夫（fú）击"四句：敲击着陶盆瓦罐，弹着筝，拍着大腿打拍子，呜呜地唱歌以愉悦耳目，这就是真实的秦国之声（显得多么"土气"呀！）瓮（wèng）、缶（fǒu），陶制的盛器。搏（bó），拍。"髀（bì）"，大腿。

[17] 郑卫桑间：指代动听的民间音乐。桑间，在卫国濮水之上，为男女欢会的声色之地。下文"韶虞武象"，指代高雅的古典音乐。韶虞，虞舜时之乐。武象，周武王时之乐。

[18] 适观而已：适合观赏罢了。

[19] 跨：跨越。含占有之意。制：制约，控制。

[20] 太山：泰山。让：辞，拒绝。

[21] "是以"三句：所以，地不要分东南西北，民不要分本国他国（将他国之民看作本国之民），一年四季都同样美好。今按，这是一种宽大的乐观的进取的胸怀与心态。故下文云云。

[22] 五帝：黄帝、颛顼、帝喾、帝尧、帝舜。三王：夏禹、商汤、周武王。

[23] 黔首：百姓。资：助。下文"业诸侯"，成就诸侯的事业。

[24] 藉寇兵：借给入侵者兵器。赍（jī）盗粮：送给盗贼粮食。

【题解】

秦王政十年（前237），秦国宗室大臣以"诸侯人来事秦者，大抵为其主游间于秦耳"为由，提出驱逐一切六国来秦之客卿，李斯上书力言不可。他以秦国缪（穆）公、孝公、惠王、昭王四代国君重用客卿而致富强的历史事实，正面驳斥了逐客之议；又从反面指出秦王所享受的"色乐珠玉"并非都是秦产。从而得出"夫物不产于秦，可宝者多；士不产于秦，而愿忠者众"的结论。"秦王乃除逐客之令，复李斯官。"全篇由历史说到现实，眼界开阔，立意高远；语言风格犹有纵横家敷张扬厉的色彩。本文作于秦灭六国始皇称帝之前，仍是战国之文，故列入先秦部分。

【集评】

[1] 李斯既亦在逐中，若开口便直斥逐客之非，宁不适以触人主之怒，而滋之令转甚耶！妙在绝不为客谋，而通体专为秦谋。语意由浅入深，一步紧一步，此便是游说秘诀。（余诚《重订古文释义新编》卷五）

[2] 何氏义门谓此文只"昔"字"今"字对照两大段，前举先世之典，以事证；后就秦王一身，以物喻。即小见大，于人情尤易通晓。可谓道着。（林纾《古文辞类纂》卷三）

【参考书】

[1]《史记·李斯列传》，中华书局1959年版。

两汉部分

贾 谊

贾谊（前200—前168），西汉洛阳（今河南洛阳）人。年少以能诵诗书属文有名于郡中。二十余岁时，汉文帝召为博士，迁太中大夫。因主张改革，为守旧大臣所忌，被贬为长沙王太傅。迁为梁怀王太傅。梁怀王堕马死，贾谊自伤为傅无状，岁余而卒。他是汉初著名政论家和辞赋家。其政论情感充沛，切中时弊，议论风发。辞赋则上继屈骚，情理深致。有《新书》十卷，明人辑有《贾长沙集》。

鵩 鸟 赋[1]

单阏之岁兮[2]，四月孟夏[3]，庚子日斜兮[4]，鵩集予舍，止于坐隅兮[5]，貌甚闲暇[6]。异物来萃兮[7]，私怪其故；发书占之兮[8]，谶言其度[9]。曰："野鸟入室兮，主人将去。"请问于鵩兮："予去何之？吉乎告我，凶言其灾。淹速之度兮[10]，语予其期[11]。"鵩乃叹息，举首奋翼；口不能言，请对以臆[12]：

万物变化兮，固无休息。斡流而迁兮[13]，或推而还[14]；形气转续兮[15]，变化而嬗[16]。沕穆无穷兮[17]，胡可胜言！祸兮福所倚，福兮祸所伏[18]；忧喜聚门兮，吉凶同域。彼吴强大兮，夫差以败[19]；越栖会稽兮[20]，勾践霸世。斯游遂成兮，卒被五刑[21]，傅说胥靡兮，乃相武丁[22]。夫祸之与福兮，何异纠缠[23]；命不可说兮，孰知其极！水激则旱兮[24]，矢激则远；万物回薄兮[25]，振荡相转。云蒸雨降兮[26]，纠错相纷[27]；大钧播物兮[28]，块圠无垠[29]。天不可预虑兮，道不可预谋[30]；迟速有命[31]，焉识其时！

且夫天地为炉兮，造化为工；阴阳为炭兮，万物为铜[32]。合散消息兮[33]，安有常则？千变万化兮，未始有极，忽然为人兮[34]，何足控抟[35]；化为异物兮[36]，又何足患！小智自私兮[37]，贱彼贵我；达人大观兮，物无不可[38]。贪夫殉财兮，烈士殉名。夸者死权兮[39]，品庶每生[40]。怵迫之徒兮[41]，或趋东西；大人不曲兮，意变不同[42]，愚士系俗兮[43]，窘若囚拘；至人遗物兮，独与道俱[44]，众人惑惑兮，好恶积亿[45]；真人恬漠兮，独与道息[46]。释智遗形兮[47]，超然自丧[48]；寥廓忽荒兮[49]，与道翱翔。乘流则逝兮，得坻则止[50]，纵躯委命兮，不私与己[51]。其生兮若浮，其死兮若休[52]；澹乎若深泉之静[53]，泛乎若不系之舟[54]。不以生故自宝兮[55]，养空而浮[56]；德人无累[57]，知命不忧。细故蒂芥[58]，何足以疑！

（《文选》，中华书局1977年影印胡克家刻本）

【注释】

[1] 鵩（fú）鸟：即猫头鹰，长沙古俗，以其为不祥之鸟，至人家，主人死。（见《西京杂记》卷五）赋前有小序，当是后人所加，此略去。

[2] 单阏（chán è）：古代以干支纪年，卯年叫单阏。这年是汉文帝六年（前174）。

[3] 孟夏：夏季的第一个月。

[4] 庚子：四月里的一天。日斜：太阳西斜时。

[5] 坐隅：座位的旁边。

[6] 闲暇：悠然自得貌。

[7] 异物：怪物，这里指鵩鸟。萃：止。

[8] 书：这里指占卜用的书。

[9] 谶：预示吉凶的话。度：数，即吉凶的定数。

[10] 淹速：指死生的迟早。淹，迟。

[11] 语：告诉。期：指死生的期限。

[12] 请对以臆：《汉书·贾谊传》"臆"作"意"。因鸟不能言，请示意作答。

[13] 斡流：运转。斡，转。

[14] 推：推移。还：回。

[15] 形气：相对而言，形，指有形的，气，指无形的。转：互相转化。续：继续。

[16] 而蝉：如蝉蜕变。而，如。蝉，通"蝉"。

[17] 沕（wù）穆：精微深远。

[18] "祸兮"二句：语出《老子》，意思是说，祸福彼此相因相随，往往因祸生福，福中藏祸。伏，藏。

[19] 夫差：春秋时吴国国王。

[20] 越：春秋时的越国。栖：山居。越国国王勾践被吴围困时，曾居会稽山中。

[21] "斯游"二句：李斯游于秦国，身登相位。秦二世时，被赵高所谗，终受五刑而死。遂成，达到成功。五刑，《汉书·刑法志》："当三族者，皆先黥、劓、斩左右趾、笞杀之、枭其首、菹其骨于市，其诽谤詈诅者，又先断舌，故谓之具五刑。"此当系因秦遗法。李斯所受之刑为腰斩。

[22] "傅说（yuè）"二句：传说傅说初在傅岩操服劳役，殷高宗武丁以为他是贤人，即用他为相。（见《史记·殷本纪》）胥靡：古代的一种刑罚，即把罪人相系在一起，使服劳役。胥，相。靡，系。

[23] 纠：两股捻成的绳索。纆（mò）：三股绳索。

[24] 旱：通"悍"。这里指水的奔腾迅猛。

[25] 回薄：往返相激。薄，逼迫，激荡。

[26] 蒸：因热而上升。降：因冷而下降。

[27] 纠错：纠缠错杂。纷：纷乱。

[28] 大钧：造化。钧，轮，指造陶器所用的转轮。阴阳造化如大轮运转以造器，故称大钧。播物：指运转造物。

[29] 坱圠（yāng yà）：无边无际。

[30] "天不"二句：意谓天道高深莫测，不能预先知道，预先谋度。

[31] 迟速：指死的早晚。

[32] "且夫"四句：意谓天地好比是冶金所用的炉，造化好比是冶金工匠。阴阳所以铸化万物，故喻为炭；万物由阴阳铸化而成，故喻为铜。造化，指自然的创造化育。造化二句，语出《庄子·大宗师》。

[33] 息：生。

[34] 忽然：偶然。

[35] 控抟（tuán）：意思是贪恋珍惜。控，引。抟，持。

[36] 化为异物：变成其他东西。指死。

[37] 小智：智慧浅小的人。

[38] "达人"二句：意谓在达观的人看来，自己和万物可以互相适应，故没有一物不合适。达人，通达的人。大观，心胸开朗、志向远大。可，合适。

[39] 夸者：贪求虚名的人。

[40] 品庶：众庶，一般的人。每：贪，贪恋。

[41] 怵（xù）：为利所诱。迫：为贫贱所迫。

[42] "大人"二句：意谓大人对亿万变化的事物都等量齐观，一视同仁，即庄子所谓"齐物"。大人，指与天地合其德的伟人；曲，指为利欲所屈。意，通"亿"。

[43] 系俗：为俗累所牵系。

[44] "至人"二句：指有至德的人不为物累，独和大道同行。至人，《庄子·天下》："不离于真，谓之至人。"这里所说的"至人"，与下文的"真人"、"德人"等都是用道家的概念。

[45] 好恶（wù）积亿：言所爱所憎，积聚很多。亿，极言其多。

[46] "真人"二句：指得天地之道的人安静地大道同处。恬，安。漠，静。息，存在，止。

[47] 释智：放弃智慧。遗形：遗弃形体。

[48] 超然：超脱于万物之外。自丧：自忘其身。

[49] 寥廓忽荒：元气未分貌。寥，深远。廓，空阔。忽荒，同"恍惚"。

[50] 坻（chí）：水中小洲。

[51] "纵躯"二句：把身躯完全交付给命运，不把躯体视为个人私爱之物。纵，放纵，任从。

[52] "其生"二句：意为生如寄托于世，死则永远休息。浮，浮寄。休，休息。

[53] 澹：安静。

[54] 泛：浮游。

[55] 不以生故自宝兮：不因为活着的缘故而珍惜自己。

[56] 养空而浮：涵养空虚之性而浮游。

[57] 德人：《庄子·天地》："德人者，居无思，行无虑，不藏是非美恶。"累：指外物

的牵累。

[58] 细故：细小的事故。蒂芥：常用来比喻心怀嫌怨和不如意。这里是指鵩鸟飞入舍内的事。

【题解】

《鵩鸟赋》之题，颇像咏物赋，实则贾谊借鵩鸟以说理抒情，与咏物并不相干。《史记·屈原贾生列传》："贾生为长沙王太傅，三年，有鸮飞入贾生舍，止于坐隅，楚人命鸮为服。贾生既已适居长沙，长沙卑湿，自以为寿不得长，伤悼之，乃为赋以自广。"贾谊年少高才，受知文帝，终因被谗，谪居长沙，心情抑郁。谪居遭遇促成了此赋的写作。贾谊通经，是一位儒士，此赋中，却是站在道家的立场，用道家的观点对死生、祸福、名利表达了达观的看法。但赋中的旷达之语，只不过是一种自我宽解而已。

【集评】

[1] 贾生《鵩赋》云"祸之与福，何异纠纆"，此以物比理也。（刘勰《文心雕龙·比兴》）

[2] 贾谊……《鵩赋》，俱有凿空乱道意。骚人情境，于斯犹见。《鵩赋》为赋之变体。即其体而通之，凡能为子书者，于赋皆足成一家。（刘熙载《艺概·赋概》）

【参考书】

[1]《贾谊集校注》，王洲明、徐超校注，人民文学出版社1996年版。

司马迁

司马迁（前145?—前86?），字子长，西汉夏阳（今陕西韩城）人。父司马谈为太史令，喜黄老之学。司马迁又从董仲舒学《公羊春秋》，向孔安国学《古文尚书》。早年漫游天下，考察风俗，采集传说。在朝廷任职后，又侍从皇帝和奉使到过许多地方。司马谈去世后三年，司马迁为太史令，得尽览史官藏书。太初元年（前104）参与制定太初历后，开始修史。汉武帝天汉二年（前99）专心著述的司马迁，遭遇李陵之祸入狱，受宫刑。出狱后任中书令，以宦者身份来往于内廷，对此，司马迁深感屈辱，内心痛苦，只有完成史著这一理想支持着他。《史记》本称《太史公书》(《史记·自序》)或《太史公记》(《汉书·杨恽传》)。后来才有《史记》之称。全书分为本纪、表、书、世家、列传五部分。记录上起三皇五帝,下迄汉武帝太初年间,上下三千余年的历史事件,是我国第一部纪传体通史,塑造了一大批社会各阶级、阶层的不同类型的人物,是一部伟大的传记文学作品。

项羽本纪(节录)

项籍者,下相人也[1],字羽。初起时[2],年二十四。其季父项梁[3],梁父即楚将项燕,为秦将王翦所戮者也[4]。项氏世世为楚将;封于项[5],故姓项氏。

项籍少时,学书不成,去[6],学剑,又不成。项梁怒之。籍曰:"书足以记名姓而已。剑一人敌,不足学,学万人敌。"于是项梁乃教籍兵法,籍大喜,略知其意,又不肯竟学[7]。项梁尝有栎阳逮[8],乃请蕲狱掾曹咎书[9]。抵栎阳狱掾司马欣,以故事得已。项梁杀人,与籍避仇于吴中[10]。吴中贤士大夫皆出项梁下[11]。每吴中有大繇役及丧[12],项梁常为主办,阴以兵法部勒宾客及子弟[13],以是知其能。秦始皇帝游会稽[14],渡浙江[15],梁与籍俱观。籍曰:"彼可取而代也。"梁掩其口,曰:"毋妄言,族矣[16]!"梁以此奇籍。籍长八尺余,力能扛鼎[17],才气过人,虽吴中子弟皆已惮籍矣。

秦二世元年七月,陈涉等起大泽中[18]。其九月,会稽守通谓梁曰[19]:"江西皆反[20],此亦天亡秦之时也。吾闻先即制人,后则为人所制。吾欲发兵,使公及桓楚将[21]。"是时桓楚亡在泽中。梁曰:"桓楚亡,人莫知其处,独籍知之耳。"梁乃出,诫籍持剑居外待。梁复入,与守坐,曰:"请召籍,使受命召桓楚。"守曰:"诺。"梁召籍入。须臾,梁眴籍曰[22]:"可行矣!"于是籍遂拔剑斩守头。项梁持守头,佩其印绶。门下大惊[23],扰乱,籍所击数十百人。一府中皆慴伏[24],莫敢起。梁乃召故所知豪吏[25],谕以所为起大事,遂举吴中兵。使人收下县[26],得精兵八千人。梁部署吴中豪杰为校尉、候、司马[27]。有一人不得用,自言于梁。梁曰:"前时某丧使公主某事,不能办,以此不任用公。"众乃皆伏。于是梁为会稽守,籍为裨将[28],徇下县[29]。……

章邯已破项梁军[30],则以为楚地兵不足忧,乃渡河击赵,大破之。当此时,赵歇为王,陈馀为将,张耳为相,皆走入钜鹿城[31]。章邯令王离、涉间围钜鹿,章邯军其南,筑甬道而输之粟[32]。陈馀为将,将卒数万人而军钜鹿之北,此所谓河北之军也[33]。

楚兵已破于定陶[34]，怀王恐[35]，从盱台之彭城[36]，并项羽、吕臣军自将之[37]。以吕臣为司徒[38]，以其父吕青为令尹[39]。以沛公为砀郡长[40]，封为武安侯，将砀郡兵。

初，宋义所遇齐使者高陵君显在楚军，见楚王曰："宋义论武信君之军必败[41]，居数日，军果败。兵未战而先见败征[42]，此可谓知兵矣。"王召宋义与计事而大说之[43]，因置以为上将军；项羽为鲁公，为次将，范增为末将，救赵。诸别将皆属宋义，号为卿子冠军[44]。行至安阳[45]，留四十六日不进。项羽曰："吾闻秦军围赵王钜鹿，疾引兵渡河，楚击其外，赵应其内，破秦军必矣。"宋义曰："不然。夫搏牛之虻不可以破虮虱[46]。今秦攻赵，战胜则兵罢[47]，我承其敝[48]。不胜，则我引兵鼓行而西[49]，必举秦矣[50]。故不如先斗秦赵[51]。夫被坚执锐[52]，义不如公；坐而运策[53]，公不如义。"因下令军中曰："猛如虎，很如羊[54]，贪如狼，强不可使者[55]，皆斩之。"乃遣其子宋襄相齐，身送之至无盐[56]，饮酒高会。天寒大雨，士卒冻饥。项羽曰："将戮力而攻秦[57]，久留不行。今岁饥民贫，士卒食芋菽，军无见粮[58]，乃饮酒高会，不引兵渡河因赵食[59]，与赵并力攻秦，乃曰'承其敝'。夫以秦之强，攻新造之赵，其势必举赵。赵举而秦强，何敝之承！且国兵新破[60]，王坐不安席，埽境内而专属于将军[61]，国家安危，在此一举，今不恤士卒而徇其私，非社稷之臣[62]。"项羽晨朝上将军宋义，即其帐中斩宋义头，出令军中曰："宋义与齐谋反楚，楚王阴令羽诛之。"当是时，诸将皆慴服，莫敢枝梧[63]。皆曰："首立楚者，将军家也。今将军诛乱。"乃相与共立羽为假上将军[64]。使人追宋义子，及之齐，杀之。使桓楚报命于怀王。怀王因使项羽为上将军，当阳君、蒲将军皆属项羽[65]。

项羽已杀卿子冠军，威震楚国，名闻诸侯。乃遣当阳君、蒲将军将卒二万渡河[66]，救钜鹿。战少利，陈馀复请兵。项羽乃悉引兵渡河，皆沉船，破釜甑[67]，烧庐舍，持三日粮，以示士卒必死，无一还心。于是至则围王离，与秦军遇，九战，绝其甬道，大破之，杀苏角，虏王离。涉间不降楚，自烧杀。当是时，楚兵冠诸侯。诸侯军救钜鹿下者十余壁[68]，莫敢纵兵。及楚击秦，诸将皆从壁上观。楚战士无不一以当十，楚兵呼声动天，诸侯军无不人人惴恐。于是已破秦军，项羽召见诸侯将。入辕门，无不膝行而前，莫敢仰视。项羽由是始为诸侯上将军，诸侯皆属焉。……

行略定秦地[69]，函谷关[70]有兵守关，不得入。又闻沛公已破咸阳，项羽大怒，使当阳君等击关。项羽遂入，至于戏西[71]。沛公军霸上[72]，未得与项羽相见。沛公左司马曹无伤使人言于项羽曰[73]："沛公欲王关中[74]，使子婴为相[75]，珍宝尽有之。"项羽大怒，曰："旦日飨士卒[76]，为击破沛公军！"当是时，项羽兵四十万，在新丰鸿门[77]；沛公兵十万，在霸上。范增说项羽曰："沛公居山东时[78]，贪于财货，好美姬。今入关，财物无所取，妇女无所幸，此其志不在小。吾令人望其气[79]，皆为龙虎，成五采，此天子气也。急击勿失。"

楚左尹项伯者[80]，项羽季父也，素善留侯张良。张良是时从沛公，项伯乃夜驰之沛公军，私见张良，具告以事，欲呼张良与俱去。曰："毋从俱死也。"张良曰："臣为韩王送沛公[81]。沛公今事有急，亡去不义，不可不语。"良乃入，具告沛公。沛公大惊，曰："为之奈何？"张良曰："谁为大王为此计者？"曰："鲰生说我曰[82]：'距关，毋内诸侯[83]，秦地可尽王也。'故听之。"良曰："料大王士卒足以当项王乎？"沛公默然，曰："固不如也，且为之奈何？"张良曰："请往谓项伯，言沛公不敢背项王也。"沛公曰："君安与项伯有故？"张曰："秦时与臣游，项伯杀人，臣活之，今事有急，故幸来告良。"沛公曰："孰与君少长[84]？"良曰："长于臣。"沛公曰："君为我呼入，吾得兄事之。"张良出，要项伯[85]。项伯即入见沛公。沛公奉卮酒为寿[86]，约为婚姻，曰："吾入关，秋豪不敢有所近[87]，籍吏民[88]，封府库，而待将军。所以遣将守关者，备他盗之出入与非常也。日夜望将军至，岂敢反乎！愿伯具言臣之不敢倍德也[89]。"项伯许诺。谓沛公曰："旦日不可不蚤自来谢项王[90]！"沛公曰："诺。"于是项伯复夜去，至军中，具以沛公言报项王。因言曰："沛公不先破关中，公岂敢入乎？今人有大功而击之。不义也。不如因善遇之。"项王许诺。

沛公旦日从百余骑来见项王，至鸿门，谢曰："臣与将军戮力而攻秦，将军战河北，臣战河南，然不自意能先入关破秦，得复见将军于此。今者有小人言，令将军与臣有郤[91]。"项王曰："此沛公左司马曹无伤言之，不然，籍何以至此。"项王即日因留沛公与饮。项王、项伯东向坐[92]，亚父南向坐。亚父者，范增也。沛公北向坐，张良西向侍。范增数目项王，举所佩玉玦以示之者三[93]，项王默然不应。范增起，出召项庄[94]，谓曰："君王为人不忍[95]，若入前为寿，寿毕，请以剑舞，因击沛公于坐，杀之。不者[96]，若属皆且为所虏。"庄则入为寿。寿毕，曰："君王与沛公饮，军中无以为乐，请以剑舞。"项王曰："诺。"项庄拔剑起舞，项伯亦拔剑起舞，常以身翼蔽沛公[97]，庄不得击。

于是张良至军门，见樊哙[98]。樊哙曰："今日之事何如？"良曰："甚急。今者项庄拔剑舞，其意常在沛公也。"哙曰："此迫矣，臣请入，与之同命[99]。"哙即带剑拥盾入军门。交戟之卫士欲止不内[100]，樊哙侧其盾以撞，卫士仆地，哙遂入。披帷西向立[101]，瞋目视项王[102]，头发上指，目眦尽裂[103]。项王按剑而跽曰[104]："客何为者？"张良曰："沛公之参乘樊哙者也[105]。"项王曰："壮士，赐之卮酒。"则与斗卮酒[106]。哙拜谢，起，立而饮之。项王曰："赐之彘肩[107]。"则与一生彘肩。樊哙覆其盾于地，加彘肩上，拔剑切而啗之。项王曰："壮士，能复饮乎？"樊哙曰："臣死且不避，卮酒安足辞！夫秦王有虎狼之心，杀人如不能举，刑人如恐不胜[108]，天下皆叛之。怀王与诸将约曰：'先破秦入咸阳者王之。'今沛公先破秦入咸阳，毫毛不敢有所近，封闭宫室，还军霸上，以待大王来。故遣将守关者，备他盗出入与非常也。劳苦而功高如此，未有封侯之赏，而听细说[109]，欲诛有功之人。此亡秦之续耳，窃为大王不取也。"项王未有以应，曰："坐。"樊哙从良坐。坐须臾，沛公起如厕，因招樊哙出。

沛公已出，项王使都尉陈平召沛公[110]。沛公曰："今者出，未辞也。为之奈何？"樊哙曰："大行不顾细谨，大礼不辞小让[111]。如今人方为刀俎[112]，我为鱼肉，何辞为？"于是遂去。乃令张良留谢[113]。良问曰："大王来何操？"曰："我持白璧一双，欲献项王，玉斗一双，欲与亚父，会其怒，不敢献。公为我献之。"张良曰："谨诺。"当是时，项王军在鸿门下，沛公军在霸上，相去四十里。沛公则置车骑，脱身独骑，与樊哙、夏侯婴、靳强、纪信等四人持剑盾步走[114]，从郦山下，道芷阳间行[115]。沛公谓张良曰："从此道至吾军，不过二十里耳，度我至军中，公乃入。"

沛公已去，间至军中，张良入谢，曰："沛公不胜杯杓[116]，不能辞。谨使臣良奉白璧一双，再拜献大王足下；玉斗一双，再拜奉大将军足下。"项王曰："沛公安在？"良曰："闻大王有意督过之，脱身独去，已至军矣。"项王则受璧，置之坐上。亚父受玉斗，置之地，拔剑撞而破之，曰："唉！竖子不足与谋[117]。夺项王天下者，必沛公也，吾属今为之虏矣。"沛公至军，立诛杀曹无伤。……

项王军壁垓下[118]，兵少食尽，汉军及诸侯兵围之数重。夜闻汉军四面皆楚歌，项王乃大惊曰："汉皆已得楚乎？是何楚人之多也！"项王则夜起，饮帐中。有美人名虞，常幸从；骏马名骓，常骑之。于是项王乃悲歌慷慨，自为诗曰："力拔山兮气盖世，时不利兮骓不逝。骓不逝兮可奈何，虞兮虞兮奈若何！"歌数阕，美人和之。项王泣数行下。左右皆泣，莫能仰视。

于是项王乃上马骑，麾下壮士骑从者八百余人，直夜溃围南出[119]，驰走。平明，汉军乃觉之，令骑将灌婴以五千骑追之[120]。项王渡淮，骑能属者百余人耳。项王至阴陵[121]，迷失道，问一田父，田父绐曰[122]："左。"左，乃陷大泽中。以故汉追及之。项王乃复引兵而东，至东城[123]，乃有二十八骑。汉骑追击数千人。项王自度不得脱，谓其骑曰："吾起兵至今八岁矣，身七十余战，所当者破，所击者服，未尝败北，遂霸有天下。然今卒困于此，此天之亡我，非战之罪也。今日固决死，愿为诸君快战[124]，必三胜之，为诸君溃围、斩将、刈旗，令诸君知天亡我，非战之罪也。"乃分其骑以为四队，四向。汉军围之数重。项王谓其骑曰："吾为公取彼一将。"令四面骑驰下，期山东为三处[125]。于是项王大呼驰下，汉军皆披靡，遂斩汉一将。是时，赤泉侯为骑将[126]，追项王，项王瞋目而叱之，赤泉侯人马俱惊，辟易数里[127]。与其骑会为三处。汉军不知项王所在，乃分军为三，复围之。项王乃驰，复斩汉一都尉，杀数十百人。复聚其骑，亡其两骑耳。乃谓其骑曰："何如？"骑皆伏曰："如大王言！"

于是项王乃欲东渡乌江[128]。乌江亭长舣船待[129]，谓项王曰："江东虽小，地方千里，众数十万人，亦足王也。愿大王急渡。今独臣有船，汉军至，无以渡。"项王笑曰："天之亡我，我何渡为？且籍与江东子弟八千人渡江而西，今无一人还，纵江东父兄怜而王我，我何面目见之？纵彼不言，籍独不愧于心乎？"乃谓亭长曰："吾知公长者。吾骑此马五岁，所当无敌，尝一日行千里，不忍杀之，以赐公。"乃令骑皆下马步行，持短兵接战，独籍所杀汉军数百人。项王身亦被十余创[130]。顾见汉骑司马吕马童[131]，曰："若非吾故人乎？"马童面之[132]，指王翳曰[133]："此项王也。"项王乃曰："吾闻汉购我头千金，邑万户。吾为若德！"乃自刎而死。王翳取其头，余骑相蹂践，争项王，相杀者数十人。……

太史公曰[134]：吾闻之周生曰[135]："舜目盖重瞳子[136]。"又闻项羽亦重瞳子。羽岂其苗裔耶？何兴之暴也[137]！夫秦失其政，陈涉首难[138]，豪杰蜂起，相与并争，不可胜数。然羽非有尺寸[139]，乘势起陇亩之中[140]，三年，遂将五诸侯灭秦[141]，分裂天下，而封王侯，政由羽出，号为霸王[142]，位虽不终，近古以来未尝有也。及羽背关怀楚[143]，放逐义帝而自立[144]，怨王侯叛己，难矣。自矜功伐[145]，奋其私智而不师古，谓霸王之业，欲以力征经营天下，五年卒亡其国，身死东城，尚不觉悟而不自责，过矣。乃引"天亡我，非用兵之罪也"，岂不谬哉！

(《史记》，中华书局1982年版。下同)

【注释】

[1] 下相：地名，在今之江苏宿迁。

[2] 初起时：起兵反秦之初，项羽于秦二世元年（前209）随其叔父项梁起兵反秦。

[3] 季父：排行最末的叔父。

[4] "梁父"二句：秦王政二十四年（前223），秦国大将王翦攻破楚国，俘虏楚王。楚将项燕立昌平君为王，在淮南起兵反秦。次年，王翦等又攻破楚军，项燕自杀。

[5] 项：地名，在今河南项城东北。
[6] 去：离开，舍弃。
[7] 竟学：学完。竟，终。
[8] 栎（yuè）阳逮：因罪被栎阳县追捕。栎阳，秦县名，在今陕西临潼东北。
[9] 蕲：地名，在今安徽宿县南。狱掾（yuàn）：掌管刑狱诉讼的佐吏。书：书信。
[10] 吴中：吴县中。吴地在今江苏苏州。
[11] 出项梁下：不及项梁。
[12] 繇役：即徭役。繇同"徭"。丧：丧事。
[13] 阴：暗中。部勒：部署，组织。宾客：前来依附项梁之游士。子弟：项姓年轻人。
[14] 会稽：山名，在今浙江绍兴东南。
[15] 浙江：即今之钱塘江。
[16] 族：灭族，将全族的人都杀光。
[17] 扛（gāng）鼎：举鼎。
[18] 陈涉：即陈胜，名涉，颍川阳城（今河南登封）人。秦二世元年（前209）七月，陈涉随众人被遣戍渔阳，在大泽乡遇雨受阻，按秦时法，当斩首，乃与吴广一起率众卒揭竿而起反秦。大泽：乡名，在今安徽宿县东南。
[19] 守：郡之主官。通：《史记集解》引《楚汉春秋》说名殷通。
[20] 江西：指安徽北部一带。因长江至九江后，是自西南向东北流经苏皖地区的，故当地人将皖南、苏南一带称为江东，皖北则称为江西。
[21] 桓楚：楚人，身世不详。将：任将领，统率。
[22] 眴（shùn）：目示，使眼色。
[23] 门下：指从属官员、卫士和客士。
[24] 慴（shé）伏：由惊惧而伏地不起。
[25] 故所知豪吏：以前所了解的有才干、有声望的官吏。
[26] 下县：会稽郡所属之县。
[27] 部署：安排，委任。校尉、候、司马：皆军官名。古代将军下辖部，部长官为校尉；校尉下辖曲，曲长官为军候；司马为军中执行军法的长官。
[28] 裨（pí）将：副将。
[29] 徇（xùn）：略定、占领。
[30] 章邯：秦大将。秦二世二年（前208）九月，章邯率领秦军主力在定陶大破项梁军队，项梁败死。
[31] "赵歇"四句：赵歇，赵国诸侯王后裔。陈馀，魏之大梁（今河南开封）人，时从赵王率军，后为汉将韩信所杀。梁玉绳《史记质疑》曰："'陈馀为将'四字，因下文而衍。"张耳，魏之大梁人，时为赵王歇辅臣，后降汉。钜鹿，秦郡名，在今河北平乡。
[32] 甬道：两侧筑有墙壁以防备敌人的通道。
[33] 河北之军：当时起义军以楚、齐、赵最为强大，今楚、齐皆为秦兵攻破，故赵军

最为人所瞩目。河北之军即赵军。

[34] 定陶：秦时县名，在今山东定陶。

[35] 怀王：秦二世二年（前208）六月，项梁立战国时楚怀王孙名心者为楚怀王。

[36] 盱台（xū yí）：同"盱眙"，秦时县名，今属江苏。彭城：秦时县名，在江苏徐州。

[37] 吕臣：原为陈涉侍从，当时陈涉已死，吕臣归附项梁。后又从刘邦。

[38] 司徒：掌管财政的军官。一说为掌管教化的军官。

[39] 令尹：楚国官名，位同丞相。

[40] 沛公：即刘邦。刘邦在陈涉起义时，亦起兵夺取沛县，被陈涉封为沛公。沛，秦时县名，今属江苏。砀郡长：砀郡郡守。砀郡，秦时郡名，治所在今河南永城东北。

[41] 武信君：即项梁。项梁立楚怀王后，自号为武信君。

[42] 败征：失败的迹象。

[43] 说：同"悦"。

[44] 卿子冠军：卿子犹言"公子"，当时对贵族的尊称。冠军，犹言最高统帅。

[45] 安阳：地名，今山东曹县。

[46] "夫搏牛"句：以手击牛背，可以杀死牛虻却不能杀死牛身的虮虱。此为当时熟语，可能指鲁莽行事未必有全功。

[47] 罢：通"疲"。

[48] 承其弊：趁其疲惫之机。

[49] 鼓行而西：击着鼓向西进军。

[50] 举秦：灭秦。举，攻克。

[51] 斗秦赵：使秦国、赵国争斗。

[52] 被坚执锐：身披坚固的铠甲，手持锐利的武器。被，通"披"。

[53] 运策：运筹帷幄，筹划谋策。

[54] 很如羊：如羊一般执拗。很，不听从、固执。

[55] 强：倔强。不可使：不听命令。

[56] 无盐：秦时县名，在今山东东平。

[57] 戮力：合力，共同尽力。

[58] 见粮：现成的粮食。见，通"现"。

[59] 因赵食：赴赵就食，依靠赵之粮草为军需。

[60] 国兵新破：楚国的军队刚失败不久。楚人称本国的军队为国兵。

[61] 埽境内：调集全国的军队。埽，通"扫"，尽括之义。专属：交给。

[62] 社稷之臣：卫国安邦之臣。社稷，古代帝王祭祀土神和谷神的圣地，这里代指国家。

[63] 枝梧：抗拒。

[64] 假上将军：代理上将军。假，摄，代理。

[65] 当阳君：即黥布，又名英布，原为项羽部将，后降刘邦，因谋反罪被诛。蒲将

军：名不详，项羽部将。

[66] 河：指漳河。发源于山西，流经河北南部。

[67] 釜：铁锅。甑（zèng）：蒸饭陶器。

[68] "诸侯军"句：意谓诸侯来救赵而驻扎在钜鹿城下的有十几座营垒。壁，营垒。

[69] 行：进军。略定：占领。

[70] 函谷关：在今河南灵宝东北，是自东入秦的重要关口。

[71] 戏西：戏水西。戏水源出骊山，流经今陕西临潼东，注入渭水。

[72] 霸上：即灞水西之白鹿原，在今陕西西安东南。

[73] 左司马：军中执法之官。

[74] 王（wàng）关中：在关中称王。

[75] 子婴：秦二世胡亥之侄，继秦二世为秦帝。后为项羽所杀。

[76] 旦日：第二天。飨：犒赏。

[77] 新丰：即秦之郦邑。汉置新丰县，在今陕西临潼。鸿门：在新丰东，今名项王营。

[78] 居山东：在崤山以东，此指尚未入秦咸阳之前。

[79] 望其气：望他头上之云气。此为古代方术，以头上气之形状色泽来预测此人吉凶。

[80] 左尹：楚官名，是令尹的辅官。项伯：名缠，项羽的族叔，因屡助刘邦，后被刘邦封为侯，赐姓刘。

[81] "臣为"句：项梁起兵后，立韩国公子成为韩王，张良为韩国司徒。刘邦率军西进时，韩王留守阳翟（今河南禹县），张良则随刘邦入关。故张良自称为韩王送沛公。

[82] 鲰生：浅陋无知之人。

[83] 距关：守住函谷关，距，同"拒"。毋内：不要接纳。内，同"纳"。

[84] 孰与君少长：与你相比谁的年龄大。

[85] 要：同"邀"，约请。

[86] 奉卮（zhī）酒为寿：举酒致敬。卮，酒器。为寿，敬酒贺长寿。

[87] 秋豪：秋天动物身上长出的极细小茸毛，喻微小的事物。豪，同"毫"。

[88] 籍吏民：登记所有的百姓和官吏。

[89] 倍德：背弃恩德，忘恩负义。

[90] 蚤：通"早"。谢：道歉。

[91] 有卻（xì）：有隔阂，有误会。卻，同"隙"。

[92] 东向坐：面朝东而坐。古以面向东之位为尊。

[93] 玦：有缺口的圆璧。因"玦"音同"决"，范增以此示意项羽下决心除掉刘邦。

[94] 项庄：项羽的堂弟，时为项羽部将。

[95] 不忍：没有狠心。忍，残忍，有狠心。

[96] 不（fǒu）者：如不这样。

[97] 翼蔽：遮挡，掩护。

[98] 樊哙：吕后的妹夫，从刘邦起兵，后被封为舞阳侯。
[99] 与之同命：与刘邦同生共死。
[100] 交戟之士：用戟交叉起来，守卫军门的兵士。
[101] 披帷：拨开幕帐。
[102] 瞋（chēn）目：怒目，张目怒视。
[103] 目眦（zì）尽裂：眼眶都裂开了。眦，眼眶。
[104] 跽：长跪，直身而跪。
[105] 参乘：陪乘的人，站在车右担任警戒。
[106] 斗：大酒器。一说，"斗"是衍文。
[107] 彘肩：猪腿。
[108] 刑人：惩罚人。胜：尽，此言惩罚唯恐不重。
[109] 细说：小人之言。
[110] 都尉：武官名，比将军略低。陈平：阳武人，当时为项羽部下，后归属刘邦。
[111] "大行"二句：是说办大事不必拘泥小节，行大礼不必顾忌小的责备。大行，大事。细谨，细节。辞，避。小让，小的责让。
[112] 俎（zǔ）：砧板。
[113] 留谢：留下来道歉告辞。
[114] 夏侯婴：沛人，从刘邦起事，后封汝阳侯。靳强：曲沃人，刘邦部属，后封汾阳侯。纪信：刘邦部将，因救刘邦脱险，作其替身，被项羽烧死。步走：徒步逃跑。
[115] 芷阳：秦县名，在今陕西西安东，汉改称霸陵。间（jiàn）行：走小路。
[116] 杯杓（sháo）：皆为酒器。
[117] 竖子：对人的鄙称，如同说"小子"。
[118] 垓（gāi）下：地名，在今安徽灵璧东南。
[119] 直夜：当夜。直，当。一说直夜为中夜，半夜。溃围：突围。
[120] 灌婴：刘邦部将，后封颍阴侯。
[121] 阴陵：秦县名，在今安徽定远西北。
[122] 绐（dài）：欺骗。
[123] 东城：秦县名，在今安徽定远西南。
[124] 快战：痛痛快快地打一仗。一作"决战"。
[125] "期山东"句：约定在山的东面分三处汇合。期，约定。
[126] 赤泉侯：汉将杨喜，因获项羽尸体被封为赤泉侯。
[127] 辟易：退避，避开。
[128] 乌江：水名，在今安徽和县东北20公里。
[129] 亭长：秦汉时制度，十里一亭，设亭长一人，为乡官。舣（yǐ）：停船靠岸。
[130] 被十余创：受伤十几处。
[131] 顾见：回头看见。骑司马：骑兵官名。吕马童：当为项羽旧部，后归刘邦。
[132] 面：背向。

[133] 指王翳：把项羽指给王翳看。
[134] 太史公曰：《史记》的体例，是作者以所任官职的名义发表意见。太史公，即太史令，司马迁的自称。
[135] 周生：周先生，名不详。
[136] 重瞳：两个瞳仁。
[137] 暴：突然。
[138] 首难：首先起事。难，发难。
[139] 非有尺寸：没有一点封地作为凭借。尺寸，尺寸之地，喻数量小。
[140] 陇亩：田野。此指民间。
[141] 五诸侯：指原先的齐、赵、韩、魏、燕。陈涉起义后，六国旧贵族和其他起义者纷纷打着六国旗号，举兵反秦。
[142] 霸王：指公元前206年项羽自立为西楚霸王，为诸侯盟主。
[143] 背关怀楚：舍弃关中，怀恋楚地。指项羽放弃秦地，还都彭城而言。
[144] 放逐义帝：指公元前205年项羽把义帝楚怀王心迁往郴县，并暗中派人将其杀死一事。
[145] 自矜功伐：以功勋自负。矜，骄傲。伐，功劳。

【题解】

《史记》中的"本纪"，是传帝王之事的，以帝王世序和编年形式记载重大政治事件和帝王本人的事迹。项羽虽未称帝，但在秦汉之间，号令天下，权势有如帝王，故将其列入"本纪"。《史记》传记写人，常常重点描写传主一生的重要事件，在矛盾冲突中刻画人物，让人物在紧张的斗争中展示各自形象，表现各自性格。本篇也是以钜鹿之战、鸿门之宴、垓下之围这些决定项羽命运的事件为重点，再以生动的细节描写等，塑造了一个悲剧性的人物，也展现出了波澜壮阔的时代。对项羽反抗暴秦斗争中的丰功伟绩，以及勇敢善战，作者是持歌颂态度的。同时，作者也如实写了项羽的残暴和缺乏政治手腕，揭示了其失败的必然性。

【集评】

[1] 古书之圣贤，皆因事以著其人，未尝以人载事。项籍虽盗夺，然文字以事，以人著事最信而详，实始于此。（叶适《习学纪言序目》）

[2] 叙楚汉鸿门事，历历如目睹，无毫发渗漉，非十分笔力，模写不出。（刘辰翁《班马异同》）

[3] 项王自叙七十余战，史公所记，独巨鹿、垓下两战为详。巨鹿之战，全用烘托法，不及一战事；而垓下显出项羽兵法及其斩将搴旗之功。项羽英

雄，史公自是心折，亦由其好奇，于势穷力尽处自显神通。巨鹿、鸿门、垓下三段，自是史公《项羽纪》中聚精会神，极得意文字。（郭嵩焘《史记札记》）

魏公子列传

魏公子无忌者，魏昭王少子而魏安釐王异母弟也[1]。昭王薨[2]，安釐王即位，封公子为信陵君[3]。是时范雎亡魏相秦[4]，以怨魏齐故，秦兵围大梁，破魏华阳下军[5]，走芒卯[6]。魏王及公子患之。

公子为人仁而下士[7]，士无贤不肖皆谦而礼交之，不敢以其富贵骄士。士以此方数千里争往归之，致食客三千人。当是时，诸侯以公子贤，多客，不敢加兵谋魏十余年。

公子与魏王博[8]，而北境传举烽，言"赵寇至，且入界[9]"。魏王释博，欲召大臣谋。公子止王曰："赵王田猎耳，非为寇也。"复博如故。王恐，心不在博。居顷，复从北方来传言曰："赵王猎耳，非为寇也。"魏王大惊，曰："公子何以知之？"公子曰："臣之客有能深得赵王阴事者[10]，赵王所为，客辄以报臣，臣是以知之。"是后魏王畏公子之贤能，不敢任公子以国政。

魏有隐士曰侯嬴，年七十，家贫，为大梁夷门监者[11]。公子闻之，往请，欲厚遗之[12]。不肯受，曰："臣修身絜行数十年[13]，终不以监门困故而受公子财。"公子於是乃置酒大会宾客。坐定，公子从车骑，虚左[14]，自迎夷门侯生。侯生摄敝衣冠[15]，直上载公子上坐，不让，欲以观公子。公子执辔愈恭。侯生又谓公子曰："臣有客在市屠中[16]，愿枉车骑过之[17]。"公子引车入市，侯生下见其客朱亥，俾倪故久立[18]，与其客语，微察公子[19]。公子颜色愈和。当是时，魏将相宗室宾客满堂，待公子举酒。市人皆观公子执辔。从骑皆窃骂侯生。侯生视公子色终不变，乃谢客就车。至家，公子引侯生坐上坐，遍赞宾客[20]，宾客皆惊。酒酣，公子起，为寿侯生前[21]。侯生因谓公子曰："今日嬴之为公子亦足矣[22]。嬴乃夷门抱关者也[23]，而公子亲枉车骑，自迎嬴於众人广坐之中，不宜有所过，今公子故过之。然嬴欲就公子之名，故久立公子车骑市中，过客以观公子，公子愈恭。市人皆以嬴为小人，而以公子为长者能下士也。"於是罢酒，侯生遂为上客。

侯生谓公子曰："臣所过屠者朱亥，此子贤者，世莫能知，故隐屠间耳。"公子往数请之，朱亥故不复谢[24]，公子怪之。

魏安釐王二十年，秦昭王已破赵长平军[25]，又进兵围邯郸。公子姊为赵惠文王弟平原君夫人[26]，数遗魏王及公子书，请救於魏。魏王使将军晋鄙将十万众救赵。秦王使使者告魏王曰："吾攻赵旦暮且下，而诸侯敢救者，已拔赵，必移兵先击之。"魏王恐，使人止晋鄙，留军壁邺[27]，名为救赵，实持两端以观望。平原君使者冠盖相属於魏[28]，让魏公子曰[29]："胜所以自附为婚姻者，以公子之高义，为能急人之困。今邯郸旦暮降秦而魏救不至，安在公子能急人之困也！且公子纵轻胜，弃之降秦，独不怜公子姊邪？"公子患之，数请魏王，及宾客辩士说王万端。魏王畏秦，终不听公子。公子自度终不能得之於王，计不独生而令赵亡，乃请宾客，约车骑百馀乘[30]，欲以客往赴秦军，与赵俱死。

行过夷门，见侯生，具告所以欲死秦军状。辞决而行[31]，侯生曰："公子勉之矣[32]，老臣不能从。"公子行数里，心不快，曰："吾所以待侯生者备矣[33]，天下莫不闻，今吾且死而侯生曾无一言半辞送我，我岂有所失哉？"复引车还，问侯生。侯生笑曰："臣固知公子之还也[34]。"曰："公子喜士，名闻天下。今有难，无他端而欲赴秦军[35]，譬若以肉投馁虎，何功之有哉？尚安事客[36]？然公子遇臣厚，公子往而臣不送，以是知公子恨之复返也[37]。"公子再拜，因问。侯生乃屏人间语[38]，曰："嬴闻晋鄙之兵符常在王卧内，而如姬最幸[39]，出入王卧内，力能窃之。嬴闻如姬父为人所杀，如姬资之三年[40]，自王以下欲求报其父仇，莫能得。如姬为公子泣，公子使客斩其仇头，敬进如姬。如姬之欲为公子死，无所辞，顾未有路耳。公子诚一开口请如姬，如姬必许诺，则得虎符夺晋鄙军，北救赵而西却秦，此五霸之伐也[41]。"公子从其计，请如姬。如姬果盗晋鄙兵符与公子。

公子行，侯生曰："将在外，主令有所不受[42]，以便国家。公子即合符，而晋鄙不授公子兵而复请之，事必危矣。臣客屠者朱亥可与俱，此人力士。晋鄙听，大善；不听，可使击之。"於是公子泣。侯生曰："公子畏死邪？何泣也？"公子曰："晋鄙嚄唶宿将[43]，往恐不听，必当杀之，是以泣耳，岂畏死哉？"於是公子请朱亥。朱亥笑曰："臣乃市井鼓刀屠者，而公子亲数存之[44]，所以不报谢者，以为小礼无所用。今公子有急，此乃臣效命之秋也。"遂与公子俱。公子过谢侯生。侯生曰："臣宜从，老不能。请数公子行日，以至晋鄙军之日，北乡自刭[45]，以送公子。"公子遂行。

至邺，矫魏王令代晋鄙[46]。晋鄙合符，疑之，举手视公子曰："今吾拥十万之众，屯於境上，国之重任，今单车来代之，何如哉？"欲无听。朱亥袖四十斤铁椎[47]，椎杀晋鄙，公子遂将晋鄙军。勒兵下令军中曰[48]："父子俱在军中，父归；兄弟俱在军中，兄归；独子无兄弟，归养。"得选兵八万人，进兵击秦军。秦军解去，遂救邯郸，存赵。赵王及平原君自迎公子於界，平原君负韊矢为公子先引[49]。赵王再拜曰："自古贤人未有及公子者也。"当此之时，平原君不敢自比於人。公子与侯生决，至军，侯生果北乡自刭。

魏王怒公子之盗其兵符，矫杀晋鄙，公子亦自知也。已却秦存赵，使将将其军归魏，而公子独与客留赵。赵孝成王德公子之矫夺晋鄙兵而存赵[50]，乃与平原君计，以五城封公子。公子闻之，意骄矜而有自功之色。客有说公子曰："物有不可忘，或有不可不忘。夫人有德於公子，公子不可忘也；公子有德於人，愿公子忘之也。且矫魏王令，夺晋鄙兵以救赵，於赵则有功矣，於魏则未为忠臣也。公子乃自骄而功之，窃为公子不取也。"於是公子立自责，似若无所容者。赵王埽除自迎[51]，执主人之礼，引公子就西阶[52]。公子侧行辞让，从东阶上。自言罪过，以负於魏，无功於赵。赵王侍酒至暮，口不忍献五城，以公子退让也。公子竟留赵。赵王以鄗为公子汤沐邑[53]，魏亦复以信陵奉公子。公子留赵。

公子闻赵有处士毛公藏於博徒[54]，薛公藏於卖浆家[55]，公子欲见两人，两人自匿不肯见公子。公子闻所在，乃间步往从此两人游[56]，甚欢。平原君闻之，谓其夫人曰："始吾闻夫人弟公子天下无双，今吾闻之，乃妄从博徒卖浆者游[57]，公子妄人耳。"夫人以告公子。公子乃谢夫人去，曰："始吾闻平原君贤，故负魏王而救赵，以称平原君[58]。平原君之游，徒豪举耳[59]，不求士也。无忌自在大梁时，常闻此两人贤，至赵，恐不得见。以无忌从之游，尚恐其不我欲也，今平原君乃以为羞，其不足从游[60]。"乃装为去[61]。夫人具以语平原君。平原君乃免冠谢[62]，固留公子。平原君门下闻之，半去平原君归公子，天下士复往归公子，公子倾平原君客。

公子留赵十年不归。秦闻公子在赵，日夜出兵东伐魏。魏王患之，使使往请公子。公子恐其怒之，乃诫门下："有敢为魏王使通者，死。"宾客皆背魏之赵，莫敢劝公子归。毛公、薛公两人往见公子曰："公子所以重於赵，名闻诸侯者，徒以有魏也。今秦攻魏，魏急而公子不恤，使秦破大梁而夷先王之宗庙，公子当何面目立天下乎？"语未及卒，公子立变色，告车趣驾归救魏[63]。

魏王见公子，相与泣，而以上将军印授公子，公子遂将。魏安釐王三十年，公子使使遍告诸侯。诸侯闻公子将，各遣将将兵救魏。公子率五国之兵破秦军於河外[64]，走蒙骜[65]。遂乘胜逐秦军至函谷关[66]，抑秦兵，秦兵不敢出。当是时，公子威振天下，诸侯之客进兵法，公子皆名之[67]，故世俗称《魏公子兵法》。

秦王患之，乃行金万斤於魏[68]，求晋鄙客，令毁公子於魏王曰："公子亡在外十年矣，今为魏将，诸侯将皆属，诸侯徒闻魏公子，不闻魏王。公子亦欲因此时定南面而王，诸侯畏公子之威，方欲共立之。"秦数使反间，伪贺公子得立为魏王未也。魏王日闻其毁，不能不信，后果使人代公子将。公子自知再以毁废，乃谢病不朝，与宾客为长夜饮，饮醇酒，多近妇女。日夜为乐饮者四岁，竟病酒而卒。其岁，魏安釐王亦薨。

秦闻公子死，使蒙骜攻魏，拔二十城，初置东郡[69]。其后秦稍蚕食魏，十八岁而虏魏王[70]，屠大梁。

高祖始微少时[71]，数闻公子贤。及即天子位，每过大梁，常祠公子[72]。高祖十二年，从击黥布还[73]，为公子置守冢五家，世世岁以四时奉祠公子。

太史公曰：吾过大梁之墟，求问其所谓夷门。夷门者，城之东门也。天下诸公子亦有喜士者矣，然信陵君之接岩穴隐者，不耻下交，有以也。名冠诸侯，不虚耳。高祖每过之而令民奉祠不绝也。

【注释】

[1] 魏昭王：名遬，公元前295至公元前277年在位。魏安釐（xī）王：名圉，公元前276年至公元前243年在位。

[2] 薨（hōng）：《礼记·曲礼下》："天子死曰崩，诸侯死曰薨，大夫死曰卒，士曰不禄，庶人曰死。"

[3] 信陵：魏地名，故址在今河南宁陵西。信陵君与齐之孟尝君、赵之平原君、楚之春申君并称战国四公子。

[4] 范雎（suí）：一作范睢，字叔，受魏中大夫须贾、魏相魏齐迫害，改名张禄，入秦为秦昭王相，见《史记·范雎蔡泽列传》。

[5] 大梁：魏国都城，今河南开封。华阳下军：驻守华阳城下的部队。华阳，华阳邑，战国属魏，在今河南新郑北。按，围大梁破华阳军，事在范雎相秦之前，见清梁玉绳《史记志疑》。

[6] 走芒卯：使魏将芒卯逃走。走，使……逃跑。

[7] 仁而下士：仁爱而谦恭地对待贤士。下，降低身份与人交往。

[8] 博：下棋。

[9] 且入界：将要进入魏国边境。

[10] 阴事：秘密事。

[11] 夷门：大梁城东门名。监者：看守城门的人。

[12] 厚遗（wèi）之：送给侯嬴厚礼。遗，给人钱物。

[13] 絜（jié）：洁。

[14] 虚左：空出车的左位。古乘车以左位为尊。

[15] 侯生：侯先生。生，先生之简称。摄：整理。敝衣冠：破旧衣帽。

[16] 市屠：街市屠宰场。

[17] 枉：委屈。过：拜访。

[18] 俾倪（bì nì）：同睥睨，斜视，傲慢的样子。

[19] 微察：暗中察看。

[20] 赞：告，称人之美曰赞，句谓向各位宾客赞扬介绍侯生。一说为把各位宾客赞扬

介绍给侯生。

[21] 为寿：敬酒祝颂。

[22] 为：此作难为解。

[23] 抱关者：抱门插关的人，看门人。关，门栓。

[24] 故不复谢：故意不答谢。一说，故通"固"，坚持，竟然。

[25] "秦昭王"句：秦将白起于赵之长平（今山西高平西北）败赵将赵括，坑杀赵降卒四十馀万，见《史记·廉颇蔺相如列传》。

[26] 赵惠文王：名何，公元前298年至公元前265年在位。平原君：名赵胜。初封于战国时赵地（今山东平原南），故称平原君。

[27] 壁：驻扎。邺：在今河北临漳西南。

[28] 冠盖：冠冕与车盖，代指使者。相属（zhǔ）：相接连，犹络绎不绝。

[29] 让：责备，责问。

[30] 约：置办，凑集。

[31] 辞决：辞诀，告辞诀别。

[32] 勉之矣：努力吧。

[33] 备：周到。

[34] 固知：本来就知道。

[35] 他端：别的办法。

[36] 尚：还。安：何。事：用。句谓，还要宾客干什么呢？

[37] 恨：遗憾。恨之复返，心有遗憾而复还。

[38] 屏（bǐng）：退避，使退避。间（jiàn）语：私下说，乘机说。

[39] 最幸：最受宠信。

[40] 资之三年：悬赏报仇三年。一说，积恨三年。

[41] 五霸之伐：像春秋时代五霸那样的功业。五霸，五个诸侯霸主，一般指齐桓公、晋文公、秦穆公、宋襄公、楚庄王。伐，功劳业绩。

[42] "将在外"二句：语出《孙子·九变》。

[43] 嚄唶（huò zè）宿将：勇悍的老将。嚄唶，大笑大叫，勇悍不羁的样子。

[44] 存：慰问，抚恤。

[45] 北乡：北向，面向北。自刭：自刎。

[46] 矫：假传。

[47] 铁椎（chuí）：瓜状的有柄铁锤。

[48] 勒兵：统制军队。

[49] 负韊（lán）矢：背着装有箭的箭囊。韊，箭袋。

[50] 德：感激。

[51] 埽：通"扫"。

[52] "引公子"句：《礼记·曲礼上》："凡与客入者……主人就东阶，客就西阶。客若降等，则就主人之阶。"下文"侧行"，侧身而行，自谦之意。

[53] 鄗（hào）：赵邑，在今河北柏乡东北。汤沐邑：春秋以前本是天子赐给诸侯来朝时斋戒洁身的地方，这里指供给生活之地。

[54] 处（chǔ）：隐居。处士本指有才德而隐居不仕的人，后亦泛指未做官的人，此指前者。博徒：犹赌徒。

[55] 卖浆：卖酒。毛公、薛公，不详其名。

[56] 间（jiàn）步：悄悄步行，私下步行。游：交游，交往。

[57] 妄：胡乱，随便。下句妄人，无知而胡乱行动的人，荒唐的人。

[58] 称（chèn）：符合，合乎。以称平原君，以符合平原君心意，以使平原君称心如意。

[59] 徒：不过是，只是。豪举：豪侠之人互相称举以自炫耀，意指不务实事，徒造虚名。

[60] 不足从游：不值得与他交往。

[61] 装：动词，整理行装。为去：准备离去。

[62] 免冠谢：摘掉帽子谢罪。免冠为古人赔礼认罪的表示。

[63] 告车：吩咐管理车马的人。趣（cù）：同"促"，催促，赶快。促驾，赶快驾好车马。

[64] "公子"句：信陵君率领魏兵及前来救魏的赵韩齐楚燕军队，在河外大破秦兵。河外，春秋战国时指今河南黄河以南地区。

[65] 走蒙骜：使秦国上卿蒙骜逃跑。

[66] 函谷关：战国秦置函谷关在今河南灵宝东北农涧河畔王垛村。

[67] 名：动词，署名，命名。此指署名。

[68] 行：使用。

[69] 东郡：秦王政五年（前242）置，治所在今河南濮阳西南。

[70] 魏王：指魏王假。

[71] "高祖"句：汉高祖刘邦当初微贱之时。

[72] 祠：祭祀。

[73] 黥（qíng）布：本名英布，秦时因犯法黥面（在犯人脸上刻记号或文字，并涂以墨）而得名。原为楚将，降汉，封淮南王，因谋反，被诱杀。《史记》《汉书》有传。

【题解】

"列传"用来记述人物或集团（如《南越列传》《朝鲜列传》）事迹。本传传主魏公子无忌，其性格特点是"仁而下士"。战国时期喜士者非止一人，而公子异于他人者在于真喜士，能识士。公子结交岩穴隐者都是主动出访，且不是一帆风顺。公子不耻下交，宾客择主而事。这些宾客均非盗名欺世的浮华之辈，他们在危急时刻出谋献策，慷慨捐生，既成就了魏公子的功业，也使公子品格保持了高洁。司马迁《太史公自序》说："能以富贵下贫贱，贤能诎于不肖，唯信陵君能之。"展现了士为知己者用、为知己者死的生动图画。结士的目的，不在为个人争权夺利，而是在列国纷争中抗秦存魏。即使矫令救赵，也是"便国家"之举，后来秦兵攻魏时，赵国出兵救援，正说明公子的远见卓识。信陵君门客三千，身系家国，诸事丛杂，传中只择位卑深隐者描写，以窃符救赵为重点，为线索，结构严谨，笔墨集中。又运用了烘托、对比、细节、心理等描写手法，使人物栩栩如生。身系国家存亡的信陵君能抑强秦，却无奈魏王的昏庸，病酒而死，魏亦遂亡。司马迁饱含感情刻画信陵公子形象，形象中融入了自己的身世之感。据此改编的戏剧小说至今不绝。

【集评】

[1] 信陵君是太史公胸中得意人，故本传亦太史公得意文。（茅坤《史记钞》）

[2] 此传不袭《国策》，是太史公得意之文。公子为人一段，一篇纲领，而"贤"、"多客"三字又此段之纲领。二十年，公子却秦救赵；三十年，公子破秦存魏。存赵正所以存魏，存赵后存魏，而燕韩齐楚相继而获俱存矣。此天下之大机也，故史公特笔大书安釐王某年某年，正见公子之系乎天下安危，非浅鲜也。（唐顺之《精选批点史记》）

[3] 一篇是救赵抑秦两大截，起手将线路一一提清，已后一气贯注。当时秦患已极，六国中公卿将相惟信陵君真能下士，从谏如流，故独能抑秦。救赵正所以抑秦，而非其始能救赵，则后亦不能抑秦也。文二千五百餘字，而"公子"字凡一百四十餘，见极尽慨慕之意。其神理处处秾畅，精采处处焕发，体势处处密栗，态味处处秾郁，极致处处飞舞，节奏处处铿锵。初读之，爱其诸美毕兼，领取无尽；读之既久，便如江心皓月，一片空明。我终不能测其文境之所至矣。（汤谐《史记半解》）

[4] 篇中摹写其下交贫贱，一种虚中折节，自在心性中流出。太史公以秀逸之笔，曲曲传之，不特传其事，而并传其神。迄今读之，犹觉数贤人倾心相得之神，尽心尽策之致，活现纸上，真化工笔也。（李晚芳《读史管窥》）

刺客列传（节录）

荆轲者，卫人也。其先乃齐人，徙于卫，卫人谓之庆卿[1]。而之燕，燕人谓之荆卿[2]。

荆卿好读书击剑，以术说卫元君[3]，卫元君不用。其后秦伐魏，置东郡[4]，徙卫元君之支属于野王[5]。

荆轲尝游过榆次[6]，与盖聂论剑[7]，盖聂怒而目之，荆轲出，人或言复召荆卿。盖聂曰："曩者吾与论剑[8]有不称者[9]，吾目之；试往，是宜去[10]，不敢留。"使使往之主人[11]，荆卿则已驾而去榆次矣。使者还报，盖聂曰："固去也[12]，吾曩者目摄之[13]！"

荆轲游于邯郸[14]，鲁句践与荆轲博[15]，争道[16]，鲁句践怒而叱之，荆轲默而逃去[17]，遂不复会。

荆轲既至燕，爱燕之狗屠及善击筑者高渐离[18]。荆轲嗜酒，日与狗屠及高渐离饮于燕市，酒酣以往[19]，高渐离击筑，荆轲和而歌于市中，相乐也，已而相泣，旁若无人者。荆轲虽游于酒人乎[20]，然其为人沉深好书；其所游诸侯[21]，尽与其贤豪长者相结。其之燕，燕之处士田光先生亦善待之[22]，知其非庸人也。

居顷之，会燕太子丹质秦亡归燕[23]。燕太子丹者，故尝质于赵，而秦王政生于赵[24]，其少时与丹欢。及政立为秦王，而丹质于秦。秦王之遇燕太子丹不善，故丹怨而亡归。归而求为报秦王者，国小，力不能。其后秦日出兵山东以伐齐、楚、三晋[25]，稍蚕食诸侯，且至于燕，燕君臣皆恐祸之至。太子丹患之，问其傅鞠武[26]。武对曰："秦地遍天下，威胁韩、魏、赵氏。北有甘泉、谷口之固[27]，南有泾、渭之沃，擅巴、汉之饶[28]，右陇、蜀之山[29]，左关、崤之险[30]，民众而士厉[31]，兵革有余[32]。意有所出[33]，则长城之南，易水以北[34]，未有所定也[35]。奈何以见陵之怨[36]，欲批其逆鳞哉[37]！"丹曰："然则何由？"对曰："请入图之。"

居有间，秦将樊於期得罪于秦王，亡之燕，太子受而舍之。鞠武谏曰："不可。夫以秦王之暴而积怒于燕，足为寒心[38]，又况闻樊将军之所在乎？是谓'委肉当饿虎之蹊'也[39]，祸必不振矣[40]！虽有管、晏[41]，不能为之谋也。愿太子疾遣樊将军入匈奴以灭口[42]。请西约三晋，南连齐、楚，北购于单于[43]，其后乃可图也。"太子曰："太傅之计，旷日弥久，心惛然[44]，恐不能须臾[45]。且非独于此也，夫樊将军穷困于天下，归身于丹，丹终不以迫于强秦而弃所哀怜之交[46]，置之匈奴，是固丹命卒之时也。愿太傅更虑之。"鞠武曰："夫行危欲求安，造祸而求福，计浅而怨深，连结一人之后交，不顾国家之大害，此所谓'资怨而助祸'矣。夫以鸿毛燎于炉炭之上，必无事矣[47]。且以雕鸷之秦[48]，行怨暴之怒，岂足道哉！燕有田光先生，其为人智深而勇沉[49]，可与谋。"太子曰："愿因太傅而得交于田先生，可乎？"鞠武曰："敬诺。"出见田先生，道"太子愿图国事于先生也。"田光曰："敬奉教。"乃造焉[50]。

太子逢迎，却行为导[51]，跪而蔽席[52]。田光坐定，左右无人，太子避席而请曰[53]：“燕、秦不两立，愿先生留意也。”田光曰：“臣闻骐骥盛壮之时，一日而驰千里，至其衰老，驽马先之。今太子闻光盛壮之时，不知臣精已消亡矣。虽然，光不敢以图国事，所善荆卿可使也。"太子曰："愿因先生得结交于荆卿可乎？"田光曰："敬诺。"即起，趋出。太子送至门，戒曰："丹所报，先生所言者，国之大事也，愿先生勿泄也！"田光俯而笑曰："诺。"偻行见荆卿[54]，曰："光与子相善，燕国莫不知。今太子闻光壮盛之时，不知吾形已不逮也，幸而教之曰，'燕秦不两立，愿先生留意也。'光窃不自外，言足下于太子也，愿足下过太子于宫。"荆轲曰："谨奉教。"田光曰："吾闻之，长者为行，不使人疑之。今太子告光曰，'所言者，国之大事也，愿先生勿泄'是太子疑光也。夫为行而使人疑之，非节侠也。"欲自杀以激荆卿，曰："愿足下急过太子，言光已死，明不言也。"因遂自刎而死。

荆轲遂见太子，言田光已死，致光之言。太子再拜而跪，膝行流涕，有顷而后言曰："丹所以诫田先生勿言者，欲以成大事之谋也。今田先生以死明不言，岂丹之心哉！"荆轲坐定，太子避席顿首曰："田先生不知丹之不肖，使得至前，敢有所道，此天之所以哀燕而不弃其孤也[55]。今秦有贪利之心，而欲不可足也。非尽天下之地，臣海内之王者[56]，其意不厌。今秦已虏韩王[57]，尽纳其地。又举兵南伐楚，北临赵；王翦将数十万之众[58]，距漳、邺[59]，而李信出太原、云中[60]。赵不能支秦[61]，必入臣，入臣则祸至燕。燕小弱，数困于兵，今计举国不足以当秦。诸侯服秦，莫敢合从。丹之私计，愚以为诚得天下之勇士使于秦，窥以重利[62]；秦王贪，其势必得所愿矣。诚得劫秦王，使悉反诸侯侵地，若曹沫之与齐桓公[63]，则大善矣；则不可，因而刺杀之。彼秦大将擅兵于外而内有乱，则君臣相疑，以其间诸侯得合从[64]，其破秦必矣。此丹之上愿，而不知所委命，唯荆卿留意焉。"久之，荆轲曰："此国之大事也，臣驽下[65]，恐不足任使。"太子前顿首，固请毋让，然后许诺。于是尊荆卿为上卿，舍上舍。太子日造门下，供太牢[66]具，异物[67]，间进车骑美女[68]，恣荆轲所欲[69]，以顺适其意。

久之，荆轲未有行意。秦将王翦破赵，虏赵王，尽收入其地，进兵北略地至燕南界。太子丹恐惧，乃请荆轲曰："秦兵旦暮渡易水，则虽欲长侍足下，岂可得哉！"荆轲曰："微太子言，臣愿谒之[70]，今行而毋信[71]，则秦未可亲也[72]。夫樊将军，秦王购之金千斤，邑万家。诚得樊将军首与燕督亢之地图[73]，奉献秦王，秦王必说见臣[74]，臣乃得有以报。"太子曰："樊将军穷困来归丹，丹不忍以已之私而伤长者之意，愿足下更虑之！"

荆轲知太子不忍，乃遂私见樊於期，曰："秦之遇将军可谓深矣，父母宗族皆为戮没。今闻购将军首金千斤，邑万家，将奈何？"於期仰天太息流涕曰：

"於期每念之，常痛于骨髓，顾计不知所出耳！"荆轲曰："今有一言可以解燕国之患，报将军之仇者，何如？"於期乃前曰："为之奈何？"荆轲曰："愿得将军之首以献秦王，秦王必喜而见臣，臣左手把其袖，右手揕其匈[75]，然则将军之仇报，而燕见陵之愧除矣。将军岂有意乎？"樊於期偏袒扼腕而进曰[76]："此臣之日夜切齿腐心也[77]，乃今得闻教！"遂自刭。太子闻之，驰往，伏尸而哭，极哀。既已不可奈何，乃遂盛樊於期首函封之[78]。

于是太子豫求天下之利匕首[79]，得赵人徐夫人匕首，取之百金，使工以药焠之[80]。以试人，血濡缕[81]，人无不立死者。乃装为遣荆卿。燕国有勇士秦舞阳，年十三，杀人，人不敢忤视[82]。乃令秦舞阳为副。荆轲有所待，欲与俱；其人居远未来，而为治行[83]。顷之，未发，太子迟之[84]，疑其改悔，乃复请曰："日已尽矣，荆卿岂有意哉？丹请得先遣秦舞阳。"荆轲怒，叱太子曰："何太子之遣[85]？往而不返者，竖子也[86]！且提一匕首入不测之强秦，仆所以留者，待吾客与俱。今太子迟之，请辞决矣[87]！"遂发。

太子及宾客知其事者，皆白衣冠以送之。至易水之上，既祖[88]，取道，高渐离击筑，荆轲和而歌，为变徵之声，士皆垂泪涕泣。又前而为歌曰："风萧萧兮易水寒，壮士一去兮不复还！"复为羽声慷慨，士皆瞋目，发尽上指冠。于是荆轲就车而去，终已不顾。

遂至秦，持千金之资币物，厚遗秦王宠臣中庶子蒙嘉[89]。嘉为先言于秦王曰："燕王诚振怖大王之威[90]，不敢举兵以逆军吏[91]，愿举国为内臣[92]，比诸侯之列，给贡职如郡县[93]，而得奉守先王之宗庙。恐惧不敢自陈，谨斩樊於期之头，及献燕督亢之地图，函封，燕王拜送于庭，使使以闻大王，惟大王命之[94]。"秦王闻之，大喜，乃朝服，设九宾[95]，见燕使者咸阳宫。荆轲奉樊於期头函，而秦舞阳奉地图柙，以次进。至陛[96]，秦舞阳色变振恐，群臣怪之。荆轲顾笑舞阳，前谢曰："北蕃蛮夷之鄙人[97]，未尝见天子，故振慴，愿大王假借之，使得毕使于前。"秦王谓轲曰："取舞阳所持地图。"轲既取图奏之，秦王发图，图穷而匕首见[98]。因左手把秦王之袖，而右手持匕首揕之。未至身，秦王惊，自引而起[99]，袖绝。拔剑，剑长，操其室[100]。时惶急，剑坚[101]，故不可立拔。荆轲逐秦王，秦王环柱而走。群臣皆愕，卒起不意[102]，尽失其度[103]。而秦法，群臣侍殿上者不得持尺寸之兵；诸郎中执兵皆陈殿下[104]，非有诏召不得上。方急时，不及召下兵，以故荆轲乃逐秦王，而卒惶急，无以击轲，而以手共搏之。是时侍医夏无且以其所奉药囊提荆轲也[105]。秦王方环柱走，卒惶急，不知所为，左右乃曰："王负剑[106]！"负剑，遂拔以击荆轲，断其左股。荆轲废，乃引其匕首以擿秦王[107]，不中，中桐柱[108]。秦王复击轲，轲被八创。轲自知事不就，倚柱而笑，箕踞以骂曰[109]："事所以不成者，以欲生劫之[110]，必得约契以报太子也[111]。"于是左右既前杀轲，秦王不怡者良久。已而论功，赏群臣及当坐者各有差[112]，而赐夏无且黄金二百溢[113]，曰："无且爱我，乃以药囊提荆轲也。"

于是秦王大怒，益发兵诣赵，诏王翦军以伐燕。十月而拔蓟城[114]。燕王喜、太子丹等尽率其精兵东保于辽东。秦将李信追击燕王急，代王嘉乃遗燕王喜书曰[115]："秦所以尤追燕急者，以太子丹故也。今王诚杀丹献之秦王，秦王必解，而社稷幸得血食[116]。"其后李信追丹，丹匿衍水中[117]，燕王乃使使斩太子丹，欲献之秦。秦复进兵攻之。后五年，秦卒灭燕，虏燕王喜。

其明年，秦并天下，立号为皇帝。于是秦逐太子丹、荆轲之客，皆亡。高渐离变名姓，为人庸保[118]，匿作于宋子[119]。久之，作苦，闻其家堂上客击筑，彷徨不能去。每出言曰："彼有善有不善。"从者以告其主，曰："彼庸乃知音，窃言是非。"家丈人召使前击筑[120]，一坐称善，赐酒。而高渐离念久隐畏约无穷时[121]，乃退，出其装匣中筑与其善衣，更容貌而前，举坐客皆惊，下与抗礼[122]，以为上客。使击筑而歌，客无不流涕而去者。宋子传客之[123]，闻于秦始皇。秦始皇召见，人有识者，乃曰："高渐离也。"秦皇帝惜其善击筑，重赦之，乃矐其目[124]。使击筑，未尝不称善。稍益近之，高渐离乃以铅置筑中，复进得近，举筑扑秦皇帝，不中。于是遂诛高渐离，终身不复近诸侯之人。

鲁句践已闻荆轲之刺秦王，私曰："嗟乎！惜哉其不讲于刺剑之术也！甚矣吾不知人也！曩者吾叱之，彼乃以我为非人也[125]！"

太史公曰：世言荆轲，其称太子丹之命，"天雨粟，马生角"也[126]，太过；又言荆轲伤秦王，皆非也。始公孙季功、董生与夏无且游[127]，具知其事，为余道之如是。自曹沫至荆轲五人，此其义或成或不成，然其立意较然[128]，不欺其志，名垂后世，岂妄也哉！

【注释】

[1] 庆卿：庆为齐国大族，荆轲祖先为齐人，或出于庆氏。卿为当时对他人的尊称。

[2] 荆卿：《史记索隐》云："（轲）至卫则改姓'荆'，荆、庆声相近，故随在国而异其号耳。"

[3] 术：剑术。说（shuì）：游说。卫元君：卫国国君。此时卫国已归附魏国，卫元君乃魏王之婿，居濮阳。

[4] 东郡：原为魏地，秦在公元前242年伐魏得其地，设东郡，治在濮阳。

[5] 支属：近亲。野王：春秋时晋邑名，后为秦所取，在今河南沁阳。

[6] 榆次：战国时期赵邑，今属山西。

[7] 盖（gě）聂：人名，当是剑术高明者。论：讲论，有比试之意。

[8] 曩（nǎng）者：以前，此处指刚才。
[9] 不称（chèn）：不相符，不合。
[10] 是：代词，此人。
[11] 使使：派人。主人：客舍主人，房东。
[12] 固：当然，必然。此句谓荆轲技不如人当然得走。
[13] 目摄：以目光震慑之。摄，通"慑"。
[14] 邯郸：战国时赵之都城，今属河北。
[15] 鲁句（gōu）践：人名，亦为精通剑术之人。
[16] 争道：争夺棋盘上的格子。
[17] 嘿：悄悄地。
[18] 筑：一种乐器，"似琴有弦，以竹击之，取以为名"。（《史记索隐》）
[19] 以往：以后。
[20] 游：交往。酒人：酒徒。乎：在此处不用作疑问词，只起停顿作用。
[21] 诸侯：指诸侯之国。
[22] 处士：隐士。
[23] 燕太子丹：燕王喜之子。质秦：在秦作人质。
[24] 政：即后之秦始皇嬴政。
[25] 三晋：指韩、赵、魏三国。因这三国原是晋的世卿，后三分晋国，故称为三晋。
[26] 傅：太傅，负责对太子的教育训导工作。
[27] 甘泉：山名，在今陕西淳化西北。谷口：泾水流出之山口，在今陕西泾阳西北。甘泉、谷口皆秦国边防要塞。
[28] 巴：春秋时国名，地在今重庆附近。后为秦所灭。汉：汉中，在今陕西西南部。
[29] 陇：甘肃南部。蜀：四川西北部。
[30] 关：函谷关。崤：崤山。
[31] 民众：国民众多。士厉：士兵勇敢。
[32] 兵革：兵器和皮制的铠甲，在此泛指军备。
[33] 意有所出：显示出某种意图。
[34] 长城之南，易水以北：此指燕国的全部国土。
[35] 未有所定：不得安宁。
[36] 见陵：被欺负。陵，通"凌"。
[37] 批：反向触击。逆鳞：相传龙的颈下有逆生的鳞片。批逆鳞意为触犯。
[38] 寒心：由于恐惧而心寒胆颤。
[39] 委肉当饿虎之蹊：当时俗语，把肉放在饿虎的必经路上，意谓极其危险。
[40] 不振：无救。振，救。
[41] 管、晏：管仲、晏婴。二人皆春秋时齐国著名政治家。
[42] 灭口：消除秦国入侵燕国的借口。
[43] 购：通"媾"，讲和。单于：匈奴君主称号。

[44] 惛（hūn）然：忧闷烦躁。

[45] 不能须臾：犹言不能再等多久了。

[46] 哀怜：同情。

[47] 无事：完结，毁灭。

[48] 雕鸷：皆凶猛之禽鸟，此喻秦极其凶狠。

[49] 智深：有智慧而不外露。勇沉：勇气潜藏于心。

[50] 造：拜访。

[51] 却行：倒退着行走。导：引导，领路。

[52] 蔽席：为客人拂拭座席以示尊敬。

[53] 避席：离开自己的座席，表示尊敬。

[54] 偻行：躬腰而行显其老态。偻，脊背弯曲。

[55] "此天之"句：意为老天可怜燕国，而没有抛弃我。"孤"是太子丹的自称。

[56] "臣海内"句：使海内的诸侯都向他称臣。

[57] 韩王：韩国最末一个国君，名安，公元前230年被秦俘虏。

[58] 王翦：秦名将。

[59] 距：抵达。漳、邺：漳水和邺城，在今河北临漳与河南安阳之间，战国时属赵南境。

[60] 李信：秦将。太原：原为赵地，秦占后设太原郡，地在今山西太原西南。云中：原为赵地，秦于此设云中郡，地在今内蒙古托克托。此句意为李信自太原、云中出兵以攻赵。

[61] 支：抵御。

[62] 窥以重利：以重利引诱之。窥，示之。

[63] "若曹沫"句：曹沫曾为鲁将，鲁兵败于齐，鲁庄公献地以求和。在鲁庄公和齐桓公结盟之时，曹沫手持匕首劫持齐桓公，齐桓公被迫归还鲁国的土地。（事见《史记·刺客列传》）

[64] 以其间（jiàn）：趁着他们内乱的机会。间，间隙。

[65] 驽下：愚笨而低下。

[66] 太牢：古时以牛、羊、豕各一组成的祭品，等级最高。此处指同时具备牛、羊、豕的筵席。

[67] 异物：珍稀之物。

[68] 间：间隔，此处指每隔一段时日。

[69] 恣：听凭。

[70] "微太子"二句：即使太子不说，我也要告诉您。微，无。谒，请，告。

[71] 毋信：没有信物。

[72] 未可亲：不可接近。

[73] 督亢：燕国膏腴之地，在今河北涿县、定兴、固安一带。

[74] 说：同"悦"。

[75] 揕（zhèn）：刺。匈：同"胸"。

[76] 偏袒：脱下一只衣袖，露出臂膀。扼腕：用手捏着另一只手腕。此句所说是古人发愤起誓时常有之动作。

[77] 腐心：心碎。形容日夜焦虑忧愁。

[78] 函封：以木盒将其头颅封藏起来。

[79] 豫求：预先访求。

[80] 以药淬之：将匕首放入火中重新锻造，然后在有毒药的水中淬火，使匕首含有剧毒。

[81] 濡缕：《史记集解》曰："人血出，足以沾濡丝缕，便立死也。"

[82] 忤视：以不顺从的眼光相视。忤，逆。

[83] 治行：置办行装。

[84] 迟之：责怪荆轲延迟行期。

[85] 何太子之遣：太子怎么这样驱遣人呢？

[86] "往而"二句：荆轲意谓凡事当出万全，岂能为竖子之行，一往而不顾哉（郭嵩焘说）。竖子，对人的蔑称，犹言"小子"。

[87] 辞决：告别。决，同"诀"。

[88] 祖：祭路神的仪式。古人在出行前为求顺利而常举行此仪式。

[89] 中庶子：秦官名，太子属官，秩六百石，负责管理宫中及诸吏的嫡庶谱牒。

[90] 振怖：战栗、恐惧。

[91] 逆：迎。此处指举兵抵抗。

[92] 举国为内臣：率领全国俯首称臣。

[93] 给贡职：三字皆供应之意，即承担徭役、交纳贡赋等职责。

[94] 惟大王命之：听从大王的命令。

[95] 九宾：即"九傧"。设九个傧相依次传呼，以示朝威隆重。

[96] 陛：殿前的台阶。

[97] 北蕃：北方的藩属之国。蕃，同"藩"。蛮夷：中原对周边少数民族的鄙称，此是自谦之词。

[98] 图穷：地图完全展开。见：同"现"。

[99] 引：站起。

[100] 室：剑鞘。

[101] 坚：紧。

[102] 卒（cù）起不意：事发猝然，出人意外。卒，同"猝"。

[103] 度：常态。

[104] 郎中：宫中卫士。

[105] 提：投击。

[106] 负剑：将剑鞘自腰间推至背上。因剑甚长，在腰间不易拔出，故众臣如此提醒秦王，使其易拔。

[107] 引：举。摘：同"掷"，投掷。

[108] 桐：同"铜"。

[109] 箕踞：两腿外伸而坐，如簸箕状。此为随意而对人不尊重的姿势。

[110] 生劫：活捉。

[111] 约契：约定。此句意指欲得到秦王返还诸侯土地的诺言。

[112] 当坐者：有罪当处罚者。

[113] 溢：同"镒"。一镒当二十两，一说四十两。

[114] 蓟城：燕国都城，在今之北京市。**拔蓟城事在公元前 226 年。**

[115] 代王嘉：即赵公子嘉，悼襄王的嫡子。据《史记·赵世家》："……悼襄王废适（嫡）子嘉而立（赵王）迁……秦既虏迁，赵之亡大夫，共立嘉为王，王代六岁。秦进兵破嘉，遂灭以为郡。"

[116] 社稷：土神和谷神，引申为国家。血食：宰杀牺牲以祭祀之，称为血食。此句意为国家得以保存。

[117] 衍水：在今辽宁沈阳附近，今名太子河。

[118] 庸保：仆佣。

[119] 匿作：隐名埋姓地劳作。宋子：地名。原为赵邑，治在今河北赵县北 12 公里。

[120] 家丈人：主人，东家。

[121] 畏约：谨小慎微地过着贫困的生活。约，俭约，贫穷。

[122] 抗礼：平等地行礼。

[123] 传客之：轮流着招待他。传，轮流。

[124] 矐（huò）：熏瞎。《史记索隐》云："说者云，以马屎矐，令失明。"

[125] 非人：非我辈之人。

[126] "天雨粟"二句：《燕丹子》："丹求归，秦王曰：'乌头白，马生角，乃许耳。'丹乃仰天叹，乌头即白，马亦生角。"汉初流传此说法。

[127] 公孙季功：人名，馀未详。董生：董仲舒，武帝时著名儒生。

[128] 较然：显明的样子。

【题解】

《刺客列传》共载录春秋战国时五名刺客的事迹，分别是鲁之曹沫、吴之专诸、晋之豫让、轵地之聂政和燕之荆轲。这里节选的是有关荆轲的部分。荆轲的故事是全传的主体部分，全传五千多字中，荆轲事迹占有三千多字。荆轲刺秦表现出的见义勇为、扶助弱小、不畏强暴、不怕牺牲的精神，是作者所赞赏的。传记中不仅写了荆轲的从容镇静，勇气超人，还写了如田光、高渐离等的侠肝义胆、奋不顾身。全篇充溢着慷慨激昂之气。

【集评】

[1] 刺客是在天壤间第一种激烈人，《刺客传》是《史记》中第一种激烈文字，故至今浅读之而须眉四照，深读之则刻骨十分。史公遇一种题，便成一种文字，所以独雄千古。（吴见思《史记论文》）

[2] 荆轲逐秦王一段，本可整齐叙之，偏用极历乱之笔；亦本可简约叙之，偏用极详细之笔。盖不历乱则情景之仓皇扰乱不见，不详细则事迹之节次曲折不出，节次曲折出则情景之仓皇遽见。极详细处正其极历乱处，极历乱处正其极整齐处也。（牛运震《史记评注》）

[3] 史公之传刺客，为荆卿也，而深惜其事不成，其文迷离开合，寄意无穷。（郭嵩焘《史记札记》）

李将军列传

李将军广者，陇西成纪人也[1]。其先曰李信[2]，秦时为将，逐得燕太子丹者也。故槐里[3]，徙成纪。广家世世受射[4]。孝文帝十四年，匈奴大入萧关[5]，而广以良家子从军击胡[6]，用善骑射，杀首虏多，为汉中郎[7]。广从弟李蔡亦为郎[8]，皆为武骑常侍[9]，秩八百石。尝从行，有所冲陷折关及格猛兽[10]，而文帝曰："惜乎，子不遇时！如令子当高帝时，万户侯岂足道哉！"

及孝景初立，广为陇西都尉[11]，徙为骑郎将[12]。吴楚军时[13]，广为骁骑都尉[14]，从太尉亚夫击吴楚军[15]，取旗，显功名昌邑下[16]。以梁王授广将军印，还，赏不行[17]。徙为上谷太守[18]，匈奴日以合战[19]。典属国公孙昆邪为上泣曰[20]："李广才气，天下无双，自负其能，数与虏敌战，恐亡之[21]。"於是乃徙为上郡太守[22]。后广转为边郡太守，徙上郡[23]。尝为陇西、北地、雁门、代郡、云中太守[24]，皆以力战为名。

匈奴大入上郡，天子使中贵人从广勒习兵击匈奴[25]。中贵人将骑数十纵[26]，见匈奴三人，与战。三人还射，伤中贵人，杀其骑且尽。中贵人走广[27]。广曰："是必射雕者也。"广乃遂从百骑往驰三人。三人亡马步行，行数十里。广令其骑张左右翼，而广身自射彼三人者，杀其二人，生得一人，果匈奴射雕者也。已缚之上马，望匈奴有数千骑，见广，以为诱骑，皆惊，上山陈[28]。广之百骑皆大恐，欲驰还走。广曰："吾去大军数十里，今如此以百骑走，匈奴追射我立尽。今我留，匈奴必以我为大军诱之，必不敢击我。"广令诸骑曰："前！"前未到匈奴陈二里所[29]，止，令曰："皆下马解鞍！"其骑曰："虏多且近，即有急，奈何？"广曰："彼虏以我为走，今皆解鞍以示不走，用坚其意。"于是胡骑遂不敢击。有白马将出护其兵，李广上马与十余骑奔射杀胡白马将,而复还至其骑中,解鞍,令士皆纵马卧。是时会暮,胡兵终怪之,不敢击。夜半时,胡兵亦以为汉有伏军于旁欲夜取之,胡皆引兵而去。平旦,李广乃归其大军。大军不知广所之,故弗从。

居久之,孝景崩,武帝立,左右以为广名将也,于是广以上郡太守为未央卫尉[30],而程不识亦为长乐卫尉,程不识故与李广俱以边太守将军屯[31]。及出击胡,而广行无部伍行陈[32],就善水草屯[33],舍止[34],人人自便,不击刀斗以自卫[35],莫府省约文书籍事[36],然亦远斥侯[37],未尝遇害。程不识正部曲行伍营陈[38],击刀斗,士吏治军簿至明[39],军不得休息,然亦未尝遇害。不识曰:"李广军极简易,然虏卒犯之,无以禁也[40];而其士卒亦佚乐[41],咸乐为之死。我军虽烦扰,然虏亦不得犯我。"是时汉边郡李广、程不识皆为名将,然匈奴畏李广之略[42],士卒亦多乐从李广而苦程不识。程不识孝景时以数直谏为太中大夫[43]。为人廉,谨于文法[44]。

后汉以马邑城诱单于,使大军伏马邑旁谷,而广为骁骑将军,领属护军将军。是时,单于觉之,去,汉军皆无功[45]。其后四岁,广以卫尉为将军,出雁门击匈奴[46]。匈奴兵多,破败广军,生得广。单于素闻广贤,令曰:"得李广必生致之[47]。"胡骑得广,广时伤病,置广两马间,络而盛卧广[48]。行十余里,广详死[49],睨其旁有一胡儿骑善马,广暂腾而上胡儿马[50],因推堕儿,取其弓,鞭马南驰数十里,复得其余军,因引而入塞[51]。匈奴捕者骑数百追之,广行取胡儿弓[52],射杀追骑,以故得脱。于是至汉,汉下广吏[53]。吏当广所失亡多[54],为虏所生得,当斩,赎为庶人。

顷之,家居数岁[55]。广家与故颍阴侯孙屏野居蓝田南山中射猎[56]。尝夜从一骑出,从人田间饮[57]。还至霸陵亭[58],霸陵尉醉,呵止广。广骑曰:"故李将军。"尉曰:"今将军尚不得夜行,何乃故也!"止广宿亭下。居无何,匈奴入杀辽西太守[59],败韩将军[60],后韩将军徙右北平[61]。于是天子乃召拜广为右北平太守。广即请霸陵尉与俱,至军而斩之。

广居右北平,匈奴闻之,号曰"汉之飞将军",避之数岁,不敢入右北平。

广出猎,见草中石,以为虎而射之,中石没镞[62],视之石也。因复更射之,终不能复入石矣。广所居郡闻有虎,尝自射之。及居右北平射虎,虎腾伤广,广亦竟射杀之。

广廉,得赏赐辄分其麾下[63],饮食与士共之。终广之身,为二千石四十余年,家无余财,终不言家产事。广为人长,猿臂[64],其善射亦天性也,虽其子孙他人学者,莫能及广。广讷口少言[65],与人居则画地为军陈,射阔狭以饮[66]。专以射为戏,竟死[67]。广之将兵,乏绝之处,见水,士卒不尽饮,广不近水,士卒不尽食,广不尝食。宽缓不苛,士以此爱乐为用。其射,见敌急,非在数十步之内,度不中不发,发即应弦而倒。用此,其将兵数困辱,其射猛兽亦为所伤云。

居顷之,石建卒[68],于是上召广代建为郎中令。元朔六年,广复为后将军[69],从大将军军出定襄[70],击匈奴。诸将多中首虏率[71],以功为侯者,而广军无功。后二岁,广以郎中令将四千骑出右北平,博望侯张骞将万骑与广俱[72],异道。行可数百里,匈奴左贤王将四万骑围广[73],广军士皆恐,广乃使其子敢往驰之[74]。敢独与数十骑驰,直贯胡骑[75],出其左右而还,告广曰:"胡虏易与耳[76]。"军士乃安。广为圜陈外向[77],胡急击之,矢下如雨。汉兵死者过半,汉矢且尽。广乃令士持满毋发,而广身自以大黄射其裨将[78],杀数人,胡虏益解[79]。会日暮,吏士皆无人色,而广意气自如,益治军[80]。军中自是服其勇也。明日,复力战,而博望侯军亦至,匈奴军乃解去。汉军罢[81],弗能追。是时广军几没,罢归。汉法,博望侯留迟后期,当死,赎为庶人。广军功自如[82],无赏。

初,广之从弟李蔡与广俱事孝文帝。景帝时,蔡积功劳至二千石。孝武帝时,至代相[83]。以元朔五年为轻车将军[84],从大将军击右贤王[85],有功中率,封为乐安侯[86]。元狩二年中,代公孙弘为丞相[87]。蔡为人在下中[88],名声出广下甚远,然广不得爵邑[89],官不过九卿[90],而蔡为列侯,位至三公[91]。诸广之军吏及士卒或取封侯。广尝与望气王朔燕语[92],曰:"自汉击匈奴而广未尝不在其中,而诸部校尉以下[93],才能不及中人,然以击胡军功取侯者数十人,而广不为后人[94],然无尺寸之功以得封邑者,何也[95]?岂吾相不当侯邪[96]?且固命也[97]?"朔曰:"将军自念,岂尝有所恨乎[98]?"广曰:"吾尝为陇西守,羌尝反[99],吾诱而降,降者八百余人,吾诈而同日杀之。至今大恨独此耳。"朔曰:"祸莫大于杀已降,此乃将军所以不得侯者也。"

后二岁,大将军、骠骑将军大出击匈奴[100],广数自请行[101],天子以为老,弗许;良久乃许之,以为前将军。是岁,元狩四年也。

广既从大将军青击匈奴,既出塞,青捕虏知单于所居,乃自以精兵走之[102],而令广并于右将军军[103],出东道。东道少回远[104],而大军行水草少,其势不屯行[105]。广自请曰:"臣部为前将军,今大将军乃徙令臣出东道,且臣结发而与匈奴战[106],今乃一得当单于[107],臣愿居前,先死单于[108]。"大将军青亦阴受上诫,以为李广老,数奇[109],毋令当单于,恐不得所欲[110]。而是时公孙敖新失侯[111],为中将军从大将军,大将军亦欲使敖与俱当单于,故徙前将军广[112]。广时知之,固自辞于大将军[113]。大将军不听,令长史封书与广之莫府[114],曰:"急诣部,如书[115]。"广不谢大将军而起行[116],意甚愠怒而就部,引兵与右将军食其合军出东道。军亡导[117],或失道[118],后大将军。大将军与单于接战，单于遁走，弗能得而还。南绝幕[119]，遇前将军、右将军。广已见大将军，还入军。大将军使长史持糒醪遗广[120]，因问广、食其失道状，青欲上书报天子军曲折。广未对，大将军使长史急责广之幕府对簿[121]。广曰："诸校尉无罪，乃我自失道。吾今自上簿。"

至莫府，广谓其麾下曰："广结发与匈奴大小七十余战，今幸从大将军出接单于兵，而大将军又徙广部行回远，而又迷失道，岂非天哉！且广年六十余矣，终不能复对刀笔之吏[122]。"遂引刀自刭。广军士大夫一军皆哭。百姓闻之，知与不知，无老壮皆为垂涕。而右将军独下吏，当死，赎为庶人。

广子三人，曰当户、椒、敢，为郎[123]。天子与韩嫣戏[124]，嫣少不逊[125]，当户击嫣，嫣走。于是天子以为勇。当户早死，拜椒为代郡太守，皆先广死。当户有遗腹子名陵。广死军时，敢从骠骑将军。广死明年，李蔡以丞相坐侵孝景园墙地[126]，当下吏治，蔡亦自杀，不对狱[127]，国除[128]。李敢以校尉从骠骑将军击胡左贤王，力战，夺左贤王鼓旗，斩首多，赐爵关内侯[129]，食邑二百户，代广为郎中令。顷之，怨大将军青之恨其父[130]，乃击伤大将军，大将军匿讳之。居无何，敢从上雍[131]，至甘泉宫猎[132]。骠骑将军去病与青有亲[133]，射杀敢。去病时方贵幸，上讳云鹿触杀之[134]。居岁余，去病死。而敢有女为太子中人[135]，爱幸，敢男禹有宠于太子，然好利，李氏陵迟衰微矣[136]。

李陵既壮[137]，选为建章监[138]，监诸骑。善射，爱士卒。天子以为李氏世将，而使将八百骑。尝深入匈奴二千余里，过居延视地形[139]，无所见虏而还。拜为骑都尉[140]，将丹阳楚人五千人[141]，教射酒泉、张掖以屯卫胡[142]。

数岁，天汉二年秋，贰师将军李广利将三万骑击匈奴右贤王于祁连天山[143]，而使陵将其射士步兵五千人出居延北可千余里，欲以分匈奴兵，毋令专走贰师也。陵既至期还[144]，而单于以兵八万围击陵军。陵军五千人，兵矢既尽[145]，士死者过半，而所杀伤匈奴亦万余人。且引且战[146]，连斗八日，还未到居延百余里，匈奴遮狭绝道[147]，陵食乏而救兵不到，虏急击招降陵。陵曰："无面目报陛下。"遂降匈奴。其兵尽没，余亡散得归汉者四百余人。

单于既得陵，素闻其家声，及战又壮，乃以其女妻陵而贵之。汉闻，族陵母妻子。自是之后，李氏名败，而陇西之士居门下者皆用为耻焉。

太史公曰：《传》曰"其身正，不令而行；其身不正，虽令不从[148]"。其李将军之谓也？余睹李将军悛悛如鄙人[149]，口不能道辞。及死之日，天下知与不知，皆为尽哀。彼其忠实心诚信于士大夫也！谚曰"桃李不言，下自成蹊"。此言虽小，可以喻大也。

【注释】

[1] 陇西：郡名，治所在狄道县（今甘肃临洮）。成纪：治所在今甘肃静宁西南。

[2] 先：祖先。李信追获太子丹事，见《刺客列传》。

[3] 故槐里：原籍槐里（治所在今陕西兴平东南南佐村）。

[4] 受：学习。射：射箭。

[5] 萧关：在今宁夏固原东南。

[6] 良家子：家世清白人家的子弟。汉制兵源有二：一为普通百姓，一为因罪被贬谪守边的囚徒。前者即为良家子。

[7] "用善"三句：因为善于骑马射箭，斩杀敌人首级及俘虏敌人甚多，做了朝廷的中郎官。中郎，郎中令属官，简称"郎"，掌守门户，出充车骑，秩（俸禄的等级）比六百石。

[8] 从弟：堂弟。

[9] 武骑（jì）常侍：亦称常侍武骑，皇帝的近侍护卫之一，多以郎官为之，西汉为加官。

[10] "尝从行"二句：李广曾随皇帝出行，常有冲锋陷阵、抵御敌人及格杀猛兽的事。冲，冲锋；陷，陷阵；折关，抵御、阻挡；格，格斗。

[11] 都尉：协助太守掌管军事、维护治安的郡军事长官，秩比二千石。

[12] 骑郎将：骑马护从皇帝的郎官叫骑郎，管领骑郎的官叫骑郎将、骑将。

[13] 吴楚军时：吴楚用兵之时。指景帝三年吴楚等七国起兵叛乱，事见《史记·吴王濞列传》。

[14] 骁骑（jì）都尉：武官名，统领骁骑的都尉。骁骑为勇猛的骑兵。

[15] 太尉：西汉初为武将最高称号之一，秩万石。亚夫：周亚夫，事见《史记·绛侯周勃世家》。

[16] 昌邑：县名，当时为梁国要邑，在今山东巨野县南。下：城下。李广取敌旗于此城下，故云"显功名"。

[17] "以梁王"三句：李广在梁地作战有功，身为汉将却接受梁孝王刘武（文帝次子、景帝同母弟）授予的将军印，有违汉法，功不抵过，故还军后没有给予封赏。

[18] 上谷：郡名，治所在沮阳（今河北怀来东南）。

[19] 日以合战：每天来与李广交战。合，交锋，交战。

[20] 典属国：官名，主管向汉称臣的诸归附少数民族事务，秩二千石。公孙昆（hún）邪（yé）：人名，姓公孙名昆邪。为上泣：向皇帝（景帝）哭泣。

[21] 数（shuò）：屡次。亡之：失去李广。

[22] 上郡：治所在肤施（今陕西榆林东南）。

[23] "后广"二句：此为插叙语，言李广迁移上郡之前，曾历转沿边诸郡太守，然后才徙任上郡太守。

[24] 北地：治所在义渠（今甘肃庆阳西南）。雁门：治所在善无县（今山西右玉东南）。代郡：治所在代县（今河北蔚县西南）。云中：治所在云中（今内蒙古托克托东北）。

[25] 天子：指汉景帝。中贵人：在中而贵幸之人，指受宠的宦官。勒：约束，指受李广约束。习兵：习练军事。

[26] "将（jiāng）骑（jì）"句：率领数十骑兵，纵马驰骋。

[27] 走广：跑到李广处。

[28] 上山陈：上山列阵。陈，通"阵"。

[29] 所：许，约略之词。二里所，二里左右。

[30] 未央卫尉：未央宫禁卫军长官。

[31] "程不识"句：程不识和李广从前都任边郡太守并兼管军队驻防。将，率领，管理。

[32] 广行：李广行军。部伍：部队的编制。司马贞索隐引《汉百官志》说："将军领军皆有部曲。大将军营五部，部校尉一人；部下有曲，曲有军候一人。"行（háng）陈：行列阵势。

[33] "就善"句：靠近有好水草的地方驻扎军队。

[34] 舍止：停宿之时。

[35] 刀斗：即刁斗。军中铜制器具，昼以炊饭食（能容一斗粮食），夜则敲以巡行。

[36] "莫（mù）府"句：其府署简化各种文书簿籍事项。莫府，即幕府，本指将帅在外的营帐，后泛指军政大吏的部署。

[37] 远斥候：在远处布置侦察兵。斥候，侦察，侦察敌情的哨兵。

[38] 正：使……正规。句谓程不识严格按规定要求部队的编制、行军队列、驻营阵势。

[39] 至明：极为清楚。一说为到天亮。

[40] "然虏"二句：即使敌人突然侵犯李广部队，也不能阻止他这样做。卒（cù），同"猝"，突然。禁，制止，阻止。

[41] 佚（yì）乐：逸乐，安逸快乐。

[42] 略：谋略。

[43] 太中大夫：侍从皇帝左右，掌顾问应对、参谋议政等事，秩比千石。

[44] 谨于文法：严守朝廷的条文法令。

[45] "后汉"八句：汉武帝元光二年（前133）用马邑人聂壹计，由聂骗匈奴单于，说能斩马邑令、丞，以城降。单于信以为真，率十万大军前往取城，发现汉有伏兵，于是引兵而还，汉军追之不及。详见《史记·韩长孺列传》。马邑，县名，治所在今山西朔县。领属，受统领，言骁骑将军李广受护军将军韩安国统领。

[46] 雁门：雁门山，在今山西代县北。

[47] 生致之：活着送到单于处。

[48] "置广"二句：把李广放在两匹马之间用绳子结成的网络中，让他躺着。盛（chéng），装。

[49] 详（yáng）：通"佯"，伪装。

[50] 暂：突然。

[51] 入塞：指进入雁门关。
[52] 捕者：追捕逃跑的人。行取：边行边拿取。
[53] 下广吏：把李广交给执法官审问。
[54] 当（dàng）：判决。失亡多：损失兵员太多。
[55] 顷之：不久。句谓转眼间李广已闲居数年。
[56] "广家"句：李广家与已故的颍阴侯灌婴的孙子灌强，退隐田园，常到蓝田县南山中打猎。屏（bǐng），隐藏，隐退；野，田野，田园；蓝田，今属陕西；南山，在蓝田境内，也叫终南山。
[57] 从人田间饮：同别人一起在田间喝酒。
[58] 霸陵：汉文帝的陵墓，其他设霸陵县，治所在今陕西西安东北，设驿亭以护陵墓，县尉兼任驿亭长官。
[59] 辽西：治所在今辽宁义县西。
[60] 韩将军：韩安国。杀辽西太守、败韩安国，事见《史记·韩长孺列传》。
[61] 右北平：郡名，治所在今北京密云东北。
[62] 中（zhòng）：箭射着目标。没（mò）镞（zú）：箭头陷入石内。
[63] 麾（huī）下：部下。
[64] 猿臂：像长臂猿那样臂长且灵活。
[65] 讷（nè）口：没有口才，不善言谈。
[66] "与人居"二句：平时与人闲居，在地上画出许多宽窄不等的行列，从高处射之，射中窄行且箭直立者为胜，否则为输，输则罚饮酒，箭不直立、中宽行或行外者罚酒数量不等。军陈（zhèn），指所画行列。
[67] "专以"二句：专以射箭为游戏，一直到死。
[68] 石建：汉武帝时为郎中令。郎中令为郎中长官，掌宫廷戍卫，侍从皇帝左右，参与谋议，凡郎官皆属之。
[69] 后将军：与前、左、右将军并为上卿。前将军率领先锋部队。
[70] "从大"句：跟着大将军卫青的军队，从定襄出塞讨伐匈奴。大将军，高级军事统帅，遇有战争，临时委任统兵，事毕即罢。定襄，郡名，治所在今内蒙古和林格尔县西北土城子。
[71] 中（zhòng）首虏率：斩俘敌人首级足数，合于军中律令。中，符合；首虏，斩杀俘获敌人，率，同"律"，军律。
[72] 张骞：汉中（今属陕西）人，因出使西域，封博望侯。《史记·卫将军骠骑列传》有传。博望，县名，治所在今河南方城西南。
[73] 左贤王：匈奴单于下设左右贤王，贵左，左贤王为单于手下最高官职。
[74] "广乃"句：李广就派他的儿子李敢驰往匈奴军中。
[75] 直贯胡骑：一直穿过匈奴围兵。
[76] 易与：容易对付。
[77] 圜（yuán）陈外向：列成圆阵，面向外。

两 汉 部 分

[78] 大黄：弓箭名，兽角制的大型黄色弓弩，可发连珠箭。裨（pí）将：副将，偏将。

[79] 益解：渐渐散开。

[80] 益治军：更加注意整顿军队。

[81] 罢（pí）：同"疲"。

[82] 广军功自如：李广功过相当，不赏不罚。如，当。

[83] 代相：代国丞相。代郡，治所在今河北蔚县西南，曾一度改为侯国。

[84] 轻车将军：杂号将军之一。

[85] 大将军：指卫青。

[86] 乐安：县名，在今山东博兴北。

[87] 公孙弘：字季，任丞相，封平津侯。事见《史记·平津侯主父列传》。

[88] 下中：汉代论人品分为九等，上上、上中、上下、中上、中中、中下、下上、下中、下下。下中，即下等之中，属第八等。

[89] 爵邑：李广未封侯，故无爵位和封邑。

[90] 九卿：汉代以太常、光禄勋、卫尉、太仆、廷尉、宗正、大司农、少府、鸿胪为九卿。李广只做到卫尉、郎中令，故云官不过九卿。

[91] 三公：汉代以丞相、太尉、御史大夫为三公。

[92] 望气：观察云气以测吉凶，是古代方士的一种占候术。王朔：当时有名的望气家。燕语：私下闲谈。燕，私。

[93] 校尉：次于将军的统兵武官。

[94] 不为后人：不是落后于人的人。

[95] "然无"二句：然而我却没有因为这些微小的功劳取得封邑，这是为什么？

[96] 相：骨相，面相。

[97] 且：还是。固：本来。命：命运，命该如此。

[98] 恨：遗憾。有所恨，有遗憾的事。

[99] 羌：古代西部少数民族之一，汉时居住在陇西一带。

[100] 大将军：指卫青。骠骑将军：指霍去病。

[101] 数（shuò）：多次。自请行：自动请求随军征讨匈奴。

[102] "自以"句：卫青亲自领精兵追赶单于。走，追逐。

[103] 右将军：指赵食（yì）其（jī）。

[104] 少：通稍。少回远，稍稍有些迂回绕远。

[105] 屯行：驻扎不行。屯，驻扎。是说卫青所走路线水草少，其势不宜停驻，必然加速前进。

[106] 结发：束发，古代男子二十岁时结发于顶，戴冠。

[107] "今乃"句：是说今天才得到一次与单于对敌的机会。当（dàng），对敌，抵当。

[108] 先死单于：先同单于决一死战，先拼死而战单于。

[109] 数奇（jī）：命运不好。数，定数，命运。奇，单数，古人认为单数为凶，偶数为吉。

[110] 恐不得所欲：恐怕不能达到我们的愿望（指活捉单于）。

[111] 公孙敖：与卫青友好，曾救卫青于死难中。以击匈奴有功，封合骑侯。元狩二年因击匈奴畏怯当斩，赎免为庶人。见《史记·卫将军骠骑列传》。按，公孙敖从卫青出征时为校尉，见《汉书·公孙敖传》，非为中将军。中将军，与前、后、左、右将军职位相同。

[112] "大将军"二句：大将军卫青也想让公孙敖与自己一起抵敌单于，使之有功封侯，所以把前将军李广调并入右将军军中。徙，调动。

[113] 固：坚决。辞：辞免，指拒绝调动。

[114] 长史：为所在官署掾属之长，此即指管理大将军幕府事务的官员。

[115] 急诣部，如书：赶快到右将军军部去，照文书上的命令执行。诣，往。

[116] 谢：辞别。

[117] 亡导：没有向导。

[118] 或失道：有时迷失道路。

[119] 南绝幕（mò）：横穿沙漠南还。绝，横渡。幕，同"漠"。

[120] 糒（bèi）：干粮。醪（láo）：浊酒。遗（wèi）：赠送。

[121] 对簿：受审。簿，狱辞的文书，犹今之起诉状，受审时据状核对事实。下文"上簿"，见上级亲自对簿。

[122] 刀笔吏：掌文书的官吏。古时记事于竹简，有误则以刀削之。以笔书写，以刀削误。含有"添减从心，舞文弄法"的意思。

[123] 为郎：做郎官。

[124] "天子"句：汉武帝与韩嫣戏耍。韩嫣，韩王信的儿子，武帝的弄臣，后被太后赐死，事见《史记·佞幸列传》。

[125] 少不逊：稍稍有些放肆。不逊，不礼貌。

[126] "李蔡"句：李蔡以丞相之位侵占景帝陵园神道外的空地而获罪。坐，因犯……罪。壖（ruán）地，边缘空地。此指神道外边的空地。陵前通至陵墓有大道，道旁植树、立碑，称为神道。

[127] 对狱：与狱吏对质，对簿受审。

[128] 国除：撤除李蔡的侯国封邑。

[129] 关内侯：关指函谷关，汉都长安在关内。内侯的封号而无国邑，居于京畿，称关内侯。低于列侯一等。

[130] 恨其父：使其父饮恨而死，害死其父。

[131] 从：随从。上：皇帝。雍：到雍县（在今陕西凤翔南）。

[132] 甘泉宫：本为秦宫，为汉武帝游猎避暑之地，在今陕西淳化西北甘泉山上。

[133] "骠骑"句：霍去病是卫青的外甥。

[134] "上讳"句：皇帝隐瞒事实，说李敢是被鹿撞死的。

[135] 太子：指武帝长子刘据，后被废，自杀。中人：没有位号的宫中姬妾。
[136] 陵迟：衰败。
[137] 壮：古人三十曰壮。
[138] 建章监（jiàn）：守卫建章宫的羽林军长官。建章宫，在长安城外未央宫西。
[139] 居延：居延海，在今内蒙古额济纳旗北境，原为一湖，后淤塞为三海子。
[140] 骑都尉：掌管御林军的高级军官，俸二千石。
[141] 丹阳：郡名，治所在宛陵县（今安徽宣城），旧属楚地。
[142] 酒泉、张掖：今均属甘肃。
[143] 贰师将军：汉遣李广利攻大宛贰师城（今吉尔吉斯斯坦南部马尔哈马特）夺取名马，拜为贰师将军。见《史记·大宛列传》。祁连天山：即祁连山。
[144] 既至期还：已经到了约定日期，要撤兵返回了。
[145] 兵矢：箭名，此泛指箭。
[146] 引：退避。
[147] 遮狭绝道：拦住山谷，断了李陵归路。狭，窄，指狭隘山谷。
[148] 传：指《论语》，下引四句见《论语·子路》。
[149] 悛（xún）悛：恭谨厚道的样子。鄙人：乡下人，山野之人。

【题解】

　　本传记述了李广家族的兴衰，主要写的是传主李广。《太史公自序》说李广"勇于当敌，仁爱士族，号令不烦，师徒乡之"，道出了李广形象的主要方面。李广有神奇的骑射绝技、惊人的勇毅、出众的智略、卓越的带兵才能，也有着仁厚、忠实、廉洁的品格，可谓"天下无双"。然而"数奇"，坎坷一生。不仅战功卓著未被封侯，甚至也未能善终。更憾恨的是他没能死在锋镝如织的战场，却死于朝廷勾心斗角的内讧，不堪羞辱，饮剑而亡，始终保持了高洁的人格。作者对李广的命运给予深切同情，也寄托着慨叹和不平。传中记述李广一生经历，与匈奴七十余战，选择最能体现人物精神的几个战役和事件详细描写，其馀则虚写。除了战阵之外，还写了李广与望气人的对话，使人物更有生活气息，更富立体感。也运用了对比、烘托的手法，文笔饱含感情，尤其是引刀自刭的悲壮结局，把文章推向高潮，结尾有力如豹。李氏家族的衰落则是主传的馀绪。

【集评】

　　[1] 看《卫霍传》，须合《李广》看。卫霍深入三千里，声振夷夏，今看其传，不值一钱。李广每战辄北，困踬终身，今看其传，英风如在。史公抑扬予夺之妙，岂常手可望哉。（黄震《黄氏日钞》）

[2] 李将军战功如此，平序、直序、固亦可观。乃忽分为千绪万缕，或入议论，或入感叹，或入一二闲事，妙矣！又忽于传外插入一李蔡，一程不识，四面照耀，通体皆灵，可称文章神技。(吴见思《史记论文》)

　　[3] 传目不曰李广，而曰李将军，以广为汉名将，匈奴号之曰飞将军，所谓不愧将军之名者也。只一标题，有无限景仰爱重。一篇精神在射法一事，以广所长在射也。开端"广家世世受射"，便是一传之纲领。以后叙广射匈奴射雕者，射白马将，射追骑，射猎南山中，射石，射虎，射阔狭以饮，射猛兽，射裨将，皆叙广善射之事实。"广为人长，猿臂，其善射亦天性也"云云，又"其射，见敌急，非在数十步之内，度不中不发"云云，正写广善射之神骨。末附李陵善射、教射，正与篇首"世世受射"句呼应，此以广射法为线索贯串者也。(牛运震《史记评注》)

　　[4] 一篇感慨悲愤，全在李广"数奇不遇时"一事。篇首"而文帝曰：惜乎子不遇时"云云，已伏"数奇"二字，便立一篇之根。后叙广击吴楚，还，赏不行，此一数奇也；马邑诱单于，汉军皆无功，此又一数奇也；为虏生得当斩，赎为庶人，又一数奇也；后定襄而广军无功，又一数奇也；出右北平而广军功自如，无赏，又一数奇也；出东道而失道，后大将军，遂引刀自刭，乃以数奇终焉。至"初，广之从弟李蔡"云云，以客形为主；及广与望气语，实叙不得封侯之故，皆着意抒发数奇之本末。"上以为李广老，数奇"云云，则明点数奇眼目。(李运震《史记评注》)

报任安书

　　太史公牛马走司马迁再拜言[1]。少卿足下[2]：曩者辱赐书[3]，教以顺于接物[4]，推贤进士为务。意气勤勤恳恳[5]，若望仆不相师，而用流俗人之言[6]。仆非敢如此也。仆虽罢驽[7]，亦尝侧闻长者之遗风矣[8]。顾自以为身残处秽，动而见尤[9]，欲益反损，是以独郁悒而与谁语。谚曰："谁为为之[10]？孰令听之[11]？"盖钟子期死，伯牙终身不复鼓琴[12]。何则？士为知己者用，女为说己者容[13]。若仆大质已亏缺矣，虽才怀随、和[14]，行若由、夷[15]，终不可以为荣，适足以见笑而自点耳[16]。书辞宜答，会东从上来[17]，又迫贱事，相见日浅，卒卒无须臾之间，得竭至意[18]。今少卿抱不测之罪，涉旬月[19]，迫季冬[20]，仆又薄从上雍[21]，恐卒然不可为讳[22]，是仆终已不得舒愤懑以晓左右[23]，则长逝者魂魄私恨无穷。请略陈固陋。阙然久不报，幸勿为过。

　　仆闻之：修身者，智之府也[24]；爱施者，仁之端也；取与者，义之表也[25]；耻辱者，勇之决也[26]；立名者，行之极也。士有此五者，然后可以托于世，而列于君子之林矣。故祸莫憯于欲利[27]，悲莫痛于伤心，行莫丑于辱先，诟莫大于宫刑。刑余之人，无所比数[28]，非一世也，所从来远矣。昔卫灵公与雍渠同载，孔子适陈[29]；商鞅因景监见，赵良寒心[30]；同子参乘，袁丝变色[31]，自古而耻之。夫以中才之人，事有关于宦竖，莫不伤气，而况于慷慨之士乎？如今朝廷虽乏人，奈何令刀锯之余，荐天下豪俊哉！

仆赖先人绪业，得待罪辇毂下[32]，二十余年矣。所以自惟[33]，上之不能纳忠效信，有奇策才力之誉，自结明主；次之又不能拾遗补阙，招贤进能，显岩穴之士；外之不能备行伍[34]，攻城野战，有斩将搴旗之功；下之不能积日累劳，取尊官厚禄，以为宗族交游光宠。四者无一遂，苟合取容[35]，无所短长之效[36]，可见如此矣。向者仆尝厕下大夫之列[37]，陪外廷末议[38]，不以此时引纲维，尽思虑[39]，今已亏形为扫除之隶[40]，在阘茸之中[41]，乃欲仰首伸眉[42]，论列是非，不亦轻朝廷，羞当世之士邪？嗟乎！嗟乎！如仆尚何言哉！尚何言哉！

且事本末未易明也。仆少负不羁之行[43]，长无乡曲之誉[44]。主上幸以先人之故，使得奏薄技[45]，出入周卫之中[46]。仆以为戴盆何以望天，故绝宾客之知[47]，忘室家之业，日夜思竭其不肖之才力，务一心营职，以求亲媚于主上。而事乃有大谬不然者夫！仆与李陵，俱居门下[48]，素非能相善也。趣舍异路[49]，未尝衔杯酒，接殷勤之馀欢[50]。然仆观其为人，自守奇士，事亲孝，与士信，临财廉，取与义，分别有让[51]，恭俭下人[52]，常思奋不顾身，以徇国家之急。其素所蓄积也，仆以为有国士之风[53]。夫人臣出万死不顾一生之计，赴公家之难，斯亦奇矣。今举事一不当，而全躯保妻子之臣，随而媒孽其短[54]，仆诚私心痛之。且李陵提步卒不满五千，深践戎马之地，足历王庭，垂饵虎口，横挑强胡，仰亿万之师[55]，与单于连战十有余日，所杀过当[56]。虏救死扶伤不给[57]，旃裘之君长咸震怖[58]。乃悉征其左右贤王，举引弓之人，一国共攻而围之。转战千里，矢尽道穷，救兵不至，士卒死伤如积。然陵一呼劳军，军士无不起，躬自流涕，沫血饮泣，更张空拳，冒白刃，北向争死敌者[59]。陵未没时，使有来报，汉公卿王侯皆奉觞上寿。后数日，陵败书闻，主上为之食不甘味，听朝不怡，大臣忧惧，不知所出[60]。仆窃不自料其卑贱，见主上惨怆怛悼[61]，诚欲效其款款之愚[62]，以为李陵素与士大夫绝甘分少[63]，能得人死力，虽古之名将，不能过也。身虽陷败，彼观其意，且欲得其当而报于汉[64]。事已无可奈何，其所摧败，功亦足以暴于天下矣[65]。仆怀欲陈之，而未有路，适会召问，即以此指，推言陵之功[66]。欲以广主上之意，塞睚眦之辞[67]。未能尽明，明主不晓，以为仆沮贰师[68]，而为李陵游说，遂下于理[69]。拳拳之忠，终不能自列，因为诬上，卒从吏议。家贫，财赂不足以自赎[70]，交游莫救，左右亲近，不为一言。身非木石，独与法吏为伍，深幽囹圄之中，谁可告诉者。此真少卿所亲见，仆行事岂不然乎？李陵既生降，隤其家声[71]，而仆又佴之蚕室[72]，重为天下观笑。悲夫！悲夫！事未易一二为俗人言也。

仆之先，非有剖符丹书之功[73]。文史星历，近乎卜祝之间，固主上所戏弄，倡优所畜，流俗之所轻也。假令仆伏法受诛，若九牛亡一毛，与蝼蚁何以异？而世又不与能死节者，特以为智穷罪极，不能自免，卒就死耳[74]。何也？素所自树立使然也。人固有一死，或重于泰山，或轻于鸿毛，用之所趋异也[75]。太上不辱先，其次不辱身，其次不辱理色[76]，其次不辱辞令，其次诎体受辱[77]，其次易服受辱[78]，其次关木索、被箠楚受辱[79]，其次剔毛发、婴金铁受辱[80]，其次毁肌肤、断肢体受辱[81]，最下腐刑极矣！传曰："刑不上大夫[82]。"此言士节不可不勉励也[83]。猛虎在深山，百兽震恐，及在槛阱之中[84]，摇尾而求食，积威约之渐也[85]。故有画地为牢，势不可入，削木为吏，议不可对[86]，定计于鲜也[87]。今交手足[88]，受木索，暴肌肤，受榜箠，幽于圜墙之中。当此之时，见狱吏则头枪地[89]，视徒隶则心惕息[90]。何者？积威约之势也。及已至是，言不辱者，所谓强颜耳，曷足贵乎[91]？且西伯[92]，伯也，拘于羑里；李斯[93]，相也，具于五刑；淮阴[94]，王也，受械于陈；彭越、张敖[95]，南面称孤，系狱抵罪；绛侯诛诸吕[96]，权倾五伯，囚于请室；魏其[97]，大将也，衣赭衣，关三木[98]；季布为朱家钳奴[99]；灌夫受辱于居室[100]。此人皆身至王侯将相，声闻邻国，及罪至罔加[101]，不能引决自裁[102]，在尘埃之中[103]。古今一体，安在其不辱也？由此言之，勇怯，势也[104]；强弱，形也。审矣，曷足怪乎？夫人不能早自裁绳墨之外[105]，以稍陵迟，至于鞭箠之间[106]，乃欲引节，斯不亦远乎[107]！古人所以重施刑于大夫者，殆为此也。

夫人情莫不贪生恶死，念父母，顾妻子。至激于义理者不然，乃有所不得已也[108]。今仆不幸，早失父母，无兄弟之亲，独身孤立，少卿视仆于妻子何如哉？且勇者不必死节，怯夫慕义，何处不勉焉[109]？仆虽怯懦，欲苟活，亦颇识去就之分矣，何至自沉溺缧绁之辱哉[110]！且夫臧获婢妾[111]，犹能引决，况仆之不得已乎？所以隐忍苟活，幽于粪土之中而不辞者，恨私心有所不尽，鄙陋没世，而文采不表于后世也。古者富贵而名磨灭，不可胜纪，惟倜傥非常之人称焉。盖文王拘而演《周易》[112]；仲尼厄而作《春秋》[113]；屈原放逐，乃赋《离骚》[114]；左丘失明，厥有《国语》[115]；孙子膑脚，兵法修列[116]；不韦迁蜀，世传《吕览》[117]；韩非囚秦，《说难》《孤愤》[118]；《诗》三百篇，大抵圣贤发愤之所为作也。此人皆意有所郁结，不得通其道，故述往事，思来者。乃如左丘无目，孙子断足，终不可用，退而论书策[119]，以舒其愤，思垂空文以自见[120]。仆窃不逊，近自托于无能之辞，网罗天下放失旧闻[121]，略考其行事，综其终始，稽其成败兴坏之纪[122]，上计轩辕，下至于兹，为十表，本纪十二，书八章，世家三十，列传七十，凡百三十篇。亦欲以究天人之际[123]，通古今之变，成一家之言。草创未就，会遭此祸。惜其不成，是以就极刑而无愠色。仆诚以著此书，藏诸名山，传之其人[124]，通邑大都[125]，则仆偿前辱之责[126]，虽万被戮，岂有悔哉！然此可为智者道，难为俗人言也。

且负下未易居，下流多谤议[127]。仆以口语遇此祸，重为乡党所笑[128]，以污辱先人，亦何面目复上父母之丘墓乎？虽累百世，垢弥甚耳！是以肠一日而九回，居则忽忽若有所亡，出则不知其所往。每念斯耻，汗未尝不发背沾衣也！身直为闺阁之臣[129]，宁得自引于深藏岩穴邪[130]？故且从俗浮沉，与时俯仰，以通其狂惑[131]。今少卿乃教以推贤进士，无乃与仆私心剌谬乎[132]？今虽欲自雕琢[133]，曼辞以自饰[134]，无益。于俗，不信，适足取辱耳。要之，死日然后是非乃定。书不能悉意，略陈固陋。谨再拜。

(《文选》，中华书局1977年影印胡克家刻本)

【注释】

[1] 太史公：官名，即太史令，司马迁自指（一说指其父司马谈）。牛马走：像牛马一样被驱使的仆人。这是司马迁自谦之词。

[2] 足下：对人的敬称。

[3] 曩（nǎng）者：从前。辱赐书：承蒙您给我写信。辱，言您给我写信不以为羞辱，用为自谦敬人的套语。

[4] 接物：交接人物，与人交往。

[5] "意气"句：来信语意口气极为诚恳。

[6] "若望"二句：好像埋怨我没能听从您的劝告，而听从世俗人的言语。望，怨。仆，自我谦称。师，遵从。而，如同。

[7] 罢（pí）驽（nú）：才能低下。罢，通"疲"；驽，劣马。

[8] 侧闻：从旁听到，自歉之词。

[9] "顾自"二句：只是自以为身受宫刑，动辄得咎。身残，指受宫刑。处秽，处于宦官一样丑类之列。秽，丑类，被人鄙视。尤，过错；见尤，被指责。

[10] 谁为（wèi）为（wéi）之：为谁去做。

[11] 孰令听之：让谁来听？

[12] "钟子期"二句：伯牙善鼓琴，钟子期善听琴。钟子期死，伯牙以为世无知音，遂绝弦破琴，终身不再鼓琴。事见《列子·汤问》、《淮南子·修务训》。

[13] 说：音、义同"悦"。容：动词，修饰容貌。

[14] 虽：即使。才怀随和：怀有珠玉般才华。随，春秋时随侯救一大蛇，后蛇衔明珠

报答，称随珠。见《淮南子·览冥训》及高诱注。和，卞和，向楚王献和氏璧。见刘向《新序·杂事五》。

[15] 行（xìng）：品行，德行。由：许由，尧让天下给许由，许由不受。见《庄子·逍遥游》。夷：伯夷，古孤竹国君之子，与其弟叔齐互相推让，不肯继国君之位。武王伐纣，二人谏阻，后不食周粟，饿死首阳山。见《史记·伯夷列传》。由、夷都是古代的高洁之士。

[16] 点：污，辱。自点，自取其辱。

[17] 会：正赶上。东从上来：从上东来。上，皇帝，指汉武帝。汉武帝太始四年三月巡行泰山等地，五月还都，司马迁随行。

[18] "卒卒（cù cù）"二句：仓促之间无些少空闲尽陈心意。卒，同"猝"。间（jiàn），空闲。至意，心意，情意。至通"志"。

[19] 涉旬月：过一个月。旬，满。

[20] 迫季冬：临近腊月（汉法，十二月处决犯人）。

[21] 薄（pò）从上雍：快到跟皇上到雍（县名，在今陕西凤翔南，有五帝祠）地的日子。薄，迫。

[22] 不可为讳：死的委婉说法。

[23] "是仆"句：那样我就最终也不能抒发我的愤懑之情让您知道了。终己，终于，最终。

[24] 府：积聚之所。二句谓修身是智慧的集中表现。

[25] "取与"句：如何对待取得和给予是行为合义与否的标志。

[26] "耻辱"二句：知耻是勇敢的先决条件。

[27] "祸莫"句：没有比因贪求欲利而得祸更惨的了。

[28] 无所比数：不能与人相比。

[29] "昔卫"二句：卫灵公与夫人南子乘车出游，宦官雍渠陪乘，孔子乘后一辆车。孔子以为耻，便离开卫国前往陈国。见《史记·孔子世家》。

[30] "商鞅"二句：商鞅经宦官景监引荐，受秦孝公重用，秦国贤士赵良因此认为商鞅名声不好，又不退隐，故此寒心。见《史记·商君列传》。

[31] "同子"二句：同子名赵谈，汉文帝时宦官。避父司马谈讳，《史记》作赵同。袁丝，亦作爰丝，名盎，字丝。《史记·袁盎晁错列传》："孝文帝出，赵同参乘，袁盎伏车前曰：'臣闻天子所与共六尺舆者，皆天下豪英，今汉虽乏人，陛下独奈何与刀锯余人载?'于是上笑，下赵同。"参乘（shèng），古代乘车，驾车者居中，尊者居左，参乘（陪侍）居右。

[32] 待罪辇毂下：在京城做官。

[33] 所以自惟：因此自思。

[34] 行（háng）伍：军队。古代兵制，五人为伍，五伍为行。

[35] 苟合取容：苟且迎合以得到别人的容纳。

[36] 无所短长之效：没有或大或小的贡献。

[37] 向者：从前。厕：置身。下大夫：太史令俸六百石，属下大夫。

[38] 外廷：汉制，大司马、侍中、散骑常侍为中朝官，也称内廷；丞相以下至六百石俸者为外朝官，也叫外廷。

[39] 引纲维，尽思虑：援引国家的纲纪法度，竭尽自己的才思。

[40] 亏形：指受宫刑身体有损。扫除之事：负责扫除的差役，喻地位低下。

[41] 闒（tà）茸：闒为小户，茸为小草。闒茸，喻微贱。

[42] 仰首：昂首。信（shēn）：伸，扬。

[43] 少负不羁（jī）之行：年少时没有不受约束的豪放品行。负，缺少。

[44] 乡曲之誉：乡里的赞誉。

[45] 薄伎：小才智。伎，才智，才能。

[46] 周卫之中：侍卫环绕的地方，即宫禁之中。

[47] 绝宾客之知：即不与宾客往来。

[48] "仆与"二句：李陵，事见《史记·李将军列传》。俱居门下，李陵任侍中，司马迁任太史令，都是可以出入宫门的官。门下，宫门之下。

[49] 趣（qù）舍异路：志趣各异。趣，同"取"。

[50] 殷勤：情义深厚。馀欢：充分的欢乐。

[51] 分别有让：能分别老幼尊卑，有谦让之礼。

[52] 恭：和从不逆。俭：去奢从约。下人：谦卑不傲，甘居人后。

[53] 国士：国中最杰出人士。

[54] 媒孽（niè）：酿酒的酒曲，用为动词，酿、扩大之意。媒孽其短，夸大李陵的过失。

[55] 仰亿万之师：迎战匈奴亿万军队。仰，《汉书》作卬，王先谦补注引李慈铭说，卬乃"迎"之省文。

[56] 所杀过当（dàng）：所杀敌人的数目超过了自己军队的人数。当，相当，相等。

[57] "虏救"句：敌人连对自己的兵士救死扶伤都顾不上。不给，顾不过来。给，供给。

[58] 旃裘之君长：指匈奴首领。旃，同"毡"；旃裘，匈奴所穿毡衣。

[59] "然陵"七句：然而李陵一声呼唤，鼓舞士气，兵士无不奋起，流着眼泪，满脸是血，强吞泪水，虚拉弓弦，冒着刀剑，向着北方敌人拼死战斗。劳军，慰劳军队，鼓舞军队。沫（huì）血，以血洗面。沫，古"颒"字，洒面。弮（quān），弓；矢尽故云空弮。北向，面向北。

[60] 不知所出：不知该怎么办。

[61] 怛（dá）悼：悲伤。

[62] 款款：诚恳，忠实。

[63] 绝甘：好的东西，自己不要。分少：东西少就都分给大家。一说，分东西时自己少取。

[64] "彼观"二句：观察李陵的内心，是要等待合适的时机报答汉朝。彼观其意，观

彼之意。

[65] 暴（pù）：显示，表露。

[66] "即以"二句：指，同"旨"。此指，此意。推言，阐述。

[67] 睚（yá）眦（zì）：怒目而视的样子。指仇恨李陵的人。

[68] 沮（jǔ）：毁坏，败坏，中伤。贰师：贰师将军李广利，是汉武帝宠妃李夫人之兄。事见《史记·李将军列传》。

[69] 理：大理，司法官。

[70] "财赂"句：汉法，可以用钱财赎罪，司马迁无钱财自赎，故皇上同意狱吏判决，处以宫刑。

[71] 隤（tuí）其家声：败坏其将门名声。隤，败坏。

[72] 佴（ěr）：相继，随后。蚕室：本指温暖密闭的养蚕之室。此即指密封之室。受宫刑者怕风，故置之密封之室。

[73] 剖符：符为竹制，剖分为二，分封诸侯、功臣时君臣各执其一，以为凭证。丹书：帝王赐给功臣世袭的享有免罪等特权的凭证，以红笔书写。

[74] "而世"四句：世人也不会称许我为死于气节的人，只不过认为我智虑穷尽，罪恶极大，不能自己赎死免罪，终于走上死路罢了。

[75] 用之所趋：为什么而死。用，因。之，代死。趋，趋向。

[76] 理色：道理、脸色。意谓不能使所持之道理及脸面尊严受辱。

[77] 诎（qū）体：屈体，即屈膝，如下跪等。诎同"屈"。

[78] 易服：指换上囚服。

[79] 关木索：戴上枷索。关，合，戴。

[80] 剔毛发：指髡刑。婴金铁：颈套铁圈，指钳刑。

[81] 毁肌肤、断肢体：指刺字（黥刑）、割鼻（劓刑）、截肢（刖刑）等。

[82] "传曰"句：语出《礼记·曲礼上》。

[83] "此言"句：意谓只有磨砺节操才可做到"刑不上大夫"。

[84] 槛：关兽的笼圈（juàn）。阱：捕兽的陷阱。

[85] "积威"句：这是长期逐渐对虎施加威力加以制约的结果。

[86] "故有"四句：因此，即使是地上划出的牢狱也绝不能进去，用木头削成的狱吏也不能受审。对，对簿。

[87] 定计于鲜：拿定鲜明的主意。一说，鲜，短命，意即早就拿定了死的主意。

[88] 交手足：指捆绑手脚。

[89] 头枪（qiǎng）地：指叩头。枪，同"抢"，触，撞。

[90] "视徒"句：看见狱吏就吓得心跳气喘。惕，疾速。

[91] "及已"四句：等已经到了这种地步，还说不受辱，只是厚着脸皮罢了。还有什么值得尊重的呢？强（qiǎng）颜，厚颜。

[92] 西伯：周文王姬昌，殷纣王时为诸侯之长，居雍州（今陕西凤翔一带），地在西方故称西伯。伯，方伯，一方诸侯之长。《史记·周本纪》："崇侯虎谮西伯于殷纣曰：'西

伯积善累德，诸侯皆向之，将不利于帝。'帝纣乃囚西伯于羑里。"羑（yǒu）里，《汉书》作庮里，在今河南汤县境内。

[93] 李斯：见本书上册李斯小传。据《汉书·刑法志》，诛杀犯人的三族时，先黥劓、斩左右趾、笞杀、枭首、菹骨肉（剁成肉酱）于市，五刑遍用，故下文称"具五刑"。

[94] 淮阴：西汉初韩信。刘邦疑韩信谋反，于陈（今河南淮阳）逮捕韩信，至洛阳，免其罪，由楚王降为淮阴侯。见《史记·淮阴侯列传》。下文"受械"，戴上刑具。

[95] 彭越：汉初功臣，封梁王。张敖：汉初功臣张耳之子，袭为赵王。二人均被诬谋反，下狱定罪。见《史记》之《魏豹彭越列传》、《张耳陈馀列传》。

[96] 绛侯：汉初周勃因功封绛侯。刘邦死后其妻吕后家族谋反，周勃陈平诛诸吕，迎立刘恒为帝，是为文帝。后被诬谋反，下狱治罪。事见《史记》之《吕太后本纪》、《绛侯周勃世家》。下文"五伯（bà）"即五霸，春秋时先后称霸的五个诸侯。请室，官署名，设有囚禁官吏的监狱。

[97] 魏其（jī）：大将军窦婴，讨吴楚七国之乱有功，封魏其侯，武帝时被杀。见《史记·魏其武安侯列传》。

[98] 衣（yì）赭（zhě）衣：穿红褐色的囚衣。三木：戴在颈项上的枷、手铐和脚镣。

[99] 季布：原为项羽旧将，楚败，刘邦搜捕，季布剃发，铁圈束颈，为大侠朱家奴，后遇赦。见《史记·季布栾布列传》。钳，以铁束颈。

[100] 灌夫：平吴楚之乱有功，拜为中郎将，曾因佯醉大骂，被丞相田蚡拘于居室，后遭灭族。见《史记·魏其武安侯列传》。

[101] 罔：同"网"，法网。罔加，触犯法网。

[102] 引决、自裁：都指自杀。

[103] 尘埃：指监狱。

[104] 势：形势。下文"形"，意思相同。

[105] "夫人"句：况且人如果不能在加诸刑法之前早点自杀。绳墨，法令。

[106] "以稍"二句：已经逐渐走了下坡路。陵迟，衰败，走下坡路。以，同"已"。

[107] "乃欲"二句：才要坚持名节而自杀，这不差得太远了吗？

[108] "乃有"句：是有不得不顾个人生死及父母、妻子的原因。

[109] "且勇"三句：况且勇敢者不一定为名节而死，怯懦者仰慕节义，什么地方不能勉励自己不受辱呢？

[110] 沉溺：陷入。

[111] 臧（zāng）获：奴仆。

[112] 周易：周文王拘于羑里时，把《易》的八卦推演为六十四卦，称《周易》。

[113] "仲尼"句：孔子困顿不得意而作《春秋》。见《史记·孔子世家》。厄，受困。

[114] "屈原"二句：屈原被楚怀王流放后作《离骚》。见《史记·屈原列传》。

[115] "左丘"二句：左丘明眼睛失明之后，才写作了《国语》。参见本书上册《国语》题解。

[116] "孙子"二句：孙子指战国时孙膑，他被剜去膝盖骨之后，编撰了《兵法》。事

见《史记·孙子吴起列传》附《孙膑传》。1972年山东临沂银雀山西汉墓出土的竹简中有《孙膑兵法》的残简。膑，剔去膝盖骨。

[117]"不韦"句：秦始皇十年，吕不韦被流放到蜀地，自杀。见《史记·吕不韦列传》。《吕览》亦名《吕氏春秋》，是吕不韦做丞相时命门客编写的。

[118]"韩非"二句：韩非为韩国公子，出使秦国，被拘下狱，自杀。见《史记·老子韩非列传》。《说（shuì）难》、《孤愤》是韩非所著两篇文章，写于韩非入秦之前。

[119] 论书策：即著述。论，编撰。书策，书册，书籍。

[120] 垂：流传。空文：文章著作。与建功立业相对而言称空文。见：音义同"现"。

[121] 放失（yì）：散佚。失，通"佚"。

[122] 稽：考察。纪：头绪，端绪。

[123] 天人之际：天道与人事之间的关系。

[124] 传之其人：把自己的著作传给志同道合的人。

[125] 通邑大都：四通八达的大都会。此指在社会广泛流传。

[126] 责：音义同"债"。

[127]"且负下"二句：况且负罪情况下不容易处世，地位低下的人会遭受更多诽谤议论。下流，地位低下的人。

[128] 重（zhòng）：深深地。笑：耻笑，羞辱。

[129] 直：竟。闺阁（gé）之臣：指宦官之类职守。闺、阁都是宫中小门，此指深宫。

[130]"宁得"句：怎么还能自己深藏山中过隐居生活呢？

[131] 以通其狂惑：以舒发自己的困惑之情。通，舒发。狂，迷惑。

[132] 无乃：岂不，只怕。私心：内心。剌（là）谬：违背、乖谬。

[133] 自雕琢：装饰自己，美化自己。

[134] 曼辞：美好的言辞。

【题解】

报者，答也，这是司马迁答复任安的信。任安（？—前91），字少卿，与司马迁友善，曾任益州刺史、北军使者护军等职。汉武帝征和二年（前91），庚太子刘据与丞相刘屈氂战于长安城中，时任北军使者的任安，纵太子矫命发兵，太子败，任安被认为怀有二心，被腰斩。《史记·田单列传》附有诸先生所补《任安传》。本文最早见于《汉书·司马迁传》："迁既被刑之后，为中书令，尊宠任职。故人益州刺史安予迁书，责以古贤臣之义。迁报之曰……"信写于征和二年，一说作于太始四年（前94）。收入《昭明文选》（卷四一）后，文字略有差异：开头增加"太史公牛马走司马迁再拜言"、"稽其成败兴坏之理"句后，增加"上计轩辕，下至于兹，为十表，本纪十二，书八章，世家三十，列传七十"、结尾增加"谨再拜"等语。信中首先解释了刑余之人不足以举荐贤士的苦衷；继而述说了因李陵事触怒武帝，被处宫刑的始末；最后表明了之所以忍辱苟活，只是因为要"究天人之际，通古今之变，成一家之言"，完成《史记》撰述的心迹。文章结构宏大，悲愤之情郁勃，抒情、叙事、议论融汇笔端，运用自如，大气磅礴，酣畅淋漓。感情起伏，一唱三叹，又首尾呼应，结构严谨，是一篇书信体的"无韵《离骚》"。辛弃疾〔沁园春〕词所谓"雄深雅健，如对文章太史公"，可作本文确评。这封信也是了解司马迁人格和思想及《史记》的写作心态和经过的重要文献。

【集评】

[1] 此篇与《自序》，俱作史之由。《自序》重承先继圣，此重惜死立名。《自序》悲恺，此则沉郁雄健。其操纵起落，俱挟浩气流行，如怒马奔驰，不可羁勒，与《史记》之雅洁稍异，是史公另一种豪放激宕之文。盖因救友陷刑，满肚皮怫郁不平之气，借此发泄。书中"舒愤懑"三字是此本旨，故篇中处处皆愤懑之辞。纵横跌宕，慷慨淋漓，转折提接虽多，却如一气呵成。挣眉裂眦而写之，骤读无不为之惋惜。（李晚芳《读史管见》）

[2] 此书反复曲折，首尾相续，叙事明白，豪气逼人。其感慨啸歌，大有燕赵烈士之风；忧愁幽思，则又直与《离骚》对垒。文情至此极矣。（吴楚材、吴调侯《古文观止》）

[3] 大意不过谓刑馀之人，难以荐士，况当日原为荐士受刑。其所以不死者，只为要著书，以偿前辱，故且隐忍苟活耳，尚何能荐士，以复少卿书中推贤进士之语。但胸中一段不平之气，触之而动，遂不觉言之长矣，而行文亦极纵横驰骤之至。（余诚《重订古文释义新编》卷六）

[4] 史迁一腔抑郁，发之《史记》；作《史记》一腔抑郁，发之此书。识得此书，便识得一部《史记》，盖一生心事，尽汇于此也。纵横排宕，真是绝代大文章。（孙执升《评注昭明文选》）

【参考书】

[1]《史记选》，王伯祥选注，人民文学出版社1958年版。
[2]《史记选注集说》，韩兆琦编著，南海出版公司2003年版。

司马相如

司马相如（前179—前117?），字长卿，蜀郡成都（今四川成都）人。汉景帝时，为武骑常侍。景帝不好辞赋，相如因托病辞官，客游于梁,为梁孝王门客,孝王卒,归蜀。武帝时招为郎。后又曾奉使巴蜀,为孝文园令。晚年因病免官,居于茂陵,卒于家。司马相如为汉赋代表作家,其赋润色鸿业的特点,与当时强大的汉帝国国威是相称的。司马相如赋众体皆备,铺采摛文,恢宏巨丽,艺术上既有继承,更有独创。"屈子之赋,贾生得其质,相如得其文,虽途径各分,而无庸轩轾也。扬子云乃谓'贾谊升堂,相如入室',以己多效相如故也。……相如一切文,皆善于架虚行危。其赋既会造出奇怪,又会撤入窅冥,所谓'似不从人间来者'此也。至模山范水,犹其末事。"(刘熙载《艺概·赋概》)明人辑有《司马文园集》。

子 虚 赋

楚使子虚使于齐[1],王悉发车骑,与使者出畋[2]。畋罢,子虚过姹乌有先生[3],亡是公存焉[4]。坐定,乌有先生问曰:"今日畋,乐乎?"子虚曰:"乐。""获多乎?"曰:"少。""然则何乐?"对曰:"仆乐齐王之欲夸仆以车骑之众,而仆对以云梦之事也[5]。"曰:"可得闻乎?"

子虚曰:"可。王驾车千乘,选徒万骑,畋于海滨。列卒满泽,罘罔弥山[6],掩兔辚鹿[7],射麋脚麟[8]。骛于盐浦[9],割鲜染轮[10]。射中获多,矜而自功。顾谓仆曰:'楚亦有平原广泽游猎之地,饶乐若此者乎?楚王之猎,孰与寡人乎?'仆下车对曰:'臣,楚国之鄙人也,幸得宿卫[11],十有余年,时从出游,游于后园,览于有无[12],然犹未能遍睹也,又焉足以言其外泽乎!'齐王曰:'虽然,略以子之所闻见而言之。'仆对曰:'唯唯。臣闻楚有七泽[13],尝见其一,未睹其余也。臣之所见,盖特其小小者耳,名曰云梦。云梦者,方九百里,其中有山焉。其山则盘纡弗郁,隆崇嵂崒[15];岑崟参差[16],日月蔽亏[17];交错纠纷,上干青云;罢池陂陀[18],下属江河[19]。其土则丹青赭垩[20],雌黄白坿[21],锡碧金银,众色炫耀,照烂龙鳞[22]。其石则赤玉玫瑰[23],琳珉昆吾[24],瑊玏玄厉[25],碝石碔砆[26]。其东则有蕙圃,衡兰芷若[27],芎藭菖蒲[28],江蓠蘼芜[29],诸柘巴苴[30]。其南则有平原广泽,登降陁靡[31],案衍坛曼[32],缘以大江,限以巫山[33]。其高燥则生葳菥苞荔[34],薜莎青薠[35]。其埤湿则生藏莨蒹葭[36],东蔷雕胡[37],莲藕觚卢[38],菴闾轩于[39],众物居之,不可胜图[40]。其西则有涌泉清池,激水推移;外发芙蓉菱华,内隐钜石白沙。其中则有神龟蛟鼍[41],玳瑁鳖鼋[42]。其北则有阴林[43],其树楩楠豫章[44],桂椒木兰[45],蘗离朱杨[46],楂梨梬栗[47],橘柚芬芳。其上则有鹓雏孔鸾[48],腾远射干[49]。其下则有白虎玄豹[50],蟃蜒貙犴[51]。

于是乎乃使剸诸之伦[52]，手格此兽。楚王乃驾驯駮之驷[53]，乘雕玉之舆，靡鱼须之桡旃[54]，曳明月之珠旗[55]，建干将之雄戟[56]，左乌嗥之雕弓[57]，右夏服之劲箭[58]；阳子骖乘[59]，纤阿为御[60]；案节未舒，即陵狡兽[61]，蹴蛩蛩[63]，轔距虚[63]，轶野马[64]，轊陶駼[65]，乘遗风[66]，射游骐[67]；倏眒倩浰[68]，雷动猋至[69]，星流霆击[70]，弓不虚发，中必决眦[71]，洞胸达掖[72]，绝乎心系[73]，获若雨兽[74]，掩草蔽地。于是楚王乃弭节徘回，翱翔容与，览乎阴林，观壮士之暴怒，与猛兽之恐惧，徼郄受诎[75]，殚睹众物之变态。

于是郑女曼姬[76]，被阿緆[77]，揄纻缟[78]，杂纤罗[79]，垂雾縠[80]；襞积褰绉[81]，纡徐委曲，郁桡溪谷[82]，衯衯裶裶[83]，扬衪戌削[84]，蜚襳垂髾[85]，扶舆猗靡[86]，翕呷萃蔡[87]，下靡兰蕙[88]，上拂羽盖，错翡翠之威蕤[89]，缪绕玉绥[90]；眇眇忽忽，若神仙之仿佛。

于是乃相与獠于蕙圃[91]，媻姗勃窣[92]，上乎金堤[93]，掩翡翠[94]，射鵕鸃[95]，微矰出[96]，孅缴施[97]，弋白鹄[98]，连驾鹅[99]，双鸧下[100]，玄鹤加[101]。怠而后发[102]，游于清池；浮文鹢[103]，扬旌枻[104]，张翠帷[105]，建羽盖，罔玳瑁，钩紫贝[106]，摐金鼓[107]，吹鸣籁[108]，榜人歌[109]，声流喝[110]，水虫骇[111]，波鸿沸[112]，涌泉起，奔扬会[113]，礧石相击[114]，硍硍磕磕[115]，若雷霆之声，闻乎数百里之外。

将息獠者，击灵鼓[116]，起烽燧[117]，车按行，骑就队，纚乎淫淫[118]，般乎裔裔[119]。于是楚王乃登阳云之台[120]，怕乎无为[121]，憺乎自持[122]，勺药之和[123]，具而后御之。不若大王终日驰骋，而不下舆，胼割轮淬[124]，自以为娱。臣窃观之，齐殆不如。'于是齐王默然无以应仆也。"

乌有先生曰："是何言之过也！足下不远千里，来贶齐国[125]，王悉发境内之士，而备车骑之众，与使者出畋，乃欲戮力致获，以娱左右，何名为夸哉！问楚地之有无者，愿闻大国之风烈[126]，先生之余论也。今足下不称楚王之德厚，而盛推云梦以为高，奢言淫乐而显侈靡，窃为足下不取也。必若所言，固非楚国之美也[127]。无而言之，是害足下之信也。彰君恶，伤私义，二者无一可，而先生行之，必且轻于齐，而累于楚矣。且齐，东陼钜海[128]，南有琅邪[129]，观乎成山[130]，射乎之罘[131]，浮渤澥[132]，游孟诸[133]，邪与肃慎为邻[134]，右以汤谷为界[135]，秋田乎青丘[136]，彷徨乎海外，吞若云梦者八九，於其胸中，曾不蒂芥。若乃俶傥瑰伟[137]，异方殊类，珍怪鸟兽，万端鳞崒[138]，充牣其中[139]，不可胜记，禹不能名[140]，卨不能计[141]。然在诸侯之位，不敢言游戏之乐，苑囿之大；先生又见客[142]，是以王辞而不复，何为无以应哉！"

（《文选》，中华书局1977年影印胡克家刻本）

【注释】

[1] 子虚：虚构的人物，下文的乌有先生和亡是公亦同。

[2] 畋：打猎。

[3] 奼（chà）：通"诧"，夸耀。

[4] 亡：无。存：在。

[5] 云梦之事：楚王在云梦泽畋猎之事。云梦，楚国的大泽，跨长江，江北为云，江南为梦，合称为云梦泽，今已不存。

[6] 罘（fú）：捕兔网。

[7] 掩：用网覆捕。轔：用车轮碾轧。

[8] 麋：麋鹿。脚麟：抓住麟脚。麟，大雄鹿。

[9] 骛：奔驰。盐浦：海边的盐滩。

[10] 割鲜染轮：切割所获猎物，血染车轮。鲜，生肉。一说切割生肉，取车轮上的盐和而食之。染，即擩（rǔ），沾染的意思。（详见《文选李注义疏》）

[11] 宿卫：在宫中值宿警卫。

[12] 有无：有或无。《文选》李善注："览于有无，谓或有所见，或复无也。"

[13] 七泽：高步瀛《文选李注义疏》："载籍未详，疑长卿假设耳。"

[14] 盘纡弗（fú）郁：形容山的盘曲回旋。

[15] 隆崇嵂（lù）崒：形容山的高危。

[16] 岑崟（yín）：山高峻貌。参差：山势高低不平。

[17] 蔽：全隐。亏：半缺。

[18] 罢（pì）池：倾斜而下貌。陂陀（pō tuó）：连绵不断貌。

[19] 属：连。

[20] 丹：朱，砂。青：青色矿石，二者都可作颜料。赭垩（zhě è）：赤土和白土，二者都可作装饰材料。

[21] 雌黄、白坿（fú）：均为矿物。雌黄，类似于雄黄。白坿，白石英。

[22] 照烂龙鳞：形容众色相互照耀，如同龙的鳞片一样灿烂。

[23] 玫瑰：火齐珠，用玉石雕成。

[24] 琳：玉。珉（mín）：石之次玉者。昆吾：石之次玉者，司马彪《史记索引》引《河图》："琨吾石，炼之成铁，以作剑，光明昭如水晶。"

[25] 瑊玏（jiān lè）：石之次玉者。玄厉：可用来磨刀的黑色石头。

[26] 碝（ruǎn）石：石之次玉者，白色如冰，半有赤色。碔砆（wǔ fū）：石之次玉者，赤地白。

[27] 衡：杜衡。兰：兰草。芷：白芷。若：杜若。四种植物都是香草。

[28] 芎䓖（xiōng qióng）：香草。菖蒲：水生香草。

[29] 江蓠：香草，似水芹。麋芜：蕲芷，似蛇床而香。一说，江蓠即麋芜。（参《文选李注义疏》）

[30] 诸柘：甘蔗。巴苴：芭蕉。

[31] 登降：上下。陁（yǐ）靡：倾斜连绵不断貌。

[32] 案衍：地势低下。坛曼：平坦宽广。

[33] 巫山：这里指阳台山，在云梦泽中，不是现在三峡地区的巫山。（参《文选李注义疏》）

[34] 葴（zhēn）：马兰。菥（sī）：又名皇守田，禾似燕麦。苞：茅类植物，可用来织席编履。荔：一种草，似蒲。

[35] 高燥：地势高而干燥处。薛：藾蒿，初生可食。莎（suō）：青莎草。青薠（fán）：似莎草。

[36] 埤湿：地势低洼潮湿处。藏莨（zàng láng）：草名，牛马爱吃。蒹葭：芦苇类植物。

[37] 东蔷：似蓬，其实可食。雕胡：菰米，可食。

[38] 瓠卢：菰荄、芦笋，均可食。一说瓠卢即瓠芦。（见《文选李注义疏》）

[39] 葴菵：草本植物，种子可入药。轩于：即莸草，水生草本植物，味臭。

[40] 图：计。

[41] 蛟：鲛鱼，鱼身蛇尾，皮有珠。鼍（tuó）：扬子鳄。

[42] 玳瑁（dài mào）：类似海龟，背面角质板有褐色和淡黄色相间的花纹，可作装饰品，亦可入药。鳖：甲鱼。鼋（yuán）：大鳖。

[43] 阴林：山北之林。

[44] 楩：树名。豫章：即樟树。

[45] 桂：肉桂，可入药，有香气。椒：花椒，有香气。木兰：可入药，有香气。

[46] 檗：黄檗，树皮可作染料。离：山梨。朱杨：柽柳。

[47] 樝（zhā）：山楂类果树。梬（yǐng）：果树，果实即黑枣。

[48] 鹓雏：一种似凤的鸟。孔：孔雀。鸾：鸾鸟，传说中的吉祥鸟。

[49] 腾远：兽名，即腾猿，善腾跃的猿猴。射（yè）干：兽名，似狐能缘木。

[50] 玄：黑。

[51] 蟃蜒（màn yán）：即獌狿，大兽，似狸，长八尺。貙（chū）：兽名，外形似狸，比狸大。犴（hàn）：兽名，似狐，但比狐小。一说貙犴为一物，指虎之大者。

[52] 剸诸：即"专诸"，春秋时吴国勇士。（事见《史记·刺客列传》）

[53] 驯：马顺服。駮：即"驳"，指马毛色不纯。

[54] 靡：通"麾"，挥动。鱼须之桡旃：用大海鱼之须装饰的曲柄旌旗。桡，曲。旃，旗曲柄。

[55] 曳：摇。明月之珠旗：用明月珠装饰的旗子。

[56] 干将：春秋时吴国善冶者。雄戟：三叉戟。

[57] 乌嗥之雕弓：柘木雕花良弓，乌嗥指柘木。一说相传黄帝升天时，遗下其弓，臣下抱弓而号哭，故名乌号。

[58] 夏服之劲箭：夏后氏之良矢。服，盛箭之器。传说夏后氏有良弓，名繁弱，其矢亦良。

[59] 阳子：古之善御者伯乐，名孙阳。一说指仙人阳陵子。骖乘：两旁的陪乘。
[60] 纤阿：古之善御者。一说为月御。
[61] 陵：凌驾。
[62] 蹴：践踏。蛩蛩：青兽，形如马。
[63] 距虚：似骡而小。
[64] 轶：超过。一说为侵轶。
[65] 辑（wèi）：车轴头，此处意为用轴头撞杀。一说与上句"轶"同为言车之疾，能超过野马陶騟。陶騟（tú）：兽名，似马。一说即野马。
[66] 遗风：千里马名。
[67] 骐：大兽，大如马。有一角的叫骐，无角的名骐。
[68] 儵眒（shēn）倩浰（liàn）：皆迅疾貌。
[69] 猋（biāo）：疾风。此句形容打猎时迅疾如打雷、如疾风。
[70] 霆：霹雳。此句形容打猎时迅疾如流星、如闪电。
[71] 中（zhòng）：射中。毗：眼眶。
[72] 掖：腋。
[73] 心系：连接心脏的血管。
[74] 获若雨兽：杀获的猎物很多，就像天上降下兽雨一般。
[75] 徼郤（jú）受诎：遮捕疲倦力尽的野兽。徼，遮。郤（jú），倦。诎，同"屈"，力尽。
[76] 郑女曼姬：美女美姬。郑国多美女，郑女为美女的泛称。曼，美。一说郑女指陈国的夏姬（郑国之女），曼姬指楚武王夫人邓曼。
[77] 阿：细缯。緆（xī）：细布。
[78] 揄：曳。纻：白色苎麻布。缟：白色细丝织品。
[79] 纤：细。罗：质地细软纹理交错的丝织品。
[80] 雾縠（hú）：薄如雾的轻纱。
[81] 襞（bì）积：衣服的褶子。褰绉：此指褶子折叠缩绉貌。
[82] 郁桡溪谷：形容衣服褶子深曲如溪谷。一说形容衣服文理郁积如溪谷。
[83] 衯（fēn）衯裶（fēi）裶：皆衣长貌。
[84] 扬：举。袘（yì）：衣袖，一说裳的边缘。戌削：裁制貌，形容边缘整齐。
[85] 蜚：同"飞"。襳（xiān）：古代妇女长衣上用作装饰的长带。髾（shāo）：此指燕尾，也是古代妇女长衣上的装饰物。
[86] 扶舆猗靡：女子扶持楚王之舆相随。一说"扶舆猗靡"犹《淮南子·修务训》中的"扶与猗委"，形容女子体态婀娜。（见《文选李注义疏》）
[87] 翕呷：衣服飘起张合貌。萃蔡：象声词，衣服张合磨擦的声音。
[88] 下靡兰蕙：衣服飘扬下摩芳草。靡，通"摩"。
[89] 错翡翠之威蕤（ruí）：错杂翡翠鸟羽毛为头饰。翡翠，鸟名。或说翡是赤羽鸟。翠是青羽鸟。威蕤：形容羽毛饰之状。

[90] 缪绕玉绥：指楚王车以玉装饰其绥。绥：登车时所执之绳。
[91] 獠：猎。
[92] 媻（pán）姗勃窣（sū）：皆谓缓行之貌。
[93] 金堤：堤名。
[94] 掩：取。
[95] 皴鶧（jùn yí）：锦鸡。
[96] 矰（zèng）：尾部有细绳的短箭。
[97] 䌛：通"纤"。缴：矰尾部的细丝绳。
[98] 弋：用矰射。白鹄：天鹅。
[99] 连：用矰牵连之，亦即"弋"之意。驾鹅：野鹅。
[100] 鸧（cāng）：一种似鹤的鸟。
[101] 加：此指以箭在弦上加之。
[102] 怠而后发：此指倦怠后出发去游清池。
[103] 文鹢（yì）：船头上画有鹢鸟的船。鹢，一种水鸟。
[104] 扬旌栧：在船舷树上羽旌。栧，船舷。《史记·司马相如列传》"旌栧"作"桂栧"，栧则是短桨。
[105] 翠帷：以翠羽装饰船帷。
[106] 紫贝：紫色黑纹的蚌。
[107] 摐（chuāng）：击。金鼓：即钲，一种乐器，似钟而狭长，有长柄。
[108] 籁：箫。
[109] 榜：船。
[110] 声流喝：歌声悲嘶。
[111] 水虫：水中鱼虾等动物。
[112] 波鸿沸：波浪大起。鸿，大。
[113] 奔扬会：波浪奔腾碰撞。
[114] 礧（lěi）石：滚动的石头。一说大石。
[115] 硍（láng）硍磕磕：象声词，形容水击石头发出的声音。
[116] 灵鼓：六面鼓。
[117] 烽燧：原指边关有警时的烽火。此指畋猎时用的火炬。
[118] 缅（shǐ）乎淫淫：与下句皆群行貌。缅，形容若织丝相连属。淫淫，缓进。
[119] 般（pán）：以次相连而行。裔裔：流行貌。
[120] 阳云之台：云梦泽中阳云台，即宋玉《高唐赋》所赋之高唐台。
[121] 怕：通"泊"，淡泊。
[122] 憺：通"澹"，安静。
[123] 勺药之和：五味调合之剂。
[124] 胹（luán）割：切割肉块。胹，通"脔"。焠：染。
[125] 贶（kuàng）：惠赐。

[126] 风烈：风俗功业。
[127] 或本此句后多出"有而言之，是章君之恶"二句，人多不从。（说见《文选李注义疏》）
[128] 渚（zhǔ）：水边。此句指齐东边是大海。
[129] 琅邪：琅邪山，在今山东诸城东南海滨。
[130] 成山：在今山东荣成东。
[131] 之罘（fú）：在今山东福山东北。
[132] 渤澥：渤海。
[133] 孟诸：古代大泽，在今河南虞城西北，已湮灭。
[134] 邪：东北，一说通"斜"。肃慎：古北夷国名，其地在今东北地区。此句谓齐东北面与肃慎隔海相望。
[135] 右：当是"左"字之误，古人以左为东。汤谷：日出之处。
[136] 田：畋猎。青丘：传说中的海外国名。
[137] 俶傥（tì tǎng）：非常，特殊。瑰伟：珍贵奇异之物。
[138] 万端鳞崒：形容很多珍怪之物就像鱼鳞般聚集。崒，通"萃"。
[139] 充牣（rèn）：满。
[140] 禹不能名：大禹能辨九州名山，别草木，却不能尽识其名。
[141] 离（xiè）不能计：离统万事，善计算却不能尽计其数。离，常写作"契"，商始祖。
[142] 见客：被当作宾客礼遇。

【题解】

　　《子虚赋》和司马相如的另一名作《上林赋》在意思上是连贯的，有些学者认为是一篇赋作的两部分，名为《天子游猎赋》（高步瀛《文选李注义疏》）。这里仍以萧统《文选》之旧，别为二篇。两赋虚构"子虚"、"乌有先生"、"亡是公"三个人物相互诘难与议论。"相如以子虚，虚言也，为楚称。乌有先生，乌有此事也，为齐难。亡是公者，亡是人也，欲明天子之义。故空藉此三人为辞，以推天子诸侯之苑囿。其卒章归之于节俭，因以风谏。"（《史记·司马相如列传》）《子虚赋》写楚使子虚使齐，齐王带他游猎夸以车骑之盛，子虚以楚之云梦泽对之。子虚将此事告诉齐国的乌有先生，乌有先生以齐的疆域夸耀于子虚。赋作结构宏伟，气势壮阔，铺排夸饰，繁富堆砌，其铺张扬厉和曲终奏雅的体制，在汉赋创作中很具有代表性，对历代大赋创作都产生了广泛的影响。

【集评】

　　[1]《子虚》、《上林》，材极富，辞极丽，而运笔极古雅，精神极流动，意

极高,所以不可以及也。长沙有其意而无其材,班、张、潘有其材而无其笔,子云有其笔而不得其精神流动处。(王世贞《艺苑卮言》卷二)

[2]《子虚》、《上林》非徒极博,实发于天材,扬子云锐精揣炼,仅能合辙,犹《汉书》之于《史记》也。(张溥《汉魏六朝百三家集题辞》)

【参考书】

[1]《司马相如集校注》,李孝中校注,巴蜀书社2000年版。

班　固

班固(32—92),字孟坚,扶风安陵(今陕西咸阳)人。曾任兰台令史、典校秘书、玄武司马等职。他是东汉著名辞赋家和历史学家。著有《两都赋》、《汉书》等。班固以其父班彪《史记后传》为基础,开始了《汉书》的写作。后被人告私改国史,入狱。汉明帝见其原稿,十分赏识,释放了他,命为兰台令史,令其继续《汉书》的写作。汉和帝永元四年(92),因大将军窦宪事牵连下狱,死于狱中。其时《汉书》尚未全部写完。后由班昭和马续继成之。《汉书》是我国第一部断代史,起于汉高祖元年(前206),迄于王莽地皇四年(23)。体制上延续《史记》而稍有改动。全书共一百篇。帝纪十二,表八,志十,列传七十。该书不仅具有很高的史学价值,而且典丽富赡,在文学史上也有相当的地位。

苏　武　传(节录)

武字子卿,少以父任[1],兄弟并为郎[2],稍迁至栘中厩监[3]。时汉连伐胡,数通使相窥观,匈奴留汉使郭吉、路充国等,前后十余辈[4]。匈奴使来,汉亦留之以相当。天汉元年,且鞮侯单于初立[5],恐汉袭之,乃曰:"汉天子,我丈人行也[6]。"尽归汉使路充国等[7]。武帝嘉其义,乃遣武以中郎将使持节送匈奴使留在汉者[8],因厚赂单于,答其善意。武与副中郎将张胜及假吏常惠等[9],募士斥候百余人俱[10]。既至匈奴,置币遗单于。单于益骄,非汉所望也。

方欲发使送武等,会缑王与长水虞常等谋反匈奴中[11]。缑王者,昆邪王姊子也[12],与昆邪王俱降汉,后随浞野侯没胡中[13]。及卫律所将降者[14],阴相与谋劫单于母阏氏归汉[15]。会武等至匈奴,虞常在汉时素与副张胜相知,私候胜曰[16]:"闻汉天子甚怨卫律,常能为汉伏弩射杀之。吾母与弟在汉,幸蒙其赏赐。"张胜许之,以货物与常。后月余,单于出猎,独阏氏子弟在。虞常等七十余人欲发,其一人夜亡,告之。单于子弟发兵与战,缑王等皆死,虞常生得[17]。

单于使卫律治其事。张胜闻之,恐前语发,以状语武。武曰:"事如此,此必及我。见犯乃死[18],重负国。"欲自杀,胜、惠共止之。虞常果引张胜[19]。单于怒,召诸贵人议[20],欲杀汉使者。左伊秩訾曰[21]:"即谋单于,何以复加[22]?宜皆降之。"单于使卫律召武受辞[23]。武谓惠等:"屈节辱命,虽生,何面目以归汉!"引佩刀自刺。卫律惊,自抱持武,驰召医。凿地为坎,置熅火[24],覆武其上,蹈其背以出血[25]。武气绝,半日复息。惠等哭,舆归营[26]。单于壮其节,朝夕遣人候问武,而收系张胜。

武益愈,单于使使晓武。会论虞常[27],欲因此时降武。剑斩虞常已,律曰:"汉使张胜谋杀单于近臣,当死,单于募降者赦罪。"举剑欲击之,胜请降。律谓武曰:"副有罪,当相坐[28]。"武曰:"本无谋,又非亲属,何谓相坐?"复举剑拟之[29],武不动。律曰:"苏君,律前负汉归匈奴,幸蒙大恩,赐号称王,拥众数万,马畜弥山[30],富贵如此。苏君今日降,明日复然。空以身膏草野[31],谁复知之!"武不应。律曰:"君因我降,与君为兄弟,今不听吾计,后虽欲复见我,尚可得乎?"武骂律曰:"女为人臣子,不顾恩义,畔主背亲[32],为降虏于蛮夷,何以女为见?且单于信女,使决人死生,不平心持正,反欲斗两主[33],观祸败。南越杀汉使者[34],屠为九郡;宛王杀汉使者[35],头县北阙[36];朝鲜杀汉使者[37],即时诛灭。独匈奴未耳。若知我不降明,欲令两国相攻,匈奴之祸从我始矣。"

律知武终不可胁,白单于。单于愈益欲降之,乃幽武置大窖中,绝不饮食[38]。天雨雪,武卧啮雪与旃毛并咽之[39],数日不死,匈奴以为神,乃徙武北海上无人处[40],使牧羝[41],羝乳乃得归[42]。别其官属常惠等,各置他所。

武既至海上,廪食不至[43],掘野鼠去草实而食之[44]。杖汉节牧羊,卧起操持,节旄尽落。积五六年,单于弟於靬王弋射海上[45]。武能网纺缴[46],檠弓弩[47]。於靬王爱之,给其衣食。三岁余,王病,赐武马畜服匿穹庐[48]。王死后,人众徙去。其冬,丁令盗武牛羊[49],武复穷厄[50]。

初,武与李陵俱为侍中[51],武使匈奴明年,陵降,不敢求武。久之,单于使陵至海上,为武置酒设乐,因谓武曰:"单于闻陵与子卿素厚,故使陵来说足下,虚心欲相待。终不得归汉,空自苦亡人之地,信义安所见乎?前长君为奉车[52],从至雍棫阳宫[53],扶辇下除[54],触柱折辕,劾大不敬,伏剑自刎,赐钱二百万以葬。孺卿从祠河东后土[55],宦骑与黄门驸马争船[56],推堕驸马河中溺死，宦骑亡，诏使孺卿逐捕不得，惶恐饮药而死。来时，大夫人已不幸[57]，陵送葬至阳陵[58]。子卿妇年少，闻已更嫁矣。独有女弟二人，两女一男，今复十余年，存亡不可知。人生如朝露，何久自苦如此！陵始降时，忽忽如狂[59]，自痛负汉，加以老母系保宫[60]。子卿不欲降，何以过陵？且陛下春秋高，法令亡常[61]，大臣亡罪夷灭者数十家，安危不可知，子卿尚复谁为乎？愿听陵计，勿复有云。"武曰："武父子亡功德，皆为陛下所成就，位列将，爵通侯，兄弟亲近，常愿肝脑涂地。今得杀身自效，虽蒙斧钺汤镬[62]，诚甘乐之。臣事君，犹子事父也。子为父死亡所恨。愿勿复再言。"陵与武饮数日，复曰："子卿壹听陵言[63]。"武曰："自分已死久矣！王必欲降武[64]，请毕今日之欢，效死于前！"陵见其至诚，喟然叹曰："嗟乎，义士！陵与卫律之罪上通于天。"因泣下沾衿，与武决去。陵恶自赐武[65]，使其妻赐武牛羊数十头。

后陵复至北海上，语武："区脱捕得云中生口[66]，言太守以下吏民皆白服，曰上崩[67]。"武闻之，南乡号哭[68]，欧血[69]，旦夕临。数月[70]，昭帝即位。数年，匈奴与汉和亲。汉求武等，匈奴诡言武死。后汉使复至匈奴，常惠请其守者与俱，得夜见汉使，具自陈道。教使者谓单于，言天子射上林中[71]，得雁，足有系帛书，言武等在某泽。使者大喜，如惠语以让单于[72]。单于视左右而惊，谢汉使曰："武等实在。"于是李陵置酒贺武曰："今足下还归，扬名于匈奴，功显于汉室。虽古竹帛所载，丹青所画，何以过子卿！陵虽驽怯，令汉且贳陵罪[73]，全其老母，使得奋大辱之积志[74]，庶几乎曹柯之盟[75]，此陵宿昔之所不忘也。收族陵家[76]，为世大戮，陵尚复何顾乎？已矣！令子卿知吾心耳。异域之人，壹别长绝！"陵起舞，歌曰："径万里兮度沙幕，为君将兮奋匈奴。路穷绝兮矢刃摧，士众灭兮名已隤。老母已死，虽欲报恩将安归？"陵泣下数行，因与武决。单于召会武官属，前以降及物故[77]，凡随武还者九人。

武以始元六年春至京师。诏武奉一太牢谒武帝园庙[78]。拜为典属国[79]，秩中二千石[80]，赐钱二百万，公田二顷，宅一区。常惠、徐圣、赵终根皆拜为郎中，赐帛各二百匹。其余六人老归家，赐钱人十万，复终身[81]。常惠后至右将军，封列侯，自有传。武留匈奴凡十九岁，始以强壮出，及还，须发尽白。

(《汉书》卷五十四《李广苏建传》，中华书局1983年版)

【注释】

[1] 以父任：苏武之父苏建以功封平陵侯，后任代郡太守。汉制，官俸二千石以上者，

其子弟可以父荫为郎。

[2] 兄弟：指苏武、苏嘉和苏贤。郎：官名，汉制设议郎、中郎、侍郎、郎中等职，皆皇帝侍从官。

[3] 栘（yí）中厩：汉宫园内之马厩名。监：管理马厩之官员。

[4] 十余辈：十多批。

[5] 且鞮（jū dī）侯单于：匈奴乌维单于兄弟。且鞮侯为其嗣位前之封号。单（chán）于，匈奴君主之称号。

[6] 丈人行（háng）：对父叔辈之尊称。行，辈。

[7] 归：送回。

[8] 中郎将：官名，皇帝侍卫。节：使臣所持信物，亦称"旄节"，以竹为竿，上级三重旄牛尾。

[9] 假吏：临时任命之属吏。

[10] 募士：招募而来的士卒。斥候：负责侦察、搜集情报的士卒。

[11] 缑（gōu）王：匈奴中之亲王。长水：水名，在今陕西蓝田西北，汉时设长水校尉。虞常：汉人。

[12] 昆邪（hún yé）王：匈奴亲王，汉武帝元狩二年（前121）降汉。

[13] 浞（zhuó）野侯：名赵破奴，太原人，早年亡命匈奴，后归汉。太初二年（前103）带二万士兵与匈奴交战，兵败而降。

[14] 卫律：原本长水胡人，生长于汉。为协律都尉李延年所荐，出使匈奴。其还国时，正值延年获罪被捕，律怕受牵连，逃奔匈奴，被封为西陵王。将：率领。

[15] 阏氏（yān zhī）：汉代匈奴单于、诸王妻的统称，无后妃妻妾之分。

[16] 私候：私自造访。

[17] 生得：活捉。

[18] 见犯：被冒犯，被侮辱。

[19] 引：牵连，连累。

[20] 贵人：匈奴贵族。

[21] 伊秩訾（zī）：匈奴官名，有左、右之分别。

[22] "即谋"二句：意谓谋杀卫律，就要将汉使杀死。假如他们谋杀单于，将用什么更重的处罚呢？

[23] 受辞：受审问。

[24] 煴（yùn）火：初燃时有烟无焰之火。

[25] 蹈：轻轻地敲打。

[26] 舆归：抬回。营：指汉使的营帐。

[27] 会论：（与苏武）共同判定虞常罪名。会，共同，一起。论，定罪。

[28] 相坐：连坐，连带治罪。

[29] 拟：比划，做出假想动作。

[30] 弥：满。

[31] 膏草野：作野草的肥料，这里指流血牺牲。

[32] 畔：叛变、背叛。

[33] 斗两主：使汉、匈双方争斗。

[34] 南越杀汉使者：汉武帝元鼎五年（前112），南越相吕嘉杀其王、王后及汉使臣，叛汉。武帝派兵征讨，吕嘉兵败身死，即以其地设南海、苍梧等九郡。

[35] "宛王"句：汉武帝太初元年（前104），汉派使臣往大宛要良马，大宛不与，并杀死使者。太初四年，汉征讨大宛，大宛国王被国中贵人所杀。

[36] 县：同"悬"。北阙：古代宫殿中北面之门楼。

[37] "朝鲜"句：汉武帝元封二年（前109），派使臣涉何出使朝鲜，涉何暗中杀死陪伴的朝鲜人，谎称杀了朝鲜武将，被封为辽东东部都尉。后朝鲜袭杀涉何，汉派兵攻朝鲜，其王右渠投降。

[38] 绝不饮食：断绝其饮食供给。

[39] 啮（niè）：咬、啃。旃：同"毡"。

[40] 北海：北海为匈奴北界，在今俄罗斯贝加尔湖。

[41] 羝（dī）：公羊。

[42] 乳：生育。

[43] 廪食：官府供给的粮食。

[44] 去（jǔ）：储藏。

[45] 於靬（wū jiān）王：且鞮侯单于之弟，弋（yì）射：打猎。弋，用绳系在箭上射。

[46] 网：结网。缴（zhuó）：系在箭上的绳。

[47] 檠（qíng）：原指矫正弓弩的器具，此处作动词。

[48] 服匿：匈奴人所制的一种陶器，多用来盛酒酪。穹庐：带有圆顶的毡帐。

[49] 丁令：部落名，匈奴中的一支。

[50] 穷厄：困顿。

[51] 李陵：字少陵，汉名将李广之孙。汉武帝时曾任郎中，后任骑都尉。天汉二年（前99）带兵五千与匈奴主力作战，兵败而降。侍中：掌管皇帝舆服的官员。

[52] 长君：对别人长兄之尊称，这里指苏嘉。奉车：即奉车都尉，专门掌管皇帝的车辇。

[53] 雍：地名，在今陕西凤翔南。棫（yù）阳宫：宫殿名，在雍之东北。

[54] 辇（niǎn）：靠人力推挽的车。除：殿阶。

[55] 孺卿：苏贤之字。

[56] 宦骑：骑马侍从皇帝之宦官。黄门驸马：皇帝的侍从官员。

[57] 大夫人：即太夫人，此指苏武之母。不幸：去世。

[58] 阳陵：在今陕西咸阳东，汉景帝陵墓在此。

[59] 忽忽：精神恍惚。

[60] 系：囚禁。保宫：囚禁大臣及眷属的监狱名。

[61] 亡：同"无"。

[62] 蒙：受到，蒙受。斧钺（yuè）：用来行刑的大斧。汤镬（huò）：将人投入沸水煮死的酷刑。镬，大锅。

[63] 壹：一定。

[64] 王：指李陵，他曾被匈奴封为右校王。

[65] 恶（wù）：羞愧，不好意思。

[66] 区（ōu）脱：两国边界上散居之部落。云中：郡名，在今山西西北及内蒙古西南一带。生口：指被俘虏汉人。

[67] 上崩：指汉武帝去世。

[68] 南乡：向南。乡，同"向"。

[69] 欧：同"呕"。

[70] 临：祭奠。

[71] 上林：上林苑，在长安城西。

[72] 让（ràng）：责备。

[73] 贳（shì）：宽赦。

[74] 奋：施展。大辱：指降匈奴事。积志：长久的心愿。

[75] 庶几：也许。曹：春秋时鲁人曹沫。柯：地名。鲁庄公十三年（前681），曹沫随庄公与齐桓公会盟于柯，曹沫以剑劫桓公，迫使齐国归还鲁之失地。

[76] 收族：捕灭族类。

[77] 以：同"已"。物故：去世。

[78] 太牢：以牛、羊、猪三牲为供品。谒：祭告。园庙：陵墓中之祠庙。

[79] 典属国：职掌外族事务之官员。

[80] 秩：俸禄等级。中二千石：汉制俸禄以粮食多少为等级，中二千石月俸一百八十斛。

[81] 复：免除徭役。

【题解】

本文记述苏武出使匈奴，困留十九年方得归汉的事迹。集中表现了苏武威武不能屈、禄利不能移的精神，宁死不降的高尚气节。叙事生动，形象鲜明，是《汉书》写人最优秀的篇章之一。

【集评】

[1] 叙次精采，千载下犹有生气，合之《李陵传》慷慨悲凉，使迁为之，恐亦不能过也。魏禧谓固密于体，而以工文专属之迁，不知固之工于文，盖亦不减子长耳。（赵翼《廿二史札记》二）

【参考书】

[1]《汉书补注》，王先谦补注，中华书局1983年影印本。

张　衡

张衡（78—139），字平子。东汉南阳（今属河南）人。安帝时，公车召为郎中，又擢为太史令。顺帝时，任侍中、河间相，仕至尚书。他是著名文学家和科学家。仿班固《两都赋》，十年而成《二京赋》，为描写京都的大赋代表作之一。《归田赋》则代表着早期抒情小赋的最高成就。亦能诗。他还发明了世界上最早的地动仪和浑天仪。明人辑有《张河间集》。

四　愁　诗

一思曰：我所思兮在太山[1]，欲往从之梁父艰，侧身东望涕沾翰。美人赠我金错刀[2]，何以报之英琼瑶。路远莫致倚逍遥[3]，何为怀忧心烦劳？

二思曰：我所思兮在桂林[4]，欲往从之湘水深，侧身南望涕沾襟。美人赠我琴琅玕[5]，何以报之双玉盘。路远莫致倚惆怅，何为怀忧心烦伤？

三思曰：我所思兮在汉阳[6]，欲往从之陇阪长，侧身西望涕沾裳。美人赠我貂襜褕[7]，何以报之明月珠。路远莫致倚踟蹰，何为怀忧心烦纡？

四思曰：我所思兮在雁门[8]，欲往从之雪纷纷，侧身北望涕沾巾。美人赠我锦绣段，何以报之青玉案[9]。路远莫致倚增叹，何为怀忧心烦惋？

（《文选》，中华书局1977年影印胡克家刻本）

【注释】

[1] 太山：泰山。主峰在今山东泰安北，五岳之首。下文"梁父（fǔ）"，在今山东泰安东南。秦汉时封泰山禅梁父，即此山。"翰（hàn）"，借指衣襟。

[2] 金错刀：以黄金镶嵌刀柄或刀环的佩刀。下文"英琼瑶"，闪亮的宝玉。"英"，通"瑛"，玉光。"琼瑶"，美玉。

[3] 倚（jī）逍遥：独自徘徊。倚，单，独。或以"倚"通"猗"，助辞无义。疑不确。

[4] 桂林：秦代桂林郡，汉代改郁林郡，治所在今广西桂平西南。

[5] 琴琅玕（gān）：用琅玕（美石）装饰的琴。

[6] 汉阳：东汉郡名，治所在今甘肃甘谷东南。下文"陇阪"，即陇山，在今宁夏南部

及甘肃东部。

[7] 貂襜（chān）褕（yú）：貂皮制成的短衣。

[8] 雁门：雁门郡，东汉治所在今山西代县西北。

[9] 青玉案：青玉装饰的小几（jī）。案是放食器的几案，"举案齐眉"之案。

【题解】

《文选》收录此诗，前有小序，交代诗的写作背景和主旨："张衡不乐久处机密，阳嘉中，出为河间相。时国王骄奢，不遵法度，又多豪右并兼之家。衡下车，治威严，能内察属县，奸滑行巧劫，皆密知名，下吏收捕，尽服擒。诸豪侠游客，悉惶惧逃出境，郡中大治，争讼息，狱无系囚。时天下渐弊，郁郁不得志，为《四愁诗》。屈原以美人为君子，以珍宝为仁义，以水深雪氛为小人，思以道术相报，贻于时君，而惧谗邪不得以通。"可见，此诗表面为怀人之作，其实蕴寓着伤时忧国之思。全诗深情凄美，其重叠复沓结构，显然受到《诗经》的影响，而七言的句式，在早期文人诗歌中，又具开创性。

乐府诗

乐府是汉代管理音乐的机构，汉代乐府诗指由朝廷乐府或相当于乐府职能的音乐机关搜集、保存而流传下来的汉代诗歌。乐府机关秦代和汉初即有，汉武帝时期进一步扩充和发展，职能也进一步强化，不仅组织文人创作朝廷所用的歌诗，还搜集各地歌谣等。《汉书·艺文志》云："自孝武立乐府而采歌谣，于是有赵、代之讴、秦、楚之风，皆感于哀乐，缘事而发，亦可以观风俗，知厚薄云。"汉哀帝时罢乐府官，使得西汉乐府诗散失严重。东汉时乐府机构没有恢复，但有黄门鼓吹署，起到乐府的作用，东汉的乐府诗歌，由其收集、演唱，得以保存。南朝人沈约编辑《宋书》，其《乐志》收录两汉乐府歌诗众多。宋人郭茂倩在前人基础上，编成《乐府诗集》，收录乐府诗歌，分为十二类。汉代乐府诗歌，主要保存在《郊庙歌辞》、《鼓吹曲辞》、《相和歌辞》、《杂歌谣辞》等几类中。

战　城　南

战城南，死郭北[1]，野死不葬乌可食[2]。为我谓乌："且为客豪[3]，野死谅不葬[4]，腐肉安能去子逃？"水深激激[5]，蒲苇冥冥[6]。枭骑战斗死[7]，驽马徘徊鸣。梁筑室，何以南，何以北[8]，禾黍不获君何食[9]？愿为忠臣安可得？思子良臣，——良臣诚可思，朝行出攻，暮不夜归[10]。

（《先秦两汉晋南北朝诗》汉诗，逯钦立编纂，中华书局1983年版。下同）

【注释】

[1]"战城"二句：二句互文见义，谓城南郭北皆有战斗和死者。郭，外城。

[2]野死：战死郊野。乌：乌鸦。

[3]客：战死者。豪：通"嚎"，号哭。一说豪是气魄大之意，且为客豪，即让客之雄姿长存。

[4]谅：料想。

[5]激激：水清澈貌。

[6]冥冥：昏暗貌。

[7]枭骑：良马。枭，通"骁"。

[8]"梁筑室"三句：在桥梁上筑室，何以通南北。"梁筑室"喻不可能之事。一说在桥梁上修筑兵垒，南北无法交通。一说"梁"字前脱"乘"或"架"，此句为设想在家时常做之事，感喟何以被征而南北征战。

[9]"禾黍"句：无禾黍则将士不得食。一说"禾黍不获君何食"指由于征战，田地荒芜，租税无所出，国君也不得食。

[10]暮不夜归：即暮夜不归。战死疆场故不得夜归。

【题解】

这首乐府古辞出《鼓吹曲辞》中的"汉铙歌十八曲"，沈约《宋书·乐志》引蔡邕说"铙歌"是军乐，但汉铙歌内容不全是军旅之事，或纪巡幸祥瑞，或叙武功战阵，或抒写爱情，比较庞杂，既有文人创作，也有民间歌谣。本篇托为战死者口吻，描写战士为国捐躯，死而不葬的惨状，表达伤悼之情，风格慷慨悲凉。

【集评】

[1]此屈子之《国殇》也。《国殇》自愤其力尽死；此则恨死于误国庸臣之手。夫死，非士所惜，但恐所耳。（陈本礼《汉诗统笺》）

[2]读"枭骑"十字，何等简劲。末段思良臣，怀颇、牧之意也。（沈德潜《古诗源》卷三）

上　邪

上邪[1]，我欲与君相知，长命无绝衰。山无陵[2]，江水为竭，冬雷震震夏雨雪，天地合[3]，乃敢与君绝。

【注释】

[1] 上邪（yē）：呼天之词，犹言"天啊"。邪，通"耶"。
[2] 山无陵：山变为平地。
[3] 合：闭，合在一起。

【题解】

本诗亦是汉铙歌。诗中女子呼天为誓，表达坚贞不渝的爱情。列举五种不可能出现的自然现象向男子发誓，表明矢志不移的爱情。感情真挚强烈，用语奇警。

【集评】

[1] 山无陵以下共五事，重叠言之，而不见其排，何笔力之横也。（沈德潜《古诗源》卷三）

江　南

江南可采莲，莲叶何田田[1]。鱼戏莲叶间，鱼戏莲叶东，鱼戏莲叶西，鱼戏莲叶南，鱼戏莲叶北。

【注释】

[1] 田田：荷叶茂密相连貌。一说，鲜碧貌。

【题解】

此诗为《相和歌辞》中的相和曲，始载沈约《宋书·乐志》。《乐府诗集》卷二十六《相和歌辞》引《乐府解题》云："江南古辞，盖美芳晨丽景，嬉游得时。"诗为江南人采莲时所唱的情歌。自然纯朴，清新明丽。

东　门　行

出东门，不顾归。来入门，怅欲悲。盎中无斗米储[1]，还视架上无悬衣。拔剑东门去，舍中儿母牵衣啼："他家但愿富贵，贱妾与君共哺糜[2]。上用仓浪天故，下当用此黄口儿[3]。今非[4]！""咄[5]！行！吾去为迟[6]，白发时下难久居[7]。"

【题解】

[1] 盎（àng）：一种腹大口小的盛器。

[2] 共哺糜：一起喝粥。

[3] "上用"二句：意谓看在老天爷和孩子的份上。用，因，为了。仓浪，青色。

[4] 今非：（你）现在想做的事是非法的。

[5] 咄：喝斥之声。

[6] 吾去为迟：我现在去已是迟了。

[7] 白发时下：时时有白发脱落。

【题解】

本诗为《相和歌辞》中的瑟调曲。诗写贫士穷困窘迫，无衣无食，忍无可忍，不得不拒绝妻子劝阻，铤而走险，走上反抗道路。诗虽只有寥寥数语，却叙事生动，人物个性鲜明。

【集评】

[1] 叱去儿母，断然而行，岁月不居，难再依违也。（陈祚明《采菽堂古诗选》）

[2] 言上为苍天，下为黄口儿，以天道人情动之，戒勿为非也。（黄节《汉魏乐府风笺》）

陌 上 桑

日出东南隅[1]，照我秦氏楼。秦氏有好女[2]，自名为罗敷。罗敷善蚕桑，采桑城南隅。青丝为笼系，桂枝为笼钩[3]。头上倭堕髻，耳中明月珠。缃绮为下裙，紫绮为上襦[4]。行者见罗敷，下担捋髭须；少年见罗敷，脱帽著帩头[5]。耕者忘其犁，锄者忘其锄。来归相怨怒，但坐观罗敷[6]。

使君从南来[7]，五马立踟蹰。使君遣吏往，问此谁家姝？"秦氏有好女，自名为罗敷。""罗敷年几何？""二十尚不足，十五颇有余。"使君谢罗敷[8]："宁可共载不？"罗敷前致辞："使君一何愚！使君自有妇，罗敷自有夫。"

"东方千余骑[9]，夫婿居上头。何用识夫婿，白马从骊驹[10]。青丝系马尾，黄金络马头。腰中鹿卢剑[11]，可直千万余。十五府小史[12]，二十朝大夫。三十侍中郎[13]，四十专城居。为人洁白皙，鬑鬑颇有须[14]。盈盈公府步，冉冉府中趋[15]。坐中数千人,皆言夫婿殊。"

【注释】

[1] 隅:方。下文"我",我们的(此为歌者口吻)。
[2] 好女:美女。下文"自名",本名。"罗敷",古代美人名,故汉代女子多取为名。"秦"也是当时文学作品中美女常用的姓。
[3] "青丝"二句:用青色丝绳做竹篮的绳子,用桂树的枝条做竹篮的提钩。按此二句赞采桑工具之香洁。
[4] "头上"四句:赞罗敷妆饰衣着之华贵时尚。倭堕髻,偏于一侧似堕非堕的发式。绮绮,浅黄色带花纹的丝织品。襦,短衣。
[5] 著帩(qiào)头:露出包头发的纱巾(帕头)。此为故意卖弄引起注意之举。
[6] "来归"二句:归来后受到埋怨恼恨,都是为了"观罗敷"的缘故。坐,因,由于。
[7] 使君:刺史或太守的称呼。下文"五马",太守用五马驾车。"立踟蹰",徘徊不前。
[8] 谢:问。下句说,可以一起乘车吗?
[9] 千余骑:指车骑随从之众多。下文"上头",行列的前面。
[10] "白马"句:(夫婿骑着白马)后边跟着小黑马。从,跟随。
[11] 鹿卢剑:剑首雕饰的鹿卢(辘轳,井上汲水用的滑轮)形的佩剑。
[12] 府小史:太守府的吏员。下文"朝大夫"朝廷里的大夫。
[13] 侍中郎:汉代侍中多为加官(在本职之外特加的荣衔)。有此头衔,可以入侍天子,常在禁中。下文"专城居",一城之主,方面大员。如州刺史。
[14] 鬑(lián)鬑:须发疏薄貌。颇:少。白面微须,指相貌英俊。
[15] "盈盈"二句:形容派头大,风度好。盈盈、冉冉,踱步舒缓从容貌。下文"坐中",当指集会时,"数千人"夸张之辞。

【题解】

本诗一名《艳歌罗敷行》、《日出东南隅篇》,亦是《相和歌辞》相和曲。汉代有太守、刺史行县劝课农桑之制,往往扰民。此诗讽刺嘲笑使君,赞美罗敷坚贞不屈,俚趣横生。诗中写罗敷之美,从侧面烘托,手法新奇。罗敷夸夫之词,为拒婚太守,不必拘泥为实事。罗敷只是一位"善蚕桑"的独自在桑间劳动的普通女子。

【集评】

[1] 铺叙浓至,与辛延年《羽林郎》一副笔墨。此乐府体别于古诗者在此……谢使君四语,大义凛然;末段盛称夫婿,若有章法,若无章法,是古人入

神处。(沈德潜《古诗源》卷三)

[2] 写罗敷全须容貌,今止言服饰之盛耳,无一言及其容貌,特于看罗敷者尽情描写,诚妙。(黄节《汉魏乐府风笺》卷一引陈胤倩语)

[3] "日出东南隅,照我秦氏楼",起句便有容华映朝日之意。罗敷对使君之语,只说夫婿,而自己不可犯,使君之冒昧更不必言。(黄节《汉魏乐府风笺》卷一引费滋衡语)

古诗为焦仲卿妻作并序

汉末建安中[1],庐江府小吏焦仲卿妻刘氏[2],为仲卿母所遣,自誓不嫁。其家逼之,乃投水而死。仲卿闻之,亦自缢于庭树。时人伤之[3],为诗云尔。

孔雀东南飞,五里一徘徊[4]。"十三能织素,十四学裁衣,十五弹箜篌[5],十六诵诗书。十七为君妇,心中常苦悲。君既为府吏,守节情不移[6]。贱妾留空房,相见常日稀。鸡鸣入机织,夜夜不得息。三日断五匹[7],大人故嫌迟。非为织作迟,君家妇难为。妾不堪驱使,徒留无所施。便可白公姥[8],及时相遣归。"

府吏得闻之,堂上启阿母:"儿已薄禄相[9],幸复得此妇。结发同枕席[10],黄泉共为友。共事三二年,始尔未为久。女行无偏斜,何意致不厚[11]?"阿母谓府吏:"何乃太区区[12]。此妇无礼节,举动自专由。吾意久怀忿,汝岂得自由!东家有贤女,自名秦罗敷。可怜体无比[13],阿母为汝求。便可速遣之,遣去慎莫留!"府吏长跪告,伏惟启阿母[14]:"今若遣此妇,终老不复取[15]!"阿母得闻之,槌床便大怒[16]:"小子无所畏,何敢助妇语。吾已失恩义,会不相从许[17]!"

府吏默无声,再拜还入户。举言谓新妇,哽咽不能语:"我自不驱卿,逼迫有阿母。卿但暂还家,吾今且报府[18]。不久当归还,还必相迎取。以此下心意,慎勿违吾语。"新妇谓府吏:"勿复重纷纭[19]!往昔初阳岁[20],谢家来贵门。奉事循公姥[21],进止敢自专?昼夜勤作息[22],伶俜萦苦辛。谓言无罪过,供养卒大恩。仍更被驱遣,何言复来还[23]?妾有绣腰襦[24],葳蕤自生光。红罗复斗帐[25],四角垂香囊。箱帘六七十[26],绿碧青丝绳。物物各自异,种种在其中。人贱物亦鄙[27],不足迎后人。留待作遗施[28],于今无会因。时时为安慰,久久莫相忘!"

鸡鸣外欲曙,新妇起严妆[29]。著我绣夹裙,事事四五通[30]。足下蹑丝履,头上玳瑁光。腰若流纨素[31]，耳著明月珰。指如削葱根，口如含朱丹。纤纤作细步，精妙世无双。上堂拜阿母，阿母怒不止。"昔作女儿时，生小出野里。本自无教训，兼愧贵家子。受母钱帛多[32]，不堪母驱使。今日还家去，念母劳家里[33]。"却与小姑别，泪落连珠子。"新妇初来时，小姑始扶床[34]。今日被驱遣，小姑如我长。勤心养公姥，好自相扶将。初七及下九[35]，嬉戏莫相忘。"出门登车去，涕落百余行。

府吏马在前，新妇车在后。隐隐何甸甸[36]，俱会大道口。下马入车中，低头共耳语。"誓不相隔卿，且暂还家去。吾今且赴府，不久当还归。誓天不相负！"新妇谓府吏："感君区区怀[37]。君既若见录[38]，不久望君来。君当作磐石[39]，妾当作蒲苇。蒲苇纫如丝[40]，磐石无转移。我有亲父兄[41]，性行暴如雷。恐不任我意[42]，逆以煎我怀。"举手长劳劳[43]，二情同依依。

入门上家堂，进退无颜仪。阿母大拊掌："不图子自归！十三教汝织，十四能裁衣。十五弹箜篌，十六知礼仪。十七遣汝嫁，谓言无誓违[44]。汝今无罪过，不迎而自归。"兰芝惭阿母："儿实无罪过。"阿母大悲摧。

还家十余日，县令遣媒来。云"有第三郎，窈窕世无双。年始十八九，便言多令才。"阿母谓阿女："汝可去应之。"阿女含泪答："兰芝初还时，府吏见丁宁，结誓不别离。今日违情义，恐此事非奇[45]。自可断来信，徐徐更谓之。"阿母白媒人："贫贱有此女，始适还家门。不堪吏人妇，岂合令郎君？幸可广问讯[46]，不得便相许。"

媒人去数日，寻遣丞请还。说"有兰家女，承籍有宦官。"云"有第五郎，娇逸未有婚。遣丞为媒人，主簿通语言[47]。"直说"太守家，有此令郎君。既欲结大义，故遣来贵门[48]。"阿母谢媒人："女子先有誓，老姥岂敢言？"阿兄得闻之[49]，怅然心中烦。举言谓阿妹[50]："作计何不量！先嫁得府吏，后嫁得郎君。否泰如天地[51]，足以荣汝身。不嫁义郎体，其往欲何云？"兰芝仰头答："理实如兄言。谢家事夫婿[52]，中道还兄门。处分适兄意[53]，那得自任专。虽与府吏要[54]，渠会永无缘。登即相许和，便可作婚姻。"

媒人下床去，诺诺复尔尔[55]。还部白府君："下官奉使命，言谈大有缘。"府君得闻之，心中大欢喜。视历复开书[56]，便利此月内，六合正相应[57]。"良吉三十日，今已二十七。卿可去成婚。"交语速装束[58]，络绎如浮云。青雀白鹄舫[59]，四角龙子幡，婀娜随风转。金车玉作轮，踯躅青骢马，流苏金缕鞍。赍钱三百万，皆用青丝穿。杂彩三百匹[60]，交广市鲑珍。从人四五百，郁郁登郡门[61]。

阿母谓阿女："适得府君书，明日来迎汝。何不作衣裳？莫令事不举。"阿女默无声，手巾掩口啼，泪落便如泻。移我琉璃榻[62]，出置前窗下。左手持刀尺，右手执绫罗。朝成绣夹裙。晚成单罗衫。晻晻日欲暝，愁思出门啼。

府吏闻此变，因求假暂归。未至二三里，摧藏马悲哀[63]。新妇识马声，蹑履相逢迎。怅然遥想望，知是故人来。举手拍马鞍，嗟叹使心伤。"自君别我后，人事不可量[64]，果不如先愿，又非君所详。我有亲父母[65]，逼迫兼弟兄。以我应他人，君还何所望！"府吏谓新妇："贺卿得高迁！磐石方且厚，可以卒千年。蒲苇一时纫，便作旦夕间。卿当日胜贵，吾独向黄泉。"新妇谓府吏："何意出此言！同是被逼迫，君尔妾亦然[66]。黄泉下相见，勿违今日言！"执手分道去，各各还家门。生人作死别，恨恨那可论！念与世间辞，千万不复全。

府吏还家去，上堂拜阿母："今日大风寒，寒风摧树木，严霜结庭兰。儿今日冥冥[67]，令母在后单。故作不良计，勿复怨鬼神！命如南山石，四体康且直[68]。"阿母得闻之，零泪应声落。"汝是大家子，仕宦于台阁[69]。慎勿为妇死，贵贱情何薄？东家有贤女，窈窕艳城郭[70]。阿母为汝求，便复在旦夕。"府吏再拜还，长叹空房中。作计乃尔立[71]，转头向户里，渐见愁煎迫。

其日牛马嘶，新妇入青庐[72]。庵庵黄昏后[73]，寂寂人定初。"我命绝今日，魂去尸长留。"揽裙脱丝履，举身赴清池。府吏闻此事，心知长别离。徘徊顾树下，自挂东南枝。

两家求合葬，合葬华山傍[74]。东西植松柏，左右种梧桐。枝枝相覆盖，叶叶相交通。中有双飞鸟，自名为鸳鸯。仰头相向鸣，夜夜达五更。行人驻足听，寡妇起彷徨。多谢后世人[75]，戒之慎勿忘。

【题解】

[1] 建安：汉献帝（189-220 在位）年号（196-220）。

[2] 庐江：郡名，治所在今安徽庐江西南。府：指太守府。下文"遣"，休弃。

[3] 伤：感伤。下文"云尔"，如此而已。

[4] "孔雀"二句：此用《诗经》"赋比兴"之兴。以双鸟起兴，亦具"比"意。

[5] 箜篌：拨弦乐器。有卧式与立式两种。

[6] "守节"句：意谓丈夫恪守臣节，专心公事。有无暇顾家之意。

[7] 断五匹：织得五匹。断，从织机截下。匹，《汉书·食货志下》："布帛广二尺二寸为幅，长四丈为匹。"下文"大人"，指婆婆。

[8] 白公姥：告诉公婆。此偏指婆婆。"细看全诗，仲卿实在没有父亲。这里因'姥'而连言'公'。'公姥'为偏义复辞。"（余冠英《乐府诗选》）

[9] 薄禄相：禄命很薄（难得富贵）之面相。古代相术以面目骨骼断人一生贵贱贫富。

[10] 结发：年轻时，亦指结婚。下文"黄泉"，地下。喻死后。

[11] "何意"句：何曾想到招致厌烦。不厚，不爱。

[12] 区区：愚拙，拘泥，想不开。
[13] "可怜"句：体态无比可爱。下文"求"，求婚。
[14] 伏惟：下对上的表敬之辞。伏，俯伏。惟，想。
[15] 取：娶。
[16] 槌：拍，打。床：坐榻。比板凳稍宽大。
[17] 会不：应当不。此处有决不之意。从许：允许。
[18] 报：赴。报府，赴府，前往庐江府办公。
[19] "勿复"句：不必再添麻烦。
[20] 初阳：约指阴历十一月（依余冠英说）。下句说，嫁到了你家。"谢"，辞。"贵门"，焦家。
[21] 循：顺着。下文"进止"，举动。
[22] 勤作息：辛勤劳动。作息，作与息。此偏取作义。下文"伶俜"，孤独貌。
[23] "谓言"四句：我自以为没有过失，侍奉婆婆终报大恩。（尽管如此）仍然被休弃了，还说什么再回来！
[24] 腰襦：齐腰的短袄。下文"葳（wēi）蕤（ruí）"，草木茂盛貌。此指衣上图案之美盛。
[25] 复斗帐：双层的状如覆斗的小帐。
[26] 帘：盛物品的小匣子。
[27] 鄙：鄙陋。下句说，不值得留给后来人（你未来的妻子）。
[28] 遗（wèi）施：赠与他人之物。下句说，从此没有见面的机会了。
[29] 严妆：盛妆，着意打扮。如下文云云。
[30] 四五通：多遍，反覆多次（务求满意）。
[31] "腰若"句：大意谓腰间围着如水一般轻盈流动的纨素。纨素，精致的细绢。
[32] 钱帛：婆家聘礼。下文"不堪"，不能胜任。
[33] "念母"句：担心婆母在家劳作受累。按，自"昔作女儿时"至此，为刘氏告别婆母之辞。
[34] 始扶床：形容年幼个子还很小。下文说，现在长得与我一般高了。
[35] 初七：七月七日夜牛郎织女会于天河。妇女在庭院间供祭织女，并进行乞巧活动。下九：每月的十九日（二十九为上九，初九为中九）。妇女常在此日聚会游嬉。
[36] 隐隐、甸（tián）甸：均象车马之声。
[37] 区区：忠爱，诚挚。
[38] 见录：犹言记得我。录，收录，记。
[39] 磐石：喻坚重不移。下文"蒲苇"，喻柔弱。
[40] 纫：通"韧"，有韧性。
[41] 亲父兄：同父之兄，胞兄。一说父兄为偏义复词，指兄。
[42] 任我意：听从我的意愿。下句说，估计会让我痛苦。
[43] 劳劳：惆怅。

[44] 愆违：过失。愆，或当作愆（愆）。
[45] 非奇：不好。下文"断来信"，回绝媒人。信，使者。"谓之"，议论出嫁之事。
[46] "幸可"句：大意谓希望（求婚者）再多方了解其他人家的情况。下句说（我家女儿）不能相许。
[47] "媒人"八句：大意谓媒人走了之后数日，（县令）派遣县丞向（太守）请示公事，（县丞）回到县里（对县令）说，不如向兰家女求婚，这是继承了祖上仕籍的官宦人家（与刘氏不同）。然后又说（太守）有第五位公子，娇贵文雅，尚未结婚，派遣我（县丞）做媒，这个意思是太守通过他的主簿官向我（县丞）传达的。今按，此八句颇为纠结支离，脉络不清。以上解释，系综合整理余冠英等人意见而成。可备参考。
[48] 直说：直截了当地说。此为县丞上门为太守之子说媒。下文"结大义"，结婚姻。
[49] 阿兄：刘氏（兰芝）之兄。
[50] 举言：扬言，大声说。下文"不量"，不仔细考量，不动脑子。
[51] "否（pǐ）泰"句：坏运（嫁府吏）与好运（嫁郎君）比，有天上地下之不同。按，《周易》中有《泰》卦，《否》卦，阴阳相交为泰，为通顺；阴阳不交为否，为困厄。
[52] 谢家：辞家（出嫁）。下文"中道"，半路。
[53] 处分：安排处理；适：适合，顺从。
[54] 要（yāo）：要约，约定。下句大意说，与他相会是永远无缘了。"渠"，他。按，此句及以下数句，说明兰芝已知别无出路，准备以死抗争。
[55] "诺诺"句：应答之辞。诺诺，犹言好的，好的。尔尔，犹言是这样，是这样。
[56] "视历"句：翻开历书查看（吉日）。
[57] "六合"句：阴阳家以月建与日辰的地支（子丑寅卯辰巳午未申酉戌亥）相合为良辰吉日。即子与丑合，寅与亥合，卯与戌合，辰与酉合，巳与申合，午与未合，总称六合。
[58] "交语"句：交相传话，赶紧办理礼物。下句说，办事人员络绎不绝，多如浮云。
[59] "青雀"句：船头绘有青雀白鹄图案的船只。下文"龙子幡"，画龙或绣龙的旗帜。
[60] 杂采：各色缎匹。下句说，从交州广州（今两广及越南中北部）置办各种山珍海味。鲑（xié），鱼类菜肴之总称。
[61] 郁郁：盛貌。形容人多。登，聚集。一说，登当作"发"，出发。今按，以上一段，写太守府筹办婚事，亦极尽夸饰。
[62] 琉璃榻：镶嵌琉璃的坐榻。
[63] 摧藏：读作"凄怆"，伤心。一说摧藏即"摧脏"，犹言摧肝裂肺。马悲哀：马鸣亦似悲哀之声。
[64] 量：预测。下文"详"，周详，尽知。
[65] 亲父母：兰芝似已无父，此处"父母"是偏义复词，偏指母。下文"弟兄"偏指兄。（依余冠英说）
[66] "君尔"句：你如此，我亦如此。

［67］冥冥：日色昏暗。暗示生命已到尽头。下句说，使得母亲今后孤苦。
［68］"命如"二句：祝福母亲寿长身健。
［69］台阁：尚书台，中央政务机关。焦仲卿为"府小吏"，离台阁尚远。此或是预测将来之辞。
［70］艳城郭：城中之最美艳者。
［71］"作计"句：计划就这么定了（决心自杀殉情）。
［72］青庐：以青布幔为屋。
［73］奄（yǎn）奄：倏忽。奄，通"晻"。今按，古代婚礼在黄昏时举行。
［74］华山：当是庐江府地区的小山。
［75］谢：告诉。下文"戒之"，以此为警戒。按，末二句为叙事者直面听众或读者的口气。

【题解】

本诗最早见于《玉台新咏》，题为《古诗为焦仲卿妻作》，《乐府诗集》收入《杂曲歌辞》，题为《焦仲卿妻》，后人又习惯取其首句，名为《孔雀东南飞》。此诗为发展历代传说和演绎当时故事的长篇巨制。诗写刘兰芝与焦仲卿夫妇相亲相爱，却被以焦母和刘兄等代表的封建礼教势力拆散，最后不得不以死殉情的爱情悲剧。全诗叙事委婉迤逦，情节曲折，人物形象鲜明生动，抒情淋漓酣畅，如泣如诉。

【集评】

［1］《焦仲卿》篇，形容阿母之虐，阿兄之横，亲母之依违，太守之强暴，丞吏、主簿、一班媒人张皇趋附，无不绝倒，所以入情。若只写府吏、兰芝两人痴态，虽刻画逼肖，绝不能引人涕泗纵横至此也。（贺贻孙《诗筏》）

［2］作诗繁简各有其宜，譬诸众星丽天，孤霞捧日，无不可观。若《孔雀东南飞》……是也。（谢榛《四溟诗话》卷一）

［3］《孔雀东南飞》质而不俚，详而有体，五言之史也。而皆浑朴自然，无一字造作，诚为古今绝唱。（胡应麟《诗薮》内编卷二）

［4］《庐江小吏妻》诗共一千七百八十五言，古今第一长诗也。淋淋漓漓，反反覆覆，杂述十数人口中语，而各肖其声音面目，岂非真化工之笔。（沈德潜《古诗源》卷四）

【参考书】

［1］《汉魏乐府风笺》，黄节笺注，人民文学出版社1958年版。
［2］《乐府诗集》，郭茂倩编，中华书局1979年版。

[3]《汉魏六朝诗选》，余冠英选注，人民文学出版社，1978年第二版。

古诗十九首

萧统《文选》编入无名氏文人作品，统称《古诗》，因是十九首，故《古诗十九首》又成专名。作者说法众多，或认为其中有枚乘、傅毅之作，又有人说其中有建安中曹、王所制。均无确据。现在一般认为，大约是东汉末年桓、灵时期无名氏文人所作。此时社会黑暗，一些落魄知识分子既无社会地位，又无政治前途，往往流浪江湖，背井离乡，辗转辛苦，失意彷徨，《古诗十九首》正是这种生活的反映。作品内容比较复杂，既有游子思妇感伤离别之辞，也有的作品或热衷仕宦，或指责世态炎凉，或叹怀才不遇，知音难觅，或写人生短促，及时行乐，或追求避世仙境等。这些诗在艺术上很成功，融汇诗骚的艺术成果，提高了抒情诗的技巧，代表着早期文人五言抒情诗的最高成就。

其 一

行行重行行[1]，与君生别离[2]。相去万余里，各在天一涯[3]。道路阻且长[4]，会面安可知。胡马依北风，越鸟巢南枝[5]。相去日已远，衣带日已缓[6]。浮云蔽白日[7]，游子不顾返。思君令人老，岁月忽已晚。弃捐勿复道，努力加餐饭[8]。

（《先秦汉魏晋南北朝诗》汉诗，逯钦立编纂，中华书局1983年版。下同）

【注释】

[1]"行行"句：谓走了又走，走个不停。重（chóng），又，再。

[2]生别离：活生生分开。《楚辞·少司命》："悲莫悲兮生别离，乐莫乐兮新相知。"

[3]涯：方。

[4]"道路"句：《诗经·蒹葭》："溯洄从之，道阻且长。"阻，险。

[5]"胡马"二句：胡马南来仍依北风，越鸟北去仍巢南枝。以动物的眷恋故土，喻游子不应忘记故乡。这两个比喻在汉代歌谣中很流行，《韩诗外传》、《盐铁论》中都引到类似诗句。

[6]缓：宽松。因思君人瘦，所以衣带日松。

[7]"浮云"句：亦是汉代歌谣中套句。本喻邪佞之毁忠良，此喻游子被新欢迷惑。

[8]"努力"句：劝慰游子，希望他多吃饭，保重身体。汉人常以"加餐饭"之类话语慰勉他人。如乐府古辞《饮马长城窟》中也有"上言加餐饭"之句。一说此为思妇自慰之辞。

【题解】

本诗是代言体的思妇之辞，回环往复地抒写了思妇对远行异乡的游子的思念。传情深长委婉，用语质朴凝练。诗中引用《诗经》、《楚辞》，可见作者的文人身份，而歌谣套句的应用，也可见民歌的影响。

其 二

青青河畔草，郁郁园中柳[1]。盈盈楼上女[2]，皎皎当窗牖。娥娥红粉妆[3]，纤纤出素手。昔为倡家女，今为荡子妇[4]。荡子行不归，空床难独守。

【注释】

[1]郁郁：茂盛貌。

[2]盈盈：仪态美好。下文"皎皎"，肤色白晰。

[3]娥娥：娇美貌。

[4]荡子：游子。

【题解】

本诗也是思妇之辞。一个从前为乐伎的女子，现在独守空闺，那种对游子的思念，又别有一番况味。抒情直率真挚，王国维《人间词话》谓末四句"可谓淫鄙之尤，然无视为淫词、鄙词者，以其真也"。思妇形象鲜明，叠字运用巧妙。

其 三

青青陵上柏[1]，磊磊涧中石。人生天地间，忽如远行客[2]。斗酒相娱乐，聊厚不为薄[3]。驱车策驽马[4]，游戏宛与洛。洛中何郁郁[5]，冠带自相索。长衢罗夹巷，王侯多第宅。两宫遥相望[6]，双阙百余尺。极宴娱心意[7]，戚戚何所迫！

【注释】

[1] 陵：高丘。下文"磊磊"，众石堆垒不平貌。
[2] 远行客：喻人生奄忽，匆匆走过。
[3] "聊厚"句：（斗酒虽少）姑且以之为厚，而不以为薄。
[4] 驽马：劣马。下文"宛"，今河南南阳。"洛"，今河南洛阳。均为当时繁华都市。
[5] 郁郁：气象繁华热闹。下文"冠带"，指代富贵人。相索，相互交往。
[6] 两宫：洛阳的南宫与北宫，相距七里。下文"阙"，带楼观的高台，左右相对。
[7] 极宴：尽情宴飨。下句说，（我）又为什么要压抑自己而忧心忡忡呢？

【题解】

本诗抒写人生无常，当及时行乐以求解脱的情感。这种失意士人的人生感慨，折射了东汉后期动荡的社会政治环境，也是其时个体生命意识觉醒的反映。诗以比喻寄托人生无常之叹，极写娱乐消忧，也有对权贵的讥刺。抒情真切直接，造语新警。

其 四

西北有高楼，上与浮云齐。交疏结绮窗[1]，阿阁三重阶。上有弦歌声，音响一何悲。谁能为此曲，无乃杞梁妻[2]。清商随风发[3]，中曲正徘徊。一弹再三叹[4]，慷慨有余哀。不惜歌者苦，但伤知音稀。愿为双鸿鹄，奋翅起高飞[5]。

【注释】

[1] "交疏"句：交错地刻镂着绮样花纹的窗子。下文"阿（ē）阁"，四边出檐的阁楼。
[2] 杞梁：春秋时齐国大夫，战死于莒国城下，其妻哭泣十日，然后自尽。
[3] 清商：乐曲名。下句说，乐曲的中段旋律回环往复。
[4] 叹：乐曲中的和声。下文"慷慨"，感慨、悲叹。
[5] "愿为"二句：愿我们成为一双鸿鹄，一起振翅高飞。这是听者对歌者的内心独白，表示对歌者痛苦的理解。

【题解】

本诗闻歌兴感，慨叹的是知音难遇之情。诗人倾听高楼歌者的弦歌声，将歌者想象为一个失意之人，自命为歌者的知音，不禁痛惜感慨，悲从中来。一唱三叹，回环往复。

其　　六

涉江采芙蓉，兰泽多芳草[1]。采之欲遗谁[2]，所思在远道。还顾望旧乡，长路漫浩浩。同心而离居[3]，忧伤以终老。

【注释】

[1] 兰泽：长着兰草的低湿之地。
[2] 遗（wèi）：赠，送。
[3] 同心：与闺中人同心。离居：自己离家在外。

【题解】

本诗所咏是游子思家。诗由相思而采芳，由采芳而望乡，由望乡而回到相思，将游子思乡怀人之情，表达得深切宛转，低徊绵长。诗用楚辞成辞，以采芳赠人发端，蕴积丰富。

其　十　三

驱车上东门[1]，遥望郭北墓[2]。白杨何萧萧，松柏夹广路。下有陈死人，杳杳即长暮。潜寐黄泉下，千载永不寤。浩浩阴阳移[3]，年命如朝露。人生忽如寄[4]，寿无金石固。万岁更相送，贤圣莫能度[5]。服食求神仙[6]，多为药所误。不如饮美酒，被服纨与素。

【注释】

[1] 上东门：汉代洛阳城东面三门，最北的为上东门。
[2] 郭北墓：城北的墓地。此指洛阳城北的邙山（北邙山），为王公贵人墓地。下四句说，在萧瑟的墓地，死者长眠在黑暗中，永远不会醒来了。
[3] 阴阳移：一年四季，时光推移。按，春夏为阳，秋冬为阴。
[4] 忽：倏忽，急遽。寄：寄居。
[5] "万岁"二句，自古以来一代送一代，即使圣贤也难免一死。度，超越。
[6] 服食：服用所谓长生不死之药，如丹汞之类。

【题解】

本诗亦是慨叹人生短暂，冀以及时行乐来解脱苦闷。诗以眺望北邙山墓地开端，墓地的阴森，烘托出死亡的可怖。生命如露，人生如寄，死亡无法避免，只能以华服美酒暂时放纵短促的人生。诗的感情有些颓废，但这种精神上的无归宿感，正是珍惜个体生命价值的反映。全诗形象鲜明，想象生动，用语精警。

【集评】

[1] 观其结体散文，直而不野，婉转附物，怊怅切情，实五言之冠冕也。（刘勰《文心雕龙·明诗》）

[2] 文温以丽，意悲而远，惊心动魄，可谓几乎一字千金。（钟嵘《诗品》卷上）

[3] 随语成韵，随意成趣，辞藻气骨，略无可寻，而兴象玲珑，意致深婉，真可以泣鬼神、动天地。（胡应麟《诗薮》内编卷二）

[4]《十九首》非一人一时……大率逐臣弃妻，朋友阔绝，游子他乡，死生新故之感。中间或寓言或显言，反覆低回，抑扬不尽。使读者悲感无端，油然善入，此《国风》之遗也。（沈德潜《古诗源》卷四）

【参考书】

[1]《古诗十九首集释》，隋树森集释，中华书局1955年版。

[2]《古诗十九首初探》，马茂元著，陕西人民出版社1981年版。

魏晋南北朝部分

曹 操

　　曹操（155—220），字孟德，东汉沛国谯（今安徽亳州）人。在汉末军阀兼并战争中，建立割据势力，最终统一北方。官至丞相，封魏王，其子曹丕代汉称帝，追赠其为武帝。史载曹操不仅有政治军事才能，而且爱好文学艺术。现存诗均为乐府，往往以旧调旧题来反映社会现实和抒写自己的生活感受。情调慷慨悲凉。明人辑有《魏武帝集》。

蒿 里 行

　　关东有义士[1]，兴兵讨群凶。初期会盟津[2]，乃心在咸阳[3]。军合力不齐，踌躇而雁行[4]。势利使人争，嗣还自相戕[5]。淮南弟称号[6]，刻玺于北方[7]。铠甲生虮虱，万姓以死亡。白骨露于野，千里无鸡鸣。生民百遗一，念之断人肠。

　　　　（《先秦汉魏晋南北朝诗》魏诗，逯钦立编纂，中华书局1983年版。下同）

【注释】

　　[1] 关：指函谷关，故址在今河南新安东。义士：指关东各州郡起兵讨伐董卓的诸将领。
　　[2] 会盟津：相传周武王起兵伐纣时，中途曾和反纣的八百诸侯会盟。这里用"会盟津"代指各路讨董卓军队结成联盟。盟津，也称孟津，在今河南孟县南。
　　[3] 咸阳：秦代的国都，这里代指长安，当时汉献帝已被董卓挟持由洛阳迁到了长安。
　　[4] 雁行：鸿雁的行列，比喻诸军列阵后观望不前的样子。
　　[5] 嗣还：随即。还，同"旋"。戕：残害。当时袁绍、公孙瓒等发生了内部冲突。
　　[6] "淮南"句：董卓被杀后，袁绍与异母弟袁术分裂，袁术据有淮南，于建安二年（197）称帝。淮南，淮河下游南部至长江以北地区。
　　[7] "刻玺"句：初平二年（191）袁绍谋立刘虞为帝，为之刻印。玺，皇帝用的印。

【题解】

　　《蒿里行》为汉乐府曲调名，是当时人们送葬时所唱的挽歌。中平六年（189），汉灵帝死，少帝刘辩即位，何进等谋诛宦官，不成，为宦官所杀；袁绍、袁术攻杀宦官，朝廷大乱；董卓带兵进京，驱逐袁绍、袁术，废除刘辩，另立刘协为帝（献帝），自己把持了政权。献帝初平元年（190），关东州郡推勃海太守袁绍为盟主，起兵讨董卓。曹操此作，是以旧题写时事，叙写了关东诸将领的争权夺利和战乱给人民造成的深重灾难。

【集评】

[1] 借古乐府写时事,始于曹公。(沈德潜《古诗源》卷五)

[2] 首四,就本初讨逆初心说起,欲抑先扬,作一开势。"军合"六句,转笔叙当时诸路兵起,迟疑起衅,公路竟至僭号之事。"铠甲"四句,正写诸路兵乱之惨,末二,结到感伤,重在生民涂炭。(张玉榖《古诗赏析》卷八)

[3] "铠甲"四句,极写乱伤之惨,而诗则真朴雄阔远大。(方东树《昭昧詹言》卷二)

短 歌 行

对酒当歌[1],人生几何?譬如朝露,去日苦多。慨当以慷[2],忧思难忘。何以解忧,唯有杜康[3]。青青子衿,悠悠我心。但为君故,沈吟至今[4]。呦呦鹿鸣,食野之苹。我有嘉宾,鼓瑟吹笙[5]。明明如月,何时可掇。忧从中来,不可断绝。越陌度阡,枉用相存。契阔谈䜩,心念旧恩[6]。月明星稀,乌鹊南飞。绕树三匝,何枝可依[7]?山不厌高,海不厌深[8]。周公吐哺[9],天下归心。

【注释】

[1] 当:与"对"同义,面对。

[2] 慨当以慷:慷慨,心情感奋激发。

[3] 杜康:相传最早造酒之人。指代酒。

[4] "青青"四句:大意是表达自己对贤人的长久的思慕。《诗经·郑风·子衿》:"青青子衿,悠悠我心。……"青衿(jīn),青领,学子之所服,指代学子。君,指贤才。今按,《子衿》诗主旨众说纷纭,不备述。

[5] "呦呦"四句:取自《诗经·小雅·鹿鸣》之首章,借以表达自己将礼遇贤才的诚挚心情。呦(yōu)呦,鹿鸣声。苹,艾蒿。

[6] "越陌"四句:大意说,(希望)朋友远道枉驾前来存问,必将盛宴欢聚,回忆往日的情谊,阡陌,本指田间小路。枉,屈。存,问候。契(qiè)阔,久别的情愫。

[7] "月明"四句:《文选》李善注:"喻客子无所依托也。"依此,则是以乌鹊喻流离颠沛之贤才。

[8] "山不"二句:《管子·形势解》:"海不辞水,故能成其大;山不辞土石,故能成其高;明主不厌人,故能成其众。"

[9] 周公吐哺:《史记·鲁国出世家》记周公戒伯禽曰:"我一沐三捉发,一饭三吐哺,

起以待士，犹恐失天下之贤人。"捉发，把头发拧干。吐哺，把口中食物吐出来。表示随时准备接待贤士。

【题解】

　　《短歌行》是汉乐府曲调名。曹操以乐府旧题抒发岁月易逝，人生短促，功业未就的苦闷，表达招纳志士贤才的愿望，建功立业的雄心壮志。这首诗总体风格悲凉沉雄，在喟叹感慨中，更有奋发激昂的恢弘境界。

【集评】

　　[1] 四言至此，出脱《三百篇》殆尽，此其心手不粘滞处。"青青子衿"二句，"呦呦鹿鸣"四句，全写《三百篇》，而毕竟一毫不似，其妙难言。（钟惺《古诗归》）

　　[2] 耸然高峙，绝无缘傍。又云：壮士搔首语不入绮罗丽句，老气酷烈扑人。（陆时雍《古诗镜》）

　　[3] 此诗音响发越，情韵之美，慷慨激昂四字可以尽之，篇中提掇处多，最是胜境。（吴闿生《古今诗范》）

苦　寒　行

　　北上太行山[1]，艰哉何巍巍[2]。羊肠坂诘屈[3]，车轮为之摧。树木何萧瑟，北风声正悲。熊罴对我蹲，虎豹夹路啼。溪谷少人民，雪落何霏霏[4]。延颈长叹息，远行多所怀。我心何怫郁[5]，思欲一东归。水深桥梁绝，中路正徘徊。迷惑失故路，薄暮无宿栖。行行日已远，人马同时饥。担囊行取薪，斧冰持作糜[6]。悲彼东山诗[7]，悠悠使我哀。

【注释】

　　[1] 太行山：指位于河内（今河南沁阳）的太行山余脉。
　　[2] 巍巍：高貌。
　　[3] 羊肠坂：指从沁阳至山西晋城的道路。坂，斜坡。诘屈：曲折迂回貌。
　　[4] 霏霏：形容雪下得很密。
　　[5] 怫（fú）郁：忧伤不乐貌。
　　[6] 斧冰：以斧取冰。糜：粥。
　　[7] 东山：《诗经·豳风》篇名，抒发戍卒怀乡思家之情。

【题解】

《苦寒行》是汉乐府曲调名。此诗是以乐府旧题写时事,作于建安十一年(206)正月,曹操出兵征高干(本为并州牧,降曹后复叛)途中。诗中叙写了苦寒中行军的艰辛情状和怀乡之情。此诗《宋书·乐志》记为曹操辞,而《乐府诗集》作曹丕辞。

【集评】

[1]《苦寒行》,赋也。……此盖武帝屯兵河内时,登陟太行遇天寒而赋之也。首言道路险艰,次叙景物之变异,因叹吾行旅日远,思欲一归而不可得。末又念及征夫劳苦,近于饥寒而不得息也。(刘履云《选诗补注》)

[2] 眼前意写得亲切,骨劲而色古,仿佛苏李韵。以行役之难,悲苦自出。结用《东山》诗,亦隐然以周自负。(于光华《文选集评》引孙鑛语)

[3] 写征人之苦,淋漓尽情,笔调高古,正非子桓兄弟所能及。(陈祚明《采菽堂古诗选》)

[4] 写行役之苦,而英姿劲气,流露行间,自不可掩。此由天赋,不可伪者也。(吴闿生《古今诗范》)

步出夏门行

东临碣石[1],以观沧海。水何淡淡[2],山岛竦峙。树木丛生,百草丰茂。秋风萧瑟,洪波涌起。日月之行,若出其中;星汉灿烂,若出其里[3]。幸甚至哉,歌以言志[4]。

【注释】

[1] 碣石:秦汉时山名,在今河北昌黎北(此依《中国历史地图集》第三册)。

[2] 淡淡:水波动貌。

[3] "日月"四句:描写辽阔浩渺的大海无所不包。

[4] "幸甚"二句:祝颂之辞。各章均以此结尾,与正文无关。

【题解】

《步出夏门行》亦是汉乐府旧题。曹操之作共有四章(《观沧海》、《冬十月》、《土不同》、《龟虽寿》前有艳(前奏曲)。本篇为第一章,为建安十二年(207)曹操征乌桓经过碣石山所作。诗写登山望海的景象,气势雄浑,波澜壮阔。

【集评】

[1] 全首奇壮，不如此起压不住。直写胸中一段笼盖吞吐气象。（钟惺《古诗归》）

[2] 不言所悲，而充塞八极无非愁者。孟德于乐府，殆欲踞第一位。惟此不易步耳。（王夫之《船山古诗评选》）

[3] 此志在容纳，而以海自比也。首二，点题直起。"水何"六句，铺写沧海正面，插入山木草风，便不枯寂。"日月"四句，转以日月星汉，凭空想象其包含度量。写沧海，正自写也。末二，以志愿至此，醒出歌意，咏叹作收。（张玉穀《古诗赏析》卷八）

【参考书】

[1]《曹操集注》，夏传才注，中州古籍出版社1986年版。

诸葛亮

诸葛亮（181—234），字孔明，琅邪阳都（今山东沂水）人。素有大志，早年隐居，躬耕陇亩，自比管仲、乐毅。建安十二年（207），刘备三顾草庐，请其出山，助刘备成帝业，建立蜀汉，拜为丞相。刘备卒，受遗诏辅佐后主刘禅，南征北伐，病逝军中。谥忠武。其文叙事详明，说理透彻，既富情感又朴实无华，颇受后人推崇。有《诸葛丞相集》。

出 师 表

先帝创业未半而中道崩殂[1]，今天下三分，益州疲弊[2]，此诚危急存亡之秋也。然侍卫之臣不懈于内，忠志之士忘身于外者，盖追先帝之殊遇，欲报之于陛下也。诚宜开张圣听，以光先帝遗德，恢弘志士之气，不宜妄自菲薄，引喻失义[3]，以塞忠谏之路也。宫中府中[4]，俱为一体，陟罚臧否，不宜异同[5]。若有作奸犯科及为忠善者[6]，宜付有司论其刑赏[7]，以昭陛下平明之理，不宜偏私，使内外异法也。

侍中侍郎郭攸之、费祎、董允等[8]，此皆良实，志虑忠纯，是以先帝简拔以遗陛下[9]。愚以为宫中之事，事无大小，悉以咨之，然后施行，必能裨补阙漏[10]，有所广益。将军向宠，性行淑均[11]，晓畅军事，试用于昔日，先帝称之曰能，是以众议举宠为督[12]。愚以为营中之事，悉以咨之，必能使行阵和睦，优劣得所。亲贤臣，远小人，此先汉所以兴隆也；亲小人，远贤臣，此后汉所以倾颓也。先帝在时，每与臣论此事，未尝不叹息痛恨于桓、灵也[13]。侍中、尚书、长史、参军[14]，此悉贞良死节之臣，愿陛下亲之信之，则汉室之隆，可计日而待也。

臣本布衣，躬耕于南阳[15]，苟全性命于乱世，不求闻达于诸侯。先帝不以臣卑鄙，猥自枉屈，三顾臣于草庐之中[16]，咨臣以当事之事，由是感激，遂许先帝以驱驰。后值倾覆[17]，受任于败军之际，奉命于危难之间，尔来二十有一年矣。先帝知臣谨慎，故临崩寄臣以大事也[18]。受命以来，夙夜忧叹，恐托付不效，以伤先帝之明，故五月渡泸[19]，深入不毛。今南方已定，兵甲已足，当奖率三军，北定中原，庶竭驽钝[20]，攘除奸凶，兴复汉室，还于旧都[21]。此臣所以报先帝而忠陛下之职分也。至于斟酌损益[22]，进尽忠言，则攸之、祎、允之任也。愿陛下托臣以讨贼兴复之效；不效则治臣之罪，以告先帝之灵。若无兴德之言，则责攸之、祎、允等之慢，以彰其咎。陛下亦宜自谋，以咨诹善道[23]，察纳雅言[24]，深追先帝遗诏[25]。臣不胜受恩感激。

今当远离，临表涕零，不知所言。

（《三国志·蜀志·诸葛亮传》，中华书局1982年版）

【注释】

[1] 先帝：指刘备。崩殂（cú）：死。崩，古时指皇帝的死亡。殂，死亡。

[2] 益州：今四川一带。这里指蜀汉。

[3] 引喻失义：说话不恰当。引喻，称引譬喻。义，适宜，恰当。

[4] 宫：指皇宫。府：指丞相府。

[5] "陟（zhì）罚"二句：奖惩功过、好坏，不应该因在宫中或在府中而异。臧否（pǐ），善恶。

[6] 作奸犯科：做奸邪事情，犯科条法令。

[7] 有司：职有专司，就是专门管理某种事情的官。

[8] "侍中"句：郭攸之、费祎（yī）是侍中，董允是侍郎。侍中、侍郎，都是官名。

[9] 简拔：选择。

[10] 裨补阙漏：补救过失和疏漏不足之处。

[11] 性行（xíng）淑均：性情品德善良平正。淑，善。均，平。

[12] 督：武职，向宠曾为中部督。后文"行（háng）阵和睦"，即军队团结协调。其时宦官专权，朝政大坏。

[13] 桓、灵：东汉末年的桓帝和灵帝。

[14] 尚书、长（zhǎng）史、参军：都是官名。尚书指陈震，长史指张裔，参军指蒋

琬。

[15] 南阳：今河南南阳。诸葛亮早年避乱隐居于此。

[16] "先帝"三句：先帝不以我出身微贱，屈尊三次到草庐看望我。卑鄙，身份低微，出身鄙野。猥（wěi）辱，这里有降低身份的意思。顾，看望。下文"感激"，心情感奋激发。

[17] 倾覆：兵败。指汉献帝建安十三年（208）刘备被曹操战败的事。

[18] "临崩"句：刘备在临死的时候，把国家大事托付给诸葛亮，并且对刘禅说："汝与丞相从事，事之如父。"寄，托付。

[19] 泸：水名，现在金沙江的一部分。五月渡泸：蜀汉建兴三年（225）五月，率军渡泸七擒七纵孟获事。

[20] 驽钝：比喻才能平庸，这是自谦的话。驽，劣马，走不快的马。钝，刀刃不锋利。

[21] 旧都：西汉都长安，东汉都洛阳（此时为曹魏所据。蜀汉以正统自居，故有复兴汉室还于旧都之说）。

[22] 斟酌损益：（处理事务）斟情酌理，掌握分寸。

[23] 咨诹（zōu）善道：询问（治国的）好道理。诹，询问。

[24] 雅言：正言，合理的意见。

[25] 先帝遗诏：刘备给后主的遗诏，见《三国志·先主传》注引《诸葛亮集》，诏中说："勿以恶小而为之，勿以善小而不为。惟贤惟德，能服于人。"

【题解】

表是封建时代大臣用来向君王陈述意见的一种文体。本文作于蜀汉建兴五年（227），是诸葛亮率师北伐曹魏时写给后主刘禅的奏表。文章叙述先帝知遇之恩和自己的忠诚之情，劝后主咨诹善道，察纳雅言，冀共同努力，复兴汉室。诸葛亮受刘备重托，忠心耿耿，披肝沥胆，要辅佐后主北定中原，恢复汉室，一统天下。而后主却平庸无能，蜀汉也国势日艰。诸葛亮知不可为而为之，抱鞠躬尽瘁、死而后已之决心，故虽是公牍文，却写得恳切真挚，荡气回肠。

【集评】

[1] 孔明之辞后主，志尽文畅。（刘勰《文心雕龙·章表》）

[2] 《出师》一表真名世，千载谁堪伯仲间。（陆游《书愤》）

[3] 忠义自肺腑流出，古朴真率，字字滴泪。与日月争光，不在文章蹊径论也。然情至而文自生。（于光华《重订文选集评》）

王 粲

王粲（177—217），字仲宣，山阳高平（今山东邹县）人。出身名门，曾祖、祖父为汉三公。父为大将军何进长史。董卓挟汉献帝西迁，王粲徙居长安，后避乱至荆州依刘表，不为所重。刘表死后，归事曹操，为丞相掾，赐爵关内侯。后迁军谋祭酒，魏侍中。王粲少有才名，能诗善赋，为建安七子之首，与曹植并称"曹王"。作品多反映他亲历的社会动荡和流离生活，情调悲凉，风格清丽。明人辑有《王侍中集》。

七 哀 诗（其一）

西京乱无象[1]，豺虎方遘患[2]。复弃中国去[3]，远身适荆蛮[4]。亲戚对我悲，朋友相追攀。出门无所见，白骨蔽平原。路有饥妇人，抱子弃草间。顾闻号泣声，挥涕独不还。未知身死处，何能两相完。驱马弃之去，不忍听此言。南登霸陵岸[5]，回首望长安。悟彼下泉人[6]，喟然伤心肝。

（《文选》，中华书局1977年影印胡克家刻本。下同）

【注释】

[1] 西京：长安。东汉以洛阳为首都，长安称西京。
[2] 遘患：造成祸乱。遘，同"构"。
[3] 中国：古指中原地区。
[4] 荆蛮：荆州。蛮，周人称南方民族为蛮。荆州在南方，故称荆蛮。
[5] 霸陵：汉文帝陵，在长安东。
[6] 下泉：《诗经·曹风》篇名。《毛诗序》："《下泉》，思治也，曹人疾共公侵刻下民，不得其所，忧而思明王贤伯也。"

【题解】

《七哀》是乐府曲名，魏晋人多有作者，用以反映社会动乱与人生痛苦。七哀之意，六臣注《文选》吕向云："谓痛而哀，义而哀，感而哀，怨而哀，耳目闻见而哀，叹而哀，鼻酸而哀。"姑备一说。王粲《七哀》共三首，非一时所作，本诗是第一首，抒写王粲在董卓之乱后，南下荆州避难时回望长安时的悲痛心情。作者在白骨遍野的背景下，突出饥妇弃子，将汉末战乱造成的深重苦难表现得具体真实。而诗末登霸陵，悟《下泉》的感慨，又表达了作者在乱世思贤君、盼安定的心情。

【集评】

　　[1]"路有饥妇人"六句，杜诗宗祖。"驱马弃之去"六句，欲弃去而复顾念京师，然安得明王贤伯一拯此患乎。（何焯《义门读书记》卷四十六）

　　[2]仲宣《七哀》，首篇起六句，点题交待耳，而叙事高迈，沈雄阔大，气象体势，骞举清恻。"出门"以下，又以中道所见言之，情词酸楚，直书所见，至不忍闻，《小雅》伤乱，同此惨酷。"南登霸陵岸"二句思治。以下转换振起，沉痛悲凉，寄哀终古。（方东树《昭昧詹言》卷二）

登 楼 赋

　　登兹楼以四望兮，聊暇日以销忧[1]。览斯宇之所处兮[2]，实显敞而寡仇[3]。挟清漳之通浦兮[4]，倚曲沮之长洲[5]。背坟衍之广陆兮[6]，临皋隰之沃流[7]。北弥陶牧[8]，西接昭丘[9]。华实蔽野[10]，黍稷盈畴[11]。虽信美而非吾土兮[12]，曾何足以少留[13]！

　　遭纷浊而迁逝兮[14]，漫逾纪以迄今[15]。情眷眷而怀归兮[16]，孰忧思之可任？凭轩槛以遥望兮，向北风而开襟。平原远而极目兮，蔽荆山之高岑[17]。路逶迤而修迥兮[18]，川既漾而济深[19]。悲旧乡之壅隔兮[20]，涕横坠而弗禁。昔尼父之在陈兮，有归欤之叹音[21]。钟仪幽而楚奏兮[22]，庄舄显而越吟[23]。人情同于怀土兮，岂穷达而异心？

　　惟日月之逾迈兮，俟河清其未极[24]。冀王道之一平兮，假高衢而骋力[25]。惧匏瓜之徒悬兮[26]，畏井渫之莫食[27]。步栖迟以徙倚兮，白日忽其将匿[28]。风萧瑟而并兴兮，天惨惨而无色。兽狂顾以求群兮，鸟相鸣而举翼。原野阒其无人兮[29]，征夫行而未息。心凄怆以感发兮，意忉怛而憯恻[30]。循阶除而下降兮[31]，气交愤于胸臆。夜参半而不寐兮，怅盘桓以反侧[32]。

【注释】

　　[1]聊：姑且，暂且。销忧：解除忧愁。

　　[2]斯宇之所处：这座楼所处的环境。

　　[3]显敞而寡仇（qiú）：宽阔敞亮很少能有与它相比的。寡，少。仇，匹敌。

　　[4]挟：带。漳：发源于湖北南漳，流经当阳，与沮水会合，经荆州注入长江。通浦：通津，四通八达的水港。浦，港汊。

　　[5]曲沮：弯曲的沮水。沮，发源于湖北保康，流经南漳、当阳，与漳水会合。言楼

在沮水旁，如倚傍长岛而立。

[6]"背坟衍"句：楼北是地势较高而平的原野。背，背靠。坟，高。衍，平。

[7]皋隰：水边低洼之地。沃流：可以灌溉的水流。言楼南是低洼的河川。

[8]弥：终极，引申为接。陶：春秋时越国范蠡助越王勾践灭吴后弃官归隐，自称陶朱公。牧：郊外。湖北江陵西有陶朱公墓，故称陶牧。

[9]昭丘：楚昭王的坟墓，在当阳东南郊外。

[10]华实蔽野：遍野花果。华，同"花"。

[11]黍稷：泛指农作物。黍，粘小米。稷，不粘的小米。畴：田地。

[12]信美：确实很美。吾土：我的故乡。

[13]"曾何"句：又怎值得我短暂停留。曾，语助词。

[14]纷浊：纷乱混浊，比喻乱世。

[15]漫：长久。逾纪：超过了十二年。

[16]眷眷：怀恋。下句言谁能受得了这种忧思呢？任，经受。

[17]"蔽荆山"句：高耸的荆山挡住了视线。荆山，在湖北南漳。高岑，小而高的山。

[18]"路逶迤（wēi yí）"句：道路曲折漫长。

[19]漾：水长貌。济：渡，此指河水。

[20]壅：阻塞。下文"涕横坠"，犹言泪乱落。

[21]"昔尼父"二句：《论语·公冶长》载，孔子周游列国在陈、蔡绝粮时感叹："归欤，归欤！"尼父，指孔子。父（fǔ），同"甫"，男子之美称。

[22]"钟仪"句：《左传·成公九年》载，楚乐师钟仪被囚禁在晋国，所奏皆楚乐，晋侯称赞说："乐操土风，不忘旧也。"

[23]"庄舄（xì）"句：《史记·张仪列传》载，庄舄是越人，在楚国做了大官，病中思念家乡，仍旧用越国语音。

[24]"俟（sì）河清"句：相传黄河千年才清一次，古人常以河清喻时世太平。逸《诗》云："俟河之清，人寿几何。"见《左传·襄公八年》。极，至。

[25]"冀王道"二句：意谓期望时世清平，就可以施展自己的才能和抱负。高衢（qú），大道。

[26]"惧匏（páo）瓜"句：担心自己像匏瓜那样白白地悬挂在那里而无所用。《论语·阳货》："吾岂匏瓜也哉？焉能系而不食？"匏瓜，葫芦。

[27]"畏井渫（xiè）"句：害怕井淘好了，却没有人来打水吃。《周易·井卦》："井渫不食，为我心恻。"渫，淘井。

[28]匿（nì）：隐藏。

[29]阒（qù）：寂静。

[30]忉怛（dāo dá）：悲痛。憯（cǎn）恻：凄伤。

[31]循：顺。阶除：阶梯。

[32]盘桓：原为徘徊不进貌，这里指内心不平静。反侧：身体翻来覆去，不能安卧。

【题解】

此赋是汉末大动乱中,王粲寄居荆州后期,登麦城(故城在今湖北当阳东南)城楼而作。王粲感时伤乱,登楼四望,无尽乡愁与怀才不遇之感纠结在一起,借景抒情,把身当乱世的失意士子慷慨悲凉之情,宣泄无遗。赋以登楼"销忧"始,以忧愤中的辗转难眠结。无论是内容还是字面上,都前后呼应,结构严密,迂回从容,情景交融。刘勰以为"魏晋之赋首"(《文心雕龙·诠赋》),不无道理。

【集评】

[1]《登楼》之作,去楚词远,又不及汉,然犹过曹植、潘岳、陆机愁咏、闲居、怀旧众作,盖魏之赋极此矣。(朱熹《楚辞后语》)

[2] 情真语至,使人读之泪下,文能动人如此。(浦铣《复小斋赋话》)

[3] 因登楼而四望,因四望而触动其忧时感事、去国怀乡之思。凡三易韵,段落自明,文意悠然不尽。(李元度《赋学正鹄》)

陈　琳

陈琳(?—217),字孔璋。东汉末广陵射阳(今江苏淮安)人。"建安七子"之一。初入袁绍幕,为记室。后归曹操,为司空军谋祭酒等职。陈琳擅章表书记,军国文书多出其手。明人辑有《陈记室集》。

饮马长城窟行

饮马长城窟[1],水寒伤马骨。往谓长城吏[2]:"慎莫稽留太原卒。""官作自有程,举筑谐汝声[3]!""男儿宁当格斗死,何能怫郁筑长城?"长城何连连,连连三千里。边城多健少[4],内舍多寡妇。作书与内舍:"便嫁莫留住。善侍新姑嫜[5],时时念我故夫子[6]。"报书往边地:"君今出言一何鄙!""身在祸难中,何为稽留他家子?生男慎莫举,生女哺用脯。君独不见长城下,死人骸骨相撑拄[7]!""结发行事君,慊慊心意关[8]。明知边地苦,贱妾何能久自全。"

(《先秦汉魏晋南北朝诗》魏诗,逯钦立编纂,中华书局1983年版)

【注释】

[1] 窟：窟穴。此指泉眼。

[2] 往谓：主语即下文之太原卒（从太原郡征发前来筑长城的民工）。长城吏：筑城时的督工者。下句即太原卒请求长城吏不要延误了他们的归期。

[3] "官作"二句：（长城吏说，）官府工程自有计划，你们只管干活。筑，夯土的工具。谐，协调。声，此指劳动号子。

[4] 健少：健壮的青年人。指戍卒。下文"内舍"，戍卒在内地的家。

[5] 姑嫜（zhāng）：丈夫的父母（公婆）。

[6] 做夫子：似是指戍卒之子女。故夫，犹言前夫，戍卒自指。以上三句，是戍卒劝妻子改嫁。

[7] "身在"六句：夫答妻之辞。身，自身，戍卒自指。他家子，别人家的（女）孩子，指妻。举，养育成人。不愿生男愿生女，因为死在长城一线，骸骨堆垛在一起的，都是男人。

[8] 慊（qiàn）慊：心有所不满。关：关连，牵挂。此上下四句，为妻子明志之辞。

【题解】

《饮马长城窟行》为乐府古题。属《相知歌·瑟调曲》，见郭茂倩《乐府诗集》。陈琳诗仅存四首，本诗最著名。陈琳借用秦代民谣《长城歌》的题材，以汉乐府诗中常见的对话形式，揭露统治者无休止的劳役，给人民造成的深重苦难。语言质朴，叙事精炼，在早期文人拟乐府诗中，很有代表性。

【集评】

[1] 轻剽矫捷，似不类建安体裁。剖衷沥血，剜骨椎心，遂作中唐鼻祖。（陆时雍《古诗境》）

[2] 语本汉诗，神理恰合，答辞四句，表自己之亦当从死。而彼死终不忍言，只以"苦"字代之，又得体。此种乐府古色奇趣，即在汉古辞中，亦推上乘。（张玉榖《古诗赏析》卷九）

蔡 琰

蔡琰，生卒年不详，字文姬。东汉末陈留圉（今河南杞县）人。汉末名士蔡邕之女。博学多才，好文辞，精于音律。初嫁河东卫仲道，夫亡无子，归母家。汉末动乱中，她为乱兵所掳，流落南匈奴十二年，生有二子。后曹操遣使持金璧将其赎回中原，改嫁董祀。今存作品有《悲愤诗》二首，一为五言（即本书所录），一为骚体，另有《胡笳十八拍》。骚体《悲愤诗》和《胡笳十八拍》不少学者认为是后人伪托。

悲 愤 诗

汉季失权柄，董卓乱天常[1]。志欲图篡弑[2]，先害诸贤良。逼迫迁旧邦[3]，拥主以自强。海内兴义师[4]，欲共讨不祥。卓众来东下[5]，金甲耀日光。平土人脆弱[6]，来兵皆胡羌。猎野围城邑，所向悉破亡。斩截无孑遗，尸骸相撑拒。马边悬男头，马后载妇女。长驱西入关[7]，迥路险且阻。还顾邈冥冥[8]，肝脾为烂腐。所略有万计[9]，不得令屯聚。或有骨肉俱[10]，欲言不敢语。失意几微间，辄言"毙降虏。要当以亭刃，我曹不活汝[11]！"岂敢惜性命，不堪其詈骂。或便加棰杖，毒痛参并下[12]。旦则号泣行，夜则悲吟坐。欲死不能得，欲生无一可。彼苍者何辜[13]？乃遭此厄祸！

边荒与华异[14]，人俗少义理。处所多霜雪，胡风春夏起。翩翩吹我衣，肃肃入我耳。感时念父母，哀叹无穷已。有客从外来，闻之常欢喜。迎问其消息，辄复非乡里[15]。邂逅徼时愿，骨肉来迎己[16]。己得自解免，当复弃儿子。天属缀人心[17]，念别无会期。存亡永乖隔，不忍与之辞。儿前抱我颈，问母"欲何之。人言母当去，岂复有还时。阿母常仁恻[18]，今何更不慈。我尚未成人，奈何不顾思！"见此崩五内[19]，恍惚生狂痴。号泣手抚摩，当发复回疑[20]。兼有同时辈，相送告离别。慕我独得归，哀叫声摧裂。马为立踟蹰，车为不转辙。观者皆歔欷，行路亦呜咽[21]。

去去割情恋[22]，遄征日遐迈。悠悠三千里，何时复交会。念我出腹子，胸臆为摧败。既至家人尽[23]，又复无中外。城廓为山林，庭宇生荆艾。白骨不知谁，纵横莫覆盖[24]。出门无人声，豺狼号且吠。茕茕对孤景[25]，怛咤糜肝肺。登高远眺望，魂神忽飞逝。奄若寿命尽[26]，旁人相宽大。为复强视息，虽生何聊赖[27]。托命于新人[28]，竭心自勖励。流离成鄙贱，常恐复捐废[29]。人生几何时，怀忧终年岁。

（《先秦汉魏晋南北朝诗》汉诗卷七，逯钦立编纂，中华书局1983年版）

【注释】

[1]"汉季"二句：东汉末年皇权没落，董卓悖逆上天的常道。

[2]篡弑：董卓本为凉州豪强，任并州牧。乘乱率兵入洛阳，鸩杀少帝（刘辩），又毒死何太后。下文"贤良"，指执金吾丁原、城门校尉伍琼、太傅袁隗等人。

［3］迁旧邦：汉献帝（刘协）初平元年（190），董卓挟献帝迁都长安（西汉旧都）。一路烧掠残破，死亡无数。

［4］"海内"句：关东各路诸侯兴兵讨伐董卓，以袁绍为盟主。下文"不祥"，指董卓。

［5］"卓众"句：《后汉书·董卓传》，董卓部将李傕、郭汜等"将步骑数万，击破河南尹朱儁于中牟。因掠陈留、颍川诸县，杀略男女，所过无复遗类"。或以此事系于初平三年（192），文姬被掳当在此年。东下，自西向东。

［6］平土人：平原人，中原地区人。下文"胡羌"，指董卓军士多强悍之胡羌族人。

［7］西：与上文"东下"照应，返回今陕西地区。关：函谷关。故址在今河南新安东。

［8］"还顾"句：回顾来路，邈远迷茫。下句极言内心之痛苦。

［9］所略：所掳掠之人口。略，掠夺。下文"屯聚"，团聚。

［10］"或有"句：也有的是骨肉至亲一起被掳。

［11］"失意"四句：大意谓被掳者稍微有些不合掳掠者的心意，掳掠者就说"杀了你们这些降虏，让你们挨刀吧，我们不打算养活你们。"失意，失……之意。几微，细微之处。亭刃，犹今言刀架在脖子上。亭，通"停"。我曹，我辈，掳掠者自指。

［12］"毒痛"句：犹言痛恨交加。毒，恨。参，兼、杂。

［13］"彼苍"句：苍天啊，我们有什么罪！《诗经·秦风·黄鸟》："彼苍者天，歼我良人。"后世以"彼苍"指代天。

［14］边荒：指南匈奴之地。与华异：与中原地区不同。华，华夏。"蔡琰如何入南匈奴人之手，本诗略而不叙，史传也不曾明载。《后汉书》本传只言其时在兴平二年（195）。是年十一月，李傕、郭汜等军为南匈奴左贤王所破，疑蔡琰就在这次战争中由李、郭军转入南匈奴军。"（余冠英《汉魏六朝诗选》）

［15］非乡里：偶然来到的客人并非同乡（所以问不出自己关心的消息）。

［16］"邂逅"二句：很意外地侥幸实现了自己平时的心愿，有亲人来迎我（回故乡）了。邂逅，不期而遇。徼（侥），侥幸。骨肉，指中土来迎己的使者，故视之如骨肉至亲。下二句说自己得到了解脱，却不得不把两个亲生儿子留下来。

［17］"天属"句：犹言母子连心。天属，有血缘关系的亲属，如父母子女。缀，连缀。

［18］常：常久，一直。仁恻：仁爱恻隐之心。

［19］五内：五脏。下句说，精神恍惚，简直要发狂了。

［20］"当发"句：在出发之际又回顾犹疑。

［21］行路：过路人，旁观者。

［22］去去：不断地前行。割情恋：割舍了母子依恋之情。下文"遄（chuán）征"，急行。

［23］既至：回到中原故乡。下文"无中外"，内外亲戚也没有了。中，舅父家（内亲）；外，姑母家（表亲）。

［24］"白骨"二句：但见白骨累累，却不知死者是谁；尸骸交错，甚至没有覆盖之物。

［25］茕茕：孤独貌。下文"怛（dá）咤（chà）"，内心伤痛。

［26］"奄若"句：（见到上述惨象，）突然感到自己活不下去了。下文"宽大"，宽慰，

劝解。

[27]"为复"二句：为此只好勉强活下去，可是又有什么意味。视息，视物与喘息，活着。聊赖，依靠，乐趣。

[28]新人：董祀，陈留人。曹操以金璧重礼从南匈奴赎回蔡琰，嫁与董祀。后董祀有罪当诛，因蔡琰之请，得免。

[29]"流离"二句：经过流离颠沛（身世如此复杂）而成为"鄙贱"之人，常恐又被人抛弃。此是极痛心之语。

【题解】

《后汉书·董祀妻传》说蔡琰"感伤乱离，追怀悲愤，作诗二章"。本篇即其中的一首。诗歌首先写遭祸被掳的原由和被掳入关途中的苦楚，然后写在南匈奴的生活和听到被赎消息悲喜交集以及和子女分别时的惨痛，最后叙归途和到家后所见所感。全篇史诗般地描述具有强烈的时代精神，贯穿着"悲愤"的情绪，读来令人唏嘘，感人肺腑。

【集评】

[1] 激昂酸楚，读去如惊蓬坐振，沙砾自飞。在东汉人中，力量最大。（沈德潜《古诗源》卷四）

[2] "托命新人"四句，逆揣人心，直宣己意，它人所不能道。（北京大学《魏晋南北朝文学史参考资料》引沈德潜《古诗源》）

曹 丕

曹丕（187—226），字子桓，曹操第二子，沛国谯（今安徽亳州）人。初为五官中郎将，后为魏太子，曹操死后，嗣位为丞相。建安二十五年（220）代汉自立，建立魏王朝，谥文皇帝。曹丕热衷文学创作，很有文学才华，加之特殊的地位，成为建安文坛的领袖。擅长诗、赋、散文。其诗大部分是乐府，以游子行役、思妇怨别等内容居多。其《典论·论文》是重要的文学理论文章。明人辑有《魏文帝集》。

燕 歌 行[1]

秋风萧瑟天气凉，草木摇落露为霜[2]。群燕辞归雁南翔，念君客游思断肠。慊慊思归恋故乡[3]，何为淹留寄他方？贱妾茕茕守空房[4]，忧来思君不敢忘，不觉泪下沾衣裳。援琴鸣弦发清商[5]，短歌微吟不能长。明月皎皎照我床，星汉西流夜未央[6]。牵牛织女遥相望，尔独何辜限河梁[7]。

（《文选》卷二十七，中华书局1977年影印胡克家刻本）

【注释】

[1] 燕(yān)歌行：郭茂倩《乐府诗集》卷三十二《相和歌辞·平调曲》有《燕歌行》，并引《广题》曰："燕，地名也。言良人从役于燕，而为此曲。"

[2] "秋风"二句：语出《楚辞·九辩》："悲哉秋之为气也，萧瑟兮，草木摇落而变衰。"

[3] 慊(qiǎn)慊：憾恨不满足。下文"淹留"，久留。

[4] 茕(qióng)茕：孤独貌。

[5] 援：取。清商：乐曲名，音节短促。

[6] 夜未央：夜深未尽。央，尽。

[7] 尔：指银河两边的织女星、牵牛星。限：阻隔。河梁：桥梁。

【题解】

燕是北方边地（今河北北部），征戍不绝。曹丕《燕歌行》有二首，都是代游子思妇抒情。本首结合秋夜的凄凉境界，细致委婉地描绘妇女对远方游子的思念。文字清丽，音韵流畅，是较早由文人创作的体制完整的七言诗。

【集评】

[1] 和柔巽顺之意，读之油然相感。节奏之妙，不可思议。又云：句句用韵，掩抑徘徊。"短歌微吟不能长"恰似自言其诗。（沈德潜《古诗源》卷五）

[2] 首三，突叙秋景，即将燕北雁南皆知时序，反兴而起，笔势飘忽。"念君"三句，先就彼边揣度其客游定亦怀归，何久淹留之故，文势一曲。"贱妾"五句，方就己边写望归无聊情事，文势一展。末四，补写夜景也。然就双星限河遥望，为之代惜何辜。以赋寓比，阒然收住，竟不兜转怀人本旨，而彼己恰已双收。用笔入化。（张玉榖《古诗赏析》卷八）

曹　植

曹植（192—232），字子建，曹操第三子，曹丕之弟。少有才华，为曹操所赏，曾欲立为太子。曹丕继位后，对他多加迫害。贬爵徙封,过着名为王侯、实为囚徒的生活。魏明帝时,曹植曾几次上疏,希望得到重用,都未能如愿,郁郁以终。他是建安时期最重要的作家,后人称为"建安之杰"(钟嵘《诗品》上)。其诗、赋、散文在建安作家中传世最多。创作以曹丕称帝为界,分为前后期。前期作品或叙志,或纪宴游,或伤时事,充满建功立业的希望,后期作品多反映他受压抑的痛苦和愤懑。诗风转为沉郁悲壮,尤多慷慨之言。其诗"骨气奇高,词采华茂,情兼雅怨,体被文质"(《诗品》上)。现存《曹子建集》。

送 应 氏（其一）

步登北邙阪[1],遥望洛阳山。洛阳何寂寞,宫室尽烧焚。垣墙皆顿擗[2],荆棘上参天。不见旧耆老[3],但睹新少年。侧足无行径,荒畴不复田[4]。游子久不归[5],不识陌与阡[6]。中野何萧条,千里无人烟。念我平常居[7],气结不能言。

（《先秦汉魏晋南北朝诗》魏诗,逯钦立编纂,中华书局1983年版。下同）

【注释】

[1] 北邙：山名,在洛阳城东北,多汉代王公贵官墓葬。阪：山坡。下文"洛阳山",洛阳周遭之山峦,如龙门、伊阙。

[2] 顿擗（pǐ）：倒塌断裂。擗,分开。

[3] 耆老：老人。古称六十为耆。

[4] "侧足"二句：意谓道路难行了,田园荒废了。侧足,止步不前。畴,田亩。田,耕种。

[5] "游子"句：此代应氏设辞。游子指应氏。

[6] 陌与阡：田间小路,南北为阡,东西为陌。

[7] 平常居：平时之居所。或者应氏本家洛阳。下文"气结",胸中之气郁结不通。

【题解】

《送应氏》共二首,是曹植为送别好友应玚、应璩兄弟而作。此为第一首,写洛阳饱经战乱之后的荒凉残破景象,反映了社会动荡造成的巨大破坏,流露出由人事兴废触发的无限心酸。

七 哀

明月照高楼,流光正徘徊[1]。上有愁思妇,悲叹有余哀。借问叹者谁？云是宕子妻[2]。君行逾十年，孤妾常独栖。君若清路尘，妾若浊水泥。浮沉各异势[3]，会合何时谐？愿为西南风，长逝入君怀[4]。君怀良不开[5]，贱妾当何依？

【注释】

[1] 流光：流动的月光。
[2] 宕子：游子，为名利或其他原因游荡异乡的人。
[3] 浮沉：清路尘上浮，飘忽不定；浊水泥下沉，滞碍难移。两者志势处境完全不同。
[4] 长逝：一直向前。
[5] 良：诚然，确实。

【题解】

本诗代思妇怨叹，抒发作者无所依傍的忧伤情怀。有人认为，诗中的浮沉异势，实指曹丕与自己的不同处境，孤妾则是自喻。此说似太坐实。但哀怨的思妇之情中，确实暗寓了诗人自悲身世的感慨。月光徘徊，撩起思妇悲叹，比喻杂陈，抒发伊人心事。情思哀婉，想象新颖，含蓄浑成。

【集评】

[1] 皎月流辉，轮无缀照，以其余光未没，势若徘徊，先觉以为文外傍情，斯言当时。（《文选》唐李善注）
[2] 深味意旨，当是比辞，思君之念，托于夫妇耳。直写怀来，曾无词藻。"愿作西南风"数句，真切情深，子建所长，乃在此等。（陈祚明《采菽堂古诗选》）
[3] 起八句，原题叙事。"明月"二句，兴象自然。"君若清路尘"以下，语语紧健，转转入深，妙绪无穷，收句忽转一意。（方东树《昭昧詹言》卷二）

杂　　诗（其四）

南国有佳人[1]，容华若桃李。朝游江北岸[2]，日夕宿湘沚。时俗薄朱颜[3]，谁为发皓齿？俯仰岁将暮[4]，荣耀难久恃。

【注释】

[1] 南国：南方。屈原《橘颂》："后皇嘉树，生南国兮。"
[2] 江：长江。下文"湘沚"，湘水中的小洲。
[3] 薄：鄙薄。朱颜：红颜，美色。下文"发皓齿"，言笑或歌唱。句意谓佳人不敢展

示才华。

[4] 俛(fǔ)仰：一俯一仰之间。形容时间短暂。

【题解】

曹植《杂诗》一组共六首，《文选》李善注认为："此六篇，并托喻伤政急，朋友道绝，贤人为人窃势。别京以后，在郢城（按，似当作鄄城）思乡而作。"这六篇作品非作于一时，内容各异。本诗为第四首，以比兴手法自伤不遇。佳人不为时俗所重，青春空老，比喻有才之士，不得赏识，难展壮志，感慨时光易逝的苦闷。

赠白马王彪

黄初四年五月[1]，白马王、任城王与余俱朝京师[2]，会节气[3]。到洛阳，任城王薨。至七月，与白马王还国。后有司以二王归藩[4]，道路宜异宿止。意毒恨之。盖以大别在数日，是用自剖，与王辞焉，愤而成篇。

谒帝承明庐[5]，逝将归旧疆[6]。清晨发皇邑，日夕过首阳[7]。伊洛广且深[8]，欲济川无梁。泛舟越洪涛，怨彼东路长。顾瞻恋城阙，引领情内伤[9]。

太谷何寥廓[10]，山树郁苍苍。霖雨泥我涂，流潦浩纵横[11]。中逵绝无轨[12]，改辙登高岗。修坂造云日，我马玄以黄[13]。

玄黄犹能进，我思郁以纡[14]。郁纡将何念，亲爱在离居[15]。本图相与偕，中更不克俱。鸱枭鸣衡轭[16]，豺狼当路衢[17]。苍蝇间白黑[18]，谗巧反亲疏。欲还绝无蹊，揽辔止踟蹰。

踟蹰亦何留？相思无终极。秋风发微凉，寒蝉鸣我侧。原野何萧条，白日忽西匿。归鸟赴乔林，翩翩厉羽翼。孤兽走索群，衔草不遑食。感物伤我怀，抚心长太息。

太息将何为？天命与我违。奈何念同生[19]，一往形不归。孤魂翔故域，灵柩寄京师。存者忽复过，亡没身自衰[20]。人生处一世，去若朝露晞。年在桑榆间[21]，影响不能追[22]。自顾非金石，咄唶令心悲[23]。

心悲动我神，弃置莫复陈。丈夫志四海，万里犹比邻。恩爱苟不亏，在远分日亲。何必同衾帱，然后展殷勤！忧思成疾疹[24]，无乃儿女仁。仓卒骨肉情，能不怀苦辛！

苦辛何虑思？天命信可疑。虚无求列仙，松子久吾欺[25]。变故在斯须，百年谁能持？离别永无会，执手将何时？王其爱玉体，俱享黄发期[26]。收泪即长路，援笔从此辞。

【注释】

[1] 黄初四年：公元223年。黄初为魏文帝曹丕年号。

[2] 白马王：指曹彪，曹植异母弟。任城王：曹彰，曹植同母兄。

[3] 会节气：参加迎气之礼的朝会。魏有每年立春、立夏、立秋、立冬四节举行迎气典礼的制度，诸侯也要到京师参加。是年六月廿四立秋，其前十八日行迎气之礼。

[4] 有司：政府官吏。此指监国使者灌均。归藩：回到自己的封地。藩，藩国，属国，古代皇帝分封的拱卫皇室的诸侯。与上文"国"义同。

[5] 承明庐：《三国志·魏志·文帝纪》裴松之注："是时帝居北宫，以建始殿朝群臣，门曰承明。陈思王植诗曰'谒帝承明庐'是也。"

[6] 逝：语助词。旧疆：指曹植当时封地鄄城。

[7] 首阳：山名，在洛阳东北二十里。

[8] 伊洛：伊水和洛水。伊水源出今河南熊耳山，经洛阳，在偃师附近流入洛水。洛水源出陕西，流入河南后，经洛阳到巩县入黄河。

[9] 引领：伸长脖子远望。

[10] 太谷：山谷名，一说关名，在洛阳东南。

[11] 流潦（lǎo）：即行潦，在地面聚积的雨水。

[12] 中逵：半路。逵，四通八达的道路。

[13] 我马玄以黄：语出《诗经·周南·卷耳》："陟彼高岗，我马玄黄。"玄黄，马病貌。

[14] 郁：愁。纡（yū）：（心思）郁结。

[15] 亲爱：亲爱的人，指白马王。

[16] 鸱枭（chī xiāo）：猫头鹰。喻阴险小人。衡轭（è）：代指车前。衡，车辕前的横木。轭，轭马颈的曲木。

[17] 豺狼：喻小人。

[18] "苍蝇"句：《诗经·小雅·青蝇》："营营青蝇止于樊。"郑玄笺："蝇之为虫，污白使黑，污黑使白，喻佞人变乱善恶也。"

[19] 同生：同胞兄弟，指任城王。

[20] "存者"二句：活着的人就要过去，死去的人身体也会衰败毁灭。或说此二句当作"亡没忽复过，存者身自衰。"

[21] 桑榆：天晚日落余晖在树端，谓之桑榆，喻人到晚年。

[22] "影响"句：逝去的岁月像影子回声般无法追回。

[23] 咄唶（duō jiè）：惊叹声。《文选》李善注："言人命叱呼之间，或至夭丧也。"

[24] 疢（chèn）：疾病。下句"无乃儿女仁"，意谓若忧思成病，恐怕就太儿女情长有失大丈夫气概了。

[25] 松子：赤松子，古代传说中的仙人。曹操《善哉行》："痛哉世人，见欺神仙。"

[26] 黄发：长寿。

【题解】

本诗据《文选》李善注，本集原作《于圈城作》。由诗序可知，曹植与兄弟等一起进京，任城王在京城不明而死，与白马王结伴离京之际，两人又被迫分道而行，死别之情未渐，生离又在即。再加之生离死别之外，还有曹植后期生活的遭际，愤懑郁闷心境，这一切令这首诗笼罩着浓重的悲凉之气。全诗采用首尾蝉联形式，依景托情，情、事、景巧妙地融合在一起，或直抒胸臆，或掩抑低徊，多角度多方面地抒发了作者的深哀剧痛，表现出深厚的艺术功力，是曹植后期诗歌的代表作。

【集评】

[1] 忧虞之感，离别之情，见之骨肉，此中最多隐衷惋绪。今读其诗犹觉慷慨之气胜于绸缪。（陆时雍《古诗镜》）

[2] 只据事直述，任意直写，以原有许多苦切，故说来自无一不妙。古古朴朴，更不雕琢，只以气驱遣，而情景凑合，意态自浓，真高奇之调，绝无畦町可窥。（于光华《文选集评》孙鑛语）

[3] 子建《赠白马王彪》诗，体既端庄，语复雅炼，尽见作者之功。（许学夷《诗源辨体》卷四）

[4] 连章诗，通长观之，原是一章。须将正意、旁意、总意，以及领挈、过峡、开拓诸意，相间成章，方无复沓渗漏之弊。如此题，与白马王生离，正意也；与任城王死别，旁意也；以死别醒生离，总意也。作者以此三意，位置第二第四第六三章，而以领挈、过峡、开拓三意，虚实相间出之，谋篇最为尽善。（张玉榖《古诗赏析》卷八）

洛 神 赋

黄初三年，余朝京师，还济洛川[1]。古人有言，斯水之神名曰宓妃。感宋玉对楚王神女之事[2]，遂作斯赋。其辞曰：

余从京域，言归东藩。背伊阙[3]，越辕辕[4]，经通谷[5]，陵景山[6]。日既西倾，车殆马烦。尔乃税驾乎蘅皋[7]，秣驷乎芝田[8]。容与乎阳林[9]，流眄乎洛川[10]。于是精移神骇，忽焉思散。俯则未察，仰以殊观：睹一丽人，于岩之畔。乃援御者而告之曰："尔有觌于彼者乎？彼何人斯，若此之艳也？"御者对曰："臣闻河洛之神，名曰宓妃。然则君王所见，无乃是乎？其状若何？臣愿闻之。"

余告之曰：其形也，翩若惊鸿，婉若游龙[11]。荣曜秋菊，华茂春松[12]。仿佛兮若轻云之蔽月，飘飖兮若流风之回雪[13]。远而望之，皎若太阳升朝霞。迫而察之[14]，灼若芙蕖出渌波。秾纤得衷，修短合度[15]。肩若削成，腰如约素[16]。延颈秀项，皓质呈露[17]。芳泽无加，铅华弗御。云髻峨峨，修眉联娟[18]。丹唇外朗，皓齿内鲜。明眸善睐，靥辅承权[19]。瑰姿艳逸，仪静体闲。柔情绰态，媚于语言。奇服旷世，骨像应图[20]。披罗衣之璀粲兮，珥瑶碧之华琚[21]，戴金翠之首饰，缀明珠以耀躯。践远游之文履[22]，曳雾绡之轻裾[23]。微幽兰之芳蔼兮，步踟蹰于山隅。于是忽焉纵体，以遨以嬉。左倚采旄[24]，右荫桂旗。攘皓腕于神浒兮，采湍濑之玄芝[25]。

余情悦其淑美兮，心振荡而不怡[26]。无良媒以接欢兮，托微波而通辞。愿诚素之先达兮[27]，解玉佩以要之[28]。嗟佳人之信修[29]，羌习礼而明诗。抗琼珶以和余兮，指潜渊而为期[30]。执眷眷之款实兮[31]，惧斯灵之我欺[32]。感交甫之弃言兮[33]，怅犹豫而狐疑。收和颜而静志兮，申礼防以自持[34]。于是洛灵感焉，徙倚傍徨[35]。神光离合，乍阴乍阳[36]。竦轻躯以鹤立，若将飞而未翔。践椒涂之郁烈[37]，步蘅薄而流芳[38]。超长吟以永慕兮[39]，声哀厉而弥长。

尔乃众灵杂遝[40]，命俦啸侣[41]。或戏清流，或翔神渚，或采明珠，或拾翠羽。从南湘之二妃[42]，携汉滨之游女[43]。叹匏瓜之无匹兮[44]，咏牵牛之独处。扬轻袿之猗靡兮[45]，翳修袖以延伫[46]。体迅飞凫，飘忽若神。陵波微步，罗袜生尘[47]。动无常则[48]，若危若安。进止难期，若往若还。转眄流精[49]，光润玉颜。含辞未吐，气若幽兰。华容婀娜，令我忘餐。

于是屏翳收风，川后静波。冯夷鸣鼓，女娲清歌[50]。腾文鱼以警乘[51]，鸣玉鸾以偕逝[52]。六龙俨其齐首[53]，载云车之容裔[54]。鲸鲵踊而夹毂，水禽翔而为卫。于是越北沚，过南冈。纡素领，回清阳[55]。动朱唇以徐言，陈交接之大纲。恨人神之道殊兮，怨盛年之莫当[56]。抗罗袂以掩涕兮，泪流襟之浪浪[57]。悼良会之永绝兮，哀一逝而异乡。无微情以效爱兮，献江南之明珰[58]。虽潜处于太阴[59]，长寄心于君王。忽不悟其所舍，怅神宵而蔽光[60]。于是背下陵高，足往神留[61]。遗情想像[62]，顾望怀愁。冀灵体之复形，御轻舟而上溯[63]。浮长川而忘反，思绵绵而增慕。夜耿耿而不寐，沾繁霜而至曙。命仆夫而就驾，吾将归乎东路。揽騑辔以抗策，怅盘桓而不能去[64]。

（《文选》，中华书局 1977 年影印胡克家刻本）

【注释】

[1] 洛川：即洛水，一作雒水，今河南洛河。

[2] 宋玉对楚王神女之事：宋玉《高唐赋》写宋玉为楚襄王述怀王与巫山神女相接事，《神女赋》写襄王梦遇神女事。

[3] 伊阙：山名，在洛阳城南。

[4] 轘（huán）辕：山名，在今河南偃师东南。

[5] 通谷：山谷名，在洛阳城南。

[6] 陵：登。景山：山名，在今河南偃师。

[7] 尔乃：于是就。税驾：解马卸车。休止，停息。税，解，脱。衡皋：生有杜衡草的河岸。

[8] 秣：饲。驷：本指一车四马，此指马。芝田：种芝草的地方。

[9] 容与：从容优游。阳林：地名。

[10] 流眄：纵目四望。

[11] "翩若"二句：形容丽人洛神体态轻盈婉转。翩，疾飞，此指摇曳飘忽的样子。婉，体态柔美的样子。

[12] "荣曜"二句：形容洛神容光焕发，如秋菊繁荣光彩，如春松华美茂盛。

[13] "仿佛"二句：形容洛神行动飘忽回旋。

[14] 迫：靠近。

[15] "秾纤"二句：言洛神胖瘦高矮都恰到好处。秾，丰满。纤，细，苗条。衷（zhòng），适当，恰当。

[16] "肩若"二句：形容洛神肩圆润腰细软。削成，刻削而成。合度，合于规范。约素，缠束的细绢。

[17] "延颈"二句：脖颈洁白修长，露于衣领外。下二句"芳泽"、"铅华"，化妆用膏油、脂粉。"弗御"，不用。

[18] 联娟：微曲貌。

[19] 靥（yè）：酒窝。承权：颧下。辅：面颊。

[20] 骨像应图：意谓如图画中人。骨像，骨格像貌。

[21] 珥：插，戴。

[22] 践：踏，此即穿之意。远游：履名。文履：有文饰的履。

[23] 曳雾绡（xiāo）之轻裾（jū）：拖着轻如薄雾的绢裙。

[24] 采旄（máo）：彩旗。旄，旗杆上用旄牛尾做的装饰品。

[25] "攘皓腕"二句：言神女伸手于水滩采黑芝草。攘，伸。神浒，洛神所游之水边。湍濑（tuān lài），急流。

[26] "余情悦"二句：李周翰曰："悦其美恐不见眷，故心振动不乐。"（《文选》六臣注）淑，善。怡，乐。

[27] 诚素：真情。素，同"愫"。

[28] 要：同"邀"。

[29] 嗟：叹美之词。信修：实在美好。下文"羌"，发语词。"习礼明诗"，言知书达礼，言辞举止俱佳。

[30] "抗琼珶"二句：洛神举美玉作答，约定在其所居之水中相会。抗，举起。琼珶（tì），美玉。和，应答。潜渊，深渊。

[31] 执：抱着，持有。眷眷：依恋貌。款实：诚实的心意。

[32] 斯灵：此神，指洛神。

[33] 交甫：传说郑交甫在汉水边遇二女，赠交甫玉佩，交甫置之怀，走了十余步，玉佩已无，二女亦无踪影。（见刘向《列仙传》）弃言：失信。

[34] "收和颜"二句：收起和悦的容颜，安定身心，守礼法以自我约束。

[35] 徙倚：低回，徘徊。

[36] "神光"二句：指洛神的身影时隐时现，忽明忽暗。

[37] 椒涂：长满花椒香气浓郁的道路。涂，同"途"。

[38] 蘅：杜蘅，香草名。薄：草丛生。句谓走过杜蘅丛，引动阵阵香气。

[39] 超：惆怅貌。永慕：长相思。

[40] 尔乃：于是。杂遝（tà）：纷杂众多貌。

[41] 命俦啸侣：犹呼朋唤友。

[42] 南湘之二妃：据刘向《列女传》载，舜南巡死于苍梧，其二妃娥皇、女英寻至此，自投湘水而死，遂为湘水之神。

[43] 汉滨之游女：指郑交甫所遇二女。

[44] 匏（páo）瓜：《文选》六臣注吕向云："星名，独在河鼓星东，故云无匹。"无匹：无偶。

[45] 袿（guī）：妇女的上衣。猗靡：随风飘动貌。

[46] 翳：遮蔽。延伫：久立等待。

[47] "陵波"二句：在水波上细步行走，罗袜似乎扬起尘土。陵，登，超过。

[48] 常则：固定的规则。

[49] 转眄流精：顾盼神飞。流精，目光有神。

[50] "于是"四句：写洛神临去时诸神行动。屏翳，神名，曹植认为是风神。川后，即河神河伯。冯（píng）夷，天神名（《淮南子·原道训》）。女娲，补天、造笙簧之神。

[51] 腾：飞。文鱼：有翅能飞的鱼。警乘：车乘的警卫。

[52] 玉鸾：玉雕的车铃。鸾，铃。

[53] 俨：矜持庄重貌。齐首：指排成一行，齐头并进。

[54] 云车：神人驾云以为车。容裔：从容徐行貌。

[55] "纡素领"二句：谓回首相视。纡，回。素领，指洁白的脖子。清阳，清秀的眉目。清，指目；阳，同"扬"，指眉。《诗经·郑风·野有蔓草》："有美一人，清扬婉兮。"

[56] "恨人神"二句：自怨因人神道殊，在少壮之年不能人神相配合。当，匹配。

[57] 浪浪（láng láng）：流貌。

[58] "无微情"二句：洛神无微情以表达爱慕之意，遂赠明珰以示心意。效爱，致相

爱之意。珰（dāng），耳珠。

[59] 太阴：洛神所居的幽深水府。下文"君王"，指曹植。

[60] "忽不悟"二句：忽然不知洛神在什么地方，神灵消逝，光彩隐蔽，令人惆怅。

[61] "背下"二句：背离低下之地而登高，人虽前行而心留原地。

[62] 遗情想像：洛神已去而爱恋之情仍留在心头，令人回想。

[63] "冀灵"二句：希望洛神再现，遂驾轻舟逆流而上去追寻。

[64] "揽騑（fēi）辔"二句：谓执辔扬鞭欲行，却又惆怅徘徊而不能去。騑，古代驾车的马，在中间的叫服，靠边的叫騑或骖。騑在这里泛指驾车的马。辔，马缰绳。策，马鞭。

【题解】

洛神相传是古帝伏羲氏之女宓妃，溺死于洛水，遂为洛水之神。旧说，本篇初名《感甄赋》，曹植曾求婚甄氏，不遂，为曹丕所得，甄被谮死，曹植有感作此赋。这不过是小说家言，不足据。写人神之艳遇，古来有之，宋玉就有《高唐赋》、《神女赋》，写楚王梦遇巫山神女之事；当时也很流行，王粲等人也有《神女赋》。曹植本篇写人神相慕，深情缱绻，却因人神道殊，幽情难通，无法相接，于是产生无限怅惘之情。或说是以求神女不得比喻不被君知，寄寓对君主的思慕。其实也是借对洛神追求过程的幻灭，抒发作者政治上失意和理想破灭后的苦闷。

【集评】

[1] 以《洛神》比陈思（陈思王，指曹植）他赋，有似异手之作。故知天机启，则律吕自调；六情深，则音律顿挫。（《南齐书·陆厥传》引沈约语）

[2]《洛神赋》王右军、大令（王献之）各书数十本，当是晋人极推之耳。清彻圆丽，《神女》之流。（王世贞《艺苑卮言》）

[3] 植既不得于君，因济洛川为此赋，托辞宓妃以寄心文帝，其亦屈子之志也。（何焯《义门读书记》）

[4] 曹子建《洛神赋》出于《湘君》、《湘夫人》，而屈子深远矣。（刘熙载《艺概·赋概》）

【参考书】

[1]《曹植集校注》，赵幼文校注，人民文学出版社1984年版。

阮 籍

阮籍（210—263），字嗣宗。陈留尉氏（今属河南）人。阮籍是"建安七子"之一阮瑀的儿子，"竹林七贤"之一。阮籍先后做过散骑常侍、步兵校尉等，后人称为"阮步兵"。阮籍博览群书，尤好《老》、《庄》，生活在魏晋易代之际复杂的政治形势之下，采取韬光养晦的处世原则。纵酒谈玄，不问世事，于放诞不拘中不乏小心谨慎，以全身远害。其主要作品是五言《咏怀诗》八十二首，诗风含蓄，颇多感慨之词，"言在耳目之内，情寄八荒之表，厥旨渊放，归趣难求"。（钟嵘《诗品》上）明人辑有《阮步兵集》。

咏怀八十二首（其一）

夜中不能寐，起坐弹鸣琴。薄帷鉴明月[1]，清风吹我襟。孤鸿号外野[2]，翔鸟鸣北林。徘徊将何见，忧思独伤心。

（《先秦汉魏晋南北朝诗》魏诗，逯钦立编纂，中华书局1983年版。下同）

【注释】

[1]"薄帷"句：月光照在帘幔上。
[2]孤鸿：失群的鸿雁。号（háo）：鸣叫。

【题解】

五言《咏怀》八十二首是阮籍一生内心痛苦的自白，并非写于一时一地。这组诗内容复杂，孤独之感，忧生之嗟，不满现状等苦闷矛盾心情，纠结其中。抒情性强，而辞旨隐晦，多用比兴手法，言在此而意在彼，寄意遥深。本诗是第一首，写夜深人静时，寂寞孤独中，难耐的忧愁苦闷之情。诗人"忧思"深重，"伤心"不已，却未明言触发这种感受的具体生活内容。

【集评】

[1] 起何彷徨，结何寥落，诗之致在意象而已。（陆时雍《古诗镜》）
[2] 此是八十一首发端，不过总言所以咏怀不能已于言之故，而情景融会，含蓄不尽，意味无穷。（清方东树《昭昧詹言》卷三）

其 三

嘉树下成蹊，东园桃与李[1]。秋风吹飞藿，零落从此始[2]。繁华有憔悴，堂上生荆杞。驱马舍之去，去上西山趾[3]。一身不自保，何况恋妻子。凝霜被野草，岁暮亦云已[4]。

【注释】

[1]"嘉树"二句：比喻繁盛之时。语出《史记·李将军列传》："谚曰：'桃李不言，下自成蹊。'"

[2]"秋风"二句：比喻衰败之时。藿，豆叶。《文选》李善注引沈约说："风吹飞藿之时，盖桃李零落之日，华实既尽，树叶又凋，无复一毫可悦。"

[3]西山：指首阳山，相传为伯夷、叔齐隐居处。

[4]"凝霜"二句：《文选》李善注："繁霜已凝，岁亦暮止，野草残悴，身亦当然。"

【题解】

本诗写自然界由繁华转向零落，世事由盛而衰，寄寓繁华难久恃，避乱宜早之感慨，流露出作者在魏晋之际黑暗动荡的政治环境下，隐遁离世犹恐不能自保的恐惧。兴象贴切，意蕴深厚。

【集评】

[1]忠爱缠绵，哀音萧瑟。此悲魏社将墟，矢心长往，示不欲宗周也，自非然者。去何取于西山，身何至于不保。嘉树零落，荆杞罗堂，是何所指？（陈祚明《采菽堂古诗选》）

[2]首六句就植物春盛秋衰比起，说到堂生荆杞，京师乱象显然。"驱马"四句，突接避乱正意。驱马去，言其急，上西山，言其决，身不保，况妻子，更言虽避尚忧无益，透笔沉痛。末二句，意在指上肆虐，下尽遭殃，申明必当避意，却仍借岁暮严霜杀草，接秋风零落。推到尽头，于植物上做一回抱，法密旨微。（清张玉毂《古诗赏析》卷十）

其 十 七

独坐空堂上，谁可与欢者。出门临永路，不见行车马。登高望九州[1]，悠悠分旷野。孤鸟西北飞，离兽东南下。日暮思亲友，晤言用自写[2]。

【注释】

[1]"登高"句：夸张之辞。九州，《尚书·禹贡》指冀、兖、青、徐、扬、荆、豫、梁、雍。

[2]晤言：对坐而谈。晤，对。写：除，此指解除忧愁。《诗经·小雅·蓼萧》："既见君子，我心写兮。"郑玄笺："我心写者，舒其情意无留恨也。"

【题解】

本诗抒写作者孤独苦闷,与世不合的心情。诗中层层递进,写空旷荒凉,象征着世无知音的寂寞。末二句思念亲友,希望通过与亲友晤谈来摆脱孤独寂寞,更显其苦闷之深。

【参考书】

[1]《阮步兵咏怀诗注》,黄节注,人民文学出版社 1957 年版。
[2]《阮籍集校注》,陈伯君校注,中华书局 1987 年版。

嵇 康

嵇康(223—262),字叔夜。谯郡铚(今安徽宿县)人。"竹林七贤"之一。三国曹魏时曾为中散大夫,史称"嵇中散"。嵇康在魏晋之际的政治斗争中,对司马氏采取不合作态度,抨击礼法之士,因此颇招忌恨,终为司马昭所杀。嵇康今存诗五十余首,以四言体为多。有《嵇康集》。

幽 愤 诗

嗟余薄祜[1],少遭不造。哀茕靡识,越在襁褓[2]。母兄鞠育[3],有慈无威。恃爱肆姐[4],不训不师。爰及冠带[5],凭宠自放。抗心希古[6],任其所尚。托好老庄,贱物贵身[7]。志在守朴[8],养素全真。曰余不敏[9],好善闇人。子玉之败,屡增惟尘[10]。大人含弘,藏垢怀耻[11]。民之多僻[12],政不由己。惟此褊心,显明臧否;感悟思愆。怛若创痏[13]。欲寡其过,谤议沸腾。性不伤物,频致怨憎。昔惭柳惠[14],今愧孙登[15]。内负宿心[16],外恧良朋。仰慕严郑[17],乐道闲居。与世无营,神气晏如。咨予不淑[18],婴累多虞。匪降自天[19],实由顽疏。理弊患结,卒致囹圄[20]。对答鄙讯[21],絷此幽阻。实耻讼免[22],时不我与。虽曰义直,神辱志沮。澡身沧浪,岂云能补[23]。嗈嗈鸣雁[24],奋翼北游。顺时而动,得意忘忧。嗟我愤叹,曾莫能俦[25]。事与愿违,遭兹淹留[26]。穷达有命,亦又何求。古人有言,善莫近名[27]。奉时恭默[28],咎悔不生。万石周慎[29],安亲保荣。世务纷纭,祇搅予情。安乐必诫,乃终利贞[30]。煌煌灵芝,一年三秀[31]。予独何为,有志不就。惩难思复[32],心焉内疚。庶勖将来[33],无馨无臭。采薇山阿,散发岩岫[34]。永啸长吟,颐性养寿。

（《先秦汉魏晋南北朝诗》魏诗，逯钦立编纂，中华书局1983年版）

【注释】

[1] 祜（hù）：福。下句说，少年时家道未成。《诗经·周颂·闵予小子》："闵予小子，遭家不造。"郑笺："造，犹成也。"

[2] "哀茕"二句：自己还在襁（qiǎng）褓之中，孤苦无识。越，发语词。襁褓，包裹与背负小儿之物。

[3] "母兄"句：（幼时丧父，）由母亲与兄长养育。嵇康之母孙氏，其兄名喜。

[4] 恃爱肆姐（zū）：仗着母兄宠爱而骄纵。下句说，没有庭训，也没有师傅。

[5] 爰及冠带：到了成年。男子二十岁加冠束带，行冠礼，表示成年。下文"放"，放任。

[6] 抗心：高尚其心。希古：追慕古人。

[7] 贱物贵身：以外物为贱，以己身为贵。《文选》李善注："嵇喜谓康长好老庄之业，恬静无欲。"

[8] 守朴：抱持本性。《老子》十九章："见素抱朴，少私寡欲。"下文"养素全真"，修养并保全其自然天性。《文选》张铣注："养素全真，谓养其质以全真性。"

[9] 不敏：不聪明。自谦之词。下文"好善闇人"，好行善道，而暗于知人。按，不了解人，往往是取祸之道。

[10] "子玉"二句：大意谓子玉的失败，是由于子文错误地举荐了他，结果是子文自寻烦恼。子玉、子文，春秋时楚国人，子文在楚成王时为令尹，有贤名。子玉伐陈有功。子文荐之为令尹，后子玉在城濮之战中兵败自杀。参见《左传》僖公二十七年。《诗经·小雅·无将大车》："无将大车，秖自尘兮。"郑玄笺："喻大夫进举小人，适自作忧患也。"按，此以子文误荐子玉，比喻自己误信吕巽（嵇康好友吕安之兄）而辗转牵连获罪。

[11] "大人"二句：大人（高尚有德者）度量宽博，能含垢忍耻。

[12] 僻：邪僻。下文说，是由于（主政者身边多小人），政令不由己出。

[13] "惟此"四句：大意谓由于自己有此"狭隘"之心（《文选》李善注："'褊心'，康自谓也。"），遇事总要说个好坏；等到觉悟过来，想起自己的过错，真是痛如创伤。显明，显示表明。愆，过失。怛（dá），痛苦。创（chuāng）痏（wěi），同疮痏，伤痕。

[14] 柳惠：柳下惠，展禽，字季，居于柳下，因此为号。春秋时鲁国贤者。《论语·微子》："柳下惠为士师，三黜。人曰：'子未可以去乎？'曰：'直道而事人，焉往而不三黜？枉道而事人，何必去父母之邦？'"

[15] 孙登：字公和，魏晋间人，无家属，隐于苏门山（在今河南辉县）。他曾对嵇康说：子才多识寡，难乎免于今之世也。"（见《三国志》裴注引《魏氏春秋》）

[16] 负宿心：辜负平素的心愿。下文"恧（nù）"，自愧，愧（对）。

[17] 严郑：严君平与郑子真。《汉书·王贡两龚鲍传》："谷口有郑子真，蜀有严君平，皆修身自保，非其服弗服，非其食非食。"郑子真峻拒贵戚礼聘，严君平以卖卜为生。

[18] 不淑：不善。下句说，遭逢罪累而多忧患。

[19] 匪：通"非"。下句说，实在是由于自己的冥顽疏放。

[20] "理弊"二句：大意谓难以自辩而祸患生成，终于入狱。理弊，直译则是"理亏"。囹（lí）圄（yǔ），牢狱。

[21] 对答鄙讯：大意谓耻于回答审讯。下文"縶（zhí）"，拘执。"幽阻"，幽僻阻隔，指监狱。

[22] 讼免：通过辩论而免罪。

[23] "澡身"二句：即使在沧浪之水中洗濯此身，又能有什么实际的补益。沧浪（láng），水之青苍色，指代水。

[24] 噰（yōng）噰：鸟和鸣声。

[25] 曾莫能俦（chóu）：（我）竟然不能与之（鸣雁）相比。

[26] 遘（gòu）兹淹留：遇此久囚狱中之祸。

[27] 善莫近名：《庄子·养生主》："为善无近名。"大意谓不有心为善而接近荣名。

[28] 奉时恭默：依顺时世，恭谨缄默。

[29] 万石：《汉书·石奋传》，石奋与其四子皆官至二千石，于是景帝曰："石君及四子皆二千石，人臣尊宠乃举集其门。"二千石，为汉代郡守的俸禄。因以二千石指代郡守，亦可指代与此相当之官位。周慎：周全谨慎。

[30] "安乐"二句：即使在安乐之时，亦须有戒惕之心，才会一生顺利平安。利贞，《周易》中常见语，本谓有利于贞问。

[31] 三秀：一年三次开花。屈原《九歌·山鬼》："采三秀兮于山间。"即以三秀代灵芝。

[32] 惩难思复：接受此次灾祸的教训，也有意重新来过。

[33] 庶：希冀之词。勖（xù）：勉励。下文"无馨无臭"，喻意为无声无息。默默无闻，不为人知。

[34] "采薇"二句：意谓隐逸于山林岩壑之间。采薇，伯夷叔齐反对周武王伐商纣，避入首阳山，采薇而食。散发，取下标志士大夫身份的冠冕，披散头发（做隐士）。

【题解】

本诗是嵇康因吕安事牵连入狱时所作。嵇康之友吕安"为兄所枉诉，以事系狱，辞相证引，遂复收康。康性慎言，一旦缧绁，乃作《幽愤诗》"。（《晋书·嵇康传》）嵇康后竟被害。此诗是他已意识到了生命最后时刻，故而自述一生经历和志向，表达了对自己无辜被罪的忧郁和愤激之情。词气峻切，托意清远。

【参考书】

[1]《嵇康集校注》，戴明扬校注，人民文学出版社1962年版。

李　密

李密（224—287），字令伯，一名虔。西晋犍为武阳（今四川彭山东）人。治《左氏传》，博览多所通涉，机警辩捷。事祖母以孝闻。少仕蜀为郎，入晋先后任洗马、汉中太守等官。

陈情事表

臣密言：臣以险衅[1]，夙遭闵凶。生孩六月，慈父见背。行年四岁，舅夺母志[2]。祖母刘，愍臣孤弱，躬亲抚养。臣少多疾病，九岁不行[3]；零丁孤苦，至于成立[4]。既无叔伯，终鲜兄弟，门衰祚薄[5]，晚有儿息。外无期功强近之亲[6]，内无应门五尺之僮；茕茕独立，形影相吊[7]。而刘夙婴疾病[8]，常在床蓐；臣侍汤药，未曾废离。

逮奉圣朝[9]，沐浴清化。前太守臣逵[10]，察臣孝廉；后刺史臣荣[11]，举臣秀才。臣以供养无主[12]，辞不赴命。诏书特下，拜臣郎中[13]；寻蒙国恩，除臣洗马[14]。猥以微贱[15]，当侍东宫，非臣陨首，所能上报[16]。臣具以表闻，辞不就职。诏书切峻[17]，责臣逋慢。郡县逼迫，催臣上道；州司临门，急于星火。臣欲奉诏奔驰，则刘病日笃；欲苟顺私情[18]，告诉不许。臣之进退[19]，实为狼狈。

伏惟圣朝以孝治天下，凡在故老，犹蒙矜育；况臣孤苦，特为尤甚。且臣少仕伪朝[20]，历职郎署，本图宦达，不矜名节[21]，过蒙拔擢，宠命优渥；岂敢盘桓[22]，有所希冀！但以刘日薄西山，气息奄奄，人命危浅，朝不虑夕。臣无祖母，无以至今日；祖母无臣，无以终馀年。母孙二人，更相为命；是以区区不能废远[23]。

臣密今年四十有四，祖母刘今年九十有六，是臣尽节于陛下之日长，报养刘之日短也。乌鸟私情[24]，愿乞终养。臣之辛苦，非独蜀之人士及二州牧伯所见明知[25]，皇天后土实所共鉴[26]。愿陛下矜愍愚诚，听臣微志[27]；庶刘侥幸[28]，保卒馀年。臣生当陨首，死当结草[29]。臣不胜犬马怖惧之情[30]，谨拜表以闻。

（《文选》卷三十七，中华书局1977年影印胡克家刻本）

【注释】

[1] 险衅：犹言恶运。下句说，很早就遭遇不幸。夙，早，早年。闵凶，忧患凶丧。

[2] 舅夺母志：舅父强迫母亲改嫁。夺……志，此处指夺去守寡之志。

[3] 不行：不会走路。

[4] 成立：成人，可以自主。

[5] 门衰祚（zuò）薄：门庭衰落，福运浅薄。下句"晚有儿息"，很晚才有儿子。息，子女。

[6] "外无"句：自家之外，没有关系很近的亲属。期（jī）功，古代以亲属关系之远近来规定服丧的期限。期（jī）服为一年，用于祖父母、伯叔父母等。功，大功九月，用于堂兄弟；小功五月，用于曾祖父母、伯叔祖父母等。下文"应门"，照看门户（开门关门，接待客人）。"五尺"，汉末三国至西晋，五尺大约合今之一百二十厘米。

[7] 形影相吊：身形与其影子相互安慰。

[8] 婴：缠绕，患（病）。下文"蓐（rù）"，垫子，草席。

[9] 圣朝：帝制时代称本朝为圣朝。此时李密已由蜀入晋，故称晋朝为圣朝。下文"清化"，清明的教化。

[10] 逵：犍为郡太守，名逵，姓氏不详。下文"孝廉"，孝悌清廉。始于汉代的考察选拔人才的科目之一。

[11] 荣：益州刺史，名荣，姓氏不详。下文"秀才"，才学优秀。考察选拔人才的科目之一。

[12] 供养：赡养祖母之事无人主持。

[13] 拜：授（官）。郎中：官名。在两晋南北朝，为尚书曹司的长官。

[14] 洗（xiǎn）马：官名。本作"先马"，东宫（太子宫）侍从官，太子出行则为前导。

[15] 猥（wěi）以微贱：（我）作为地位卑微低贱之人。猥，自谦之词。

[16] "非臣"二句：（这样的恩宠，）不是我一死所能报答的。陨（yǔn）首，杀身。陨，坠落。

[17] 切峻：（措词）急切而严峻。下文"逋慢"，回避怠慢。逋，逃避。

[18] 苟顺私情：随便地依顺赡养祖母之情。下文"告诉"，报告诉说。"不行"，得不到许可。

[19] 进退：做官或不做官。

[20] 伪朝：指蜀汉。下句说，曾在蜀汉担任过郎官一类的职务。署，官署。

[21] 不矜名节：不在乎名誉与气节。矜，顾惜。按，李密以降臣拒召，担心晋武帝怀疑他不事二主之心，不得不如此说。

[22] 盘桓：迟疑不进。下文"希冀"，企图，非分之想。

[23] 区区：挚爱之心。此指侍奉祖母的私衷。废远：废赡养而远赴朝廷。

[24] 乌鸟：乌鸦。传说乌鸦知反哺（长大后能为母亲喂食）。因此喻孝心。下文"终养（yàng）"，奉养父母或祖父母，直至寿终。

[25] 二州：益州与梁州，大体为三国时蜀汉之地。晋初析置梁州。牧伯：州郡长官，即上文之太守逵，刺史荣。

[26] 皇天后土：天神地祇，天地之主宰。鉴：照鉴，审察。

［27］听臣微志：准许我这小小的心愿。

［28］庶：希冀之词。下文"卒"，终，尽。

［29］死当结草：（因受恩深重，）即使死了也要"结草"报答。《左传》宣公十五年载，魏颗在其父魏武子死后，没有听从他的"乱命"，将其爱妾殉葬，而是依了他的"治命"，将她嫁人了。其后，魏颗与秦将杜回作战，见一老人结草将杜回绊倒，杜回被俘。此老人即魏颗嫁出女子之父，以"结草"报答不令其女儿殉葬之恩。

［30］不胜（shēng）：不尽。犬马：臣下对君上的卑称。怖惧：犹言诚惶诚恐。

【题解】

表为臣民对君主的章奏类文体名。李密父早亡，母改嫁，与祖母刘氏相依为命。蜀亡后，晋武帝征李密为太子洗马，诏书累下，郡县催迫，李密上此表说明自己的处境。"武帝览表曰'密不空有名也。'嘉其诚款，赐奴婢二人，下郡县供养其祖母奉膳。"（《三国志》引《华阳国志》）行文凄恻婉转，情真意切，骈散兼行，措辞得体。

【集评】

［1］历叙情事，俱从天真写出，无一字虚言驾饰。晋武帝览表，嘉其诚款，赐奴婢二人，使郡县供祖母奉膳。至性之言，自尔悲恻动人。（吴楚材、吴调侯《古文观止》）

潘　岳

潘岳（247—300），字安仁。荥阳中牟（今河南中牟）人。曾任河阳令，给事黄门侍郎等职。一生热衷仕进，为权贵贾谧"二十四友"之一。后为赵王司马伦及孙秀所害。潘岳在当时文名很大，与其侄潘尼并称"两潘"，又与陆机并称"潘陆"。诗赋文均能，尤善为哀诔之辞。辞藻华艳，长于抒情。明人辑有《潘黄门集》。

悼　亡　诗（其一）

荏苒冬春谢[1]，寒暑忽流易。之子归穷泉[2]，重壤永幽隔。私怀谁克从[3]，淹留亦何益。僶俛恭朝命[4]，回心反初役[5]。望庐思其人，入室想所历。帏屏无仿佛[6]，翰墨有余迹。流芳未及歇[7]，遗挂犹在壁。怅恍如或存[8]，周遑忡惊惕[9]。如彼翰林鸟[10]，双栖一朝只。如彼游川鱼，比目中路析[11]。春风缘隙来[12]，晨霤承檐滴[13]。寝息何时忘，沉忧日盈积。庶几有时衰[14]，庄缶犹可击[15]。

（《文选》，中华书局1977年影印胡克家刻本）

【注释】

[1] 荏苒（rěn rǎn）：辗转之间。谢：代谢，相互交替。

[2] 之子：那人，指妻子。穷泉：地下。

[3] 私怀：私愿，指夫妻永远相守的愿望。谁克从：大意谓无法做到。下句说，长久滞留在家也无益处。

[4] 僶俛（mǐn miǎn）：僶勉，勉力。恭朝命：服从朝廷的召唤。

[5] 反：通"返"。初役：原任官职。

[6] "帏屏"句：在帏帘屏风之间见不到（亡妻的）依稀的身影。下句说，她的手迹却留了下来。

[7] 流芳：（翰墨）余香。歇：消失。下文"遗挂"，当指遗像肖像。一说，即上文之翰墨手迹。

[8] 怅恍（huǎng）：恍惚。如或存：似乎人还活着。

[9] 周遑：惶恐。忡：忧虑不安貌。惊惕：惊惧。

[10] 翰：鸟羽。这里作动词，飞之意。下文"只"，成单。

[11] 比目：《尔雅·释地》："东方有比目鱼焉，不比不行。"这里比喻形影不离。中路析：中途分开。

[12] 缘：顺着。隙：指门缝。

[13] 霤（liù）：屋檐的流水。

[14] 有时衰：（哀思）有减轻的时候。

[15] "庄缶（fǒu）"句：此句是作者勉强安慰自己之语。《庄子·至乐》："庄子妻死，惠子往吊，庄子则方箕踞鼓盆而歌。"缶，瓦制器皿。

【题解】

《悼亡诗》共三首，都是妻亡一年后的悼念之作。这首写妻死后葬毕，作者将离家赴任时的哀伤心情。冬春代谢，寒暑流易，作者的哀痛之情丝毫没有减淡，流连空房，物在人亡，触目伤怀，心神恍惚。旁写曲诉，描摹细致，比喻新奇，音节繁会。潘岳之作，深情委婉，哀思缠绵，影响甚远，后世遂以悼亡称丧妻，而文学史上，也形成一个独特的题材类型。

【集评】

[1] "入室想所历"，真情苦境，细心。不真不苦，不苦不细。……庶几

者,情至不能自主之词。哀人,实景。又云:陆潘之病,在情为辞没,而不能自出。此作情居其胜,而辞不能没,所以佳。(钟惺《古诗归》)

[2]首四,就时光流逝,慨叹而起,点清妻亡已葬。"私怀"四句,接写留家势所不能,留亦无益。目前计欲之官事。"望庐"八句,正叙将出未出,流连虚室,触目伤心景象。……"如彼"四句,插两喻以动荡之。末六,补点时景,醒出沉忧,却以强作排解收住,亦不直遂。(张玉穀《古诗赏析》卷十一)

陆 机

陆机(261—303),字士衡。吴郡华亭(今上海松江)人。祖陆逊、父陆抗都是东吴名将。吴亡后家居勤学,晋武帝太康末年与弟陆云同至洛阳,文名动京师,世称"二陆"。曾官平原内史,故后称陆平原,还曾任太子洗马、著作郎等职。后任后将军、河北大都督。兵败被逸,遇害。陆机诗文讲究骈偶和藻丽,对六朝文学影响巨大。所作《文赋》,讨论创作构思等文学理论问题,见解精辟,在文学批评史上有重要地位。后人辑有《陆士衡集》。

赴洛道中(其二)

远游越山川,山川修且广。振策陟崇丘[1],案辔遵平莽。夕息抱影寐[2],朝徂衔思往[3]。顿辔倚嵩岩[4],侧听悲风响。清露坠素辉[5],明月一何朗。抚枕不能寐,振衣独长想[6]。

(《先秦汉魏晋南北朝诗》晋诗,逯钦立编纂,中华书局1983年版。下同)

【注释】

[1]振策:扬鞭。陟(zhì):登(高)。下文"案辔",手按马缰,任其缓行。"遵",沿,顺着……行进。"平莽",平野。莽,草。

[2]息:止,休息。抱影:守着影子。极言孤独之情状。

[3]徂(cú):前行。衔思:犹言含悲。

[4]顿辔:犹言驻马。顿,《文选》李善注:"顿,犹舍也。"嵩,高。

[5]"清露"句:清凉的露水下滴,闪着洁白的光亮。这是月光照下所见,视下句可知。

[6]振衣:振落衣服上的尘土。此言夜不能寐,披衣起床。

【题解】

吴亡后,陆机退居故乡十年。晋武帝太康末年,应召北上,前往洛阳。《赴洛道中》二首,都是抒写其赴洛阳途中所见景物与其哀伤心情的。此为第二首,十分形象地表现了旅途中日夜难遣的孤独愁闷心情。写景真切,"振策"以下四句对偶工整,语言极尽锤炼之能事,雕琢工丽。

【集评】

[1] "朝祖衔思往","衔思往"比"征夫怀往路"更深妙。"明月一何朗",境语俱微。(钟惺《古诗归》)

[2] 前八,皆叙道路跋涉之景,插入夕息二语,便不平直。后四就夜景凄其作收,明翻抱影,暗顾衔思。(张玉毂《古诗赏析》卷十一)

猛 虎 行

渴不饮盗泉水[1],热不息恶木阴[2]。恶木岂无枝?志士多苦心[3]。整驾肃时命[4],杖策将远寻。饥食猛虎窟,寒栖野雀林[5]。日归功未建,时往岁载阴[6]。崇云临岸骇[7],鸣条随风吟。静言幽谷底,长啸高山岑。急弦无懦响,亮节难为音[8]。人生诚未易,曷云开此衿[9]?眷我耿介怀,俯仰愧古今。

【注释】

[1] 盗泉:水名。古泉名,故址在今山东泗水东北。《尸子》卷下:"(孔子)过于盗泉,渴矣,而不饮,恶(wù)其名也。"

[2] 恶(è)木阴:贱劣之木的树荫。《文选》李善注引江邈《文释》云,《管子》曰:"夫士怀耿介之心,不荫恶木之枝。恶木尚能耻之,况与恶人同处。"

[3] "恶木"二句:恶木难道就没有枝叶可以遮荫,有志之士自有良苦用心(不肯与恶物同在)。

[4] 肃时命:谨遵时君之命。

[5] "饥食"二句:饥则不容择食,寒则不容择居。郭茂倩《乐府诗集·相知歌辞》录《猛虎行》古辞:"饥不从猛虎食,暮不从野雀栖。"此反其意而用之。意谓由于时势所迫,不得不违背"渴不饮盗泉水,寒不息恶木阴"的初衷。

[6] "日归"二句:时日不停地流逝,而功业未建。岁载阴,岁暮。载,则。

[7] 崇云:高高耸立的云。骇:起。下文"鸣条",在风中作响的枝条。

[8] "急弦"二句:绷紧的琴弦不会发出缓弱的声音,高节之士很难慷慨陈词(因为时世不容)。《文选》李善注:"为有贞信之节,言必慷慨,故曰'难'也。"

[9] "曷云"句:何时才能开怀呢?衿,襟,怀抱。

【题解】

陆机拟古之作往往有佳构。《猛虎行》是古乐府曲调,陆机沿用旧题,抒发了自己的独特感受。本诗写志士正直、独立,不苟于世,却又违背自己意愿,被迫从命,终是功业无成的彷徨苦闷。此诗折射了在西晋后期京洛混乱政局中作者不得意的仕宦经历和苦闷心情。

左 思

左思(252?—306?),字太冲。西晋临淄(今山东淄博)人。出身寒门,貌寝口讷,不好交游,一直沉沦下僚。初征为秘书郎,后退居宜春里,专意典籍。齐王司马冏召其为记室督,辞疾不就。移居冀州,数年后病逝。左思博学能文,辞藻壮丽,曾以十年时间写成《三都赋》,轰动当时,竞相传写,洛阳为之纸贵。其诗内容饱满,风骨遒劲,《诗品》列为上品,认为"文典以怨,颇为精切,得讽谕之致"。现存作品收录于严可均所辑《全上古三代秦汉三国六朝文》和逯钦立所辑《先秦汉魏晋南北朝诗》。

咏 史(其一)

弱冠弄柔翰[1],卓荦观群书[2]。著论准《过秦》[3],作赋拟《子虚》[4]。边城苦鸣镝[5],羽檄飞京都。虽非甲胄士,畴昔览穰苴[6]。长啸激清风[7],志若无东吴。铅刀贵一割[8],梦想骋良图。左眄澄江湘,右盼定羌胡[9]。功成不受爵,长揖归田庐[10]。

(《文选》,中华书局1977年影印胡克家刻本。下同)

【注释】

[1] 弱冠(guàn):二十岁。亦或泛指少年时。《礼记·曲礼上》:"二十曰弱,冠。"柔翰:毛笔。

[2] 卓荦(luò):特异不凡。承上句,指才华说。

[3] 准《过秦》:取法于贾谊的《过秦论》。准,按照。

[4] 拟《子虚》:比拟着司马相如的《子虚赋》。

[5] 鸣镝(dí):响箭。指代战事。下文"羽檄(xí)",征调军队的文书。上插鸟羽,以示紧急。按,此或指晋武帝咸宁五年(279)对东吴的战事。见下文。

[6]"虽非"二句：自己虽然不是将士，从前也曾读过兵书。甲胄，铠甲与头盔。穰（ráng）苴（jū），春秋时齐国大夫，姓田氏，名穰苴，官司马。有《司马穰苴兵法》。

[7]啸：撮口发声。下句大意说，不把东吴当回事（自己有灭吴之才）。

[8]"铅刀"句：铅刀虽钝，贵在一割。此为自谦之词。铅刀，铅质的钝刀。下文"骋"，驰骋，施展。

[9]羌胡：西北地区的少数民族。

[10]长揖：拱手高举，自上而下作一揖。此处表示告别（爵禄）。

【题解】

《咏史》共八首，是左思的代表作。诗题为咏史，却与后代某些咏史诗拈一人一事，就史论史不同，是借古人古事抒写自己的怀抱，不是史论而是抒怀。独辟蹊径，造语奇伟，笔力苍劲，在太康诗坛独树一帜。本诗是第一首，内容是述志，抒写其为国建功立业愿望和功成身退的抱负。

【集评】

[1]千秋绝唱，其原出于魏武，明远近师，太白远效。此格壮激悲凉，要以意志高伟，而笔调圆转乃佳，否则入于粗率矣。（陈祚明《采菽堂古诗选》）

[2]题云咏史，其实乃咏怀也。八首一气挥洒，激昂顿挫，真是大手。晋诗中杰出者，太白多学之。（何焯《义门读书记》）

其　　二

郁郁涧底松[1]，离离山上苗。以彼径寸茎[2]，荫此百尺条。世胄蹑高位[3]，英俊沉下僚。地势使之然，由来非一朝。金张藉旧业，七叶珥汉貂[4]。冯公岂不伟，白首不见招[5]。

【注释】

[1]郁郁：草木茂盛貌。下文"离离"，下垂貌。

[2]径寸茎：指山上苗。下文"荫"，遮蔽。"百尺条"，指涧底松。

[3]世胄：世家子弟。蹑：登。

[4]"金张"二句：意谓金、张子弟，凭祖先之世业，七代为汉朝贵官。金、张指汉代的金日䃅、张汤两大家族。金家从汉武帝到东汉平帝，七代为内侍，张家有十一人为侍中、中常侍。（事见《汉书·金日䃅传》和《汉书·张汤传》）珥，插。汉貂，汉代侍中、中常侍帽子上皆插貂尾。

[5]冯公：冯唐，汉文帝时人，年既老仍仅为中郎署的小官。（事见《汉书·冯唐传》）

【题解】

本篇为原诗第二首,主要表现对门阀制度的不满。世家大族子弟凭借门第家世窃居高位,出身寒微的才士却只能屈居下吏,不得升迁。抒发了才士的满腔愤慨与不平。"涧底松"与"山上苗"两个比喻,形象生动鲜明而寓意深刻,令人难忘。

【集评】

[1] 此章慨世之不能破格用人也。首四,以松苗之托迹悬殊,以至高卑颠倒比起,笔势耸拔。中四,惟崇世胄,英俊屈抑,点明章意,"地势"句兜前,"由来"句呼后。末四,实咏金张冯公之事,为"世胄"二句印证,竟住,老甚。(张玉毂《古诗赏析》卷十一)

其 五

皓天舒白日[1],灵景耀神州[2]。列宅紫宫里[3],飞宇若云浮。峨峨高门内[4],蔼蔼皆王侯[5]。自非攀龙客[6],何为欻来游。被褐出阊阖[7],高步追许由[8]。振衣千仞冈,濯足万里流[9]。

【注释】

[1] 皓天:明亮的天空。
[2] 灵景:日光。
[3] 紫宫:本是星官名,此指帝王的宫禁。下句形容层层屋檐高耸入云的动态。
[4] 峨峨:高貌。
[5] 蔼蔼:盛。《诗经·大雅·卷阿》:"蔼蔼王多吉士。"
[6] 攀龙:扬雄《法言》:"攀龙鳞,附凤翼。"意谓弟子追随圣哲而成德业。此指攀附王侯权贵以求功名利禄。下文"欻(xū)",忽然。
[7] 被褐:穿着粗布衣。阊阖:晋洛阳有阊阖门。
[8] 许由:尧时隐士。据《文选》李善注引《高士传》,尧曾让天下于许由,许由退隐不受。
[9] "振衣"二句:意谓要远离污浊,洁身自好。振衣,抖落衣服上的灰尘。《楚辞·渔父》:"新浴者必振衣。"濯足,洗足。《孟子·离娄上》:"沧浪之水清兮,可以濯我缨;沧浪之水浊兮,可以濯我足。"

【题解】

本篇为原诗第五首,写作者鄙弃尘俗,蔑视功名利禄,要隐居高蹈的豪迈气概和高远的精神境界。全篇纯是咏杯，史事仅引许由一事，不过是一点缀而已。笔力雄健豪迈，逸气干云。

【集评】

[1] 诗有意阔心远，以小纳大之体，如"振衣千仞冈，濯足万里流"，古诗直言其事，不相映带，此实高也。（遍照金刚《文镜秘府论》）

[2] "皓天舒白日"一篇，无一字不精炼。（许学夷《诗源辨体》）

刘 琨

刘琨（271—318），字越石，中山魏昌（今河北无极）人。少负志气，有纵横之才。与北伐名将祖逖意气相期，有"常恐祖生先吾著鞭"之语。晋怀帝时，为并州刺史。晋愍帝时拜大将军，都督并、冀、幽三州诸军事，致力讨伐石勒，收复北方。失败后，投奔幽州刺史鲜卑人段匹䃅，相约共同扶助晋室。后被段杀害。刘琨存诗都作于北方抗敌时，气概豪迈，悲壮苍凉，钟嵘《诗品》认为其作"善为凄戾之词，自有清拔之气。……故善叙丧乱，多感恨之词"。明人辑有《刘中山集》。

重赠卢谌

握中有悬璧，本自荆山璆[1]。惟彼太公望[2]，昔在渭滨叟。邓生何感激[3]，千里来相求。白登幸曲逆[4]，鸿门赖留侯[5]。重耳任五贤[6]，小白相射钩[7]。苟能隆二伯[8]，安问党与雠。中夜抚枕叹，想与数子游[9]。吾衰久矣夫，何其不梦周[10]。谁云圣达节，知命故不忧[11]。宣尼悲获麟，西狩涕孔丘[12]。功业未及建，夕阳忽西流。时哉不我与，去乎若云浮[13]。朱实陨劲风[14]，繁英落素秋。狭路倾华盖[15]，骇驷摧双辀[16]。何意百炼刚，化为绕指柔[17]。

（《先秦汉魏晋南北朝诗》晋诗，逯钦立编纂，中华书局1983年版）

【注释】

[1] "握中"二句：手中握有荆山玉璞做成的宝璧。此以玉璧比拟卢谌才质之美。握中，犹言手中。悬璧，用悬黎（美玉）制成的璧（扁圆形的中间有孔的玉制品）。荆山璆

（qiú），荆山（在今湖北南漳）的美玉，即春秋时楚人卞和所得的和氏璧，成为天下共传之宝。

［2］太公望：姜姓，吕氏，名望，字子牙。钓于渭水之滨，年已七十。周文王访得之，说："吾太公（文王之祖）望子久矣。"因号太公望。后佐武王灭纣，有天下。

［3］邓生：邓禹，字仲华，南阳人。不远千里投奔刘秀（光武帝），成为建立东汉的功臣。感激：感奋激励。

［4］白登：山名，在今山西大同东。汉高祖七年（前200），高祖被匈奴围于白登，陈平用计厚赂匈奴单于之妻，始得脱险。曲逆：高祖六年，大封功臣，陈平为曲逆侯。

［5］鸿门：地名，在今陕西临潼东。汉王元年（前206），刘邦与项羽会于鸿门，张良救其脱险。留侯，张良封留侯。

［6］重耳：晋文公，春秋五霸之一。五贤：赵衰、狐偃、颠颉、司空季子、魏犨。

［7］小白：齐桓公，春秋五霸之首。相射钩：以曾经与他作对，射中其带钩的管仲为国相。后来管仲佐桓公成霸业。

［8］隆：增高，使兴盛。二伯（bà）：齐桓公与晋文公二霸主及其霸业。下文"党"，狐偃等"五贤"与晋文公本为同党。"雠（chóu）"，管仲与齐桓公本为仇敌。

［9］数子：指上述一大段提及的太公望、邓禹、陈平、张良、"五贤"、管仲等功业显赫之士。

［10］"吾衰"二句：《论语·述而》记孔子曰："甚矣吾衰也！久矣吾不复梦见周公。"作者引此，表达对圣贤的思慕。

［11］"谁云"二句：谁说圣人就能不拘常规而合乎节义，乐天知命而没有忧虑呢。《左传》成公十五年记曹子臧曰："前志有之曰，'圣达节，次守节，下失节。'"《周易·系辞上》："乐天知命，故不忧。"

［12］"宣尼"二句：此是借西狩获麟之事感叹时世与个人遭际。《春秋·公羊传》哀公十四年，"春，西狩获麟。"孔子闻之，"反袂拭面，涕沾袍。""孔子曰：'吾道穷矣。'"以麟为仁兽，而出非其时，故有此叹。孔子名丘，字仲尼，西汉平帝时追谥曰褒成宣尼公。

［13］若云浮：比喻光阴流逝之迅速。

［14］"朱实"句：红色的果实在劲风中陨落。下文"繁英"，繁花。

［15］"狭路"句：在狭窄的道路上翻倒了车盖。华盖，车上的伞盖。

［16］"骇骊"句：受惊的马车折断了车辕。双辀（zhōu），小车的曲形辕木。

［17］"何意"二句：哪能想到经过百炼的坚钢，竟化作可以绕指的柔条。自喻英雄失志，最终落得任人摆布。亦有警示卢谌之意。

【题解】

卢谌字子谅，曾为刘琨僚属，后为段匹䃅别驾，与刘琨有诗赠答。据《晋书·刘琨传》，时刘琨与段匹䃅已生嫌隙，为段所拘，自知必死，神色怡如，为五言诗"握中有悬璧"以赠卢谌。自述怀抱，抒写幽愤，兼有激励卢谌之意。张玉毂《古诗赏析》说："后六（句），忽叠四比，比出遭世多艰，士气固易摧折,再用钢金绕指,比出有志者亦复灰心,闵然竟止。语语似自嘲,而意则讽卢,当早树功。"

【集评】

[1] 越石英雄失路,万绪悲凉,故其诗随笔倾吐,哀音无次,读者乌得于语句间求之。(沈德潜《古诗源》卷七)

郭 璞

郭璞(276—324),字景纯,河东闻喜(今属山西)人。西晋末因预计将有战乱,避地东南。晋元帝即位后,任著作佐郎,迁尚书郎。后任大将军王敦的记室参军。因劝阻王敦图逆,被害。追赠弘农太守。郭璞博学好经术,通古文奇字,又通历算、天文、阴阳。曾注释《周易》、《山海经》、《尔雅》、《方言》及《楚辞》等古籍。诗赋富于文采,有名于当时。明张溥辑有《郭弘农集》。

游 仙 诗(其一)

京华游侠窟,山林隐遁栖[1]。朱门何足荣[2],未若托蓬莱。临源挹清波[3],陵冈掇丹荑。灵溪可潜盘,安事登云梯[4]。漆园有傲吏[5],莱氏有逸妻[6]。进则保龙见,退为触藩羝[7]。高蹈风尘下[8],长揖谢夷齐。

(《先秦汉魏晋南北朝诗》晋诗,逯钦立编纂,中华书局1983年版)

【注释】

[1] "京华"二句:京城是游侠活动的地方,山林是隐士栖居的处所。游侠,重义轻生,勇于救人急难之士。游,指行踪不定。《史记》有《游侠列传》。窟,洞穴。此指出入之所。

[2] 朱门:朱漆大门。指代豪贵。下文"蓬莱",传说中海上三仙山(蓬莱、方丈、瀛洲)之一。

[3] 源:水的源头。挹:酌,以瓢舀取。下文"陵",升,登。"丹荑",草名,又曰赤芝。传说服之可以延年。

[4] "灵溪"二句:灵溪这样的地方即可隐居盘桓,何必升天求仙呢!灵溪,水名,《文选》李善注引庾仲雍《荆州记》:"大城西九里有灵溪水。"云梯,以云为梯。李善注:"言仙人升天,因云而上。"

[5]"漆园"句：《史记·老子韩非列传》，庄子曾为漆园吏。"楚威王闻庄周贤，使使厚币迎之，许以为相。"庄周峻拒之，故此称之为傲吏。《史记》集解："漆园故城在曹州冤句县（今山东定陶西）北十七里。"

[6]"莱氏"句：刘向《列女传》载，老莱子（莱氏）耕于蒙山之阳，楚王请他出仕。老莱许诺。其妻曰："今先生食人酒肉，受人官禄，为人所制也。能免于患乎？妾不能为人所制。"投其畚而去。老莱乃随而隐。

[7]"进则"二句：大意谓继续避世隐居，则能保全中正之道；退居尘世，则必受制于人。老见(xiàn)，《周易·轻卦·文言》："九二曰：'见龙在田，利见大人。'何谓也？子曰：'龙，德而正中者也。'"又《周易·大壮》："上六：羝羊触藩，不能退，不能遂。"

[8]高蹈：隐居。下文"谢夷齐"，告辞伯夷叔齐，意谓要走得比夷齐更远。

【题解】

游仙诗是郭璞的代表作。这组诗名为游仙，实则抒写的是对世俗的蔑视和对隐逸的向往，而在对隐逸的歌咏中，又包蕴着忧生之嗟，情调有似阮籍《咏怀》诗。正如钟嵘《诗品》所说是"词多慷慨，乖远玄宗"，"坎壈咏怀，非列仙趣也"。本篇为第一首，可说是这组诗的总纲，以避世高蹈，否定仕宦求荣，流露出愤世嫉俗之情。笔势跌宕，造语新奇。

【集评】

[1]《游仙诗》假栖遁之言，而激烈悲愤，自在言外，乃知识曲宜听其真也。（刘熙载《艺概·诗概》）

王羲之

王羲之（321—379），字逸少。东晋琅琊临沂（今山东临沂）人，定居会稽山阴（今浙江绍兴）。官至右军将军、会稽内史，人称"王右军"。擅长书法，有"书圣"之称。为人豁达，喜游山水。善为文章，文风质直。明人辑有《王右军集》。

兰亭集序

永和九年，岁在癸丑[1]，暮春之初，会于会稽山阴之兰亭[2]，修禊事也[3]。群贤毕至，少长咸集。此地有崇山峻岭，茂林修竹，又有清流激湍，映带左右。引以为流觞曲水[4]，列坐其次，虽无丝竹管弦之盛，一觞一咏，亦足以畅叙幽情。

是日也，天朗气清，惠风和畅[5]。仰观宇宙之大，俯察品类之盛[6]，所以游目骋怀，足以极视听之娱，信可乐也。

夫人之相与，俯仰一世[7]。或取诸怀抱，晤言一室之内；或因寄所托，放浪形骸之外。虽趣舍万殊[8]，静躁不同，当其欣于所遇，暂得于己，快然自足，曾不知老之将至。及其所之既倦，情随事迁[9]，感慨系之矣。向之所欣，俯仰之间，已为陈迹，犹不能不以之兴怀，况修短随化[10]，终期于尽。古人云："死生亦大矣[11]。"岂不痛哉！每览昔人兴感之由[12]，若合一契，未尝不临文嗟悼，不能喻之于怀[13]。固知一死生为虚诞，齐彭殇为妄作[14]。后之视今，亦由今之视昔，悲夫！故列叙时人[15]，录其所述。虽世殊事异，所以兴怀，其致一也[16]。后之览者，亦将有感于斯文。

(《晋书·王羲之传》，中华书局1974年版)

【注释】

[1] 永和：东晋穆帝年号（345—356）。癸丑：永和九年（353）的干支纪年。

[2] 会（kuài）稽：郡名，在今浙江北部和江苏东南部一带。山阴：县名，今浙江绍兴。兰亭：在绍兴西南之兰渚山下，一九八〇年曾全面整修。

[3] 修禊（xì）：古代风俗，临水举行祈福消灾的仪式及在水边嬉游。原在三月上旬的"巳"日，曹魏后定为三月三日。

[4] "引以"句：引来清溪，作为流觞的曲水。流觞，在上游放置盛酒酒杯，任其顺流而下，止于谁处谁就取来饮酒。曲水，浮流酒杯的环曲小渠。

[5] 惠风：和风，春风。

[6] 品类：指自然界的万物。下文"游目骋怀"，纵目远眺，拓展胸怀。

[7] "夫（fú）人"二句：意谓人们聚在一起，彼此交往，转眼就是一生。俯仰，一俯一仰，低头抬头之间。下文"或取"二句，意谓或者推心置腹。对面交谈于一室之中。"或因"二句，或者把情怀寄托于所好事物，尽情游乐，不拘形迹。放浪，放纵无拘束。形骸，身体，形体。

[8] 趣舍：取舍。趣，同"趋"。下文"静躁"，或者好静，如上文之"晤言一室"；或者好动，如上文之"放浪形骸"。

[9] "及其"二句：等到对自己本来向往的事物感到倦怠了，感情也就随着事物的变化而变化。

[10] 修短随化：寿命长短，听凭造化决定。化，指自然。下文"终期于尽"，(生命)终归有结束之时。

[11] "死生"句：语出《庄子·德充符》。

[12] 兴感之由：产生感慨的原因。下句说，正如符契相合，彼此完全一样。

[13] "不能"句：(对于生命"终期于尽")内心想不通。实际上是感情上不能接受。

喻，晓，明了。

　　[14]"固知"二句：意谓这就知道那种把生与死视为同样，以长寿与短命并无区别的说法是多么虚妄（违心）。一，与下文的"齐"，均作动词用。彭，彭祖，相传其寿八百岁。殇，未成年死去的人。一死生，齐彭殇，都是庄子的看法。（见《庄子·齐物论》）

　　[15] 列叙时人：——记下当时参与兰亭之会的人。下文"所述"，与会者的作品。

　　[16] "所以"二句：（不过，）其用来引起感慨的意愿却是相同的。

【题解】

　　晋穆帝永和九年，王羲之与当时名士孙绰、谢安等四十一人宴集于山阴之兰亭。曲水流觞，赋诗言志。此文就是王羲之为集会的诗集所作的序文。文中述志抒怀，由欣赏眼前之景，进而慨叹人生之无常。东晋玄风甚盛，与会者又多有玄言之士，序文中反映老庄思想，是很自然的。而"一死生为虚诞"、"齐彭殇为妄作"的认识，反映出作者与老庄思想异趣之处。行文骈散兼行，散则错落有致，骈则整齐优美。

陶渊明

　　陶渊明（365—427），字元亮，一说名潜，字渊明，别号五柳先生，私谥靖节。浔阳柴桑（今江西九江）人。早年先后出任江州祭酒、镇军参军、彭泽令等，后弃官归隐，以躬耕隐居，终老田园。陶渊明是我国第一个大量写作田园诗的诗人，其诗表现出对美好田园生活的热爱，对污浊现实的憎恶，反映了他的高尚情操。诗风自然平淡，韵味隽永，在后世有深远影响。诗赋和散文也是自然质朴，真挚深厚。有《陶渊明集》。

和郭主簿（其一）

　　蔼蔼堂前林[1]，中夏贮清阴。凯风因时来[2]，回飙开我襟[3]。息交游闲业[4]，卧起弄书琴。园蔬有余滋[5]，旧谷犹储今。营己良有极[6]，过足非所钦。春秫作美酒[7]，酒熟吾自斟。弱子戏我侧，学语未成音。此事真复乐，聊用忘华簪[8]。遥遥望白云，怀古一何深。

（《陶渊明集》，王瑶编注，人民文学出版社1956年版。下同）

【注释】

[1] 蔼蔼：茂盛貌。下文"中夏"，仲夏，夏季第二月（五月）。

[2] 凯风：南风。

[3] 回飙：回风。

[4] 息交：停止交游。闲业：经典以外的课业。逯钦立注云，闲业，指弹琴读书等业艺。丁注，闲业，当为六艺，即下所谓弄书琴也。此即《论语》游于艺之意。

[5] 有余滋：滋味有余。足以适口充肠。

[6] 营己：营求自己的生活。良有极：确实是有止境的。极，尽头。下句说，不羡慕过于丰足的生活。

[7] 舂：用杵臼捣去谷物的皮壳。秫（shú）：黏高粱。

[8] "此事"二句：意谓上述生活十分快乐，可赖以忘记荣华富贵。华簪，华美的发簪，指代贵人或富贵。

【题解】

郭主簿事迹不详。《和郭主簿》共二首，这是其一，写夏天乡居的闲适生活和怀古幽情。首四句写暑中得凉，统摄全篇享受"清阴"乐趣。后文围绕"闲业"叙说，皆为家常之语。亲切自然，寄意悠远。

【集评】

[1] 写景净，言情深，乃不负为幽人之作。（王夫之《船山古诗评选》）

[2] 首四，即凯风夏木，点清时序引起。"息交"六句，"息交"暗括别郭，"闲业"正领书琴，随以蔬谷不乏，跌出营己不求过足，以安分语略作一顿。"春秋"六句，推开说到美酒自斟。弱子学语，更为可乐，而以"忘华簪"，缴醒当安分意，再作一顿。末二，忽将望云怀古，扫空一切，吐出避世深情，真结得悠然不尽。（张玉穀《古诗赏析》卷十三）

归园田居（其一）

少无适俗韵[1]，性本爱丘山。误落尘网中[2]，一去十三年。羁鸟恋旧林，池鱼思故渊[3]。开荒南野际，守拙归园田[4]。方宅十余亩，草屋八九间。榆柳荫后檐，桃李罗堂前。暧暧远人村[5]，依依墟里烟。狗吠深巷中，鸡鸣桑树颠[6]。户庭无尘杂，虚室有余闲[7]。久在樊笼里[8]，复得返自然[9]。

【注释】

[1] 适俗韵：善于迎合世俗的情怀。韵，气韵，风度。

[2] 尘网：尘世俗事的罗网。此指仕途说。下文"十三年"，他本作"三十年"，当以十三年为是。

[3] "羁鸟"二句：意谓自己在不自由的仕途生活中思念田园。羁鸟、池鱼，比喻受束缚的仕途，旧林、故渊，比喻田园。

[4] 守拙：保持自己纯朴之本性，安于愚拙，而不去巧取逢迎，争名夺利。

[5] 暧暧：不分明貌。下文"依依"，轻柔貌。

[6] "狗吠"二句：语本汉乐府《鸡鸣》："鸡鸣高树巅，狗吠深巷中。"

[7] "虚室"句：心中空阔澄明，无忧虑。语本《庄子·人间世》"虚室生白"，陆德明《经典释文》引司马彪云："室，比喻心，心能空虚，则纯白独生也。"

[8] 樊笼：关鸟兽的笼子。比喻受束缚、不自由的境地，如仕宦等。

[9] 自然：自然而然，非人为的自在状态。

【题解】

《归园田居》共五首，大约作于作者辞去彭泽令后的次年（406）。此为其一，叙述辞官归田适合自己的本性，体味到摆脱官场羁绊后乡居生活的乐趣。浑厚朴茂，娓娓道来，真率之情，充溢字里行间。

【集评】

[1] 首章，叙初归时事。前八，以出山本非素志，插鸟鱼两喻，引出思归，开荒守拙，点题领起。中八，正叙村居之景。方宅四语，详其近者。暧暧四语，详其远者。后四，说到居室之乐，而以出樊笼，返自然应起作收。（张玉穀《古诗赏析》卷十三）

[2] 此诗纵横浩荡，汪茫溢满，而元气磅礴，大含细入，精气入而粗秽除。奄有汉、魏，包孕众胜，后来惟杜公有之。（方东树《昭昧詹言》卷四）

其 三

种豆南山下[1]，草盛豆苗稀。晨兴理荒秽[2]，带月荷锄归。道狭草木长[3]，夕露沾我衣。衣沾不足惜，但使愿无违。

【注释】

[1] 南山：指庐山。逯钦立《陶渊明集》注："种豆南山，是即事，也是用典。表示唾弃富贵，种田自给。《汉书·杨恽传》：'田彼南山，芜秽不治。种一顷豆，落而为萁。人生行乐耳，须富贵何时。'"

[2] 兴：起。理：整治。荒秽：如田间的杂草碎石之类。

[3] 长（cháng）：高，长得高。

【题解】

本诗原列第三，写归田后的劳动生活和守志不阿的决心。通篇以白描手法叙出对务农生活的真实感受，草盛苗稀，荷锄夜归，夕露沾衣。平淡质朴，天趣盎然，毫无矫饰，仿佛从肺腑中自然流出。

【集评】

[1]"带月"句，真而警，可谓诗中有画。（温汝能《陶诗汇评》）

[2] 真景真味真意，如化工元气，自然悬象著时。末二句另换意。（方东树《昭昧詹言》卷四）

杂　　诗（其一）

人生无根蒂[1]，飘如陌上尘。分散逐风转，此已非常身[2]。落地为兄弟，何必骨肉亲[3]！得欢当作乐[4]，斗酒聚比邻。盛年不重来，一日难再晨。及时当勉励，岁月不待人。

【注释】

[1] "人生"句：人生下来是没有根柢的。故下句云云。根蒂，同根柢，树木的根。

[2] "此已"句：（经历了种种磨难之后，）此身已不是常身了。常身，原本之身，本来面目。

[3] "落地"二句：一生下来彼此就是兄弟，何必非得是骨肉同胞。此所谓四海之内皆兄弟。

[4] 欢：开心之事。下文"比（bǐ）邻"近邻。

【题解】

陶渊明《杂诗》共十二首，似非一时所作。或说前八首辞意一贯，当作于安帝义熙十年（414），后四首作于晋安帝隆安五年（401）（王瑶编注《陶渊明集》）。这组诗内容庞杂，大多慨叹人生无常，岁月流逝，壮志难酬，家贫年老，羁旅行役等。本诗原列第一，言人生飘忽不定，盛年难再，当不负时光，及时勉励。

其　二

白日沦西阿[1]，素月出东岭。遥遥万里辉，荡荡空中景[2]。风来入房户，夜中枕席冷。气变悟时易[3]，不眠知夕永。欲言无予和[4]，挥杯劝孤影。日月掷人去，有志不获骋[5]。念此怀悲凄，终晓不能静。

【注释】

[1] 沦：落。阿（ē）：大山坡。

[2] "遥遥"二句：意谓月光普照，无所不在。遥遥，指距离说。荡荡，广大貌，指范围说。辉、景，指月的光亮。

[3] "气变"句：因气候的变化感悟到季节的迁移。下文"夕永"，夜长。

[4] 无予和（hè）：没有人与我交流沟通。和，一唱一和之和。

[5] 骋：驰骋，施展。

【题解】

本诗原列第二，写作者长夜难眠，想到岁月流逝、壮志难酬而产生的难以平静的激动心情。句句精彩绝伦，对偶工整，行文富于动感，精当工妙。

【集评】

[1] 妙在"欲"字，"劝"字，于寂寞无聊之况，得此闲趣。"掷"亦新亦妙。（温汝能《陶诗汇评》）

[2] 白描情景，空明澄澈，气韵清高，非庸俗摹习所及。（方东树《昭昧詹言》）

饮　酒（其五）

结庐在人境[1]，而无车马喧。问君何能尔[2]？心远地自偏。采菊东篱下，悠然见南山。山气日夕佳[3]，飞鸟相与还。此中有真意[4]，欲辨已忘言。

【注释】

[1] 结庐：建屋而居。人境：人世间。

[2] 尔：如此。下句说，"心"能远离尘世的喧嚣，"地"自然就显得偏僻了。

[3] 山气：山色。日夕：傍晚时分。下文"相与还"，一起归巢。

[4] 此中：以上所描述的景与情之中。真意：真切的实有的意味。下句说，想要辨析

一番,却忘了如何表达。(这真意只好留在自己心里了。)《庄子·齐物论》:"大辩不言。"又《庄子·外物》:"言者所以在意也,得意而忘言。"

【题解】

《饮酒》共二十首。作者有自序云:"余闲居寡欢,兼比夜已长,偶有名酒,无夕不饮。顾影独尽,忽焉复醉。既醉之后,辄题数句自娱。纸墨遂多,辞无诠次。聊命故人书之,以为欢笑尔。"这组诗不是一时所作,但据诗序之言,当作于同一年秋天。名为《饮酒》,却并非是咏酒,而是藉饮酒抒发情怀,感慨良多。本诗原列第五,自叙悠然自得,安贫乐道之心境。自然平淡,境与意会,无一点斧凿痕迹。

【集评】

[1] "采菊东篱下,悠然见南山。"因采菊而见山,境与意会,此句正有妙处。(苏轼《东坡诗话录》)

[2] 此章传出安贫乐道真意,即饮酒之真意也。前四,就庐绝人喧,提清地偏,由于心远。后六,既采菊见山,山佳鸟还,指点出心远真意。而以欲辨忘言收住,高绝。(张玉毂《古诗赏析》卷十三)

[3] 有有我之境,有无我之境。……采菊东篱下,悠然见南山。……无我之境也。有我之境,以我观物,故物皆我之色彩。无我之境,以物观物,故不知何者为我,何者为物。(王国维《人间词话》)

拟　　古(其七)

日暮天无云,春风扇微和[1]。佳人美清夜[2],达曙酣且歌[3]。歌竟长太息,持此感人多。皎皎云间月,灼灼叶中华。岂无一时好,不久当如何[4]。

【注释】

[1] 扇微和:吹来轻轻的和煦之气。
[2] 美:以……为美,喜爱。清夜:清幽的夜晚。下文"达曙",直到天明。
[3] 竟:止。下文"此",指歌声。
[4] "皎皎"四句:意谓明洁的月,鲜艳的花,虽有一时之好,可惜不能久长。华,花。

【题解】

《拟古》凡九首,是模拟古诗之作,以《拟古》为题始于陆机,陶渊明这组诗题为拟古,意在讽今。内容有悼国伤时,追慕节义,叙友情交往,叹人生易逝等,有很深的寄寓和感慨。本篇原列第七,以佳人对花月而叹,引出了良景易逝,人生无常之慨。

【集评】

[1] 端委纡夷,五十字耳,而有万言之势。"日暮天无云,春风扇微和。"摘出作景语,自是佳胜,然此又非景语,雅人胸中胜概天地山川无不自我而成其荣观。(王夫之《船山古诗评选》)

[2] "云间月"、"叶中华",借以兴一时好,而着"岂无"、"当如何"字,冷语刺骨,楚词恐美人之迟暮,即首六句意正悲美人失时也。(吴瞻泰《陶诗汇注》)

[3] 前六,先即暮春佳景,引入佳人忽歌忽叹足感人心,布一疑阵。后四,方将好时不久,指出歌叹无端之由。然却用皎月灼花凭空作对,然后扑醒,是为能断能乱。(张玉穀《古诗赏析》卷十四)

读山海经(其十)

精卫衔微木[1],将以填沧海。刑天舞干戚[2],猛志固常在。同物既无虑[3],化去不复悔。徒设在昔心,良辰讵可待[4]。

【注释】

[1] 精卫:鸟名。《山海经·北山经》:发鸠之山"有鸟焉,其状如乌,文首、白喙、赤足,名曰精卫。其鸣自詨。虽炎帝之少女,名曰女娃。女娃游于东海,溺而不返,故为精卫。常衔西山之木石,以堙于东海。"

[2] 刑天:神名。《山海经·海外西经》:"刑天与帝争神,帝断其首,葬之常羊之山。乃以乳为目,以脐为口,操干戚以舞。"干(gān),盾。戚,斧。

[3] 同物:同于异物。指女娃本为人,化而为鸟,是同于异物。无虑:没有牵挂。下文"化去",指刑天死亡。

[4] "徒设"二句:意谓空有昔日的壮心,实现愿望的美好时刻却难以等待。设,存有。讵,岂。

【题解】

《山海经》凡十八卷,是一部记载古代神话传说和海内外山川异物的书籍,晋代郭璞曾为之作注并图赞。陶渊明《读山海经》共十三首,第一首写隐居多闲,泛览《山海经》的乐趣。其余各首分咏书中所载之奇事异物,意有所寄托。本诗原列第十,借赞颂精卫、刑天至死不屈的斗争精神,感叹时光流逝,良时不再,功业未建。鲁迅称之为"金刚怒目式"作品(《且介亭杂文二集·题未定草六》)。

归去来兮辞(并序)

余家贫,耕植不足以自给。幼稚盈室,瓶无储粟,生生所资[1],未见其术。亲故多劝余为长吏,脱然有怀[2],求之靡途。会有四方之事[3],诸侯以惠爱为德,家叔以余贫苦[4],遂见用于小邑。于时风波未静,心惮远役。彭泽去家百里,公田之利,足以为酒,故便求之。及少日[5],眷然有归欤之情。何则?质性自然,非矫厉所得[6];饥冻虽切,违己交病[7]。尝从人事,皆口腹自役[8];于是怅然慷慨,深愧平生之志。犹望一稔[9],当敛裳宵逝。寻程氏妹丧于武昌[10],情在骏奔,自免去职。仲秋至冬,在官八十余日。因事顺心,命篇曰《归去来兮》。乙巳岁十一月也。

归去来兮[11],田园将芜胡不归?既自以心为形役[12],奚惆怅而独悲?悟已往之不谏,知来者之可追。实迷途其未远,觉今是而昨非。舟遥遥以轻飏[13],风飘飘而吹衣。问征夫以前路,恨晨光之熹微。

乃瞻衡宇,载欣载奔[14],僮仆欢迎,稚子候门。三径就荒[15],松菊犹存;携幼入室,有酒盈樽。引壶觞以自酌,眄庭柯以怡颜[16];倚南窗以寄傲,审容膝之易安[17]。园日涉以成趣,门虽设而常关。策扶老以流憩[18],时矫首而遐观[19]。云无心以出岫[20],鸟倦飞而知还。景翳翳以将入[21],抚孤松而盘桓。

归去来兮,请息交以绝游。世与我相违,复驾言兮焉求[22]!悦亲戚之情话,乐琴书以消忧。农人告余以春及,将有事于西畴[23]。或命巾车[24],或棹孤舟[25];既窈窕以寻壑[26],亦崎岖而经丘。木欣欣以向荣,泉涓涓而始流。善万物之得时,感吾生之行休[27]!

已矣乎[28],寓形宇内复几时[29]!曷不委心任去留[30],胡为乎遑遑欲何之[31]?富贵非吾愿,帝乡不可期[32]。怀良辰以孤往,或植杖而耘耔[33]。登东皋以舒啸,临清流而赋诗。聊乘化以归尽[34],乐乎天命复奚疑!

【注释】

[1] 生生:维持生活。资:凭藉。下文"术",(维持生计的)办法。
[2] 脱然有怀:意谓动了心了。脱然,舒展貌。下文"靡途",没有门路。

[3] 会：适逢。四方之事：所指何事，学界各说不一。或说指陶渊明为建威参军时奉命出使京都（李公焕《笺注陶渊明集》），或说指刘裕等起兵勤王（逯钦立校注《陶渊明集》），或说指东晋末各地刺史、都督所起之战事（袁行霈《陶渊明集笺注》）。下句说，各地长官都关爱人才为盛德。

[4] 家叔：陶渊明叔父陶夔，曾为太常卿。下文"小邑"，指彭泽县。

[5] 少日：不多日子。下句"眷然"，思恋貌。

[6] 矫厉：刻意勉强。句意谓做官这种事不是可以勉强的。

[7] 违己交病：违反自己本性产生痛苦。

[8] 口腹自役：为求饮食而役使自己（出仕做官）。

[9] 一稔：收获一次。稔，谷成熟。下句说，就会收拾行装，连夜离去。

[10] 寻：不久。程氏妹：嫁与程家之妹。

[11] 归去来：归去。来，语助辞。下文"胡"，为什么。

[12] 心为形役："心"（思想感情）被"形"（身体）所驱使，所奴役。

[13] 遥遥：漂流貌。飏（yáng）：飘扬，形容船行驶轻快。

[14] "乃瞻"二句：看见家门就高兴地跑过去。衡宇，横木为门的房屋，指简陋的房屋。载，又。

[15] 三径：据《文选》李善注引《三辅决录》，汉代蒋诩隐居后，在院里竹下开辟三径，只与少数友人来往。后来，三径便成了隐士住处的代称。

[16] 眄（miàn）：闲看。柯：树。

[17] 审：明白，知道。容膝：仅能容纳双膝的小屋，极言居室狭小。

[18] 策：拄着。扶老：拐杖。流憩（qì）：随处漫步和游乐。

[19] 矫首：抬头。遐观：远望。

[20] 岫（xiù）：山穴。亦或指山峰。

[21] 景：同"影"，日光。翳翳（yì）：阴暗的样子。入，夕阳西下。下文"盘桓"，流连，徘徊。

[22] 驾言：驾车出游。言，语助词。语出《诗经·邶风·泉水》。此处引用，省去了"出游"二字。句谓我还驾车出游去求什么呢？

[23] 事：农事。上文说到春天来了。西畴，西边的田地。

[24] 命：指派，叫来。巾车：有帷帐的车。

[25] 棹（zhào）：桨，这里作动词用，指划船。

[26] 窈窕：山路深远曲折貌。

[27] "善万物"二句：欣喜万物皆得其时，而自己的生命即将结束。行，将要。

[28] 已矣乎：算了吧。

[29] 寓形宇内：寄身天地间，活在世上。

[30] 曷不：何不。委心：随心。去留：指生死。

[31] 胡为：为什么。遑遑：心神不定貌。欲何之：还想往哪里去（还想追求什么）？

[32] 帝乡：仙乡，仙境。

[33] 植杖：把拄杖立在一旁。耘耔（zǐ）：耕作。耘，除草。耔，给苗根培土。

[34] "聊乘化"句：姑且随顺自然的变化，度到生命的尽头。乘化，顺随自然。化，造化，指自然。下句"复奚疑"，还疑虑什么呢？

【题解】

本篇作于晋安帝义熙元年（乙巳，405）作者辞去彭泽令回家时。"序"说明了自己所以出仕和自免去职的原因。"辞"则抒写了归田的决心、归田时的愉快心情和归田后的乐趣。通过对田园生活的赞美和对劳动生活的歌颂，表明他对当时现实政治，尤其是仕宦生活的不满和否定，反映了他蔑视功名利禄的高尚情操，也流露出委运乘化、乐天安命的消极思想。全文语言流畅，音节和谐，感情真实，富有抒情意味。

【集评】

[1] 晋无文章，惟陶渊明《归去来兮辞》一篇而已。（李公焕《笺注陶渊明集》引欧阳修语）

[2] 陶渊明罢彭泽，赋归去来，而自命辞，追今人歌顿挫抑扬，自协声律。盖其词甚高，晋宋而下，欲追躅之不能。（陈知柔《休斋诗话》）

[3] 陶渊明归去来兮辞，沛然如肺腑中流出，殊不见有斧凿痕。（李公焕《笺注陶渊明集》卷一李格非语）

[4] 素怀洒落，逸气流行，字字寰中，字字尘外。（毛庆蕃《古今学余》）

桃花源记

晋太元中[1]，武陵人捕鱼为业。缘溪行，忘路之远近。忽逢桃花林，夹岸数百步，中无杂树，芳草鲜美，落英缤纷。渔人甚异之。复前行，欲穷其林[2]。

林尽水源，便得一山，山有小口，仿佛若有光；便舍船，从口入。初极狭，才通人[3]；复行数十步，豁然开朗。土地平旷，屋舍俨然[4]，有良田、美池、桑竹之属；阡陌交通[5]，鸡犬相闻。其中往来种作，男女衣着，悉如外人[6]；黄发垂髫并怡然自乐[7]。

见渔人，乃大惊，问所从来，具答之[8]。便要还家[9]，设酒，杀鸡作食。村中闻有此人，咸来问讯。自云先世避秦时乱[10]，率妻子邑人来此绝境，不复出焉，遂与外人间隔。问今是何世[11]，乃不知有汉，无论魏晋。此人一一为具言所闻，皆叹惋。余人各复延至其家，皆出酒食。停数日，辞去。此中人语云："不足为外人道也[12]。"

既出，得其船，便扶向路[13]，处处志之。及郡下[14]，诣太守，说如此。太守即遣人随其往，寻向所志[15]，遂迷，不复得路。

南阳刘子骥[16]，高尚士也，闻之，欣然规往[17]。未果[18]，寻病终。后遂无问津者[19]。

【注释】

　　[1] 太元：东晋孝武帝（司马曜）年号（376—396）。下文"武陵"，郡名。治所在今湖南常德。
　　[2] 穷：尽，探求到尽头。
　　[3] 才通人：只容一人通过。
　　[4] 俨然：整齐貌。下文"之属"，之类。
　　[5] 阡陌：田间小路。南北曰阡，东西曰陌。亦泛指道路。交通：彼此相通。
　　[6] 悉如外人：与桃花源外之人完全一样。
　　[7] 黄发：老人。垂髫（tiáo）：儿童。髫，头发下垂；未曾梳起的下垂的头发。
　　[8] 具答之：（渔人）一一回答。具，通"俱"，全。
　　[9] 要（yāo）：通"邀"。下文"设"，陈设。
　　[10] 秦时：秦朝。下文"妻子"，妻和子女。"邑人"，同乡人。
　　[11] 问：主语是桃花源中人。下文说，竟不知有个汉朝，更不必说魏与晋了。
　　[12] "不足"句：（此中情况）不值得给外边人说。
　　[13] 向路：原先来此的路。下文"志"，做好标记。
　　[14] 及郡下：来到武陵郡城下。
　　[15] 寻向所志：寻找原先所做的标记。
　　[16] 南阳：郡名，治所在今河南南阳。刘子骥：刘驎之，字子骥，东晋隐士，喜游山水。
　　[17] 规往：规划前往（桃花源）。
　　[18] 未果：没有实现。果，结果，成为事实。下文"寻"，不久。
　　[19] 问津：访求（桃花源之事）。津，本指渡口说。

【题解】

　　本文是作者《桃花源诗》前的小记。文章首先描绘了美丽无比的桃林景色，为下文写山内异境创造了迷离恍惚的氛围。然后作者写了桃源中人的生活环境和生活气氛，文字朴素而又简洁有力。最后写桃源的不得再睹，透出无限怅惘。本文表达了作者对现实社会的不满和对理想社会的憧憬。作品脍炙人口，千百年传诵不断，桃花源在后世也成为中国人心目中理想国的代名词。

【集评】

[1] 桃源人要自与尘俗相去万里，不必问其为仙为隐。靖节当晋衰乱时，超然有高举之思，故作记以寓志，亦《归去来辞》之意也。（吴楚材、吴调侯《古文观止》）

[2] 渊明一生心事，总在黄唐莫逮，其不欲出之意，盖自秦而决。故此诗一起即曰：嬴氏乱天纪，贤者避其世。其托避秦人之言曰：乃不知有汉，无论魏晋。是自露其怀确然矣。其胸中何尝有晋，论者以为守晋节而不仕宋，陋矣！燕雀安知鸿鹄之志哉？至于其地、其人、其事之有无，真不可问也。（马璞《陶诗本义》）

【参考书】

[1]《陶渊明集》，逯钦立校注，中华书局1979年版。
[2]《陶渊明集笺注》，袁行霈笺注，中华书局2003年版。

谢灵运

谢灵运（385—433），原籍陈郡阳夏（今河南太康）人。东晋名将谢玄之孙，袭爵封康乐公，故世称为谢康乐。小名曰客儿，后世又称为谢客。少好学，博览群书，擅名江左。入宋降爵为侯，曾官永嘉太守、侍中、临川内史等职，后被害。谢灵运自认为门第高贵，才学出众，宜参权要，但却官场失势，便寄情山水，肆意遨游，所至则为诗咏，以致其意。他是第一个大力写作山水诗的诗人，其诗虽仍有玄言遗风，但描写自然景物非常细致，富丽清新。由他开始，山水诗在中国文学史上大放异彩。明人辑有《谢康乐集》。

登池上楼

潜虬媚幽姿，飞鸿响远音。薄霄愧云浮，栖川怍渊沉[1]。进德智所拙[2]，退耕力不任。徇禄反穷海[3]，卧疴对空林。衾枕昧节候，褰开暂窥临[4]。倾耳聆波澜[5]，举目眺岖嵚。初景革绪风，新阳改故阴[6]。池塘生春草[7]，园柳变鸣禽。祁祁伤豳歌，萋萋感楚吟[8]。索居易永久，离群难处心[9]。持操岂独古，无闷徵在今[10]。

（《先秦汉魏晋南北朝诗》宋诗，逯钦立编纂，中华书局1983年版。下同）

【注释】

[1]"潜虬"四句：意谓自己（身在官场，）有愧于深潜于渊的虬龙和高飞于天的鸿雁。虬（qiú），两角的小龙。媚幽姿，自喜其幽潜的姿态。薄霄，迫近云霄，指鸿说。栖川，栖息于深川，指虬说。怍（zuò），愧怍。

[2]"进德"句：进德修业则智能所不及。下句说，退隐耕种又力不能胜任。

[3]"徇禄"句：由于追求利禄，反而来到了遥远的海滨（指永嘉郡，治所在今浙江温州，已在海滨）。下文"疴（kē）"，病。

[4]"衾枕"二句：久在衾枕之间，不了解季节的变化，现在才掀开帘子一窥风景。衾，被子。昧，不明。褰（qiān），揭。临，指临窗。

[5]聆波澜：聆听水声。下句"岖嵚（qīn）"，山高峻貌。

[6]"初景"二句：意谓初春的阳光驱除了残余的寒风，新来的春天取代了过去的冬季。绪风，余风。阳、阴，分指春、冬。《文选》李善注引《神农本草》："春夏为阳，秋冬为阴。"

[7]池塘：池的堤岸。下文"变"，变换。比如说，由冬天的鸦、雀，变为春天的黄莺。

[8]"祁祁"二句：大意谓古人歌咏春天的诗章引起了我的伤感。祁祁，《诗经·豳风·七月》："春日迟迟，采蘩祁祁。"萋萋，《楚辞·招隐士》："王孙游兮不归，春草生兮萋萋。"

[9]"索居"二句：意谓离群索居，必然觉得时间过得慢，难以安心。

[10]"持操"二句："遁世无闷"的操守岂是古人独有，在今天也可得到徵验。无闷，《周易·乾卦·文言》："遁世无闷。"避世隐居而无烦闷。

【题解】

谢灵运的山水诗，可分为游览和行旅两类。本诗即作者在永嘉太守任上，游览谢公池所作。诗人久病初愈，偶尔在风和日暖之日，登楼眺望，春光满园，于是官场失意之感，眼前所见之景，怀人思归之情，融于一体，发为是诗。以情入理，清新豁目。尤其是"池塘"二句，写初春景物的微妙变化，清新自然，历来为人称道。

【集评】

[1]诗有天然物色，以五彩比之不及，由是言之，假物不如真象，假色不如天然。如此之例，皆为高手。如"池塘生春草，园柳变鸣禽"，如此之例，即是也。（遍照金刚《文镜秘府论》）

[2]"池塘生春草，园柳变鸣禽"，世多不解此语为工，盖欲以奇求之耳。此语之工，正在无所用意，猝然与景相遇，借以成章，不假绳削，故非常情所能到。（叶梦得《石林诗话》卷中）

[3]"池塘生春草",造语天然,清景可画,有声有色,乃是六朝家数。(谢榛《四溟诗话》)

登江中孤屿

江南倦历览[1],江北旷周旋。怀新道转迥,寻异景不延[2]。乱流趋孤屿[3],孤屿媚中川。云日相晖映,空水共澄鲜。表灵物莫赏[4],蕴真谁为传。想象昆山姿,缅邈区中缘[5]。始信安期术[6],得尽养生年。

【注释】

[1]江:指永嘉江,即今瓯江,在浙江温州。下文"旷周旋",久未游览。旷,荒废,空缺。
[2]"怀新"二句:为求新异之境而觉路远时间短。景,指日光。
[3]乱流:(船只)横绝水流而直渡。
[4]表:显现。灵:灵秀风光。物:人。下句说,即使其中藏着仙真,又有谁为之传述呢?
[5]"想象"二句:由孤屿之景想象西王母所居昆仑山之仙姿,世间之事便觉邈远了。区中缘,世间尘缘。
[6]安期术:长生不老的道术。安期,安期生,传说中活到千年的仙人。

【题解】

本篇写江中孤屿的秀媚景色,寄寓游仙奇趣,颇有飘然遗世之情。谢灵运山水诗写景往往寓目辄书,富艳难踪,但也不乏清新的描写与鲜丽警策之语。"云日"二句,写孤屿之媚,云日互映,天水共澄,给人的印象格外鲜明深刻。

石壁精舍还湖中作

昏旦变气候,山水含清晖。清晖能娱人,游子憺忘归[1]。出谷日尚早,入舟阳已微。林壑敛暝色[2],云霞收夕霏。芰荷迭映蔚[3],蒲稗相因依[4]。披拂趋南径[5],愉悦偃东扉。虑澹物自轻[6],意惬理无违[7]。寄言摄生客[8],试用此道推。

【注释】

[1]"清晖"二句:语出《楚辞·九歌·东君》:"羌声色兮娱人,观者憺兮忘归。"憺,安适貌。

[2] 敛暝色：聚敛着暮气。下文"夕霏"，傍晚的云气。
[3] 芰（jì）：菱。映蔚：芰荷之光色互相映照。
[4] 蒲：菖蒲，此泛指水草类植物。稗：形状似谷的一种杂草，此指水草。
[5] 披拂：（用手或工具）拨开（草木之类）。下文"偃"，息。庐，门，指代房子。
[6] "虑澹"句：思虑澹泊则外物自然无足轻重。
[7] "意惬"句：心理上满足，就不会违背万物之理。
[8] 摄生客：指注重保养生命的人。

【题解】

宋景平元年（423）秋，谢灵运辞去永嘉太守之职，回到始宁（今浙江上虞）的庄园。精舍指佛寺，石壁精舍在始宁墅附近，湖指巫湖。《文选》李善注引谢灵运《游名山志》云："湖三面悉高山枕水渚，山溪涧凡五处，南第一谷今在所谓石壁精舍。"这首诗写诗人一天的游览过程，徜徉于山水间的乐趣和从中体悟到的理趣。刻画傍晚景色既精雕细刻，又自然清新，情调蕴藉自然，生意回荡流转。尤其"林壑"一联，写薄暮景色，细致入微。

【集评】

[1] "昏旦变气候，山水含清晖"，简洁，淘尽千言，得此二语，去缘饰而得简要，由简要而入微妙，诗之妙境尽此矣。"林壑敛暝色，云霞收夕霏"，言其如半壁倚天，秀色削出。（陆时雍《古诗镜》）

[2] "清晖"二语所谓一往情深，情深则句自妙，不须烹琢洒如而吐妙极自然。"出谷"以下写景生动。"暝色"、"夕霏"既会虚景，"映蔚"、"因依"亦收远目。公笔端无一语实，无一语滞，若此"虑澹"二句炼意法，理语圆好。（陈祚明《采菽堂古诗选》）

【参考书】

[1]《谢康乐诗注》，黄节注，人民文学出版社1958年版。
[2]《谢灵运集校注》，顾绍柏校注，中州古籍出版社1987年版。

鲍 照

鲍照（414？—466），字明远，东海（今江苏连云港）人，一说上党（今山西长治）人。曾做过临川王刘义庆的国侍郎，宋文帝时迁为中书舍人。后为临海王刘子顼的前军参军,世称鲍参军。刘子顼起兵作乱,鲍照为乱兵所杀。鲍照出身寒微,才能不得施展,其作品敢于直面现实,内容饱满,情感充沛,语言奇警,形象鲜明。其诗长于乐府,既吸取了民间歌谣,又继承了汉魏古风,对后人有很大影响。骈文与辞赋也成就斐然。有《鲍参军集》传世。

拟行路难(其一)

奉君金卮之美酒[1],玳瑁玉匣之雕琴,七彩芙蓉之羽帐[2],九华蒲萄之锦衾。红颜零落岁将暮,寒光宛转时欲沉。愿君裁悲且减思[3],听我抵节行路吟[4]。不见柏梁铜雀上[5],宁闻古时清吹音。

(《先秦汉魏晋南北朝诗》宋诗,逯钦立编纂,中华书局1983年版。下同)

【注释】

[1] 奉:奉上,献上。卮(zhī):圆形盛酒器。下文"玳瑁",龟类动物,其甲壳可作装饰品。

[2] 七彩芙蓉,与下文"九华蒲萄",均极言装饰与图案花纹之精美。

[3] 裁悲:减少悲伤。减思(sī)减去忧思。

[4] 抵节:击节。行路吟:指歌《行路难》。

[5] 柏梁:台名,汉武帝时所建,传说武帝曾与群臣于上赋诗。铜雀:台名,在邺城,曹操所建,曹植有《铜雀台赋》。下文"宁闻",岂闻,亦即不闻。"清吹(chuī)音",管乐之声。

【题解】

《行路难》是汉代乐府诗旧题,鲍照《拟行路难》共十八首,可能不是一时所作,内容比较复杂,大多抒写世路艰难及离别忧伤等不平压抑之情。风格多样,以七言为主,间有杂言和骚体。本诗是第一首,写时光易逝,繁华不久,徒悲无益,当及时行乐。表现的虽是忧愤之情,却词藻华丽,气度豪迈。

【集评】

[1] 歌行至宋益衰,惟明远颇自振拔。《行路难》十八章,欲汰去浮靡,返于浑朴,而时代所压,不能顿超。后来长短句多出此,与玄晖五言,俱兆唐人轨辙矣。(胡应麟《诗薮》内编)

[2]《行路难》诸章,大抵皆感愤不平之作。此为首章,却先以时光易逝,徒悲无益意反冒而起,且作劝人之言,不就已说,取径幻甚。(张玉榖《古诗

赏析》)

其 四

泻水置平地，各自东西南北流[1]。人生亦有命，安能行叹复坐愁？酌酒以自宽，举杯断绝歌《路难》[2]。心非木石岂无感？吞声踯躅不敢言[3]。

【注释】

[1]"泻水"二句：比喻人生之贵贱穷通，各不相同。
[2] 断绝：当指断绝悲思说。即上篇"裁悲减思"之意。
[3] 吞声：不敢出声。声将发而又止。

【题解】

本诗原列第四，抒写由于怀才不遇而产生的强烈的愤懑不平之情。以倾水喻人生命运无法掌握，牢骚之言，既气势骏快又欲扬先抑，无限深愁，悉在笔端。

【集评】

[1] 先破除，次申理，一俯一仰，神情无限。经生于此，不知费几转折也。（王夫之《船山古诗评选》）
[2] 妙在不曾说破，读之自然生愁。又云：起手无端而下，如黄河落天走东海。若移在中间，犹是恒调。（沈德潜《古诗源》卷十一）

其 六

对案不能食[1]，拔剑击柱长叹息！丈夫生世会几时[2]，安能蹀躞垂羽翼[3]？弃置罢官去，还家自休息。朝出与亲辞，暮还在亲侧。弄儿床前戏，看妇机中织。自古圣贤尽贫贱，何况我辈孤且直！

【注释】

[1] 案：放食器的小几（jī）。指代食物。
[2] 生世：活在世上。会：当。
[3] 蹀（dié）躞（xiè）：小步行走。

【题解】

本诗原列第六,亦是表现怀才不遇的忧愤之情和对不合理社会现实的不满。以剧烈动作和激昂反问劈空而起,中间尽叙天伦之乐,结以牢骚愤慨之语。文字浅近,气势饱满,声调抑扬,很能体现鲍照诗发唱惊挺,操调险急的特点。

【参考书】

[1]《鲍参军集注》,钱仲联汇校集注,上海古籍出版社1980年版。

孔稚珪

孔稚珪(447—501),字德璋,会稽山阴(今浙江绍兴)人。博学能文,有美誉,不乐世务,喜山水。举秀才,为宋安成王车骑法曹行参军,齐时官至太子詹事。有《孔詹事集》。

北山移文

钟山之英[1],草堂之灵[2],驰烟驿路,勒移山庭[3]:

夫以耿介拔俗之标[4],萧洒出尘之想[5],度白雪以方洁,干青云而直上[6],吾方知之矣。若其亭亭物表[7],皎皎霞外,芥千金而不眄[8],屣万乘其如脱[9],闻凤吹于洛浦[10],值薪歌于延濑[11],固亦有焉。岂期终始参差,苍黄翻覆[12],泪翟子之悲[13],恸朱公之哭。乍回迹以心染,或先贞而后黩[14],何其谬哉!呜呼,尚生不存[15],仲氏既往[16],山阿寂寥,千载谁赏!

世有周子[17],隽俗之士,既文既博,亦玄亦史[18]。然而学遁东鲁[19],习隐南郭[20],偶吹草堂[21],滥巾北岳[22]。诱我松桂,欺我云壑。虽假容于江皋,乃缨情于好爵[23]。其始至也,将欲排巢父,拉许由[24],傲百氏,蔑王侯。风情张日,霜气横秋。或叹幽人长往,或怨王孙不游[25]。谈空空于释部[26],覈玄玄于道流[27],务光何足比[28],涓子不能俦[29]。

及其鸣驺入谷[30],鹤书赴陇[31],形驰魄散,志变神动。尔乃眉轩席次[32],袂耸筵上,焚芰制而裂荷衣[33],抗尘容而走俗状。风云凄其带愤,石泉咽而下怆,望林峦而有失,顾草木而如丧[34]。

至其纽金章[35],绾墨绶,跨属城之雄,冠百里之首[36]。张英风于海甸,驰妙誉于浙右。道帙长殡[37],法筵久埋[38]。敲扑喧嚣犯其虑[39],牒诉倥偬装其怀[40]。琴歌既断，酒赋无续，常绸缪于结课[41]，每纷纶于折狱，笼张赵于往图[42]，架卓鲁于前箓[43]，希踪三辅豪[44]，驰声九州牧[45]。

　　使我高霞孤映，明月独举，青松落阴，白云谁侣？涧户摧绝无与归，石径荒凉徒延伫[46]。至于还飙入幕[47]，写雾出楹[48]，蕙帐空兮夜鹄怨，山人去兮晓猨惊。昔闻投簪逸海岸[49]，今见解兰缚尘缨[50]。于是南岳献嘲，北陇腾笑，列壑争讥，攒峰竦诮[51]。慨游子之我欺，悲无人以赴吊。故其林惭无尽，涧愧不歇，秋桂遣风，春萝罢月[52]。骋西山之逸议[53]，驰东皋之素谒。

　　今又促装下邑，浪拽上京[54]，虽情投于魏阙[55]，或假步于山扃。岂可使芳杜厚颜，薛荔无耻，碧岭再辱，丹崖重滓，尘游躅于蕙路，污渌池以洗耳[56]。宜扃岫幌，掩云关，敛轻雾，藏鸣湍。截来辕于谷口，杜妄辔于郊端[57]。于是丛条瞋胆，叠颖怒魄。或飞柯以折轮，乍低枝而扫迹。请回俗士驾，为君谢逋客[58]。

（《文选》，中华书局1977年影印胡克家刻本）

【注释】

　　[1] 钟山：即今南京城北之紫金山，又称北山。英：神灵。
　　[2] 草堂：南齐人周颙（yóng）在钟山所建隐舍。
　　[3] 驰烟驿路：（钟山与草堂的神灵）扬起烟尘，在驿道上奔驰。下文"勒移山庭"，刻移文于山前。庭，堂前地，此指山前。
　　[4] 耿介：光明正直。拔俗：超越流俗之上。标：风度、格调。
　　[5] 出尘：超出世俗之外。想：志向。
　　[6] "度（duó）白"二句：意谓品质的纯洁可比白雪，心志的高远超出青云。度，度量。方，比。干：犯，凌驾。下句说，这样的人或事，我是知道的。
　　[7] 若其：至于。亭亭：挺立貌。物表：物外、世俗之外。
　　[8] "芥千金"句：视千金如草芥，不屑一顾。眄（miǎn），斜视。
　　[9] 屣（xǐ）：草鞋。句谓弃天子之位如同脱去草鞋一般。万乘（shèng），指代帝位。
　　[10] "闻凤"句：《列仙传》说，周灵王太子晋，好吹笙作凤鸣，常游于伊、洛之间。洛浦，洛水之滨。
　　[11] "值薪"句：据《文选》五臣注，苏门先生游于延濑，见一人采薪，谓之曰："子以终此乎？"采薪人曰："吾闻圣人无怀，以道德为心，何怪乎而为哀也。"遂为歌二章而去。延濑（lài），犹言长河。水流沙石上为濑。下句说，这样的人或事，固然也是有的。
　　[12] "岂期"二句：何曾想到他们前后如此不一致，变化如此之大。
　　[13] 翟（dí）子：墨翟。据《淮南子·说林训》，墨子见练丝而泣，为其可以黄可以黑。下文"朱公"，杨朱。据《淮南子·说林训》，杨朱见歧路而哭，为其可以南可以北。
　　[14] "乍回"二句：暂时隐居躲避踪迹，而心为尘俗所染，开始贞洁自好，后则同流合污。心染，心里牵挂仕途名利。黩（dú），污浊。

［15］尚生：尚子平，西汉末隐士，入山担薪，卖之以供食饮。（事见《高士传》）

［16］仲氏：仲长统，东汉末年人，每州郡命召，辄称疾不就，尝叹曰："若得背山临水，游览平原，此即足矣，何为区区乎帝王之门哉！"（事见《后汉书》本传）

［17］周子：周颙。下文"隽俗"，俊拔超俗。

［18］玄：玄学，老庄之道。《南齐书·周颙传》称周泛涉百家、长于佛理、兼善老易。

［19］东鲁：指颜阖（hé）。《庄子·让王》："鲁君闻颜阖得道人也，使人以币先焉。颜阖守陋闾，使者至曰：'此颜阖之家与？'颜阖对曰：'此阖之家。'使者致币。颜阖对曰：'恐听者谬而遗使者罪，不若审之。'使者反审之，复来求之，则不得矣。"

［20］南郭：《庄子·齐物论》："南郭子綦隐机而坐，仰天嗒然，似丧其偶。"

［21］偶吹：杂在众人中吹奏乐器。用《韩非子·内储说》"滥竽充数"事，谓周颙在北山草堂中冒充隐士。

［22］滥巾：冒充隐士。滥，虚假不实。巾，隐士所戴头巾。

［23］缨情：系情，忘不了。好爵：高官。

［24］"将欲"二句：言将胜过巢父、许由。排，斥；拉，摧败。巢父、许由，都是尧时隐士。据《高士传》载，尧让天下于许由，由不受而逃去。尧又召为九州长，由不欲闻之，洗耳于颍水之滨。时其友巢父牵犊欲饮之，见由洗耳，问其故，对曰："尧欲召我为九州长，恶闻其声，是故洗耳。"巢父曰："污吾犊口。"牵犊上流饮之。

［25］王孙：贵族子弟。引句反用《楚辞·招隐士》"王孙游兮不归，春草生兮萋萋"之意。

［26］空空：佛家认为一切事物皆无实体叫空；而空是假名，假名亦空，因称空空。释部：佛家之书。

［27］覈（hé）：研究。玄玄：道家形容道的微妙无形曰"玄之又玄"，省称玄玄。道流：道家之学。

［28］务光：据《列仙传》说，务光者，夏时人，殷汤伐桀，因光而谋，光曰："非吾事也。"汤得天下，已而让光，光负石沉水而自匿。

［29］涓子：据《列仙传》云："涓子者，齐人也。好饵术，隐于宕山。"俦：匹敌。

［30］鸣驺（zōu）：朝廷征召官吏的使者所乘车马。鸣，喝道。驺，随从骑士。入谷及下文"赴陇"，皆指进山。

［31］鹤书：征召的诏书。因诏板所用的书体如鹤头，故称。

［32］袂（mèi）耸：衣袖高举。征召筵席上扬眉举袖，写其得意之状。

［33］芰（jì）制、荷衣：以荷叶做成的隐者衣服。《离骚》："制芰荷以为衣兮，集芙蓉以为裳。"下句说，完全显露出其世俗之态度面貌。

［34］"风云"四句：意谓自然景物（风云、石泉、林峦、草木）无不因周颙的变节而悲愤痛心。

［35］纽：系。金章：铜印。下文"绾（wǎn）"，系。"墨绶"，黑色的印带。金章、墨绶为当时县令所佩带。

［36］"跨属"二句：大意谓（周颙终于做了县令）占据一郡中最大的县，居于各县县

令之首位。属城，州郡所属之县。百里，指代县。

[37] 道帙（zhì）：道家的经典。殡：葬。此言抛弃。

[38] 法筵：宣扬佛法的讲座。

[39] 敲扑：鞭打。犯其虑：扰乱了他（周颙）的心思。

[40] 牒诉：诉讼状纸。倥偬（kǒng zǒng）：事务繁忙迫切的样子。

[41] 绸缪（chóu móu）：纠缠。结课：计算赋税。下文"折狱"，判理案件。

[42] 笼：包笼涵盖。张赵：西汉能吏张敞、赵广汉。往图：与下文"前篆"，均指典籍上所载政绩。

[43] 架：超越。卓鲁：卓茂、鲁恭。两人都是东汉的循吏。

[44] 希踪：追慕踪迹。三辅豪：三辅有名的能吏。汉代称京兆、左冯翊、右扶风为三辅。

[45] 九州：指天下。牧：汉代官名，掌一州之军政大权。

[46] "使我"六句：写周子入仕之后，隐居之处的荒凉景况。涧户，山涧中简朴的居室。摧绝，崩落。延伫（zhù），久立等候。

[47] 还飙（biāo）：回风。

[48] 写：同"泻"，吐。榱：屋柱。

[49] 投簪：抛弃冠簪。簪，古时连结冠帽和头发的用具。

[50] 兰：兰佩，隐士的服饰。缚尘缨：束缚于尘网。

[51] 攒（cuán）峰：密聚在一起的山峰。竦诮：争相讥笑。

[52] "秋桂"二句：意谓秋桂与春萝也心存愧怍，谢绝了风月的顾临。遣罢，送走，免去。

[53] 逸议：隐逸高士的清议。下文"素谒"，高尚有德者的言论。

[54] "今又"二句：言周子今又急忙治装，从任职的县邑乘船赴京。浪栧（yè），鼓棹，驾舟。上京，国都。

[55] 魏阙：宫门两旁的高大门楼，指朝廷。下文"假步山扃"，借道于山门，重游北山之意。

[56] "岂可"六句：言周子重游北山使隐居之地蒙羞受辱。重滓（zǐ），再次蒙受污染，玷污。躅（zhú），足迹。

[57] "宜扃"六句：言应关闭山窗、收敛山景，堵截周子车驾于谷口山外。扃，关闭。岫幌（xiù huǎng），犹言山窗。岫，山穴。幌，帷幕。

[58] 君：北山神灵。逋（bū）客：逃亡者，指周颙。

【题解】

"移"是古代与檄文相似的声讨性文体。本篇假托北山神灵责让周颙先隐后仕的行为，旨在揭露和讽刺那些伪装隐居以求利禄的文人。周颙，字彦伦，有文才。曾为剡令、山阴令，迁国子博士。《文选》五臣注吕向说："其先，周彦伦隐于北山，后应诏出为海盐县令，欲却过此山。孔生乃假山灵之意移之，使不得至。"吕说与史实不符,据《南齐书·周颙传》,周不曾为海盐令,亦无先隐后仕之事。本文当是出于朋友间戏谑之作。文辞瑰丽奇迈,刻缕精绝,文气跌宕,是六朝骈文中极有代表性的作品。

【集评】

[1] 此六朝中极雕绘之作,炼格炼词,语语精辟,其妙处尤在数虚字旋转得法,当与徐孝穆《玉台新咏序》并为唐人轨范。(许梿《六朝文絜》卷四)

[2] 六朝虽尚雕刻,然属对尚未尽工,下字尚未尽险。至此篇,则无不入髓。句必净,字必巧,真可谓精绝之甚。此唐文所祖。(于光华《文选集评》)

谢 朓

谢朓(464—499),字玄晖。陈郡阳夏(河南太康)人,与谢灵运同族,故有"小谢"之称。少好学,有美名。齐代曾官宣城太守,尚书吏部郎等职,故亦称谢宣城。后为萧遥光诬陷,下狱死。齐梁人论诗,以谢朓为古今独步。其诗善写山水,清新秀美,既能像谢灵运那样逼真地描绘自然景象,又不雕砌,完全摆脱了玄言诗的影响,形成了清新流利的风格。还有一些小诗,有南朝民歌气息,情味隽永。有《谢宣城集》。

玉 阶 怨

夕殿下珠帘[1],流萤飞复息。长夜缝罗衣,思君此何极[2]。

(《先秦汉魏晋南北朝诗》齐诗,逯钦立编纂,中华书局1983年版。下同)

【注释】

[1] 下:放下。
[2] 何极:犹言无穷。

【题解】

这是一首具有浓郁南朝民歌气息的宫怨诗,描写了古代宫中女子的不幸生活。冷清、孤寂、哀怨之情,流于字间。篇幅虽短,却写得含蓄蕴藉,意味无穷。无论是意境还是笔法,都是唐人气象,尤其是对唐人小绝有明显的影响。

【集评】

[1] 此首竟是唐绝，其情亦深。长夜缝衣，初悲独守，归期未卜，来日方遥，道一夕之情，余永久之感。（陈祚明《采菽堂古诗选》）

暂使下都夜发新林至京邑赠西府同僚

大江流日夜[1]，客心悲未央。徒念关山近[2]，终知返路长。秋河曙耿耿[3]，寒渚夜苍苍[4]。引领见京室[5]，宫雉正相望。金波丽鳷鹊，玉绳低建章[6]。驱车鼎门外，思见昭丘阳[7]。驰晖不可接，何况隔两乡[8]。风云有鸟路，江汉限无梁[9]。常恐鹰隼击，时菊委严霜[10]。寄言罻罗者，寥廓已高翔[11]。

【注释】

[1] 大江：长江。下文"未央"，未尽。
[2] 近：离京城已近。下文"返路长"，返回荆州之路已远。
[3] 秋河：秋天的银河。耿耿：明亮。
[4] 寒渚（zhǔ）：已有凉意的水中小洲。苍苍：深青色。
[5] 引领：伸颈，仰头。京室：京城。下文"宫雉"，宫墙。
[6] "金波"二句：月光照耀着鳷鹊观，玉绳星低垂在建章宫上。丽，附著。鳷（zhī）鹊观、建章宫，汉武帝所建宫观，此以指齐之宫阙。玉绳，星名。亦可用于泛指。
[7] "驱车"二句：大意谓人已到了京城南门外，心却惦记着荆州。鼎门，《文选》李善注引《帝王世纪》："春秋，成王定鼎于郏鄏，其南门名定鼎门。"此借指金陵南门。昭丘，楚昭王墓。李善注引《荆州图记》："（荆州）当阳东有楚昭王墓。"阳，山南水北曰阳。
[8] "驰晖"二句：大意谓太阳普照大地，尚且不能想见就能见到，何况（我与西府同僚）远隔两地呢。驰晖，奔驰的太阳（或阳光）。两乡，两地，金陵与荆州。
[9] "风云"二句：大意谓在风云之中，鸟可以自由飞翔，在地面上却受阻于没有桥梁，不能通向（长）江汉（水）。
[10] "常恐"二句：时时担心老鹰的袭击，担心秋菊在严霜之中枯萎。鹰隼（sǔn，鹰类）、严霜，比喻中伤谗害者。
[11] "寄言"二句：意谓告诉那些谗害者吧，我已经远走高飞了。罻（wèi）罗，罗网。

【题解】

谢朓时在荆州任随王府（即诗题中的西府）文学，深得随王萧子隆的赏识。因长史王秀之进谗言，被召还京（齐之京城在建康，即今南京），于途中作此诗寄同僚。诗中表达恋旧之情和忧谗畏讥之感。小谢诗善自发端,此诗一开篇,就形象不凡,气势磅礴,情思浩荡。中间写景、叙事与抒情结合在一起,末用比兴的手法,抒写悲凉的心境和忧惧愤慨的情绪。下都,即还建康。新林,新林浦,在今南京西南。

【集评】

[1] 五言律起句最难。六朝人称谢朓工于发端,如"大江流日夜,客心悲未央",雄压千古矣。(杨慎《升庵诗话》)

[2] 玄晖俊句为多,然求其一篇尽善,盖不易得。如此沉郁顿挫,故是压卷之作。(何焯《义门读书记》)

之宣城郡出新林浦向板桥

江路西南永[1],归流东北骛。天际识归舟,云中辨江树。旅思倦摇摇[2],孤游昔已屡。既欢怀禄情[3],复协沧洲趣[4]。嚣尘自兹隔[5],赏心于此遇。虽无玄豹姿,终隐南山雾[6]。

【注释】

[1] 江:长江。作者自金陵(今南京)赴宣城郡(治所在今安徽宣州),是沿江西南行。永,长。下句指江归大海,是东北流。骛,奔驰。

[2] 摇摇:心神不定。下句说,只身出行,在过去已是多次。

[3] 怀禄:怀恋禄位。

[4] 沧洲趣:隐居的意趣。沧洲,滨水之地,隐士所居。

[5] 嚣尘:烦杂的人事。

[6] "虽无"二句:意谓自己远离京都去宣城,虽然说不上修养美德,却可以幽栖避害。典出《列女传》,陶答子家富,其妻却泣,云:"妾闻南山有玄豹,隐雾七日而不下食,何也?欲以泽其衣毛成其文章也,故藏而远害。"

【题解】

宣城郡,在今安徽,新林浦、板桥,在今南京西南。郦道元《水经注·江水》:"江水经三山,水湘浦出焉。水上南北结浮桥渡水,故曰板桥浦,江又北经新林浦。"谢朓现存的诗歌,有将近四分之一的作品是在做宣城太守的两年中写成的,此诗即写于赴宣城太守任途中。表现喜得外任,远离政治斗争激烈的京城,全身远害的思想感情。

【集评】

[1] 语有全不及情而情自无限者，心目为政、不恃外物故也。"天际识归舟，云中辨江树"，隐然一含情凝眺之人，呼之欲出。以此写景，乃为活景。（王夫之《船山古诗评选》）

[2] 次联固自警绝，然真得势全在首联。（何焯《义门读书记》）

晚登三山还望京邑

灞涘望长安[1]，河阳视京县[2]。白日丽飞甍[3]，参差皆可见。余霞散成绮[4]，澄江静如练[5]。喧鸟覆春洲，杂英满芳甸。去矣方滞淫[6]，怀哉罢欢宴。佳期怅何许，泪下如流霰[7]。有情知望乡，谁能鬒不变[8]。

【注释】

[1] "灞涘"句：汉末王粲避乱离开长安时有《七哀诗》云："南登灞陵岸，回首望长安。"此借指回首望都城建康（今江苏南京）。灞涘（sì），灞水河岸。

[2] "河阳"句：晋潘岳在河阳（今河南孟县）做官，有《河阳县》诗云："引领望京室，南路在伐柯。"此借古人望京写自己望京。

[3] "白日"句：日光照耀京都房屋，色彩明丽。甍（méng），屋脊。

[4] 绮：彩色丝织品。

[5] 练：白色的熟绢。

[6] 滞淫：久留。淫，过度。

[7] 霰：小冰粒。

[8] 鬒（zhěn）：黑发。

【题解】

本诗是作者辞别京城建康，途径三山（在今南京西南长江南岸）时所作，抒写登山临水所见京邑之景及乡国之思。写景句历来为人称颂，既视野开阔，景象宏大，又描写细腻绵密，毫不雕琢，清新秀发，构成了壮丽美好的意境。

【集评】

[1] "余霞散成绮，澄江静如练"，景色最佳，此得象最深处。（陆时雍《古诗镜》）

[2] 玄晖灵心秀句，每诵名句，渊然泠然。觉笔墨之中，笔墨之外，别有一段深情妙理。（沈德潜《古诗源》卷十二）

【参考书】

[1]《谢宣城集校注》，曹融南校注，上海古籍出版社1991年版。

江 淹

江淹（444—505），字文通，济阳考城（今河南兰考）人。少孤贫好学，早年以文章知名。历仕宋、齐、梁三代。宋时为南徐州从事、吴兴令等职。齐时曾为尚书右丞、御史中丞、侍中等官。梁代官至金紫光禄大夫，封醴陵侯。诗赋均有成就，尤以抒情小赋佳作为多。文学成就多是在早期取得的，入梁后创作衰退，人称"江郎才尽"。有《江文通集》。

别　赋

黯然销魂者[1]，唯别而已矣！况秦吴兮绝国[2]，复燕宋兮千里。或春苔兮始生，乍秋风兮暂起。是以行子肠断[3]，百感凄恻。风萧萧而异响，云漫漫而奇色。舟凝滞于水滨，车逶迟于山侧[4]；棹容与而讵前[5]，马寒鸣而不息。掩金觞而谁御[6]，横玉柱而沾轼[7]。居人愁卧[8]，怳若有亡。日下壁而沉彩，月上轩而飞光[9]。见红兰之受露，望青楸之离霜。巡曾楹而空掩[10]，抚锦幕而虚凉。知离梦之踯躅，意别魂之飞扬。

故别虽一绪，事乃万族[11]。

至若龙马银鞍，朱轩绣轴，帐饮东都[12]，送客金谷。琴羽张兮箫鼓陈[13]，燕赵歌兮伤美人[14]，珠与玉兮艳暮秋，罗与绮兮娇上春。惊驷马之仰秣，耸渊鱼之赤鳞[15]。造分手而衔涕，感寂寞而伤神。

乃有剑客惭恩，少年报士[16]，韩国赵厕[17]，吴宫燕市[18]，割慈忍爱[19]，离邦去里；沥泣共诀，扠血相视[20]。驱征马而不顾，见行尘之时起。方衔感于一剑[21]，非买价于泉里[22]。金石震而色变[23]，骨肉悲而心死[24]。

或乃边郡未和，负羽从军[25]，辽水无极，雁山参云。闺中风暖，陌上草薰。日出天而曜景[26]，露下地而腾文；镜朱尘之照烂[27]，袭青气之烟煴。攀桃李兮不忍别[28]，送爱子兮沾罗裙。

至如一赴绝国，讵相见期[29]？视乔木兮故里，决北梁兮永辞[30]。左右兮魂动，亲宾兮泪滋。可班荆兮赠恨[31]，唯樽酒兮叙悲。值秋雁兮飞日，当白露兮下时；怨复怨兮远山曲，去复去兮长河湄。

又若君居淄右[32]，妾家河阳，同琼佩之晨照，共金炉之夕香[33]。君结绶兮千里[34]，惜瑶草之徒芳；惭幽闺之琴瑟，晦高台之流黄[35]。春宫閟此青苔色[36]，秋帐含兹明月光，夏簟清兮昼不暮[37]，冬釭凝兮夜何长[38]！织锦曲兮泣已尽，回文诗兮影独伤[39]。

傥有华阴上士[40]，服食还山。术既妙而犹学，道已寂而未传[41]；守丹灶而不顾，炼金鼎而方坚[42]，驾鹤上汉，骖鸾腾天[43]，暂游万里，少别千年。惟世间兮重别，谢主人兮依然[44]。

下有芍药之诗[45]，佳人之歌[46]。桑中卫女[47]，上宫陈娥[48]。春草碧色，春水渌波，送君南浦[49]，伤如之何！至乃秋露如珠，秋月如珪，明月白露，光阴往来。与子之别，思心徘徊。

是以别方不定[50]，别理千名，有别必怨，有怨必盈；使人意夺神骇，心折骨惊[51]；虽渊、云之墨妙[52]，严、乐之笔精[53]，金闺之诸彦[54]，兰台之群英[55]，赋有凌云之称[56]，辩有雕龙之声[57]，谁能摹暂离之状，写永诀之情者乎？

(《文选》，中华书局 1977 年影印胡克家刻本)

【注释】

[1] 黯然：心神沮丧，容色惨郁的样子。销魂：犹言失魂落魄。
[2] 秦、吴：古国名。秦在今陕西。吴在今江苏南部及浙江北部。下文"燕（yān）宋"，古国名。燕在今河北北部及京津一带。宋在今河南东部。绝国：隔离绝远之域。
[3] 行子：远行在外的人。
[4] 逶（wēi）迟：行进缓慢貌。
[5] 棹：船桨，这里指船。容与：迟疑不前貌。讵：岂。
[6] 掩：覆。金觞（shāng）：华美的酒杯。御：进用。
[7] "横玉柱"句：言不忍弹琴，洒泪登车而去。横，放下。玉柱，用玉做的琴瑟一类的弦柱，指代乐器。沾，（眼泪）沾湿。轼，用做扶手的车前横木。以上十句，从"行子"一方写别情。此下十句，从"居人"一方写别情。
[8] 居人：住在家里的人，与"行子"相对。下句说，神思恍惚，如有所失。
[9] "日下"二句：太阳的影子从墙上下移，隐没了光彩。月亮升上窗轩，照进来清辉。下文"离"，通"丽"，附着。
[10] 巡曾楹：巡视高大的房子。曾（céng），高。楹，屋前柱，代指房屋。下文"虚凉"，因无人而清凉。
[11] 一绪：同一种情绪。下句说，事由却各种各样。
[12] 帐饮东都：西汉疏广、疏受告老回乡，公卿大夫故旧数百人为其饯行于长安东都门外。帐饮，谓于郊野张帷设酒食饯行。(事见《汉书·疏广传》)下文"送客金谷"，西晋豪门贵族石崇在金谷修建别馆，极其奢华，世称"金谷园"。金谷在洛阳西北。石崇《金谷

诗序》:"余……有别庐在河内县金谷涧中,时征西将军祭酒王诩当还长安,余与众贤共送涧中。"

[13] 琴羽:琴中发出慷慨的羽声。羽,古代五音之一。张:开,犹言弹奏。

[14] "燕赵"句:言见此别离情况,连唱歌的燕赵美人亦为之悲伤。古诗有"燕赵多佳人,美者颜如玉"之句。

[15] "惊驷"二句:音乐之妙,惊动进食之马,深水之鱼也停食出水静听。仰秣,仰头咀嚼。秣,草料,作动词,嚼草料。耸,惊。二句意本《韩诗外传》:"昔伯牙鼓琴而渊鱼出听,瓠巴鼓瑟而六马仰秣。"

[16] "乃有"二句:言剑客、少年为报恩而随时与家人离别。剑客,精于剑术的侠客。惭恩,意谓受人之恩,未报而有愧于心。报士,报恩之士。

[17] 韩国赵厕:指战国时韩国的聂政刺侠累和赵国的豫让刺赵襄子两件事。韩大夫严仲子与韩相侠累有仇,在齐以百金结交刺客聂政,请求帮助报仇。聂感其知遇之恩,至韩国刺杀了侠累。赵国的豫让为了替智伯报仇,藏在厕所里,欲刺杀赵襄子。(均见《史记·刺客列传》)

[18] 吴宫:指春秋时专诸把剑藏于鱼腹,借上鱼之机替吴公子光刺杀王僚。燕市:指荆轲携秦舞阳替燕太子丹赴秦廷谋刺秦王事。(均见《史记·刺客列传》)

[19] 割慈:指离别父母。忍爱:指离别妻、子。

[20] 抆(wěn)血:拭血。

[21] 衔感:衔恩感遇。一剑:以一剑替知遇报仇。

[22] 买价:换取美名。泉里:黄泉之下。句谓剑客行刺是为报恩,并非用生命换取死后声名。

[23] "金石"句:荆轲与秦舞阳见秦王,秦卫士持戟夹陛而立,钟鼓并发,舞阳大恐,面如死灰色。(见《史记》李善注引《燕丹太子》)金石,指钟、磬一类乐器。

[24] "骨肉"句:聂政既刺杀侠累,即自破面决眼剖腹出肠而死。韩取政尸暴于市,聂政的姐姐悲弟身死名没,即于尸旁宣布聂政姓名,随即自杀。

[25] 负羽,背负羽箭。下文"辽水",今辽宁境内之辽河。"雁山",指今山西境内之雁门关。辽水、雁山,指代古战场。

[26] 曜(yào)景:日光照耀。下文"腾文",闪着华丽的光彩。

[27] 镜:照。朱尘:红尘。照烂:明亮灿烂貌。下文"袭",笼罩,薰染。"青气",春天郊野之气。"烟煴(yīn yūn)",同"氤氲",云气笼罩貌。

[28] "攀桃"句:此句或指妻送夫。下句父母送子。

[29] 讵相见期:岂有再见之日?

[30] 北梁:北边的桥。永辞:永别。

[31] 班荆:折荆铺地而坐。班,铺。荆,野草树枝。《左传》襄公二十六年载,楚伍举与声子相善,遇于郑郊,班荆相与食,匆匆话别。赠恨:向对方倾诉离别之苦。

[32] 淄:淄水,在今山东境内。右:西面。下文"河阳",黄河北边。水北山南曰阳。

[33] "同琼"二句:回忆夫妻晨夕相聚情景。琼佩,玉佩。

[34] 结绶（shòu）：指做官。绶，系官印的带子。下句说，闺中思妇虚度年华。

[35] "晦高"句：意谓窗户帘幕低垂，房间显得晦暗。流黄，一种精细的丝织品。此指帘幕说。

[36] 春宫：妇女的居处。閟（bì）：关闭。下句言秋夜难眠。

[37] 簟（diàn）：竹席。句意言夏日天长度日如年。

[38] 缸（gāng）：灯。凝：光聚集不动的样子。

[39] "织锦"二句：据《晋书·列女传》载，苻秦时秦州刺史窦韬被徙沙漠，与妻苏蕙别。苏氏思之，织锦为回文诗以寄赠。织锦曲，即回文诗。回文诗是古代的一种文体，其文从正反两方读之意义皆通。苏蕙的回文诗则正反、横直、旁斜皆可诵读。

[40] 倘：通"倘"，或。华阴上士：《列仙传》载，魏人修芉于华阴山下石室中食黄精，后不知所往。上士，指求仙之士。华阴山即华山，在今陕西渭南县南。

[41] 道已寂：道法达到非常高超的境界。寂，安静。

[42] "守丹"二句：意谓求仙意志坚定。丹灶，炼丹炉。不顾，不顾恋世情。金鼎，炼丹的鼎。

[43] "驾鹤"二句：谓道士成仙升天。汉，天河。骖（cān），乘。

[44] 谢：告辞。依然：依依不舍。言即使成仙，辞别家人时仍有依恋之情。

[45] 下：人世间。芍药之诗：指爱情诗。《诗经·郑风·溱洧》："维士与女，伊其相谑，赠之以芍药。"

[46] 佳人之歌：《汉书·外戚传》载李延年歌云："北方有佳人，绝世而独立。一顾倾人城，再顾倾人国。宁不知倾城与倾国，佳人难再得。"

[47] 桑中卫女：《诗经·鄘风·桑中》："期我乎桑中，要我乎上宫，送我乎淇之上矣。"鄘亦为卫地，故称卫女。

[48] 上宫：卫地名。陈娥，实际上也是指卫女，取其不与上句的卫女重复而已。

[49] 南浦：送别之地。《楚辞·九歌·河伯》："子交手兮东行，送美人兮南浦。"

[50] 别方不定：离别的地方（场所）没有一定。下文"别理"，离别的原因。

[51] 心折骨惊：应为"骨折心惊"。作者为求造语之奇有意为之。

[52] 渊、云：即王褒、扬雄，西汉著名辞赋家。褒字子渊，雄字子云。

[53] 严、乐：即严安、徐乐，西汉文人。都曾上书汉武帝言时务，深得赞赏。

[54] 金闺：指汉宫之金马门，汉武帝使学士待诏金马门以备顾问。彦：有才之士。

[55] 兰台：东汉中央藏书之地，设兰台令史，掌典校图籍治理文书。

[56] 凌云之称：据《汉书·司马相如传》，司马相如奏《大人赋》，武帝大悦，飘飘有凌云之气。

[57] 雕龙之声：《史记·孟子荀卿列传》载，战国时齐人驺奭"采邹衍之术以纪文"。裴骃集解引刘向《别录》："驺奭修衍之文，饰若雕镂龙文，故曰雕龙。"

【题解】

别离，从《诗》、《骚》开始，一直是我国文学中常见主题。此赋集前人之大成,开后来之先河,别具一格,成为千古绝唱。赋文集中各种情况下之离愁为一篇,写了不同类型人物的离情别绪,刻画他们不同的心理状态。先总述行子和居人之别情,然后再具体写富贵之别,剑士侠客之别,从军之别,绝国之别,夫妇之别,方外之别,情人之别,最后总结,别情之苦,非语言笔墨所能形容。构思精妙,缕缕入情,如泣如诉如怨如慕。骈四俪六,柔婉隐秀,为六朝俳赋重要代表作。

【集评】

[1]《恨》、《别》二赋,音制一变。长短篇章,能多胸臆。即为文字,亦诗骚之意居多。(张溥《汉魏六朝百三名家集题辞》)

[2]起四字无限凄凉,一篇之骨……七段极摹黯然销魂四字,状景写物缕缕入情,醴陵于六朝的是凿山通道巨手。……言尽而意不尽。(许梿《六朝文絜》卷四)

【参考书】

[1]《江淹集校注》,俞绍初、张亚新校注,中州古籍出版社1994年版。

何 逊

何逊(472?—518),字仲言。东海郯(今山东郯城)人。八岁能赋诗,弱冠举秀才,入梁后曾任建安王、安成王等的幕僚,还兼任过尚书水部郎,晚年在庐陵王幕下任记室,后人称"何记室"或"何水部"。其诗受到时人推重,多咏羁旅行役之思和离别之情,尤长于山水景物描写。有《何逊集》。

慈 姥 矶

暮烟起遥岸,斜日照安流[1]。一同心赏夕[2],暂解去乡忧。野岸平沙合[3],连山远雾浮。客悲不自已[4],江上望归舟。

(《何逊集校注》,李伯齐校注,齐鲁书社1988年版。下同)

【注释】

[1] 安流:平静的江流。

[2] 赏夕：欣赏晚景。

[3] 合：会，相接。

[4] 自己：自止。自我抑制。

【题解】

慈姥矶，在今安徽当涂北面的长江岸边。本诗写诗人辞家远行，友人送至慈姥矶下。送者归舟，诗人瞩目江边，望望不已，表达了与友人的难舍深情。写景与抒情交替进行，感情的变化，是因景物的变化而产生的，触景生情，诗情愈为浓郁。

临行与故游夜别

历稔共追随[1]，一旦辞群匹[2]。复如东注水，未有西归日。夜雨滴空阶，晓灯暗离室[3]。相悲各罢酒，何时更促膝。

【注释】

[1] 历稔（rěn）：多年。谷一熟为稔。

[2] 辞群匹：辞别朋友们，只有自己一个人了。

[3] 离室：离别时聚会之所。

【题解】

本诗《艺文类聚》卷二九和《文苑英华》卷二八六俱作《从镇江州与故游别》。何逊从镇江州在梁天监年间，此诗当为这时辞朋俦而作，抒发悲凉、凄苦的离别之情。"夜雨"一联，造语工巧，体物细致，历来为人称道。

相　　送

客心已百念[1]，孤游重千里。江暗雨欲来，浪白风初起。

【注释】

[1] 百念：犹言百感交集。下句说，更何况此番独自一人远游千里呢。

【题解】

本诗亦写离别之思。诗题为"相送"，并非送行，而是留赠送别者。客中惆怅之情与江上风雨欲来之景，融为一体，抒情写景，描绘入微。末二句以倒装句式，突出对比鲜明的意象，可谓炼字句的典范。

陶弘景

陶弘景（456—536），字通明，丹阳秣陵（今江苏南京）人。好道术，爱山水，喜琴棋，善书法，精通医药。齐时官奉朝请，后隐居句曲山，为梁武帝所重，有大事，无不咨询，时称"山中宰相"。卒谥"贞白先生"。有《陶隐居集》。

答谢中书书

山川之美，古来共谈。高峰入云，清流见底。两岸石壁，五色交辉。青林翠竹，四时俱备。晓雾将歇[1]，猿鸟乱鸣。夕日欲颓[2]，沉鳞竞跃。实是欲界之仙都[3]。自康乐以来[4]，未复有能与其奇者。

（《艺文类聚》，上海古籍出版社1982年版）

【注释】

[1] 歇：消失。
[2] 颓：坠落。下文"沉鳞"，沉潜于水中的鱼。
[3] 欲界：佛家语，指人间。意谓为具有七情六欲之人所居。
[4] 康乐：谢灵运，袭封康乐公。下文"与"，参与。引申为领略。

【题解】

谢中书，即谢徵，字元度，曾任中书鸿胪。本文是作者写给谢中书的信的一部分。信中描写了秀丽的江南山水景色，并自许自谢灵运后，唯有他能领略其中之妙趣。篇章虽短，但流利俊逸，妍雅自然，不失为优秀的山水小品。

【集评】

[1] 演迤潇沱，萧然尘壒之外。得此一书，何谓白云不堪持赠。（许梿《六朝文絜》卷三）

吴　均

吴均（469—520），均一作筠，字叔庠，吴兴故鄣（今浙江省安吉）人。家世寒微，好学，有俊才。沈约见其文，颇为称赏。梁武帝天监元年（502），柳恽为吴兴太守，召为主簿，官至奉朝请。后来因私撰《齐春秋》而被免职。晚年又奉诏撰通史，未成而卒。吴均的诗文在当时被认为清拔有古气，时人多效之，谓为"吴均体"。有《吴朝请集》。

与朱元思书

风烟俱净，天山共色。从流飘荡，任意东西。自富阳至桐庐[1]，一百许里，奇山异水，天下独绝。

水皆缥碧[2]，千丈见底。游鱼细石，直视无碍。急湍甚箭[3]，猛浪若奔。夹岸高山，皆生寒树，负势竞上[4]，互相轩邈[5]；争高直指，千百成峰。泉水激石，泠泠作响[6]；好鸟相鸣，嘤嘤成韵[7]。蝉则千转不穷[8]，猿则百叫无绝。鸢飞戾天者[9]，望峰息心；经纶世务者[10]，窥谷忘反。横柯上蔽，在昼犹昏；疏条交映，有时见日。

（《艺文类聚》，上海古籍出版社1982年版）

【注释】

[1] 富阳、桐庐：今均属浙江。
[2] 缥（piǎo）碧：青白色。
[3] 甚箭：速度超过飞箭。
[4] 负势：恃势。势，山水的气势。竞上：争着向上。
[5] 互相轩邈：竞比高下。轩，高。邈，远。
[6] 泠（líng）泠：形容水声清越。
[7] 嘤（yīng）嘤：鸟鸣声。
[8] 转：同"啭"，鸣。
[9] 鸢（yuān）飞戾天：语出《诗经·大雅·旱麓》："鸢飞戾天，鱼跃于渊。"此处比喻为名利极力攀高的人。鸢，鹰类猛禽。下文"息心"，止息了奔竞之心。
[10] 经纶世务：从政，经邦济世。下文"反"，通"返"。

【题解】

本文是吴均与友人朱元思（朱或作"宋"）书信的一部分，描写浙西秀丽的山光水色。语言清新，境界清幽，风格峻拔，自然恬淡。篇名或题为《与宋元思书》。

【集评】

[1] 扫除浮艳，淡然无尘。如读靖节《桃花源记》、兴公《天台山赋》。此费长房缩地法，促长篇为短篇也。（许梿《六朝文絜》卷三）

萧　纲

萧纲（503—551），字世缵。南兰陵（今江苏常州西北）人。梁武帝萧衍第三子。太清三年（549），侯景之乱，梁武帝被囚饿死，萧纲即位，大宝二年（551）为侯景所害，追谥为简文皇帝。创作以"宫体诗"著称，也有一些边塞和咏物作品。为文反对质直懦钝，浮疏阐缓，提倡吟咏性情，追求新变。著述甚多，大多散佚，明人辑有《梁简文集》。

咏内人昼眠

北窗聊就枕，南檐日未斜，攀钩落绮障[1]，插捩举琵琶[2]。梦笑开娇靥，眠鬟压落花，簟纹生玉腕[3]，香汗浸红纱。夫婿恒相伴，莫误是倡家[4]。

（《先秦汉魏晋南北朝诗》梁诗，逯钦立编纂，中华书局1983年版）

【注释】

[1] "攀钩"句：意谓从钩子上放下帷幔。绮，有花纹的丝织品。障，通"幛"。
[2] 捩（lì）：琵琶的拨子。句意是把琵琶收拾起来，不弹了。
[3] "簟纹"句：竹席上的纹路印在了手腕上。
[4] "夫婿"二句：请不要怀疑这是倡家女，她的丈夫就一直陪伴在她身边。

【题解】

萧纲主张"立身之道，与文章异；立身先须谨重，文章且须放荡。"（《诫当阳公大心书》）是宫体文学的积极倡导者和实践者。本诗以艳靡之文辞描绘女子之睡态，绮丽轻柔，精微细腻，很能体现宫体诗的特点。

郦道元

郦道元（？—527），字善长，范阳涿县（今河北涿州）人。仕北魏官御史中尉，执法严峻，后为关右大使，被雍州刺史萧宝夤杀害。郦道元好学博览，文笔深峭，在各地访渎搜渠，留心观察水道等地理现象，撰《水经注》一书，为有较高文学价值之地理巨著。

三　　峡

江水又东，径广溪峡[1]，斯乃三峡之首也。峡中有瞿塘、黄龛二滩，其峡盖自禹凿以通江[2]，郭景纯所谓"巴东之峡，夏后疏凿"者也[3]。

江水又东，径巫峡，杜宇所凿以通江水也[4]。江不历峡，东径新崩滩，其间自尾百六十里，谓之巫峡，盖因山为名也。

自三峡七百里中，两岸连山，略无阙处。重岩叠嶂，隐天蔽日，自非亭午夜分[5]，不见曦月。至于夏水襄陵[6]，沿溯阻绝[7]。或王命急宣，有时朝发白帝[8]，暮到江陵[9]，其间千二百里，虽乘奔御风，不以疾也。

春冬之时，则素湍绿潭，回清倒影，绝巘多生怪柏[10]，悬泉瀑布，飞漱其间，清荣峻茂，良多趣味。

每至晴初霜旦，林寒涧肃，常有高猿长啸，属引凄异[11]，空谷传响，哀转久绝。故渔者歌曰："巴东三峡巫峡长[12]，猿鸣三声泪沾裳。"

（《王氏合校水经注》卷三十四，王先谦校，
《四部备要》本，上海中华书局1934—1936年版）

【注释】

[1] 广溪峡：即今瞿塘峡。在今重庆奉节东。

[2] 禹：即夏禹，或称大禹、戎禹，夏部落领袖。古史相传禹继承其父鲧的治水事业，历十三年水患乃平。

[3] 郭景纯：即郭璞，字景纯。夏后：即夏禹。

[4] 杜宇：古代传说中周代末年蜀国的一个帝王。

[5] 亭午：正午。夜分：半夜。

[6] 襄陵：漫上山陵。襄，上。

[7] 沿：顺流而下。溯：同"溯"，逆流而上。

[8] 白帝：城名，在今重庆奉节东。

[9] 江陵：今湖北荆州。

[10] 绝巘（yǎn）：极高的山峰。

[11] 属（zhǔ）引：接连不断。
[12] 巴东：郡名，即今重庆东部云阳、奉节、巫山一带。

【题解】

《水经》是汉魏时记载全国水道的地理书。郦道元收集各种相关资料，结合自己的游历见闻为之作注。在注文中，他用精美的文字，记叙了各地的神话传说、风俗名物，描绘了秀丽的山川景物，对后代游记文学产生了很大影响。本文写出了"七百里"三峡的万千气象。山川草木，峡谷深涧，悬泉瀑布，急流绿潭，高猿怪石，古柏寒林，渔歌民谣，应有尽有。全文描写随物赋形，动静相生，景中融情，情随景迁。简洁精炼，生动传神。

杨衒之

杨衒（xuàn）之，杨或作阳，或作羊，家世爵里生卒年皆不可考。仕北魏为抚军府司马、期城太守等职。在其所著《洛阳伽蓝记》中，曾自言永安（528—529）中为奉朝请，又云在东魏孝静帝武定五年（547），因行役，重览洛阳。《洛阳伽蓝记》与《水经注》一样，都是北朝散文的优秀之作。

永 宁 寺（节录）

永宁寺，熙平元年[1]，灵太后胡氏所立也。在宫前阊阖门南一里御道西[2]。其寺东有太尉府[3]，西对永康里，南界昭玄曹[4]，北邻御史台。阊阖门前御道东，有左卫府[5]。府南有司徒府。司徒府南有国子学[6]，堂内有孔丘像，颜渊问仁、子路问政在侧[7]。国子南有宗正寺[8]，寺南有太庙，庙南有护军府，府南有衣冠里。御道西有右卫府，府南有太尉府，府南有将作曹[9]，曹南有九级府，府南有太社，社南有凌阴里，即四朝时藏冰处也[10]。

中有九层浮图一所[11]，架木为之，举高九十丈[12]，有刹复高十丈，合去地一千尺[13]。去京师百里，已遥见之。初，掘基至黄泉下，得金像三十二躯，太后以为信法之征，是以营建过度也。刹上有金宝瓶，容二十五斛[14]。宝瓶下有承露金盘一十一重，周匝皆垂金铎[15]，复有铁锁四道，引刹向浮图四角，锁上亦有金铎。铎大小如一石瓮子。浮图有九级，角皆悬金铎，合上下有一百三十铎。浮图有四面，面有三户六窗，户皆朱漆。扉上有各五行金铃，合有五千四百枚。复有金环铺首[16]，殚土木之功，穷造形之巧。佛事精妙，不可思议。绣柱金铺，骇人心目。至于高风永夜，宝铎和鸣，铿锵之声，闻及十余里。

浮图北有佛殿一所，形如太极殿[17]。中有丈八金像一躯，中长金像十躯，绣珠像三躯，金织成像五躯，玉像二躯。作功奇巧，冠于当世。僧房楼观，一千余间，雕梁粉壁，青琐绮疏[18]，难得而言。栝柏松椿[19]，扶疏檐霤；丛竹香草，布护阶墀。

是以常景碑云[20]："须弥宝殿[21]，兜率净宫[22]，莫尚于斯"也[23]。

外国所献金像，皆在此寺。寺院墙皆施短椽，以瓦覆之，若今宫墙也。四面各开一门。南门楼三重，通三阁道[24]，去地二十丈，形制似今端门[25]。图以云气，画彩仙灵。列钱青琐[26]，赫奕华丽。拱门有四力士、四师子[27]，饰以金银，加之珠玉，庄严焕炳，世所未闻。东西两门亦皆如之，所可异者，唯楼两重。北门一道，上不施屋，似乌头门[28]。其四门外，皆树以青槐，亘以绿水，京邑行人，多庇其下。路断飞尘，不由淹云之润；清风送凉，岂藉合欢之发[29]。

（《洛阳伽蓝记校注》，范祥雍校注，上海古籍出版社 1978 年版）

【注释】

[1] 熙平：南北朝时北魏孝明帝（元诩）年号（516—518）。下文"灵太后"，姓胡，名充华，宣武帝（元恪）之妃，孝明帝之母。

[2] 阊阖门：宫城正南门。按，北魏都城原在平城（今山西大同），孝文帝太和十七年（493）迁都洛阳。御道：供帝王车驾通行的道路。

[3] 太尉：官名，全国军政首长。下文"平康里"，里名。里，里巷之里。

[4] 昭玄曹：掌僧尼事务的官署。曹，曹司。下文"御史台"，中央监察机构。

[5] 左卫：北魏武职有左卫将军、右卫将军。下文"司徒"，官名。相当于丞相。

[6] 国子学：中央教育机关。或称国子监、太学。

[7] "颜渊"句：意谓颜渊问仁与子路问政之雕塑（或壁画）立于孔子像之两侧。颜渊问仁，见《论语·颜渊》等一章。子路问政，见《论语·子路》第一章。

[8] 宗正寺：掌皇族事务之中央官署。下文"太庙"，皇家的祖庙。"护军"，护军将军。武职名。

[9] 将（jiāng）作曹：掌宫室陵寝等土木工程之中央官署。下文"九级"，未详。"太社"，即社稷坛，祭祀土神与五谷神的场所。

[10] 四朝：指西晋（建都洛阳）之武帝、惠帝、怀帝、愍帝，共四传五十二年。

[11] 浮屠：佛塔。

[12] 举：全，总共。下文"刹"，塔顶的装饰物，即相轮，形如短柱。

[13] 尺：南北朝时一尺合二十四点五厘米。一千尺合二百余米，不知是否有夸张成

分。

[14] 斛：一斛为十斗。

[15] 垂：悬。铎：一种大铃。

[16] 铺首：衔门环的底座，铜制，作兽形。

[17] 太极殿：宫中正殿。

[18] 青琐：装饰皇宫或寺庙门窗的青色连环花纹。绮疏：窗户上的镂空花纹。亦指镂空的窗格。

[19] 栝（guō）：即桧树。下句"扶疏檐霤（liù）"，繁茂的枝叶在屋檐间舞动。

[20] 常景：字永昌，河内郡（治所在今河南沁阳）人。官至黄门侍郎、幽州刺史。任中书舍人时受诏为永宁寺撰写碑文。

[21] 须弥：意译为"妙高"，古印度传说中的山名，被认为是世界的中心。佛教采用此说。

[22] 兜率（shuài）：意译为"知足"，"喜足"等，佛教所说欲界六天中的第四天。

[23] 尚：超过。斯：此。指永宁寺。

[24] 阁道：楼与楼之间的架空通道。

[25] 端门：洛阳城南正门。

[26] 列钱：宫墙上的装饰物。用镶有玉石的金环排列在一条横木上，形制如连贯成串的钱。

[27] 力士：金刚力士，护法神。师子：狮子。

[28] 乌头门：未详其制。视文意，或即类似櫺星门。

[29] "路断"四句：道路上断绝了飞尘，不是由于雨云的滋润；清风送来了凉爽，不是借助团扇的挥动。合欢，团扇。

【题解】

《洛阳伽蓝记》主要记北魏京师洛阳四十年间佛教寺塔的兴废，连带记述了洛阳都市的盛衰，北魏王朝的兴亡。每写一寺，常能联系当时政治、经济、民俗来描述，具有史料价值，文学趣味主要表现在生动有趣的叙事、细致精妙的描写和简洁明快的语言等方面。本篇节选自书中对洛阳名寺永宁寺的记叙，集中写了永宁寺的营建规模和豪华景象。

庾　信

庾信（513—581），字子山，祖籍新野（今属河南），八世祖西晋末随晋室过江，迁居江陵。庾信少而聪颖，十五岁即与其父庾肩吾俱侍东宫，恩礼莫与比隆。梁元帝承圣三年（554），奉命出使西魏，江陵陷落，羁留北方。在北方特蒙恩礼（北周时官至骠骑大将军、开府仪同三司，后世称庾开府），位望通显，却常有乡关之思。文学创作浸染着他在不同时期不同生活的印迹。前期在梁朝出入禁闼，所作为宫体诗赋，文风绮艳华靡。后期流寓北地，作品多乡国之痛和自伤身世之感，风格雄健遒劲，苍凉沉郁。庾信把南方的柔媚、清新之气，同北方刚健、沉郁之风互相交融在一起，"穷南北之胜"（倪璠《庾子山集注·题辞》），是南北文风融合的代表。

奉和山池

乐官多暇豫[1]，望苑暂回舆[2]。鸣笳陵绝浪[3]，飞盖历通渠。桂亭花未落，桐门叶半疏。荷风惊浴鸟，桥影积行鱼[4]。日落含山气，云归带雨余。

（《庾子山集注》，倪璠注，许逸民校点，中华书局1980年版。下同）

【注释】

[1] 乐官：在官时心情愉悦。
[2] 苑：种植树木并放养禽兽的皇家园林。
[3] 鸣笳：吹奏笳笛。陵：经过，超越。下文"盖"，伞盖。
[4] 积：聚。行鱼：游鱼。

【题解】

奉和（hè），作诗与他人唱和。本诗原注云："梁简文帝有山池诗。"庾信前期作品留存很少，多为雕饰轻绮的奉和酬酢之作。本诗写出梁宫苑中山池佳景，写景状物精细入微，华艳雕琢之中，颇有自然清新之气。无论其写作内容还是艺术风格，都很能代表庾信前期创作的特点。

【集评】

[1] 陈隋间人，但欲得名句耳，子山于琢句中，复饶清气，故能拔出于流俗中。（沈德潜《古诗源》卷十四）

拟　咏　怀（其七）

榆关断音信，汉使绝经过[1]。胡笳落泪曲，羌笛断肠歌。纤腰减束素，别泪损横波。恨心终不歇，红颜无复多[2]。枯木期填海，青山望断河[3]。

【注释】

[1]"榆关"二句:言身在异域,不见来使,与家国音信断绝。榆关,战国时关名,在今陕西榆林,这里泛指北方边塞。过,读平声。

[2]"纤腰"四句:以思妇怨女自喻。横波,目光。减束素,因悲伤而腰身消瘦了。束素,指腰说。

[3]"枯木"二句:慨叹回乡无望,此恨绵绵无穷期。枯木填海,《山海经·北山经》云,炎帝之少女女娃,溺于东海,化为精卫,常衔西山之木石,以堙于东海。

【题解】

《拟咏怀》二十七首,是庾信后期诗歌的代表作。这组作品,或怀念故国,或哀悼君臣失国,或自伤、自叹,或淡泊自守等,情感回旋往复,是作者后半生经历的纪实。同时,由于作者的经历与那个时代有密切的关系,可以说也反映了时代的痛苦与哀伤,是一曲时代的悲歌。本篇原列第七,写自己羁留长安,家国音信断绝,回归故乡无望的痛苦心情。

【集评】

[1]昔阮步兵《咏怀诗》十七首,颜延年以为在晋文代虑祸而发。子山拟斯而作二十七篇,皆在周乡关之思,其辞旨与《哀江南赋》同矣。(倪璠《庾子山集注》)

其 十 一

摇落秋为气[1],凄凉多怨情。啼枯湘水竹[2],哭坏杞梁城[3]。天亡遭愤战[4],日蹙值愁兵[5]。直虹朝映垒,长星夜落营[6],楚歌饶恨曲,南风多死声[7]。眼前一杯酒。谁论身后名[8]。

【注释】

[1]"摇落"句:语出宋玉《九辩》:"悲哉秋之为气也,萧瑟兮草木摇落而变衰。"气,节气。

[2]"啼枯"句:相传舜南巡,死于苍梧,其二妃娥皇、女英往寻,啼哭不已,泪下沾竹尽成斑痕。(见张华《博物志》)

[3]"哭坏"句:据刘向《列女传》,杞梁战死,其妻放声号哭,杞城为之崩。

[4]天亡:意谓灭亡是由于天意。《史记·项羽本纪》:"天之亡我,非战之罪也。"愤战:使人怨恨的战争。按,梁元帝承圣三年(554),西魏出兵攻破江陵,元帝被杀。

[5]日蹙:日益迫促。蹙,促。

[6]"直虹"二句:言梁败亡的征兆。直虹,长虹,古人认为长虹头尾至地,是流血之象。垒,军垒。长星落营,据说诸葛亮伐魏驻军五丈原时,有长星赤而芒角坠营中,后诸葛亮死。(均见《晋书·天文志》)

[7]"楚歌"二句:指梁朝江陵败亡事。楚歌,典出《史记·项羽本纪》,项羽被困垓下时,闻四面皆楚歌。南风,南方乐曲,典出《左传·襄公十八年》,晋人闻有楚师。师旷曰:"不害,吾骤歌北风,又歌南风,南风不竞,多死声,楚必无功。"不竞,乐声低沉,表明士气低落。

[8]"眼前"二句:言败亡的原因,是江陵君臣唯图逸乐,而无后虑。或说末二句是庾信自言借酒浇愁,不计身后名。语出《世说新语·任诞》:张季鹰纵任不拘,时人号为江东步兵。或谓之曰:"卿可纵适一时,独不为身后名邪?"答曰:"使我有身后名,不如即时一杯酒。"

【题解】

本篇原列第十一,伤悼梁朝兵败覆亡的悲剧。诗人连用八个典故,概括了西魏进攻梁朝,江陵陷落这一巨大历史变乱。江陵为楚地,用典亦多为楚事,不仅与所咏的内容切合,而且渲染出极度悲惨的气氛。真是"造句能新,使事无迹"。

【集评】

[1]子山诗固是一时作手,以造句能新,使事无迹。比何水部,似又过之。(沈德潜《古诗源》卷十四)

其 十 七

日晚荒城上,苍茫余落晖。都护楼兰返[1],将军疏勒归[2]。马有风尘气,人多关塞衣。阵云平不动[3],秋蓬卷欲飞。闻道楼船战,今年不解围[4]。

【注释】

[1]"都护"句:用西汉傅介子故事。傅介子,昭帝时为平乐监。因楼兰(西域国名,遗址在今新疆罗布泊西)数反覆,勾结匈奴,杀汉官员,元凤四年(前77),傅介子奉命以赏赐为名,赴楼兰,在筵席上斩其王,持其首归。傅介子以立功封义阳侯。都护,官名,汉代置西域都护,为驻西域最高长官。此处泛指边将。

[2]"将军"句:用东汉耿恭故事。耿恭,明帝时为戊己校尉,后驻疏勒(西域城名,今新疆喀什),受匈奴围攻,坚守不屈。章帝建初元年(76),与援军会合,奋战三月,退回玉门关,生还者仅十三人。当时人称之为"节过苏武"。按,作者引傅介子与耿恭事,歆慕他们不辱使命,名垂后世。

[3] 阵云：堆积厚垂形如战阵的云。古人以为战争之兆。
[4] "闻道"二句：大意谓听说南方的楼船之战，今年还没有结束。此当是以历史比拟时事，唯不知"今年"所指为何年。楼船，指水军，《史记》卷一百二十二："杨仆者，宜阳人也。……南越反，拜为楼船将军，有功，封将梁侯。"

【题解】

本诗原列第十七。表达的仍是作者在北朝时的故国之思，落日风沙中北朝军旅归来的情景，触动了诗人对江南故国的无限牵念。场面描写真切逼真，风格遒劲刚健，已是唐人边塞诗气象。

其二十六

萧条亭障远[1]，凄惨风尘多。关门临白狄[2]，城影入黄河。秋风别苏武[3]，寒水送荆轲[4]。谁言气盖世，晨起帐中歌[5]。

【注释】

[1] 亭障：在边疆险要处构筑的防御堡垒。
[2] 白狄：春秋时狄族的一支，以着白衣得名。原居今陕西与山西一带。此为泛指。
[3] 苏武：字子卿。汉武帝天汉元年（前100），奉使匈奴被拘，在北海（今贝加尔湖）牧羊十九年，终于归汉。《文选》载有李陵（已降匈奴）《与苏武诗》三首，后世疑为伪作。此处似有以李陵自喻之意，或有在北朝送别南朝朋友之实事。
[4] "寒水"句：荆轲刺秦王事，详见本书《史记·刺客列传》。
[5] "谁言"二句：项羽作歌事，详见本书《史记·项羽本纪》。

【题解】

本诗原列第二十六，乃是即景伤怀，伤己不得南归，悼江陵之败亡。塞外一派肃杀景象，自己如李陵之长绝，荆轲之不返。魂牵梦绕的乡思，故国的覆亡，在作者心中激起多少沉痛和惋惜。

【集评】

[1] 无穷孤愤，倾吐而出，工拙都忘，不专拟阮。（沈德潜《古诗源》卷十三）

小　园　赋

若夫一枝之上，巢父得安巢之所[1]；一壶之中，壶公有容身之地[2]。况乎管宁藜床，虽穿而可坐[3]；嵇康锻灶，既暖而堪眠[4]。岂必连闼洞房，南阳樊重之第[5]；绿墀青琐，西汉王根之宅[6]。余有数亩敝庐，寂寞人外，聊以拟伏腊[7]，聊以避风霜。虽复晏婴近市，不求朝夕之利[8]；潘岳面城，且适闲居之乐[9]。况乃黄鹤戒露[10]，非有意于轮轩[11]；爰居避风[12]，本无情于钟鼓。陆机则兄弟同居[13]，韩康则舅甥不别[14]。蜗角蚊睫[15]，又足相容者也。

尔乃窟室徘徊，聊同凿坯[16]。桐间露落，柳下风来。琴号珠柱[17]，书名玉杯[18]。有棠梨而无馆，足酸枣而非台[19]。犹得欹侧八九丈，纵横数十步，榆柳两三行，梨桃百余树。拨蒙密兮见窗[20]，行欹斜兮得路[21]。蝉有翳兮不惊，雉无罗兮何惧。草树混淆，枝格相交。山为箦覆，地有堂坳[22]。藏狸并窟，乳鹊重巢。连珠细菌[23]，长柄寒匏，可以疗饥，可以栖迟。崎岖兮狭室，穿漏兮茅茨。檐直倚而妨帽，户并行而碍眉[24]。坐帐无鹤[25]，支床有龟。鸟多闲暇，花随四时。心则历陵枯木[26]，发则睢阳乱丝。非夏日而可畏[27]，异秋天而可悲[28]。

一寸两寸之鱼，三竿两竿之竹。云气荫于丛蓍[29]，金精养于秋菊[30]。枣酸梨酢[31]，桃榹李薁[32]。落叶半床，狂花满屋。名为野人之家[33]，是为愚公之谷[34]。试偃息于茂林，乃久羡于抽簪[35]。虽有门而长闭，实无水而恒沉[36]。三春负锄相识[37]，五月披裘见寻。问葛洪之药性[38]，访京房之卜林[39]。草无忘忧之意[40]，花无长乐之心。鸟何事而逐酒[41]？鱼何情而听琴[42]？

加以寒暑异令[43]，乖违德性。崔骃以不乐损年[44]，吴质以长愁养病[45]。镇宅神以薶石[46]，厌山精而照镜[47]。屡动庄舄之吟[48]，几行魏颗之命[49]。薄晚闲闺，老幼相携。蓬头王霸之子[50]，椎髻梁鸿之妻[51]。燋麦两瓮[52]，寒菜一畦。风骚骚而树急，天惨惨而云低。聚空仓而雀噪，惊懒妇而蝉嘶[53]。

昔草滥于吹嘘[54]，藉文言之庆余[55]。门有通德[56]，家承赐书[57]。或陪玄武之观[58]，时参凤凰之墟[59]。观受釐于宣室[60]，赋《长杨》于直庐[61]。遂乃山崩川竭，冰碎瓦裂[62]，大盗潜移[63]，长离永灭[64]。摧直辔于三危，碎平途于九折[65]。荆轲有寒水之悲[66]，苏武有秋风之别[67]。关山则风月凄怆[68]，陇水则肝肠断绝[69]。龟言此地之寒[70]，鹤讶今年之雪[71]。百龄兮倏忽，光华兮已晚。不雪雁门之踦[72]，先念鸿陆之远[73]。非淮海兮可变[74]，非金丹兮能转[75]。不暴骨于龙门[76]，终低头于马坂[77]。谅天造兮昧昧[78]，嗟生民兮浑浑[79]。

【注释】

[1] 巢父：尧时隐人，年老在树上做巢而居住其上，故时人号曰巢父。（事见《高士

传》）

［2］壶公：姓谢名元，东汉时道士，以卖药为生，相传他在空屋中悬挂一只壶，白天卖药，晚上跳入壶中休息。（事见《神仙传》）

［3］"况乎"二句：管宁常坐一木榻，积五十余年未尝箕踞，榻上当膝之处，皆磨穿出洞。管宁，汉末高士。（事见《高士传》）

［4］"嵇康"二句：嵇康性绝巧，以锻铁为生，不出去做官。家有柳树，夏天甚清凉，常与友人在下面打铁。白天锻铁，晚上利用余热当炕床睡觉。（事见《文士传》）锻，打铁。灶，打铁用的炉灶。

［5］樊重：南阳人，东汉光武帝刘秀的舅父。他的住宅很讲究，多高堂大厦。（见《后汉书·樊宏传》）

［6］墀：台阶。青锁：刻在大门上的青色连环形花纹。王根之宅：西汉曲阳侯王根，生活骄奢，他所居住宅，多模仿宫廷建制。（见《汉书·元后传》）

［7］伏腊：冬夏两季的祭祀节名。伏，伏日。腊，腊日。

［8］"虽复"二句：晏婴，字平仲，春秋时齐国大夫。他生活俭朴，住宅靠近闹市，狭小嘈杂，齐景公想要为他重新造住宅，他推辞说："君之先臣容焉，臣不足以嗣之？于臣侈矣！且小人近市，朝夕得所求，小人之利也，敢烦里旅！"（见《左传》昭公三年）

［9］"潘岳"二句：潘岳曾闲居洛阳并作《闲居赋》，中有"陪京泝伊，面郊后市"之语。

［10］戒露：鹤性机警，听到草叶上露珠滴落声便高鸣报警。

［11］轮轩：古代大夫乘的车。据《左传》闵公二年载，卫懿公非常喜欢鹤，让鹤也乘轮轩。

［12］爱居避风：据《国语·鲁语》载，有叫爱居的大海鸟，为避海上大风停落在鲁国都城东门之外三天，鲁国人敲钟打鼓祭祀它。

［13］"陆机"句：陆机与弟陆云吴亡后入洛做官，同住在三间瓦屋里。（见《世说新语·赏誉》）

［14］"韩康"句：韩康甥舅之间不因时事变化而离别。韩康字康伯，东晋人，其舅父殷浩被贬徙远方，韩康伯也跟随同去。见《晋书·殷浩传》。

［15］蜗角蚊睫：蜗牛之角和蚊目之毛。（典出《庄子·则阳》）此处喻居处狭小。

［16］凿坯（pī）：鲁国国君派人带着财物去请颜阖为相，颜阖竟将屋后墙凿洞逃走。（事见《淮南子·齐俗训》）坯，土墙。

［17］珠柱：琴名。

［18］玉杯：书名。西汉董仲舒叙春秋之事的书，名为《玉杯》。（见《汉书·董仲舒传》）

［19］"有棠"二句：小园中有梨枣而无台馆。棠梨，汉甘泉宫宏侈极丽，曾有馆名棠梨。酸枣，县名，在今河南延津。县城西有酸枣寺，寺外有韩王望气台。

［20］蒙密：树木枝叶交错茂密。

［21］攲（qī）斜：弯曲。

[22]"山为"二句：意谓山是用筐取土堆成的，池子不过是个小水坑。形容园极小。篑（kuì）：装土的筐。见《论语·子罕》。堂坳：堂前可容水的小洼塘。见《庄子·逍遥游》。

[23]连珠细茵：细草光泽如珠，连绵如茵席。下文"匏"，葫芦。"疗饥"，治疗饥饿（充饥）。"栖迟"，游息。

[24]"崎岖"四句：极言居室的狭小破漏。穿漏，屋顶漏雨。妨帽，檐低于帽。碍眉，门低于眉。

[25]坐帐无鹤：相传三国时会稽人介象，有仙术。吴王召他去武昌，用绮绣为他作帐幕，向他学隐身法，介象到武昌后自称有病，吴王请他吃梨，他吃后，中午便死了，到傍晚，人们发现他已经在建邺了。吴王立庙祭他，常有白鹤立在座位上，徘徊后飞去。（事见《神仙传》）下文"支床有龟"，相传南方有个老人用乌龟垫床脚，二十余年，老人死，龟犹不死。（事见《史记·龟策传》）

[26]历陵：县名，故城在今江西九江附近。县中有一枯树，在东晋永嘉年间复活茂盛起来。句意谓自己心如枯木。下文"睢阳"，县名，故宋国之地，故城在今河南商丘。宋人墨子曾看见染丝之人的辛苦劳作而叹息。句意谓自己白发如素丝。

[27]"非夏日"句：《左传·文公七年》有"赵衰冬日之日，赵盾夏日之日也"句，杜预《春秋左传集解》注云："冬日可爱，夏日可畏。"

[28]"异秋天"句：语出宋玉《九辩》："悲哉，秋之为气也。"

[29]"云气"句：据说蓍草生满百茎，下有神龟守护，上必有青云覆盖。蓍（shī），蓍草，古时用以占卜。（见《史记·龟策传》）

[30]金精：九月上寅日采的甘菊称为金精。

[31]酢（cù）：古"醋"字。这里指带有酸味的枣和李。

[32]榹（sī）：山桃。萸（yù）：山李。

[33]野人之家：隐者之家。典出《高士传》：汉桓帝在延熹中至竟陵，过云梦，临沔水，百姓围观者众，唯有一老者异于他人，独耕不辍。尚书郎南阳张温时陪皇帝巡视，异之，使问。老人曰："我野人也，不达斯语。昔圣王宰世，茅茨采椽，而万人以宁。今吾子之君劳人自纵，逸游无忌，吾尚羞矣。子何忍欲人观之乎？"野人，此指躬耕田野，不问政事之人。

[34]愚公之谷：隐者之谷。典出《说苑·政理》：齐桓公打猎追赶鹿到一个山谷，见一老人，便问他这个山谷的名称，老人回答说是"愚公之谷"。

[35]抽簪：拔出簪子（披散头发）。意胃弃官不仕。

[36]"实无"句：《庄子·则阳》："方与世相违，而心不屑与从俱，是陆沉者也。"郭象注云："人中隐者，譬无水而沉，曰陆沉。"

[37]三春负锄：魏人林类，年近百岁，三月间在田野上拾穗，一边行走一边唱歌，孔子适卫，望之于野，顾谓弟子曰："彼叟可与言者。"（事见《高士传》）下文"五月披裘"，披裘公，吴人也。吴国延陵季子出游，见路旁遗金，顾谓披裘公曰："取彼金。"披裘公大怒云："何子处高而视人之卑，五月披裘而负薪，岂取金者也！"（事见《高士传》）

[38] 葛洪：字稚川，东晋丹阳（今在江苏）人，爱好神仙导养医药之术。著有《抱朴子》，《金匮药方》、《肘后要急方》等。（见《晋书·葛洪传》）

[39] 京房：字君明，西汉东郡顿丘（今河南清丰）人，是西汉今文《易》学"京氏学"的创始人，以善于占卜著称。（见《汉书·京房传》）

[40] 忘忧：指忘忧草，即萱草，一名紫萱。下文"长乐"，长乐花，花为紫色。

[41] "鸟何"句：《庄子·至乐》：有海鸟止于鲁郊，鲁侯待之以音乐与美酒佳肴，"鸟乃眩视忧悲，不敢食一脔，不敢饮一杯，三日而死。此以己养养鸟也，非以鸟养养鸟也。"

[42] "鱼何"句：据《韩诗外传》载，俞伯牙临渊弹琴，深水中的鱼会游到水面上来听琴。以上四句，极言心情郁闷，无可乐者。

[43] 寒暑异令：指北方和南方气候不同，时令相异。作者自南方来到北方，不能适应。

[44] 崔骃：字亭伯，东汉涿郡安平（今在河北）人。窦宪为车骑将军时，任为府掾。窦宪弄权骄恣，他多次劝谏，窦宪不听，并调其为长岑长，他拒不赴任，抑郁死于家中。（事见《后汉书·崔骃传》）

[45] 吴质：字季重，三国时魏人，为曹丕好友。建安二十二年，魏京师发生瘟疫，曹丕友朋多病逝，因此丕写信予吴质。质回信曰："质年已四十二矣，白发生鬓，所虑日深，实不复若平日之时也。"

[46] 镇：镇压。宅神：住宅之神怪。薶（mái）：同"埋"。

[47] 厌：同"压"。山精：山林鬼魅。据《抱朴子·登涉》载，万物老了能成精，会变成人形作怪，但在镜中现出原形。所以，道士上山，身后要背一面镜子，妖怪就不敢靠近。

[48] 庄舃（xì）：战国时越国人，在楚国做官，病时思念故乡，用家乡语音呻吟。（事见《史记·陈轸列传》）

[49] 魏颗之命：魏颗，春秋时晋人，其父有一个爱妾，父初病时云："必嫁是。"病重时父又云："必以为殉。"父死，魏颗曰："疾病则乱，吾从其治。"以妾嫁人。即遵其治命而不遵乱命。（事见《左传》宣公十五年）以上几句是说自己思念故国忧愁不乐，疾病以至昏乱。

[50] 王霸：东汉时人。与同郡令狐子伯为友。后子伯与其子都做了大官。子伯命其子送信给王霸，王霸之子蓬着头，见了子伯之子惭愧得抬不起头来，王霸也因儿子的蓬头无礼而惭愧得卧床不起。王霸的妻子便批评王霸失掉了不慕荣利的高洁之气。王霸听后便笑着从床上起来。（事见《后汉书·列女传》）

[51] 椎髻：椎形之发髻。梁鸿：字伯鸾，东汉人，娶同郡孟光为妻，光嫁来时，打扮得很华丽，为此梁鸿七天不与孟光说话。后来孟光改穿布衣，头发改梳椎髻，梁鸿见了方才大喜。（事见《后汉书·逸民传》）

[52] 燋（jiāo）麦：陈麦。燋，同"焦"。

[53] 懒妇：促织，即蟋蟀。

[54] 草滥：以草莽之人滥居列位。滥于吹嘘，用南郭处士滥于吹竽事。

[55]"藉文言"句：意谓自己仕梁是凭藉先世之德。《易·乾卦·文言》："积善之家，必有余庆。"

[56]门有通德：东汉郑玄，学识渊博，不肯做官，北海相孔融很敬重他，特为他设置一个郑公乡，并扩大他家的门，名为"通德门"。（事见《后汉书·郑玄传》）这句是指庾信祖父庾易为齐征士，像郑玄一样受人尊敬。

[57]家承赐书：据《汉书·叙传》载，班固的父亲班彪及伯父班嗣"共游学，家有赐书"。庾信的父亲与伯父都有文名，故以班彪、班嗣相比。

[58]玄武之观：即玄武阙，汉宫阙名，在长安未央宫北。

[59]凤凰之墟：汉凤凰殿。与玄武观均代指梁的宫殿。墟，处所。

[60]观受釐：汉文帝召见贾谊，贾谊入宫时，文帝正在宣室受釐。事见《史记·贾谊传》。釐（xī），祭余肉。宣室，汉未央宫前正殿。

[61]"赋《长杨》"句：汉扬雄曾侍从汉成帝，作《长杨赋》。直庐，在宫中的直（值）宿之所。以上几句以汉代京都事物喻自己在梁宫廷时的情状。

[62]"山崩"二句：喻国家倾覆破碎。

[63]大盗潜移：指侯景起兵夺取梁朝政权。侯景之乱起于梁武帝太清二年（548），元帝承圣元年（552）败死。

[64]长离永灭：喻梁武帝子孙不能复兴。长离，星名。

[65]"摧直辔"二句：喻自己骤遭挫折，却以常法对之，以致处境艰难。三危，山名，甚高耸险危。九折，坂名，山路曲折多险。

[66]"荆轲"句：荆轲入秦刺秦王，燕太子丹在易水边为之饯行。荆轲歌曰："风萧萧兮易水寒，壮士一去兮不复还。"（事见《史记·刺客列传》）

[67]"苏武"句：苏武出使匈奴，被匈奴强留二十年才被放还。（事见《汉书·苏武传》）相传苏武回国时，已降匈奴的李陵曾赋诗赠别，曰："欲因晨风发，送子以贱躯。"

[68]"关山"句：汉乐府《关山月》曲，内容是写羁旅之人的思乡之情。

[69]"陇水"句：汉乐府有《陇头歌辞》："陇头流水，鸣声幽咽，遥望秦川，肝肠断绝"。

[70]龟言此地之寒：苻坚建元十二年，高陆县百姓凿井得到一龟，大二尺六寸，苻坚养了它十六年，龟死后拿它的骨头来占卜吉凶，名为客龟。太卜佐高曾梦见龟云："我将归江南，不遇，客死于秦。"（事见《水经注》引车频《秦书》）

[71]"鹤讶"句：晋太康二年冬，大雪，南州人见二白鹤相语于桥下曰："今兹寒，不减尧崩年。"（事见刘敬叔《异苑》）尧崩，当指梁元帝遇害。

[72]雁门之踦（qī）：汉段会宗为沛郡守，后降职为雁门都护，后又被免职，后又复职为都护。谷永写信劝诫他说："愿吾子因循旧贯，毋求奇功，终更亟还，亦足以复雁门之踦。"雁门，郡名，在山西西北。踦（jī），通"奇"，不利。（事见《汉书·段会宗传》）

[73]鸿陆之远：《易·渐卦》："鸿渐于陆，夫征不复。"此指作者远赴北国，不得返回故乡。

[74]"非淮海"句：《国语·晋语九》："雀入海为蛤，雉入淮为蜃。……惟人不能，悲

[75]"非金丹"句：金丹有一转至九转之法。金丹，道士采石所炼制的丹药。
　　[76]暴骨于龙门：龙门山在河东界，禹凿山断门一里有余，黄河自中流下，两岸不通车马，鱼登者化为龙，不登者点额暴腮而返。(事见《三秦记》)
　　[77]低头于马坂：善相马的伯乐，路过虞坂，有一匹千里马在拉盐车，见到伯乐就叫起来，伯乐因而垂泪。(事见《战国策·楚策》)以上六句，通过各种比拟。嗟叹自己遭际之不幸。
　　[78]谅：信，诚然。天造：天运。昧昧：昏暗不明。《易·屯卦》："天造草昧。"
　　[79]浑浑：无知无识，糊里糊涂的状态。

【题解】

　　本篇是庾信被留北朝后自悲身世之作。赋文描写其羁旅长安时，但求容身，不求仕进，思念故乡却又不得不屈体魏、周之痛苦心情。作者以小园的自然景色慰藉心灵创伤，但仍不能掩饰随时流露于笔端的凄苦与隐痛。作者浓墨重彩渲染小园的清幽闲适可居，更反衬出内心的喧嚣、烦闷与痛苦。前部分主要从小园落想，后部分主要写乡关之思。骈四俪六，奇偶相生，用典贴切，文气流畅，是六朝俳赋的代表作之一。

【集评】

　　[1]《小园赋》者伤其屈体魏、周，愿为隐居而不可得也。其文既异潘岳之闲居，亦非仲长之乐志，以乡关之思，发为哀怨之辞者也。(倪璠《庾子山集注》卷一)
　　[2]骈语至兰成，所谓采不滞骨，简而弥洁。……此赋前半俱从小园落想，后半以乡关之思为哀怨之词。……极意修饰而仍不粘滞，此境惟兰成独擅。(许梿《六朝文絜》卷一)

哀江南赋序

　　粤以戊辰之年[1]，建亥之月，大盗移国[2]，金陵瓦解。余乃窜身荒谷，公私涂炭[3]。华阳奔命，有去无归[4]。中兴道销，穷于甲戌[5]。三日哭于都亭[6]，三年囚于别馆[7]。天道周星[8]，物极不反。傅燮之但悲身世[9]，无处求生；袁安之每念王室[10]，自然流涕。昔桓君山之志事[11]，杜元凯之平生[12]，并有著书，咸能自序。潘岳之文采[13]，始述家风；陆机之辞赋，先陈世德。信年始二毛[14]，即逢丧乱。藐是流离[15]，至于暮齿。燕歌远别[16]，悲不自胜；楚老相逢[17]，泣将何及！畏南山之雨，忽践秦庭；让东海之滨，遂餐周粟[18]。下亭漂泊，高桥羁旅[19]。楚歌非取乐之方，鲁酒无忘忧之用[20]，追为此赋，聊以记言，不无危苦之词，惟以悲哀为主。

日暮途远，人间何世！将军一去，大树飘零[21]；壮士不还，寒风萧瑟。荆璧睨柱，受连城而见欺[22]；载书横阶，捧珠盘而不定[23]。钟仪君子，入就南冠之囚[24]；季孙行人，留守西河之馆[25]。申包胥之顿地[26]，碎之以首；蔡威公之泪尽[27]，加之以血。钓台移柳，非玉关之可望[28]；华亭鹤唳，岂河桥之可闻[29]！

孙策以天下为三分[30]，众才一旅；项籍用江东之子弟[31]，人惟八千。遂乃分裂山河，宰割天下，岂有百万义师，一朝卷甲，芟夷斩伐，如草木焉[32]？江淮无涯岸之阻，亭壁无藩篱之固。头会箕敛者，合从缔交[33]；锄耰棘矜者，因利乘便[34]。将非江表王气[35]，终于三百年乎？是知并吞六合[36]，不免轵道之灾；混一车书[37]，无救平阳之祸。呜呼！山岳崩颓[38]，既履危亡之运；春秋迭代，必有去故之悲[39]，天意人事[40]，可以凄怆伤心者矣！况复舟楫路穷，星汉非乘槎可上[41]；风飙道阻，蓬莱无可到之期[42]。穷者欲达其言[43]，劳者须歌其事。陆士衡闻而抚掌，是所甘心；张平子见而陋之，固其宜矣[44]。

【注释】

[1] 粤：发语词，无义。戊辰：梁武帝太清二年（548）。下文"建亥之月"，十月。

[2] 大盗：指侯景。侯景，字万景，自西魏降梁，受封河南王。太清二年起兵叛变，次年攻破台城，武帝饿死。叛军烧杀掠夺，长江下游地区受到极大破坏。参见《小园赋》注 [63]。下文"金陵"，梁都建康（今南京）。

[3] 公私：包括公室与私门，官与民。涂炭：陷入泥涂与炭火之中。

[4] "华阳"二句：指作者于元帝承圣三年（554）奉使奔赴西魏，被留，不得南归。华阳，古地名，此指西魏都城长安。

[5] "中兴"二句：中兴大业销亡于甲戌年（554）。是年，西魏攻陷江陵，梁元帝被俘杀。三年后，梁亡于陈。

[6] 都亭：都下之亭。三国时蜀主刘禅降魏，蜀将罗宪率部众在都亭哭泣三天。借指作者对梁亡的悲痛。

[7] 别馆：对正馆而言。梁亡之际，作者名为使臣，实似囚徒，不得居于正式之使馆。

[8] 天道周星：天之道是岁星（周星）十二年绕天一周（物极必反）。下句说，梁亡不能复兴，是"物极不反"。

[9] 傅燮：字南容，东汉末为汉阳太守，受王国、韩遂围攻，不愿弃城求生，终于临阵战死。

[10] 袁安：字邵公，东汉大臣。和帝时外戚窦宪兄弟专权，袁安与公卿议论朝政，未尝不噫呜流涕。

[11] 桓君山：桓谭，字君山，东汉哲学家。遍习五经，反对谶纬神学。著有《新论》

二十九篇，已佚。清代辑本以严可均《全汉文》较为完备。志事，记事。一说有志于事业。

[12] 杜元凯：杜预，字元凯，西晋将领，以灭吴功，封当阳县侯。撰有《左传集解》。下文"自序"，自述平生经历与志趣。

[13] 潘岳：字安仁，西晋诗人。曾作《家风诗》。下文"陆机"，西晋诗人。作有《祖德》、《述先》两赋。

[14] 二毛：头发斑白，黑发中有白发。侯景之乱初起之年，庾信三十六岁。

[15] 藐：远。下文"暮齿"，晚年。

[16] 燕（yān）歌：汉乐府有《燕歌行》，多为伤别之作。梁朝君臣亦有作者。此指作者远别南方，久留北朝。

[17] 楚老：西汉末楚人龚胜，曾任光禄大夫。王莽篡位，拒绝出仕，不食而死。楚地父老前来吊唁，哭之甚哀。

[18] "畏南"四句：意谓自己本来是想藏身远害的，却不得已出使北方来了；本来是想不食周粟的，却不得已做了北朝的官了。南山之雨，《列女传·贤明传》："南山有玄豹，雾雨七日而不下食者，何也？欲以泽其毛而成文章，故藏而远害。"秦庭，春秋时楚国被吴国攻陷（前506），申包胥到秦国求救，在秦庭痛哭七日夜，秦国终于发兵救楚。让东海之滨，指伯夷叔齐辞让孤竹国之君位，投奔周，而又不食周粟而死。

[19] "下亭"二句：以前贤孔嵩与梁鸿的遭遇比拟自己的不幸。孔嵩，字仲山，家贫亲老，乃变姓名为街卒。之京师，宿于下亭（地名），马被盗，盗知其名，乃送马谢罪。梁鸿，字季鸾，曾在高桥（地名）豪族皋伯通家做佣工。

[20] "楚歌"二句：意谓歌与酒都不能释愁济事。楚歌，楚地之歌，如项羽为虞姬所作之歌，刘邦为戚夫人所作之歌。鲁酒，鲁国之酒。《庄子·胠箧》："鲁酒薄而邯郸围。"

[21] "将军"二句：东汉名将冯异，当他人坐论功时，常退避树下，军中号为"大树将军"。作者自谓离开江陵前往西魏后，梁朝帝业亦已销亡。下二句，用荆轲刺秦易水送别事。

[22] "荆璧"二句：用蔺相如完璧归赵事。荆璧，和氏璧。当有蔺相如能不辱使命而自己不能之意。

[23] "载书"二句：《史记·平原君列传》，"平原君（赵胜）与楚合从"，久久不决，"毛遂按剑历阶而上"，以强硬态度促使楚王歃血定盟。作者自谓出使西魏未能成事，不如毛遂。载书，盟书。珠盘，以珠为饰之盘，盟会时所用。

[24] "钟仪"二句：参见王粲《登楼赋》注 [22]。晋侯见钟仪，问之曰："南冠（戴着南方楚国式的帽子）而絷（被拘囚）者，谁也？"有司对曰："郑人所献楚囚也。"范文子曰："楚囚，君子也。言称先职（先人之职官），不背本也。乐操土风，不忘归也。"作者以楚囚自比。

[25] "季孙"二句：《左传》昭公十三年，季孙意如佐鲁昭公参与诸侯盟会，为晋侯所拘。又受到威胁说，要把他安置于西河。行人，官名。掌朝觐聘问之事。西河，地区名，大体指今与山西陕西之间南北流向之黄河一带。

[26] 申包胥：见注 [18]。顿地，以首叩地。下句说，乃至磕破了头皮。

[27] 蔡威公：春秋时下蔡（在今安徽）国君，自言"吾国将亡"。哭泣三日三夜，泪尽继之以血。事见刘向《说苑》。

[28] "钓台"二句：意谓南方故国的风物，自己在北方见不到了。钓台，故址在今武汉武昌。指代南方。移柳，当是柳的一种。晋代陶侃镇武昌，曾下令植柳。玉关，在今甘肃敦煌西北。此指代北方。

[29] "华亭"二句：意谓华亭的鹤叫声，自己在北方也听不到了。华亭，在今上海松江。三国吴亡之后，陆机陆云同入洛阳，后来在内乱中兵败河桥，被杀。临刑时说："欲闻华亭鹤唳，可复得乎！"（见《世说新语·尤悔》）河桥，在今河南孟州南。

[30] 孙策：字伯符，三国时东吴的奠基者，其弟孙权称帝，追尊为长沙桓王。《三国志·吴书·陆逊传》："昔桓王创基，兵不一旅，而开大业。"一旅，五百人。

[31] 项籍：项羽。随其叔父项梁起义反秦，有精兵八千人。参见本书《项羽本纪》。

[32] "岂有"四句：此指侯景之乱，梁军号称百万，而不堪一击，乱军屠杀官民，极为残暴。卷甲，卷起甲衣，形容溃败。芟（shān）夷，除草。

[33] "头会"二句：各地官员连络结盟（一起反抗朝廷）。头会箕敛，秦王朝依人头数征粮，用簸箕收敛。此处借指地方官员。合从，即合纵。

[34] "锄耰（yōu）"二句：一般以农具为武器的下层民众，也乘机起事。锄耰，农具。棘，戟。矜，矛柄。

[35] 江表：长江以南。此处具体指建康（南京）。王气：天子之气，王朝的气运。下文"三百年"，自三国吴至东晋、宋、齐、梁，南京为帝王之都约三百年。

[36] 并吞六合：统一天下。六合，天地四方。下文"轵（zhǐ）道"，地名，在今陕西咸阳。秦王子婴在此投降刘邦。借指江陵失陷，梁元帝投降西魏。

[37] 混一车书：即车同轨，书同文。此以秦始皇事指晋武帝（司马炎）统一中国。下文"平阳"，今山西临汾。晋怀帝与晋愍帝先后被前赵刘曜掳至平阳，被害。此借指梁武帝与梁简文帝被害事。

[38] 山岳崩颓：喻王朝覆灭。

[39] 去故：远离故国故土。

[40] 天意：指梁朝的覆灭。人事：人的作为。或指陈霸先篡梁自立，建立陈朝。

[41] 星汉：天河。槎（chá）：竹木筏子。

[42] 蓬莱：传说中海上三仙山（蓬莱、方丈、瀛洲）之一，有不死之药，但船不能至。

[43] 穷者：因顿无出路的人。达：表达。下文"劳者"，劳作艰辛的人。《春秋公羊传》宣公十五年何休注："饥者歌其食，劳者歌其事。"

[44] "陆士"四句：大意谓如果我的这篇《哀江南赋》作得不好，受到高明之士的嘲笑与轻蔑，那也是甘心的，该当的。陆机，字士衡，有意作《三都赋》，听说左思也在作，即拍手大笑，等着看笑话，及左赋成，传诵一时，乃至洛阳纸贵，陆机因此搁笔。张衡，字平子，见到班固的《两都赋》，薄而陋之，因另作《两京赋》。

【题解】

《哀江南赋》是庾信后期最杰出的作品。赋题取意于《楚辞·招魂》："魂兮归来哀江南。"赋文通篇以作者身世为经,梁朝覆亡前后之历史巨变为纬,揭示了梁朝政治之腐败,统治者之昏庸及其必然覆亡之命运。以赋写史,这是庾信的创造。而流溢其中的身世之悲、沉痛之感,和精致的骈词丽藻、圆熟的使典用事相结合,又构成了一部辞约义丰、气势跌宕的史诗。由于全赋太长,这里仅节选赋序,叙述作赋之旨是悲身世、念王室、述家风、陈世德,概括了全赋的主要内容。富有文采,是一篇骈文杰作。

【参考书】

[1]《庾信诗文选译》,许逸明注译,巴蜀书社1991年版。

阴 铿

阴铿(？—565?),字子坚。先世武威姑臧(今属甘肃)人。其高祖迁居南平(在今湖北荆州)。仕梁官湘东王萧绎法曹参军。入陈后,以文才为陈文帝所赞赏,累迁晋陵太守、员外散骑常侍。其诗长于描写自然景物,雕章琢句,讲求音韵,风格有似何逊,故世称"阴何",对唐人的诗歌创作有一定影响。有《阴常侍集》。

江津送刘光禄不及

依然临送渚,长望倚河津[1]。鼓声随听绝[2],帆势与云邻。泊处空余鸟,离亭已散人[3]。林寒正下叶,钓晚欲收纶[4]。如何相背远[5],江汉与城闉。

(《先秦汉魏晋南北朝诗》陈诗,逯钦立编纂,中华书局1983年版)

【注释】

[1]"依然"二句:意谓刘光禄船已离岸,自己依然在渡口远望。津,渡口。
[2]鼓声:开船时的击鼓之声。绝:断。下文"邻"接近。
[3]离亭:送别的亭子。
[4]纶:钓丝。句意谓天气已晚,垂钓要收竿归去了。
[5]"如何"句:为什么我们要相背而远离呢!下句"江汉",朋友前去之地。"城闉(yīn)",指代作者居家之地。闉,城门外层的曲城。

【题解】

刘光禄，姓刘，官光禄。生平不详。本诗写江边追送友人不及，只能目送帆影远去的遗憾。河津渡口船去人散，秋意萧条的景象，烘托送者的怅惘之情。全诗无一句直接抒情语，却深情无限。

【集评】

[1] 阴子坚诗，声调既亮，无复齐、梁晦涩之习，而琢句抽思，务极新隽，寻常景物，亦必摇曳出之，务使穷态极妍，不肯直率。(陈祚明《采菽堂古诗选》)

乐府诗

南朝乐府歌诗今存四百多首，包括吴声、西曲等。吴声产生于长江下游，以建康（今南京）为中心。产生时代以东晋、宋居多。西曲产生于长江中游和汉水两岸城市，以江陵（今湖北荆州）为中心，时代比吴声晚，以齐梁之作居多。南朝民歌大多是情歌，多用女子口吻。基调哀怨，缠绵。形式上多是五言四句，多用双关隐语。现存的北朝乐府诗约六十多首，这些作品出于不同民族，以鲜卑民歌为多，主要表现北方的景色风俗、社会生活。艺术风格大胆泼辣，与南方民歌迥异。

子 夜 歌（其一）

始欲识郎时，两心望如一。理丝入残机，何悟不成匹[1]。

其 二

自从别郎来，何日不咨嗟？黄檗郁成林，当奈苦心多[2]。

其 三

常虑有二意，欢今果不齐[3]。枯鱼就浊水，长与清流乖。

（《乐府诗集》，郭茂倩编纂，中华书局1979年版。下同）

【注释】

[1]"理丝"二句：语意双关。丝，谐音"思"，悟，谐音"误"（一说作"知道"解）。以织丝不成匹段隐喻情人不成匹配。

[2]"黄檗（bò）"二句：语意双关。黄檗，或作"黄柏"，是落叶乔木，茎内皮色黄味苦，以隐指女子思念男子之内心痛苦。郁，茂盛。

[3] 欢：情郎。

【题解】

《乐府诗集》卷四十四将《子夜歌》归入"清商曲"的"吴声歌曲"类。关于其来历，《旧唐书·音乐志》云："《子夜》，晋曲也。晋有女子名子夜，造此声，声过哀苦。"此说未必足信。《子夜》之名，当取自十二地支之首"子"，时间正值夜半。《乐府诗集》载《子夜歌》四十二首，全为抒发男女恋情之作。

子夜四时歌

春 歌

春林花多媚，春林意多哀。春风复多情，吹我罗裳开[1]。

夏 歌

田蚕事已毕，思妇犹苦身[2]。当暑理絺服[3]，持寄与行人。

秋 歌

自从别欢来，何日不相思？常恐秋叶零，无复莲条时。

冬 歌

渊冰厚三尺，素雪覆千里。我心如松柏[4]，君情复何似？

【注释】

[1]"春风"二句：意谓春风吹来，触动了我的思春之情。

[2] 身：自身，自己。

[3] 理絺（chī）服：制做细葛布的衣服。下文"行人"，游子。

[4] 松柏：松柏不畏严寒冰雪，经冬不凋，比喻感情的坚贞。

【题解】

《子夜四时歌》是《子夜歌》在流传中演变出来的新声，又称《吴声四时歌》。见于《乐府诗集》的有七十五首。春歌、夏歌各二十首，秋歌十八首，冬歌十七首。内容也多是咏男女恋情。

读曲歌

打杀长鸣鸡，弹去乌臼鸟[1]。愿得连冥不复曙[2]，一年都一晓。

【注释】

[1] 乌臼鸟：鸟名。清晨叫唤，更早于鸡鸣。
[2] 连冥：连续天黑。下句说，一年只天亮一次。

【题解】

《读曲歌》是南朝乐府民歌的重要组成部分。《乐府诗集》卷四十六引《宋书·乐志》说是"民间为彭城王义康所作也"，又引《古今乐录》："元嘉十七年，袁后崩，百官不敢作声歌，或因酒宴，止窃声读曲细吟而已，以此为名。"这两种说法，都有附会的成分，与作品实际内容无涉。《读曲歌》乃为民间乐府新声，所咏以男女恋情为主。《乐府诗集》载有八十九首，本首也是表现男女情爱的。

西洲曲

忆梅下西洲[1]，折梅寄江北。单衫杏子红，双鬓鸦雏色[2]。西洲在何处？两桨桥头渡。日暮伯劳飞[3]，风吹乌臼树[4]。树下即门前，门中露翠钿[5]。开门郎不至，出门采红莲。采莲南塘秋，莲花过人头。低头弄莲子[6]，莲子清如水。置莲怀袖中，莲心彻底红。忆郎郎不至，仰首望飞鸿[7]。鸿飞满西洲，望郎上青楼[8]。楼高望不见，尽日栏杆头。栏杆十二曲，垂手明如玉。卷帘天自高，海水摇空绿。海水梦悠悠，君愁我亦愁。南风知我意，吹梦到西洲。

【注释】

[1] 西洲：其地可能在女子住处附近，或是女子与情人相会之所。
[2] 鸦雏色：形容像小鸦羽毛般乌黑发亮。
[3] 伯劳：鸟名，喜单栖，仲夏时开始鸣叫。

[4] 乌臼树：即乌桕，落叶乔木，夏月开黄花。
[5] 翠钿（tián）：翠玉镶成或制成的首饰。
[6] 莲子："怜子"的谐音。怜，有爱之意。后文"莲心"即相爱之心。
[7] 望飞鸿：盼音信之意。据《汉书·苏武传》，鸿能传书。
[8] 青楼：涂饰青漆的楼，汉魏六朝时常代指女子居处，唐宋才专称妓女所居。

【题解】

　　本篇《乐府诗集》收入"杂曲歌辞"。关于此篇的抒情角度，有多种说法。一般认为是以女子的口吻表达对男子的深长思念。古诗中直接叙述和间接叙述常不易分辨，但从歌唱的角度看，歌者应是女子，诗中关于服饰、体态等描写，可看作歌者自白。诗中应用了南朝乐府民歌常见的艺术手法双关、顶针等，并以景物的变换点明季节，在景物与气候活动中写人的活动，而一切活动又无不在刻画女子的心理状态。全诗景色清丽、情思清怨、音节摇荡、韵随意转、声逐情移。

【集评】

　　[1] 试看此一曲中，拆开来看，有多少绝句。然相续相生，音节幽亮。虽其下愈尽，而其上愈含蓄可味，何情绪之多也。（谭元春《古诗归》）

　　[2] 绝似《子夜歌》，累累而成，语语浑称，风格最老。（陆时雍《古诗镜》）

　　[3]《西洲曲》摇曳轻飏，六朝乐府之最艳者。初唐刘希夷、张若虚之七言古诗皆从此出，言情之绝唱也。段段绾合，具有变态。由树及门，由门望路，自然过渡。（陈祚明《采菽堂古诗选》）

企喻歌辞（其一）

　　男儿欲作健[1]，结伴不须多。鹞子经天飞，群雀两向波[2]。

其　　二

　　放马大泽中，草好马著膘[3]。牌子铁裲裆[4]，鉌鉾鸐尾条[5]。

【注释】

　　[1] 健：健儿。

[2] 两向波：向左右分披如波涌。用群雀此反衬高飞的鹞鹰。
[3] 著䐁：上膘，养肥了。
[4] 牌子：当指盾牌。裲（liǎng）裆（dāng）：马甲，背心。
[5] "铰鍪（móu）"句：当是指装饰着长长的雉尾的头盔。鍪，同"鏊"，头盔。鹂（dí），雉鸟。

【题解】

《企喻歌》共四首，是北方民歌，收在《乐府诗集》卷二十五"梁鼓角横吹曲"中。横吹曲是在马上演奏的一种军乐，因乐器有鼓角，故称鼓角横吹曲。北朝民歌大多是这种军歌词。多半是北魏以后作品，陆续传到南方，由梁代的乐府机关保存下来，所以称为"梁鼓角横吹曲"，共六十多首。这里选两首，前者表现北方健儿英勇无敌，所向披靡，后者则刻画北方健儿的威武雄姿。

琅琊王歌辞（其一）

新买五尺刀，悬著中梁柱。一日三摩娑[1]，剧于十五女。

【注释】

[1] 摩娑：抚摩。下句说，爱刀甚于爱少女。剧，甚。

【题解】

《琅琊王歌辞》为"梁鼓角横吹曲"之一。《乐府诗集》卷二十五载八首。本诗为第一首，言爱宝刀胜过爱少女，表现了北方民族的尚武精神。

陇头歌辞（其一）

陇头流水[1]，流离山下。念吾一身，飘然旷野。

其　二

朝发欣城[2]，暮宿陇头。寒不能语，舌卷入喉。

其 三

陇头流水,鸣声幽咽。遥望秦川[3],肝肠断绝。

【注释】

[1] 陇头:陇山之顶。陇山,亦称陇坂,在今陕西陇县西北,地势险要。
[2] 欣城:地名。
[3] 秦川:指今陕西秦岭以北平川地区。

【题解】

《陇头歌辞》为"梁鼓角横吹曲"之一,共三首。抒写游子飘泊在外,心情痛苦,无所寄托。或说按其内容,其二应为第一首,其三为第二首,其一为第三首,写诗人发欣城到陇头,回望欣城而眷顾,及见陇水四散这样的行旅过程。

木 兰 诗

唧唧复唧唧[1],木兰当户织。不闻机杼声[2],唯闻女叹息。问女何所思?问女何所忆?女亦无所思,女亦无所忆。昨夜见军帖[3],可汗大点兵[4],军书十二卷,卷卷有爷名。阿爷无大儿,木兰无长兄,愿为市鞍马[5],从此替爷征。

东市买骏马,西市买鞍鞯[6],南市买辔头,北市买长鞭。朝辞爷娘去,暮宿黄河边。不闻爷娘唤女声,但闻黄河流水鸣溅溅[7]。旦辞黄河去,暮至黑山头[8]。不闻爷娘唤女声,但闻燕山胡骑鸣啾啾[9]。

万里赴戎机[10],关山度若飞。朔气传金柝[11],寒光照铁衣。将军百战死,壮士十年归。

归来见天子,天子坐明堂[12]。策勋十二转,赏赐百千强[13]。可汗问所欲,"木兰不用尚书郎[14],愿借明驼千里足,送儿还故乡。"

爷娘闻女来,出郭相扶将[15]。阿姊闻妹来,当户理红妆。小弟闻姊来,磨刀霍霍向猪羊。开我东阁门,坐我西阁床。脱我战时袍,着我旧时裳。当窗理云鬓,对镜贴花黄[16]。出门看火伴,火伴皆惊惶。同行十二年,不知木兰是女郎。

雄兔脚扑朔[17],雌兔眼迷离;双兔傍地走,安能辨我是雄雌!

【注释】

[1] 唧唧：叹息声。下文"木兰"，其姓氏或作花，或作朱，或曰木兰是姓。本为文学故事人物，不必深究。下文"当"，面对。

[2] 机杼（zhù）：指织布机。杼，梭。

[3] 军帖：征兵的文书（名册），下文称"军书"。

[4] 可（kè）汗（hán）：古代西北地区民族（如鲜卑、柔然、突厥等）对君主的称呼。

[5] 为（wèi）：为从军之事。市：买。"西魏至唐初行府兵制，当时应征从军的人须自备鞍马弓箭等物。"（余冠英）

[6] 鞯（jiān）：马鞍的垫子。下文"辔头"，带嚼子的马笼头。

[7] 溅（jiān）溅：流水声。

[8] 黑山：当指今北京昌平十三陵所在之天寿山。一说即杀虎山，在今内蒙呼和浩特东南。

[9] 燕（yān）山：在今河北北部，由潮白河直至山海关，东西走向。啾（jiū）啾：马鸣声。

[10] 戎机：军机。此处即指战争。

[11] 金柝（tuò）：军用铜器，即刁斗。三足一柄，白天用做炊具，夜晚用以敲击巡更。

[12] 明堂：天子用来宣明政教的大堂。

[13] "策勋"二句：极言记功之高，赏赐之多。策勋，论功授官。转，每升一等为一转。十二、百千，言其多。民歌多用夸张的艺术手法，正如《陌上桑》之描写采桑女罗敷的穿戴修饰。

[14] 尚书郎：官名。魏晋南北朝时，中央政事机关尚书省各曹均设尚书郎。下文"明驼"，"千里足"，均指骆驼。

[15] 郭：外城。扶将（jiāng）：扶持。

[16] 花黄：女子的面饰，或用贴，或用涂。或有图案，或只是圆点。

[17] 脚扑朔：兔雌雄难辨。通常捉住兔耳，使兔悬空，四脚搔爬扑腾（扑朔）者为雄兔，两眼眯缝（迷离）者为雌兔。若两者相傍（bàng）在地面奔跑，则难分雌雄。

【题解】

本篇见于郭茂倩《乐府诗集》第二十五卷"梁鼓角横吹曲"。此诗赞扬女子木兰代父从军的英勇事迹。始见著录于陈智匠所编之《古今乐录》，其后关于此诗产生的年代、地点等问题，历代学者多有论证。一般都认为是北朝乐府民歌。通过叙事写人物，故事完整，叙述流畅，场景生动亲切，人物形象俊朗。文字虽经后人修饰（如"万里"以下六句），仍保持了浓郁的民间色彩。

【集评】

[1]《木兰歌》最古，然"朔气传金柝，寒光照铁衣"之类，已似太白，必非汉魏人诗也。（严羽《沧浪诗话》）

[2] 杂言之赡，极于《木兰》。又：古质有逼汉、魏处，非二代所及也，惟"朔气"、"寒光"，整齐流亮类梁陈。（胡应麟《诗薮》内编卷一）

[3]《木兰诗》甚古。当其淋漓，辄类汉魏，岂可以唐调疑之。此诗章法脱换，转掉自然。凡作长篇不可无章法，不可不知脱换之妙。此诗脱换又有陡然竟过处，无文字中含蓄多语，弥见高老。（陈祚明《采菽堂古诗选》）

[4] 叙事长篇动人处，全在点缀生活。如一本杂剧，插科打诨，皆在净丑。《木兰诗》有阿姊理妆，小弟磨刀一段，便不寂寞，而"出门见火伴"，又似绝妙团圆剧本也。（贺贻孙《诗筏》）

列异传

《列异传》，志怪小说集，三卷。《隋书·经籍志》作魏文帝曹丕撰，《旧唐书·经籍志》和《新唐书·艺文志》皆改题晋张华撰。原书已佚。鲁迅《古小说钩沉》辑得五十则。内容大都记述怪异，事多荒诞。因书中所记有曹丕死后事，故知此书应是魏晋人的作品。

宋定伯卖鬼

南阳宋定伯年少时[1]，夜行逢鬼。问之，鬼言："我是鬼。"鬼问："汝复谁[2]?"定伯诳之，言："我亦鬼。"鬼问："欲至何所?"答曰："欲至宛市。"鬼言："我亦欲至宛市。"遂行。数里，鬼言："步行太迟，可共递相担[3]，何如?"定伯曰："大善。"鬼便先担定伯数里。鬼言："卿太重[4]，不是鬼也!"定伯言："我新鬼，故身重耳。"定伯因复担鬼，鬼略无重[5]，如是再三。定伯复言："我新鬼，不知有何所恶忌[6]?"鬼答言："唯不喜人唾。"于是共行。道遇水，定伯令鬼渡，听之了然无水音。定伯自渡，漕漼作声[7]。鬼复言："何以有声?"定伯曰："新死，不习渡水故尔，勿怪吾也!"行欲至宛市，定伯便担鬼着肩上，急执之[8]。鬼大呼，声咋咋然[9]，索下。不复听之，径至宛市中。下著地，化为一羊，便卖之。恐其变化，唾之。得钱千五百，乃去。当时有言："定伯卖鬼，得钱千五。"

（《太平广记》，中华书局1961年版）

【注释】

［1］南阳：南阳郡，治所在宛（今河南南阳）。
［2］汝复谁：你又是谁？下文"诳（kuáng）"，骗，迷惑。
［3］共递相担：彼此轮流背负。递，交替。
［4］卿：你。对对方的亲昵称呼。
［5］略无重：全无重量。下文"如是"，指轮流背负。
［6］恶忌：特别厉害的忌讳。
［7］漕漼（cuǐ）：水声。
［8］执：持，捉住。
［9］咋（zé）咋：呼叫声。下文"索下"，要求宋定伯将它放下来。

【题解】

少年宋定伯勇敢、沉着、机智的性格，表现得颇为生动。故事虽短，却有完整的情节，叙事曲折而不平直。

博物志

《博物志》，志怪小说，十卷，旧题晋张华撰。原书已佚，今传本乃后人搜集而成，并杂取他书增入。内容多记山川地理、飞禽走兽、琐闻异事和神仙方术等，颇有资料价值。

鲛人泣珠

南海外有鲛人[1]，水居如鱼，不废织绩[2]，其眼能泣珠。从水出，寓人家[3]，积日卖绢[4]，将去，从主人索一器，泣而成珠满盘，以与主人。

（《博物志》，《丛书集成初编》，中华书局1985年版）

【注释】

［1］鲛（jiāo）人：传说中的人鱼。
［2］织：纺织。绩：将麻搓捻成线。
［3］寓：寄居。
［4］积日：累日，连日。下文"去"，离去。

【题解】

本篇选自《博物志》卷九。是后世文学中常用的典故。

干　宝

干宝，字令升，新蔡（今河南省新蔡县）人，生卒年不详。晋元帝时以著作郎兼领国史，历任始安太守、司徒右长史，官至散骑常侍。《晋书》卷八十二有传。作《搜神记》二十卷。《隋书·经籍志》、《旧唐书·经籍志》、《新唐书·艺文志》等皆有著录。原本已散失。今本由后人从《太平御览》等书辑录而成，计四百五十余条。内容多记神怪灵异之事，意在阐明"神道之不诬"。但书中保存了许多优秀的神话传说和民间故事，有一定的艺术水准，是六朝志怪小说的代表作品。

搜　神　记
董　永

汉董永，千乘人[1]。少偏孤[2]，与父居。肆力田亩[3]，鹿车载自随。父亡，无以葬，乃自卖为奴，以供丧事。主人知其贤，与钱一万，遣之[4]。永行三年丧毕[5]，欲还主人，供其奴职。道逢一妇人，曰："愿为子妻[6]。"遂与之俱。主人谓永曰："以钱与君矣。"永曰："蒙君之惠，父丧收藏[7]。永虽小人，必欲服勤致力，以报厚德。"主曰："妇人何能？"永曰："能织。"主曰："必尔者[8]，但令君妇为我织缣百匹。"于是永妻为主人家织，十日而毕。女出门，谓永曰："我，天之织女也。缘君至孝[9]，天帝令我助君偿债耳。"语毕，凌空而去，不知所在。

（《搜神记》，汪绍楹校注，中华书局1979年版。下同）

【注释】

[1] 千乘（shèng）：西汉郡名，治所在千乘（今山东高青境内）。
[2] 少偏孤：少年时丧父或者丧母。此指丧母。
[3] 肆力田亩：尽力耕种。
[4] 遣之：送（打发）他回去。
[5] 三年丧：父母之丧，守孝三年（二十七个月）。

[6] 子：对男子的敬称。此指董永。
[7] 收藏（zàng）：收殓安葬（之事已毕）。
[8] 必尔者：（如果）一定要这样。下文"但"，只（须）。"缣（jiān）"，双丝的细绢。
[9] 缘：因为，由于。

【题解】

选自《搜神记》卷一。董永是二十四孝人物之一。故事流传甚广，后世的小说、戏剧以其为题材者颇多。如明传奇之《织锦记》，现代黄梅戏之《天仙配》。

三　王　墓

楚干将莫邪为楚王作剑[1]，三年乃成。王怒，欲杀之。剑有雌雄。其妻重身当产[2]。夫语妻曰："吾为王作剑，三年乃成，王怒，往必杀我。汝若生子是男，大[3]，告之曰：'出户望南山，松生石上，剑在其背。'"于是即将雌剑往见楚王。王大怒，使相之[4]。剑有二，一雄一雌，雌来雄不来。王怒，即杀之。莫邪子名赤，比后壮，乃问其母曰："吾父所在？"母曰："汝父为楚王作剑，三年乃成，王怒，杀之。去时嘱我：'语汝子：出户望南山，松生石上，剑在其背。'"于是子出户南望，不见有山，但睹堂前松柱下石低之上[5]。即以斧破其背，得剑，日夜思欲报楚王。王梦见一儿眉间广尺[6]，言欲报之。王即购之千金[7]。儿闻之亡去，入山行歌。客有逢者，谓："子年少，何哭之甚悲邪？"曰："吾干将莫邪子也，楚王杀吾父，吾欲报仇。"客曰："闻王购子头千金，将子头与剑来，为子报之。"儿曰："幸甚。"即自刎，两手捧头及剑奉之，立僵[8]。客曰："不负子也。"于是尸乃仆。客持头往见楚王，王大喜。客曰："此乃勇士头也，当于汤镬煮之[9]。"王如其言煮头，三日三夕不烂。头踔出汤中[10]，瞋目大怒。客曰："此儿头不烂，愿王自往临视之，是必烂也。"王即临之。客以剑拟王[11]，王头遂堕汤中，客亦自拟己头，头复堕汤中。三首俱烂，不可识别，乃分其汤肉葬之，故通名"三王墓"。今在汝南北宜春县界[12]。

【注释】

[1] 干（gān）将（jiāng）莫邪（yé）：传说干将是古代的铸剑名匠。莫邪是其妻。一说姓干将，名莫邪。

[2] 重（chóng）身：怀孕是身中有身，故叫重身。

[3] 大：长大成人（之后）。

[4] 相（xiàng）：察看。

[5] 石低：柱下基石。"低"，疑应作"砥"。

[6] 眉间广尺：谓两眉之间约有一尺宽的距离。

[7] 购：悬赏征求。下文"亡去"，逃离。"行歌"，且行且歌。

[8] 立僵：身体发僵直立不倒。

[9] 镬（huò）：形似鼎而无足，古代烹人的刑具。

[10] 踔（chuō）：跃，跳。下文"踬（zhì）目"，疑应作"瞋（chēn）目"，睁大眼睛瞪人，怒视。

[11] 拟：比划，指向。此即割杀之意。

[12] 汝南：汉代郡名，治所在上蔡（今河南上蔡）西南。北宜春县：故城在今河南省汝南县西南。西汉时名宜春，东汉时改为北宜春。

【题解】

选自《搜神记》卷十一。干将莫邪是古代著名的铸剑巧匠。故事表现了被压迫人民反抗残暴统治的坚强意志。结构完整，情节跌宕离奇，注意了人物性格的刻画。鲁迅曾将这个故事改写成历史短篇小说《铸剑》。

韩　凭　妻

宋康王舍人韩凭[1]，娶妻何氏，美。康王夺之。凭怨，王囚之，论为城旦[2]。妻密遗凭书，缪其辞曰[3]："其雨淫淫，河大水深，日出当心[4]。"既而王得其书，以示左右；左右莫解其意。臣苏贺对曰："其雨淫淫，言愁且思也；河大水深，不得往来也；日出当心，心有死志也。"俄而凭乃自杀。其妻乃阴腐其衣[5]。王与之登台，妻遂自投台；左右揽之，衣不中手而死[6]。遗书于带曰："王利其生，妾利其死，愿以尸骨赐凭合葬。"王怒，弗听，使里人埋之[7]，冢相望也。王曰："尔夫妇相爱不已，若能使冢合，则吾弗阻也。"宿昔之间，便有大梓木生于二冢之端，旬日而大盈抱。屈体相就[8]，根交于下，枝错于上。又有鸳鸯雌雄各一，恒栖树上，晨夕不去，交颈悲鸣，音声感人。宋人哀之，遂号其木曰"相思树"。相思之名，起于此也。南人谓此禽即韩凭夫妇之精魂。今睢阳有韩凭城[9]。其歌谣至今犹存[10]。

【注释】

[1] 宋康王：名偃，战国末年宋国国君，在位四十七年，历史上著名暴君之一。（事见《史记·宋微子世家》）舍人：犹言门客。

[2] 论：定罪。城旦：一种苦刑，被罚者白天防备敌寇，夜晚筑城。

[3] 缪其辞：用巧妙的言辞隐瞒真意。"缪"，通"谬"，诈。
[4] 日出当心：太阳出来正照着我的心。意谓对着太阳发誓，表示决心自杀。
[5] 阴腐：暗地里腐蚀。
[6] 衣不中（zhòng）手：衣服（因已腐烂）经不起手拉。
[7] 里人：指韩凭夫妇的同乡人。下文"冢相望"，两冢相隔而能彼此望见。
[8] 屈体相就：枝干弯曲相互靠拢。
[9] 睢阳：宋国都。故城在今河南省商丘市南。
[10] 歌谣：《彤管集》："韩凭为宋康王舍人，妻何氏美，王欲之，捕舍人筑青陵之台。何氏作《乌鹊歌》以见志：'南山有乌，北山张罗；乌自高飞，罗当奈何！''乌鹊双飞，不乐凤凰；妾是庶人，不乐宋王。'遂自缢。"

【题解】

选自《搜神记》卷十一。故事歌颂了韩凭夫妇坚贞不渝的爱情，以及不慕富贵、不畏强暴的品质。谴责了宋康王的残暴无耻。叙述简洁，情节完整，人物形象入情入理，富于个性。结尾运用幻想手法，深化了主题，使故事更加哀婉动人。唐"变文"《韩朋赋》即据此加工而成。

李　寄

东越闽中有庸岭[1]，高数十里。其西北隰中[2]，有大蛇，长七八丈，大十余围。土俗常惧。东冶都尉及属城长吏[3]，多有死者。祭以牛羊，故不得福[4]。或与人梦，或下谕巫祝[5]，欲得啖童女年十二三者。都尉、令长并共患之[6]。然气厉不息。共请求人家生婢子[7]，兼有罪家女养之。至八月朝祭[8]，送蛇穴口，蛇出吞啮之。累年如此，已用九女。尔时预复募索[9]，未得其女。将乐县李诞家[10]，有六女，无男。其小女名寄，应募欲行。父母不听。寄曰："父母无相[11]，惟生六女，无有一男，虽有如无。女无缇萦济父母之功[12]，既不能供养，徒费衣食，生无所益，不如早死。卖寄之身，可得少钱，以供父母，岂不善耶？"父母慈怜，终不听去。寄自潜行，不可禁止。寄乃告请好剑及咋蛇犬[13]。至八月朝，便诣庙中坐，怀剑将犬。先将数石米餈[14]，用蜜麨灌之，以置穴口。蛇便出，头大如囷[15]，目如二尺镜，闻餈香气，先啖食之。寄便放犬，犬就啮咋；寄从后斫得数创。疮痛急，蛇因踊出，至庭而死[16]。寄入视穴，得其九女髑髅，悉举出，咤言曰："汝曹怯弱，为蛇所食，甚可哀愍。"于是寄女缓步而归。越王闻之，聘寄女为后，拜其父为将乐令，母及姊皆有赏赐。自是东冶无复妖邪之物。其歌谣至今存焉[17]。

【注释】

[1] 东越：古国名，其地约在今浙江省东部、南部和福建省东南部等地。闽中：秦郡名，治东冶（今福建省福州市）。庸岭：山名，在今福建省邵武县西北。

[2] 隰（xí）：低湿之地。

[3] 都尉：官名，郡中掌管军事的官。属城长吏：指东冶郡所辖县城中地位较高的官吏。

[4] 故：仍旧，依然。

[5] 巫祝：旧时用歌舞娱神的人。下文"啖（dàn）"，吃。

[6] 令长：县官。秦、汉制，人口在万户以上的县官称令，不满万户的称长。

[7] 家生婢子：古代奴婢所生之子女，仍为奴婢，男的叫"家生奴"，女的叫"家生婢"。子，语尾词。下文"有罪家女"，有罪之家的女儿。

[8] 朝（cháo）祭：礼拜祭祀。

[9] "尔时"句：此时又须寻求啖蛇的女孩。

[10] 将乐县：三国时吴置，在今福建省南平县南。

[11] 无相：谓没有福相。

[12] 缇（tí）萦：西汉太仓令淳于意的幼女。意五女无男，汉文帝时获罪下狱，当受肉刑，缇萦随父到长安，上书自愿入宫为婢，以赎父罪。文帝怜之，诏除肉刑，意因而得免。

[13] 咋（zé）：咬。下文"将（jiāng)"，带着。

[14] 餈（cí）：一种用糯米做成的食品。下文"麨（chǎo）"，炒米粉或炒麦粉。

[15] 囷（qūn）：圆形的米囤。

[16] 庭：此指蛇穴前之平地。

[17] 歌谣：当指歌赞李寄斩蛇为民除害的民歌民谣。

【题解】

选自《搜神记》卷十九。故事塑造了一个机智勇敢的少女形象。将李寄的智慧勇敢、官吏的无能昏庸、蛇的巨大凶残对比渲染，烘托了人物性格。

刘义庆

刘义庆（403—444），彭城（今江苏徐州）人，刘宋宗室，袭封临川王。曾任尚书左仆射、中书令、兖州刺史、都督、加开府仪同三司等职。性喜文学。除《世说新语》外，还有小说《宣验记》、《幽明录》等。

世说新语
周处自新

  周处年少时[1]，凶强侠气，为乡里所患。又义兴水中有蛟[2]，山中有邅迹虎[3]，并皆暴犯百姓。义兴人谓为三横[4]，而处尤剧。或说处杀虎斩蛟[5]，实冀三横唯余其一。处即刺杀虎。又入水击蛟，蛟或浮或没，行数十里，处与之俱。经三日三夜。乡里皆谓已死，更相庆。竟杀蛟而出，闻里人相庆，始知为人情所患，有自改意。乃自吴寻二陆[6]。平原不在，正见清河[7]，具以情告，并云："欲自修改，而年已蹉跎，终无所成。"清河曰："古人贵朝闻夕死[8]，况君前途尚可。且人患志之不立，亦何忧令名不彰邪？"处遂改励，终为忠臣孝子[9]。

  （《世说新语校笺》，徐震堮校笺，中华书局 1984 年版。下同）

【注释】

  [1] 周处：字子隐，吴郡阳羡（今江苏宜兴）人。少无赖，横行乡里，入晋后为御史中丞，后战死。《晋书》卷五十八有传。下文"侠气"，犹言霸气。
  [2] 义兴：晋郡名，治所在今江苏宜兴。蛟：古代传说中能发洪水的一种龙。此处或指鳄鱼一类的动物。
  [3] 邅（zhān）迹虎：《晋书·周处传》作"白额虎"。邅迹，形容老虎走路的姿态。
  [4] 横（hèng）：蛮横无理者。下文"剧"，甚。
  [5] 或：有人。说（shuì）：劝说。
  [6] 二陆：指陆机、陆云兄弟。
  [7] 平原：陆机仕晋曾任平原内史，故称。清河：指陆云，陆云仕晋官至清河内史。
  [8] 朝闻夕死：《论语·里仁》："子曰：'朝闻道，夕死可矣。'"
  [9] 忠臣孝子：指周处死于国事。《晋书·周处传》，氐人齐万年反，朝廷令处出战，斩敌甚多，弦绝矢尽，临危不退，战死后追赠平西将军。孝子，同传称他"转广汉太守，以母老罢归"。

【题解】

  选自《世说新语·自新》。这是有名的改过成名故事。结尾的"忠臣孝子"，虽有道德说教意味，但浪子回头却是故事的主体精神。对后世同类题材作品很有影响。明人《蛟虎记》、《风云记》等传奇，京剧《除三害》都取材于此。

雪夜访戴

  王子猷居山阴[1]。夜大雪，眠觉，开室命酌酒。四望皎然，因起彷徨，咏左思《招隐》诗[2]。忽忆戴安道[3]。时戴在剡[4]，即便夜乘小船就之。经宿方至，造门不前而返。人问其故，王曰："吾本乘兴而行，兴尽而返，何必见戴？"

【注释】

[1] 王子猷（yóu）：字徽之，王羲之的儿子。《晋书》卷八十有传。山阴：今浙江省绍兴市。

[2] 左思：西晋著名诗人。《招隐诗》二首，都是描写隐士清高生活的。

[3] 戴安道：戴逵的字。逵，谯国（今安徽亳县）人。东晋著名画家，文章、书法、音乐皆精，隐居不仕。《晋书》卷九十四有传。

[4] 剡（shàn）：古县名，治所在今浙江嵊县西南。

【题解】

选自《世说新语·任诞》。写王徽之兴之所至的行为准则，这种任性放达、卓荦不羁的名士风度，是当时士族知识分子所崇尚和欣赏的。

刘伶病酒

刘伶病酒[1]，渴甚，从妇求酒。妇捐酒毁器[2]，涕泣谏曰："君饮太过，非摄生之道，必宜断之！"伶曰："甚善。我不能自禁，唯当祝鬼神自誓断之耳。便可具酒肉。"妇曰："敬闻命。"供酒肉于神前，请伶祝誓。伶跪而祝曰："天生刘伶，以酒为名，一饮一斛，五斗解酲[3]。妇人之言，慎不可听！"便引酒进肉，隗然已醉矣[4]。

【注释】

[1] 刘伶：字伯伦，西晋沛国（今安徽宿县西北）人。性嗜酒，著有《酒德颂》。《晋书》卷四十九有传。下文"妇"，妻子。

[2] 捐：弃。器：酒具。

[3] 酲（chéng）：酒醒之后的困乏之感。

[4] 隗（wěi）然：醉倒貌。

【题解】

选自《世说新语·任诞》。本篇通过生活中的一个细节，寥寥数语，刘伶机智的言谈、放荡不羁的性格便跃然纸上。

王蓝田性急

　　王蓝田性急[1]。尝食鸡子[2],以箸刺之不得,便大怒,举以掷地。鸡子于地圆转未止,仍下地以屐齿蹍之[3],又不得,瞋甚[4],复于地取内口中,啮破即吐之。王右军闻而大笑曰[5]:"使安期有此性,犹当无一豪可论,况蓝田邪[6]!"

【注释】

　　[1] 王蓝田:王述,字怀祖,袭封蓝田侯。官至散骑常侍、尚书令。《晋书》卷七十五有传。
　　[2] 鸡子:鸡蛋。下文"箸(zhù)",筷子。
　　[3] 屐(jī):木底有齿的鞋子。蹍(zhǎn):踩踏,踹。
　　[4] 瞋:通"嗔(chēn)",怒。下文"内",通"纳",纳入。
　　[5] 王右军:王羲之,字逸少,官右军将军。
　　[6]"使安"二句:意谓即使是安期有这样的脾性,也一点儿没有可取之处,又何况是王蓝田呢!安期,王承,字安期,王述之父。官东海太守,东晋中兴名士。豪,通"毫"。

【题解】

　　选自《世说新语·忿狷》。本篇通过吃鸡蛋的细节,将王蓝田动辄暴怒的病态性情刻画得活灵活现。

【参考书】

　　[1]《世说新语笺疏》,余嘉锡笺疏,中华书局1983年版。

隋唐五代部分

卢思道

卢思道（535－586），字子行，范阳（今河北涿州）人。曾出仕北齐、北周，官至开府仪同三司，迁武阳太守。入隋后，官至散骑常侍。卢思道在北朝即以文词闻名，诗风朴实，长于七言。今存《卢武阳集》一卷。

从 军 行[1]

朔方烽火照甘泉[2]，长安飞将出祁连[3]。犀渠玉剑良家子[4]，白马金羁侠少年。平明偃月屯右地[5]，薄暮鱼丽逐左贤[6]。谷中石虎经衔箭，山上金人曾祭天[7]。天涯一去无穷已，蓟门迢递三千里[8]。朝见马岭黄沙合[9]，夕望龙城阵云起。庭中奇树已堪攀，塞外征人殊未还。白雪初下天山外[10]，浮云直上五原间。关山万里不可越，谁能坐对芳菲月[11]。流水本自断人肠[12]，坚冰旧来伤马骨。边庭节物与华异[13]，冬霰秋霜春不歇。长风萧萧渡水来，归雁连连映天没。从军行，军行万里出龙庭。单于渭桥今已拜，将军何处觅功名[14]！

（《先秦汉魏晋南北朝诗》隋诗，逯钦立编纂，中华书局1983年版）

【注释】

[1] 从军行：乐府旧题，见郭茂倩《乐府诗集》卷三十二《相和歌辞·平调曲》。内容多反映边塞情状与征战生活。

[2] 朔方：汉代郡名，治所在今内蒙杭锦旗北。此泛指西北地区。甘泉：甘泉山，在今陕西淳化西北，汉代建有甘泉宫。

[3] 祁连：祁连山，在今甘肃河西走廊南侧。

[4] 犀渠：用犀皮制成的盾牌。良家子：好人家的子弟。王先谦《汉书》补注云："汉制，凡从军不在七科谪（征发流徙戍边的七类人）者，谓之良家子。"下文"羁"，马络头。

[5] 平明：天亮时。偃月：半月。此指半月形的战阵。右地：西边之地。

[6] 鱼丽：古代车战的一种阵法，似鱼之比附而行。《左传》桓公五年杜预注引《司马法》："车战，二十五乘为偏。以车居前，以伍次之，承偏之隙，而弥缝阙漏也。五人为伍。此鱼丽阵法。"左贤：左贤王。左、右贤王为匈奴君主（单于）之下的最高官职，左在右上。

[7] "谷中"二句：意谓将士们到了李广和霍去病（汉代抗击匈奴的名将）征战过的地方（只是比拟，并非实指，下同）。石虎，李广为右北平太守，出猎时见草中石，误以

为虎而射之,箭头竟没入石中。(见《史记·李将军列传》)金人,用于祭天的金属塑像。骠骑将军霍去病出征匈奴,过焉支山千余里,收其祭天金人。(见《史记·霍去病传》)山名,或指皋兰山,在今甘肃临夏南。

[8] 蓟门:亦称蓟丘。在今北京城。

[9] 马岭:在今山西太谷东南,有马岭关。下文"龙城",或即匈奴祭天处,在今蒙古国鄂尔浑河左侧。

[10] 天山:即今横贯新疆之天山。又祁连山亦称天山,匈奴呼天为"祁连"。下文"五原",汉郡名,治所在今内蒙包头西北。

[11] 芳菲月:芳香的花草与明月。

[12] "流水"句:参见本书《陇龙歌辞》三首。下句,参见本书陈琳《饮马长城窟行》。

[13] 边庭:边地,边疆。节物:各个季节的风光景物。华:华夏地区。

[14] "单(chán)于"二句:现在匈奴君主已经拜见了汉家天子(表示归顺了),将军又到哪里去寻觅功名呢!渭桥,汉代中渭桥,故址在今陕西咸阳东。《汉书·匈奴传》,宣帝甘露三年(前51),匈奴呼韩邪单于来朝,"……其左右当户之群臣皆得列观,及诸蛮夷君长王侯数万,咸迎于渭桥下,夹道陈。上(宣帝)登渭桥,咸称万岁。"

【题解】

此诗全方位地展示了北地边塞生活。抒写了萧瑟荒凉的关塞风光,艰苦的征戍生活,以及征人思妇的相思离愁。并对追求功名的将军作了委婉的讽刺。全诗广泛地征引汉代边塞情状与征战故事,境界恢宏辽阔,笔势苍劲有力,体现了北方诗人重气质的特长。对仗工整而又灵活多变的句式,清丽流畅的语言,充沛的气势和活泼爽朗的节奏,开初唐七言歌行的先河。

薛道衡

薛道衡(540-609),字玄卿,河东汾阴(今山西万荣县西南)人。历仕北周、北齐。入隋,官至司隶大夫。后因忤逆炀帝,被害。他是隋代艺术成就最高的诗人。辞句清丽,风格委婉细腻,《全隋诗》录存其诗二十余首。

昔 昔 盐[1]

垂柳复金堤[2],蘼芜叶复齐[3]。水溢芙蓉沼[4],花飞桃李蹊。采桑秦氏女[5]，织锦窦家妻[6]。关山别荡子[7]，风月守空闺。恒敛千金笑[8]，长垂双玉啼[9]。盘龙随镜隐[10]，彩凤逐帷低[11]。飞魂同夜鹊[12]，倦寝忆晨鸡[13]。暗牖悬蛛网[14]，空梁落燕泥。前年过代北[15]，今岁往辽西[16]。一去无消息，那能惜马蹄[17]。

（《先秦汉魏晋南北朝诗》隋诗，逯钦立编纂，中华书局1983年版。下同）

【注释】

[1] 昔昔盐：隋代乐府题名。

[2] 金堤：大堤，堤堰。金，喻其坚固，亦是美之之词。

[3] 蘼芜：一种多年生的野草，夏季开白花，其香似白芷。

[4] 沼：池沼。下文"桃李蹊"，桃李树下的小径。

[5] 秦氏女：语出汉乐府民歌《陌上桑》："秦氏有好女，自名为罗敷。罗敷喜蚕桑，采桑城南隅。"

[6] 窦家妻：典出《晋书·列女传》："窦滔妻苏氏……名蕙，字若兰。善属文。滔，苻坚时为秦州刺史，被徙流沙。苏氏思之，织锦为回文旋图诗以赠。"以上二句用罗敷、苏蕙喻思妇。

[7] 荡子：流落他乡的人。

[8] "恒敛"句：常常收起难得的笑容。千金，千金一笑，喻其难得。

[9] 双玉：两行泪水。双玉，一双玉质筷子，常用以喻两行眼泪。

[10] 盘龙：镜上的雕饰。隐：隐去不见。暗示思妇懒得梳妆。

[11] 彩凤：帷帐上的图案。低：低垂。暗示思妇无心收拾居室。

[12] "飞魂"句：思妇神魂不定，常随被惊起的夜鹊不能平静。

[13] "倦寝"句：思妇因难以入睡，而期待鸡鸣之声。

[14] 牖（yǒu）：窗户。

[15] 代北：代郡以北地区。代郡治所在今山西省代县，当时属北方边境。

[16] 辽西：辽水西部，当时属塞外。

[17] 惜马蹄：爱惜马蹄，裹足不前之意。东汉苏伯玉妻《盘中诗》云："何惜马蹄数不归。"此句怨其夫久不归家。

【题解】

这首诗咏思妇的寂寞和忧伤，诗中通过对景物和环境的精细刻画，成功地烘托出主人公青春虚掷及孤寂怀远之情。其中"暗牖"一联，更以其环境细节的描写，富有意蕴的暗示，渲染出思妇独守空闺的孤独寂寞，显示了艺术上的独创性，一向为人所称道。全诗对仗工整，辞藻繁丽，有齐梁遗风。

【集评】

[1] 此闺怨诗。……尔时诗多贪排偶，竞雕琢，然未有长篇句句裁对工整如此章者，虽平仄承顶，尚有两处失粘，要是绝佳排律也。（张玉榖《古诗赏析》）

人日思归[1]

入春才七日，离家已二年。人归落雁后[2]，思发在花前。

【注释】

[1] 人日，即正月初七。
[2] 落雁后：落在雁归之后。下文"在花前"，在花开之前。

【题解】

此诗作于隋开皇五年（585）作者出使南方之时。前两句以"七日"与"二年"的对比，突出了诗人乡心之切。后两句巧妙地以计算归期的细微思想活动，委婉地表达思家的深情，颇含蓄不尽。

王　绩

王绩（589-644），字无功，自号东皋子，绛州龙门（今山西河津）人，祖籍太原祁县（今属山西）。隋末大儒王通之弟。隋大业中，举孝悌廉洁科，授秘书省正字，因不乐在朝，以疾辞，复授扬州六合县丞。后因嗜酒妨政，屡遭勘劾，遂浪迹山水。唐武德五年（622）以前官六合丞待诏门下省，贞观十一年（637）任太乐丞，自认为不得志，不久即归隐。王绩性纵浪嗜酒，常自比阮籍、陶潜，所作诗歌以描写山水田园为主，借以表达对世俗社会的不满，以及放旷自逸的旨趣。气格遒健，诗风清新，对五言律诗的发展作出了贡献。有《王无功文集》五卷。

野　望

东皋薄暮望[1]，徙倚欲何依[2]。树树皆秋色，山山唯落晖。牧人驱犊返，猎马带禽归。相顾无相识，长歌怀采薇[3]。

（《全唐诗》，彭定求等编纂，中华书局1960年版）

【注释】

[1] 东皋（gāo）：此指作者在家乡绛州龙门隐居之地。皋，水边。薄暮：傍晚。

[2] 徙倚（xǐ yǐ）：徘徊，彷徨。依：归依。

[3] 采薇：《史记·伯夷列传》载，伯夷、叔齐因殷商被周所灭，义不食周粟，隐居首阳山，采薇而食，并作歌以"以暴易暴"为非。后世以"采薇"指代隐居。薇，羊齿类草本植物，嫩叶可食。

【题解】

此诗作于隐居东皋之时。抒发了诗人彷徨无依的苦闷，以及由秋日山村薄暮景色所触发的隐逸情怀。风格清新自然，也是初唐较早出现的成熟的五律，在沿袭齐梁遗风的初唐诗坛使人耳目一新。

【集评】

[1] 王无功以真率疏浅之格，入初唐诸家中，如鸾凤群飞，忽逢野鹿，正是不可多得也。然非入唐之正脉。（翁方纲《石洲诗话》）

【参考书】

[1]《王无功文集五卷本会校》，韩理洲校点，上海古籍出版社1987年版。

卢照邻

卢照邻（634－686?），字昇之，自号幽忧子，幽州范阳（今河北涿州）人。初授邓王（李元裕）府典签，高宗乾封元年（666）春，出为益州新都（今属四川）尉，秩满去官，后隐居长安附近的太白山。因风疾转笃，不堪病痛，自投颍水而死。与王勃、杨炯、骆宾王以文词齐名，并称"王杨卢骆"，或"初唐四杰"。其诗虽承宫体诗风，却能容纳较为广阔的社会内容。擅长七言歌行体，于五律定型亦做出贡献。有《幽忧子集》。

长安古意

　　长安大道连狭斜[1]，青牛白马七香车[2]。玉辇纵横过主第[3]，金鞭络绎向侯家[4]。龙衔宝盖承朝日，凤吐流苏带晚霞[5]。百丈游丝争绕树[6]，一群娇鸟共啼花。啼花戏蝶千门侧，碧树银台万种色。复道交窗作合欢[7]，双阙连甍垂凤翼[8]。梁家画阁天中起[9]，汉帝金茎云外直[10]。楼前相望不相知，陌上相逢讵相识[11]。借问吹箫向紫烟[12]，曾经学舞度芳年。得成比目何辞死[13]，愿作鸳鸯不羡仙。比目鸳鸯真可羡，双去双来君不见？生憎帐额绣孤鸾[14]，好取门帘帖双燕。双燕双飞绕画梁，罗帷翠被郁金香[15]。片片行云着蝉鬓[16]，纤纤初月上鸦黄[17]。鸦黄粉白车中出，含娇含态情非一。妖童宝马铁连钱[18]，娼妇盘龙金屈膝[19]。御史府中乌夜啼，廷尉门前雀欲栖[20]。隐隐朱城临玉道[21]，遥遥翠幰没金堤。挟弹飞鹰杜陵北[22]，探丸借客渭桥西[23]。俱邀侠客芙蓉剑[24]，共宿娼家桃李蹊[25]。娼家日暮紫罗裙，清歌一啭口氛氲[26]。北堂夜夜人如月[27]，南陌朝朝骑似云[28]。南陌北堂连北里[29]，五剧三条控三市[30]。弱柳青槐拂地垂，佳气红尘暗天起[31]。汉代金吾千骑来[32]，翡翠屠苏鹦鹉杯[33]。罗襦宝带为君解[34]，燕歌赵舞为君开[35]。别有豪华称将相，转日回天不相让[36]。意气由来排灌夫[37]，专权判不容萧相[38]。专权意气本豪雄，青虬紫燕坐春风[39]。自言歌舞常千载，自谓骄奢凌五公[40]。节物风光不相待[41]，桑田碧海须臾改[42]。昔时金阶白玉堂，即今唯见青松在。寂寂寥寥扬子居[43]，年年岁岁一床书。独有南山桂花发[44]，飞来飞去袭人裾[45]。

（《全唐诗》，彭定求等编纂，中华书局1960年版）

【注释】

　　[1] 长安：西汉与唐代的都城都在长安。此处实是以汉拟唐。狭斜：小巷。

　　[2] 青牛：亦用以驾车。七香车：以多种香木制成的车，贵族妇女所乘。

　　[3] 玉辇（niǎn）：本指帝王乘坐的车舆，此泛指贵人所乘的车。纵横：南北为纵，东西为横。主第：公主的府第。

　　[4] 金鞭：代指骑马的人。代指车马。侯家：指代富贵之家。侯，爵位名。

　　[5] "龙衔"二句：意思是车子一清早就出来，到傍晚还没有回去。龙衔宝盖，车盖支柱雕有龙纹，龙口好像衔着车盖。宝盖，华美的车盖，车上所竖的伞形车篷。流苏，一种用羽毛或丝制成球状，下垂长穗的装饰品。车上悬挂流苏的钩子刻成凤头，流苏仿佛是从凤嘴中吐出来的。

　　[6] 游丝：虫类吐出的飘荡在空中的丝。

　　[7] 复道：连接楼阁的空中走廊，因其下还有地面上的路，故称。交窗：雕有交错的

花纹的窗子。合欢：窗棂上刻有合欢图案，合欢乃男女和合欢好之意。

[8]"双阙（què）"句：意思是宫阙屋脊下垂，如同凤翼。阙，宫门前的望楼。汉未央宫有东阙和北阙，故称双阙。甍（méng）：屋脊。

[9]梁家：即东汉顺帝时外戚梁冀在都城洛阳的家，以宅第豪华著名。此泛指豪贵之家。天中：半空中。一作"中天"。

[10]汉帝金茎：指汉武帝在建章宫中所立铜柱，高二十丈，上有仙人，掌中托承露盘，接取露水。云外：形容高峻。直：立。

[11]"楼前"二句：大意谓男女之间楼前陌上相望相逢却未必相识相知。陌：道路。讵（jù）：岂。

[12]吹箫：《列仙传》载，秦穆公的女儿弄玉嫁给了萧史，向他学吹箫，能作凤鸣，后双双飞天成仙。向紫烟：指腾云升天。

[13]比目：鱼名，只有一目，须两两相并而行。常用以比喻形影不离的爱侣。

[14]生憎：非常厌恶。帐额：帐檐，悬挂在帐门上端的一种装饰品。

[15]"罗帷"句：意思是罗制的帷，织有翠鸟羽毛的被，又熏以名贵的郁金香。

[16]"片片"句：蝉鬓像流动的云片附着在上。蝉鬓，一种发式，将两鬓梳得状如蝉翼。

[17]"纤纤"句：意思是额上嫩黄色涂得如小小的新月。鸦黄，嫩黄。

[18]妖童：美少年，指贵族家中歌舞班子里的男性。铁连钱：青色而有圆形斑纹的马。

[19]娼妇：指贵族家中的歌妓舞女。盘龙：车门上有盘龙雕饰。屈膝：一作"屈戌"，门窗等的环纽、搭扣，此指车门屈戌。

[20]"御史"二句：意思是权贵违法犯禁、游侠横行无忌，御史、廷尉已不能执行其权力。御史，掌弹劾。廷尉，掌刑法。乌夜啼，《汉书·朱博传》："（御史）府中列柏树，常有野乌数千，栖宿其上，晨去暮来，号曰'朝夕乌'。"雀欲栖，《史记·汲郑列传》："始翟公为廷尉，宾客阗门，及废，门外可设雀罗。"

[21]朱城：宫城。下文"翠幰（xiǎn）"，车上青绿色的帷幕，这里用作车的代称。

[22]挟弹飞鹰：指打猎。杜陵：汉宣帝陵墓，在长安东南，是当时游侠少年游乐的地方。

[23]探丸：指游侠杀人的部署。《汉书·尹赏传》载，汉代有一个专门刺杀官吏代人报仇的组织。每次行动之前，都用红、黑、白三种弹丸来抓阄儿。摸到红丸的去杀武吏，摸到黑丸的去杀文吏，摸到白丸的负责为死亡的同伙料理后事。借客：犹言"借客报仇"，即代人报仇。借，助。《汉书·朱云传》记载朱云年轻时曾"借客报仇"事。渭桥：渭水上的一座桥，在长安西北。

[24]芙蓉剑：春秋时越国所出的宝剑，据说它光彩夺目，"如芙蓉（即莲花）始生于湖"。（见《越绝书》）

[25]桃李蹊：指娼家所居之处。蹊，小路。

[26]啭（zhuàn）：宛转地歌唱。氤氲（yūn）：形容香气浓郁。

[27] 北堂：南朝诗中用来指女子闺房，这里指娼家的堂屋。人如月：形容娼妓很美。

[28] 南陌：指娼家门外的小路。

[29] 北里：唐代长安妓女聚居的地区，即平康里。

[30] 五剧三条：泛指交通四通八达。剧，交错的道路。条，相通的道路。控：控制。三市：指每天的集市多次。

[31] "佳气"句：意思是车马往来，尘土飞扬，使天色都暗了下来。

[32] 金吾：执金吾的简称，汉代禁卫军官名。

[33] 翡翠：指酒色碧绿。屠苏：美酒名。鹦鹉杯：用鹦鹉螺制成的酒杯。

[34] 罗襦（rú）：绸制上衣。

[35] 燕歌赵舞：古代燕赵两国多出能歌善舞的美女，这里泛指美妙的歌舞。

[36] 转日回天：极言气势力之大。

[37] 排灌夫：意思是权贵们出于意气相争，互相排挤。灌夫，汉武帝时一位好任侠使酒的将军，后被丞相武安侯田蚡陷害，族诛。（事见《史记·魏其武安侯列传》）

[38] "专权"句：意思是朝廷内部斗争非常激烈，即使是功勋卓著小心谨慎如萧相国，也难免被专权者猜忌。判，拼。萧相，指汉元帝时宰相萧望之，被权臣陷害，饮鸩自杀。一说指萧何，汉高祖时宰相，以小心谨慎著称，仍被高祖怀疑入狱。

[39] 青虬（qiú）：这里代指良马。虬，有角的龙。紫燕：骏马名。

[40] 凌：超过。五公：指张汤、杜周、萧望之、冯奉世、史丹，都是西汉时著名权贵。

[41] "节物"句：意思是盛时一去不复返。节物，按季节变更的景物。

[42] "桑田"句：意思是世事变化迅速。晋代葛洪《神仙传》卷五载："麻姑自说云：'接待以来，已见东海三为桑田。'"须臾，一会儿，顷刻。

[43] 扬子：指西汉末年的扬雄。他在政治上很不得意，闭门著书，名垂后代。

[44] 南山：即终南山，在长安附近。发：这里指开花。

[45] 袭：触及。裾（jū）：衣服前襟。

【题解】

此诗借对古都长安的描写，展现了帝王将相、豪门子弟、任侠少年、倡家乐伎等各类人物的生活和长安繁华兴盛的社会风貌。在极力铺叙车骑、宫殿、林苑、妖姬、歌舞的豪华后，笔锋一转，揭示出荣华富贵如过眼烟云，终归幻灭，抒发了世事变迁的感慨和寒士的不平。此诗以赋为诗，破奇为偶，极尽铺张排比之能事，吸收了齐梁以来的歌行的特点，但思想情调却迥然不同。

【集评】

[1] 此篇铺叙长安帝都繁华，宫室之美，人物之盛，极于将相而止，然而盛衰相代，唯子云安贫乐道，乃久垂令名耳。但词语浮艳，骨力较轻，所以

为初唐之音也。(杨士弘、顾璘《批点唐音》)

【参考书】

[1]《卢照邻集编年笺注》，任国绪编年笺注，黑龙江人民出版社1989年版。

[2]《卢照邻集校注》，李云逸校注，中华书局1998年版。

骆宾王

骆宾王（640？—684？），字观光，婺州义乌（今属浙江）人。七岁作《咏鹅》诗。曾供职道王府，高宗乾封二年（667）授奉礼郎。仪凤三年（678）授长安主簿，旋入朝为侍御史，被诬下狱，获释后任临海县丞，世称"骆临海"。睿宗文明元年（684），随徐敬业起兵讨伐武则天，兵败后不知所终。骆宾王为"初唐四杰"之一，以七言歌行闻名。有《骆临海集》。

在狱咏蝉

西陆蝉声唱[1]，南冠客思侵[2]。那堪玄鬓影[3]，来对白头吟[4]。露重飞难进，风多响易沉[5]。无人信高洁，谁为表予心？

（《全唐诗》，彭定求等编纂，中华书局1960年版。下同）

【注释】

[1] 西陆：秋天。《隋书·天文志》："日循黄道东行，……行东陆谓之春，行南陆谓之夏，行西陆谓之秋，行北陆谓之冬。"

[2] 南冠：楚国之冠，此指囚犯。《左传》成公九年："晋侯观于军府，见钟仪，问之曰：'南冠而絷者谁也？'有司对曰：'郑人所献楚囚也。'"客思（sī）：客中思乡之情。

[3] 玄鬓：蝉。崔豹《古今注》：魏文帝宫人莫琼树"乃制蝉鬓，缥缈如蝉"。

[4] 白头：作者自指。

[5] "露重"二句：以蝉飞和鸣叫的艰难，比喻自己的处境。

【题解】

此诗作于唐高宗仪凤三年（678）。骆宾王因多次上书言事，触忤皇后武则天,以贪赃罪下狱。诗人借咏蝉寄托自己清白无辜却无法辩白的忧愤。名为咏蝉,实则处处切合自己的身世遭遇,物我融合,寄托遥深,是咏物诗中的上品。

【集评】

[1] 以蝉自喻,语意沉至。(高步瀛《唐宋诗举要》)

于易水送人[1]

此地别燕丹[2],壮士发冲冠。昔时人已没,今日水犹寒。

【注释】

[1] 易水:在今河北中部,源出易县。
[2] 燕丹:燕太子丹。

【题解】

这首诗题为"送人",实为抒怀咏志。昔日荆轲易水壮别与今日易水送人融为一体,吊古以慨今。诗人将与挚友的肝胆相照及别离的悲壮场面渲染得荡气回肠。同时,在对古代英雄的赞扬崇敬和深沉惋惜中也寄托了自己壮志未酬的深深遗憾。

【参考书】

[1]《骆宾王诗评注》,骆祥发评注,上海古籍出版社1984年版。
[2]《骆临海集》,陈熙晋笺注,北京出版社1989年版。

王 勃

王勃(650—676),字子安,绛州龙门(今山西河津)人。祖父王通是隋末大儒,叔祖王绩是唐初著名诗人。高宗乾封元年(666)应制科,对策高第,授朝散郎。沛王李贤召为王府修撰。时诸王斗鸡,王勃戏为《檄英王鸡文》,触怒高宗,被斥出府。后补虢州参军,不久因罪免官。高宗上元三年(676),往交趾省亲途中渡海溺水而死。王勃是高宗和武后时期的著名诗文家,与杨炯、卢照邻、骆宾王并称初唐"四杰"。在诗文创作上，王勃明确反对"骨气都尽，刚健不闻"，以"绮错婉媚为本"的诗风，为唐诗带来新的风貌。现存诗作以五言居多，清新流畅，朴质自然，对促进五律的成熟作出了贡献。有《王子安集》。

送杜少府之任蜀川[1]

城阙辅三秦[2]，风烟望五津[3]。与君离别意，同是宦游人。海内存知己，天涯若比邻[4]。无为在歧路[5]，儿女共沾巾。

（《全唐诗》，彭定求等编纂，中华书局1960年版）

【注释】

[1] 杜少府：名不详。少府，唐人对县尉的通称。之任：赴任。蜀川：泛指蜀地。或作"蜀州"，误。蜀州在王勃殁后设。

[2] 城阙（què）：城门上的望楼，此处指长安。辅三秦：以三秦为辅。三秦，指陕西关中一带。项羽灭秦后，曾将关中分为雍、塞、翟三国，故称。

[3] 五津：蜀中长江自湔堰至犍为的五个渡口，即白华津、万里津、江首津、涉头津、江南津。这里指蜀中一带。

[4] "天涯"句：相隔遥远，却如同近邻。

[5] 歧路：岔路。此指分手之处。

【题解】

此诗为送别杜姓友人去蜀地赴任而作。作品一反以往送别诗的缠绵感伤，以豁达爽朗的感情、质朴而警策的语言，表达了惜别的情怀和开朗的胸襟，是唐前期时代精神的折光。"海内"二句尤以真挚的情感、博大的胸怀成为传诵不衰的千古名句。

【集评】

[1] 唐初五言律，唯王勃"送送多穷路"、"城阙辅三秦"等作，终篇不着景物，而兴象婉然，气骨苍然，实首启盛、中妙境。（胡应麟《诗薮》）

秋日登洪府滕王阁饯别序[1]

豫章故郡，洪都新府。星分翼轸，地接衡庐[2]。襟三江而带五湖，控蛮荆而引瓯越[3]。物华天宝，龙光射牛斗之墟[4]；人杰地灵，徐孺下陈蕃之榻[5]。雄州雾列，俊彩星驰[6]。台隍枕夷夏之交，宾主尽东南之美[7]。都督阎公之雅望，棨戟遥临[8]；宇文新州之懿范，襜帷暂驻[9]。十旬休暇[10]，胜友如云。千里逢迎，高朋满座。腾蛟起凤，孟学士之词宗[11]；紫电青霜，王将军之武库[12]。家君作宰，路出名区[13]。童子何知，躬逢胜饯。

时维九月，序属三秋[14]。潦水尽而寒潭清[15]，烟光凝而暮山紫。俨骖騑于上路，访风景于崇阿[16]。临帝子之长洲，得天人之旧馆[17]。层台耸翠，上出重霄；飞阁翔丹，下临无地[18]。鹤汀凫渚，穷岛屿之萦回[19]；桂殿兰宫，即冈峦之体势[20]。披绣闼，俯雕甍[21]。山原旷其盈视，川泽纡其骇瞩[22]。闾阎扑地，钟鸣鼎食之家[23]；舸舰迷津，青雀黄龙之舳[24]。云销雨霁，彩彻区明[25]。落霞与孤鹜齐飞[26]，秋水共长天一色。渔舟唱晚，响穷彭蠡之滨[27]，雁阵惊寒，声断衡阳之浦[28]。

遥襟甫畅，逸兴遄飞[29]。爽籁发而清风生，纤歌凝而白云遏[30]。睢园绿竹，气凌彭泽之樽[31]；邺水朱华，光照临川之笔[32]。四美具，二难并[33]。穷睇眄于中天，极娱游于暇日[34]。天高地迥[35]，觉宇宙之无穷；兴尽悲来，识盈虚之有数[36]。望长安于日下[37]，目吴会于云间[38]。地势极而南溟深，天柱高而北辰远[39]。关山难越，谁悲失路之人[40]？萍水相逢，尽是他乡之客[41]。怀帝阍而不见，奉宣室以何年[42]？嗟乎！时运不齐，命途多舛[43]。冯唐易老，李广难封[44]。屈贾谊于长沙[45]，非无圣主[46]；窜梁鸿于海曲[47]，岂乏明时？所赖君子见机，达人知命。老当益壮，宁移白首之心；穷且益坚，不坠青云之志[48]。酌贪泉而觉爽，处涸辙以相欢[49]。北海虽赊，扶摇可接[50]；东隅已逝，桑榆非晚[51]。孟尝高洁，空怀报国之情[52]；阮籍猖狂，岂效穷途之哭[53]？

勃三尺微命[54]，一介书生，无路请缨，等终军之弱冠[55]；有怀投笔，慕宗悫之长风[56]。舍簪笏于百龄，奉晨昏于万里[57]。非谢家之宝树，接孟氏之芳邻[58]。他日趋庭，叨陪鲤对[59]；今兹捧袂，喜托龙门[60]。杨意不逢，抚凌云而自惜[61]；钟期既遇，奏流水以何惭[62]？

呜呼！胜地不常，盛筵难再[63]。兰亭已矣，梓泽邱墟[64]。临别赠言[65]，幸承恩于伟饯[66]；登高作赋[67]，是所望于群公！敢竭鄙诚，恭疏短引[68]。一言均赋，四韵俱成[69]。请洒潘江，各倾陆海云尔[70]。

（《王子安集注》，蒋清翊注，上海古籍出版社1992年版）

【注释】

[1] 洪府：西汉豫章郡，治所在今江西南昌。唐武德五年（622）改称洪州，设都督府。滕王阁：唐高祖李渊第二十二子元婴，贞观十三年（639）受封为滕王。在任洪州都督

时建造此阁,人称滕王阁。

[2] "星分"二句:意思是洪州府的星空分野属于翼轸(zhěn),地理位置与衡山、庐山相接。古代人把天上的星宿座位置和地上的区域对应起来,叫作"分野"。翼、轸,都是二十八宿中的星名,其分野对应地面的吴地和楚地。豫章郡(洪州)古属楚地。衡,衡山,在湖南。庐,庐山,在江西。

[3] "襟三江"二句:意思是洪州地带,以三江为襟,以五湖为带,与楚地、越地相接。襟,衣襟。带,衣带。均用作动词。三江,泛指长江中下游的江河。五湖,泛指南方大湖。蛮荆,指楚地,即今湖北、湖南一带。因开化较晚,称为"南蛮"。瓯越,指越地,即今浙江部分地区。古时东越王都东瓯(今浙江永嘉),故称。

[4] "物华"二句:意思是这里的物产华美,有如天降之宝,其光彩上冲斗牛之宿。物华,宝物的光华。天宝,天之宝物。据《晋书·张华传》,张华在豫章郡丰城县(今属江西)得到两把宝剑,一名龙泉,一名太阿。龙光,指宝剑的光芒。墟,地域,地区。

[5] "人杰"二句:意思是豫章的土地有灵秀之气,人也特别杰出。徐孺,即徐孺子,名稚,豫章人,东汉时名士。陈蕃,字仲举,曾任豫章太守,不接待宾客,唯稚来特设一榻,稚去则悬之。(事见《后汉书·徐稚传》)

[6] "雄州"二句:意思是豫章郡富庶的州县如云雾聚集,人物兴盛像群星奔驰。雄州,大州。俊采,指英俊有文采的人才。一说,指有才华的官吏。采,通"寀",官吏。

[7] "台隍"二句:意思是豫章处于中原和吴越的交界处,宾主都是东南地区的杰出人材。台隍,城楼及城堑,此处指代城市。枕,占据。夷,古代对中原以外地区的称呼,这里指荆楚地区。夏,指中原地区。

[8] "都督"二句:意思是阎都督有美好的声望,远道来临洪州任职。阎公,即当时的洪州都督,其名不详。棨(qǐ)戟,有赤黑色缯作套的木戟,古时官员出行时用作前导的一种仪仗。

[9] "宇文"二句:意思是具有美好风范的新州刺史宇文氏,在此作短暂停留。新州,唐郡名,治所在今广东新兴县。宇文,复姓。其名不可考。懿范,美好的风范。襜(chān)帷,车帷,指代所乘的车。

[10] 十旬休假:唐制,每十日休假一天,谓之旬休。假,通"暇",空闲。

[11] "腾蛟"二句:意思是孟学士富有文才,堪称文坛宗师。《西京杂记》说董仲舒梦蛟龙入怀,乃作《春秋繁露》。又说扬雄著《太玄经》,梦见自己吐出凤凰,飞集书上。孟学士,宾客之一,名字不详。

[12] "紫电"二句:意思是王将军武器精良,胸有韬略。紫电、青霜,古代名剑。《古今注》说吴皇帝孙权有宝剑六,其二名紫电。据《西京杂记》载,汉高祖斩白蛇剑,锋刃上光若霜雪。王将军,座中来客,名字不详。武库,兵器库,这里比喻胸中富于军事韬略。

[13] "家君"二句:意思是我父亲在交趾作县令,我因省亲路过这名胜之地。

[14] "时维"二句:意思是时当高秋之际。维,在,语助词。序,节气时序。三秋,农历秋季为七、八、九三月,九月是第三个月,故称"三秋"。

[15] 潦（lǎo）水：雨后的积水。

[16] "俨骖䯚（cān fēi）"二句：意思是整顿车驾在大路上行进，到高山坡上去观赏风景。俨，同"严"，整顿排列。骖䯚，驾在车辕两旁的马，代指车马。崇，高。阿，山坡。

[17] "临帝子"二句：意思是来到江边的沙洲，恭临当年的滕王阁。帝子、天人，都指滕王李元婴。

[18] "层台"四句：意思是滕王阁建筑流金溢彩，仰观高耸入云，俯瞰看不到地。

[19] "鹤汀"二句：栖息着各种水鸟的沙洲，像连绵的岛屿一样极尽纡曲回环之致。汀，水边平地。凫（fú），野鸭。渚，江中小洲。

[20] "桂殿"二句：华丽的宫殿依山冈的形势高低起伏。

[21] "披绣闼（tà）"二句：打开精致的阁门，越过雕饰的屋脊向下俯视。闼，门。甍（méng），屋脊。

[22] "山原"二句：意思是山原平旷，望不到边际，川泽盘曲使人看了吃惊。纡（yū），弯曲。骇瞩，惊视。

[23] "闾阎"二句：意思是遍布山原的房屋，尽是豪富的世家大族。闾阎，里门，此处指代房屋。扑，遍。钟鸣鼎食，比喻富贵人家。古代贵族鸣钟列鼎而食。

[24] "舸（gě）舰"二句：意思是装饰精美的雀舫龙舟，塞满川泽。舸舰，大船。迷，迷乱，形容其多。津，渡口，此处代指川泽。青雀、黄龙，船的形状。舳（zhú），船尾掌舵处，这里代船。

[25] "云销"二句：云雨消散，灿烂的阳光，普照清爽的天空。霁（jì），雨过天晴。区，指天空。

[26] 鹜（wù）：鸭类。庾信《马射赋》："落花与芝盖同飞，杨柳共春旗一色。"

[27] 响：声音。穷：直达。彭蠡（lǐ）：古大泽名，即今鄱阳湖。

[28] "雁阵"二句：意思是天寒大雁南飞，鸣叫声一直到衡阳才止息。雁阵，雁飞的阵势。衡阳，今属湖南省，境内有回雁峰，相传秋雁到此不再南飞，待春而回。浦，水边。

[29] "遥襟"二句：胸怀方因赏景而舒畅，逸兴又因与宴而超逸飞扬。遥襟，旷远的胸怀。甫，方才。遄（chuán），迅速。

[30] "爽籁"二句：意思是箫管悠扬，仿佛阵阵清风徐来；歌声婉转，使白云也驻足不飞。爽，不齐，错落有致。籁，箫管之类的乐器。白云遏，《列子·汤问》载，歌者秦青"抚节悲歌，声振林木，响遏行云"。

[31] "睢（suī）园"二句：意思是今日之宴会，就像是梁王菟园的文人雅集，饮酒的豪兴胜过当年的陶渊明。睢园，即西汉梁孝王的菟园，在睢阳（故城在今河南商丘县南），园中多竹。梁孝王常于睢园与文人宴饮属文。凌，超过。彭泽，陶渊明曾为彭泽令，《归去来兮辞》："携幼入室，有酒盈樽。"

[32] "邺水"二句：又如邺下文人之风流，堪与谢灵运的文采媲美。邺水，在邺下（今河北临漳）。曹操有园池在此，曹氏父子常在此与文人聚会。朱华，荷花。临川，指谢灵运，他曾任临川（郡治在今江西临川）内史。《宋书·谢灵运传》说他"博览群书，文

章之美，江左莫逮"。

[33]"四美"二句：意思是宴会上四美俱备，二难并存。四美，指良辰、美景、赏心、乐事。二难，指贤主和嘉宾。难，难得之事。贤主、嘉宾，难得同在。

[34]"穷睇眄（dì miǎn）"二句：意思是极目眺望，在闲暇的日子里纵情嬉游。睇、眄，都是看的意思。中天，天的中心，即天的最高处。

[35]迥：远。下文"宇宙"，上下四方为宇，古往今来为宙。

[36]盈虚：满与亏，指盛衰等世间万物的变化。有数，有一定的气数、运命。

[37]日下：太阳下，暗指京都长安。

[38]吴会：吴郡，治所在今江苏苏州。云间：吴地的古称。

[39]"地势"二句：意思是自己要到南海，远离北方的朝廷。极，尽头。南溟，南海。天柱，古代神话，昆仑山上有铜柱，其高入天，称为天柱（见《神异经》）。北辰，北极星。这里喻指国君。

[40]失路：迷失道路，仕途不得志。

[41]"萍水"二句：意思是宴会中的人，都是来自各方，偶然相逢，聚而即散。萍，一作"沟"。

[42]"怀帝"二句：意思是怀念朝廷而不得见，不知何时才能侍奉国君。帝阍（hūn），天帝的守门人，此指宫门。宣室，汉代未央宫前殿一宫室名，文帝曾在这里召见贾谊。

[43]舛（chuǎn）：乖违，不顺。

[44]"冯唐"二句：意思是自己就像冯唐、李广那样岁月蹉跎，功业难成。冯唐，西汉安陵人。曾为郎中，以孝闻名。文帝任命他为车骑都尉，景帝时为楚相，后免官。武帝求贤良之士，冯唐亦被举荐，因年逾九十，无法再任职。李广，汉武帝时名将，在对匈奴之战中屡立战功，被誉为"飞将军"，但始终未被封侯。

[45]贾谊：西汉政论家，汉文帝时曾任太中大夫，提出很多有关国政的建议。后遭排挤，谪为长沙王太傅。

[46]圣主：指汉文帝。

[47]窜：逃走。梁鸿：东汉章帝时人，因批评朝政，得罪章帝，于是变更姓名，避居齐鲁滨海一带地方。海曲：海隅，滨海之地。下文"明时"，清明时世。

[48]"老当"四句：年纪老了越应壮心不已，岂可在头白时改变本心？困穷时更要坚强不屈，不失去崇高的志向。宁，岂。青云之志，高远的志向。

[49]"酌贪泉"句：意思是有德行操守的人，无论环境如何恶劣，都会矢志不移，处困厄的境地仍能自得其乐。贪泉，《晋书·吴隐之传》载，廉吏吴隐之赴广州刺史任，途中有水名贪泉，饮之者怀无厌之欲。隐之酌而饮之，并赋诗曰："古人云此水，一歃怀千金。试使夷齐饮，终当不易心。"及至广州，越发清廉。涸辙，积水已经干涸的车轮辗过的浅沟。《庄子·外物》有鲋鱼处涸辙的故事。

[50]"北海"二句：意思是北海虽远，仍可乘风到达。北海，即《庄子·逍遥游》说的北冥。赊，远。扶摇，回旋直上高空的大风。

[51] "东隅"二句：意思是早年虽失意，晚年也可有所作为。《后汉书·冯异传》："可谓失之东隅，收之桑榆。"东隅，日出的地方。桑榆，日落之处。

[52] 孟尝：字伯周，东汉时会稽上虞（今属浙江）人。任合浦太守时，政绩卓著。后辞官归隐。桓帝时屡有人荐，终不见用。

[53] 阮籍：字嗣宗，魏晋间文学家，"竹林七贤"之一。任性不羁，嗜酒狂放，不拘礼法，"时率意独驾，不由径路，车迹所穷，辄恸哭而返"（《晋书·阮籍传》）。猖狂，放任不拘礼法。效，取法。

[54] 三尺微命：官职卑小。《礼记·玉藻》："绅（衣带结的下垂部分）长制，士三尺。"《周礼·春官·典命》郑玄注："王之下士，一命。"王对下级小官的任命，只宣布一次。微命即一命。

[55] "无路"二句：意思是自己与终军年纪相仿，却无请缨报国的机会。终军，字子云，济南人，汉武帝时任谏议大夫。《汉书·终军传》："南越与汉和亲，乃遣军使南越，说其王，欲令入朝，比内诸侯。军自请：'愿受长缨，必羁南越王而致之阙下。'"请缨，指投军报国。缨，绳子。弱冠，古人二十岁行冠礼，表示成年。

[56] "有怀"二句：意思是自己有投笔从戎的志向，也敬慕宗悫（què）那样的远大抱负。投笔，投笔从戎。（事见《后汉书·班超传》）后人以此比喻弃文从武。宗悫，字元干，南朝刘宋南阳人。年少时叔父问他的志愿，他说"愿乘长风破万里浪"。（见《宋书·宗悫传》）

[57] "舍簪笏（hù）"二句：意思是为了侍奉父母，自己甘愿舍去一生的功名富贵。簪笏，冠簪、手版，古时官员上朝时所用之物。这里指代官职。百龄，犹言一生。晨昏，指晨省昏定。《礼记·曲礼上》："凡为人子之礼，冬温而夏凊，昏定而晨省。"万里，指王勃去交趾的路途。

[58] "非谢"二句：意思是自己虽无谢氏子弟之资质，却是在像孟子邻居那样好的环境中成长起来的。谢家之宝树，《世说新语·言语》载，谢安问他的子侄："子弟亦何预人事，而正欲使其佳？"侄子谢玄答曰："譬如芝兰玉树，欲使其生于庭阶耳。"后因以芝兰玉树比喻好子弟。孟氏，孟轲，相传其母为教育儿子而三迁择邻。（见刘向《列女传》）

[59] "他日"二句：意思是自己过几天也会像孔鲤那样承受父亲的教诲。趋庭，小步快走，以示恭敬。叨陪，谦辞，犹言幸从，幸同。鲤对，用孔鲤趋庭应对的典故。鲤，指孔鲤，孔子之子。（事详见《论语·季氏》）

[60] "今兹"二句：意思是自己有幸得到阎都督及长者的招待，好比登龙门。捧袂（mèi），抬起衣袖，拱手为礼。托龙门，《后汉书·李膺传》载，李膺声名极高，受到他接待的人，称为登龙门。后遂以登龙门比喻得到名人的援引而提高声望。

[61] "杨意"二句：意思是即使有作品没有人推荐赏识，也只好叹息失意。《史记·司马相如列传》：汉武帝读《子虚赋》很满意，很想见作者。杨得意说是司马相如所作，于是相如被召见。后相如又献《大人赋》，天子大悦，"飘飘有凌云之气，似游天地之间"。凌云，代指相如的作品。

[62] "钟期"二句：意思是假如能遇到钟子期那样的知音，我为他吟诗作文，又有什

么可惭愧的呢？钟期，即钟子期，代指知音的人。《列子·汤问》记载有伯牙与钟子期知音互赏的故事。奏流水，比喻自己写作此文。

[63]"胜地"二句：意思是胜地不常有，盛筵难再得。胜地，指滕王阁。

[64]"兰亭"二句：意思是兰亭宴集的盛况已成往事，繁华的金谷园也成了一片废墟。兰亭，在今浙江绍兴西南。晋穆帝永和九年（353）三月，王羲之曾会同当时的名士在此宴集，并作《兰亭集序》。梓泽，在今河南洛阳西北，晋代贵族石崇的金谷园就在这里。

[65]赠言：指赠送这篇序文。

[66]伟饯：盛大的饯别宴会。

[67]登高作赋：指在宴会上登滕王阁赋诗属文。《韩诗外传》卷七："孔子曰：'君子登高必赋。'"

[68]"敢竭"二句：意思是冒昧地竭尽自己鄙俗的情怀，恭敬地写出这篇小序。竭，竭尽。鄙怀，作者自谦之词。疏，条陈，写。引，序。

[69]"一言"二句：意思是请大家都来作诗，诗很快就写成了。一言均赋，大意或者是说，一人倡议，众人都赋诗一首。四韵，指双数句押韵的八句的诗。今按，王勃的《滕王阁诗》，即四韵（八句），但前后换韵，不是律诗。

[70]"请洒"二句：意思是请诸位驰骋才华，写出精彩的诗篇吧。潘江、陆海，钟嵘《诗品》："陆（机）才如海，潘（岳）才如江。"用江、海形容其才华横溢。云尔，语气助词，用于句尾，表示结束。

【题解】

唐高宗上元二年（675）九月，作者往交趾（今越南北部）省亲，路过洪州，适逢都督阎公在滕王阁上大宴宾客，遂当场写了这篇序文。文中用铺叙的手法，以滕王阁为中心，以人杰地灵为线索，记叙了这场盛宴，生动描绘了一幅色彩鲜明而又意境浑成的秋日滕王阁全景图，并抒发了自己登楼赴宴时种种复杂的思想情感。通篇对偶工整，词藻华美，自然流畅，用典灵活自如，是古代骈文中不可多得的名篇。

【集评】

[1] 江南多临观之美，而滕王阁独为第一。及得三王所为序、赋、记（指王勃的序、王绪的赋、王仲舒的修阁记）等，壮其文辞。（韩愈《新修滕王阁记》）

[2] 对众挥毫，珠玑络绎，固可想见旁若无人之慨。而字句属对极工，词旨转折一气，结构浑成，竟似无缝天衣。纵使出自从容雕琢，亦不得不叹为神奇，况乃以仓猝立就，尤属绝无而仅有矣。（余诚《重订古文释义新编》）

【参考书】
　　[1]《王勃诗解》，聂文郁注，青海人民出版社1980年版。
　　[2]《初唐四杰诗选》，任国绪选注，陕西人民出版社1992年版。

杨　炯

　　杨炯（650—693?），弘农华阴（今属陕西）人。高宗显庆四年（659）举神童，上元三年（676）应制举及第，授校书郎。后任太子詹事府司直，充崇文馆学士。武后垂拱元年（685）因受其从父弟杨神让参与徐敬业起兵讨伐武则天事牵连，贬为梓州司法参军。晚年任盈川（今浙江衢州）令，卒于官。世称"杨盈川"。为"初唐四杰"之一，擅长五言律诗，边塞诗颇有气势。有《杨盈川集》。

从　军　行[1]

　　烽火照西京[2]，心中自不平。牙璋辞凤阙[3]，铁骑绕龙城[4]。雪暗凋旗画[5]，风多杂鼓声。宁为百夫长，胜作一书生[6]。

（《全唐诗》，彭定求等编纂，中华书局1960年版）

【注释】
　　[1] 从军行：为乐府《相和歌·平调曲》旧题，多写军旅生活。
　　[2] 烽火：边境报警的烟火。西京：长安。下文"不平"，不平静，激动。
　　[3] 牙璋：古代发兵所用之兵符，分为两块，相合处呈牙状，朝廷和主帅各执其半。凤阙：皇宫。汉建章宫的圆阙上有金凤，故以凤阙指皇宫。
　　[4] 龙城：汉代匈奴聚会祭天之处，此以指匈奴汇聚处。在今蒙古国鄂尔浑河左侧。
　　[5] 凋：颜色暗淡，影像模糊。旗画，军旗上的图案。
　　[6] 百夫长：泛指下级军官。

【题解】
　　边塞是当时士人幻想建功立业的用武之地，此诗借用乐府旧题抒发了作者立功边塞的志向和不甘庸碌此生的胸襟抱负，喊出了投笔从戎为国献身的时代最强音。全诗慷慨激昂，笔力雄浑，是初唐不可多得的佳作，也是对方兴未艾的五律诗体的成功运用。

【集评】

[1] 浑厚。字几铢两悉称。首尾圆满，殆无余憾。（陆时雍《唐诗镜》）

[2] 一二总起，三四从大处写其宠赫，五六从小处写其热闹，方逼出"宁为"、"胜作"事。起陡健，结亦宜尔，但结句浅直耳。（屈复《唐诗成法》）

沈佺期

沈佺期（656?—714?），字云卿，相州内黄（今属河南）人。高宗上元二年（675）进士，授协律郎，迁通事舍人。武后长安元年（701）修《三教珠英》书成，迁考功员外郎。后曾因受贿入狱，中宗神龙元年（705）因谄附张易之流放驩州。遇赦，拜起居郎，兼修文馆直学士。后历官中书舍人、太子少詹事，世称"沈詹事"。其诗多为点缀升平的应制之作，在流放期间也有一些表达真情实感的作品。与宋之问齐名，时称"沈宋"。二人共同推动律诗臻于成熟，沈长于七言，而宋长于五言。有《沈佺期集》。

古意呈乔补阙知之[1]

卢家少妇郁金堂[2]，海燕双栖玳瑁梁[3]。九月寒砧催木叶[4]，十年征戍忆辽阳[5]。白狼河北音书断[6]，丹凤城南秋夜长[7]。谁为含愁独不见，更教明月照流黄[8]。

（《全唐诗》，彭定求等编纂，中华书局1960年版。下同）

【注释】

[1] 题又作《古意》、《独不见》。乔补阙，乔知之，武则天时官右补阙。

[2] 卢家少妇：即莫愁，泛指征人妇。郁金堂：以郁金香料涂抹的堂屋。梁朝萧衍《河中之水歌》："河中之水向东流，洛阳女儿名莫愁。……十五嫁为卢家妇，十六生儿字阿侯。卢家兰室桂为梁，中有郁金苏合香。"

[3] 海燕：又名越燕，燕的一种。因产于南方滨海地区（古百越之地），故名。玳瑁（dài mào）：海生龟类，甲呈黄褐色相间花纹，古人用为装饰品。

[4] 寒砧（zhēn）：指捣衣声。砧，捣衣用的垫石。木叶：树叶。

[5] 辽阳：汉县名，属辽东郡，在今辽宁辽阳西北。

[6] 白狼河：今辽宁省境内之大凌河。

[7] 丹凤城：此指长安。长安大明宫正南门为丹凤门。
[8] 教（jiāo）：使。流黄：黄褐色丝织品。

【题解】

此诗写闺中少妇怀念久戍不归的丈夫。以委婉缠绵的笔调，借助于环境气氛的烘托，深刻细腻地展示了少妇孤独愁苦的内心世界。是初唐较早出现的七律杰作。

【集评】

[1] 宋严沧浪取崔颢《黄鹤楼》诗为唐人七言律第一，近日何仲默、薛君采取沈佺期"卢家少妇郁金堂"一首为第一，二诗未易优劣。或以问予，予曰：崔诗赋体多，沈诗比兴多。（杨慎《升庵诗话》）

[2] 云卿《独不见》一诗，骨高气高，色泽情韵俱高。（沈德潜《说诗晬语》）

杂诗三首（其三）

闻道黄龙戍[1]，频年不解兵[2]。可怜闺里月，长在汉家营。少妇今春意，良人昨夜情。谁能将旗鼓[3]，一为取龙城。

【注释】

[1] 黄龙戍：黄龙冈，在今辽宁开原西北。唐代戍兵于此。
[2] 频年：连年。解兵：休战撤军。
[3] 将（jiàng）：率领。旗鼓：指代军队。下文"龙城"，指代敌人要地。参见卢思道《从军行》注[9]。

【题解】

此诗写思妇闺怨之情，极为凄婉动人。其中"可怜"一联借月抒怀，写出闺中少妇和营中良人的两地相思，一样情怀，想象新奇，无理而妙。"少妇"一联，互文见义，高度概括了征人思妇无时不在的刻骨相思，情真景真，意蕴深长。在怨恨战争造成夫妇分离的同时，也表达了希望有良将结束战争的渴望。

【集评】

[1] 一气转折，而风格自高，此初唐不可及处。（高步瀛《唐宋诗举要》）

【参考书】

[1]《沈佺期宋之问集校注》,陶敏、易淑琼校注,中华书局2001年版。

宋之问

宋之问(656?—712?),一名少连,字延清,汾州西河(今山西汾阳)人,一说虢州弘农(今河南灵宝)人。高宗上元二年(675)进士。曾任尚方监丞、左奉宸内供奉。因谄事张易之兄弟,中宗神龙元年(705)贬为泷州参军。后逃归洛阳。因告密有功擢升鸿胪主簿,转户部员外郎,兼修文馆直学士。景龙二年(708)迁考功员外郎,世称"宋考功"。后因受贿被贬为越州长史。睿宗景云元年(710)流放至钦州,玄宗先天中,赐死贬所。宋之问与沈佺期齐名,并称"沈宋"。其诗讲求技巧,音韵和谐,属对工整,尤擅五言排律,对近体诗发展有较大贡献。流放期间的作品较有生活感受。有《宋之问集》。

度大庾岭[1]

度岭方辞国[2],停轺一望家[3]。魂随南翥鸟[4],泪尽北枝花[5]。山雨初含霁[6],江云欲变霞。但令归有日[7],不敢恨长沙。

(《全唐诗》,彭定求等编纂,中华书局1960年版。下同)

【注释】

[1] 大庾岭:在今江西、广东交界处,为五岭之一。
[2] 国:都城,指洛阳。
[3] 轺(yáo):轻便简易的马车。
[4] 南翥(zhù)鸟:向南飞的鸟,指雁。
[5] 北枝花:大庾岭梅树北侧之花。宋之问,因家在北方,故北侧的梅花触动思乡之情。
[6] 霁(jì):雨停天晴。
[7] 令(líng):使。下文"恨长沙",指被贬而产生的怨恨之情。《史记·屈原贾生列传》载,贾谊被贬长沙王太傅,作《吊屈原赋》以抒懑。

【题解】

　　此诗作于南流泷州（治所在今广东罗定南）途中，抒发了作者依恋故里、渴望生还的心情。叙事、写景、抒情融为一体，用笔深曲，格律严谨，是初唐律诗中的名篇。

【集评】

　　[1] 三四沉痛，情至之音，不关典色。第六亦是异句。结怨而不怒，得诗人温厚之旨。（卢麰、王溥《闻鹤轩初盛唐近体读本》）

渡 汉 江[1]

岭外音书断[2]，经冬复历春。近乡情更怯，不敢问来人。

【注释】

　　[1] 汉江：汉水，源泉出今陕西南部，东南流，至湖北武汉入长江。
　　[2] 岭外，五岭山脉之外，今两广地区。参见《度大庾岭》。

【题解】

　　此诗是作者神龙二年（706）由岭外贬所逃归，渡过汉江时所作。真切表达了对亲人的强烈思念和近乡时忐忑不安的心情。三、四两句用反接法，生动表现了在特殊境遇下复杂的心理矛盾，故为后人所激赏。

【集评】

　　[1] "不敢问来人"，以反笔写出苦况。（李锳《诗法易简录》）
　　[2] 贬客归家心事，写得逼真的绝。（宋顾乐《唐人万首绝句选评》）

陈子昂

　　陈子昂（661—702），字伯玉，梓州射洪（今属四川）人。出身于富豪之家，早年有慕侠之心，怀济世之志，唐睿宗文明元年（684）进士，授麟台正字、转右卫胄曹参军，升右拾遗，后因称"陈拾遗"。敢于直言极谏，所论多切中时弊，然谏言不为执政者采纳，反而屡遭打击。先后两次从军边塞，圣历元年（698），以父老辞官隐居。长安二年（702），为射洪县令段简诬陷，冤死狱中。陈子昂是初唐重要作家，为文反对齐梁颓靡诗风，倡导"汉魏风骨"和"风雅兴寄"，为初唐诗歌革新做出了重要贡献，对后代诗人产生了深远影响。现存诗一百二十余首，基本反映了他的诗歌主张，题材宽广丰富，风格刚健质朴。有《陈伯玉文集》。

感遇三十八首（其二）

兰若生春夏[1]，芊蔚何青青[2]。幽独空林色[3]，朱蕤冒紫茎[4]。迟迟白日晚[5]，袅袅秋风生[6]。岁华尽摇落[7]，芳意竟何成。

（《全唐诗》，彭定求等编纂，中华书局1960年版。下同）

【注释】

[1] 兰若：均香草名。若，杜若，一名杜蘅。
[2] 芊（qiān）蔚：花叶茂盛的样子。青青：同"菁菁"，繁茂的样子。
[3] 空林色：意思是冠绝群芳，使林间其他花草为之黯然失色。
[4] "朱蕤（ruí）"句：红花覆盖着紫茎。蕤，花下垂的样子，此指代花。冒，覆盖的意思。
[5] 迟迟：舒缓、徐行的样子。
[6] 袅袅：形容微风吹拂。
[7] 岁华：指一年一枯荣的草木。摇落：凋零。

【题解】

《感遇》是陈子昂的一组咏怀诗，共三十八首，非一时一地所作，集中体现了作者标举的"风雅兴寄"的诗歌主张。此首原列第二。通篇运用传统的比兴手法，借冠绝群芳的香兰、杜若由繁茂而至衰落凋零的描写，寄托了自己的美好理想、高洁情怀以及抱负无由实现的失落和苦闷。

登幽州台歌[1]

前不见古人[2]，后不见来者[3]。念天地之悠悠，独怆然而涕下[4]！

【注释】

[1] 幽州台：又称蓟北楼，遗址在今北京市西南。
[2] 古人：指前代的明君贤士。

[3] 来者：指后世的明君贤士。
[4] 怆（chuàng）然：伤感的样子。

【题解】

万岁通天元年（696），陈子昂随建安王武攸宜远征契丹，军事失利，他屡谏不用，因登蓟北楼，有感于昔时乐生（毅）、燕昭之事，赋诗数首。这是其中之一。诗在极其广阔的时空背景下，深刻表现了诗人知音难遇的孤独苦闷和报国无门的极大悲愤，以极其凝练的笔墨高度概括了历代有志有识之士壮志难酬的遭遇和心情，故而激起无数后人的强烈共鸣。

【集评】

[1] 胸中自有万古，眼底更无一人。古今诗人多矣，从未有道及此者。此二十二字，真可泣鬼。（黄周星《唐诗快》）

送魏大从军

匈奴犹未灭[1]，魏绛复从戎[2]。怅别三河道[3]，言追六郡雄[4]。雁山横代北[5]，狐塞接云中[6]。勿使燕然上，惟留汉将功[7]。

【注释】

[1]"匈奴"句：汉武帝欲为名将霍去病（官至骠骑将军、封冠军侯）建造第宅，霍谢绝说："匈奴未灭，无以家为也。"（见《史记》本传）此处所指部族，未能确考。

[2] 魏绛：春秋时晋国大夫。主张与周边外族讲和，消弭边患。此处以魏绛指代魏大（姓魏，行大，名不详），仅取其为前代同姓之名人，事迹不必相合。

[3] 三河道：未详。或是泛指中原地区。从中原出发从军，故言恨别。隋唐时河东郡，治所在今山西永济西南；河内郡，治所在今河南沁阳；河南郡，治所在今河南洛阳。录以备考。

[4] 言：声言。追：追攀。六郡雄：六郡的豪杰之士。《汉书·地理志下》："六郡良家子（好人家的子弟），选给羽林期门，以材力为官，名将多出焉。"颜师古注："六郡谓陇西、天水、安定、北地、上郡、西河。"

[5] 雁山：雁门山，在代州（治所在今山西代县）西北，有雁门关。

[6] 狐塞：当指飞狐关，在今河北涞源泉与蔚县之间。云中：郡名。治所在今山西大同。以上两句，指魏大出征所向之地。

[7] "勿使"二句：不要使燕然山上，只留下汉代名将的纪功碑。此为勉励魏大立大功，成名将。东汉窦宪为车骑将军抗击匈奴，大破之，追奔三千里，登燕然山，刻石勒功

而还。燕然山，即今蒙古之杭爱山。

【题解】

此诗为赠别友人魏大出征而作。诗中不叙离情别绪，而是满腔热情地激励友人一往无前，立功沙场。全诗气势充沛，情辞慷慨，语调铿锵，虽一连用了几个典故而化用自然，一气呵成。在对友人的勉励和期待中显然也寄托了作者自己的报国雄心。

与东方左史虬修竹篇序[1]

东方公足下：文章道弊五百年矣[2]。汉魏风骨[3]，晋宋莫传，然而文献有可征者[4]。仆尝暇时观齐、梁间诗，彩丽竞繁而兴寄都绝[5]，每以永叹。思古人常恐逶迤颓靡[6]，风雅不作[7]，心耿耿也[8]。一昨于解三处见明公《咏孤桐篇》[9]，骨气端翔[10]，音情顿挫[11]，光英朗练[12]，有金石声[13]。遂用洗心饰视[14]，发挥幽郁。不图正始之音[15]，复睹于兹，可使建安作者[16]，相视而笑。解君云："张茂光[17]、何敬祖[18]，东方生与其比肩[19]。"仆亦以为知言也。故感叹雅制，作《修竹》诗一篇，当有知音以传示之。

（《唐代文选》，孙望、郁贤皓主编，江苏古籍出版社1994年版）

【注释】

[1] 东方左史：东方虬（qiú），子昂之友，武则天时任左史，即职掌记录皇帝起居法度的官。

[2] 文章：泛指诗、文等文学作品。五百年：自建安（汉献帝年号）至陈子昂，大约五百年。

[3] 汉魏风骨：又称"建安风骨"，是对汉末魏初时期诗文主要特征与风貌的概括。风，指作品的艺术感染力。骨，指作品的思想内容。刘勰《文心雕龙》有《风骨》篇。

[4] 征：证明，查考。

[5] 兴（xìng）寄：比兴手法的运用与思想感情的寄托。下文"永叹"，长叹。

[6] 逶迤：此处形容齐梁诗风延续不断地流传。一说衰败貌。

[7] 风雅：指《诗经》中的《国风》和《大雅》、《小雅》部分。

[8] 耿耿：心中不安状。

[9] 解（xiè）三：姓解，名不详，排行第三，子昂之友。唐时朋友间，好以排行相称，即同一曾祖父或祖父的同辈兄弟按年龄大小排列。明公：敬称。指东方虬。

[10] 骨气：即风骨。端翔：诗的内容充实，气势飞动。

[11] 音情顿挫：诗的节奏与感情，抑扬起伏。

[12] 光英朗练：形容作品光彩明朗皎洁。

[13] 金石声：喻音调铿锵悦耳。《晋书·孙绰传》载，孙绰作《天台山赋》，送给友人范荣期看，并说："卿试掷地，当作金石声也。"

[14] 洗心饰视：洗刷心灵，擦亮眼睛。饰，刷洗，使之洁净。

[15] 正始之音：指曹魏王朝后期的诗歌，其主要诗人为阮籍、嵇康为代表的"竹林七贤"。正始，魏齐王曹芳的年号（240－248）。

[16] 建安作者：指汉末魏初以"三曹"、"七子"为代表的作家。

[17] 张茂先：晋初诗人张华的字。

[18] 何敬祖：晋初诗人何劭的字。

[19] 比肩：并肩，相提并论。

【题解】

这虽是一篇书信体的诗序，却可以看作陈子昂诗歌革新的理论纲领，正是在这篇文章里，陈子昂第一次将汉魏风骨与风雅兴寄联系起来，反对没有风骨、没有兴寄的创作，并且提出了一种"骨气端翔，音情顿挫，光英朗练"的美学理想。这一主张对于唐诗的健康发展产生了巨大而深远的影响。

【参考书】

[1]《陈子昂诗注》，彭庆生注，四川人民出版社1981年版。

刘希夷

刘希夷（651－678?），字庭芝，汝州（今河南临汝）人，宋之问外甥。高宗上元二年（675）进士，但未曾任官。为人性情落拓不羁，为奸人所杀。作诗以歌行体见长，多写闺情和军旅生活，风格凄艳，词调哀苦。《全唐诗》录存其诗一卷。

代悲白头翁[1]

洛阳城东桃李花，飞来飞去落谁家？洛阳女儿好颜色，坐见落花长叹息。今年花落颜色改，明年花开复谁在？已见松柏摧为薪[2]，更闻桑田变成海。古人无复洛城东[3]，今人还对落花风。年年岁岁花相似，岁岁年年人不同。寄言全盛红颜子，应怜半死白头翁[4]。此翁白头真可怜，伊昔红颜美少年[5]。公子王孙芳树下，清歌妙舞落花前。光禄池台开锦绣，将军楼阁画神仙[6]。

一朝卧病无相识,三春行乐在谁边?宛转蛾眉能几时[7]?须臾鹤发乱如丝。但看古来歌舞地,惟有黄昏鸟雀悲!

(《全唐诗》,彭定求等编纂,中华书局1960年版)

【注释】

[1] 白头翁:《乐府诗集》收入《相知歌辞·楚洞曲》,题作白头吟(古辞),无"代悲"字样;并引《古今乐录》曰:"《白头吟》疾人相知,以新间旧,不能至于白头,故以为名。"本篇主题已有变化。

[2] "已见"句:意谓即使是坚实长青的松柏也摧折枯朽变成了柴薪。下句说沧海桑田之变。

[3] "古人"句:意谓曾经在洛城东赏花的古人不在了。

[4] "寄言"二句:承上启下,前后结合,"红颜子"与"白头翁"既是两种人,同时又是人生的两个阶段。

[5] 伊昔:犹言在昔,从前。

[6] "公子"四句:写白头翁青年时代的风光之盛。光禄,光禄寺,中央官署,长官为光禄寺卿,掌祭祀宴会酒醴膳羞之事。将军楼阁,汉代麒麟阁,萧何建造。宣帝甘露三年(前51),"上思股肱之美,乃图画其人于麒麟阁,法其形貌,署其官爵姓名。"计有霍光等十一人。"皆有功德,知名当地,是以表而扬之。"(《汉书·苏武传》)

[7] 宛转:光阴流逝。此处有时光迅捷之意,与下文"须臾"同义。蛾眉:指代美少女,与下文"鹤发(白头翁)"相对。

【题解】

此诗借洛阳女儿的伤春,抒发了韶光易逝、富贵无常、人生短促、青春不再的悲愁,有浓郁的感伤情绪。全诗兴象鲜明而韵味无穷。红颜少年和白头老翁的对比,正是人生昔盛今衰的生动写照。其中"年年岁岁花相似,岁岁年年人不同"两句,包含了广泛深刻的人生哲理,千古传诵。

张若虚

张若虚,生卒年不详,扬州(今属江苏)人。曾官兖州兵曹。与贺知章、包融、张旭并以文词俊秀齐名,号"吴中四士"。所赋诗以《春江花月夜》最为著名。《全唐诗》仅存录其诗二首。

春江花月夜[1]

春江潮水连海平,海上明月共潮生。滟滟随波千万里[2],何处春江无月明。江流宛转绕芳甸[3]，月照花林皆似霰。空里流霜不觉飞[4]，汀上白沙看不见[5]。江天一色无纤尘，皎皎空中孤月轮。江畔何人初见月？江月何年初照人？人生代代无穷已，江月年年只相似。不知江月待何人，但见长江送流水。白云一片去悠悠，青枫浦上不胜愁[6]。谁家今夜扁舟子[7]？何处相思明月楼？可怜楼上月徘徊，应照离人妆镜台。玉户帘中卷不去[8]，捣衣砧上拂还来。此时相望不相闻，愿逐月华流照君。鸿雁长飞光不度[9]，鱼龙潜跃水成文。昨夜闲潭梦落花[10]，可怜春半不还家。江水流春去欲尽，江潭落月复西斜。斜月沉沉藏海雾，碣石潇湘无限路[11]。不知乘月几人归，落月摇情满江树[12]。

（《全唐诗》，彭定求等编纂，中华书局1960年版）

【注释】

[1] 春江花月夜：原是乐府《清商曲辞·吴声歌曲》旧题。陈后主与宫中女学士及朝臣相和为诗，采其中最艳丽的曲调，名《春江花月夜》。江，长江。

[2] 滟滟（yàn）：微波荡漾、波光粼粼的样子。

[3] 宛转：委宛曲折。芳甸：花草丛生的原野。下文"霰（xiàn）"，雪珠。

[4] 霜：以白霜比喻月色。

[5] 汀（tīng）：水中水边的平地。句意白沙被"霜"覆盖，只见"霜"不见沙了。

[6] 青枫浦：在今湖南省浏阳县境内。此处泛指分别的地点。

[7] 扁（piān）舟子：漂泊江湖的游子。下文"明月楼"，曹植《七哀诗》："明月照高楼，流光正徘徊。上有愁思妇，悲叹有余哀。"

[8] 玉户：指思妇的居室。卷不去：与下文"拂还来"同指月光。

[9] "鸿雁"句：意思是鸿雁怎么也飞不出这片月光。

[10] 闲潭：幽静的水潭。梦落花：意谓春天将逝。

[11] 碣石：山名，在今河北省乐亭县西南。潇湘：水名，潇水和湘水在湖南零陵合流后称为潇湘。碣石、潇湘分居北方和南方，相距遥远，喻游子思妇难以相见。

[12] "落月"句：意思是月光和思念之情一起洒落在江水之中、岸边树上。

【题解】

此诗用乐府旧题而能自出机杼，生动展现了春江花月之夜的优美景色，以此为背景，抒写了离别相思之情，并表现了对人生哲理的思索，对宇宙奥秘的探求，对青春年华的珍惜。全篇熔诗情、画意、哲理于一炉。韵律和谐婉转，富有音乐美。是初唐七言歌行的杰作。

【集评】

[1] 字字写得有情、有想、有故。（钟惺、谭元春《唐诗归》）

[2] 前半见人有变异，月明常在，江月不必待人，惟江流与月同无尽也。后半写思妇怅望之情，曲折之致。题中五字安放自然，犹是王、杨、卢、骆之体。（沈德潜《唐诗别裁》）

[3] 张若虚《春江花月夜》用《西洲》格调，孤篇横绝，竟为大家。李贺、商隐挹其鲜润，宋词、元诗尽其支流，宫体之巨澜也。（王闿运《湘绮楼论唐诗》）

张九龄

张九龄（678－740），一名博物，字子寿，韶州曲江（今广东省韶关）人，世称"张曲江"。武后长安二年（702）登进士第，任校书郎。玄宗先天元年（712）登道侔伊吕科，授左拾遗。历任司勋员外郎、中书舍人、洪州都督等职。开元二十一年（733）拜中书侍郎、同中书门下平章事，翌年，迁中书令。是开元时代的贤相之一。在朝刚正不阿，直言敢谏，被李林甫所忌，二十四年（736）罢相，次年贬荆州长史。张九龄工诗能文，尤擅五言古诗，诗风和雅清淡，开盛唐王孟一派。有《曲江张先生文集》。

感遇十二首（其一）

兰叶春葳蕤[1]，桂华秋皎洁。欣欣此生意，自尔为佳节[2]。谁知林栖者，闻风坐相悦[3]。草木有本心，何求美人折[4]？

（《全唐诗》，彭定求等编纂，中华书局1960年版。下同）

【注释】

[1] 葳蕤（wēi ruí）：草木茂盛的样子。

[2] "欣欣"二句：意思是春兰秋桂生机勃勃，欣欣向荣，使春秋两季自然成为佳节。

[3] "谁知"二句：意思是没有想到隐逸之士钦慕兰、桂的风格，因而喜爱它们。

[4] "草木"二句：意思是草木散发芳香，是出自它的本性，而不是为了求人折取。美人，指"林栖者"和其他"相悦"的人。

【题解】

《感遇》作于玄宗开元二十五年（737）由右丞相贬荆州时，十二首诗皆托物言志。此诗以清雅芬芳的兰、桂为喻，表现了作者淡泊自守、不慕荣利的高尚情操和洒脱襟怀。说明君子志行高洁乃是以美德自励，而不求人见知。

其 七

江南有丹橘，经冬犹绿林。岂伊地气暖[1]，自有岁寒心。可以荐嘉客[2]，奈何阻重深。运命唯所遇，循环不可寻[3]。徒言树桃李，此木岂无阴[4]？

【注释】

[1] 伊：彼，他。下文"岁寒心"，不畏严寒的本性。《论语·子罕》："岁寒，然后知松柏之后凋也。"

[2] 荐：奉献。嘉客：暗喻朝廷。下句说，无奈阻隔多多（不能如愿）。

[3] "运命"二句：命运的好坏（如作者由受重用到遭贬斥）就看一时的境遇，难得寻求其端倪。

[4] "徒言"二句：意谓丹橘怎么就不如桃李！树，种植。此木，指丹橘。

【题解】

此诗托物以言志，诗人以屈原《橘颂》所赞美的丹橘自比，抒写了自己"独立不迁"的品格和因正直而遭受打击的遭遇。比喻贴切，意余象外。对朝政的昏乱和当权得势者的不满，以及自己受到重重阻碍却无可奈何之情，也溢于言表。

望月怀远

海上生明月，天涯共此时。情人怨遥夜[1]，竟夕起相思。灭烛怜光满，披衣觉露滋[2]。不堪盈手赠[3]，还寝梦佳期[4]。

【注释】

[1] 情人：有怀远之情的人。作者自谓。遥夜：长夜。下文"竟夕"，整夜。

[2] "灭烛"二句：熄灭烛光，月光满室，愈觉可爱；披衣出户，伫立望月，始觉寒露已重。怜，爱。滋，多。

[3] "不堪"句：意思是不能捧着满手的月光相赠。陆机《拟明月何皎皎》："照之有余辉，揽之不盈手。"

[4] 佳期：指相会之期。

【题解】

本篇是月夜怀人之作。诗人紧扣"月"来写，因望月而怀远，因怀远而更望月，进而生发以月光持赠远人的奇想。全诗委婉深曲，饶有情韵。

贺知章

贺知章（659—744），字季真，越州永兴（今浙江萧山）人。武后证圣元年（695）登进士第。授国子四门博士，迁太常博士。玄宗开元十年（722）因张说推荐入丽正殿修书。历任礼部侍郎、工部侍郎、太子宾客、秘书监。性旷达，善谈笑，晚年尤放诞，自号"四明狂客"。与李白、张旭等合称"饮中八仙"。工诗文，绝句情韵隽永，时有新意。与张旭、包融、张若虚号为"吴中四士"。《全唐诗》录存其诗一卷。

回乡偶书二首（其一）

少小离家老大回，乡音无改鬓毛衰[1]。儿童相见不相识，笑问客从何处来。

（《全唐诗》，彭定求等编纂，中华书局1960年版。下同）

【注释】

[1] 鬓毛衰（cuī）：两鬓的头发已经斑白。

【题解】

本题共二首，作于天宝三载（744）作者告老还乡之时。诗人早岁离家，此时已八十六岁高龄，临行玄宗曾亲自作诗相送。但此诗中丝毫没有流露衣锦还乡的优越感，只真实写出世事沧桑、不胜今昔的微妙复杂心情，概括了所有少小离家、老大始归者的体验，既朴素又深刻，因而引起后人的强烈共鸣。

咏　柳

碧玉妆成一树高，万条垂下绿丝绦[1]。不知细叶谁裁出，二月春风似剪刀。

【注释】

[1] 丝绦（tāo）：用丝编成的带子或绳子。

【题解】

诗的前三句写柳树，从整体写到柳枝，再到柳叶，赞美了春柳的清新悦目，生机盎然。继而由柳树巧妙地过渡到春风，以新奇贴切的比喻赞美了春天的无限创造力。别出心裁，引人遐思。

孟浩然

孟浩然（689－740），字浩然，襄州襄阳（今湖北襄樊）人。世称"孟襄阳"。早年隐居家乡读书，开元十六年（728）赴长安应进士试落第，归乡后曾漫游吴、越、湘、赣等地。开元二十五年（737）张九龄为荆州长史，辟其为从事，不久辞归。开元二十八年（740）王昌龄游襄阳，孟浩然与之畅游欢甚，食鲜疾动而卒。孟浩然与张九龄、王维、裴朏、卢僎、裴总等为忘形之交。其诗多为山水行旅、田园隐逸之作，诗风冲淡自然，境界清远。与王维同为盛唐山水田园诗派的代表作家，世称"王孟"。有《孟浩然集》。

夜归鹿门山歌[1]

山寺钟鸣昼已昏，渔梁渡头争渡喧[2]。人随沙路向江村，余亦乘舟归鹿门。鹿门月照开烟树[3]，忽到庞公栖隐处[4]。岩扉松径长寂寥[5]，惟有幽人夜来去[6]。

（《全唐诗》，彭定求等编纂，中华书局1960年版。下同）

【注释】

[1] 题一作《夜归鹿门歌》。鹿门：山名，在今湖北襄樊市东南。

[2] 渔梁：即渔梁洲。在襄阳岘山附近汉水滨，离鹿门很近。《水经注·江水》："沔水中有渔梁洲，庞德公所居。"

[3] "鹿门"句：意思是鹿门的树木本来被暮烟笼罩，在月光下却显得分明了。

[4] 庞公：即庞德公，东汉隐士。

[5] 岩扉松径：指隐士所居之处。岩扉，石窟之门。松径，松林中的小路。

[6] 幽人：隐士，系作者自指。夜：一作"自"。

【题解】

此诗写作者傍晚自涧南园经岘山往鹿门隐居处途中的情景，叙述次第分明，从鹿门山清幽夜景的描绘中可见诗人超尘脱俗的隐逸生活及高士孤寂恬静的襟怀。末二句如诗如画，耐人回味。

望洞庭湖上张丞相[1]

八月湖水平[2]，涵虚混太清[3]。气蒸云梦泽[4]，波撼岳阳城[5]。欲济无舟楫，端居耻圣明[6]。坐观垂钓者，空有羡鱼情[7]。

【注释】

[1] 题一作《临洞庭》。洞庭湖：在今湖南北部，长江南岸。张丞相：一说指张九龄，一说指张说。

[2] 湖水平：八月长江水涨，湖水漫溢，与岸齐平。

[3] 涵、混：包容为一体。虚、太清：指天空。

[4] 云梦泽：古大泽名，在今湖北南部、湖南北部（包括洞庭湖）。

[5] 岳阳城：即今湖南岳阳市，在洞庭湖东岸。

[6] 端居：平居，闲处（不做事）。圣明：常用以指代皇帝，也指圣明时代。

[7] "坐观"二句：意思是欲出仕而不得。言外之意望张丞相汲引。空，一作"徒"。羡鱼情，语出《淮南子·说林训》："临河羡鱼，不如归家织网。"

【题解】

这首诗是开元初作者赠给当时的宰相的。前半写洞庭湖景色，气势磅礴，意境开阔，"气蒸"一联为咏洞庭的名句。后半即景抒情，委婉含蓄地表达了自己积极用世及渴望在仕途上得到汲引的心情。

【集评】

[1] 洞庭，天下壮观，骚人墨客题者众矣，终未若此诗颔联一语气象。（蔡正孙《诗林广记》引《西清诗话》）

[2] 前半望洞庭湖，后半赠张相公，只以望洞庭托意，不露干乞之痕。（李庆甲《瀛奎律髓汇评》引纪昀语）

过故人庄[1]

故人具鸡黍[2]，邀我至田家。绿树村边合，青山郭外斜[3]。开筵面场圃[4]，把酒话桑麻[5]。待到重阳日，还来就菊花[6]。

【注释】

[1] 过：过访。
[2] 具：置办。鸡黍：泛指农家待客的饭食。
[3] 郭：泛指城。
[4] 筵：一作"轩"。场：打谷的地方。圃：菜园。
[5] 桑麻：桑以养蚕，麻以织布，泛指农事。
[6] 就菊花：为赏菊而来。就，接近。

【题解】

这首诗以清新优美的笔调写出田园风光的优美、农家生活的简朴和故人情谊的淳厚，透露出作者倾心田园生活的淡泊志趣。通篇充满诗情画意，洋溢着浓厚的生活气息。诗用五律写成，对仗工稳，却自然流畅，毫无锤炼之迹。是陶渊明之后不可多得的田园诗杰作。

【集评】

[1] 以古为律，得闲适之意，使靖节为近体，想亦不过如此而已。（屈复《唐诗成法》）

春　晓

春眠不觉晓，处处闻啼鸟。夜来风雨声，花落知多少[1]？

【注释】

[1]"夜来"二句：曲折地表达惜花之意。

【题解】

此诗写春天的早晨。作者别具匠心地从听觉着笔，通过对春之声的描写烘托出鸟语花香的烂漫春光，表现了作者内心的喜悦和对大自然的热爱，同时婉转含蓄地表达出他喜春而又惜春的复杂心情。

宿建德江[1]

移舟泊烟渚[2]，日暮客愁新。野旷天低树[3]，江清月近人。

【注释】

[1] 建德江：即新安江，流经今浙江省建德。
[2] 烟渚：水气笼罩的沙洲。
[3] 天低树：因平野旷远，看起来天比树低。

【题解】

此诗写暮江独泊所见和为客异乡的孤寂，景物描写中透露出浓郁的秋意和乡愁。全诗明白如话而含蕴蕴藉，情景交融而诗味隽永。

晚泊浔阳望庐山[1]

挂席几千里[2]，名山都未逢。泊舟浔阳郭[3]，始见香炉峰[4]。尝读远公传[5]，永怀尘外踪[6]。东林精舍近[7]，日暮但闻钟。

【注释】

[1] 浔（xún）阳：今江西九江。庐山：在今江西九江南，鄱阳湖口以西。相传秦末有匡俗兄弟七人庐居此山而得名，一说以庐江而得名。故也称匡山、庐阜，总名匡庐。
[2] 挂席：犹扬帆。几（jī）：几乎，将近。
[3] 郭：指外城。古代筑城，在内者曰城，在外者称郭。
[4] 香炉峰：即庐山北峰，形似香炉，气霭若烟，故名。
[5] 远公：东晋僧人慧远，居庐山东林寺。后世净土宗人推尊为初祖。
[6] 永：久。尘外：尘世之外。僧人出家，摆脱世俗，故称尘外。踪：行踪。
[7] 东林精舍：即东林寺。精舍，佛寺。

【题解】

　　此诗写作者泊舟浔阳远望庐山之所见、所闻、所感。前半于叙事中略微见景,庐山之神情面目、诗人之欣然怡悦跃然纸上。后半以情带景,诗人自然联想到晋代庐山高僧慧远,遂产生远离世事、避往灵境的尘外之想。全诗空灵含蓄,情思悠远,有"不着一字,尽得风流"之妙。

【集评】

　　[1] 诗至此,色相俱空,正如羚羊挂角,无迹可求,画家所谓逸品是也。(王士禛《带经堂诗话》)

【参考书】

　　[1]《孟浩然诗集笺注》,佟培基笺注,上海古籍出版社2000年版。

王　维

　　王维(701—761),字摩诘,祖籍太原祁州(今山西祁县),其父徙居蒲州(治今山西永济)。开元九年(721)进士,授大乐丞,不久因事贬济州司库参军。张九龄执政,擢为右拾遗。开元二十五年(737)秋,以监察御史出使凉州,后迁殿中侍御史。开元二十九年(740)春,辞官归隐终南。安史之乱中被俘,迫受伪职,官给事中。乱平后降为太子中允,后官至尚书右丞,世称"王右丞"。王维多才多艺,精于诗文、书画、音乐。其诗诸体兼善,尤擅长山水田园诗。诗风清新秀雅,诗中有画,气韵生动,熔诗情、画意、禅理于一炉,被清代神韵派奉为圭臬。有《王右丞集》。

辋川闲居赠裴秀才迪[1]

　　寒山转苍翠,秋水日潺湲[2]。倚杖柴门外,临风听暮蝉。渡头余落日,墟里上孤烟[3]。复值接舆醉[4],狂歌五柳前[5]。

(《王维集校注》,陈铁民校注,中华书局1997年版。下同)

【注释】

　　[1] 辋(wǎng)川:即辋谷水。在今陕西蓝田南辋谷内。辋谷是一条长十里、宽约

二百至五百米的峡谷，有辋水流贯其中。宋之问曾建别墅于辋川谷口，后归王维，他先后在这里居住三十多年。裴迪：王维的好友，在王维隐居辋川期间经常与他泛舟往来、赋诗唱和。

[2] 潺湲（chán yuán）：水缓缓流动的样子。

[3] 墟里：村落。孤烟：指炊烟。

[4] 接舆：楚国隐士陆通，字接舆。因见楚昭王时政治混乱，于是佯狂不仕，时人称之为楚狂。他劝孔子也不要做官，以免得祸。孔子到楚国去，他走过孔子车前，唱歌讽刺道："凤兮凤兮！何德之衰。"（事见《论语·微子》）这里以接舆比裴迪。

[5] 五柳：陶渊明《五柳先生传》："先生不知何许人也，亦不详其姓字，宅边有五柳树，因以为号焉。"这里以陶渊明自比。

【题解】

这首诗通过对幽居闲适生活的赞叹，对好友裴迪狂放情态的描写，透露出内心的不得志和对现实的不满。中间两联对辋川秋晚景色的描绘逼真传神，清幽如画。

【集评】

[1] 对起，上句尤妙，此从陶出。"渡头余落日，墟里上孤烟"。景色可想。（吴煊、胡棠《唐贤三昧集笺注》）

酬张少府[1]

晚年惟好静，万事不关心。自顾无长策[2]，空知返旧林[3]。松风吹解带[4]，山月照弹琴。君问穷通理，渔歌入浦深[5]。

【注释】

[1] 酬：以诗文相赠答。张少府：其名未详。少府，唐代用以称县尉。

[2] 长策：好办法。

[3] 空：徒。旧林：故居。

[4] 解带：宽松、解开的衣带。

[5] "君问"二句：您问起穷通之理，无非是唱着渔歌进入渔浦深处。君，指张少府。穷通理，即命运穷塞和通显的道理。渔歌，《楚辞·渔父》："渔父莞尔而笑，鼓枻而去，乃歌曰：'沧浪之水清兮，可以濯吾缨；沧浪之水浊兮，可以濯吾足。'遂去，不复与言。"这里暗用此典，表明世道清明，则宜出仕；世道昏暗，则宜隐遁。

【题解】

这首诗作于作者晚年隐居辋川时期，表现了隐逸生活的乐趣及闲适淡泊的心境。"松风"二句物我融合、动静相映,既富画意,更饶诗情。结末以画面作答,尤有韵外之致。

送梓州李使君[1]

万壑树参天,千山响杜鹃[2]。山中一半雨[3],树杪百重泉。汉女输橦布[4],巴人讼芋田[5]。文翁翻教授[6],敢不倚先贤[7]?

【注释】

[1] 梓州:州治在今四川三台。使君:指刺史。李使君,其人未详。
[2] 杜鹃:鸟名,又名子规。蜀地以出杜鹃闻名,故千山可闻。
[3] 一半雨:深山冥晦,晴雨相半,故曰"一半雨"。又,"一半雨",当依别本作"一夜雨"。下文"杪(miǎo)",树梢。"百重",犹百道。
[4] 汉女:指嘉陵江边的少数民族妇女。嘉陵江古称西汉水。橦(tóng)布:用橦木花织成的布。
[5] 巴人:指四川东部地区的人。巴,古国名,在四川东部。芋田:种芋头的田,蜀中产芋。
[6] 文翁:汉代庐江舒(故城在今安徽庐江县西)人,景帝时为蜀郡太守,见蜀地僻陋,便兴办学校,施教于民,使蜀地日渐开化。翻:当是翻新之意,故下句说希望李使君效法先贤。
[7] 倚:依傍,倚仗。先贤:指文翁。

【题解】

此诗名为送行,实以写景取胜。前半借助想象生动展现了蜀地的幽谷深林和骤雨过后的奇景,起势陡绝,一气贯注,意境雄浑。后半写蜀地的风土人情和对友人的勉励。结构缜密,写景、叙事句句切友人所往之地。

终南别业[1]

中岁颇好道[2],晚家南山陲。兴来每独往,胜事空自知。行到水穷处,坐看云起时。偶然值林叟,谈笑无还期。

【注释】

[1] 终南:终南山,又称南山,在今陕西长安南。别业,犹言别墅。
[2] 道:佛家学说。

【题解】

此诗作于开元二十九年（741）作者隐于终南山时，着重表现隐居的生活情态，鲜明地传达出他无拘无束、悠闲自得的心境。三联写性之所至，任运自然，一片化机，为一篇之警策。全诗如行云流水，有一唱三叹之妙。

汉江临泛[1]

楚塞三湘接[2]，荆门九派通[3]。江流天地外，山色有无中。郡邑浮前浦，波澜动远空。襄阳好风日[4]，留醉与山翁[5]。

【注释】

[1] 汉江：即汉水，是长江最长的支流，源出陕西，经湖北而入长江。临泛：临流泛舟。诗题一作《汉江临眺》，临流远眺。

[2] 楚塞：楚国的疆界，指今湖北、湖南一带。三湘：漓湘、潇湘、蒸湘三水的总称，在今湖南境内。

[3] 荆门：唐代有荆门县，其南有荆门山，当离襄阳不远。九派：流入长江的九条支流。

[4] 襄阳：今湖北襄樊，位于汉江中游。风日：风景、风光。

[5] 山翁：指晋人山简，"竹林七贤"山涛之子，曾为征南将军，镇守襄阳。好饮酒，常去郡中豪族习氏园池宴饮，每次必醉。这里借指襄阳地方官。

【题解】

此诗作于开元二十八年（740）十月，王维以殿中侍御史知南选途经襄阳时。以雄浑的气魄，劲健的手笔，描写了汉江的雄伟壮丽。其中第二联虚实相生，生动展现出汉江烟波浩淼、雄浑壮阔的景象，尤为后人所激赏。

【集评】

[1] 右丞此诗，中两联皆言景，而前联尤壮，足敌孟、杜《岳阳》之作。（方回《瀛奎律髓》）

渭川田家[1]

斜光照墟落[2]，穷巷牛羊归。野老念牧童，倚杖候荆扉[3]。雉雊麦苗秀[4]，蚕眠桑叶稀。田夫荷锄至，相见语依依。即此羡闲逸，怅然歌式微[5]。

【注释】

[1] 渭川：渭水。
[2] 斜光：指夕阳。墟落：村庄。下文"穷巷"，深巷。
[3] 荆扉：荆条编成的门，言其简朴。
[4] 雉雊（zhì gòu）：野鸡鸣叫。秀：指庄稼吐穗开花。
[5] 歌式微：用《诗经·邶风·式微》中"式微，式微，胡不归"诗意。

【题解】

这首诗写暮春傍晚农村优美宁静的景色，以自然万物皆顺应自然各有所归的景象，衬托出诗人对田家生活的向往和隐逸思归之情，曲折地表达了厌倦官场不满现实的思想情绪。

【集评】

[1] 田家本色，无一字淆杂，陶诗后少见。（周敬、周珽《唐诗选脉会通评林》引王世贞）

观　猎

风劲角弓鸣，将军猎渭城[1]。草枯鹰眼疾，雪尽马蹄轻。忽过新丰市[2]，还归细柳营[3]。回看射雕处，千里暮云平[4]。

【注释】

[1] 渭城：秦时咸阳城，汉改名渭城，在今陕西咸阳东北。
[2] 新丰市：在今陕西西安临潼东北。
[3] 细柳营：西汉名将周亚夫屯兵处，在长安附近，此指打猎将军的驻地。
[4] 暮云平：指晚云与地平线齐平。

【题解】

这首诗通过对打猎场面生动逼真的描绘，刻画出将军勇武矫健、意气风发的形象。首联起笔突兀，中间两联承转自如，一气流走，结联意境深远。章法、句法、字法俱臻绝妙，是盛唐诗中亦不多见的精品。

【集评】

[1] 起二句，若倒转便是凡笔，胜人处全在突兀也。结亦有回身射雕手段。（沈德潜《唐诗别裁》）

使至塞上[1]

单车欲问边[2]，属国过居延。征蓬出汉塞[3]，归雁入胡天。大漠孤烟直[4]，长河落日圆[5]。萧关逢候骑[6]，都护在燕然[7]。

【注释】

[1] 塞上：边境地区，多指北方长城内外。
[2] 单车：指轻车简从。问边：慰问边塞将士。下文"属国"，典属国的简称。本为汉时官名，唐代有时用以指代使臣，此为作者自称。"居延"，在今内蒙古境内。
[3] 征蓬：随风远飘的蓬草。此作者自喻行踪。
[4] 孤烟直：古代烽烟用狼粪烧，其烟直而聚，虽风吹也不斜。
[5] 长河：黄河。
[6] 萧关：在今宁夏固原县东南，是通往塞北的交通要道。候骑（jì）：骑马的侦察兵。
[7] 都护：当时边疆重镇都护府的长官。燕然：山名，即今蒙古人民共和国境内的杭爱山。后汉车骑将军窦宪大破匈奴北单于，登燕然山刻石记功而还。这里借指前线。

【题解】

开元二十五年（737），河西节度副大使崔希逸战胜吐蕃，王维以监察御史的身份奉使出塞宣慰，此诗即作于赴边途中。诗里描写了作者出使的行程和沿途所见壮阔景象，并在对景物的生动描绘中融进了自己的感受。"大漠"一联意境开阔，气势雄浑，写塞外风光如在目前，近人王国维誉为"千古名句"。

【集评】

[1] "大漠"、"长河"一联独绝千古。（徐增《而庵说唐诗》）

山居秋暝[1]

空山新雨后，天气晚来秋。明月松间照，清泉石上流。竹喧归浣女[2]，莲动下渔舟。随意春芳歇，王孙自可留[3]。

【注释】

[1] 暝（míng）：夜，晚。

[2] 归浣（huàn）女：洗衣女子归来。下文"下渔舟"，渔舟下水。
[3] "随意"二句：意思是尽管春花消歇，秋天同样美好，仍可留在山中。语本《楚辞·招隐士》："王孙兮归来，山中兮不可以久留。"反用其意。

【题解】

这首诗写秋天傍晚雨后山村的景色，一派生机，毫无衰飒之感，从中透露出作者对大自然的迷恋以至流连忘返的心情。写景清新自然，历历如绘。中间两联以动衬静，极富画意。

【集评】

[1] "竹喧"、"莲动"，细极！静极！（钟惺、谭元春《唐诗归》）
[2] 右丞本从工丽入，晚岁加以平淡，遂以天成，如"明月松间照，清泉石上流"，此非复食烟火人能道者。（黄生《唐诗矩》）

终 南 山[1]

太乙近天都[2]，连山到海隅[3]。白云回望合，青霭入看无。分野中峰变[4]，阴晴众壑殊。欲投人处宿，隔水问樵夫。

【注释】

[1] 终南山：见《终南别业》注[1]。
[2] 太乙：又称太一、太白，为终南山的主峰。天都：指帝都长安。一说指天空。
[3] 海隅（yú）：海边，海角。
[4] 分野：古代将天上星座的方位与地上郡国的划分相对应，称为分野。句意谓终南之大，可以隔出不同分野。

【题解】

此诗从不同角度勾画了终南山的高大雄伟和景象幽深，尺幅之内而有千里之势。结末深山问路一笔，不仅衬托出山的高大荒远，而且富有画意，饶有余味。

【集评】

[1] "近天都"言其高，"到海隅"言其远，"分野"二句言其大，四十字中无所不包，手笔不在杜陵下。或谓末二句似与通体不配。今玩其语意，见山远而人寡也，非寻常写景可比。（沈德潜《唐诗别裁》）

积雨辋川庄作[1]

积雨空林烟火迟[2],蒸藜炊黍饷东菑[3]。漠漠水田飞白鹭[4],阴阴夏木啭黄鹂[5]。山中习静观朝槿[6],松下清斋折露葵[7]。野老与人争席罢,海鸥何事更相疑[8]!

【注释】

[1] 积雨:久雨。辋川:见《辋川闲居赠裴秀才迪》注[1]。
[2] 空林:疏林。烟火迟:谓久雨后烟火燃起来很缓慢。
[3] 藜(lí):一年生草本植物,嫩叶可吃。这里泛指蔬菜。黍:黄米。这里泛指饭食。菑(zī):已经开垦了一年的田地,这里泛指田亩。饷:送饭。
[4] 漠漠:广阔无边的样子。
[5] 阴阴:幽暗的样子。夏木:即高大的树木,如乔木。啭(zhuàn):鸟宛转鸣啼。黄鹂:黄莺。
[6] 习静:修习静心之道。朝(zhāo)槿(jǐn):木槿,落叶灌木,夏、秋开红、白或紫色花,朝开暮落,故称朝槿。古人常以此悟人生荣枯无常的道理。
[7] 清斋:即素食。《旧唐书·王维传》:"维兄弟俱奉佛,居常蔬食,不茹荤血,晚年长斋,不衣文彩。"露葵:一种素菜。此处指冬葵。
[8] "野老"二句:意思是自己与人相处不拘行迹,全无心机,恐怕连海鸥也不会相猜疑了。野老,作者自谓。争席罢,是说自己已经退隐,也就与世无争。争席,争执客席的座次。《庄子·杂篇·寓言》说杨朱刚到旅店之时:"舍者迎将家,公(旅店主人)执席,妻执巾栉,舍者(旅客)避席,炀者(烤火的人)避灶。其反也,舍者与之争席矣。"海鸥:《列子·黄帝篇》:古时海上有好鸥者,每日从鸥鸟游,鸥鸟至者以百数。其父曰:"吾闻鸥鸟皆从汝游,汝取来吾玩之。"第二天至海上,鸥鸟舞而不下。

【题解】

此诗写辋川久雨后的景色,意境极为澹雅清幽。作者借对淳朴民风的赞美,表达了自己对宦海风波险恶和尘世浮华喧嚣的厌倦,抒发了远离官场隐居山林的渴望。"漠漠"一联生动刻画出山庄夏日雨后特有的景象,为后人所激赏。

【集评】

[1] 诗下双字极难,须使七言、五言之间除去五字、三字外,精神兴致全见于两言,方为工妙。唐人记"水田飞白鹭,夏木啭黄鹂"为李嘉祐诗,

摩诘窃取之,非也。此两句好处,正在添"漠漠"、"阴阴"四字,此乃摩诘为嘉祐点化,以自见其妙,如李光弼将郭子仪军,一号令之,精采数倍。(叶梦得《石林诗话》)

鹿　柴

空山不见人,但闻人语响。返景入深林[1],复照青苔上。

【注释】

[1] 返景:夕阳的返照。景,同"影"。

【题解】

《鹿柴(zhài)》与《竹里馆》、《辛夷坞》均选自王维《辋川集》。是王维山水诗最具特色的代表。这一首写鹿柴傍晚景致,既静谧幽深,又有声有色。诗人以动写静,以有声衬无声,创造出前所未有的境界。

【集评】

[1] 不见人,幽矣;闻人语,则非寂灭也。景照青苔,冷淡自在。摩诘出入渊明,独《辋川》诸作最近。(李攀龙《唐诗训解》)

[2] "人语响",是有声也;"返景照"是有色也。写空山不从无声无色处写,偏从有声有色处写,而愈见其空。(李锳《诗法易简录》)

竹　里　馆

独坐幽篁里[1],弹琴复长啸[2]。深林人不知,明月来相照。

【注释】

[1] 幽篁(huáng):深幽的竹林。

[2] 啸:嘬口出声。是古代高士表达感情的一种特殊方式。成公绥《啸赋》:"逸娇俗而遗身,乃慷慨而长啸。"

【题解】

此诗写独自月夜林下弹琴的情景。在"幽篁"、"深林"、"明月"组成的空明澄静的世界里,不难体味诗人闲适恬淡的意趣。而从如此清幽绝尘的境界中，也不难体味诗人的清高孤寂。笔墨平淡自然，却饶有余味。

辛 夷 坞[1]

木末芙蓉花[2]，山中发红萼[3]。涧户寂无人[4]，纷纷开且落。

【注释】

[1] 辛夷：即木笔树，落叶乔木。花开如莲，有红、紫二色。坞：指四面高中间低的山地。
[2] 木末：树梢、枝头。芙蓉花：这里指辛夷花，因芙蓉花与辛夷花形状相似，花色相近，故称。
[3] 萼（è）：花萼，在花瓣下部的一圈绿色小片。
[4] 涧户：涧中居室。

【题解】

这首诗是作者以禅入诗的代表作。诗借辛夷花从盛开至凋落寂寂无主的描写，创造了一种静谧安详的意境，而这正是诗人自己空寂心境的形象化。

相　　思

红豆生南国[1]，春来发几枝？愿君多采撷[2]，此物最相思。

【注释】

[1] 红豆：一名相思子，草本而木质，结实如豌豆而微扁，色鲜红如珊瑚，可作饰物。生南国：红豆多产于岭南，故云。
[2] 采撷（xié）：采摘。

【题解】

此诗乃托物寄情之作，因红豆又名相思子，故托红豆以寄意，构思巧妙，委婉地表达了对友人真挚而强烈的相思之情。语言质朴，直抒胸臆，而耐人寻味。

少年行四首（其一）

新丰美酒斗十千[1]，咸阳游侠多少年[2]。相逢意气为君饮，系马高楼垂柳边。

【注释】

[1] 新丰：见《观猎》注[2]。斗十千：一斗值十千钱。
[2] 咸阳：秦都咸阳，指代长安。

【题解】

此首以一个平平常常的场景，生动展现出游侠少年开朗豪爽的性格，人物形象极为鲜明，从中折射出盛唐时代特有的乐观精神和浪漫情调。

九月九日忆山东兄弟[1]

独在异乡为异客，每逢佳节倍思亲。遥知兄弟登高处，遍插茱萸少一人。[2]

【注释】

[1] 九月九日：重阳（重九）节。山东：华山以东。
[2] 茱萸：植物名，香气馥郁，可入药。古俗，重阳节佩戴茱萸囊以去邪辟恶。

【题解】

开元五年（717）作者离家赴长安，时年仅十六。诗中表现了重阳佳节之际独在异乡做客的孤凄和强烈的思亲之情。此诗以真切的情感，道出了游子的共同感受，"独在"一联高度凝练，言简意赅，尤为后世传诵不衰。

鸟　鸣　涧

人闲桂花落[1]，夜静春山空。月出惊山鸟，时鸣春涧中。

【注释】

[1] 桂花：亦称木犀，常绿灌木或小乔木。一说桂花指月华（月的光华）。月中有桂，故桂可代月。录以备考。

【题解】

这首诗是王维题友人皇甫岳所居的《皇甫岳云溪杂题五首》中的第一首，

描写了山涧春天月夜景色的幽美。春山因花落、月出、鸟鸣而愈显静谧空旷，形象地表现了"鸟鸣山更幽"的意趣。

【参考书】

[1]《王右丞集笺注》，赵殿成笺注，上海古籍出版社1984年版。

裴 迪

裴迪，生卒年不详，关中（今陕西）人。早年与王维、崔兴宗俱隐终南山；后王维得辋川别业，迪常从游，泛舟往来，弹琴赋诗，吟啸终日。王维搜集与裴迪酬唱诗各二十首，号《辋川集》，裴迪是唐代重要的山水田园诗人之一，擅长五言绝句，艺术风格接近王维。《全唐诗》录存其诗二十九首。

宫 槐 陌[1]

门前宫槐陌，是向欹湖道[2]。秋来山雨多，落叶无人扫。

（《全唐诗》，彭定求等编纂，中华书局1960年版）

【注释】

[1]宫槐：槐的一种，即守宫槐。
[2]欹（qī）湖：因湖势倾斜而得名。欹，倾斜。

【题解】

此诗为作者《辋川集》二十首中的一首，写宫槐秋来雨多叶落的萧疏景色，表现了作者超逸闲静的审美追求。

王之涣

王之涣（688－742），字季凌，郡望晋阳（今山西太原）。六世祖王隆之于北魏时任绛州刺史，遂占籍绛郡（今山西新绛）。开元十年（722）前后任冀州衡水主簿。不久即辞官，优游山水，足迹遍及黄河南北。开元二十年（732）前后，曾流寓蓟门。晚年补莫州文安尉。是盛唐重要诗人之一，以边塞诗享誉当时。《全唐诗》录存其诗六首。

登鹳雀楼[1]

白日依山尽，黄河入海流。欲穷千里目[2]，更上一层楼。

（《全唐诗》，彭定求等编纂，中华书局1960年版。下同）

【注释】

[1] 鹳（guàn）雀楼：故址在今山西永济县（今已重建）。楼有三层，前瞻中条山，下临黄河。

[2] 穷：尽，寻求至尽头。

【题解】

这首诗写登楼所见山河壮丽景象。前两句写登楼所见，视野开阔，气象阔大，有尺幅千里之势。后两句抒发从登高望远中得到的启示，富有哲理。诗人开阔的胸襟，高远的志向也于此可见。

【集评】

[1] 二十字中，有尺幅千里之势。（俞陛云《诗境浅说续编》）

凉州词二首[1]（其一）

黄河远上白云间[2]，一片孤城万仞山[3]。羌笛何须怨杨柳[4]，春风不度玉门关[5]。

【注释】

[1] 题一作《出塞》。郭茂倩《乐府诗集·近代曲词》有《凉州歌》。凉州，唐代治所在今甘肃武威。

[2] 黄河远上：一作"黄沙直上"。

[3] 万仞（rèn）：极言其高峻。仞，古时八尺为一仞。

[4] 羌笛：古代羌族的一种乐器。杨柳：《折杨柳》的简称。北朝乐府《折杨柳歌辞》："上马不捉鞭，反折杨柳枝。蹀坐吹长笛，愁杀行客儿。"此句化用其意。

[5] 玉门关：在今甘肃敦煌西。

【题解】

此诗写玉门关外荒寒苍凉的景色和征人久戍不归的哀怨。景色既苍茫辽阔，抒情又措辞蕴藉，在当时已脍炙人口，后人更推为唐人七绝的压卷之作。

【集评】

[1] 此诗言恩泽不及于边塞，所谓君门远于万里也。（杨慎《升庵诗话》）

[2] 此状凉州之险恶也。笛中有《折杨柳》，然春光已不到，尚何须杨柳之怨乎？明说边境苦寒，阳和不至，措词婉委，深耐人思。（吴煊《唐贤三昧集笺注》）

李 颀

李颀（690？－754？），郡望赵郡，长期居颍阳（今河南登封）东川，故世称"李东川"。开元二十三年（735）进士及第。曾任新乡尉。后归隐颍阳，炼丹求仙。与王昌龄、崔颢、綦毋潜、岑参、王维、高适等皆有交往。工诗，尤擅七言。其七言歌行音节鲜明，情致委折。有《李颀诗集》。

古从军行

白日登山望烽火[1]，黄昏饮马傍交河[2]。行人刁斗风沙暗[3]，公主琵琶幽怨多[4]。野云万里无城郭，雨雪纷纷连大漠。胡雁哀鸣夜夜飞，胡儿眼泪双双落。闻道玉门犹被遮[5]，应将性命逐轻车[6]。年年战骨埋荒外，空见蒲桃入汉家[7]。

（《全唐诗》，彭定求等编纂，中华书局1960年版。下同）

【注释】

[1] 望烽火：指瞭望边警。

[2] 饮（yìn）马：喂马喝水。交河：在今新疆吐鲁番西北，因河水分流绕城下，故名。

[3] 刁斗：古代军中用的铜器，白天作炊具，夜晚用于巡更。

[4] 公主琵琶：汉武帝以江都王刘建女为公主，远嫁乌孙（西域国名），恐其途中烦

闷，弹琵琶以娱之，故称。琵琶，弦乐器名，本胡人马上所弹。

[5]"玉门"句：事见《史记·大宛列传》：汉武帝曾派李广利攻大宛，欲到贰师城取良马。作战两年，战事不利，士卒伤亡很重。李广利上书请求罢兵，汉武帝大怒，派使者遮玉门关，说："军有敢入，斩之！"（见《汉书·李广利传》）遮，拦阻。玉门关，在今甘肃省敦煌县西，古代通西域的要道。

[6] 逐：追随。轻车：汉有轻车将军，这里泛指将帅。

[7] 蒲桃：即葡萄，本西域特产，汉武帝命采其种归，遍植离宫周围。

【题解】

这首诗托古讽今，深刻揭露了唐代统治者好大喜功，穷兵黩武给胡汉人民带来的深重灾难。落笔沉痛，情调悲壮。结末两句写无数人的牺牲只不过换来"蒲桃"的引入而已，强烈的对比，代价的惨重，使人惊心动魄。多用叠字，也是此诗的一个特色。

听董大弹胡笳弄兼寄语房给事[1]

蔡女昔造胡笳声[2]，一弹一十有八拍。胡人落泪沾边草，汉使断肠对归客[3]。古戍苍苍烽火寒[4]，大荒沉沉飞雪白。先拂商弦后角羽[5]，四郊秋叶惊摵摵。董夫子，通神明，深山窃听来妖精。言迟更速皆应手，将往复旋如有情[6]。空山百鸟散还合，万里浮云阴且晴。嘶酸雏雁失群夜[7]，断绝胡儿恋母声[8]。川为净其波，鸟亦罢其鸣。乌孙部落家乡远[9]，逻娑沙尘哀怨生[10]。幽音变调忽飘洒，长风吹林雨堕瓦[11]。迸泉飒飒飞木末[12]，野鹿呦呦走堂下[13]。长安城连东掖垣[14]，凤凰池对青琐门[15]。高才脱略名与利[16]，日夕望君抱琴至。

【注释】

[1] 董大：董庭兰，唐玄宗、肃宗时期的著名琴师。胡笳弄：乐府琴曲名。房给事：即房琯。当时任给事中，给事为其省称。房是董的知音。

[2] 蔡女：指东汉蔡琰（文姬）。蔡琰被匈奴掳去时，曾作《胡笳十八拍》以抒发悲愤。但今传该曲歌词或系后人伪托。下文"拍"，乐曲的段落。

[3] 汉使：指曹操派去迎接蔡琰归国的使者。归客：指蔡琰。

[4] 古戍：古代遗留下来的要塞。苍苍：苍茫萧瑟的样子。烽火：古代敌人入侵时燃烽火以报警。寒：指寒冷、黯然的心理感觉。下文"大荒"，荒僻的边地。"沉沉"，静寂。

[5] 拂：弹奏。商、角、羽：古代的五声为宫、商、角、徵、羽，这里指不同的乐调。下文"摵摵（shè）"，落叶声。

［6］"言迟"二句：写董大弹琴得心应手的高超精湛的技艺。
［7］嘶酸：叫声哀痛辛酸。雏雁：小雁。失群夜：雁南飞时都一群群夜宿水泽苇丛之中，失群指离群的孤雁。
［8］"断绝"句：用蔡琰《悲愤诗》中描写她行将归汉时，其子恋母的一段情事："儿前抱我颈，问母欲何之。人言母当去，岂复有还时。阿母常仁恻，今何更不慈。我尚未成年，奈何不顾思。"
［9］乌孙：汉时西域国名。汉江都王刘建女曾嫁乌孙国王昆莫。
［10］逻娑（luó suō）：今西藏拉萨。唐玄宗贞观年间，文成公主嫁吐蕃赞普松赞干布。以上二句言琴声哀怨，似乌孙公主远嫁思乡、文成公主之悲异域尘沙。
［11］雨堕瓦：雨点滴在屋瓦上。
［12］飒飒（sà）：风声。这里形容泉水迸出之声。
［13］呦呦（yōu）：鹿叫声。《诗经·小雅·鹿鸣》："呦呦鹿鸣，食野之萍。"
［14］东掖：宫殿东边的房屋。房琯任给事中，属门下省。门下省就在东掖。
［15］凤凰池：对中书省和门下省的美称。青琐门：皇宫的门，漆似青色，上有连琐形的花纹。
［16］高才：指房琯。脱略：看得随便，无所谓。

【题解】
此诗作于天宝五载（746），描绘了董庭兰的高超琴技，并对他得遇房琯这样的知音表示钦美。诗人用多种艺术手法表现胡笳弄的丰富内涵，如借助自然界的种种声响和变化将音乐巨大的艺术魅力展示得酣畅淋漓。

送魏万之京[1]

朝闻游子唱离歌[2]，昨夜微霜初渡河。鸿雁不堪愁里听，云山况是客中过。关城树色催寒近[3]，御苑砧声向晚多[4]。莫见长安行乐处，空令岁月易蹉跎[5]。

【注释】
［1］魏万：又名炎，后改名颢，自号王屋山人。仰慕李白大名，相访数千里不遇。之京：前往长安。
［2］游子：指魏万。离歌：离别之歌，一作"骊歌"，即《骊驹》之歌。《骊驹》乃古代咏辞别的逸诗篇名，辞曰："骊驹在门，仆夫具存；骊驹在路，仆夫整驾。"
［3］关城：当指潼关。
［4］御苑：皇家园囿。此代指长安。砧（zhēn）声：捣衣声。向晚：傍晚。
［5］蹉跎（cuō tuó）：光阴虚度。

【题解】

作者代魏万抒写羁旅愁情,并语重心长地勉励他赴京后要及时努力。全诗情景交融,含蓄委婉,工于炼句,被后人誉为"盛唐脍炙佳作"。

王昌龄

王昌龄(690?—756?),字少伯,京兆长安(今陕西西安)人。开元十五年(727)进士及第,授秘书省校书郎。二十二年(734)登博学宏词科,授汜水尉,二十七年(739)因事贬岭南,次年遇赦北返,改授江宁(今江苏南京)丞,世称"王江宁"。天宝中再贬龙标(今湖南黔阳),故又称"王龙标"。安史之乱中,避乱江宁,为濠州刺史闾丘晓所杀。王昌龄与孟浩然、王维、高适、岑参、李白等著名诗人交往,其诗多边塞军旅、宫怨闺情和送别篇什,尤擅七言绝句,与李白七绝相媲美,有"诗家夫子"之称。有《王昌龄集》。另有《诗格》二卷。

出塞二首[1](其一)

秦时明月汉时关[2],万里长征人未还。但使龙城飞将在[3],不教胡马度阴山[4]。

(《全唐诗》,彭定求等编纂,中华书局1960年版。下同)

【注释】

[1] 出塞:乐府《横吹曲》旧题。
[2] "秦时"句:互文见义。意谓秦汉时之月与关。
[3] 龙城飞将:指西汉名将李广。《史记·李将军列传》:"(李)广居右北平,匈奴闻之,号曰汉之飞将军,避之数岁,不敢入右北平。"龙城,一说为匈奴大会祭天之处,故址在今蒙古人民共和国鄂尔浑河西侧的和硕柴达木湖附近。一说为卢龙城,在今河北省喜峰口附近,为汉代右北平郡所在地。后一说较为合理。
[4] 阴山:在今内蒙古自治区中部,汉代为防备匈奴的屏障。

【题解】

诗人从明月关山落笔,高度概括了秦汉以降征戍不息、征人不还的历史;

并借对古代良将的缅怀和向往，抒发了对献身边关者的深厚同情及对朝廷用人不当的不满。全诗悲壮浑成，大气磅礴，蕴含了深沉的历史感。

【集评】

[1]"秦时明月"一章，前人推奖之而未言其妙。盖言师劳力竭而功不成，由将非其人之故，得飞将军备边，边烽自熄，即高常侍《燕歌行》归重"至今人说李将军"也。边防筑城，迄于秦汉；明月属秦，关属汉，诗中互文。（沈德潜《说诗晬语》）

闺　　怨

闺中少妇不知愁，春日凝妆上翠楼[1]。忽见陌头杨柳色，悔教夫婿觅封侯[2]。

【注释】

[1]凝妆：盛妆，着意修饰，与"不知愁"呼应。
[2]觅封侯：指从军征战立功。

【题解】

题为"闺怨"，偏从不知愁写起。然后写少妇忽见陌头杨柳而生"悔"，只写少妇一刹那间微妙的心理变化，却不说明原因，留下极大的想象空间，含蓄蕴藉。

【集评】

[1]雍容浑含，明白简易，真有雅音，绝句中之极品也。（顾璘《批点唐诗正音》）

[2]此诗不作直写，而于第三句以"忽见"二字陡一笔，全首生动有致。（俞陛云《诗境浅说续编》）

芙蓉楼送辛渐二首[1]（其一）

寒雨连江夜入吴[2]，平明送客楚山孤[3]。洛阳亲友如相问，一片冰心在玉壶[4]。

【注释】

[1] 芙蓉楼：在今江苏镇江市西北。辛渐：作者的好友，身世不详。

[2] 吴：泛指今江苏，长江以南地区，古为吴地。

[3] 平明：清晨。楚山：指润州（治所在今江苏镇江）一带的山。古代吴、楚地域相连，这里吴、楚实际上都是指润州一带。

[4] 冰心在玉壶：语本鲍照《代白头吟》："直如朱丝绳，清如玉壶冰。"比喻如冰清玉白。

【题解】

此诗是王昌龄被贬为江宁丞后送别友人之作。诗中除抒发送别之意，还表白了自己冰清玉洁的操守，反映了作者在遭受政治打击后，不妥协而又感到清冷寂寞的心情。诗人笔下迷濛的烟雨和兀立的孤峰，也似乎寄托了诗人的情怀。

【集评】

[1] 少伯诸送别诗，俱情极深，味极永，调极高，悠然不尽，使人无限流连。（宋顾乐《万首唐人绝句选评》）

从军行七首[1]（其一）

烽火城西百尺楼[2]，黄昏独坐海风秋[3]。更吹羌笛关山月[4]，无那金闺万里愁[5]。

【注释】

[1] 从军行：见卢思道《从军行》注[1]。

[2] 百尺楼：戍楼。百尺，形容其高。

[3] 海风：指从瀚海（沙漠）吹来的带着秋意的凉风。一说，海，指青海湖。

[4] 更：再。关山月：乐府《鼓角横吹曲》，多叙征戍之苦和相思离别之情。

[5] 无那：无奈。金闺：闺房的美称。此指代妻子。

【题解】

本题共七首，从不同角度反映了边塞战争。前后章法井然，意脉贯穿。此诗将笔触深入到士卒的内心世界，委婉而真切地表现了征人塞外久戍的思亲之情。

【集评】

[1] 不言己之思家，而但言无以慰闺中之思己，正深于思家者。（李锳《诗法易简录》）

其 二

琵琶起舞换新声[1]，总是关山离别情。缭乱边愁听不尽[2]，高高秋月照长城。

【注释】

[1] 新声：新的曲调。
[2] 缭乱边愁：琵琶新声所表现的纷纭繁复的边地愁思。

【题解】

此首于秋月照长城的雄阔苍凉的景色和缭乱的琵琶声中，抒发了征戍无已，边愁难遣的浓重乡愁。

其 五

大漠风尘日色昏，红旗半卷出辕门。前军夜战洮河北[1]，已报生擒吐谷浑[2]。

【注释】

[1] 洮河：在今甘肃省西南部，北流入黄河。
[2] 吐谷（yù）浑：古族名，鲜卑的一支。此处借指敌人。

【题解】

此首描写一次边塞战争，表现了唐军的声威、战斗的艰苦和胜利的喜悦。声情悲壮激昂。

【参考书】

[1]《王昌龄集校注》，李云逸校注，上海古籍出版社1984年版。

崔颢

崔颢（704？—754），汴州（今河南开封）人。开元十一年（723）进士及第。开元中曾游江南。开元后期，以监察御史任职河东军幕，得以"一窥塞垣"。天宝初，任太仆寺丞，后改司勋员外郎。其诗名重当时。少年为诗，属意浮艳，晚岁忽变常体，风骨凛然。《全唐诗》录存其诗一卷。

黄 鹤 楼[1]

昔人已乘黄鹤去[2]，此地空余黄鹤楼。黄鹤一去不复返，白云千载空悠悠[3]。晴川历历汉阳树[4]，芳草萋萋鹦鹉洲[5]。日暮乡关何处是[6]，烟波江上使人愁。

（《全唐诗》，彭定求等编纂，中华书局1960年版。下同）

【注释】

[1] 黄鹤楼：故址在今湖北武汉长江大桥武昌桥头，下临长江。传说有仙人乘黄鹤过此而得名。1985年重修。

[2] 昔人：指传说中的仙人。《太平寰宇记》引《图经》说三国说蜀人费文祎在此楼乘鹤登仙；《齐谐志》说仙人子安乘黄鹤曾经过这里。

[3] 悠悠：飘荡貌。

[4] 晴川：指阳光照耀下的汉江。历历：分明貌。

[5] 萋萋：茂盛貌。鹦鹉洲：位于汉阳西南长江中，后渐被水冲没。东汉末年，黄祖杀祢衡于此，祢衡曾作《鹦鹉赋》，此洲或因此而得名。

[6] 乡关：故乡。

【题解】

这首诗写登黄鹤楼的感受。前半借黄鹤楼发思古之幽情，后半即景抒发乡关之思。诗从黄鹤楼得名的传说写起，叠用三个"黄鹤"而无丝毫板滞，一气旋转，高唱入云。可谓意得象先，神行语外。被推为唐人七言律第一。据《唐才子传》记载，相传李白登黄鹤楼见到此诗，曾说："眼前有景道不得，崔颢题诗在上头。"

【集评】

[1] 唐人七言律诗，当以崔颢《黄鹤楼》为第一。（严羽《沧浪诗话》）

长 干 曲[1]（其一）

君家何处住，妾住在横塘[2]。停船暂借问，或恐是同乡。

其 二

家临九江水[3]，来去九江侧。同是长干人，自小不相识。

【注释】

[1] 长干（gān）曲：《乐府诗集·杂曲歌辞》有《长干曲》。长干，本为里巷名，在建康（今南京）城南。

[2] 横塘：地名，离长干不远。

[3] 九江：长江的九条支流在今江西一带汇入长江，称九江。一说，九江系泛指江流，不是浔阳的九江。

【题解】

此题共四首，这里选的两首以对话形式写一对青年男女在舟行途中初次相识、互相攀谈的情景。前一首是女子的问话，表现出船家女孤独无伴的寂寞心境；后一首是男子的答话，委婉地表达了相逢恨晚的惋惜情绪。

王 翰

王翰，生卒年不详，一作王澣，字子羽，并州晋阳（今山西太原）人。睿宗景云元年（710）进士，复举直言极谏、超拔群类科。历任昌乐县尉、秘书省正字、通事舍人、兵部员外郎、汝州长史、仙州别驾、道州司马等职。平生恃才傲物，纵欲狂欢。善写边塞诗，与张九龄、杜甫、祖咏等有交谊，尤为当时宰相张说所推重。《全唐诗》录存其诗一卷。

凉 州 词（其一）

葡萄美酒夜光杯[1]，欲饮琵琶马上催[2]。醉卧沙场君莫笑，古来征战几人回！

（《全唐诗》，彭定求等编纂，中华书局1960年版）

【注释】

[1] 夜光杯：《海内十州记》："周穆王时，西胡献昆吾割玉刀及夜光常满杯，杯是白玉之精，光明夜照。"

[2] 催：侑觞，弹唱乐曲以催饮。一说，催人出发。录以备考。

【题解】

这首诗前半写边疆将士战罢回营，痛饮狂歌的情景，着意渲染军中酒宴的热烈气氛，更衬托出将士的豪情逸兴和置生死于度外的旷达。此诗气格俱胜，乃盛唐之杰作。

【集评】

[1] 故作豪饮旷达之词，而悲感已极。（沈德潜《唐诗别裁》）

[2] 作悲伤语读便浅，作谐谑语读便妙，在学人领悟。（施补华《岘佣说诗》）

高　适

高适（700？—765），字达夫。郡望渤海蓨（今河北景县）。早年生活困顿，随父旅居岭南。开元七年（719）前后，入长安求仕无成，乃东归梁宋，北上蓟门，对东北边塞生活有切身体验。天宝八载（749），因人荐举有道科，及第，授封丘县尉。三年后弃官入河西节度使哥舒翰幕府，掌书记。安史之乱起，从玄宗至蜀，拜谏议大夫。后历仕淮南节度使及蜀州、彭州刺史。代宗朝，任刑部侍郎、转左散骑常侍，世称高常侍。进封渤海县侯。高适为唐代边塞诗派代表作家，与岑参齐名，并称"高岑"。有《高常侍集》。

燕歌行并序[1]

开元二十六年，客有从御史大夫张公出塞而还者，作《燕歌行》以示适，感征戍之事，因而和焉。

汉家烟尘在东北[2]，汉将辞家破残贼。男儿本自重横行[3]，天子非常赐颜色[4]。摐金伐鼓下榆关[5]，旌旆逶迤碣石间[6]。校尉羽书飞瀚海[7]，单于猎火照狼山[8]。山川萧条极边土[9]，胡骑凭陵杂风雨[10]。战士军前半死生，美人帐下犹歌舞。大漠穷秋塞草腓[11]，孤城落日斗兵稀。身当恩遇常轻敌，力尽关山未解围。铁衣远戍辛勤久[12]，玉箸应啼别离后[13]。少妇城南欲断肠[14]，征人蓟北空回首[15]。边庭飘摇那可度[16]，绝域苍茫何所有[17]。杀气三时作阵云[18]，寒声一夜传刁斗[19]。相看白刃血纷纷，死节从来岂顾勋[20]。君不见沙场征战苦，至今犹忆李将军[21]。

（《全唐诗》，彭定求等编纂，中华书局1960年版。下同）

【注释】

[1] 燕歌行：见曹丕《燕歌行》注[1]。

[2] 汉家：汉代。唐代诗人常借汉喻唐。烟尘：烽烟和尘土，指战争。开元十八年以后，唐与契丹、奚的战争连年不绝，故曰"烟尘在东北"。

[3] 横行：指横扫敌寇，所向无敌。《史记·季布传》载，樊哙说："臣愿得十万众，横行匈奴中。"

[4] 非常赐颜色：即厚加礼遇。

[5] 摐（chuāng）金伐鼓：金鼓齐鸣，指行军。摐，敲击。金，指钲铃一类铜制的响器。伐，敲打。下：出。榆关：山海关，为通往东北的要塞。

[6] 旌旆（jīng pèi）：军中各种旗帜。逶迤（wēi yí）：连绵不断貌。碣石：山名，在今河北昌黎县。

[7] 校尉：武官名，位次于将军。羽书：插有羽毛表示军情紧急的文书。瀚海：沙漠。这里指今内蒙古自治区东北一带的沙漠，当时为奚族所占据。

[8] 单于（chán yú）：古代对匈奴首领的称呼，这里泛指北方少数民族的头领。猎火：打猎时燃起的火。古代游牧民族常常在作战前举行大规模的打猎活动，作为军事演习。狼山：今内蒙古自治区西北有狼山，其他地方也有同名山，这里当是对交战之地的泛指。

[9] 极边土：边地的尽头。

[10] 凭陵：凭借某种优势而欺凌别人。

[11] 穷秋：深秋。腓（féi）：枯萎。

[12] 铁衣：铠甲，指代士兵。

[13] 玉箸：眼泪。

[14] 城南：长安住宅区在城南，故云。

[15] 蓟北：蓟州（治所在今天津蓟县）以北的地方，泛指河北、东北边地。

[16] 边庭：边地。飘摇：指狂风漫卷。度：越。

[17] 绝域：极偏远的地方。

[18] 三时：指早、午、晚三个时辰，即一整天。一说，指春、夏、秋三季。阵云：战云。

[19] 刁斗：军中打更、做饭两用的铜器。

[20] 死节：为国事献身的气节。勋：功勋。
[21] 李将军：指汉代名将李广。史载他战时能身先士卒，平时与士兵同甘共苦。

【题解】

开元二十三年（735），河北节度副大使张守珪因与契丹作战有功，拜辅国大将军、右羽林大将军，兼御史大夫。开元二十六年，其部将败于契丹余部，张守珪不但不据实上报，反贿赂派去调查真相的牛仙童，为他掩盖败绩。作者即有感于此而作。此诗生动展现了从慷慨应征、转战绝域到战败被围、短兵相接等一系列边塞战争的激烈场面，并借此歌颂了广大士兵奋勇杀敌、不图名利的高尚精神，谴责了将帅的骄纵荒淫，揭露了军中的苦乐不均。

【集评】

[1] 评事性拓落，不拘小节，耻预常科，隐迹博徒，才名自远。然诗多胸臆语，兼有气骨，故朝野通赏其文。至如《燕歌行》等篇，甚有奇句。（殷璠《河岳英灵集》）

[2] 金戈铁马之声，有玉磬鸣球之节，非一意抒写以为悲壮也。（邢昉《唐风定》）

人日寄杜二拾遗[1]

人日题诗寄草堂[2]，遥怜故人思故乡[3]。柳条弄色不忍见[4]，梅花满枝空断肠。身在南蕃无所预[5]，心怀百忧复千虑。今年人日空相忆，明年人日知何处？一卧东山三十春[6]，岂知书剑老风尘[7]。龙钟还忝二千石[8]，愧尔东西南北人[9]。

【注释】

[1] 人日：正月初七。杜二拾遗：即杜甫。杜甫在至德二载（757）夏曾拜拾遗，这里仍以旧职相称。杜甫在大历五年（770）正月十一日作《追酬故高蜀州人日见寄》，所指即此诗。
[2] 草堂：指杜甫在成都浣花溪所营草堂。
[3] 故人：老朋友，指杜甫。
[4] 弄色：修饰颜色。这两句暗用薛道衡《人日思归》诗意："入春才七日，离家已二年。人归落雁后，思发在花前。"
[5] 南蕃：指蜀地。
[6] 卧东山：《晋书·谢安传》载谢安曾高卧（隐居）东山。此用谢安事自比。

[7] 书剑：指文才武略，语本《史记·项羽本纪》："项籍少时，学书不成，去，学剑，又不成。"风尘：指久客在外，旅途艰辛。

[8] 龙钟：衰老貌。忝（tiǎn）：辱，自谦之词。二千石（dàn）：汉朝太守官俸二千石，故以"二千石"称太守。唐刺史的职位相当于汉的太守。

[9] 东西南北人：指四方奔走志在君国的人，语本《礼记·檀弓》："今丘也，东南西北之人也。"丘，即孔子。

【题解】

上元二年（761）作者任蜀州刺史时作。在宽慰杜甫思乡之情的同时，抒发了对国事的忧念以及自己老于风尘而志业不成的慨叹。音韵平仄相间，感情跌宕起伏。对友人的深厚情谊溢于言表。

封　丘　作[1]

我本渔樵孟诸野[2]，一生自是悠悠者。乍可狂歌草泽中[3]，宁堪作吏风尘下。只言小邑无所为[4]，公门百事皆有期。拜迎官长心欲碎，鞭挞黎庶令人悲。归来向家问妻子，举家皆笑今如此[5]。生事应须南亩田，世情尽付东流水[6]。梦想旧山安在哉[7]？为衔君命且迟回。乃知梅福徒为尔[8]，转忆陶潜归去来[9]。

【注释】

[1] 封丘：县名。今河南封丘。

[2] 渔樵：捕鱼砍柴。孟诸：古泽名。故址在今河南商丘东北。下文"悠悠者"，悠闲自在之人。

[3] 乍可：只可。下文"宁堪"，岂堪，不堪。"风尘"，世俗事务。

[4] 邑：县。下句说，官衙之事纷纭繁杂，还须限期完成。期，限定的时间。

[5] 今如此：现在（官场的情况）都是这样。

[6] "生事"二句：谋求生计，还是应该回家种田，把世俗宦情付之流水。

[7] 旧山：故乡。下文"衔"，奉。"迟回"，犹疑。是否辞官，一时难以决定。

[8] "乃知"句：这才明白梅福辞官只是为了这个（不受官场束缚）。梅福，西汉寿春（今安徽寿春）人，曾任南昌尉，后弃官归乡，又弃家出走。徒，只是。尔，此。

[9] 陶潜：陶渊明。作有《归去来兮辞》。

【题解】

诗题一作"封丘县"。作者时任封丘县尉，抒写自己初次做官的感受，表达了理想与现实的矛盾和倦于职事的苦闷。其中"拜迎"二句,集中反映了作者正直的品格和对穷苦百姓的深刻同情,是历来传诵的名句。通首直抒胸臆,气势充沛,章法严整而又跌宕起伏。

别　董　大[1]（其一）

千里黄云白日曛[2],北风吹雁雪纷纷。莫愁前路无知己,天下谁人不识君。

【注释】

[1] 董大,或谓即董庭兰,乃当时著名宫廷乐师。
[2] 曛（xū）：昏暗。

【题解】

本题共二首。此首以豪迈的语调、开朗的胸怀劝慰友人,既是对友人的信任和激励,也寄托了作者磊落不平的襟怀。体现了他气质沉雄、境界壮阔的诗歌风格。

【集评】

[1] 云有将雪之色,雁起离群之思,于此分别,殆难为情,故以"莫愁"慰之。言君才易知,所入必有合者。（唐汝询《唐诗解》）

塞上听吹笛

雪净胡天牧马还,月明羌笛戍楼间。借问梅花何处落[1],风吹一夜满关山。

【注释】

[1] 梅花：《乐府诗集·横吹曲辞》有《梅花落》。郭茂倩题解："《梅花落》本笛中曲也。"此处言"梅花何处落",是巧用。

【题解】

据考,此诗乃是和王之涣《凉州词》所作,写于天宝十三载（754）作者于哥舒翰幕府充掌书记时,写边塞闻笛的感受,抒发了思乡之情。前半写边塞冰雪消融时节的景象,境界开朗壮阔；后半以问答出之,写出因笛曲《梅花落》触发的无处不在的浓重乡情。哀而不伤，悲而能壮，正是典型的盛唐气象。

【参考书】

[1]《高适诗集编年笺注》，刘开扬编注，中华书局1981年版。

岑　参

岑参（715－770），郡望南阳（今属河南），荆州江陵（今属湖北）人。出身于没落世家。天宝三载（744）进士及第，授右内率府兵曹参军。天宝间曾两次出塞，来往于安西、北庭都护府间，入高仙芝幕充节度掌书记，入封常清幕以大理评事兼监察御史，充节度判官、支度副使。肃宗时历任右补阙、起居舍人、虢州长史等职。大历二年（767）出守嘉州，世称"岑嘉州"。以边塞诗著称，与高适并称"高岑"，系盛唐边塞诗派的代表作家，善于描写边塞风物。其诗语奇体峻，意亦造奇。有《岑嘉州集》。

与高适薛据登慈恩寺浮图[1]

塔势如涌出[2]，孤高耸天宫[3]。登临出世界[4]，磴道盘虚空[5]。突兀压神州，峥嵘如鬼工[6]。四角碍白日[7]，七层摩苍穹[8]。下窥指高鸟[9]，俯听闻惊风。连山若波涛，奔凑似朝东。青槐夹驰道[10]，宫馆何玲珑。秋色从西来，苍然满关中[11]。五陵北原上[12]，万古青濛濛。净理了可悟[13]，胜因夙所宗。誓将挂冠去[14]，觉道资无穷。

（《全唐诗》，彭定求等编纂，中华书局1960年版。下同）

【注释】

[1] 慈恩寺：在今陕西西安市南八里，隋时为无漏寺，唐太宗贞观二十一年（647），太子李治为纪念其母文德皇后改建。浮屠：佛塔。此指大雁塔。

[2] "塔势"句：语本《妙法莲华经·宝塔品》："佛前有七宝塔，高五百由旬，纵广二百五十由旬，从地涌出。"涌出：犹言突起。

[3] 天宫：犹天空。

[4] 出世界：高出人世间。

[5] 磴道：石阶。
　　[6] 峥嵘：高峻貌。鬼工：鬼斧神工，非人力所能为。
　　[7] 四角：大雁塔为方形，四周皆有曲檐，称四阿。碍白日：极言其高。碍，阻碍。
　　[8] 七层：慈恩寺塔初为五层，后渐损毁，武则天长安元年（701）重修，增为七层。摩：挨近。苍穹：青天。
　　[9] 指：指点。下文"惊风"，疾风。
　　[10] 驰道：皇帝乘辇经行之道。《史记·秦始皇本纪》："二十七年治驰道。"驰道宽五十步，两旁植青松。下文"宫馆"，长安城中的宫殿楼馆。
　　[11] 关中：指今陕西中部地区。
　　[12] 五陵：汉代五个皇帝的陵墓，即高祖长陵、惠帝安陵、景帝阳陵、武帝茂陵、昭帝平陵，皆在长安北面。
　　[13] 净理：佛理。了：了然。下文"胜因"，佛教语，善缘。夙：素来。宗：宗仰，尊奉。
　　[14] 挂冠：辞官。下文"觉道"，悟道。"资"，资助，取用。

【题解】
　　这首诗为天宝十一载（752）秋作者与杜甫、高适、储光羲、薛据同登慈恩寺塔时纪游之作。生动写出佛塔鬼斧神工般的高峻雄伟，并抒发了登览之余的感想。发端突兀，气势磅礴。通篇雄浑悲壮。其中"秋色"四句写尽空远之景，令人神往，尤为后人称赏。

逢入京使

　　故园东望路漫漫[1]，双袖龙钟泪不干[2]。马上相逢无纸笔，凭君传语报平安。

【注释】
　　[1] 漫漫：无涯际貌。读平声，与"干"、"安"押韵。
　　[2] 龙钟：泪流貌。句意谓泪流不止，沾湿了双袖。

【题解】
　　此诗当作于唐玄宗天宝八载（749），岑参任安西节度使高仙芝幕府书记官赴任途中。真切表达了去国离乡、远涉绝域时对故园亲人的深刻眷恋。情真意切。虽只是用家常话写眼前景，却道出人人胸中所有而笔下所无之情事，遂成为客中绝唱。

【集评】

[1] 人人有此事，从来不曾写出，后人蹈袭不得，所以可久。（钟惺、谭元春《唐诗归》）

武威送刘判官赴碛西行军[1]

火山五月行人少[2]，看君马去疾如鸟。都护行营太白西[3]，角声一动胡天晓[4]。

【注释】

[1] 武威：武威郡，治所在今甘肃武威。刘判官：或即刘单，安西节度使高仙芝属下判官。碛西：沙碛之西。此指安西，节度使治所龟兹，在今新疆库车。行军：犹言行营。

[2] 火山：山名。在今新疆鄯善至吐鲁番之间。

[3] 都护：官名，此即指高仙芝。太白西：在太白金星（西方之星）之西，意谓极西之地。

[4] 角声：号角声。

【题解】

此诗是作者于武威送僚友刘判官赴军前之作，"碛西"即安西都护府。前两句以奇丽的火山为背景，展现了僚友策马飞驰远去的矫健英姿。后两句想象友人所赴军营清晨的情景。全诗宛如一幅奇丽壮美的塞上行军图画。诗人虽无一字言别和祝福，惜别僚友及为唐军祝捷之意已见于言外。

白雪歌送武判官归京[1]

北风卷地白草折[2]，胡天八月即飞雪[3]。忽如一夜春风来，千树万树梨花开。散入珠帘湿罗幕[4]，狐裘不暖锦衾薄。将军角弓不得控[5]，都护铁衣冷难着[6]。瀚海阑干百丈冰[7]，愁云惨淡万里凝。中军置酒宴归客[8]，胡琴琵琶与羌笛[9]。纷纷暮雪下辕门[10]，风掣红旗冻不翻[11]。轮台东门送君去[12]，去时雪满天山路[13]。山回路转不见君，雪上空余马行处。

【注释】

[1] 判官：官名。唐节度、观察、防御诸使，都有判官，是地方长官的僚属，佐理政事。

[2] 白草：西域所产牧草，性极坚韧，干枯时成白色，故名。

[3] 胡天：指西域。
[4] 罗幕：丝罗织成的帷幕。
[5] 角弓：以兽角为饰的硬弓。不得控：拉不开。
[6] 都护：官名。唐初于边地置都护府，府设都护一人，总领府事。此处泛指镇守边疆的长官。铁衣：铠甲。
[7] 瀚海：维吾尔语称山中险隘深谷为"杭海尔"，坡谷幽静处为"杭海洛"，瀚海为其音转。此指天山峡谷山崖峭壁。一说，瀚海即大沙漠。沙漠无冰，以前说为是。阑干：纵横貌。
[8] 中军：本指主帅亲自率领的军队，此借指主帅所居的营帐。归客：指武判官。
[9] 胡琴：泛指西域之琴，非今日所说的胡琴。琵琶、羌笛：亦皆西域少数民族乐器。
[10] 辕门：军营之门。古时行军住宿，将两兵车辕木相向倒立，故名。
[11] 掣（chè）：牵曳，（风）吹。翻：飘动。
[12] 轮台：在今新疆米泉县境内。属北庭都护府。
[13] 天山：即今新疆乌鲁木齐以东之博格多山脉。

【题解】

此诗约作于天宝十三载（754），岑参入安西北庭节度使封常清军幕任节度判官时。诗将送别与咏雪结合，生动展示了塞外独特的自然风貌，暗示了戍边将士不畏艰苦的英武精神，同时衬托了作者的惜别之情。此诗写得大气磅礴，奇情逸发，写景奇丽而又壮美，抒情豪放而又含蓄。将大雪纷飞比喻成梨花怒放的想象尤其令人称绝。

【集评】

[1] 细秀袅娜，决不一味纵笔，乃见烟波。（邢昉《唐风定》）
[2] "忽如"六句，奇才奇气，奇情逸发，令人心神一快。（方东树《昭昧詹言》）
[3] 嘉州七古，纵横跌宕，大气盘旋，读之使人自生感慨。有志学古者，诚宜留心此种。看他如此杂健，其中起伏转折，一些不乱，可谓刚健含婀娜。后人竟学盛唐，能有此否？（张文荪《唐贤清雅集》）

走马川行奉送出师西征[1]

君不见走马川，雪海边，平沙莽莽黄入天。轮台九月风夜吼[2]，一川碎石大如斗，风吹满地石乱走。匈奴草黄马正肥，金山西见烟尘飞[3]，汉家大将今出师。将军金甲夜不脱，半夜军行戈相拨，风头如刀面如割。马毛带雪汗气蒸，五花连钱旋作冰[4]，幕中草檄砚水凝[5]。虏骑闻之应胆慑，料知短兵不敢接，车师西门伫献捷[6]。

【注释】

[1] 走马川：即玛纳斯河，在轮台西，冬季干涸。或谓走马川即且末河（左末河），走马与且末、（左末）同音，川与词同义。即今新疆。题亦作《走马川行奉送封大夫出师西征》。封大夫，封常清，天宝十三载（754）春加御史大夫，又兼任北庭节度使。岑任节度判官。西征：或云征播仙城（即故且末城，在今新疆且末西南）。

[2] 轮台：唐县名，在今新疆米泉县境内，隶北庭都护府，为军府驻地。

[3] 金山：阿尔泰山，在今新疆北部至蒙古国一带。这里泛指塞外山脉。下文"汉家大将"，指封常清。

[4] 五花、连钱：两种名贵马。句意谓雪汗交融很快在马身上凝结成冰。

[5] 檄（xí）：檄文，声讨敌人的文书。

[6] 车师：北庭都护府治所金满县（今新疆吉木萨尔县北破城子），本西域车师后国都城（务涂谷）所在地，故称。伫：立，等候。

【题解】

这是一首七言歌行，是为出征将士送行的诗作。写了出征时的自然环境，写了出征的原因，写了将士的行军景况，最后以预祝凯旋收束。句句用韵，三句一转，声情流畅，节奏急促有力，有如急行军进行曲。善于运用反衬手法，极力夸张、渲染环境的恶劣，反衬唐军将士的豪迈情怀。全诗洋溢着高昂的爱国激情，给人以雄浑壮美之感。是岑参边塞诗的代表作之一。唯所述"西征"本事及所述地名方位，未得确考。如"雪海"，或谓泛指西北苦寒之地；或谓地名，在新疆境内；或谓在今（吉尔吉斯斯坦）之伊克塞湖附近。

【集评】

[1] 才作起笔，忽然陡插"风吼"、"石走"三句，最奇。下略平舒其气，复用"马毛带雪"三句，跌荡一番。急以促节收住，微带颂扬，神完气固。谋篇之妙，与《白雪歌》同工异曲。三句一转，都用韵，是一格。（张文荪《唐贤清雅集》）

[2] 奇才奇气，风发泉涌。（方东树《昭昧詹言》）

[3] 第一解二句，余皆三句一解，格法甚奇。"大如斗"者尚谓之"碎石"，是极写风势，此见用字之诀。（王士禛《唐贤三昧集笺注》）

[4] 其精悍处似独辟一面目，杜亦未有此。（王士禛《唐贤三昧集笺

注》)

【参考书】

[1]《岑参集校注》，陈铁民、侯忠义校注，上海古籍出版社1981年版。

常　建

常建，生卒、籍贯、字号均不详，开元十五年（727）进士及第。因仕途失意，遂放浪琴酒，往来太白、紫阁诸峰，有隐遁之志。天宝中隐居于鄂渚（在今湖北武昌）西山。是盛唐田园诗派重要作家。其诗旨远兴僻，时有佳句，为时人所推重。今存诗五十多首，《全唐诗》录存其诗一卷。

题破山寺后禅院[1]

清晨入古寺，初日照高林。竹径通幽处，禅房花木深[2]。山光悦鸟性，潭影空人心。万籁此俱寂[3]，但余钟磬声[4]。

（《全唐诗》，彭定求等编纂，中华书局1960年版）

【注释】

[1] 破山寺：即兴福寺，原为南齐倪德光的住宅，后舍为寺，在今江苏常熟县虞山北。题一作《题破山寺后院》。

[2] 禅房：僧人修行居住的地方。

[3] 万籁（lài）：指各种自然声响。

[4] 钟磬（qìng）：僧寺中的铜乐器，用作僧人活动的信号。用钟表示开始，用磬表示停止。

【题解】

此诗写晨游山寺所见所感。以古朴的笔调和省净的笔墨展现了破山寺后禅院优美的景色和幽雅的境界，抒发了作者隐逸闲适的情怀。虽是律诗而有似古体，造语警拔而意境浑融。构思巧妙，"竹径"二句生动表现出渐入佳境的惊喜，尤为人叹赏。

李 白

　　李白（701—762），字太白。祖籍陇西成纪（今甘肃天水县），其先世隋末移居碎叶城（一作素叶城，亦称索虏城，唐时属安西都护府，即今吉尔吉斯斯坦共和国之托克马克），李白即出生于此。五岁时随父迁于绵州昌明县（今四川江油）青莲乡，因自号青莲居士。开元十三年（725）出蜀漫游，踪迹遍及半个中国。天宝元年（742）奉诏入京供奉翰林，天宝三载（744）便被赐金放还，再度开始漫游生活。安史之乱中，隐居庐山屏风叠，后应邀入永王李璘幕府，李璘事败，受累被判长流夜郎，行至巫山遇赦。晚年依族人李阳冰，宝应元年（762）卒于当涂（今安徽当涂县）。李白是伟大的浪漫奇幻派诗人。他的思想兼有儒、道、侠、纵横等多家成分而以儒、道为主。李白的诗歌集中反映了自己的内心情感，也多方面反映了所处时代的现实和精神风貌，具有丰富的思想内涵。李白成功地、创造性地运用一切想象丰富、奇诡变幻的表现手法，其诗风雄奇奔放、俊逸清新，达到了内容与艺术的完美统一。在形式上能够成功地驾驭多种诗体而以歌行和五、七言绝句最为出色。今存诗一千余首，有《李太白集》。

峨眉山月歌[1]

　　峨眉山月半轮秋[2]，影入平羌江水流[3]。夜发清溪向三峡[4]，思君不见下渝州[5]。

（《李太白全集》，王琦注，中华书局1977年版。下同）

【注释】

　　[1] 峨眉山：在今四川峨眉县境内，因有山相对如峨眉，故名。
　　[2] 半轮秋：谓秋夜的上弦月形如半轮。
　　[3] 平羌：平羌江，即今青衣江，在今四川中部峨眉山东北。
　　[4] 清溪：清溪驿，在平羌的下游。三峡：即瞿塘峡、巫峡、西陵峡。出峡也就出蜀了。
　　[5] 君：指友人。一说，指峨眉山月。渝州：今重庆市，在平羌、清溪的东边，三峡的西边。

【题解】

开元十二年（724）秋作者出蜀途中作。其中既有游子对即将离别的故乡的深情眷恋，也表达了李白开始新的人生征途的少年意气。二十八字中连用"峨眉山"、"平羌"、"清溪"、"三峡"、"渝州"五地名，而天然浑成，毫不板滞，历来为人所称赏。

渡荆门送别[1]

渡远荆门外，来从楚国游[2]。山随平野尽[3]，江入大荒流[4]。月下飞天镜，云生结海楼[5]。仍怜故乡水，万里送行舟。

【注释】

[1] 荆门：山名，在今湖北宜都西北，长江南岸。
[2] 从：至，向。楚国：今湖北一带，秦以前为楚地。
[3] "山随"句：随着平原的出现，长江两岸的高山消失了。
[4] 大荒：广阔的原野。
[5] "月下"二句：月影倒映江中，似天空飞来的明镜。江上云霞奇丽多变，就像海市蜃楼。

【题解】

此诗是开元十二年（724）秋作者初出峡过荆门时所作。描写了舟行长江所见开阔雄伟的景象，反映出作者年少远游、倜傥不群的心情以及对故乡的依恋。其中"山随"一联以写景生动、气势雄浑而脍炙人口。

【集评】

[1] 胡元瑞谓"山随平野尽，江入大荒流"，此太白壮语也；子美诗"星随平野阔，月涌大江流"二语，骨力过之。予谓李是昼景，杜是夜景；李是行舟暂视，杜是停舟细观。未可概论。（王琦注《李太白全集》）

望天门山[1]

天门中断楚江开[2]，碧水东流至此回[3]。两岸青山相对出，孤帆一片日边来。

【注释】

[1] 天门山：安徽当涂境内东梁山与和县境内西梁山的合称。两山夹江对峙，势如天门，故名。

[2] "天门"句：意思是天门山从中切断，为大江打开通道。楚江，指长江。当涂在战国时属楚国，故流经此地的长江也称楚江。

[3] 至此回：因两山石壁突入江中，江面突然狭窄，水流至此撞击石壁而形成漩涡，故云。

【题解】

此诗是开元十三年（725）李白出蜀后初次过天门山所作，四句诗扣紧"望"字，从舟行的不同角度生动描绘了天门山雄伟秀丽的景色。前两句从"山"和"江"的关系着笔，写出了江水奔流的巨大力量和阻遏江流的山势的奇险。后两句写碧空、红日、青山、孤帆，优美壮阔，鲜明如画，历来为人所称道。

夜泊牛渚怀古[1]

牛渚西江夜[2]，青天无片云。登舟望秋月[3]，空忆谢将军[4]。余亦能高咏，斯人不可闻[5]。明朝挂帆席[6]，枫叶落纷纷。

【注释】

[1] 题下原注："此地即谢尚闻袁宏咏史处。"《世说新语·文学》载，东晋时袁宏有才华，家贫，运租为生。时镇西将军谢尚镇守牛渚，曾于月夜乘舟泛江游览，闻袁宏在运租船上吟诵己作《咏史诗》，大加赞赏，邀谈至天明，从此袁宏声名大著。牛渚（zhǔ）：山名，在安徽当涂西北。山北部突入长江，名采石矶。

[2] 西江：指从江苏南京到江西九江一段的长江。

[3] 登舟：谓步出船舱。

[4] 空忆：徒然思念。谢将军：指谢尚。

[5] "余亦"二句：我也能像袁宏那样吟诵自己的诗篇，可惜此人已无法听到。斯人，指谢尚。

[6] 挂帆席：扬帆行船。

【题解】

这首诗借怀古以咏怀，借对晋代为谢尚赏识的袁宏的怀念，抒发了自身怀才不遇的感叹，透露出因世无知音而引起的寂寞凄凉的情怀。此诗写景大处落墨，疏朗有致。抒情含而不露，悠然不尽，令人神远。

【集评】

[1] 有律诗彻首尾不对者。盛唐诸公有此体，如孟浩然诗"挂席东南望……"之篇，又太白"牛渚西江夜"之篇，音韵铿锵，八句皆无对偶者。（严羽《沧浪诗话》）

黄鹤楼送孟浩然之广陵[1]

故人西辞黄鹤楼，烟花三月下扬州[2]。孤帆远影碧空尽，惟见长江天际流。

【注释】

[1] 黄鹤楼：建在湖北武昌西边的黄鹤矶上，下临长江。广陵：今江苏扬州。
[2] 烟花：指暮春浓艳的景色。

【题解】

此诗乃开元十六年（728）春，作者于黄鹤楼送别友人孟浩然赴广陵而作。诗里没有一个字直抒别情，只写自己伫立江边目送友人渐行渐远，直至不见。诗人以帆影的有尽衬托出离思的无尽，以水阔天空的苍茫传达出悠悠惜别的情怀。感情真挚而又含蓄蕴藉。

【集评】

[1] 语近情遥，有"手挥五弦，目送飞鸿"之妙。（清高宗弘历敕编《唐宋诗醇》）

静 夜 思

床前明月光[1]，疑是地上霜。举头望明月，低头思故乡。

【注释】

[1] 床：一说为卧具，一说为坐具（即今所谓马扎），一说为井栏。

【题解】

《静夜思》是作者自制的乐府诗题,抒发了眷恋故乡的一片深情。诗写的只是眼前景、口头语,却是这类题材中最脍炙人口的作品,激起后世无数孤身在外旅人的强烈共鸣。

子夜吴歌[1](其三)

长安一片月,万户捣衣声。秋风吹不尽,总是玉关情[2]。何日平胡虏,良人罢远征[3]?

【注释】

[1] 子夜吴歌:即《子夜歌》,属南朝乐府《吴声歌》。多写女子思念之情。
[2] "秋风"二句:意思是秋风吹不散思妇怀人的愁思。玉关情,思念征人远戍之情。玉关,即玉门关,在今甘肃省。
[3] 良人:丈夫。

【题解】

此诗又名《秋歌》。以整个长安城为背景,抒写了思妇对征夫的柔情似水和深长思念,令人震撼。并且由女子的相思进一步拓展到表达人民迫切希望胡虏早平、良人罢征的渴望,使主题得到升华。

古　　风(其二十四)

大车扬飞尘,亭午暗阡陌[1]。中贵多黄金[2],连云开甲宅[3]。路逢斗鸡者[4],冠盖何辉赫[5]。鼻息干虹霓[6],行人皆怵惕[7]。世无洗耳翁[8],谁知尧与跖[9]。

【注释】

[1] 亭午:中午。亭,正。阡陌:田间小路。此指长安城中街巷。
[2] 中贵:即中贵人。亦即有权势的宦官。
[3] 甲宅:甲等住宅。
[4] 斗鸡:据陈鸿《东城老父传》载,唐玄宗喜欢斗鸡游戏,治鸡坊于两宫间,童子贾昌因善斗鸡,深得玄宗宠幸。
[5] 冠盖:衣冠和车盖。辉赫:光彩夺目。
[6] "鼻息"句:言其气焰极为嚣张。干,犯,上冲。虹霓,云霞。

[7] 怵惕（chù tì）：恐惧。

[8] 洗耳翁：指尧时隐士许由。《高士传》载：许由不愿接受尧欲让天下于他的请求，又认为尧请他出仕的话有污自己的耳朵，所以到颍水滨洗耳。后人因称他为洗耳翁。

[9] 尧：传说中的上古贤君。跖（zhí）：黄帝时的大盗。

【题解】

本题共五十九首，非一时一地所作。此首作于初入长安时，表达了对宦官穷奢极欲、斗鸡之徒气焰嚣张的强烈不满，手法夸张，讽刺辛辣，愤懑之情溢于言表。

蜀 道 难[1]

噫吁嚱[2]，危乎高哉！蜀道之难难于上青天！蚕丛及鱼凫[3]，开国何茫然[4]！尔来四万八千岁[5]，不与秦塞通人烟[6]。西当太白有鸟道[7]，可以横绝峨眉巅[8]。地崩山摧壮士死[9]，然后天梯石栈相钩连[10]。上有六龙回日之高标[11]，下有冲波逆折之回川[12]。黄鹤之飞尚不得过[13]，猿猱欲度愁攀援[14]。青泥何盘盘[15]，百步九折萦岩峦[16]。扪参历井仰胁息[17]，以手抚膺坐长叹[18]。问君西游何时还？畏途巉岩不可攀[19]！但见悲鸟号古木[20]，雄飞雌从绕林间。又闻子规啼夜月[21]，愁空山。蜀道之难难于上青天！使人听此凋朱颜[22]。连峰去天不盈尺[23]，枯松倒挂倚绝壁。飞湍瀑流争喧豗[24]，砯崖转石万壑雷[25]。其险也若此！嗟尔远道之人，胡为乎来哉[26]？剑阁峥嵘而崔嵬[27]。一夫当关，万夫莫开。所守或匪亲，化为狼与豺[28]。朝避猛虎，夕避长蛇。磨牙吮血，杀人如麻[29]。锦城虽云乐[30]，不如早还家。蜀道之难难于上青天！侧身西望常咨嗟[31]。

【注释】

[1] 蜀道难：古乐府旧题，属《相和歌辞·瑟调曲》。

[2] 噫吁嚱（yī xū xī）：三字都表示惊叹。

[3] 蚕丛、鱼凫（fú）：传说中古蜀国的两个开国之君。

[4] "开国"句：意思是古蜀国开国历史久远，事迹茫然难考。

[5] 尔来：指蚕丛、鱼凫开国以来。

[6] 秦塞：犹言秦地。古称秦为"四塞之国"。通人烟：人员往来。

[7] 太白：又称"太乙"，秦岭峰名，在今陕西略阳西北。鸟道：只有飞鸟才可以通过的路。

[8] 峨眉：蜀地山名，在今四川峨眉山市。

[9] "地崩"句：据《华阳国志·蜀志》载，秦惠王许嫁五个美女给蜀王，蜀王派了五个力士去迎接，在返回的路上，遇一大蛇钻入山洞，五力士一起拉住蛇尾，想把它拽出来，结果山崩地裂，五力士和美女都被压在底下，山也分成五岭。

[10] 天梯：高耸入云的山路。石栈：在山崖上凿石架木修成的栈道。

[11] "上有"句：意思是有使太阳到此也要迂回而过的高峰。六龙，神话传说中，羲和驾着六条龙拉的车子，每天载着太阳自东而西行驶。高标，指最高峰。

[12] 逆折：逆转折回。回川：漩涡。

[13] 黄鹤：即黄鹄，又名天鹅，善于高飞。

[14] 猱（náo）：猿的一种，体小轻捷，善于攀援。

[15] 青泥：岭名，在今陕西略阳西北，唐代入蜀要道。盘盘：形容山路纡曲。

[16] 萦岩峦：绕着山峰转。

[17] 扪（mén）：摸。参（shēn）、井：古天文学上的二星宿名。胁息：屏住呼吸。

[18] 膺（yīng）：胸。

[19] 畏途巉（chán）岩：可怕的道路，陡峭的山岩。

[20] 号（háo）古木：即号于古木，在古树丛中大声啼鸣。

[21] 子规：鸟名，即杜鹃，蜀地最多。相传蜀王杜宇，号望帝，禅位出奔，死后其魂化为杜鹃，鸣声悲切，哀怨动人。（见《华阳国志·蜀志》）

[22] 凋朱颜：容颜失色。朱颜，红润的容颜。

[23] 去：距离。

[24] 飞湍：飞奔的急流。瀑流：瀑布。喧豗（huī）轰鸣声。

[25] 砯（pēng）：水击岩石声，此用作动词，撞击的意思。转：翻动。

[26] 胡为乎：为什么。

[27] 剑阁：又名剑门关，即大剑山与小剑山之间的一条奇险栈道，遗址在今四川剑阁县北。峥嵘：山势高峻的样子。崔嵬（wéi）：山势高险崎岖的样子。

[28] "一夫"四句：意思是剑阁地势险要，易守难攻。如果不是可以信赖的人守关，就容易据险作乱。西晋张载《剑阁铭》："一夫荷戟，万夫趑趄。形胜之地，非亲莫居。"匪，同"非"。

[29] "朝避"四句：意思是那些军阀就会据险叛乱，残害百姓。

[30] 锦城：锦官城，即今四川成都。

[31] 咨嗟：叹息。

【题解】

此诗系开元间李白初入长安时所作。运用大量修辞手法和神话传说，生动描绘了秦地入蜀道路的开拓，蜀道之艰难险峻，并由此写到人事的险恶。想象丰富，比喻奇特，夸张惊人，气势磅礴，鲜明体现了李白豪放飘逸的诗歌风格，是李白的代表作之一。关于诗的寓意，历来众说纷纭，歧见不一，参见詹锳《李白全集校注释集评》第三卷此诗"备考"。

【集评】

[1] 至如《蜀道难》等篇，可谓奇之又奇，然自骚人以还，鲜有此体调也。（殷璠《河岳英灵集》）

[2] 《蜀道难》近赋体，魁梧奇谲，知是伟大。（陆时雍《唐诗镜》）

[3] 倏起倏落，忽虚忽实，其如烟水杳渺，绝世奇文也。（朱之荆《增订唐诗摘抄》）

[4] 笔阵纵横，如虬飞蠖动，起雷霆于指顾之间。任华、卢仝辈仿之，适得其怪耳，太白所以为仙才也。（沈德潜《唐诗别裁》）

春夜洛城闻笛[1]

谁家玉笛暗飞声？散入春风满洛城。此夜曲中闻折柳[2]，何人不起故园情？

【注释】

[1] 洛城：洛阳。
[2] 折柳：指《折杨柳》，属乐府《鼓角横吹曲》。

【题解】

当是开元二十二年（734）春在洛阳时所作，写因笛声而触发的乡情。读者透过笛声散入春风传遍洛阳的夸张和想象，自不难体会诗人自己发自肺腑的深挚的故园之情。

将 进 酒[1]

君不见，黄河之水天上来，奔流到海不复回！君不见，高堂明镜悲白发[2]，朝如青丝暮成雪！人生得意须尽欢，莫使金樽空对月！天生我材必有用，千金散尽还复来[3]。烹羊宰牛且为乐，会须一饮三百杯[4]。岑夫子[5]，丹丘生[6]，将进酒，君莫停！与君歌一曲，请君为我侧耳听。钟鼓馔玉不足贵[7]，但愿长醉不用醒！古来圣贤皆寂寞，惟有饮者留其名。陈王昔时宴平乐[8]，斗酒十千恣欢谑[9]。主人何为言少钱？径须沽取对君酌[10]。五花马[11]，千金裘[12]，呼儿将出换美酒[13]，与尔同销万古愁！

【注释】

[1] 将（qiāng）进酒：汉乐府旧题，属《鼓吹曲·铙歌》。将，请。

[2] 高堂：高大的厅堂。悲白发：因在明镜中照见白发而生悲。

[3] 千金散尽：李白《上安州裴长史书》："曩者东游维扬，不逾一年，散金三十余万，有落魄公子，悉皆济之。"

[4] 会须：应该。

[5] 岑夫子：即岑勋。

[6] 丹丘生：即元丹丘。岑和元都是李白的好友。

[7] 钟鼓馔玉：指富贵生活。钟鼓，富贵人家的音乐。馔玉，指食物精美如玉。

[8] 陈王：指陈思王曹植。平乐：观名，故址在今河南省洛阳市。曹植《名都篇》："归来宴平乐，美酒斗十千。"

[9] 恣：纵情。欢谑（xuè）：嬉笑作乐。

[10] 径须沽取：只管买来。沽，买。

[11] 五花马：指名贵的马。一说毛色作五花纹，一说把马鬃剪成五瓣花状。

[12] 千金裘：价值昂贵的皮衣。

[13] 将（jiāng）：取，拿。

【题解】

这首诗借酒以发兴，淋漓酣畅地抒发了诗人深广的忧愤和矛盾、复杂的人生感慨，在人生苦短、应及时行乐的喟叹中透露出对才华的自信和积极用世的渴望。这正表现了盛唐一代士人精神风貌和内心世界。全诗纵横开阖、跌宕起伏，直书胸臆，气势磅礴。充分体现了李白歌行的特色。

【集评】

[1] 一结豪情，使人不能句字赏摘。盖他人作诗用笔想，太白但用胸口一喷即是，此其所长。（严羽评点《李太白诗集》）

塞 下 曲[1]（其一）

五月天山雪[2]，无花只有寒。笛中闻折柳，春色未曾看。晓战随金鼓，宵眠抱玉鞍。愿将腰下剑，直为斩楼兰[3]。

【注释】

[1] 塞下曲：汉乐府有《出塞》、《入塞》、《望归》之曲。"唐又有《塞上》、《塞下》曲，益出于此。"见《乐府诗集》第二十一卷。塞，边塞。

[2] 天山：在今新疆。又，祁连山亦称天山。

[3] 斩楼兰：泛指杀敌立功。楼兰，西域国名。北指楼兰国王。

【题解】

　　本题共六首。此诗描写了边地寒冷荒凉景象和紧张的军旅生活，以此衬托边塞将士不畏艰苦的乐观精神和英勇杀敌的爱国激情。声情慷慨悲壮，意境雄浑苍凉，是李白律诗中的佳作。

月下独酌（其一）

　　花间一壶酒，独酌无相亲。举杯邀明月，对影成三人。月既不解饮，影徒随我身。暂伴月将影[1]，行乐须及春。我歌月徘徊，我舞影零乱。醒时同交欢，醉后各分散。永结无情游[2]，相期邈云汉[3]。

【注释】

　　[1] 将（jiāng）：与，共。

　　[2] 无情：忘情。又，上文"月既"二句已点出月与影不解世情人事。

　　[3] 相期：相约。邈云汉：高远的天空。

【题解】

　　本题共四首。此诗约作于天宝三载（744）春，李白在长安供奉翰林时期。诗人本在月下独酌，却突发奇想，邀"月"、"影"一同歌舞畅饮。"月"与"影"的有情恰可反衬出人的无情。从这看似热闹的场景中，却不难体味诗人内心因世无知音而感到孤独寂寞。

【集评】

　　[1] 脱口而出，纯乎天籁，此种诗人不易学。（沈德潜《唐诗别裁》）

　　[2] 题本独酌，诗偏幻出三人，月影伴说，反复推勘，愈形其独。（蘅塘退士编《唐诗三百首》）

梦游天姥吟留别[1]

　　海客谈瀛洲[2]，烟涛微茫信难求[3]。越人语天姥[4]，云霞明灭或可睹[5]。天姥连天向天横，势拔五岳掩赤城[6]。天台四万八千丈[7]，对此欲倒东南倾。

我欲因之梦吴越[8]，一夜飞渡镜湖月[9]。湖月照我影，送我至剡溪[10]。谢公宿处今尚在[11]，渌水荡漾清猿啼[12]。脚着谢公屐[13]，身登青云梯[14]。半壁见海日[15]，空中闻天鸡[16]。千岩万转路不定，迷花倚石忽已暝[17]。熊咆龙吟殷岩泉[18]，栗深林兮惊层巅[19]。云青青兮欲雨，水澹澹兮生烟[20]。裂缺霹雳[21]，丘峦崩摧[22]。洞天石扇[23]，訇然中开[24]。青冥浩荡不见底[25]，日月照耀金银台[26]。霓为衣兮风为马，云之君兮纷纷而来下[27]。虎鼓瑟兮鸾回车[28]，仙之人兮列如麻。忽魂悸以魄动[29]，怳惊起而长嗟[30]。惟觉时之枕席[31]，失向来之烟霞[32]。世间行乐亦如此，古来万事东流水。别君去兮何时还？且放白鹿青崖间[33]，须行即骑访名山。安能摧眉折腰事权贵[34]，使我不得开心颜！

【注释】

[1] 天姥（mǔ）：山名，在越州剡县南八十里（今属浙江新昌）。吟：诗体名，歌行体的一种。

[2] 海客：海外来客。瀛洲：仙山名。传说东海有蓬莱、方丈、瀛洲三座仙山。

[3] 微茫：隐约迷离，模糊不清。信：实在。

[4] 越人：越地之人。越，春秋时国名，在今浙江一带。

[5] 明灭：或明或暗，变幻不定。或可睹：也许可以一见。与上文"信难求"相对照。

[6] 势拔：山势超出。五岳：指东岳泰山、西岳华山、南岳衡山、北岳恒山、中岳嵩山。赤城：山名，在今浙江天台境内。

[7] 天台：山名，在今浙江天台北。四万八千丈：极言其高之辞。下句说，天台山对比天姥山，就显得矮小，似乎是倾倒了。

[8] 因：凭借，依据。之：指越人关于天姥山的传说。吴越：指越。古代因吴越两国相邻，故连类而及，为偏义复词。

[9] 镜湖：即鉴湖，因其波平如镜，故名。在今浙江绍兴南。

[10] 剡（shàn）溪：水名，在今浙江嵊县南。

[11] 谢公：南朝宋诗人谢灵运，他游天姥山，曾在剡溪投宿。其《登临海峤》诗："暝投剡中宿，明登天姥岑。"

[12] 渌（lù）水：清澈的水。清猿啼：凄清的猿啼声。

[13] 谢公屐（jī）：谢灵运特制的登山木屐，有活动的齿，上山去前齿，下山则去后齿。

[14] 青云梯：高耸入云的山路。

[15] 半壁：半山腰。海日：从海上升起的太阳。

[16] 天鸡：神话传说中的神鸡。南朝梁任昉《述异记》："东南有桃都山，上有大树，名曰桃都，枝相去三千里，上有天鸡。日初出照此木，天鸡则鸣，天下鸡皆随之鸣。"

[17] 暝：天色昏暗。
[18] 殷（yǐn）岩泉：声音震响于山岩泉水之间。殷，形容声音很大。
[19]"栗深"句：意思是使深林为之战栗，使层巅为之震惊。
[20] 澹（dàn）澹：水波荡漾的样子。
[21] 列缺：闪电。霹雳：巨雷。
[22] 丘峦：山峰。
[23] 洞天：道家称神仙居住的地方为洞天。石扇：石门。扇，一作"扉"。
[24] 訇（hōng）然：形容声音巨大。
[25]"青冥"句：此下数句写"洞天石扇訇然中开"之后的另一境界。青冥，青色之天。
[26] 金银台：神仙居住的宫阙。郭璞《游仙诗》："神仙排云出，但见金银台。"
[27] 云之君：云神，这里泛指神仙。屈原《九歌》有《云中君》篇。
[28] 鼓：弹奏。回车：拉车。下文"列如麻"，形容其多。
[29] 悸：心惊，惊惧。
[30] 恍：同"恍"，恍惚。嗟：叹息。
[31] 觉：醒来。
[32] 向来：此指刚才的梦境。
[33] 白鹿：传说中仙人的坐骑。
[34] 摧眉折腰：低肩弯腰。事：侍奉。

【题解】

题一作《别东鲁诸公》，又作《梦游天姥山别东鲁诸公》。是天宝五载（746）李白即将要离开东鲁南下吴、越时所作。诗借梦游中所历名山和仙境的美好，曲折地表达了他对现实的不满，表现了他蔑视权贵的傲岸性格和对自由生活的向往。其中"安能摧眉折腰事权贵，使我不得开心颜"两句诗唱出了封建时代士人反权贵的最强音。全篇内容丰富，意象缤纷多彩。诗句长短不一，参差变化，用韵灵活多变，抑扬顿挫。是李白七言歌行的代表作。

【集评】

[1]《梦游天姥吟》胸次皆烟霞云石，无分毫尘浊，别是一副言语，故特为难到。（桂天祥《批点唐诗正声》）

[2] 七言歌行，本出楚骚、乐府。至于太白，然后穷极笔力，优入圣域。昔人谓其"以气为主，以自然为宗，以俊逸高畅为贵，咏之使人飘飘欲仙"，而尤推其《天姥吟》、《远别离》等篇，以为虽子美不能道。盖其才横绝一世，故兴会标举，非学可及，正不必执此谓子美不能及也。此篇夭矫离奇，不可方物，然因语而梦，因梦而悟，因悟而别，节次相生，丝毫不乱；若中间梦境迷

离,不过词意伟怪耳。(清高宗弘历敕编《唐宋诗醇》)

[3]《梦游天姥吟留别》诗,离奇惝恍,似无门径可寻。细玩之,起首入梦不突,后幅出梦不竭,极恣肆幻化之中,又极经营惨淡之苦,若只貌其格句字面,则失之远矣。一起淡淡引入,至"我欲因之梦吴越"句,乘势即入,使笔如风,所谓缓则按辔徐行,急则短兵相接也。"千岩万转"二句,用仄韵一束。以下至"仙之人兮"句,转韵不转气,全以笔力驱驾,遂成鞭山倒海之能,读去似未曾转韵者,有真气行乎其间也。此妙可心悟,不可言喻。出梦时,用"忽魂悸以魄动"四句,似亦可以收煞得住,试想若不再足"世间行乐"二句,非但喝题不醒,抑亦尚欠圆满。"且放白鹿"二句,一纵一收,用笔灵妙不测。后来惟东坡解此法,他人多昧昧耳。(延君寿《老生常谈》)

登金陵凤凰台[1]

凤凰台上凤凰游,凤去台空江自流。吴宫花草埋幽径[2],晋代衣冠成古丘[3]。三山半落青天外[4],一水中分白鹭洲[5]。总为浮云能蔽日[6],长安不见使人愁。

【注释】

[1] 金陵:今江苏南京。凤凰台:故址在今南京凤凰山。据传,刘宋元嘉十六年,有三鸟翔集金陵山间,五色斑斓,形似孔雀,一鸣而群鸟相和,时人谓之凤凰。遂名此山为凤凰山,起台于此,称凤凰台。

[2] 吴宫:三国时吴国都城在金陵。

[3] "晋代"句:意谓晋代的一切也已成为往。东晋时都城也建在金陵,故云。衣冠,指代士族缙绅。成古丘,谓古人已逝,空留坟墓。

[4] 三山:山名。在今南京市西南长江东岸,以有三峰得名。为金陵屏障,故又名护国山。半落青天外:形容三山有一半被云遮住,看不清楚。

[5] 一水:一作"二水"。白鹭洲:古代长江中的小洲,因常有白鹭聚居而得名,故址在今南京市水西门外。句意谓白鹭洲分水流为二支。

[6] 浮云能蔽日:化用陆贾《新语·慎微》:"邪臣之蔽贤,犹浮云之障日月也。"

【题解】

相传李白登黄鹤楼有"眼前有景道不得,崔颢题诗在上头"之语,从此诗的起结句式看,未始没有模仿享有盛名的崔颢《黄鹤楼》诗并与之争胜的可能。诗中抒写了登台所触发的历史兴亡之感,以及寓目山河忧时伤事的悲慨。通首气象壮丽,对仗工稳,是李白律诗中的杰作。

【集评】

[1] 太白此诗与崔颢《黄鹤楼》相似，格律气势未易甲乙。此诗以凤凰台为名，而咏凤凰台不过起语两句尽之矣，下六句乃登台而观望之景也。三、四怀古人之不见，五、六、七、八咏今日之景而慨帝都之不可见，登台而望，所感深矣。（方回《瀛奎律髓》）

答王十二寒夜独酌有怀[1]

昨夜吴中雪，子猷佳兴发[2]。万里浮云卷碧山，青天中道流孤月。孤月沧浪河汉清[3]，北斗错落长庚明[4]。怀余对酒夜霜白，玉床金井冰峥嵘[5]。人生飘忽百年内，且须酣畅万古情。君不能狸膏金距学斗鸡，坐令鼻息吹虹霓[6]。君不能学哥舒横行青海夜带刀，西屠石堡取紫袍[7]。吟诗作赋北窗里，万言不直一杯水。世人闻此皆掉头，有如东风射马耳[8]。鱼目亦笑我，谓与明月同[9]。骅骝蜷跼不能食[10]，蹇驴得志鸣春风[11]。折杨皇华合流俗[12]，晋君听琴枉清角[13]。巴人谁肯和阳春[14]，楚地由来贱奇璞[15]。黄金散尽交不成，白首为儒身被轻。一谈一笑失颜色，苍蝇贝锦喧谤声[16]。曾参岂是杀人者，谗言三及慈母惊[17]。与君论心握君手，荣辱于余亦何有[18]。孔圣犹闻伤凤麟[19]，董龙更是何鸡狗[20]。一生傲岸苦不谐，恩疏媒劳志多乖[21]。严陵高揖汉天子[22]，何必长剑拄颐事玉阶[23]。达亦不足贵，穷亦不足悲，韩信羞将绛灌比[24]，祢衡耻逐屠沽儿[25]。君不见李北海[26]，英风豪气今何在。君不见裴尚书[27]，土坟三尺蒿棘居[28]。少年早欲五湖去[29]，见此弥将钟鼎疏[30]。

【注释】

[1] 王十二：王姓，排行十二，名字不详。王曾有《寒夜独酌有怀》诗赠作者，作者以此作答。

[2] "昨夜"二句：用王子猷雪夜访戴逵事，比喻王十二对自己的怀念。《世说新语·任诞》："王子猷（徽之）居山阴，夜大雪，忽忆戴安道（逵）。时戴在剡（今浙江嵊县），即便夜乘小船就之。"

[3] 沧浪：清凉。河汉：银河。

[4] 北斗：北斗星。长庚：即金星，又名太白星。早晨出现在东方名启明，夜晚出现在西方名长庚。

[5] 床：井上栏杆。峥嵘：形容冰层很厚。

[6] "君不能"二句：写佞臣以善斗鸡邀宠。玄宗喜好斗鸡，贾昌之流因善斗鸡而得宠。狸膏金距，使斗鸡取胜的方法。狸食鸡，将狸油涂于鸡头，使对方的鸡闻到气味不战而逃。金距指用锋利的金属品装在鸡爪上。鼻息吹虹霓，形容小人得志气焰嚣张的情状。

〔7〕"君不能"二句：写哥舒翰不惜以士兵鲜血邀功。哥舒，即哥舒翰，唐代名将。《旧唐书·哥舒翰传》载，玄宗欲攻取吐蕃石堡城，王忠嗣不愿以数万人性命而换取一官，被罢职，哥舒翰取而代之。天宝八载（749）不惜伤亡惨重，攻破石堡，以此受到封赏。石堡，在今青海西宁市西南。紫袍，唐代三品以上官员所着官服。

〔8〕东风射马耳：意谓听而不闻。

〔9〕"鱼目"二句：化用张协《杂诗》："鱼目笑明月。"比喻小人得志反嘲笑失意的才能之士。明月，即明月珠。

〔10〕骅骝：良马，比喻贤才。蜷跼：拳曲不能伸展的样子。

〔11〕蹇驴：跛驴。

〔12〕折杨皇华：古歌曲名。合流俗：为众人喜爱。

〔13〕"晋君"句：用晋平公事说明无德之人不仅无福消受高雅音乐，反而会带来灾祸。《韩非子·十过》载："（晋）平公曰：'清角可得而闻乎？'师旷曰：'不可。……今主君德薄，不足听之，听之恐将有败。'"师旷因平公恳求不得已而奏之，果然，"大风至，大雨随之，裂帷幕，破俎豆，隳廊瓦，坐者散走，平公恐惧，伏于廊室之间。晋国大旱，赤地三年，平公之身遂癃病"。

〔14〕"巴人"句：化用宋玉《对楚王问》，谓曲调愈高雅，和者愈少，"客有歌于郢中者，其始曰《下里》、《巴人》，国中属而和者数千人；……其为《阳春》、《白雪》，国中属而和者不过数十人。"巴人，即郢中人，郢为楚国都城，在今湖北江陵。古为巴东之地。

〔15〕"楚地"句：化用《韩非子·和氏》，喻人才被埋没。楚国人卞和在山中得一玉璞，先后献于两代楚王，都被以欺君之罪砍去两足。直到新君继位，卞和抱璞哭了三天三夜，才引起新君注意，发现是块宝玉，因命名和氏璧。璞，包着玉的石头。

〔16〕"苍蝇"句：谓小人巧言佞色，喧嚣诽谤。苍蝇，即青蝇。《诗经·小雅·青蝇》："营营青蝇，止于樊。岂弟君子，无信谗言。"比喻谗人像青蝇一样污人清白。贝锦，带有贝壳一样花纹的锦缎。比喻谗人花言巧语。（典出《诗经·小雅·巷伯》）

〔17〕"曾参"二句：《战国策·秦策》载曾母连续听到三个人误传曾参杀了人，便信以为真，急忙丢下手中的机杼，越墙逃走。比喻谣言可以惑人。

〔18〕亦何有：算得了什么。

〔19〕"孔圣"句：古人认为凤凰、麒麟是祥瑞之物，只有太平时节才会出现。《论语·子罕》载，孔子说："凤鸟不至，河不出图，吾已矣夫！"又，《史记·孔子世家》载，鲁哀公十四年西狩获麟，孔子哀叹，"吾道穷矣！"

〔20〕"董龙"句：以董龙喻玄宗时宠信的权贵。董龙，据《十六国春秋》载，前秦宰相王堕性刚峻疾恶，雅好直言。对以佞幸得宠的右仆射董荣（小名龙）不屑一顾。有人劝他，他说："董龙是何鸡狗，而令国士与之言乎？"是何鸡狗，犹言什么东西。

〔21〕"一生"二句：说自己一生高傲正直，不合流俗，使推荐者徒劳，自己有志难伸。媒劳，指引荐者劳而无功。乖，违背。

〔22〕严陵：严子陵的简称，即严光。《后汉书·严光传》载，他少有高名，与后汉光武帝刘秀同游学。及光武帝即位，他便改名换姓隐居不见。光武帝找到他，他仍以朋友的

身份与其相见。高揖：即长揖。长揖不拜是古代平辈的礼节。

[23] 长剑拄颐：因佩剑很长，所以上端顶着下巴。事玉阶：在宫廷玉阶上侍奉皇帝。

[24] 韩信：汉朝的开国元勋。初封齐王，徙封楚王，后又降为淮阴侯，与功劳不如他的绛侯周勃、颍阴侯灌婴同列，"由此日夜怨望，居常鞅鞅，羞与绛灌等列"。（事见《史记·淮阴侯列传》）

[25] 祢衡：东汉末年人，他来到许昌，有人问他与陈长文、司马伯达有无来往，他回答说："吾焉能从屠沽儿耶？"（见《后汉书·祢衡传》）屠沽儿，杀猪、卖酒的人。陈与司马是当时的名人，这样说是故意羞辱他们。

[26] 李北海：即北海郡太守李邕，天宝六载（747）被李林甫陷害杖杀。（见《旧唐书·玄宗本纪》）李邕以能文养士而享誉文坛，李白、杜甫都与他有交往。

[27] 裴尚书：即刑部尚书裴敦复，立有战功，为李林甫所忌，与李邕同案被杖杀。

[28] 蒿棘：杂草。

[29] "少年"句：用春秋时范蠡典故，谓自己早欲隐居江湖，不受官爵拘束。《国语·越语》载，春秋时越国大夫范蠡辅佐越王勾践灭吴成就霸业后，遂辞官不做，乘轻舟，泛于五湖。五湖，泛指太湖一带所有湖泊。

[30] 此：指李、裴等贤士被害事。弥：更加。钟鼎：钟鸣鼎食的省称，常用以指代富贵。古代贵族鸣钟列鼎而食。疏，疏远。

【题解】

此诗作于天宝八载（749）冬，是对友人王十二所寄《寒夜独酌有怀》的答诗。诗人淋漓尽致地抒发了自己种种复杂的心情，其中既有遭谗见疏的悲愤，也有对时局变化的忧虑和牢骚；有壮志难伸的悲观失望，也有怀才不遇的无奈愤懑。从中还折射出玄宗朝政治渐趋黑暗腐败的社会现实。全诗跌宕起伏，抒情与议论相结合，多用比喻和典故，体现了李白这一时期七古的特色。

宣州谢朓楼饯别校书叔云[1]

弃我去者，昨日之日不可留，乱我心者，今日之日多烦忧。长风万里送秋雁，对此可以酣高楼[2]。蓬莱文章建安骨，中间小谢又清发[3]。俱怀逸兴壮思飞[4]，欲上青天览明月[5]。抽刀断水水更流，举杯消愁愁更愁。人生在世不称意，明朝散发弄扁舟[6]。

【注释】

[1] 宣州：治所在今安徽省宣州。谢朓楼：一名北楼，又称谢公楼，南齐谢朓为宣城太守时所建。校书：秘书省校书郎省称。叔云：李白族叔李云。题一作《陪侍御叔华登楼歌》。

［2］此：指上句所写长风秋雁的景色。酣：畅饮。高楼：指谢朓楼。

［3］"蓬莱"二句：意思是李云的文章有建安风骨，自己的诗歌像小谢一样清新秀发。蓬莱，海上神山，为仙府。汉代官家著述和藏书之所称为东观，学者又称之为"老氏藏书室，道家蓬莱山"。唐人多以蓬山、蓬阁指秘书省，李云是秘书省校书郎，故用蓬莱文章借指李云文章。建安骨，建安风骨。指刚健遒劲的诗文风格。小谢，指谢朓。

［4］逸兴：超迈的意兴。

［5］览：同"揽"，摘取。

［6］散发弄扁（piān）舟：意思是避世隐居。古人束发戴冠，散发即脱去簪缨，不受约束之意。弄扁舟，驾小舟泛游于江湖之上。《史记·货殖传》："范蠡既雪会稽之耻，乃乘扁舟浮于江湖，变名易姓，适齐为鸱夷子皮。"

【题解】

此诗作于天宝十二载（753）秋，题为"饯别"，实际上是作者的内心独白。其中既有上青天揽月的逸兴，也有不满污浊现实的苦闷；既有对自己才能的自信，也有怀才不遇的愤懑；既有追求理想境界的豪情，也流露出消极出世的情绪。豪放自然的语言，大开大阖、跌宕起伏的结构，将诗人瞬息万变的思绪和开朗豪迈的情怀抒发得酣畅淋漓。

【集评】

［1］厌世多艰，兴思远引。韵清气秀，蓬蓬起东海，蓬蓬起西海。异质快才，自足横绝一世。（周敬、周珽《唐诗选脉会通评林》）

［2］观太白诗者，要识真太白处。太白天才豪逸，语多猝然而成者。学者于每篇中，要识其安身立命处可也。太白发句，谓之开门见山。（严羽《沧浪诗话》）

［3］起二句，发兴无端。"长风"二句，落入。如此落法，非寻常所知。"抽刀"二句，仍应起意为章法。"人生"二句，言所以愁。（方东树《昭昧詹言》）

秋　浦　歌[1]（其十五）

白发三千丈，缘愁似个长[2]。不知明镜里，何处得秋霜[3]？

【注释】

［1］秋浦：即今安徽贵池。《秋浦歌》是一组诗，一般认为有十七首，当是天宝十三载（754）作者由宣城往游秋浦时所作。

[2] 缘：因，由于。个：这样。
[3] 秋霜：喻白发。

【题解】

此诗以现实中不可能出现的三千丈白发领起，抒发了因惊见白发而引起的心理上的极大震撼。极度夸张却真实地宣泄了内心的烦愁。

赠 汪 伦[1]

李白乘舟将欲行，忽闻岸上踏歌声[2]。桃花潭水深千尺[3]，不及汪伦送我情。

【注释】

[1] 汪伦：泾县（今属安徽）人。据当代学者考证，又名凤林，系越国公汪华五世孙，曾任泾县令。
[2] 踏歌：以足踏地为节拍的一种歌唱形式。
[3] 桃花潭：在泾县。

【题解】

天宝十四载（755）秋，李白游宣州至泾县时曾宿汪伦别业，此诗为赠别汪伦而作。诗人即景设喻，以深不可测的桃花潭水比友人送别之深情，不仅真切表达了自己内心的感动，友人情真意挚和洒脱俊逸的形象也跃然纸上。语言有如民歌般自然流畅。

望庐山瀑布（其二）

日照香炉生紫烟[1]，遥看瀑布挂前川。飞流直下三千尺，疑是银河落九天。

【注释】

[1] 香炉：香炉峰，庐山北峰。紫烟：水雾经日光照射成紫色。

【题解】

本题共二首，此诗是其中脍炙人口的一首。全从"望"字着笔，运用高度的夸张，新颖的比喻，奇妙的想象，描绘出庐山瀑布无比壮丽奇伟的景象。此诗不仅是庐山瀑布的绝妙写照，也渗透了诗人对自然山水的热爱和鲜明的艺术个性。

早发白帝城[1]

朝辞白帝彩云间，千里江陵一日还[2]。两岸猿声啼不住，轻舟已过万重山。

【注释】

[1] 白帝城：故址在今重庆市奉节县白帝山上。
[2] 江陵：今湖北荆州。

【题解】

此诗作于乾元二年（759）春，记叙了李白因永王璘案牵连长流夜郎，中途遇赦，从白帝城乘舟返回江陵的情景。通篇景语而实为情语，流畅的语言，飞动的气势，轻快的节奏，生动传达出诗人被赦获归的畅快和喜悦。

横 江 词[1]（其四）

海神来过恶风回，浪打天门石壁开[2]。浙江八月何如此[3]？涛似连山喷雪来。

【注释】

[1] 横江：横江浦，在今安徽和县，长江北岸。
[2] 天门：由东梁山（在当涂）与西梁山（在和县）隔长江相对如门。
[3] "浙江"句：钱塘江（浙江）八月的潮水与此相比又怎样？意谓横江浦之浪涛与钱塘潮同样壮观。

【题解】

本题共六首。此首以钱塘怒潮的汹涌比喻，突现了横江风波的险恶和磅礴气势，其中未始没有比喻政治风波险恶的寓意。

山中与幽人对酌[1]

两人对酌山花开,一杯一杯复一杯。我醉欲眠卿且去[2],明朝有意抱琴来。

【注释】

[1] 幽人:山中隐士,幽居之人。
[2] "我醉"句:《宋书·陶潜传》:"潜(陶渊明)不解音声,而畜素琴一张,无弦,每有酒适,辄抚弄以寄其意。贵贱造之者,有酒辄设。潜若先醉,便语客:'我醉欲眠,卿可去。'其真率如此。"

【题解】

此诗写与友人对酌酣醉情景,活画出两位高士真率豪放和超凡脱俗的形象。口头语,眼前景,正表现出李白"天然去雕饰"的本色。

菩 萨 蛮

平林漠漠烟如织[1],寒山一带伤心碧[2]。暝色入高楼,有人楼上愁[3]。玉阶空伫立,宿鸟归飞急。何处是归程?长亭连短亭[4]。

(《四部丛刊》影印本《唐宋诸贤绝妙词选》。下同)

【注释】

[1] 漠漠:迷蒙貌。
[2] 一带:连绵不断。运望如带。
[3] 人:指思妇。
[4] 亭:行人止憩的亭子。有十里一长亭五里一短亭之说。

【题解】

相传为李白所作的[菩萨蛮]、[忆秦娥]是否出自李白之手,至今聚讼纷纭,殊难断定。关于此首的抒情主人公也有闺人怀远与旅客思家两说。上片以苍茫悲凉的深秋暮色渲染烘托出人之愁情,下片点出愁之因,抒发了旅途漫漫,杳无归期的苦闷。全篇境界优美,语言典丽,情思婉转,被后人誉为"百代词曲之祖"。

忆 秦 娥

箫声咽，秦娥梦断秦楼月[1]。秦楼月，年年柳色，霸陵伤别[2]。乐游原上清秋节[3]，咸阳古道音尘绝[4]。音尘绝，西风残照，汉家陵阙[5]。

【注释】

[1] 秦娥：秦地（比如说长安）的一位女子。梦断：梦醒。秦楼：秦娥所在的楼头。

[2] 霸陵：汉文帝（刘恒）陵，在长安东。附近有霸（灞）桥，为折柳送别之处。

[3] 乐游原：在长安东南，四望开阔，为游览胜地。清秋节：九月九日重阳节。

[4] 咸阳：在长安西北。从长安前往西北地区的征人或商贾多经咸阳。音尘：此指音信说。

[5] 陵阙：陵墓前的建筑物，略如牌楼。

【题解】

此首托兴深远。上片怀念远人，箫声、月夜、柳色与思妇的幽怨融成一片，意境惨淡凄迷。下片由对往昔的追忆引出伤今怀古之情，顿觉气象开阔，境界悲壮。"西风"两句，气魄雄伟，千古兴亡之感尽寓其中。王国维称誉其"寥寥八字，遂关千古登临之口"（《人间词话》），洵为的评。

【参考书】

[1]《李白全集校注汇释集评》，詹锳主编，百花文艺出版社1996年版。

[2]《李白诗选》，复旦大学中文系古典文学教研室选注，人民文学出版社1961年版。

杜 甫

杜甫（712-770），字子美，尝自称少陵野老。杜审言之孙。祖籍襄阳（今湖北襄樊市），自其曾祖时迁居巩县（今河南巩义）。自幼好学，知识渊博，颇有政治抱负。开元后期，举进士不第，漫游各地。天宝三载（744）在洛阳与李白相识。后寓居长安将近十年，直到天宝十四载（755）才获得右卫率府胄曹参军的官职。及安禄山军陷长安，乃逃至凤翔，谒见肃宗，官左拾遗。长安收复后，随肃宗还京,寻出为华州司功参军。不久弃官往秦州、同谷。又移家成都,筑草堂于浣花溪上,世称浣花草堂。一度在剑南节度使严武幕府以检校工部员外郎衔充任节度参谋,故世称"杜工部"。晚年携家出蜀,病死湘江途中。一说饫死耒阳。杜甫诗内容广泛深刻,真实地表现了他所生活时代的政局变化和各阶层的社会生活,以及自己忧国忧民的情怀。深刻描写了唐代由开元、天宝盛世转向分裂衰微的历史过程,故被誉为"诗史"。在艺术上,善于运用各种诗歌形式,尤其是律诗、五古,风格多样,而以沉郁顿挫为主;语言精练,具有高度的表达能力。继承和发展了《诗经》以来的优良文学传统,成为我国古代诗歌写实派创作的高峰,并对后世产生巨大而深远的影响。今存诗一千四百多首,有《杜工部集》。

望　　岳[1]

岱宗夫如何[2]?齐鲁青未了[3]。造化钟神秀[4],阴阳割昏晓[5]。荡胸生曾云[6],决眦入归鸟[7]。会当凌绝顶[8],一览众山小[9]。

（《杜诗详注》,仇兆鳌注,中华书局1979年版。下同）

【注释】

[1] 岳:指东岳泰山,主峰在今山东泰安北。

[2] 岱宗:即泰山。因其为五岳之长,故称。岱,"泰"字的音转。宗,有为人尊仰之意。夫(fú):语助词。

[3] "齐鲁"句:意思是泰山苍翠的山峦,在齐鲁之地连绵不断,望不到头。齐、鲁,春秋时两诸侯国。《史记·货殖列传》:"泰山之阳则鲁,泰山之阴则齐。"未了,没有穷尽。

[4] "造化"句:意思是大自然把神奇和秀美都赋予了泰山。造化,大自然。钟,聚集。

[5] "阴阳"句:山南山北同一时刻仿佛清晓和黄昏,明暗迥然不同。

[6] "荡胸"句:意思是望见山中层云叠生,弥漫飘拂,心胸像经过洗涤一般。曾,通"层"。

[7] "决眦(zì)"句:意思是极目远望,见山中飞鸟归林。决眦,裂开眼眶。形容极度使用目力。

[8] 会当:定当,终当。凌:登。绝顶:最高峰。

[9] "一览"句:用《孟子·尽心上》"登泰山而小天下"句意。

【题解】

此诗是杜甫开元二十四年（736）下第后漫游齐赵初经泰山时所作。句句从望岳的感受着笔，描绘了泰山的高大雄伟和神奇秀丽，以及因"望岳"而生出的登临绝顶的美好愿望。

【集评】

[1] 诗用四层写意：首联远望之色，次联近望之势，三联细望之景，末联极望之情。上六实叙，下二虚摹。（仇兆鳌《杜诗详注》）

[2] 只言片语，说得泰岳色气凛然，为万古开天名作。句字皆能泣鬼磷而裂鬼胆。（周敬、周珽《唐诗选脉会通评林》）

兵　车　行

车辚辚[1]，马萧萧[2]，行人弓箭各在腰[3]。耶娘妻子走相送[4]，尘埃不见咸阳桥[5]。牵衣顿足拦道哭，哭声直上干云霄[6]。道旁过者问行人，行人但云点行频[7]。或从十五北防河[8]，便至四十西营田[9]。去时里正与裹头[10]，归来头白还戍边。边庭流血成海水，武皇开边意未已[11]。君不闻，汉家山东二百州[12]，千村万落生荆杞。纵有健妇把锄犁，禾生陇亩无东西[13]。况复秦兵耐苦战[14]，被驱不异犬与鸡。长者虽有问[15]，役夫敢申恨。且如今年冬，未休关西卒。县官急索租[16]，租税从何出。信知生男恶，反是生女好。生女犹得嫁比邻，生男埋没随百草[17]。君不见，青海头[18]，古来白骨无人收。新鬼烦冤旧鬼哭[19]，天阴雨湿声啾啾。

【注释】

[1] 辚辚（lín）：车行声。
[2] 萧萧：马鸣声。
[3] 行人：被征调从军的人。
[4] 耶娘：同爷娘。
[5] 咸阳桥：即渭桥，由长安通往西北经过的大桥。
[6] 干：冲犯，上冲。
[7] 点行：按户籍名册征发差役。频：频繁。
[8] 北防河：当时吐蕃经常侵扰黄河以西之地，唐王朝征调关中、朔方等地军队集中于西河一带加强防御，称为防河。因其地在长安以北，故云"北防河"。此句以下至"租税从何出"都是"行人"说的话。
[9] 营田：即屯田。指驻扎的军队战时打仗，平时则要种田。

[10] 里正：即里长。唐制，百户为一里，设里正一人。裹头：扎裹头巾。

[11] 武皇：汉武帝刘彻，是历史上以穷兵黩武著称的皇帝。这里借指玄宗。借汉喻唐乃唐诗中的常见用法。开边：开拓边疆。

[12] 山东：指华山以东。唐代行政区划，山东地区分七道，凡二百二十一州。

[13] 无东西：指庄稼散乱不成行列。

[14] 秦兵：关中士兵。即下文的"关西卒"。

[15] 长者：征夫对作者的尊称。下文"役夫"，行役之人自称。敢：岂敢。

[16] 县官：指代皇帝，国家，朝廷。

[17] "信知"四句：语本民谣："生男慎勿举，生女哺用脯。不见长城下，尸骸相支拄。"比（bì）邻：近邻。

[18] 青海头：唐军与吐蕃交战之地。青海，今青海湖。

[19] 烦怨：烦躁愤懑。下文"啾（jiū）啾"，象声词，这里指作者想象中的鬼哭声。

【题解】

此诗大约作于天宝十载（751）。作者以严肃的写实精神，真实记录下百姓被驱往战场生离死别的悲惨场景，借"行人"之口概括了千万个征夫戍卒相同或相似的遭遇，深刻反映了天宝年间统治者穷兵黩武连年征战给人民带来的深重灾难。真实的细节描写，通俗浅显的语言，都加强了作品的生活实感。这也是杜甫创作反映时事的新题乐府诗的开端。

自京赴奉先县咏怀五百字[1]

杜陵有布衣[2]，老大意转拙[3]。许身一何愚[4]，窃比稷与契[5]。居然成濩落[6]，白首甘契阔[7]。盖棺事则已，此志常觊豁[8]。穷年忧黎元[9]，叹息肠内热。取笑同学翁[10]，浩歌弥激烈[11]。非无江海志[12]，潇洒送日月。生逢尧舜君[13]，不忍便永诀[14]。当今廊庙具，构厦岂云缺[15]？葵藿倾太阳[16]，物性固难夺[17]。顾惟蝼蚁辈[18]，但自求其穴[19]。胡为慕大鲸，辄拟偃溟渤[20]。以兹悟生理[21]，独耻事干谒[22]。兀兀遂至今[23]，忍为尘埃没[24]。终愧巢与由[25]，未能易其节[26]。沉饮聊自适[27]，放歌破愁绝。岁暮百草零，疾风高冈裂。天衢阴峥嵘[28]，客子中夜发[29]。霜严衣带断，指直不能结[30]。凌晨过骊山[31]，御榻在嵽嵲[32]。蚩尤塞寒空[33]，蹴踏崖谷滑[34]。瑶池气郁律[35]，羽林相摩戛[36]。君臣留欢娱，乐动殷胶葛[37]。赐浴皆长缨[38]，与宴非短褐[39]。彤庭所分帛[40]，本自寒女出。鞭挞其夫家，聚敛贡城阙[41]。圣人筐篚恩[42]，实欲邦国活[43]。臣如忽至理[44]，君岂弃此物[45]？多士盈朝廷[46]，仁者宜战栗[47]。况闻内金盘[48]，尽在卫霍室[49]。中堂舞神仙[50]，烟雾蒙玉质[51]。暖客貂鼠裘，悲管逐清瑟[52]。劝客驼蹄羹[53]，霜橙压香橘。朱门酒肉臭[54]，路有冻死骨。荣枯咫尺异[55]，惆怅难再述。北辕就泾渭[56]，官渡又改辙[57]。群水从西下，极目高崒兀[58]。疑是崆峒来[59]，恐触天柱折[60]。河梁幸未坼[61]，枝撑声窸窣[62]。行李相攀援[63]，川广不可越。老妻寄异县[64]，十口隔风雪。谁能久不顾，庶往共饥渴[65]。入门闻号咷[66]，幼子饥已卒。吾宁舍一哀，里巷亦呜咽[67]。所愧为人父，无食致夭折。岂知秋禾登，贫窭有仓卒[68]。生常免租税[69]，名不隶征伐[70]。抚迹犹酸辛[71]，平人固骚屑[72]。默思失业徒，因念远戍卒。忧端齐终南[73]，澒洞不可掇[74]。

【注释】

[1] 奉先县：今陕西蒲城。

[2] 杜陵：地名，在长安东南。杜甫远祖杜预是杜陵人，故杜甫亦常自称是"杜陵布衣"。布衣：没有官职的人。

[3] 老大：杜甫作此诗时为四十四岁。拙：笨拙，不谙世事，不合时宜。

[4] 许身：对自己的期望，自许。

[5] 稷（jì）：尧时贤臣，传说曾教民种植五谷。契（xiè）：舜时贤臣，掌管教化。稷、契皆是儒家理想的臣子形象。

[6] 濩（huò）落：同"瓠落"，大而无当，一无所用之意。《庄子·逍遥游》："剖之以为瓢，则瓠落无所容。"

[7] 契（qiè）阔：勤苦。

[8] "盖棺"二句：意思是不死就不会放弃自己的志愿。已，止。觊（jì）豁：希望能够实现。

[9] 穷年：整年。黎元：百姓。下文"肠内热"，内心焦灼。

[10] 同学翁：同辈的人。

[11] 浩歌：慷慨高歌。弥：更加。

[12] 江海志：隐居江湖的志向。下句说，自由自在地消遣光阴。

[13] 尧舜君：像尧舜那样圣明的君主，此指唐玄宗。

[14] 永诀：永别，指离开朝廷而隐居。

[15] "当今"二句：意思是朝廷里并不乏栋梁之才，可以成就事业。廊庙县，指朝廷中的栋梁之才。构厦，建筑大厦。

[16] 葵藿：冬葵和豆叶。二物皆有向阳的习性。比喻卑下者对尊长的仰慕与依恋。倾：朝向。

[17] 物性：事物的本性。夺：以强力使之改变。

[18] 顾惟：回头想想。蝼蚁辈：指胸无大志，目光短浅，只求私利的人。

[19] 求其穴：经营自己的巢穴。

[20] "胡为"二句：意思是为什么要羡慕大鲸，动辄就想游息于大海之中呢？辄，

即。偃，侧身其中。溟渤，大海。

[21] 兹：此。指上文蝼蚁与大鲸的对比。生理：人生的道理。

[22] 事：从事于。干谒（yè）：向权贵求请，以便获得任官。

[23] 兀兀：孤独穷困的样子。

[24] 忍：岂忍。尘埃没（mò）：没于尘埃。被埋没。

[25] 巢与由：巢父与许由。二人皆传说中尧时避世隐居的君子，也是士大夫所推崇的品行清高的人。

[26] 易其节：改变自己（为国家出力）的志向。

[27] 自适：自求适意。

[28] 天衢（qú）：天空。峥嵘：比喻阴云堆叠的样子。

[29] 客子：离家在外的人，此是杜甫自指。中夜：半夜。

[30] 指直：手指冻僵不能弯曲。结：系。承上句说，无法系上断了的衣带。

[31] 骊山：在今陕西临潼东南，距长安六十里。山上有温泉，筑华清宫于其上，唐玄宗常来这里游幸。

[32] 御榻：皇帝的床，此指皇帝的行宫。嶪嶭（dié niè）：山高峻的样子。

[33] 蚩尤：指代大雾。传说蚩尤与黄帝战于涿鹿之野时，曾兴大雾，使黄帝军队为之昏迷。

[34] 蹴（cù）踏：步履艰难。

[35] 瑶池：传说中西王母宴会之所，此指骊山温泉。郁律：水气蒸腾的样子。

[36] 羽林：皇帝的禁卫军。摩戛（jiá）：兵器摩擦、碰撞之声。

[37] "乐动"句：音乐演奏之声弘大而远播。殷，盛大。胶葛，空旷深远貌。

[38] 长缨：长的冠带，此处指权贵。

[39] 与宴：参加宴会的人。短褐：粗布短衣，平民所穿着。此指平民。

[40] 彤庭：以朱漆涂饰的宫廷。此指代朝廷。分帛：皇帝以绢帛赏赐权贵后妃。

[41] 城阙：城门两侧的楼观。指代京城，宫殿。

[42] 圣人：指唐朝皇帝。筐、篚（fěi）：两种竹器。古制，皇帝赐宴，宴毕用篮盛币帛赏赐群臣，以鼓励臣下。

[43] 活：得到治理，使之兴旺繁荣。

[44] 忽：忽视。至理：正确的道理，即上文"实欲邦国活"之理。

[45] 弃此物：白白地浪费了这些绢帛。

[46] 多士：众多的贤士。此指群臣。

[47] 战栗：谨慎，戒惧。

[48] 内金盘：宫廷中的宝物、器用。

[49] 卫霍：卫青和霍去病。两家皆为汉武帝时外戚，权倾一时。此处暗指杨国忠兄弟姐妹。

[50] 中堂：正厅，指杨家。神仙：指舞女歌伎。

[51] 烟雾：堂上缭绕的香烟。一说指轻薄的纱罗。玉质：玉体。

[52] 悲管、清瑟：泛指乐声。逐：伴随。此指合奏。
[53] 驼蹄羹：骆驼蹄做的羹汤。下文"压"，堆积。
[54] 朱门：富贵人家常以朱漆大门，故以之代指富贵人家。
[55] 咫尺异：近在咫尺，却有天渊之别。
[56] 北辕：驾车往北行。泾渭：泾水和渭水，在今陕西境内。
[57] 官渡：公家设立的渡口。改辙：改道。
[58] 崒（zú）兀：高峻的样子，此以形容水势凶猛，浪头高涌。
[59] 崆峒（kōng tōng）：山名，在今甘肃岷县。
[60] "恐触"句：《淮南子·天文训》："昔者共工与颛顼争为帝，怒而触不周之山，天柱折，地维绝。"此处形容水势凶猛。
[61] 河梁：河上的桥。坼（chè）：断裂，毁坏。
[62] 枝撑：桥柱。窸窣（xī sū）：木桥摇晃发出的声音。
[63] 行李：行人。攀援：牵引。
[64] 寄：暂住。异县：此指奉先县。
[65] 庶：庶几，表示希冀之词。共饥渴：共度患难的日子。
[66] 号咷（háo táo）：号哭。
[67] "吾宁"二句：意思是即使我能强忍悲哀，可邻里见此惨景也会呜咽流泪。
[68] "岂知"二句：意思是谁能想到在秋谷登场之时，穷困之家还能发生这样的变故呢？秋禾登，秋谷登场。贫窭（jù），穷困。仓卒，意外之变，指儿子饿死之事。
[69] 免租税：唐制，官僚家庭享有免租税和兵役的特权。杜甫任右卫率府兵曹参军，享有豁免租税和不服兵役的权利。
[70] 隶征伐：在服兵役的范围内。
[71] 抚迹：追抚往事。
[72] 平人：百姓。骚屑：骚动不安。
[73] 忧端：忧虑之情。终南：山名，在长安南。
[74] 澒（hòng）洞：无边无际的样子。掇（duō）：收拾。

【题解】

  天宝十四载（755）冬十一月，杜甫由长安赴奉先县探家，此诗作于到家之后。深刻揭示了阶级之间的尖锐对立，表现了他对国家民族的深重忧虑，表达了他忧国忧民的强烈感情。

【集评】

  [1] 诗凡五百字，而篇中叙发京师、过骊山、就泾渭、抵奉先，不过数十字耳，余皆议论，感慨成文。此最得"变雅"之法而成章者。（仇兆鳌《杜诗详注》引胡夏客语）

[2]《赴奉先咏怀》，全篇议论，杂以叙事；《北征》则全篇叙事，杂以议论。盖"咏怀"，自应以议论为主；曰"北征"，自应以叙述为主也。(仇兆鳌《杜诗详注》)

月　　夜

今夜鄜州月[1]，闺中只独看[2]。遥怜小儿女，未解忆长安。香雾云鬟湿，清辉玉臂寒。何时倚虚幌[3]，双照泪痕干？

【注释】

[1] 鄜（fū）州：今陕西富县，杜甫妻子暂居之地。
[2] 闺中：闺中人，此指杜甫之妻。
[3] 虚幌：悬挂起来（没有拉开遮住窗户）的帘子。下文"双照"，同照两人。

【题解】

此诗作于至德元年（756）八月杜甫被叛军拘禁长安之时，表现了对家人深挚的思念。诗从对面着笔，不仅表现了作者对妻子相思之苦的体恤，而且将怜惜儿女的一片慈父之情也写得感人肺腑。正所谓两地相思、一种情怀。同时，从中不仅可见乱离社会中的一家一室之悲，也折射出那个动乱时代的缩影。

【集评】

[1] 心已驰神到彼，诗从对面飞来，悲婉微至，精丽绝伦，又妙在无一字不从月色照出也。(浦起龙《读杜心解》)
[2] "云鬟"、"玉臂"，语丽而情更悲。(王嗣奭《杜臆》)

春　　望

国破山河在[1]，城春草木深。感时花溅泪[2]，恨别鸟惊心。烽火连三月[3]，家书抵万金。白头搔更短，浑欲不胜簪[4]。

【注释】

[1] 国破：指长安陷落。国，国都。山河在：山河依旧。
[2] 时：指时事，时局。花溅泪：见花溅泪。下文"鸟惊心"，闻鸟惊心。

[3] 烽火：此指战火。连三月：接连三个月。下文"抵"，值。
[4] 浑欲：简直。不胜：不堪。簪：束发于冠的用具。（字与深、心、金同韵）

【题解】

此诗作于至德二载（757）三月杜甫陷居长安时，以饱蘸血泪的笔墨抒写了国破家亡、物是人非的深哀巨恸，以及对国家危难的深刻忧虑和对隔绝中亲人的强烈眷恋。前半写春望所见所闻，寓情于景，情景交融；后半写春望所感，忧国、思家之情刻骨铭心。

【集评】

[1] 古人为诗，贵于意在言外，使人思而得之，故言之者无罪，闻之者足以戒也。近世诗人，唯杜子美，最得诗人之体，如……"山河在"，明无余物矣；"草木深"，明无人矣。花鸟，平时可娱之物，见之而泣，闻之而悲，则时可知矣。他皆类此，不可遍举。（司马光《温公续诗话》）

[2] 此篇一等好诗，想天宝、至德以至大历之乱，不忍读也。（方回《瀛奎律髓》）

哀 江 头

少陵野老吞声哭[1]，春日潜行曲江曲[2]。江头宫殿锁千门，细柳新蒲为谁绿[3]？忆昔霓旌下南苑[4]，苑中万物生颜色[5]。昭阳殿里第一人[6]，同辇随君侍君侧[7]。辇前才人带弓箭[8]，白马嚼啮黄金勒[9]。翻身向天仰射云，一笑正坠双飞翼[10]。明眸皓齿今何在[11]？血污游魂归不得[12]。清渭东流剑阁深，去住彼此无消息[13]。人生有情泪沾臆[14]，江水江花岂终极。黄昏胡骑尘满城，欲往城南望城北[15]。

【注释】

[1] 少陵野老：作者自称。少陵为汉宣帝许皇后陵地，杜甫曾住少陵附近。吞声哭：哭时不敢出声。

[2] 潜行：悄悄地行走。曲：曲折隐蔽处。

[3] 蒲：蒲柳，即水杨。

[4] "忆昔"二句：回忆当年玄宗游览曲江的盛况。霓旌，霓虹般彩色的旗帜。南苑，即芙蓉苑，在曲江之南。

[5] 生颜色：增加光辉。

[6] 昭阳殿：汉成帝皇后赵飞燕所居宫殿名。这里借指杨贵妃生前住处。

[7] 辇（niǎn）：君王所乘的车子。
[8] 才人：此指唐代宫中武艺娴熟的女官。
[9] 啮（niè）：咬。黄金勒：以黄金为饰的带嚼口的马笼头。
[10] 一笑：指杨贵妃的开心一笑。笑，一作"箭"。
[11] 明眸皓齿：形容杨贵妃容颜的美丽。
[12] "血污"句：指杨贵妃在马嵬被缢死一事。
[13] "清渭"二句：谓杨贵妃葬于渭水滨，唐玄宗由剑阁去成都。一生一死，彼此永无消息。渭，渭水，流经马嵬驿（在今陕西兴平）。泾水浊而渭水清，故称"清渭"。剑阁，在今四川剑阁县北，为玄宗入蜀所经之地。
[14] 臆：胸。下句说，花草无情，年年如此，没有尽期。
[15] "欲往"句：写因极度悲哀而迷惘的情状。往城南，谓返回位于城南的住处。望城北，向城北走去。

【题解】

此诗作于至德二载（757）春。曲江在长安城东南，是唐代达官贵人和文人的游览胜地，也是唐王朝昔胜今衰的见证。诗人来到曲江，面对眼前的凄凉景象，不禁触景伤情。诗中追溯了唐玄宗和杨贵妃往昔骄奢淫逸的生活及其悲剧的结局，并于其中寄寓了深刻的历史教训。前半回忆，后半感伤，脉络分明而又浑然一体。叙事、抒情，过渡自然，收放自如。

羌村三首[1]（其一）

峥嵘赤云西[2]，日脚下平地[3]。柴门鸟雀噪，归客千里至[4]。妻孥怪我在[5]，惊定还拭泪[6]。世乱遭飘荡，生还偶然遂[7]。邻人满墙头，感叹亦歔欷[8]。夜阑更秉烛[9]，相对如梦寐[10]。

【注释】

[1] 羌村：遗址在今陕西富县岔口乡大申号村。
[2] 峥嵘：本形容山高，这里用以形容云层。
[3] 日脚：太阳从云缝中射出的光线。
[4] 归客：作者自指。
[5] 妻孥（nú）：本指妻与子女，这里是现代意义的妻子的含义。怪我在：惊讶我还活着。
[6] "惊定"句：惊讶的感情平静之后，又不禁伤感拭泪。
[7] "生还"句：活着回来，不过是偶然如愿而已。
[8] 歔欷（xū xī）：哽咽，抽泣。

[9] 夜阑：夜深。更秉烛：烛已燃尽，再换一支。
[10] 如梦寐：如同在睡梦之中，意谓依然信疑参半。

【题解】

这一组诗作于至德二载（757）秋，杜甫因上疏救房琯触怒肃宗，从凤翔放还鄜州探亲之时。此首写刚刚回到羌村与隔绝已久的家人团聚时悲喜交集的情景。此诗全用白描，一个个生活场景，妻孥、邻人等人物情态无不生动鲜活，历历如见。

【集评】

[1] 三首俱佳，而第一首尤绝。一字一句，镂出肺肠，才人莫知措手，而婉转周至，跃然目前，又若寻常人所欲道者。（仇兆鳌《杜诗详注》）

北　　征[1]

皇帝二载秋[2]，闰八月初吉。杜子将北征[3]，苍茫问家室[4]。维时遭艰虞[5]，朝野少暇日。顾惭恩私被[6]，诏许归蓬荜[7]。拜辞诣阙下[8]，怵惕久未出[9]。虽乏谏诤姿，恐君有遗失[10]。君诚中兴主[11]，经纬固密勿[12]。东胡反未已[13]，臣甫愤所切。挥涕恋行在[14]，道途犹恍惚。乾坤含疮痍[15]，忧虞何时毕[16]！靡靡逾阡陌[17]，人烟眇萧瑟。所遇多被伤[18]，呻吟更流血。回首凤翔县，旌旗晚明灭[19]。前登寒山重[20]，屡得饮马窟[21]。邠郊入地底，泾水中荡潏[22]。猛虎立我前[23]，苍崖吼时裂。菊垂今秋花，石戴古车辙[24]。青云动高兴[25]，幽事亦可悦[26]。山果多琐细，罗生杂橡栗[27]。或红如丹砂，或黑如点漆。雨露之所濡[28]，甘苦齐结实。缅思桃源内[29]，益叹身世拙。坡陀望鄜畤[30]，岩谷互出没。我行已水滨，我仆犹木末[31]。鸱鸮鸣黄桑[32]，野鼠拱乱穴[33]。夜深经战场，寒月照白骨。潼关百万师，往者散何卒[34]？遂令半秦民，残害为异物[35]。况我堕胡尘[36]，及归尽华发[37]。经年至茅屋[38]，妻子衣百结[39]。恸哭松声回，悲泉共幽咽[40]。平生所娇儿，颜色白胜雪[41]。见耶背面啼[42]，垢腻脚不袜[43]。床前两小女，补绽才过膝[44]。海图坼波涛，旧绣移曲折[45]。天吴及紫凤，颠倒在裋褐[46]。老夫情怀恶，呕泄卧数日。那无囊中帛，救汝寒凛栗[47]？粉黛亦解苞[48]，衾裯稍罗列[49]。瘦妻面复光，痴女头自栉[50]。学母无不为，晓妆随手抹。移时施朱铅[51]，狼籍画眉阔[52]。生还对童稚，似欲忘饥渴。问事竞挽须[53]，谁能即嗔喝[54]？翻思在贼愁，甘受杂乱聒[55]。新归且慰意，生理焉得说[56]？至尊尚蒙尘[57]，几日休练卒[58]？仰观天色改，坐觉妖氛豁[59]。阴风西北来，惨澹随回纥[60]。其王愿助顺[61]，其俗善驰突[62]。送兵五千人[63]，驱马一万匹。此辈少为贵[64]，四方服勇决[65]。所用皆鹰腾，破敌过箭疾[66]。圣心颇虚伫，时议气欲夺[67]。伊洛指掌收，西京不足拔[68]。官军请深入，蓄锐可俱发[69]。此举开青徐[70]，旋瞻略恒碣[71]。昊天积霜露，正气有肃杀[72]。祸转亡胡岁，势成擒胡月[73]。胡命其能久？皇纲未宜绝[74]。忆昨狼狈初，事与古先别[75]。奸臣竟菹醢[76]，同恶随荡析[77]。不闻夏殷衰，中自诛褒妲[78]。周汉获再兴，宣光果明哲[79]。桓桓陈将军，仗钺奋忠烈[80]。微尔人尽非[81]，于今国犹活。凄凉大同殿[82]，寂寞白兽闼[83]。都人望翠华[84]，佳气向金阙[85]。园陵固有神，扫洒数不缺[86]。煌煌太宗业，树立甚宏达[87]！

【注释】

[1] 北征：北行。作者自西南之凤翔（今属陕西）回东北之鄜州（治所在今陕西富县），故曰北征。

[2] 皇帝：唐肃宗（李亨）。二载：至德二年。下文"初吉"，朔日，旧历初一。

[3] 杜子：杜甫自指。子，古代男子的通称。

[4] 苍茫：意谓（家室情况）迷茫难测。问：探看。

[5] 维：发语词。艰虞：艰难危险的局势。

[6] 顾惭：自思感到惭愧。恩私被：指皇帝给了自己特殊的恩惠。

[7] 蓬荜（bì）：蓬门荜户，指穷人的住所。荜，柴草树枝之类。

[8] 诣（yì）：到。阙下：指朝廷。

[9] 怵（chù）惕：惶恐不安。

[10] "虽乏"二句：谓自己虽是不称职的谏官，却唯恐君主考虑不周不得不履行自己的职责。杜甫时任左拾遗，故云。

[11] 中兴主：复兴国家的君主，指肃宗。

[12] 经纬：纺织上直线叫经，横线叫纬。这里借指治理国家。密勿：即黾勉，勤勉谨慎。

[13] "东胡"句：指这一年正月安庆绪杀其父安禄山，继续反叛朝廷。

[14] 行在：天子出行所在之地。此指临时设在凤翔的朝廷。

[15] 乾坤：天地，此指人世间。疮痍：此指战乱带来的创伤。

[16] 忧虞：忧虑。毕：尽，结束。

[17] 靡靡：行步迟缓的样子。逾：越过。阡陌：田间小路。此泛指道路。下文"眇"，稀少。

[18] 所遇：所遇见之人。被伤：受伤。

[19] "旌旗"句：旌旗在夕阳和晚风中忽隐忽现。

[20] 重：重叠。

〔21〕饮（yìn）马窟：军中饮马的泉水和水洼。

〔22〕"邠（bīn）郊"二句：邠州郊原是盆地，从山上望下去，如在地底。泾水在其中流荡。邠州，治所在今陕西省彬县。荡潏（yù），水流动的样子。

〔23〕猛虎：一说指蹲踞的岩石形象。

〔24〕戴：印上。

〔25〕高兴：高远的兴致。

〔26〕幽事：指山中幽静的景物。

〔27〕罗生：罗列杂生。橡栗：橡树的果实。

〔28〕濡（rú）：沾湿，润泽。下句说，无论或甘或苦，都结了果实。

〔29〕缅思：遥想。桃源：桃花源。见陶渊明《桃花源记》。

〔30〕坡陀：山冈起伏不平的样子。鄜畤（fú zhì）：鄜州的别称。畤，祭天的神坛。

〔31〕木末：树梢。二句言我已至山下，而仆犹在山上。

〔32〕鸱鸮（chī xiāo）：猫头鹰一类的鸟。

〔33〕野鼠：又名拱鼠或礼鼠，见人往往直立，前肢做拱手状。

〔34〕"潼关"二句：至德二载（757），哥舒翰率二十万大军守潼关。杨国忠迫其匆促出战，结果战败，全军覆没。百万，夸张的说法，极言其多。往者，指潼关之败。卒（cù），同"猝"，仓促。

〔35〕"遂令"二句：指长安失陷，长安一带百姓半数遭到残害。秦民，长安旧为秦地，故称这里的百姓为秦民。为异物，指人死。

〔36〕堕胡尘：指至德元年（756）作者为叛军所俘身陷长安一事。

〔37〕及归：指从长安逃归凤翔。华发：头发花白。

〔38〕经年：杜甫去年（756）秋离开鄜州投奔灵武肃宗行在，途中为叛军所俘，由长安脱身后赴凤翔行在，因疏救房琯，被放还鄜州探亲，至此时为一年。

〔39〕衣百结：形容衣服破烂不堪，到处是补丁。

〔40〕"恸（tòng）哭"二句：痛哭声和松涛声一起在山间回荡，泉水也伴随着人一起抽咽。

〔41〕"颜色"句：说娇儿因饥饿而面色惨白。

〔42〕耶：同"爷"。背面啼：背过脸啼哭，怕生的样子。

〔43〕垢（góu）腻：污垢很多，很肮脏。

〔44〕补绽：缝补。绽，一作"缀"。唐代女穿垂地长衣，此言衣短贫困之状。

〔45〕"海图"二句：说孩子们的衣服，是利用原来绣有海景图案的旧衣改制、缝补过的，因此原来的花纹被拆开、移动了。

〔46〕"天吴"二句：破衣服上，天吴和紫凤的图形都颠倒了。天吴，神话中的水神，虎身人面，八首十尾。（见《山海经·大荒东经》）裋（shù）褐，粗布短袄。

〔47〕"那无"二句：意思是怎奈自己行囊中没有足够的布帛为家人制衣御寒。那，犹"奈"。寒凛慄，冷得发抖。

〔48〕粉黛：女子搽脸用的白粉和描眉用的青黑色颜料。苞：一作"包"，指包裹。

[49] 衾：被子。裯（chóu）：帐子。

[50] 栉（zhì）：梳。

[51] 移时：一会儿。施朱铅：在脸上涂抹红粉。

[52] 狼籍：即狼藉，散乱，不成样子。

[53] 竞挽须：争着拉扯胡须。

[54] 嗔（chēn）喝：发怒呵斥。

[55] "翻思"二句：回想起长安陷贼时的愁苦，现在受孩子们的吵闹也心甘情愿。杂乱聒（guō），乱吵嚷。

[56] 生理：生计。

[57] 至尊：对帝王的称呼，此指肃宗。蒙尘：逃亡在外，蒙受风尘之苦。

[58] 几日：何时。休练卒：休兵，指战乱平息。练卒，精兵，见《六韬·略地》，代指军队。

[59] "仰观"二句：意思是局势有好转的迹象。坐觉，顿觉。妖氛，指叛军的气焰。豁，谓妖氛散去，豁然开朗。

[60] "阴风"二句：至德二载（757）九月，唐肃宗听从郭子仪建议，借回纥平定叛乱。回纥（hé），古代民族名，初为突厥的一支，唐时在鄂尔浑河流域（今蒙古人民共和国）建汗国，唐末灭亡。

[61] "其王"句：回纥首领怀仁可汗派其子叶护率兵帮助唐王朝收复长安。

[62] 善驰突：善于骑马作战。

[63] 五千人：实为四千余，"五千"乃举其成数。

[64] 少为贵：人数少而战斗力强。一说杜甫认为以少用回纥兵为好。

[65] 服勇决：佩服其勇敢敏捷。

[66] "所用"二句：形容回纥军的勇猛迅捷。鹰腾，如鹰鸷般翱翔。过箭疾，比飞箭还迅速。

[67] "圣心"二句：指肃宗期望借用回纥兵，朝臣中有不赞成的，也不敢发表不同意见。虚伫（zhù）：虚己期待。气欲夺，因害怕而丧气，叫"气夺"。

[68] "伊洛"二句：谓收复两京毫不费力。伊、洛，二水名，指代洛阳。西京，长安。拔，攻取。

[69] "官军"二句：意谓两京收复后，应乘胜进兵。

[70] 开青徐：打开青徐。青，青州，在今山东境内。徐，徐州，治所在今江苏徐州。

[71] 旋瞻：随即看到。略：攻占。恒碣：恒山（在今山西）、碣石山（在今河北）。这里指山西、河北一带叛军的根据地。

[72] "昊（hào）天"二句：意谓秋天有肃杀之气，正是兴师杀敌的好时机。昊天，此指秋天。

[73] "祸转"二句：意谓叛军的灭亡，当在今秋。祸转，指厄运转到叛军。

[74] 皇纲：皇朝的纲纪、国运。

[75] "忆昨"二句：回忆安史之乱爆发时，玄宗采取的措施与古代帝王是有所不同

的。狼狈，困顿的样子。指玄宗仓皇出逃。

[76] 奸臣：指杨国忠。菹醢（zū hǎi）：剁成肉酱。

[77] 同恶：指杨氏家族。荡析：清除。

[78] "不闻"二句：没有听说夏商周等末代国君，能够主动除掉宠妃褒姒和妲己。这是对唐玄宗的回护之词。其实杨贵妃被缢死，玄宗是无奈的。褒妲（dá），周幽王因宠幸褒姒导致周亡，商纣王因宠幸妲己而导致商亡。中自，犹言主动。

[79] "周汉"二句：周朝和汉朝获得中兴，是由于宣王和光武帝的明哲。宣，周宣王。光，汉光武帝刘秀。

[80] "桓桓"二句：指马嵬兵变，陈玄礼除掉奸臣一事。桓桓，威武的样子。陈将军，龙武将军陈玄礼，在马嵬发起兵变，倡议诛杀杨国忠，迫使玄宗缢死杨贵妃。仗钺（yuè），护卫皇帝。钺，大斧。

[81] 微：无。尔：指陈玄礼。人尽非：意谓人民都不再是唐朝的臣民。

[82] 大同殿：玄宗朝见大臣的地方，在长安南苑兴庆宫勤政楼北。

[83] 白兽闼（tà）：唐宫门名，即白兽门。

[84] 都人：京城的人。翠华：饰以翠鸟羽毛的旌旗，指代皇帝的仪仗。

[85] 佳气：指复兴的气象。金阙：指代皇宫、朝廷。

[86] "园陵"二句：谓唐军将收复长安，洒扫陵园，举行祭祀。园陵，指唐朝历代皇帝的坟墓和陵园。数，礼数。

[87] "煌煌"二句：谓由太宗创立的辉煌帝业，宏伟盛大。煌煌，光明辉煌的样子。宏达，宏伟昌盛。

【题解】

此诗作于肃宗至德二载（757）秋，由凤翔放还鄜州探家之时。叙写了还家途中的所见、所历、所感，以及到家后种种情事。广泛反映了安史之乱造成的满目疮痍的社会现实，表达了对时局的看法，以及平叛复兴的愿望和信心。家国之忧和身世之感贯穿全篇。全诗铺陈始终，夹叙夹议，沉雄博大的气概与细致琐碎的描写和谐地结合在一起，与《自京赴奉先县咏怀》堪称杜甫长篇咏怀的双璧。

【集评】

[1]《奉先咏怀》及《北征》是两篇有韵古文，从文姬《悲愤》诗扩而大之者也。后人无此才气，无此学问，无此境遇，无此襟抱，断断不能作。然细绎其中阳开阴合，波澜顿挫，殊足增长笔力，百回读之，随有所得。（施补华《岘佣说诗》）

赠卫八处士[1]

人生不相见，动如参与商[2]。今夕复何夕，共此灯烛光。少壮能几时，鬓发各已苍。访旧半为鬼[3]，惊呼热中肠。焉知二十载，重上君子堂[4]。昔别君未婚，儿女忽成行。怡然敬父执[5]，问我来何方。问答未及已，驱儿罗酒浆[6]。夜雨剪春韭，新炊间黄粱[7]。主称会面难，一举累十觞。十觞亦不醉，感子故意长[8]。明日隔山岳，世事两茫茫。

【注释】

[1] 卫八：姓卫，行八，名字不详。处士：平民身分的读书人。
[2] 动如：动不动就像。参（shēn）与商：参商二星在天体上相距一百八十度，此出则彼没，两不相见。
[3] "访旧"句：探问旧相识，一半已去世。
[4] 君子：指卫八。两人阔别二十年后重逢。
[5] 怡然：欣喜貌。父执：父亲的朋友。
[6] 罗：陈设。
[7] 间（jiàn）黄粱：米饭中掺和着小米。
[8] 子：指卫八。故意：故旧的情意。老交情。

【题解】

乾元二年（759）春，杜甫于华州司功参军任上由洛阳回华州，途中遇老友卫八处士，此诗记录了与友人久别重逢的情事。诗人将故人突然相见那种乍惊乍喜、悲喜交集、如梦似幻的心情表现得极为真切，情真、事真、景真，有浓郁的生活气息。在抒发故人深厚情谊的同时，世事难料的人生感慨，对和平安宁生活的渴望也跃然纸上。

石　壕　吏[1]

暮投石壕村[2]，有吏夜捉人。老翁逾墙走，老妇出门看[3]。吏呼一何怒[4]！妇啼一何苦！听妇前致词：三男邺城戍[5]。一男附书至[6]，二男新战死。存者且偷生[7]，死者长已矣[8]。室中更无人，惟有乳下孙[9]。有孙母未去，出入无完裙。老妪力虽衰[10]，请从吏夜归。急应河阳役[11]，犹得备晨炊。夜久语声绝，如闻泣幽咽。天明登前途[12]，独与老翁别[13]。

【注释】

[1] 石壕：陕州陕县石壕镇，在今河南陕县东。
[2] 投：投宿。
[3] 出门看：一作"出看门"。
[4] 一何：何等，多么。
[5] 邺（yè）城：在今河北临漳县。
[6] 附书：托人捎信。
[7] 偷生：凑合活着。
[8] 长已矣：永远完了。
[9] 乳下孙：吃奶的孙子。
[10] 老妪（yù）：老妇人。此为老妇自称。
[11] 河阳：即今河南孟州，在黄河北岸。邺城失利后，河阳是前线重要防地。
[12] 登前途：上路。
[13] "独与"句：暗示老妇已被捉走。

【题解】

乾元元年（758）冬，唐军在邺城围攻安史叛军遭到大败，形势危急，唐军为了守住洛阳、潼关一线，在民间大肆抓丁。次年冬，杜甫往返于华州到洛阳途中，亲眼目睹了种种悲惨情形，写下《新安吏》、《潼关吏》、《石壕吏》，以及《新婚别》、《垂老别》、《无家别》六首诗，后人合称为"三吏"、"三别"。这一组诗真切反映了抓丁给百姓带来的深重灾难，对百姓寄予深厚同情。同时，也表现了不得不鼓励平民支持平叛战争的矛盾心情。本篇藏问于答，叙事简约，不着议论而倾向自明，余味深长。

【集评】

[1] 其事何长，其言何简。"吏呼"二语，便当数十言。（陆时雍《唐诗镜》）

[2] 一篇述老妪意，只要藏过老翁。用意精细，笔又质朴，又妙在一些不露子美身份。（徐增《而庵说唐诗》）

新 婚 别

兔丝附蓬麻，引蔓故不长[1]。嫁女与征夫，不如弃路旁。结发为君妻[2]，席不暖君床。暮婚晨告别，无乃太匆忙。君行虽不远，守边赴河阳[3]。妾身未分明，何以拜姑嫜[4]？父母养我时，日夜令我藏[5]。生女有所归[6]，鸡狗亦得将。君今往死地，沉痛迫中肠。誓欲随君去，形势反苍黄[7]。勿为新婚念，努力事戎行[8]。妇人在军中，兵气恐不扬[9]。自嗟贫家女，久致罗襦裳[10]。罗襦不复施，对君洗红妆[11]。仰视百鸟飞，大小必双翔。人事多错迕[12]，与君永相望。

【注释】

[1] "兔丝"二句：兔丝子依托在蓬麻之上，（蓬麻本身也是低矮柔弱的）伸引的藤蔓自然不长（cháng）。此用比兴法，引出下文女子嫁征夫（从军之人）。

[2] 结发：束发。本指年轻时，后用以指代结婚。

[3] 河阳：已见《石壕吏》注[11]。

[4] 姑嫜（zhāng）：丈夫的母亲与父亲。由于"暮婚晨告别"，没有来得及拜公婆，是婚仪程序尚未结束。

[5] 藏：守在闺房。表示恪遵礼法。

[6] 归：女子嫁人曰归。下句意即嫁鸡随鸡嫁狗随狗。将（jiāng），相随。

[7] "形势"句：由于情势紧张，反而心神慌乱而难做决定。苍皇，急迫匆促。

[8] 事：从事。戎行（háng）：军旅之事。

[9] "妇人"二句：妇女在军中，恐怕士气不振。

[10] "久致"句：费了很长时间才置办了嫁衣。罗襦裳，丝织的上衣与裙子。

[11] "罗襦"二句：新嫁衣不再穿了，并且当着你的面洗去脂粉。此为表示坚贞一心等待之举。

[12] 错迕（wǔ）：乖违，不如意。下文"相望"，战地与闺房遥遥相对，彼此企望。

【题解】

这首诗用新妇的口吻，叙述她与丈夫"暮婚晨告别"的情景和生离死别的悲哀。层次分明而又委婉曲折地表现了她丰富复杂的内心活动，塑造了一位满腔怨愤而又深明大义的新妇形象。尽管她内心十分痛苦，但由于时局危迫，她又抑制自己的悲痛，勉励丈夫努力从军。从中也可以看出杜甫忧国忧民的复杂心情。

【集评】

[1] 此诗君字凡七见。君妻君床，聚之暂也。居行君往，别之速也。随君，情之切也。对君，意之伤也。与君永望，志之贞且坚也。频频呼君，几于一声一泪。（仇兆鳌《杜诗详注》）

梦李白二首（其一）

死别已吞声，生别常恻恻[1]。江南瘴疠地[2]，逐客无消息。故人入我梦，明我长相忆[3]。恐非平生魂,路远不可测[4]。魂来枫林青,魂返关塞黑[5]。君今在罗网,何以有羽翼[6]?落月满屋梁,犹疑照颜色[7]。水深波浪阔,无使蛟龙得[8]。

【注释】

[1]"死别"二句:意谓生别比死别更使人牵肠挂肚。已,止于。恻恻,悲痛,伤感。

[2]瘴(zhàng)疠:南方地区因气候潮热而生的疾病。下文"逐客",指被贬斥的李白。

[3]"明我"句:知道我一直在怀念他。

[4]"恐非"二句:(来入梦的李白)只怕不是平素的生魂了,路途遥远真假难测。意谓担心李白真的死了。

[5]"魂来"二句:设想李白入梦之魂来自枫林青翠的南方,又从关塞昏黑的北方归去。按,杜甫时在秦州(治所在今甘肃秦安西北)。

[6]"何以"句:怎么会有羽翼(能够来去自由)。

[7]颜色:(李白的)面容。

[8]"无使"句:不要让"蛟龙"(比喻恶人)得到你。

【题解】

这二首诗作于肃宗乾元二年(759)秋杜甫流寓秦州之时。当时李白正因从璘案牵连下狱,被判长流夜郎(今贵州桐梓)。杜甫极为担心李白生死未卜的命运,忧思成梦,写下这两首诗。此首层次分明地展现了自己忆念、怀疑、挂念、欣慰等复杂的心理活动,生动逼真地写出梦境特有的扑朔迷离。对李白的深切同情和深挚情意溢于言表,感人肺腑。

蜀　　相[1]

丞相祠堂何处寻[2]?锦官城外柏森森[3]。映阶碧草自春色[4],隔叶黄鹂空好音[5]。三顾频繁天下计[6],两朝开济老臣心[7]。出师未捷身先死[8],长使英雄泪满襟!

【注释】

[1]蜀相:指诸葛亮。

[2]丞相祠堂:即今武侯祠,在成都城南二里许,晋代李雄所建。

[3]锦官城:成都的别称。柏森森:形容柏树十分茂盛。唐时祠堂前有老柏树,相传为诸葛亮手种。

［4］自春色：自呈春色。

［5］空好音：徒然发出好听的鸣声。

［6］"三顾"句：刘备三顾诸葛亮于草庐，为的是商讨天下大事。诸葛亮《出师表》："先帝不以臣卑鄙，猥自枉曲，三顾臣于草庐之中，咨臣以当世之事。"三顾，三次拜访。频繁，一作"频烦"，连续。

［7］"两朝"句：意思是帮助刘备开创基业，辅佐刘禅匡济艰危，在两朝都表现出老臣的耿耿忠心。开，指创业。济，指成事。

［8］身先死：诸葛亮在蜀汉建兴十二年（234）秋，病死于五丈原（今陕西岐山南）军中。

【题解】

这首诗是上元元年（760）春，杜甫定居草堂后初访诸葛亮祠时所作。高度概括了诸葛亮一生的丰功伟业和高尚情操，抒发了对他的无限景仰和追怀，及对他壮志未酬的极度惋惜。其中也寄托了作者志业不成的感慨。通篇悲凉慷慨，沉郁顿挫，感人肺腑，催人泪下。

【集评】

［1］"天下计"，见匡时雄略；"老臣心"，见报国苦衷。有此二句之沉挚悲壮，结作痛心酸鼻语，方有精神。宋宗简公归殁时诵此二语，千载英雄有同感也。（仇兆鳌《杜诗详注》）

春夜喜雨

好雨知时节[1]，当春乃发生[2]。随风潜入夜[3]，润物细无声。野径云俱黑，江船火独明[4]。晓看红湿处[5]，花重锦官城[6]。

【注释】

［1］知时节：仿佛懂得季节的需要。

［2］乃：就。

［3］潜入夜：夜间细雨无声，令人不觉，故云。

［4］"野径"二句：乌云密布，郊野的道路一片漆黑，只有江船上亮着灯火。

［5］红湿处：指经雨的花。

［6］花重：指花因饱含雨水，显得更为浓重。锦官城：即成都。

【题解】

这首诗作于上元二年（761），诗中描绘了成都春雨的特点和雨后清新明丽的景色，传达出诗人由衷的喜悦之情。"随风"一联，已成为描写春雨性格最经典的诗句而广为传诵。诗中虽无一"喜"字，字里行间却渗透了作者对这应时而下的春雨的喜爱。

【集评】

[1] 起有悟境，于"随风"、"润物"，悟出"发生"；于"发生"悟出"知时"也。五、六拓开，自是定法。结语亦从悟得，乃是意其然也。通首下字，个个咀含而出。"喜"意都从罅缝里迸透。（浦起龙《读杜心解》）

江畔独步寻花七绝句（其六）

黄四娘家花满蹊[1]，千朵万朵压枝低。留连戏蝶时时舞，自在娇莺恰恰啼[2]。

【注释】

[1] 黄四娘：黄姓女子，排行居四。
[2] 恰恰：自然和畅。

【题解】

此诗作于寓居成都草堂之时。春暖花开时节，诗人独自在江畔散步寻花，黄四娘家花繁似锦、莺歌蝶舞的旖旎春光，令他无比喜悦，留连忘返。诗移情于物，物我交融，情景相生，亲切有味。双声词和叠字的使用，增添了音韵之美。

客　　至[1]

舍南舍北皆春水，但见群鸥日日来。花径不曾缘客扫[2]，蓬门今始为君开。盘飧市远无兼味[3]，樽酒家贫只旧醅[4]。肯与邻翁相对饮，隔篱呼取尽余杯。

【注释】

[1] 客至：题下原注："喜崔明府相过。"明府，是唐人对县令的尊称。

[2] 缘：因，为了。
　　[3] 无兼味：极言菜品之少。兼味，两种以上的菜肴。
　　[4] 醅（pēi）：未经过滤的酒。

【题解】

　　此诗约作于肃宗上元二年（761）春。诗中记录了"客至"的经过，将客人意外来访的喜悦，主人热情率真的款待，二人纯朴真挚的友情，平淡而有情趣的生活场景，都表现得栩栩如生。

【集评】

　　[1] 只家常话耳，不见深艰作意之语。而有天然真致。（张世炜《唐七律隽》）

茅屋为秋风所破歌

　　八月秋高风怒号，卷我屋上三重茅。茅飞渡江洒江郊，高者挂罥长林梢[1]，下者飘转沉塘坳。南村群童欺我老无力，忍能对面为盗贼[2]，公然抱茅入竹去，唇焦口燥呼不得，归来倚仗自叹息。俄顷风定云墨色，秋天漠漠向昏黑[3]。布衾多年冷似铁，娇儿恶卧踏里裂[4]。床头屋漏无干处，雨脚如麻未断绝[5]。自经丧乱少睡眠[6]，长夜沾湿何由彻？安得广厦千万间，大庇天下寒士俱欢颜，风雨不动安如山？呜呼！眼前何时突兀见此屋[7]，吾庐独破受冻死亦足！

【注释】

　　[1] 挂罥（juàn）：挂结，缠绕。长林：高大的树林。下文"塘坳（āo）"，池塘。坳，低凹处。
　　[2] 忍能：忍心如此。对面：当面。下文"竹"，竹林。
　　[3] 秋天：秋季的天空。漠漠：迷蒙貌。
　　[4] 恶卧：睡相不好。里：被子的里子。
　　[5] 雨脚如麻：形容雨下得密，串连如麻线。
　　[6] 丧乱：死亡祸乱。指安史之乱，前后七年有余（755－763）。下文"彻"，通，达到。此指挨到天亮。
　　[7] 突兀：高耸貌。见：同"现"。

【题解】

此诗作于上元二年（761）八月。此前一年的春天，杜甫在成都附近的浣花溪草堂修建了一所茅屋赖以安身。诗中生动描写了茅屋被秋风吹破后风雨飘摇的生活状况，然而，面对这样的艰难灾难，诗人想到的却不是自己，而能推己及人，表现了为救苍生宁愿牺牲自己的人道主义精神和高尚情怀。

【集评】

[1] 元气淋漓，自抒胸臆，非出外袭也。（何焯《义门读书记》）

闻官军收河南河北

剑外忽传收蓟北[1]，初闻涕泪满衣裳。却看妻子愁何在[2]？漫卷诗书喜欲狂[3]！白日放歌须纵酒[4]，青春作伴好还乡[5]。即从巴峡穿巫峡，便下襄阳向洛阳[6]。

【注释】

[1] 剑外：今四川剑门关以南的地方，也称剑南。蓟（jì）北：泛指今河北北部，安史之乱的发源地。蓟，唐代蓟州治所在今天津蓟县。

[2] 却看：犹言再看，还看。愁何在：指愁已无影无踪。

[3] 漫卷：胡乱地卷起。

[4] 放歌：放声高歌。纵酒：开怀畅饮。

[5] "青春"句：意思是大乱初平，又逢春光明媚，正好还乡。青春，草木青葱的春天。

[6] "即从"二句：意思是乘舟出峡东下，抵襄阳，然后由陆路向故园进发。巴峡，即今重庆境内长江上诸峡。巫峡，长江三峡之一，西起今重庆巫山县，东到今湖北巴东县。向洛阳，原注："余田园在东都。"

【题解】

宝应元年（762）冬，唐军收复洛阳，进军河北。次年正月，史朝义（史思明之子）兵败自杀，叛军纷纷投降。至此，延续近八年之久的安史之乱宣告平息。杜甫在流离中听到这一喜讯，欣喜欲狂，援笔赋此七律，表达了初闻而涕与破愁为喜的情态。被称为"生平第一首快诗"。

【集评】

[1] 八句诗，其疾如飞。题事只一句，余俱写情。得力全在次句。于情

理，妙在逼真，于文势，妙在反振。三、四，以转作承，第五，乃能缓受，第六，上下引脉，七、八，紧申"还乡"，生平第一首快诗也。（浦起龙《读杜心解》）

[2] 说喜者云喜跃，此诗无一字非喜，无一字不跃。其喜在"还乡"，而最妙在束语直写还乡之路，他人决不敢道。（王嗣奭《杜臆》）

旅夜书怀

细草微风岸，危樯独夜舟[1]。星垂平野阔，月涌大江流[2]。名岂文章著？官应老病休[3]。飘飘何所似，天地一沙鸥。

【注释】

[1] 危：高。樯：桅杆。
[2] "星垂"二句：平野开阔，显得星星低垂天边；大江奔流，显得月影在水中涌动。
[3] 休：退（职）。此为愤激之语。作者任左拾遗时遭贬，此次又因意见不合辞去节度使严武幕府职务，都并非由于"老病"。

【题解】

此诗作于永泰元年（765），作者由渝州至忠州一带旅途中。前半写景，描写了孤身夜泊所见的壮阔景象；后半书怀，抒发了身世不遇、漂流无定的感慨和郁勃不平的情绪。意象生动，境界壮阔。格律严整，结构井然。

【集评】

[1] "星垂平野阔，月涌大江流"，气象极佳。极失意事，看他气不痿薾，此是骨力定。（张谦益《絸斋诗谈》）

[2] 看他眼中但见星垂、月涌，不见平野、大江；心头但为平野、大江，不为星垂、月涌。千锤万炼，成此奇句，使人读之，咄咄乎怪事矣！（金圣叹《杜诗解》）

秋兴八首[1]（其一）

玉露凋伤枫树林[2]，巫山巫峡气萧森[3]。江间波浪兼天涌[4]，塞上风云接地阴[5]。丛菊两开他日泪[6]，孤舟一系故园心[7]。寒衣处处催刀尺[8]，白帝城高急暮砧[9]。

【注释】

[1] 兴（xìng）：因物感兴、触景生情的意思。

[2] 玉露：白露。凋伤：使草木衰败。

[3] 巫山巫峡：指夔州一带长江和两岸山峦。巫山，在今重庆巫山县东南。巫峡，因巫山而得名，是长江三峡中最长的山峡。两岸重岩叠嶂，遮天蔽日，江水湍急。萧森：萧瑟阴森。

[4] 江间：指峡中江水。兼天涌：形容波浪滔天。

[5] 塞上：此或特指夔州一带的险阻。接地阴：因风云笼罩，天昏地暗，故云。

[6] 丛菊两开：菊已开过两次。寓指自己在飘泊中已度过两个秋天。杜甫离开成都后飘泊不定，第一年秋在云安（今重庆云阳县），第二年秋在夔州。他日泪：即往日泪。意思是见丛菊又开，感慨如昔，往日流过的泪禁不住又流了下来。

[7] "孤舟"句：意思是孤舟系在夔州江岸，如同系住了自己急于出峡归乡的心。故园，指长安。

[8] 催刀尺：催人裁剪寒衣。刀，剪刀。

[9] 白帝城：在夔州（治所在今重庆奉节）城东山头上，西南临长江，是东汉公孙述据蜀称白帝时所建，因以为名。急暮砧（zhēn）：黄昏时捣衣声更加急促。砧，捣衣石。

【题解】

这一组诗作于大历元年（766）秋，杜甫流寓夔州（今重庆奉节县）之时。诗人因秋以发兴，抒发了自己感时伤事、不胜今昔的慨叹。此首为组诗的序曲，前半写景，后半言情，通过对巫山巫峡萧瑟秋景的描绘，抒发了忧国思乡之情和孤独寂寞之感。

【集评】

[1]《秋兴》首篇之前四句，叙时与景之萧索也，泪落于"丛菊"，心系于"归舟"，不能安处夔州，必为无贤地主也。结不过在秋景上说，觉得淋漓悲戚，惊心动魄，通篇笔情之妙也。（吴乔《围炉诗话》）

[2] 若谓玉树斯零，枫林叶映，虽志士之所增悲，亦幽人之所寄托。奈何流滞巫山巫峡，而举目江间，但涌兼天地之波浪；凝眸塞上，惟阴接天地之风云。真为可痛可悲，使人心尽气绝。（金圣叹《杜诗解》）

咏怀古迹五首（其二）

摇落深知宋玉悲[1]，风流儒雅亦吾师。怅望千秋一洒泪，萧条异代不同时。江山故宅空文藻[2]，云雨荒台岂梦思[3]。最是楚宫俱泯灭，舟人指点到今疑[4]。

【注释】

[1]"摇落"句：宋玉《九辩》："悲哉秋之为气也，萧瑟兮草木摇落而变衰。"

[2]江山故宅：指宋玉位于归州（今湖北秭归）的故宅。空文藻：徒有文章华藻流传。

[3]云雨荒台：指宋玉《高唐赋》的故事。楚怀王游高唐观，梦见巫山神女。临别时说："妾在巫山之阳，高丘之岨，旦为行云，暮为行雨。朝朝暮暮，阳台之下。"阳台，在今重庆巫山县阳台山上。湖北汉川县南也有阳台山。岂梦思：难道只是说梦？意谓实有讽谏之意。

[4]"最是"二句：楚宫今已荡然无存，过往船家到此还会指指点点，将信将疑。

【题解】

这一组诗作于代宗大历元年（766）杜甫客居夔州之时。分别咏庾信故居、宋玉宅、昭君村、刘备庙和武侯祠。借咏古迹抒发怀抱，从中寄托了自己生活漂泊、政治失意的身世之感。此首表达对宋玉的追怀和仰慕，并借宋玉辞赋中的意境寄托斯人已逝，遗迹难寻，唯有其文章可以传之无穷的感慨。

其 三

群山万壑赴荆门[1]，生长明妃尚有村[2]。一去紫台连朔漠[3]，独留青冢向黄昏[4]。画图省识春风面[5]，环佩空归月夜魂[6]。千载琵琶作胡语，分明怨恨曲中论[7]。

【注释】

[1]"群山"句：谓从夔州到荆门，两岸千山万壑连绵不断，其势如奔。荆门，山名，在今湖北宜都西北。在今湖北宜都县北。

[2]明妃：即王昭君，名嫱，汉元帝时宫人。竟宁元年（前33），被遣嫁给匈奴呼韩邪单于。村：昭君村，在今湖北兴山县南，传说是昭君出生的地方。今按，兴山与注[1]之宜都相去甚远，不详考。

[3]紫台：即紫宫，帝王居处。此指汉宫。连：连姻。朔漠：北方沙漠地区。指匈奴。

[4]青冢（zhǒng）：指王昭君墓，在今内蒙古呼和浩特市南，传说其上草色常青。

[5]"画图"句：《西京杂记》载，汉元帝宫中妃嫔、宫人很多，不得常见，于是按图像召幸。宫人皆贿赂画工，昭君自恃貌美，不肯行贿，画工乃将她画丑，遂不得见。后匈

奴来朝，求美人。元帝遣昭君出嫁。待到召见，才发现她的美貌为后宫第一，非常后悔。省识，略识，未看仔细。春风面，指王昭君的美貌。

[6]"环佩"句：谓王昭君死于匈奴，遗恨无穷，只能灵魂月夜返归汉朝。环佩，女子佩戴的饰物，此指代昭君。

[7]"千载"二句：流传千载的琵琶曲，分明是在诉说昭君无穷的怨恨。据《琴操》载："昭君在匈奴，恨帝始不见遇，乃作怨思之歌。"宋郭茂倩所编《乐府诗集》，有《昭君怨》、《昭君叹》、《明君词》等乐曲。胡语，即胡音，北方少数民族乐曲。

【题解】

此首咏王昭君。诗中以悲凉萧瑟的氛围和"荆门"、"紫台"、"朔漠"、"青冢"等具有典型意义的地点，展示了昭君一生的悲惨遭遇，塑造了古代诗歌人物画廊中最美丽动人、最富有诗意的王昭君形象；并以昭君的不遇揭示出封建时代极为普遍的人才被埋没的现实，其中也未始没有杜甫自己不为朝廷所用，飘泊西南的怨恨。

【集评】

[1]破空而来，文势如天骥下坂，明珠走盘。咏明妃者，此首第一；欧阳修、王安石诗犹落第二乘。（清高宗弘历敕编《唐宋诗醇》）

登　　高

风急天高猿啸哀[1]，渚清沙白鸟飞回[2]。无边落木萧萧下[3]，不尽长江滚滚来。万里悲秋常作客[4]，百年多病独登台[5]。艰难苦恨繁霜鬓[6]，潦倒新停浊酒杯[7]。

【注释】

[1]猿啸哀：巫峡多猿，其声凄厉。
[2]渚：水中小洲。回：回旋。
[3]落木：落叶。萧萧：风吹动树叶的声音。
[4]万里：远离故乡。悲秋：秋天万物萧瑟，令人生悲。常作客：长年羁旅异乡。
[5]百年：犹一生。
[6]"艰难"句：意思是时世艰难，自己又华年已逝，鬓发日白。苦恨，极恨。繁霜鬓，两鬓白发多如繁霜。
[7]"潦倒"句：意思是潦倒之时本可借酒浇愁，无奈又因病而停饮，使愁苦无法排遣。潦倒，失意，衰颓。

【题解】

　　这首诗是代宗大历二年（767）作者在夔州重阳节登高时所作。诗中形象地描写了夔州秋天苍凉壮阔的景色，抒发了自己长年飘泊、老病孤愁的慨叹。此诗八句皆对，一篇之中，句句皆律，一句之中，字字皆律。手法错综变化，感情慷慨激越，无怪前人推为古今七律第一。

【集评】

　　[1] 杜陵诗云："万里悲秋常作客，百年多病独登台。"万里，地之远也；悲秋，时之惨凄也；作客，羁旅也；常作客，久旅也；百年，暮齿也；多病，衰疾也；台，高迥处也；独登台，无亲朋也。十四字之间含有八意，而对偶又极精确。（罗大经《鹤林玉露》）

　　[2] 高浑一气，古今独步，当为杜集七言律诗第一。（杨伦《杜诗镜铨》）

登岳阳楼[1]

　　昔闻洞庭水，今上岳阳楼。吴楚东南坼[2]，乾坤日夜浮[3]。亲朋无一字[4]，老病有孤舟[5]。戎马关山北[6]，凭轩涕泗流[7]。

【注释】

　　[1] 岳阳楼：即岳阳城西门楼，下临洞庭。
　　[2] "吴楚"句：意思是吴楚两地宛如被湖水分做两半。吴楚，指春秋战国时吴、楚两国之地，包括长江中下游湖北、湖南、安徽、江西、江苏、浙江等省。大致说来，湖在楚地之南，吴地又在湖之东。坼（chè），分开。
　　[3] "乾坤"句：意思是整个宇宙都好像浮在湖面上。《水经·湘水注》："洞庭湖水，广圆五百余里，日月若出没于其中。"乾坤，指天地，包括日月。
　　[4] 字：指书信。
　　[5] 老病：杜甫这一年五十七岁，患多种疾病。有孤舟：杜甫一家出蜀后未曾定居，一直过着船居生活。
　　[6] 戎马：兵马，指代战争。北方战事未息。这年秋冬，吐蕃仍侵掠陇右、关中一带，长安戒严，唐王朝调兵抗击。关山北：指岳阳以北中原及边塞地区。
　　[7] 凭轩：倚靠楼窗。

【题解】

　　这首诗是大历三年（768）冬杜甫由夔州出三峡，飘泊江湘，登岳阳楼所作。形象描绘出洞庭湖水势浩瀚的雄伟景象,抒发了家国多难和个人羁旅穷愁的悲哀。作者老病穷愁而心忧天下的博大胸襟适与洞庭湖的雄伟气象情景相浃,浑然一体。其中"吴楚"一联与孟浩然"气蒸云梦泽,波撼岳阳城"堪称咏洞庭湖的双璧。

【集评】

[1]"气蒸云梦泽,波撼岳阳城",浩然壮语也,杜"吴楚东南坼,乾坤日夜浮"气象过之。(胡应麟《诗薮》)

江南逢李龟年[1]

岐王宅里寻常见[2],崔九堂前几度闻[3]。正是江南好风景,落花时节又逢君。

【注释】

[1] 李龟年:开元天宝间著名音乐家。
[2] 岐王:唐玄宗之弟,名范,封岐王。
[3] 崔九:崔涤,行九,官殿中监。

【题解】

大历五年(770)暮春,作者遇到流落江南的著名歌手李龟年,当年他们曾经多次在岐王宅第相遇。抚今追昔,不禁感慨万千。这首诗记叙的虽只是这一经历,却蕴含了深广的社会内容。"落花时节"四个字,力透纸背,将时代的昔盛今衰、国家的沧桑巨变、彼此的天涯沦落尽寓其中。一个"又"字绾合过去、现在,力敌千钧。这是杜甫七绝的代表作,也是他留下来的最后一首绝句。

【集评】

[1] 世运之治乱,年华之盛衰,彼此之凄凉流落,俱在其中。少陵七绝,此为压卷。(蘅塘退士编《唐诗三百首》)

[2] 言情在笔墨之外,悄然数语,可抵白氏一篇《琵琶行》。(清高宗弘历敕编《唐宋诗醇》)

【参考书】

[1]《杜诗详注》,仇兆鳌注,中华书局1979年版。
[2]《杜甫诗选注》,萧涤非选注,人民文学出版社1979年版。

元 结

元结（719－772），字次山。郡望河南，世居太原，后移居汝州鲁山（今河南鲁山县）。天宝十三载（754）进士及第。乾元二年（759），以右金吾兵曹参军摄监察御史，充山南东道节度参谋，立有战功。广德元年（763），任道州刺史。官终容管经略史。工于诗文。所作古体和绝句，力求摆脱声律束缚，风格朴素简淡，自成一格。有《元次山文集》。

贼退示官吏并序

癸卯岁，西原贼入道州[1]，焚烧杀掠几尽而去[2]。明年贼又攻永破邵[3]，不犯此州边鄙而退[4]。岂力能制敌欤？盖蒙其伤怜而已。诸使何为忍苦征敛[5]。故作诗一篇以示官吏。

昔岁逢太平，山林二十年。泉源在庭户，洞壑当门前[6]。井税有常期[7]，日晏犹得眠。忽然遭世变[8]，数岁亲戎旃[9]。今来典斯郡[10]，山夷又纷然[11]。城小贼不屠，人贫伤可怜。是以陷邻郡[12]，此州独见全。使臣将王命[13]，岂不如贼焉。今彼征敛者，迫之如火煎[14]。谁能绝人命[15]，以作时世贤。思欲委符节[16]，引竿自刺船[17]。将家就鱼麦[18]，归老江湖边。

（《全唐诗》，彭定求等编纂，中华书局1960年版。下同）

【注释】

[1] 癸卯岁：指代宗广德元年（763）。西原贼：指当时称为"西原蛮"的少数民族。西原，在今广西壮族自治区扶南县西南。贼，封建士大夫对起事的少数民族的蔑称。道州：今湖南道县。

[2] 几尽：几乎抢掠一空。

[3] 明年：第二年。永：永州，治所零陵县在今湖南永州市。邵：邵州，治所在今湖南邵阳市。

[4] 此州：指道州。边鄙：边界。

[5] 诸使：指征收赋税的租庸使。

[6] "昔岁"四句：回顾出仕前长期的山林隐居生活。

[7] 井税：本指古代按照井田制收取的赋税，这里借指唐代所实行的按户口征收定额赋税的租庸调法。常期：有一定的纳税时间，此指纳税有一定限度，没有额外负担。下文"晏"，晚。

[8] 世变：指安史之乱。
[9] 亲戎旃（zhān）：指肃宗乾元二年（759）作者充山南东道节度参谋，参与对叛军作战一事。亲，亲身经历。戎旃，军旗，此指代军旅生活。
[10] 典：掌管，治理。斯郡：此郡，指道州。
[11] 山夷：山区少数民族。纷然：指发生骚乱。
[12] 邻郡：指永州、邵州。
[13] 使臣：指朝廷派遣的催征官员。将（jiāng）：奉。
[14] 之：指百姓。
[15] 绝人命：使人处于生死绝境。下文"时世贤"，当今社会所认为的贤才，这里讽刺那些欺下以媚上的官吏。
[16] 委：抛弃。符节：古代朝廷给使者所持的凭证，这里指朝廷的任命。
[17] 刺船：撑船。
[18] 将家：携家。就鱼麦：到有鱼有麦的地方，即鱼米之乡。就：凑近。

【题解】

这首诗以尚知怜惜民艰的"山贼"与陷人于绝境的"官吏"对比，有力地揭露了官府横征暴敛的罪恶，揭示了"使臣将王命，岂不如贼焉"的深刻主题。同时表达了作者宁肯弃官也不愿丧尽天良以邀恩宠的心志。语言质朴，倾向鲜明，是此一时期现实主义的杰作，得到杜甫高度赞赏。

欸 乃 曲[1]（其二）

湘江二月春水平[2]，满月和风宜夜行。唱桡欲过平阳戍[3]，守吏相呼问姓名。

【注释】

[1] 欸（ǎi）乃曲：乐府近代曲名，元结所创。欸乃，荡桨声。
[2] 湘江：源出广西，流入湖南，是湖南境内最大的河流。
[3] 桡（ráo）：船桨。此指桡歌，即船歌。平阳：县名，即今山西临汾市。此县襟带河汾，北阻太原，南通长安、洛阳，历来是河东军事重镇。

【题解】

本题共五首，系大历二年（767）作者任道州刺史时，因军事诣长沙都督府返州途中所作。此诗前两句描写春江夜航景色，后两句写过平阳关卡情景。于一片和平宁谧之中，透露出战乱未息的景象。此诗语言平实质朴，饶有民歌风韵。

张　继

张继，生卒年不详，字懿孙，襄州（今湖北襄樊）人。郡望南阳（今属河南）。天宝十二年（753）进士。安史之乱时避居江南。大历末以检校祠部员外郎，分掌财赋于洪州，世称"张祠部"。卒于任上。有诗名，其诗不事雕饰，风格清迥。《全唐诗》录存其诗一卷。

枫桥夜泊[1]

月落乌啼霜满天，江枫渔火对愁眠。姑苏城外寒山寺[2]，夜半钟声到客船。

（《全唐诗》，彭定求等编纂，中华书局1960年版）

【注释】

[1] 枫桥：在今江苏苏州西南。
[2] 姑苏：苏州。以有姑苏台得名。寒山寺：在枫桥附近。

【题解】

这首诗当作于安史乱后作者避地吴中时，描绘了枫桥泊舟的夜景。通首写景，残月、啼乌、霜天、江枫、渔火，点染出一派凄清景色。诗人只以"愁眠"二字贯串，含蓄抒发了一夜无眠的羁旅愁思。此诗情景相生，意境浑成。在当时便广为传诵，并远播海外，寒山寺也因此而著名。

【集评】

[1] 愁人自不成寐，却咎晓钟，诗人语妙，往往乃尔。（何焯《三体唐诗》）

刘长卿

刘长卿（？—790?），字文房，郡望河间（今属河北），祖籍宣州(今安徽宣城)。至德间进士及第,授长洲尉,后贬南巴(县治在今广东电白东)尉,出为转运使判官。性刚多忤,被诬贬睦州(今浙江建德)司马,后调任随州刺史,世称"刘随州"。晚年流寓江淮一带。刘长卿为诗,众体皆工,尤长五言,自许为"五言长城"。善于用简淡的笔触,表现出一种耐人寻味的意念和感觉。语言炼饰修整,而无雕琢的痕迹。惟意境稍嫌枯寂,风格也少变化。有《刘随州集》。

逢雪宿芙蓉山主人[1]

日暮苍山远,天寒白屋贫[2]。柴门闻犬吠,风雪夜归人。

(《全唐诗》,彭定求等编纂,中华书局1960年版)

【注释】

[1] 芙蓉山:今湖南宁乡县有芙蓉山。
[2] 白屋:平民住的房子。没有涂饰任何彩绘。一说屋用白茅盖顶,故称。

【题解】

这首诗写作者雪夜投宿山村的情景,境界苍凉深远。"暮"、"苍"、"远"、"寒"、"白"、"雪"、"夜"等字眼,生动描绘出一幅凄清寒冷的图画,含蓄表现出旅人的辛苦、山村的荒寒。

【集评】

[1] 上二句孤寂况味,犬吠人归,若惊若喜,景色入妙。(黄叔灿《唐诗笺注》)

新 年 作

乡心新岁切[1],天畔独潸然[2]。老至居人下,春归在客先。岭猿同旦暮,江柳共风烟[3]。已似长沙傅[4],从今又几年?

【注释】

[1] 切:深,深切。
[2] 天畔:远在天边(与中原相对而言)。潸然:泪流貌。

[3] "岭猿"二句：岭猿与我同旦暮，江柳与我共风烟。极言地方荒僻，心情孤苦。
[4] 长沙傅：用贾谊贬为长沙王太傅故事。

【题解】

这首诗是乾元元年（758）诗人被贬南巴，适值新年的感怀之作。迁谪的凄苦和遭谗的愤懑已使诗人难以为怀，又逢佳节，倍觉思乡。此诗将自己天涯沦落的孤苦之状，写得宛然如见，"岭猿"一联化实为虚，将生活的单调寂寞表现得生动而又具体。

【集评】

[1] 句句从"切"字说出，便觉沉着。五、六以"同"、"共"二字形容出"独"字来，甚妙。（顾安《唐律消夏录》）

钱　起

钱起，生卒年不详，字仲文，吴兴（今浙江湖州）人。天宝十载（751）进士及第，授秘书省校书郎。历任蓝田尉、司勋郎中、司封郎中等，仕终考功郎中，后人称"钱考功"。又与郎士元齐名。时称"钱郎"。乃"大历十才子"之一。其诗歌的主要成就在五言律诗方面，当时有"前有沈、宋，后有钱、郎"之说。诗于洗练之中颇有韵味，清词丽句也多为人称颂。但多留恋光景之作，内容比较贫乏。有《钱考功集》。

归　雁[1]

潇湘何事等闲回？水碧沙明两岸苔[2]。二十五弦弹夜月[3]，不胜清怨却飞来[4]。

（《全唐诗》，彭定求等编纂，中华书局1960年版）

【注释】

[1] 归雁：曲名，瑟曲有《归雁操》。
[2] "潇湘"二句：潇湘一带景色优美，群雁尽可栖息，为什么要轻易地飞回北方？潇湘，潇水流入湘水，合称潇湘。

[3] 二十五弦：指瑟（乐器）。《汉书·郊祀志上》："帝使素女鼓五十弦瑟，悲，帝禁不止，故破其弦为二十五弦。"

　　[4] 不胜（shēng）：不堪。此句代雁作答，飞回北方乃是因水乡清冷，瑟声哀怨的缘故。却：退。

【题解】

　　这是一首月夜闻雁之作。诗人听到哀怨动人的雁声而引起了一系列的联想：由归雁想到它们归来前的栖息地——潇湘，再由潇湘想到湘江女神善于鼓瑟的传说，又由瑟曲《归雁操》把鼓瑟同归雁联系起来，从而构成了诗作的空灵清怨。

韩 翃

　　韩翃，生卒年不详，郡望昌黎（今属河北），南阳（今属河南）人。天宝十三载（754）进士及第。曾参淄青、汴宋、汴州幕。建中元年（780）以《寒食》诗受知于德宗，征为驾部郎中、知制诰，官终中书舍人。翃工诗，为"大历十才子"之一。高仲武称其诗有如"出水芙蓉"、"兴致繁富"（《中兴间气集》卷上）。有《韩翃诗集》。

寒 食[1]

　　春城无处不飞花，寒食东风御柳斜[2]。日暮汉宫传蜡烛，轻烟散入五侯家[3]。

（《全唐诗》，彭定求等编纂，中华书局1960年版）

【注释】

　　[1] 寒食：《荆楚岁时记》："去冬节（冬至）一百五日，即有疾风甚雨，谓之寒食。"寒食正当三月，是春景正浓之时。古代风俗，于寒食前后三天禁火，据说是为了纪念春秋时晋国大夫介之推的自焚而死。题一作《寒食即事》。

　　[2] 御柳：宫苑里的柳树。

　　[3] "日暮"二句：意谓在节日里受到皇帝恩宠的，只有豪门贵族而已。寒食禁火，夜间不得点燃蜡烛，但受到皇帝特赐的可以例外。传，依次传递的意思。五侯，汉代有五人同时封侯之事。后代以此指代包括外戚宦官在内的权贵豪门。

【题解】

这首诗描写了唐朝长安寒食节的风光和习俗。前两句渲染长安城寒食节花繁柳茂的景象，后两句写宫中皇帝赐侯家蜡烛的风习。委婉讽刺了皇帝对宦官外戚的宠幸。据《本事诗》载，韩翃由于此诗而受到唐德宗的赏识，为此特授诗人以"别驾郎中知制诰"的显职。

顾 况

顾况（727？—816？），字逋翁，自号华阳山人。苏州海盐（今属浙江）人。至德二载（757）进士及第。大历九年（774），任永嘉盐监官，建中二年（781）浙江东西节度使韩滉聘为判官，署大理寺司直。贞元三年（787）为秘书郎，四年（788）迁著作佐郎，五年（789）贬饶州司户参军。晚年隐居茅山与海盐故居。顾况为诗长于歌行，注重诗的现实意义，对新乐府运动有启蒙作用。有《华阳集》。

囝[1]

囝生闽方[2]，闽吏得之，乃绝其阳[3]。为臧为获，致金满屋[4]。为髡为钳，如视草木[5]。天道无知，我罹其毒。神道无知，彼受其福[6]。郎罢别囝，吾悔生汝！及汝既生，人劝不举。不从人言，果获是苦[7]。囝别郎罢，心摧血下[8]。隔地绝天，及至黄泉，不得在郎罢前[9]。

（《全唐诗》，彭定求等编纂，中华书局1960年版）

【注释】

[1] 囝（jiǎn）：这首诗是《上古之什补亡训传》十三章中的一首。原序云："《囝》，哀闽也。"自注："囝，音蹇。闽俗呼子为囝，父为郎罢。"

[2] 闽方：犹言闽中。闽，古代种族名，居今福建省一带。秦置闽中郡。

[3] 绝：这里是阉割的意思。

[4] "为臧（zāng）"二句：意思是囝做了奴隶，为主人生产，积攒了不少财物。臧、获，古代对奴隶的贱称。扬雄《方言》卷三："荆、淮、海、岱、杂齐之间，骂奴曰臧，骂婢曰获。齐之北鄙，燕之北郊……亡奴谓之臧，亡婢谓之获。"

[5] "为髡（kūn）"二句：意思是囝却受着非人的待遇，被人轻贱。髡、钳，刑罚的名称，奴隶身上的标志。髡，剃去头发。钳，用铁圈套在颈上。

[6]"天道"四句：意思是天和神都是无知的，他们使无辜的被压迫者受害，却使残暴的压迫者得福。罹（lí），遭遇。毒，害。

[7]"吾悔"五句：是父亲对儿子说的话。不举，把初生的婴儿扼死。举，抚育的意思。是苦，指做奴隶的痛苦。

[8]摧：创伤。血：血泪。

[9]"及至"三句：是儿子的话，说从此隔绝，只能待死后相见了。黄泉，地中之泉叫"黄泉"。人死藏于地下叫"黄泉之下"。

【题解】

唐时闽中一带盛行掠卖儿童阉割为奴的习俗，此诗通过典型的事例，生动揭示了这一残酷的现实，真实描写了被害者的痛苦。具有深刻的思想意义和强烈的艺术感染力。语言朴素，风格古拙，是唐代优秀的四言诗。

戴叔伦

戴叔伦（732-789），字幼公，一字次公。一说名融，字叔伦。润州金坛（今属江苏）人。大历三年（768）以监察御史里行任湖南转运留后，改河南转运留后。建中元年（780），为东阳令，加大理司直。三年转江西从事，再迁检校祠部郎中。兴元元年（784）任抚州刺史。贞元四年（788）授容管经略使，兼御史中丞。次年罢任。他少师萧颖士，在德宗朝极负诗名，清词丽语，为人传诵。有《戴叔伦集》。

除夜宿石头驿[1]

旅馆谁相问[2]？寒灯独可亲。一年将尽夜，万里未归人[3]。寥落悲前事，支离笑此身[4]。愁颜与衰鬓，明日又逢春。

（《全唐诗》，彭定求等编纂，中华书局1960年版）

【注释】

[1]除夜：一年的最后一夜。石头驿：石头津的驿馆，在今江西新建，又称石头渚或石步镇。题一作《石桥馆》。

[2]问：安慰的意思。

[3]"一年"二句：语本梁武帝萧衍《子夜冬歌》："一年漏将尽，万里人未归。"

[4]支离：分散的意思。形容自己踪迹飘零，落落寡合。

【题解】

　　此诗当作于诗人晚年任抚州刺史时期。作者长期飘泊在外，滞留他乡，客中之孤独寂寥自不待言。此刻又值万家团圆的除夕之夜，心境之悲苦更可以想见。此诗真切地抒写了诗人当时的际遇，在真情实感的抒发中蕴含着无尽的感慨与凄凉。

张志和

　　张志和（730？—810？），字子同，号玄真子、烟波钓徒、浪迹先生。婺州（今浙江金华）人。唐肃宗时待诏翰林，授左金吾卫录事参军。坐事贬官，后不复仕，隐居江湖。善歌词，能书画、击鼓、吹笛。作品多写隐居生活。今传《渔父》词五首。有《玄真子》。

渔　　父

　　西塞山前白鹭飞[1]，桃花流水鳜鱼肥[2]。青箬笠[3]，绿蓑衣，斜风细雨不须归。

（《全唐五代词》，曾昭岷等编纂，中华书局1999年版）

【注释】

　　[1] 西塞山：在今浙江湖州西。
　　[2] 鳜（guì）鱼：俗称桂鱼。
　　[3] 箬（ruò）笠：竹编的斗笠。下文"蓑衣"，棕制的雨衣。

【题解】

　　这首词写江南水乡春色，色泽明丽而天趣盎然，俨然是一幅生动逼真的烟波垂钓图。其中不仅展现了优美淳朴的自然风物和陶然自乐的隐逸生活，而且反映了传统文人淡泊高逸的生活情趣。

【集评】

　　[1] 黄山谷曰：有远韵。按数句只写渔家之自乐，其乐无风波之患。对面已有不能自由者，已隐然言外，蕴含不露，笔墨入化，超然尘埃之外。（黄氏《蓼园词评》）

[2] 张志和《渔歌子》"西塞山前白鹭飞"一阕，风流千古。东坡尝以其成句入鹧鸪天，又用于浣溪沙，然其所足成之犹未若原词之妙通造化也。（刘熙载《艺概·词概》）

韦应物

韦应物（737—792?），京兆万年（今陕西西安）人。出身高门望族。天宝十载（751）曾为玄宗宫廷侍卫三卫郎。安史之乱后失官，始折节读书。后历任洛阳丞、京兆府功曹参军、比部员外郎、滁州刺史、江州刺史、左司郎中等职，官终苏州刺史，世称"韦苏州"。他的诗歌大量写田园山水，但也不乏反映民瘼，斥责贪吏，讽刺豪门的诗篇。艺术上深受陶渊明、王维的影响，形成一种闲淡简远的风格。后人每以"陶韦"或"王孟韦柳"并称。有《韦苏州集》。

滁州西涧[1]

独怜幽草涧边生[2]，上有黄鹂深树鸣。春潮带雨晚来急，野渡无人舟自横。

（《全唐诗》，彭定求等编纂，中华书局1960年版）

【注释】
  [1] 滁州：今安徽滁州。西涧：在滁州城西，俗名称上马河。
  [2] 怜：爱。幽草：幽谷里的小草。

【题解】
此诗约作于德宗贞元二年（786）作者罢滁州刺史闲居滁州之时，形象地刻画了春雨中荒山野渡的景色，含蓄传达出行人待渡的惆怅和寂寥的心情。此诗富有诗情画意，流露出诗人恬淡自适的情趣。

【集评】
  [1] 沉密中寓意闲雅，如独坐看山，澹然忘归，诗之绝佳者。（桂天祥《批点唐诗正声》）

卢 纶

卢纶(748?—798?),字允言,河中蒲(今山西永济西)人。郡望范阳(今河北涿州)。天宝末曾举进士不第,安史乱起避地江西鄱阳。大历六年(771)为阌乡尉,后任数职,均不得志。贞元元年(785)为兵马副元帅浑瑊辟为判官,官终检校户部郎中,世称"卢户部"。为"大历十才子"之一,其诗多为送别赠答、奉陪游宴之作,军旅诗则多慷慨之音。诗风爽朗明快,尤工五言。有《卢户部集》。

和张仆射塞下曲[1](其二)

林暗草惊风,将军夜引弓[2]。平明寻白羽,没在石棱中[3]。

(《全唐诗》,彭定求等编纂,中华书局1960年版。下同)

【注释】

[1] 张仆射(yè):即张建封。一说为张延赏,德宗贞元三年(787)官至左仆射同平章事。

[2] 引弓:拉弓。

[3] "平明"二句:天明寻找所射的箭,只见箭头插进了石棱之中。这里暗用李广的典故。《史记·李将军列传》:"广出猎,见草中石,以为虎而射之,中石没镞,视之石也。"平明,清晨。白羽,插有鸟羽的箭。没(mò),陷入,指箭镞言。石棱(léng),有棱角的石头。

【题解】

本题共六首,作于贞元十四年(798)前后。此首写军中夜猎,赞美了边防守将非凡的技艺和勇武的神力。卢纶虽为大历时人,边塞诗却雄壮豪放,颇有盛唐气象。

其 三

月黑雁飞高,单于夜遁逃[1]。欲将轻骑逐[2],大雪满弓刀。

【注释】

[1] 单(chán)于：匈奴君主的称号。
[2] 将(jiāng)：率领。骑(jì)：骑兵。

【题解】

此首写敌人黑夜溃退，唐军轻骑准备乘胜追击的一个场景。成功渲染出扣人心弦的战斗氛围和唐军将士的威武气概。

李 益

李益（748—829），字君虞，祖籍陇西姑臧（今甘肃武威），后徙居郑州（今属河南）。大历四年（769）进士及第，建中四年（783）登拔萃科。历任郑县尉、侍御史、都官郎中、中书舍人、秘书少监、太子宾客、集贤学士判院事、右散骑常侍等职，大和元年（827）以礼部尚书衔致仕。其间曾度过二十多年的边塞军旅生活。李益是大历诗坛颇负盛名的诗人，其诗题材广泛，各体兼备，成就最高的是从军边塞诗，诗风以雄浑深婉为主，兼有清奇秀朗之致。尤擅七言绝句，后人以为他的一些边塞绝句可与李白、王昌龄媲美。代表作《夜上受降城闻笛》等在当时即被乐工争相传唱，后人誉为"绝唱"。有《李君虞集》。

夜上受降城闻笛[1]

回乐烽前沙似雪[2]，受降城外月如霜。不知何处吹芦管，一夜征人尽望乡。

（《全唐诗》，彭定求等编纂，中华书局1960年版。下同）

【注释】

[1] 受降城：唐景龙二年（708），中宗命张仁愿在黄河以北筑东、中、西三座受降城，相距各四百余里。此或指西受降城，在今内蒙古自治区杭锦后旗乌加河北岸。
[2] 回乐烽：回乐县烽火台。唐代回乐县，在宁夏回族自治区灵武县西南。

【题解】

  此诗写边关将士的乡情。前两句写诗人登楼所见,以清丽洗练的笔触,描绘了一幅白沙皓月、如霜似雪的塞上夜景,渲染出征人思乡的浓郁氛围。第三句写所闻,凄凉幽怨的芦笛声进一步触发了征人的乡情。末句以征人望乡的浮雕般的画面做结,便水到渠成,令人震撼。此诗有声有色,情景交融,在当时便谱入弦管,天下传唱。

【集评】

  [1] 绝句李益为胜,"回乐峰"一章,何必王龙标(昌龄)、李供奉(白)。(王世贞《艺苑卮言》)

江 南 曲[1]

嫁得瞿塘贾[2],朝朝误妾期。早知潮有信,嫁与弄潮儿。

【注释】

  [1] 江南曲:《乐府诗集》卷二十六《相和歌辞》有《江南曲》。
  [2] 瞿塘:瞿塘峡。贾:商人。

【题解】

  这是一首闺怨诗。曲调来自江南民歌,内容多写男女爱情。此诗用一贾客妻子的口吻,概括了由于商人重利轻别,致使少妇寂寞空虚的处境和怨怅的心情,表现了她对幸福生活的向往。

孟 郊

  孟郊(751—814),字东野,湖州武康(今浙江德清)人。早年曾隐居嵩山。屡试不第,贞元十二载(796)方中进士,时年已四十六岁。贞元十六年(800),授溧阳尉,四年后辞官。元和元年(806)入河南水陆转运使郑馀庆幕,为转运判官,试协律郎。晚年奉召赴山南西道任官,途中暴病卒。友人私谥为"贞曜先生"。孟郊潦倒一生,其诗多写穷愁孤苦的内容,诗风高古险峭、瘦硬生新,以苦吟著称,与韩愈并称"韩孟"。有《孟东野诗集》。

游子吟[1]

慈母手中线，游子身上衣。临行密密缝，意恐迟迟归。谁言寸草心[2]，报得三春晖？

(《全唐诗》，彭定求等编纂，中华书局1960年版。下同)

【注释】

[1] 游子吟：题下自注云："迎母溧上作。"溧上，指溧阳（今属江苏）。
[2] 寸草：比喻子女。下文"三春晖"，春天的阳光。

【题解】

这首诗写慈母念子、游子思亲之情。前两句以一个缝衣的细节表现了母亲对游子的关爱，朴素自然，亲切动人；后两句用阳光、寸草比喻母与子的关系，生动贴切，意味深长。全诗平易近人，清新流畅，于淳朴素淡中表现了人情的浓厚真淳，故为人传诵，有"诗随过海船"之誉。

【集评】

[1] 孟东野"慈母手中线"二首，言有尽而意无穷，足与李公垂"锄禾日当午"并传。（宋长白《柳亭诗话》）

游终南山[1]

南山塞天地，日月石上生[2]。高峰夜留景[3]，深谷昼未明。山中人自正，路险心亦平[4]。长风驱松柏[5]，声拂万壑清[6]。到此悔读书，朝朝近浮名[7]。

【注释】

[1] 终南山：秦岭山峰之一，在陕西西安南。
[2] "南山"二句：极言山之高大。日月好像从石崖上长出。
[3] 夜留景：极言山峰突出，入夜尚留有余晖。景，同"影"，一作"日"。
[4] "山中"二句：意谓山路虽险，但山中人心却平正淳朴。
[5] "长风"句：长风吹来，山中松柏随风势而低伏，故曰"驱"。
[6] "声拂"句：意谓这万壑松声，带来了清幽的气韵。
[7] "到此"二句：意思是读书的人，往往为追求一时的浮名，而不能领略深山的清趣。

【题解】

此诗写游终南山的所见所感。前四句描写终南山奇险的景色，着一"塞"字，展现了终南山拔山倚地、吞吐日月的雄姿，既在人意中而又出人意表，体现了作者注重造语炼字，追求奇特构思的特点。后六句借景抒情，以"悔读书"和"近浮名"做结，表达了对"山中人"心地平坦的赞美和对人心险恶的尘世的厌恶。

秋　　怀（其二）

秋月颜色冰[1]，老客志气单[2]。冷露滴梦破[3]，峭风梳骨寒[4]。席上印病文[5]，肠中转愁盘[6]。疑怀无所凭，虚听多无端[7]。梧桐枯峥嵘，声响如哀弹[8]。

【注释】

[1] 冰：如冰之素白。
[2] 老客：久客。单：孤怯的意思。
[3] 滴梦破：意思是秋夜不能熟睡，时而听到窗间一滴滴清冷的露水声。
[4] 梳骨寒：尖峭的风吹在病人身上，寒意透入骨髓。
[5] "席上"句：意思是久病卧床，肌肤嵌印着席上的花纹。席上印病纹，是"病印席上文"的倒文。
[6] "肠中"句：意思是由于愁思太深切已在腹中转成了一个盘，即"愁肠九转"之意。
[7] "疑怀"二句：意思是由于疑虑之心而无端产生幻觉。即下二句所说把梧桐声当作哀弹。
[8] 哀弹：弹奏出的悲哀曲声。

【题解】

《秋怀》作于孟郊晚年，是一组嗟伤老病穷愁的诗歌。此是第二首。抒写了他一生的辛酸苦涩，尤其是晚年的凄凉哀怨，反映出世态炎凉的社会现实。其中刻画自己穷困潦倒的处境，入木三分，思苦语奇。苏轼《读孟郊诗二首》评价其诗是"诗从肺腑出，出则愁肺腑"，从此诗可见一斑。

韩 愈

韩愈（768－824），字退之，河南河阳（今河南孟州）人。郡望昌黎（今属河北），故世称"韩昌黎"。贞元八年（792）进士及第。历任监察御史、阳山令、潮州刺史、兵部侍郎、吏部侍郎、京兆尹等职，世称"韩吏部"。曾两次遭贬谪，一次是贞元十九年（803）在监察御史任上，因上疏论天旱人饥，得罪权贵，贬连州阳山令，宪宗即位后量移江陵法曹参军。另一次是元和十四年（819），因上《论佛骨表》得罪宪宗，贬潮州刺史，旋即量移袁州刺史。韩愈是唐代古文运动的倡导者，他提倡三代两汉散文，主张"文以载道"，强调文章内容的重要性；在文学形式上力主创新，对后世散文影响深远。他的诗歌，题材广泛，风格险怪，讲究用奇字，造奇句，"以文为诗"。与孟郊、贾岛等人自成一派，史称"韩孟诗派"。有《昌黎先生集》。

山　石[1]

山石荦确行径微[2]，黄昏到寺蝙蝠飞。升堂坐阶新雨足，芭蕉叶大栀子肥[3]。僧言古壁佛画好，以火来照所见稀[4]。铺床拂席置羹饭[5]，疏粝亦足饱我饥[6]。夜深静卧百虫绝，清月出岭光入扉[7]。天明独去无道路，出入高下穷烟霏[8]。山红涧碧纷烂漫[9]，时见松枥皆十围[10]。当流赤足蹋涧石[11]，水声激激风生衣。人生如此自可乐，岂必局束为人鞿[12]！嗟哉吾党二三子[13]，安得至老不更归[14]！

（《韩昌黎诗系年集释》，钱仲联集释，上海古籍出版社1984年版。下同）

【注释】

[1] 山石：古代诗人常以诗篇首句头两字为题，与内容往往没多大关系。
[2] 荦（luò）确：险峻不平的样子。径：小路。微：狭窄。
[3] 栀（zhī）子：长绿灌木，夏日开花。栀，一作"支"。
[4] 稀：依稀，隐约。一说，珍稀。
[5] 羹饭：泛指菜饭。
[6] 疏粝（lì）：粗糙的饭食。粝，糙米。
[7] "清月"句：这是下弦月，所以夜深才出山。扉，门。
[8] "天明"二句：清晨独自行进在烟云迷茫的深山里，辨不清道路，出这个山谷，又进那个山谷，一上一下，时高时低。穷，尽。烟霏，流动的烟云。

[9] 纷：繁盛。烂漫：光彩夺目。

[10] 枥（lì）：同"栎"，一种落叶乔木。十围：两手合抱成为圆圈叫做一围。

[11] 当流：对着水流。

[12] "岂必"句：难道说非得像马一样，供人役使？局束，拘束。羁（jī），套在马嘴上的马缰绳。

[13] 吾党二三子：指与自己志同道合的几位朋友。

[14] 不更归："更不归"的倒文。

【题解】

此诗记叙了自己的游程，在手法上有所独创。作者汲取游记散文的写法，按照行程的顺序，叙写从"黄昏到寺"、"夜深静卧"到"天明独去"的所见、所闻和所感，是一篇诗体的山水游记，鲜明体现了韩愈"以文为诗"的特色。

【集评】

[1] 此诗叙游，如画如记，悠然澹然。（冯时可《雨航杂录》）

[2] 昌黎诗陈言务去，故有倚天拔地之意。《山石》一作，辞奇意幽，可为《楚辞·招隐士》对，如柳州《天对》例也。（刘熙载《艺概·诗概》）

八月十五日夜赠张功曹[1]

纤云四卷天无河[2]，清风吹空月舒波。沙平水息声影绝，一杯相属君当歌[3]。君歌声酸辞且苦，不能听终泪如雨："洞庭连天九疑高，蛟龙出没猩鼯号[4]。十生九死到官所[5]，幽居默默如藏逃。下床畏蛇食畏药[6]，海气湿蛰熏腥臊。昨者州前捶大鼓[7]，嗣皇继圣登夔皋[8]。赦书一日行万里，罪从大辟皆除死[9]。迁者追回流者还，涤瑕荡垢朝清班[10]。州家申名使家抑，坎坷只得移荆蛮[11]。判司官卑不堪说，未免捶楚尘埃间[12]。同时辈流多上道，天路幽险难追攀。[13]"君歌且休听我歌，我歌今与君殊科[14]："一年明月今宵多，人生由命非由他，有酒不饮奈明何[15]？"

【注释】

[1] 张功曹：张署，时任江陵府功曹参军。

[2] 卷：收起。四卷，四散。河：银河。晴空月朗则银河不显，故云无河。下文"波"，月光如波。

[3] 属（zhǔ）：劝酒，敬酒。

[4]"洞庭"二句：写张署赴任临武时路上的艰险。洞庭，洞庭湖，在湖南境内。九疑，即苍梧山，在湖南宁远县南。鼯（wú），一种似松鼠而能飞的动物，栖树穴中，昼伏夜出。

[5]官所：张署赴任的郴州临武（今属湖南）县衙。

[6]药：指蛊毒，是相传南方用毒虫制成的毒药，食之可致人于死。下文"海气"，海上的潮气。"湿蛰"，蛰伏地里的湿毒之气。

[7]"昨者"句：前些日子郴州刺史州衙前宣布宪宗皇帝的大赦令。唐制，宣布大赦时击鼓千声，召集官民及囚徒，公开宣布。

[8]"嗣皇"句：宪宗皇帝继位，进用贤臣。登，进用。夔和皋都是舜时贤臣，比喻当时贤臣。

[9]大辟：死刑。除死：免除死罪。宪宗赦令，死罪减为流放，余皆减一等。（见《旧唐书·顺宗纪》）

[10]"涤瑕"句：指清除朝中坏人。

[11]"州家"二句：郴州刺史（州家）把韩愈、张署列在赦免名单报了上去，却遭到观察使（使家）的压制，命运不顺，只得调往江陵府任职。江陵唐时为荆州，是古代楚国郢都所在地，时人称楚为荆蛮。

[12]"判司"二句：判司是唐代对诸曹参军的统称。韩任法曹参军、张任功曹参军皆属判司。有过则伏地受笞杖之刑。

[13]"同时"二句：同迁谪的人大都走上了回朝做官的路，而你我二人回京之路却艰险难攀。

[14]殊科：不同类别。

[15]奈明何：怎能对得起明月呢。

【题解】

诗作于永贞元年（805）。德宗贞元十九年（803）韩愈、张署同在长安任监察御史，因天旱民饥，请求宽减关中徭役赋税，韩被贬为阳山（属今广东）令，张被贬为临武令。贞元二十一年（805）顺宗即位大赦天下，韩、张被赦，至郴州候命。由于观察使的阻挠，他们没能回朝任职，又一同到江陵任判司卑官。相同的遭际命运使他们同病相怜，韩愈借这首赠诗表达了忧时怀忠而遭打击不平心声，也表达了对宦海风险、祸福无常，难以把握自己命运的体认。"君歌""我歌"表达的是共同心声。语言古朴，直陈其事，用接近散文的笔法，写得起伏跌宕，波澜不平。由贬谪的悲苦到遇赦的欣喜，又到量移荆蛮的怨愤，最后以无可奈何的旷达作结，章法波澜曲折，有一唱三叹之妙。

【集评】

[1]用意在起结，中间不过述迁谪量移之苦耳。（查慎行《初白庵诗

评》)

　　[2] 一篇古文章法。前叙，中间以正意苦重语作宾，避实法也。一线言中秋。中间以实为虚，亦一法也。收应起，笔力转换。(方东树《昭昧詹言》)

　　[3] 此诗料峭悲凉，源泉出楚骚。入后换调，正所谓一唱三叹，有遗音者矣。(程学恂《韩诗臆说》)

听颖师弹琴[1]

　　昵昵儿女语，恩怨相尔汝[2]。划然变轩昂，勇士赴敌场[3]。浮云柳絮无根蒂，天地阔远随飞扬[4]。喧啾百鸟群，忽见孤凤凰[5]。跻攀分寸不可上，失势一落千丈强[6]。嗟余有两耳，未省听丝篁[7]。自闻颖师弹，起坐在一旁[8]。推手遽止之[9]，湿衣泪滂滂[10]。颖乎尔诚能[11]，无以冰炭置我肠[12]。

【注释】

　　[1] 颖师：来自天竺的僧人，宪宗元和年间在长安，以弹琴著名。颖，为其名。师，对僧人的通称。

　　[2] "昵（nì）昵"二句：琴声宛转缠绵、柔和细碎，有如青年男女细语诉情。昵昵，亲近的意思。恩怨，偏义复词，恩爱。相尔汝，以尔、汝相称，犹言卿卿我我。

　　[3] "划然"二句：琴声突然由低沉宛转而昂扬激越，如勇士奔赴战场冲锋陷阵一般。

　　[4] "浮云"二句：琴声悠扬飘荡，有如柳絮浮云于辽阔的天地间随风飞扬。

　　[5] "喧啾"二句：琴声又由舒缓飘逸转为急促跳跃，好似百鸟竞喧；其间又一声悠长嘹亮，恰如一只凤凰引吭长鸣。喧啾，百鸟喧鸣的声音。

　　[6] "跻（jī）攀"二句：琴声抑扬顿挫，忽而音阶攀升直上，高到不能再高；忽而又急转直下，一落千丈。跻，登，上升。千丈强，千丈有余。

　　[7] 省（xǐng）：懂得。丝篁：借指音乐。丝，弦乐器；篁，管乐器。

　　[8] 起坐：忽起忽坐。指听到琴声心绪也随琴音变化而坐立不安。

　　[9] 遽（jù）：急，仓猝。

　　[10] 滂滂（páng）：流溢的样子。

　　[11] 诚：确实，果然。能：指擅长弹琴。

　　[12] "无以"句：意思是琴声荡人心魄，再弹就禁受不起了。无，通"勿"。以，用。冰炭，比喻听琴时感情时喜时悲，如冰炭水火般矛盾。《庄子·人间世》郭象注："喜惧战于胸中，固已结冰炭于五藏（脏）矣。"

【题解】

　　此诗分两部分，前十句正面描写声音，以生动贴切的比喻及通感等修辞手法，将琴声的悠扬美妙和倏忽变化描摹得精细入微，形象鲜明。后八句通过诗人听琴时产生的喜惧哀乐、百感交集等感情，烘托了颖师高妙的琴艺和音乐巨大的感染力。清人方扶南把它和白居易《琵琶行》、李贺《李凭箜篌引》推许为"摹写声音至文"。

左迁至蓝关示侄孙湘[1]

一封朝奏九重天[2]，夕贬潮州路八千[3]。欲为圣明除弊事[4]，肯将衰朽惜残年[5]！云横秦岭家何在[6]？雪拥蓝关马不前。知汝远来应有意，好收吾骨瘴江边[7]。

【注释】

[1] 左迁：降职贬官。古人以右迁为升，左迁为降。蓝关：即蓝田关（在今陕西蓝田县南）。侄孙湘：即韩湘，字北渚，为韩愈之侄韩老成的长子。

[2] 封：即"封事"，上皇帝的意见书，此处指《论佛骨表》。九重天：古人认为天有九重，因此后世常用以借指朝廷深宫或皇帝。

[3] 夕贬：与前"朝奏"相对，言得罪之速，非实指。潮州：唐时为潮阳郡（郡治在今广东潮阳县），距长安八千里。

[4] 弊事：即迎佛骨之事。

[5] 肯：犹言"岂肯"。衰朽：体弱老迈。韩愈时年五十二岁。

[6] 秦岭：指终南山，在蓝田关东南。凡入汉中、商洛，必经此岭。

[7] 瘴江：岭南一带多瘴气。

【题解】

韩愈于元和十四年（819）正月，上书谏迎佛骨，触怒唐宪宗，由刑部侍郎贬官潮州刺史，南行途中，其侄孙韩湘赶来同行，韩愈悲歌当哭，写下了这首名作。诗歌抒写了为国除弊、老而弥坚的勇气和眷恋朝廷的心情。其中"云横"一联情景交融，抒发作者忠而获罪和英雄失路的悲愤，感人至深。诗风苍凉悲壮，掷地有声。

【集评】

[1] 昌黎文章气节，震铄有唐。即以此诗论，义烈之气，掷地有声，唐贤集中所绝无仅有。（剑陞《诗境浅说》）

早春呈水部张十八员外二首[1]（其一）

天街小雨润如酥[2]，草色遥看近却无。最是一年春好处，绝胜烟柳满皇都。

【注释】

[1] 张十八：张籍，行十八，曾官水部员外郎。
[2] 天街：皇城中的道路。酥：酥油。

【题解】

这两首诗是写给诗人张籍的。作者写早春景象，只就"草色"加意点染，却生动展现了早春时节万物萌生的新鲜和美好。濛濛小雨中的草色，若隐若现，似有若无，最先传递出春的气息。有了这样体物入微的观察和描写，赞美早春"绝胜烟柳满皇都"便水到渠成，引起读者的共鸣。

答李翊书[1]

六月二十六日愈白，李生足下：生之书辞甚高，而其问何下而恭也[2]！能如是，谁不欲告生以其道[3]？道德之归也有日矣[4]，况其外之文乎？抑愈所谓望孔子之门墙而不入其宫者，焉足以知是且非邪[5]？虽然，不可不为生言之。

生所谓立言者[6]，是也。生所为者与所期者[7]，甚似而几矣[8]。抑不知生之志，蕲胜于人而取于人邪[9]？将蕲至于古之立言者邪？蕲胜于人而取于人，则固胜于人而可取于人矣；将蕲至于古之立言者，则无望其速成，无诱于势利，养其根而俟其实，加其膏而希其光[10]。根之茂者其实遂[11]，膏之沃者其光晔。仁义之人，其言蔼如也[12]。抑又有难者。

愈之所为，不自知其至犹未也。虽然，学之二十余年矣。始者，非三代两汉之书不敢观，非圣人之志不敢存。处若忘[13]，行若遗，俨乎其若思，茫乎其若迷。当其取于心而注于手也[14]，惟陈言之务去，戛戛乎其难哉[15]！其观于人[16]，不知其非笑之为非笑也。如是者亦有年，犹不改。然后识古书之正伪，与虽正而不至焉者，昭昭然白黑分矣，而务去之，乃徐有得也。当其取于心而注于手也，汩汩然来矣[17]。其观于人也，笑之则以为喜，誉之则以为忧，以其犹有人之说者存也[18]。如是者亦有年，然后浩乎其沛然矣。吾又惧其杂也，迎而距之[19]，平心而察之，其皆醇也，然后肆焉[20]。虽然，不可以不养也[21]，行之乎仁义之途，游之乎《诗》、《书》之源，无迷其途，无绝其源，终吾身而已矣。气，水也；言，浮物也。水大而物之浮者大小毕浮。气之与言犹是也：气盛，则言之长短与声之高下者皆宜。

虽如此，其敢自谓几于成乎？虽几于成，其用于人也奚取焉？虽然，待用于人者，其肖于器邪[22]？用与舍属诸人。君子则不然：处心有道，行己有方；用则施诸人，舍则传诸其徒，垂诸文而为后世法。如是者，其亦足乐乎，其无足乐也？

有志乎古者希矣[23]，志乎古必遗乎今，吾诚乐而悲之。亟称其人，所以劝之，非敢褒其可褒而贬其可贬也。问于愈者多矣，念生之言不志乎利，聊相为言之。愈白。

【注释】

[1] 李翊：德宗贞元十八年（802）进士，其他未详。

[2] 下而恭：谦卑而恭谨。

[3] 道：韩愈之道，也就是孔孟之道。其《原道》篇云："博爱之谓仁，行而宜之之谓义；由是而之焉之谓道，足乎己无待于外之谓德。"

[4] 归：回归。下文"其外"之"其"，指道德。

[5] "抑愈"两句：大意是说自己对于圣人之道尚未登堂入室，所言未必正确。《论语·子张》："夫子之墙数仞，不得其门而入，不见宗庙之美，百官之富。"官、宫同义，指房舍。抑，表转折，只是。

[6] 立言：著书立说。《左传》襄公二十四年："大上有立德，其次有立功，其次有立言。"

[7] 所为者：所作的（文章）。所期者：所期盼的（境界）。

[8] 几（jī）：几乎，接近。

[9] 蕲（qí）：祈求，希望。取于人：被人所取用，比如应试被录取。

[10] 膏：油。此指灯油。

[11] 遂：成。这里指果实饱满。下文"沃"，肥。此指灯油多而好。

[12] 蔼如：和气可亲貌，温润貌。

[13] 处：居止。下文"遗"，遗忘。"俨"，庄重。

[14] 注于手：将心中之所想写下来。

[15] 戛戛（jiá jiá）：困难貌。

[16] 观于人：以文章示人（给人看）。下文"非笑"，非议讥笑。

[17] 汩汩（gǔ gǔ）：水流声。比喻文思涌动。

[18] 人之说：他人的议论。存：存于己心。

[19] 迎而距之：在迎接汩汩然沛然而至的文思的同时又加以阻滞（以便平心静气地体察）。

[20] 肆：放肆。尽情挥洒。

[21] 养：修养（道德）。也指养气，《孟子·公孙丑上》："我善养吾浩然之气。"

[22] 肖（xiào）于器：类似于器物（用具）。下句说，用与不用在于他人。

[23] 希：同"稀"，少。

【题解】

据考证，本文或作于贞元十七年，作者三十四岁。第二段指出要想达到"古之立言者"（也就是学"古文"）的高度，不能速成，必须经过刻苦训练。第三段自述学"古文"的经验与心得，"始者"如何"戛戛乎难哉！""然后"如何"汩汩然来矣"。"然后"如何从"浩乎其沛然"，直到醇厚不杂，无往而不可。第四段强调君子学"古文"应该有一个"为后世法"的远大目标。

韩愈是继司马迁之后第一个最杰出的散文家，他的"古文"（与"骈体"相对）理论与创作成就足以"为后世法"。他在明道养气，学古创新，陈言务去，气盛言宜等方面，给后世散文家的影响是极其深远的。

【集评】

[1] 公教人作文多矣，未有尽出其学养识力，功效节度，详尽如此者。现身说法，明若观火。（浦起龙《古文眉诠》卷四十八）

[2] 林西仲曰：李生以立言问于昌黎，不过欲求其文之工而已，初未尝必以古之立言为期也。昌黎却就其所问，诘其所志，把求用于人而取于人伎俩阁置一边，而以古人立言不朽处，用功取效说过一番，然后把自己一生功夫层层叙出，其曰"二十年"、"亦有年"、"终其身"等说，是"无望速成"注脚。其曰"不知为非"，"笑则喜"，"誉则悲"等语，是"无诱势利"注脚。至得手之后，尤须养气，探本溯源，所谓"仁义之人，其言蔼如"。有自然而然之妙矣。末段以乐、悲二意，见得学古立言，必不能蕲用于人而取于人，耐得悲过，方期得乐来。此一篇之大旨也。（李扶九《古文笔法百篇》卷二十）

送孟东野序

大凡物不得其平，则鸣[1]。草木之无声，风挠之鸣；水之无声，风荡之鸣。其跃也，或激之；其趋也，或梗之；其沸也，或炙之[2]。金石之无声[3]，或击之鸣。人之于言也亦然，有不得已者而后言，其歌也有思，其哭也有怀。凡出乎口而为声者，其皆有弗平者乎！

乐也者，郁于中而泄于外者也，择其善鸣者而假之鸣[4]。金、石、丝、竹、匏、土、革、木八者[5]，物之善鸣者也。维天之于时也亦然[6]，择其善鸣者而假之鸣。是故以鸟鸣春，以雷鸣夏，以虫鸣秋，以风鸣冬。四时之相推敓[7]，其必有不得其平者乎？

其于人也亦然，人声之精者为言，文辞之于言，又有精也，尤择其善鸣者而假之鸣。其在唐、虞[8]，咎陶、禹其善鸣者也[9]，而假以鸣[10]。夔弗能以文辞鸣[11]，又自假于《韶》以鸣。夏之时，五子以其歌鸣[12]。伊尹鸣殷[13]，周公鸣周[14]。凡载于《诗》、《书》、六艺[15]，皆鸣之善者也。周之衰，孔子之徒鸣之，其声大而远。传曰[16]："天将以夫子为木铎。"其弗信矣乎？其末也[17]，庄周以其荒唐之辞鸣[18]。楚，大国也，其亡也，以屈原鸣。臧孙辰、孟轲、荀卿，以道鸣者也[19]。杨朱、墨翟、管夷吾、晏婴、老聃、申不害、韩非、慎到、田骈、邹衍、尸佼、孙武、张仪、苏秦之属[20]，皆以其术鸣。秦之兴，李斯鸣之。汉之时，司马迁、相如、扬雄，最其善鸣者也。其下魏、晋氏[21]，鸣者不及于古，然亦未尝绝也。就其善鸣者，其声清以浮[22]，其节数以急，其辞淫以哀，其志弛以肆，其为言也，乱杂而无章。将天丑其德莫之顾邪[23]？何为乎不鸣其善鸣者也？

唐之有天下，陈子昂、苏源明、元结、李白、杜甫、李观[24]，皆以其所能鸣。其存而在下者[25]，孟郊东野，始以其诗鸣。其高出魏晋，不懈而及于古，其他浸淫乎汉氏矣[26]。从吾游者，李翱、张籍其尤也[27]。三子者之鸣[28]，信善矣，抑不知天将和其声而使鸣国家之盛邪？抑将穷饿其身，思愁其心肠，而使自鸣其不幸邪[29]？三子者之命则悬乎天矣。其在上也奚以喜，其在下也奚以悲？

东野之役于江南也[30]，有若不释然者，故吾道其命于天者以解之。

【注释】

[1]"大凡"二句：意谓各种事物由于某种原因不处于平衡与常态，就会发出相应声音来。

[2]"其跃"六句：水的跳跃发声，是外物的冲击；水的湍急发声，是受到阻遏；水的沸腾发声，是火在烧烤。

[3]金石：比如乐器中的钟（金属制成）与磬（玉或石制成）。

[4]"乐也"三句：音乐，就是选择并借助"善鸣"之物，把郁积在内心的思想情感宣泄出来。中，内心。假，借。

[5]八者：指"八音"，八种不同材质的乐器。金、石，见注[3]。丝，比如琴瑟。竹，比如管籥。匏（páo），比如笙。土，比如埙。革，比如鼓。木，比如柷。

[6]维：或写作"惟"、"唯"，语助，无义。时：春夏秋冬四季。

[7]推敚（duó）：推移。敚，通"夺"。

[8]唐：帝尧陶唐氏，五帝（黄帝、颛顼、帝喾、帝尧、帝舜）之一。虞：帝舜有虞氏。

[9]咎（gāo）陶（yāo）：帝舜时掌刑法之官。禹：亦称大禹或夏禹，帝舜时受命治

洪水，成大功。

[10] 假以鸣：承上文说，即假借"文辞"而鸣。按，《尚书·虞书》有《皋陶谟》。伪古文《尚书》有《大禹谟》。

[11] 夔（kuí）：帝舜时乐官。下文《韶》，帝舜时乐曲名。

[12] "五子"句：伪古文《尚书》有《五子之歌》篇，内容为讽刺夏王太康（夏启之子）无道失政。宋蔡沈《书经集传》："五子，太康之弟也。"

[13] 伊尹：名挚，商（殷）初大臣，佐商汤灭夏。据传曾作《汝方》等文，今佚。

[14] 周公：姓姬，名旦，周文王之子，武王之弟，封于周，称周公。佐武王灭商。其言论见于《尚书·周书》之《多士》、《无逸》、《立政》篇。

[15] 六艺：指儒家六经《易》、《书》、《诗》、《礼》、《乐》（佚）、《春秋》。

[16] 传（zhuàn）：解释儒经的文字。以下引文见《论语·八佾》，意谓上天要以孔子为百姓的导师。木铎，铜质木舌的铃，古代宣布政令，以木铎召集民众。

[17] 其末：周王朝的末世。

[18] 荒唐之辞：语出《庄子·天下篇》。此指《庄子》书言辞夸张，广大无涯际的风格。

[19] 臧孙辰：春秋时鲁国大夫，历仕庄公等四君。《左传》襄公二十四年："臧文仲既没，其言立。"

[20] 杨朱：战国时魏人，思想家，其言论散见于《孟子》、《庄子》、《吕氏春秋》等。管夷吾：管仲，名夷吾，春秋时齐相，佐桓公成霸业。其言论见《管子》书。晏婴：春秋时齐国人，在官五十余年，善于辞令。言论见于《左传》、《史记·管晏列传》。有《晏子春秋》传世，后世或以为伪。老聃：即老子。申不害：战国时郑国人，早期法家思想家，《汉书·艺文志》著录《申子》六篇，现存《大体》一篇。慎到：战国时赵国人，法家思想家，《汉书·艺文志》著录《慎子》四十二篇，今存七篇。田骈（pián）：战国时齐国人，道家思想家，其言论见于《庄子·天下篇》。《汉书·艺文志》著录《田子》二十五篇，已佚。邹衍：战国时齐人，曾为燕昭王师。阴阳家，著作已佚，其言论散见于《吕氏春秋》、《淮南子》等书。尸佼：战国时晋国人，一说鲁国人，曾为秦相商鞅门客。《汉书·艺文志》杂家类著录《尸子》二十篇，已佚。

[21] 魏、晋氏：三国时曹氏之魏国（220－265），司马氏之晋王朝（265－420）。

[22] 清以浮：浅薄而浮夸。下文"节数（shuò）以急"，音节繁缛而急促。"淫以哀"，堆砌而伤感。"驰以肆"，懈怠而放肆。按，以上作者对魏晋"善鸣"者的攻击，当是针对玄谈佛老之风与骈体文而发的。

[23] 丑：鄙视，嫌弃，憎恶。

[24] 苏源明：唐代武功（今属陕西）人，天宝时进士，官至秘书少监。工文辞，著述甚富。李观：字元宾，吴（今苏州）人，贞元八年（792）与韩愈同榜进士，以古文知名，《全唐文》存其文四卷。

[25] 存而在下：健在却还沉沦下层。

[26] 浸（qīn）淫：沉潜渐进，接近。

[27] 李翱：字习之，陈留（今河南开封）人，贞元十四年（798）进士，官至户部侍郎。从韩愈学古文，颇著声望。有《李文公集》。尤：特出，杰出。

[28] 三子：孟郊、李翱、张籍。

[29] "抑不"四句：只是不知道上天将要调谐他们的声音，使他们为国家的兴隆而"鸣"呢，还是要使他们穷困饥饿，愁心苦志，为自己的不幸而"鸣"呢？

[30] 役：行役，为公务而跋涉在外。

【题解】

本文作为送行之序，原不过由于孟郊（东野）赴任溧阳尉，内心郁闷不乐，特为宽解罢了。也就是最后一段的三句话。但作者由孟郊的一生潦倒困顿不得志，引发对人的命运的大思考，提出了"不平则鸣"的大命题。从自然说到社会，从上古说到今世，例举许许多多的人物作证，来表述"不平则鸣"这个命题：或得志，或不得志，在社会生活与人生遭际的矛盾激荡中，总是有"不平"，总是要"鸣"，最好的"鸣"的手段就是言谈与文辞，尤其是文辞。在如长江大河汩汩滔滔一泻千里的叙述与议论之中，饱含着作者自己的兀傲牢骚，乃至难得地突破了他的文以载道（儒道）的基本原则，肯定了庄老申韩等等不在"道统"中的人物的言论著作，也是不平之鸣。这篇文章本身就是"不平则鸣"之作，有感而发，情绪激昂（如言"抑不知天将和其声而使鸣国家之盛邪？抑将穷饿其身，思愁其心肠，而使自鸣其不幸邪！三子者之命则悬乎天矣。"）。在写法上，立论鲜明，视野开阔，气势雄奇而有节奏感。

【集评】

[1] 本文得之悲歌慷慨者为多。谓凡形之声者，皆不得已。于不得已中，又有善不善。所谓善者，又有幸不幸之分。只是从一"鸣"中，发出许多议论。句法变换，凡二十九样。如龙之变化，屈伸于天，更不能逐鳞逐爪观之。（吴楚材等《古文观止》卷八）

[2] 刘海峰曰：文以"天"字为主，而用"鸣"字"善鸣"字纵横组织其间，奇绝变化。又曰：雄奇创辟，横绝古今。（姚鼐《古文辞类纂》卷三十一）

[3] 曾涤生曰：徵引太繁，颇伤冗蔓。（同上）

[4] 此篇为昌黎集中之创格，举天地人物，尽以"鸣"字括之，至孔子之徒亦指为善鸣，则真有胆力矣。（林纾选评《古文辞类纂》卷六）

师　　说

　　古之学者必有师。师者，所以传道、受业、解惑也[1]。人非生而知之者[2]，孰能无惑？惑而不从师，其为惑也，终不解矣。生乎吾前[3]，其闻道也固先乎吾，吾从而师之。生乎吾后，其闻道也亦先乎吾，吾从而师之。吾师道也[4]，夫庸知其年之先后生于吾乎[5]？是故无贵无贱，无长无少，道之所存，师之所存也。

　　嗟乎，师道之不传也久矣！欲人之无惑也难矣！古之圣人，其出人也远矣[6]，犹且从师而问焉；今之众人[7]，其下圣人也亦远矣，而耻学于师。是故圣益圣，愚益愚。圣人之所以为圣，愚人之所以为愚，其皆出于此乎？爱其子，择师而教之，于其身也[8]，则耻师焉，惑矣。彼童子之师，授之书而习其句读者[9]，非吾所谓传其道、解其惑者也。句读之不知，惑之不解，或师焉，或不焉，小学而大遗[10]，吾未见其明也。巫医乐师百工之人[11]，不耻相师，士大夫之族，曰师曰弟子之云者，则群聚而笑之。问之，则曰："彼与彼年相若也，道相似也。位卑则足羞，官盛则近谀[12]。"呜呼，师道之不复可知矣！巫医乐师百工之人，君子不齿[13]，今其智乃反不能及，其可怪也欤！

　　圣人无常师。孔子师郯子、苌弘、师襄、老聃[14]。郯子之徒，其贤不及孔子。孔子曰："三人行，则必有我师[15]。"是故弟子不必不如师，师不必贤于弟子。闻道有先后，术业有专攻。如是而已。

　　李氏子蟠[16]，年十七，好古文，六艺经传皆通习之[17]，不拘于时[18]，学于余。余嘉其能行古道[19]，作《师说》以贻之。

【注释】

　　[1] 传道：传授思想理论。韩愈的道，指的是孔孟的儒道，是仁义之道，修身、齐家、治国、平天下之道。受业：教给学业，如儒家的"六艺"（《易》、《书》、《诗》、《礼》、《乐》、《春秋》，或礼、乐、射、御、书、数）。受，通"授"。解惑：解释疑难。

　　[2] 生而知之：一生下来就有知识，就明道。

　　[3] 生乎吾前：出生在我之前（比我年长）。下文"固"，本来。

　　[4] 吾师道：我学习的是"道"（而不介意传道的是什么样的人）。

　　[5] 夫（fú）：发语词。庸知：何必去了解。庸，岂，难道。

　　[6] 出人：超越常人。

　　[7] 众人：一般人。依文意，指士大夫阶层的人（不包括巫医乐师百工之人）。

　　[8] 身：本身，自己。

　　[9] 句读（dòu）：古人理解文意的方法。语意完整为句，可用圈（o）表示；句中停

顿为读，可用逗（、）表示。

[10] 小：辨明句读为"小"。大：明道去惑为"大"。遗：舍弃。下文"明"，高明，懂理。

[11] 巫：巫师，人、神之间的沟通者。百工：此处专指制造营建等行业的工匠。

[12] "彼与"四句：他（师）与他（弟子）年龄差不多，道行差不多。（师的）地位低下，（弟子）就感到羞辱；（师的）官职很高，（弟子）就感到有阿谀之嫌。

[13] 君子：指士大夫说。不齿：不屑与之同列，鄙视。

[14] 郯（tán）子：春秋时郯国国君，孔子曾向他问及"以鸟名官"之事。苌弘：周敬王时大夫，孔子曾向他问乐。师襄：鲁之乐官，孔子曾向他学琴。老聃（dān）：即老子。周王朝守藏室之史。孔子曾向他问礼。

[15] "三人"二句：见《论语·述而》："三人行，必有我师焉。择其善者而从之，其不善者而改之。"

[16] 李氏子蟠：李家之子名蟠。李蟠，德宗贞元十九年（803）进士。

[17] 经传（zhuàn）：儒家经典与解经之文字。

[18] 不拘于时：不受耻于从师的时俗束缚。

[19] 古道：此指古人乐于从师的风尚。下文"贻"，赠，送。

【题解】

韩愈为了宣扬儒道，推动古文运动，更好地实现文以载道的理想，特别热心奖掖后进，从游者众，因而招致讪谤。他作《师说》的动机，柳宗元《答韦中立论师道书》说得很透彻："今之世，不闻有师；有，辄哗笑之以为狂人。独韩愈奋不顾流俗，犯笑侮，收召后学，作《师说》，因抗颜而为师。"本文以"古之学者（包括圣人）必有师。师者，所以传道、受业、解惑也"为主线，通过"巫医乐师百工之人"不耻从师而"士大夫之族"以从师为耻的正反对比，指斥了自作聪明的人的无知。他强调"师"的是"道"，不必计较人，"是故弟子不必不如师，师不必贤于弟子"这样的观点，既通达，又深刻。而其对于"师道之不传也久矣"的不平之气，却深藏于严谨而明健的论证之中，幸好上述柳文为读者描绘了清晰的背景。

【集评】

[1] 通篇只是"吾师道也"一句。言触处皆师，无论长幼贵贱，惟人自择。因借时人不肯从师，历引童子、巫医、孔子喻之。总是欲李氏子自得师，不必公慨然以师道自任，而作此以倡后学也。（吴楚材等《古文观止》卷八）

[2] 夫李氏之师文公（按，韩愈，谥文），不过师其古文耳。公乃以"传道受业解惑"大处立论，所谓高处立、阔处行也。此文于劈首即提明，下只

发明"道"与"惑",或只单言"道",至篇末又以"道"与"业"言,又不言"惑",此变化错综处。至畅发"师"字,前虚后实,反正互用,波澜层出,此韩文之如潮也。(李扶九《古文笔法百篇》卷十九)

[3] 曾涤生曰:"传道",谓修己治人之道;"授业",谓古文六艺之业;"解惑",谓解此二者。韩公一生学道好文,二者兼营,故往往并言之。末幅"闻道有先后,术业有专攻"。仍作双收。(姚鼐《古文辞类纂》卷二)

张中丞传后叙[1]

元和二年四月十三日夜[2],愈与吴郡张籍阅家中旧书[3],得李翰所为《张巡传》[4]。翰以文章自名[5],为此传颇详密,然尚恨有阙者[6]:不为许远立传[7],又不载雷万春事首尾[8]。

远虽材若不及巡者,开门纳巡,位本在巡上,授之柄而处其下,无所疑忌,竟与巡俱守死,成功名。城陷而虏,与巡死先后异耳。两家子弟才智下,不能通知二父志[9],以为巡死而远就虏,疑畏死而辞服于贼[10]。远诚畏死,何苦守尺寸之地,食其所爱之肉[11],以与贼抗而不降乎?当其围守时,外无蚍蜉蚁子之援[12],所欲忠者,国与主耳[13]。而贼语以国亡主灭。远见救援不至,而贼来益众,必以其言为信。外无待而犹死守,人相食且尽,虽愚人亦能数日而知死处矣[14]。远之不畏死亦明矣!乌有城坏,其徒俱死,独蒙愧耻求活?虽至愚者不忍为,呜呼,而谓远之贤而为之邪!

说者又谓远与巡分城而守[15],城之陷,自远所分始,以此诟远[16]。此又与儿童之见无异。人之将死,其脏腑必有先受其病者;引绳而绝之[17],其绝必有处。观者见其然,从而尤之[18],其亦不达于理矣。小人之好议论,不乐成人之美如是哉[19]!如巡、远之所成就,如此卓卓,犹不得免,其他则又何说!

当二公之初守也,宁能知人之卒不救,弃城而逆遁[20]?苟此不能守,虽避之他处何益?及其无救而且穷也,将其创残饿羸之余[21],虽欲去,必不达。二公之贤,其讲之精矣[22]!守一城,捍天下,以千百就尽之卒,战百万日滋之师,蔽遮江淮[23],沮遏其势[24],天下之不亡,其谁之功也!当是时,弃城而图存者,不可一二数[25];擅强兵坐而观者,相环也[26]。不追议此,而责二公以死守,亦见其自比于逆乱[27],设淫辞而助之攻也[28]。

愈尝从事于汴徐二府[29],屡道于两府间[30],亲祭于其所谓双庙者[31],其老人往往说巡、远时事,云:南霁云之乞救于贺兰也,贺兰嫉巡、远之声威功绩出己上,不肯出师救;爱霁云之勇且壮,不听其语,强留之。具食与乐,延霁云坐。霁云慷慨语曰："云来时，睢阳之人不食月余日矣。云虽欲独食，义不忍！虽食，且不下咽！"因拔所佩刀断一指，血淋漓，以示贺兰。一座大惊，皆感激为云泣下。云知贺兰终无为云出师意，即驰去。将出城，抽矢射佛寺浮图[32]，矢著其上砖半箭，曰："吾归破贼，必灭贺兰，此矢所以志也！"愈贞元中过泗州[33]，船上人犹指以相语。城陷，贼以刃胁降巡，巡不屈，即牵去，将斩之；又降霁云，云未应。巡呼云曰："南八，男儿死耳！不可为不义屈！"云笑曰："欲将以有为也。公有言，云敢不死！"即不屈。

张籍曰："有于嵩者，少依于巡，及巡起事，嵩常在围中。籍大历中于和州乌江县见嵩[34]，嵩时年六十余矣。以巡初尝得临涣县尉[35]，好学无所不读。籍时尚小，粗问巡、远事，不能细也。云：'巡长七尺余，须髯若神[36]。尝见嵩读《汉书》，谓嵩曰：「何为久读此？」嵩曰：「未熟也。」巡曰：「吾于书，读不过三遍，终身不忘也。」因诵嵩所读书，尽卷不错一字。嵩惊，以为巡偶熟此卷，因乱抽他帙以试[37]，无不尽然。嵩又取架上诸书，试以问巡，巡应口诵无疑。嵩从巡久，亦不见巡常读书也。为文章，操纸笔立书，未尝起草。初守睢阳时，士卒仅万人[38]，城中居人户亦且数万，巡因一见问姓名，其后无不识者。巡怒，须髯辄张。及城陷，贼缚巡等数十人，坐；且将戮。巡起旋[39]，其众见巡起，或起或泣。巡曰：「汝勿怖。死，命也。」众泣，不能仰视。巡就戮时，颜色不乱，阳阳如平常[40]。远宽厚长者，貌如其心。与巡同年生，月日后于巡，呼巡为兄。死时年四十九。'"嵩贞元初死于亳、宋间[41]。或传嵩有田在亳、宋间，武人夺而有之，嵩将诣州讼理[42]，为所杀。嵩无子。张籍云。

【注释】

[1] 张中丞：即张巡（709-757），邓州南阳（今属河南）人，开元末进士。天宝十四载（755）安禄山叛乱时，张巡以真源（今河南鹿邑）令身份起兵抗贼，屡建战功。后移守睢（suī）阳（今河南商丘），与太守许远共同作战，城陷后和部将等三十六人同时遇难。张巡守睢阳时被封为御史中丞、河南节度副使，故称张中丞。

[2] 元和二年：唐宪宗李纯元和二年（807）。

[3] 吴郡：今江苏苏州。张籍：字文昌，中唐著名诗人，韩愈学生。张籍生长于和州乌江（今安徽和县），吴郡是其"郡望"。

[4] 李翰：赵州赞皇（今属河南）人，官至翰林学士。安史之乱时，曾客居睢阳，亲见战守事迹。因后来有人捏造罪名攻击张巡，故撰写《张巡传》为之辩白。

[5] 自名：自许。

[6] 恨：遗憾。阙：通缺，遗漏。

[7] 许远：字令威，杭州盐官（今浙江海宁）人，睢阳太守，与张巡共守睢阳，城陷

被俘，后遭杀害。

[8] 雷万春：张巡部下猛将。此文后面补叙南霁云事迹，故清代有人曾怀疑"雷万春"为"南霁云"之误。一说可能雷万春事迹在当时就已失传，故韩愈引为恨事。首尾：始末。

[9] "两家子弟"二句：大历年间张巡子去疾听信传闻上书朝廷，以"城陷而远独生"为由，怀疑许远投敌，请求追夺其官爵。代宗下令百官议论，否决了他的上书。当时许远之子许岘，在议论中可能不明事理，不能为其父申辩，故韩愈说他们才智低下。通知：通晓。

[10] 辞服：认罪屈服。

[11] 食其所爱之肉：据《资治通鉴》卷二二〇载："尹子奇久围睢阳，城中食尽，……罗雀掘鼠；雀鼠又尽，巡出爱妾，杀以食士，远亦杀其奴；然后括城中妇人食之，继以男子老弱。"

[12] 蚍蜉（pí fú）：黑色大蚂蚁。蚁子：小蚂蚁。这里用来比喻极微弱的援助。

[13] 国与主：指唐王朝和唐玄宗。

[14] 数（shǔ）日而知死处：计算得出能活几天，知道自己死所。

[15] 远与巡分城而守：许远和张巡各人分守城的一方，许守西南，张守东北。

[16] 诟（gòu）：诽谤。

[17] 引绳而绝：把绳拉断。

[18] 尤：指责，怪罪。

[19] 成人之美：成全别人的好事。《论语·颜渊》："子曰：'君子成人之美，不成人之恶，小人反是。'"

[20] 逆遁：事先转移。

[21] 饿羸（léi）：饥饿瘦弱。余：残余。

[22] 讲：考虑，策划。精：周到，精密。

[23] 蔽遮：掩护。江淮：长江和淮河流域一带。

[24] 沮（jǔ）遏：阻止压制。

[25] "弃城"二句：安禄山叛乱后，先后有谯郡太守杨万石、雍丘县令令狐潮降贼，山南东道节度使鲁炅弃南阳奔襄阳，灵昌太守许叔冀奔彭城。

[26] "擅强兵"二句：当时河南节度使贺兰进明屯兵临淮，许叔冀驻谯郡，尚衡在彭城，都拥兵不救。这几个地方都在淮阳周围，故曰"相环"。

[27] 比：依附。

[28] 设：生造。淫辞：夸大失实的言辞。

[29] 从事：指任职。唐代称节度使、观察使的僚属为从事。汴：指汴州（今河南开封）。徐：指今江苏徐州。韩愈曾在这二州任推官。

[30] 道：经过。

[31] 双庙：张、许殉难后，唐肃宗追赠张巡为扬州大都督，许远为荆州大都督。皆立庙睢阳，岁时祭祀，号曰"双庙"。

[32] 浮图：梵语音译，即佛塔，又称"佛图"。
[33] 泗州：治所在临淮（今安徽泗县东南）。
[34] 大历：唐代宗李豫年号（766-779）。
[35] 临涣：唐县名，在今安徽宿州西北。
[36] 须髯（rǎn）：胡须。在颐叫须，在颊叫髯。
[37] 帙（zhì）：书套，这里指套中的书。
[38] 仅：近。
[39] 起旋：起立小便。一说巡视。
[40] 阳阳：安详镇定貌。
[41] 亳（bó）、宋：亳州与宋州，治所在今安徽亳州和河南商丘。
[42] 讼理：诉讼，打官司。

【题解】

本篇作于宪宗元和二年（807），记叙了张巡、许远坚守睢阳一事，前半部分着重为许、张辩诬，在批驳小人的诽谤与攻击的同时，赞扬了他们二人的不朽功绩；后半部分着重补述南霁云、张巡的事迹。文章继承和发展了《史记》、《汉书》记事写人的传统，善于选择典型的真实事件和细节来突出人物的主要性格，使人物形象呼之欲出。并将叙事、抒情、议论三者紧密结合在一起，在客观的叙述中寄寓作者强烈的爱憎感情，理直气壮，义正辞严，气势磅礴。

【集评】

[1] 文凡四段，前二段辩论，后二段叙记，分明两种体裁。其文则公本色，妙处在并非摹仿太史公。（储欣《唐宋八大家类选》）

[2] 辩许远无降贼之理，全用议论。后于老人言，补南霁云乞师，全用叙事。末从张籍口中述于嵩，述张巡轶事。拉杂错综，史笔中变体也。争光日月，气薄云霄，文至此可云不朽。（沈德潜《唐宋八家文读本》）

进 学 解[1]

国子先生晨入太学[2]，招诸生立馆下，诲之曰："业精于勤，荒于嬉[3]；行成于思，毁于随[4]。方今圣贤相逢[5]，治具毕张。拔去凶邪，登崇畯良。占小善者率以录，名一艺者无不庸[6]。爬罗剔抉，刮垢磨光[7]。盖有幸而获选，孰云多而不扬[8]？诸生业患不能精，无患有司之不明；行患不能成，无患有司之不公。"

言未既[9],有笑于列者曰:"先生欺余哉!弟子事先生,于兹有年矣。先生口不绝吟于六艺之文,手不停披于百家之编[10]。记事者必提其要,纂言者必钩其玄[11]。贪多务得,细大不捐。焚膏油以继晷[12],恒兀兀以穷年。先生之业,可谓勤矣。觝排异端[13],攘斥佛老。补苴罅漏[14],张皇幽眇。寻坠绪之茫茫[15],独旁搜而远绍[16]。障百川而东之[17],回狂澜于既倒。先生之于儒,可谓有劳矣。沉浸醲郁,含英咀华[18],作为文章,其书满家。上规姚姒[19],浑浑无涯;周《诰》殷《盘》[20],佶屈聱牙。《春秋》谨严[21],《左氏》浮夸[22]。《易》奇而法,《诗》正而葩[23]。下逮《庄》《骚》[24],太史所录。子云相如,同工异曲。先生之文,可谓闳其中而肆其外矣[25]。少始知学,勇于敢为;长通于方[26],左右具宜。先生之于为人,可谓成矣。然而,公不见信于人,私不见助于友。跋前踬后[27],动辄得咎。暂为御史[28],遂窜南夷。三年博士[29],冗不见治。命与仇谋,取败几时[30]。冬暖而儿号寒,年丰而妻啼饥。头童齿豁,竟死何裨[31]!不知虑此,而反教人为!"

先生曰:"吁,子来前!夫大木为杗,细木为桷。欂栌侏儒,椳闑扂楔,各得其宜[32]。施以成室者,匠氏之工也。玉札丹砂[33],赤箭青芝,牛溲马勃,败鼓之皮,俱收并畜,待用无遗者,医师之良也。登明选公,杂进巧拙,纡余为妍,卓荦为杰[34],校短量长[35],惟器是适者,宰相之方也。昔者孟轲好辩[36],孔道以明,辙环天下[37],卒老于行。荀卿守正,大论是弘,逃逸于楚,废死兰陵[38]。是二儒者,吐辞为经,举足为法,绝类离伦[39],优入圣域,其遇于世何如也?今先生学虽勤而不繇其统,言虽多而不要其中,文虽奇,而不济于用;行虽修,而不显于众。犹且月费俸钱,岁靡廪粟[40]。子不知耕,妇不知织。乘马从徒,安坐而食。踵常途之促促,窥陈编以盗窃[41]。然而圣主不加诛,宰臣不见斥,兹非其幸欤!动而得咎,名亦随之[42],投闲置散,乃分之宜。若夫商财贿之有亡,计班资之崇庳,忘己量之所称,指前人之瑕疵[43],是所谓诘匠氏之不以杙为楹,而訾医师以昌阳引年,欲进其豨苓也[44]。"

【注释】

[1] 进学解:关于劝进(鼓励增进)学业的一种解说。

[2] 国子先生:作者自指。在唐代,国子监(中央教育机关)统辖国子、太学、四门、律学等七学,亦可专指太学。作者时任国子学博士。

[3] "业精"二句:学业的精进在于勤勉,荒废由于嬉戏。

[4] "行成"二句:德行的养成在于认真思考,毁坏在于随波逐流。

[5] 圣贤:圣主贤臣。下句说,法令规章全都齐备了。

[6]"占小"二句：有一点小的长处的人大都录取了，懂一点技艺的人都使用了。名，有，占有。庸，用。

[7]"爬罗"二句：清理选择，刮去污垢磨出光泽。仍指精心选拔培养人材说。

[8]孰云：谁说。多而不扬：由于人多而不能出头。

[9]既：尽，终。下文"列"，行列。

[10]披：披览，翻阅。百家之编：诸子百家的著作。

[11]"记事"二句：记事的史学著作必定写出提要，论说的学术著作必定探索其微言大义。

[12]继晷（guǐ）：延长（工作）时间。晷，日影。下文"兀兀"，同"矻矻（kū kū）"，勤劳不懈。"穷年"，一年到头，终年。

[13]觝（dǐ）排异端：抵制排斥异端邪说（如下文之"佛老"）。

[14]补苴（jū）罅（xià）漏：补充完善（儒家典籍中）不全面不完善的地方。下句说，阐发（儒家典籍中）深邃难明的义理。

[15]坠绪：失落的统绪。韩愈认为，孟子死后，尧舜禹汤文武孔子的"道统"就失传了，他以继承这个道统为自己的使命。

[16]旁搜：四处搜求。远绍：远远地继承（自孟子至韩愈，已千有余年）。

[17]障：阻滞。这里有加以规范引导不使泛滥横流的意思。东之：使之东流。

[18]"沈浸"二句：以品味欣赏美酒香花比喻领会吸收典籍中的精华。沈，通"沉"。

[19]上规姚姒：自上模仿《尚书》中的《虞书》与《夏书》。姚，帝舜姚姓，指代《虞书》。姒，夏禹姒姓，指代《夏书》。

[20]周《诰》：《尚书·周书》中以"诰"名篇者有《大诰》、《康诰》、《召诰》等，指代全部《周书》。殷《盘》：《尚书·商书》中有《盘庚》上中下三篇，指代全部《商书》。盘庚迁殷后，商又称殷。下文"佶（jié）屈聱（áo）牙"，文句古奥生涩，诵读时不顺口。

[21]《春秋》谨严：《春秋经》行文极为简洁，惜墨如金，寓褒贬于一字之间；所以是谨严的。

[22]《左氏》浮夸：《春秋》三传之一的《左传》，发展为鸿篇巨制，极尽铺张描写之能事，显得有些夸张了。

[23]"《易》奇"二句：《易经》讲事物变化之规律多奇异之处，却有一定的法则；《诗经》的思想内容非常醇正，而文采可观。葩（pā），花，华美。

[24]逮：及。《庄》：《庄子》。《骚》：《离骚》，指代楚辞。下文"太史所录"，指《史记》。"子云"，扬雄字子云，西汉哲学家、辞赋家。"相如"，司马相如，西汉辞赋家。

[25]闳（hóng）其中：（文章的）内容宽广丰富。肆其外：外在的表达则奔放流畅。

[26]长（zhǎng）通于方：长大后通晓义理。下文"左右皆宜"，意谓应付自如。

[27]跋前踬（zhì）后：无论向前或退后都受到挫折。跋，践踏。踬，绊倒。

[28]暂为御史：韩愈于贞元十九年（803）任监察御史。下文"遂窜南夷"，随即放逐到南方蛮夷之地。按，贞元十九年冬，韩愈因建言得罪，贬为阳山（今广东阳山）令。

［29］三年博士：一说韩愈为博士凡四次，也不止三年，这里是概指成数。一说当依别本作"三为"。按，据《中国文学家大辞典·唐五代卷》，韩愈于贞元十八年（802）为四门博士，元和元年（806）为国子博士，元和七年（812）为太学博士。下文"冗"，闲散。"治"，治绩。

［30］"命与"二句：意谓命运中总是与仇敌（妒忌者）相遇，总是失败。谋，合。

［31］"头童"二句：头发脱了，牙齿掉了，到死又有什么补益。裨（bì），增添，益。

［32］"夫（fú）大"五句：大木头做栋梁（杗，máng），小木头做方形椽子（桷，jué），有的木头做斗拱（欂bó栌lú）或梁上短柱（侏儒），有的木头做门臼（椳，wēi），或双扇门中间的竖臼（闑niè），或门的横臼（扂，diàn），或门前防止车辆触门的桩子。各自得到适宜的用途。

［33］玉札：入药的玉类，一名玉屑。丹砂：即朱砂。下文"赤箭"，即天麻。"青芝"，一种灵芝。"牛溲"，车前子。一说为牛溺。"马勃"，一种菌类。

［34］"登明"四句：登录与选拔人才都能做到公开公正，无论是聪明伶俐或拙朴的人都能进用，性格从容宽缓是美好的，才气超群绝伦当然是杰出的。

［35］校短量长：衡量比较（人才的）长处与不足。下句说，按照他们才器的不同安排所宜的工作。

［36］孟轲好辩：孟子以"好辩"闻名。《孟子·滕文公下》："予岂好辩哉？予不得已也！"然后说明自己喜好辩论是为了宣扬儒道，攻击异端。下句说，孔子之道因此而彰明。

［37］辙环天下：指孟子周游列国说。辙，车辙。下句说，终于在长年的奔波中老去了。

［38］"逃谗"二句：荀子在齐国受到谗言，逃至楚国，又被废弃为兰陵令而死。兰陵，治所在今山东苍山县境。

［39］绝类离伦：犹言出类拔萃。下句说，足够进入圣人的境界。优，有馀。

［40］靡（mí）：耗费。廪（lǐn）粟：指禄米。廪，粮仓。

［41］"踵常"二句：走着平平常常的道路，窃取陈旧的篇章（而没有自己的创见）。促促，拘谨貌。

［42］名亦随之：坏名声（比如说他"狂"）也就跟着来了。柳宗元《答韦中立论师道书》说韩愈抗颜为师，受到世人"群怪聚骂，指目牵扯引……以是得狂名"。

［43］"若夫（fú）"四句：至于说琢磨钱财的多寡，计较职位官阶的高低，不顾自己的能力是否符合标准，指摘前人的毛病。庳，通"卑"。

［44］"是所"三句：这就是所说的责难工匠为什么不用小木桩代替大柱子，而批评医师为什么要用菖蒲而不是用猪苓作为延年之药。杙（yì），小木桩或小木条。訾（zǐ），诋毁。昌阳，菖蒲，据云久服可以益寿延年。豨（xī）苓，猪苓，草名，据云久服则伤肾。

【题解】

本文共分三大段。第一段，国子先生训导学生，要求他们勤学深思，以期

"业精"而"行成",在君圣臣(宰相)贤的今天,只须自己加倍努力,不必担心有司之不明不公,自己没有出路。这番话说得堂堂正正。第二段,不料学生听了却反唇相讥,极尽嘲弄之能事。你先生"之业可谓勤矣","之于儒可谓有劳矣","之文可谓闳其中而肆其外矣","之为人可谓成矣",可是这些年来的遭遇又怎么样呢!通过强烈的对比,巧妙地反映了先生大材小用,怀才不遇,长期受到压制的苦恼与愤懑。第三段,先生自我解嘲。物各有用,人各有才,用与不用,如何用,全在用者;工匠、医生,是陪衬,点出宰相,才是正题。即使孟子荀卿这样的大贤大才,也是一生困顿,何况先生我呢。自嘲自贬却不失身份不失自尊。假设主客问答的为文,有汉代东方朔的《答客难》,扬雄的《解嘲》,体裁是散文赋或赋体散文。韩愈是古文家,此文则刻意为骈,"其排比对偶,悉极整密"(姜书阁《骈文史论》)。韩愈是卓越的语言大师,"唯陈言之务去"(《答李翊书》),而自铸伟辞,也在本文中也得到了充分的体现,如"爬罗剔抉"、"刮垢磨光"、"贪多务得"、"焚膏继晷"、"兀兀穷年"、"含英咀华"、"佶屈聱牙"、"异曲同工"、"动辄得咎"、"闳中肆外"、"俱收并畜"……或直接取用,或稍加变化,直到今日,仍有新鲜感。

【集评】

[1] 首段以进学发端,中段句句是驳,末段句句是解,前呼后应,最为绵密。其格调虽本《客难》、《解嘲》、《答宾戏》诸篇,但诸篇都是自疏己长,此则把自家许多伎俩,许多抑郁,尽数借他人口中说出,而自家却以平心和气处之。(林云铭《古文析义》卷十一)

[2] 孙可之曰:拔天倚地,句句欲活。读之如赤手捕长蛇,不施鞿勒骑生马,急不得暇,莫可捉搦。(姚鼐《古文辞类纂》卷七十一)

[3] 昌黎所长,在浓淡疏密相间,错而成交,骨力仍是散文。以自得之神髓,略施丹铅,风采遂焕然于外。……文不过一问一答,而啼笑横生,庄谐间作。文心之狡狯,叹观止矣。(林纾《韩柳文研究法》)

杂　　说(其一)

龙,嘘气成云,云固弗灵于龙也[1]。然龙乘是气,茫洋穷乎玄间[2],薄日月,伏光景,感震电,神变化,水下土,汩陵谷[3],云亦灵怪矣哉!

云,龙之所能使为灵也。若龙之灵,则非云之所能使为灵也。然龙弗得云,无以神其灵矣。失其所凭依,信不可欤[4]!异哉,其所凭依乃其所自为也。

《易》曰："云从龙[5]。"既曰龙，云从之矣。

【注释】

[1]"云固"句：（这么说来）云气本来就不比龙灵。

[2]"然龙"二句：可是龙乘着这云气，却能遨游于天空。茫洋，驰骋自如貌。穷，尽。玄间，天上。

[3]"薄日"六句：逼近日月，掩蔽日月的光辉，触发雷电，变化神秘莫测，（云气变为雨水）能滋润大地，涨满山谷。水，用如动词，降水。汩（gǔ），水流貌。

[4]信：确实。

[5]云从龙：云追随龙。见《周易·文言》。

【题解】

杂说，作为一种文体，特点在于不求系统不拘题材，心有所感即发而为文，类似现代文学中的杂感。本文议论龙与云的关系。开头说，云气是龙所嘘出来，自然没龙灵；可是龙一旦乘此云气，就有了种种神奇的变化，几乎无所不能，云是不是也灵得很？然后说，云之灵，是龙赋予的；龙之灵，不是云提供的；可是龙一旦失去了云，就不能变化，"无以神其灵矣！"短短一百余字，转折翻腾，亦如龙云变化，究竟要说明什么道理呢，或以为一主（龙）一从（云），寓意在君臣之间的互依互补。或以为是朋友之间的同气相求。或以为还可以指德行与事业的关系，"道义"与"气"的关系。我们还可以注意"其所凭依乃其所自为也"这一句：龙赖以飞腾变化的条件是自己创造出来的！是不是人的进步归根结底要靠自己努力呢！

【集评】

[1]此篇以龙喻圣君，云喻贤臣。言贤臣固不可无圣君，而圣君尤不可无贤臣。写得婉委曲折，作六节转换，一句一转，一转一意，若无而又有，若绝而又生，变变奇奇，可谓笔端有神。（吴楚材等《古文观止》卷七）

[2]方望溪曰：尺幅甚狭，而层叠纵宕，若崇山广壑，使观者不能穷其际。（姚鼐《古文辞类纂》卷二）

杂　　说（其四）

世有伯乐[1]，然后有千里马。千里马常有，而伯乐不常有。故虽有名马，只辱于奴隶人之手[2]，骈死於槽枥之间[3]，不以千里称也[4]。

马之千里者,一食或尽粟一石[5]。食马者,不知其能千里而食也[6]。是马也,虽有千里之能,食不饱,力不足,才美不外见[7],且欲与常马等不可得[8],安求其能千里也[9]?

策之不以其道[10],食之不能尽其材,鸣之而不能通其意,执策而临之曰:"天下无马。"呜呼!其真无马邪?其真不知马也!

(《韩昌黎文集注释》,阎琦注释,三秦出版社2004年版。下同)

【注释】

[1] 伯乐:姓孙名阳,字伯乐,春秋秦穆公时人,以善相马著称。
[2] 奴隶人:此指马夫。
[3] 骈死:相继而死。骈,并。槽枥:指马槽。槽,盛饲料的器具。枥,系马处。
[4] "不以"句:不被人称为千里马。
[5] "一食"句:一顿可能要吃掉一石饲料。石(dàn),容量单位,相当于十斗。
[6] "食(sì)马"二句:意思是喂马的人不知马能日行千里而给它相应的饲料。食,同"饲"。
[7] 见:同"现",显露。
[8] "且欲"句:即使要求同一般的马一样也不可能。
[9] 安:哪能。
[10] "策之"句:不按它的特性来驾驭它。策,马鞭,这里用作动词。

【题解】

本题共四篇,这一篇借千里马不遇伯乐的遭遇,揭示了封建社会践踏和埋没人才的现象,抨击了统治者对人才的压抑和摧残。寓意深刻,笔锋犀利,比喻精当,极富表现力。

【参考书】

[1]《韩昌黎文集校注》,马其昶校注,上海古籍出版社1986年版。
[2]《韩愈全集校注》,屈守元等校注,四川大学出版社1996年版。
[3]《韩愈文选》,童第德选注,人民文学出版社1980年版。

张 籍

张籍(770或766-830?),字文昌,祖籍吴郡(今江苏苏州),移居和州乌江(今安徽和县)。贞元十四年(798)为乡贡进士。曾任太常寺太祝、国子助教、国子博士、水部员外郎、主客郎中，官终国子司业。故世称"张水部"、"张司业"。张籍工诗，五言律诗词清意远。尤长于乐府，与王建齐名，并称"张王乐府"。其诗多反映时事，揭露社会弊病，语言风格精警自然。有《张司业集》。

野 老 歌

老农家贫在山住，耕种山田三四亩。苗疏税多不得食，输入官仓化为土[1]。岁暮锄犁傍空室，呼儿登山收橡实[2]。西江贾客珠百斛[3]，船中养犬长食肉。

（《全唐诗》，彭定求等编纂，中华书局1960年版。下同）

【注释】

[1] 化为土：日久腐烂，变为灰土。
[2] 橡实：橡子，可食。
[3] 西江：一说指今江西九江一带。一说指今珠江上源之一的西江。

【题解】

中唐以来，都市商业经济有所发展，商人和封建势力勾结在一起，加重了对农民的剥削，使农民愈加贫困，城市和农村的矛盾更加尖锐。此诗形象地描绘了这种不合理的社会现象，通过两种截然不同的社会生活的对比，鲜明地揭示了主题。

节妇吟寄东平李司空师道[1]

君知妾有夫，赠妾双明珠。感君缠绵意，系在红罗襦。妾家高楼连苑起[2]，良人执戟明光里[3]。知君用心如日月，事夫誓拟同生死。还君明珠双泪垂，恨不相逢未嫁时。

【注释】

[1] 东平：郡名，治所在今山东郓城。李司空：李师道，官至平卢淄青节度使、检校司空、同中书门下平章事。
[2] 苑：园林。
[3] "良人"句：丈夫在宫廷禁卫军中任职。明光，汉代宫殿名，借指唐朝廷。

【题解】

李师道是中唐时期势力最大的藩镇之一。张籍为拒绝他的征辟而作此诗。诗人以具体生动的形象和比兴的手法，表明自己不为所动的政治态度。诗中坚贞不二的女子形象，正是诗人自己的化身。"恨不相逢未嫁时"一句之所以流传，在于它既反映了男女之间复杂的感情纠葛，又委婉表达了"节妇"的拒绝。手法洗练含蓄，意余象外。

王 建

王建（766？—829？），字仲初，颍川（今河南许昌）人。出身寒微。贞元年间先后入幽州节度使刘济幕、魏博节度使幕。元和九年（814）始官昭应县丞，十二年（817）前后，入朝为太府寺丞。长庆以后历任秘书郎、秘书丞、侍御史、太常寺丞。官终陕州司马，世称"王司马"。擅长乐府诗，与张籍齐名，世称"张王乐府"。其乐府诗有较深刻的思想内容，艺术上以描写细致、富有余味见长。百首《宫词》以诗纪事，是其创造。有《王司马集》。

水 夫 谣

苦哉生长当驿边[1]，官家使我牵驿船。辛苦日多乐日少，水宿沙行如海鸟[2]。逆风上水万斛重，前驿迢迢后森森[3]。半夜缘堤雪和雨，受他驱遣还复去。夜寒衣湿披短蓑，臆穿足裂忍痛何[4]！到明辛苦无处说，齐声腾踏牵船歌[5]。一间茅屋何所直，父母之乡去不得。我愿此水作平田，长使水夫不怨天。

（《全唐诗》，彭定求等编纂，中华书局1960年版。下同）

【注释】

[1] 驿：驿站。旱驿用马，水驿用船。
[2] 水宿：在船上过夜。
[3] 森森：渺渺，同迢迢，遥远，似乎没有尽头。
[4] 臆穿：（冻得）胸口要穿透了。
[5] 腾踏：背纤时整齐一致的行步。

【题解】

　　此诗通过一个水边纤夫的内心独白,写出了繁重的劳役已使水夫不堪忍受的悲惨现实,对当时不合理的赋役制度进行了控诉。作者以古代诗歌中很少关注的纤夫的生活为对象,表现了对封建社会下层百姓的关切和同情。与同样题材的李白《丁都护歌》相比,本篇更注重人物的心理描写。

十五夜望月

　　中庭地白树栖鸦[1],冷露无声湿桂花。今夜月明人尽望,不知秋思落谁家[2]?

【注释】

　　[1] 中庭:庭院之中。地白:月光满地。
　　[2] 秋思:秋日的情思。思,名词,读去声。

【题解】

　　题一作《十五夜望月寄杜郎中》,写中秋夜怀友之情。前两句写景,营造了中秋夜特有的凄清氛围。后两句写月圆触发的思念,妙在不直接说出,却独具匠心以"秋思落谁家"的设问表达,笔致空灵,含蓄蕴藉,不愧是咏中秋的名篇。

宫　　词

　　树头树底觅残红[1],一片西飞一片东。自是桃花贪结子,错教人恨五更风[2]。

【注释】

　　[1] 残红:落花。
　　[2] "自是"二句:意谓花之落是"贪结子",不是因为"风"。

【题解】

　　王建有《宫词》一百首,作于宪宗元和末年,多方面展示了宫禁中的生活,深刻揭露了皇室的荒淫奢靡,真实反映了宫女的悲惨命运和哀怨心理。这里选的是第九十首,通过宫女因见桃花结子而生怨的心理,反映了宫女青春和天性被扼杀的不幸。描写生动细腻，抒情含蓄蕴藉。

【参考书】

[1]《张王乐府》，徐澄宇选注，古典文学出版社1957年版。

刘禹锡

刘禹锡（772-842），字梦得。洛阳（今属河南）人，郡望中山（今河北定州），生于嘉兴（今属浙江）。贞元九年（793）中进士，又登博学宏词科。十一年，授太子校书。参加王叔文集团，永贞革新失败，被贬朗州司马。后回京，又贬连州刺史。历夔州、和州刺史。前后度过二十三年的贬谪生活。后回朝历任主客郎中，苏州、汝州、同州刺史等职。官至检校礼部尚书兼太子宾客。故世称"刘宾客"、"刘尚书"。刘禹锡不仅是古代著名的哲学家，更是杰出的诗人。生前与白居易齐名，世称"刘白"。其诗题材广泛，内容丰富，精练含蓄，韵味深长，富于哲理意味。他学习民歌写作的《竹枝词》等，朴素优美，清新自然，健康活泼，充满生活情趣。有《刘梦得文集》。

竹枝词二首（其一）

杨柳青青江水平，闻郎江上踏歌声[1]。东边日出西边雨，道是无晴还有晴[2]。

（《全唐诗》，彭定求等编纂，中华书局1960年版。下同）

【注释】

[1] 踏歌：见李白《赠汪伦》注[2]。
[2] 无晴、有晴：日出则有晴，雨则无晴。晴与"情"同音。

【题解】

《竹枝词》是巴、渝一带民歌中的一种，主要歌咏当地风物和男女爱恋。此诗是模拟民间情歌的作品，写一位沉浸在初恋中的少女的心情。她爱着对方，但又不知道对方的想法。诗中运用谐音双关这种民歌中常用的修辞手法，将她既欢喜又担忧，既抱有希望又有疑惑的心情表达得细致入微。

【集评】

[1] 此首起二句，以风韵摇曳见长。后二句言东西晴雨不同，以"晴"字借作"情"字，无情而有情，言郎踏歌之情，费人猜疑。双关巧语，妙手偶得之。（俞陛云《诗境浅说》）

西塞山怀古[1]

西晋楼船下益州[2]，金陵王气漠然收[3]。千寻铁锁沈江底，一片降幡出石头[4]。人世几回伤往事[5]，山形依旧枕寒流[6]。从今四海为家日[7]，故垒萧萧芦荻秋[8]。

【注释】

[1] 西塞山，在今湖北大冶市东，是三国时东吴西部的江防要塞，晋、吴水军曾在此激战。题一作《金陵怀古》。

[2] 西晋：一作"王濬"。王濬（jùn），西晋人，字士治，官益州（州治在今四川成都）刺史，晋武帝司马炎谋伐东吴，他受命监造战船，率水师出川沿长江而下。楼船：高大的战船。下益州：从益州出发，沿江而下。

[3] "金陵"句：意思是东吴的国运从此告终。金陵，吴国的都城，即今江苏南京市。王气，古人把帝王所在地上空产生的一种被认为吉祥的云气称为帝王之气，简称王气。漠然，无光的样子。一作"黯然"。收，消失。

[4] "千寻"二句：意思是王濬水军突破东吴军队在江上构筑的防御设施（铁索）直抵金陵，东吴被迫投降。寻，古代计量单位，八尺为一寻。降幡（fān），表示投降的旗帜。出，挑出。石头，指石头城。故址在今江苏南京市清凉山。这里以石头城代指吴国的国都。

[5] "人世"句：意思是建都金陵，雄踞江东而终于亡国的，不止一个东吴。东吴之后，东晋、南朝的宋、齐、梁、陈均建都金陵，也都先后灭亡了。

[6] 山：指西塞山。寒流：指长江。

[7] 四海为家：指天下统一，四海归于一家。

[8] 故垒：旧时的营垒。萧萧：秋风吹动芦荻之声。

【题解】

此诗乃长庆四年（824）秋作者赴和州途经西塞山所作。诗歌借咏晋、宋兴亡事迹，警告当时拥兵割据、制造分裂的军阀，地形之险不足恃，历史上割据一方的局面，终归统一。表现了作者关心国事、维护统一的进步立场和卓越的政治识见。全篇聚事、景、情成一片，融怀古、感今、警世为一体，凝练警策，意在言外。

【集评】

[1] 似议非议，有论无论，笔着纸上，神来天际，气魄法律，无不精到。洵是此老一生杰作，自然压倒元、白。（薛雪《一瓢诗话》）

[2] 诗极雄深宕往，所以为金陵怀古之冠。（黄叔灿《唐诗笺注》）

石 头 城[1]

山围故国周遭在[2]，潮打空城寂寞回。淮水东边旧时月[3]，夜深还过女墙来。

【注释】

[1] 石头城：见《西塞山怀古》注[4]。
[2] 故国：旧都。
[3] 淮水：秦淮河。下文"女墙"，城上矮墙。

【题解】

此首与下一首《乌衣巷》同属组诗《金陵五题》，此为第一首。金陵怀古是咏史诗中常见的题材。诗人以沉寂的群山、激荡的潮水、朦胧的月夜衬托出都城的荒凉没落。表现了故国萧条、人生凄凉的深沉感慨。

【集评】

[1] 只写山水明月，而六代繁华俱归乌有，令人于言外思之。乐天谓后之诗人不复措词。（王闿运《唐诗近体》）

乌 衣 巷[1]

朱雀桥边野草花[2]，乌衣巷口夕阳斜。旧时王谢堂前燕[3]，飞入寻常百姓家。

【注释】

[1] 乌衣巷：在今南京市东南，是东晋以来南朝最显赫的王导、谢安两个世家大族居住的地方。

[2] 花：开花。名词作动词用。下文"斜"，西下。形容词作动词用。

[3] 王谢：王导与谢安，东晋大臣。均出身士族，官至宰相。

【题解】

此首属《金陵五题》中的第二首。诗中将眼前野草开花、夕阳西下的荒凉衰飒，与往昔象征权势与繁华的朱雀桥、乌衣巷对比，暗示了历史的巨大变化。又巧妙地借燕子托兴，抒发了作者无限沧桑之感。此诗以小见大，富有哲理，含而不露，耐人寻味。

【集评】

[1] 不言王、谢堂为百姓家，而借言于燕，正诗人托兴玄妙处。（唐汝询《唐诗百乐》）

酬乐天扬州初逢席上见赠

巴山楚水凄凉地，二十三年弃置身[1]。怀旧空吟闻笛赋[2]，到乡翻似烂柯人[3]。沉舟侧畔千帆过，病树前头万木春[4]。今日听君歌一曲，暂凭杯酒长精神[5]。

【注释】

[1] 巴山楚水：巴楚的山水。作者曾先后贬为朗州司马、夔州刺史。朗州治所在今湖南常德，古为楚地。夔州治所在今重庆奉节，古为巴地。下文"二十三年"，刘禹锡自唐宪宗永贞元年（805）被贬连州刺史，到本诗写作时，差不多二十三个年头。

[2] 闻笛赋：晋人向秀经过亡友嵇康、吕安的旧居，听见邻人吹笛，笛音悲慨，写了一篇《思旧赋》。这句是感叹朋友中已有去世的。

[3] 烂柯人：指王质。《述异记》载，晋人王质进山打柴，看见两个童子下棋，他看到终局，手里的斧头柄已经烂掉了。下山回到村里，才知道已经过了一百年，同村的人也已死去。这里作者以王质自比，是说被贬离开京城已经很久了，恐怕回乡后和乡人都已不认识了。

[4] "沉舟"二句：白居易赠诗有："举眼风光长寂寞，满朝官职独蹉跎。"作者就用这两句来回答他，虽自比为"沉舟"、"病树"，但指出个人的沉滞不算什么，世界还是要向前发展，新陈代谢总是要进行下去的。

[5]"今日"二句：答白居易的首联"为我引杯添酒饮，与君把箸击盘歌"。长精神，有抖擞振奋的意思。

【题解】

唐敬宗宝历二年（826）冬，刘禹锡罢和州刺史，被征还京，与白居易在扬州相遇。白有《醉赠刘二十八使君》七律一首，本篇是答白之作。此诗抒发了诗人对自己遭遇的感慨和人世变迁的惆怅。但诗人没有因此而消沉，表现出坚韧的性格，于沉郁中见豪放。其中颈联最为人称道，可与其"莫道桑榆晚，为霞犹满天"相补充。

【集评】

[1]"沉舟"二语，见人事不齐，造化亦无如之何！悟得此旨，终身无不平之心矣。（沈德潜《唐诗别裁》）

【参考书】

[1]《刘禹锡集笺证》，瞿蜕园笺证，上海古籍出版社1989年版。

[2]《刘禹锡诗集编年校注》，蒋维崧等编注，山东大学出版社1997年版。

白居易

白居易（772－846），字乐天，晚号香山居士，又号醉吟先生。郡望太原（今属山西），后迁居下邽（今陕西渭南），生于郑州新郑（今属河南）。贞元十六年（800）进士及第，十八年中书判拔萃科，授秘书省校书郎。元和元年（806）中才识兼茂明于体用科，补盩厔（今陕西周至）县尉。不久入为翰林学士，改左拾遗、左赞善大夫。元和十年（815）因上书言事，被贬江州司马。后历任忠州、杭州、苏州刺史。因晚年官太子少傅，故世称"白傅"。卒后谥"文"，亦称"白文公"。白居易与元稹相友善，皆以诗名，时号"元白"。又与刘禹锡齐名，并称"刘白"。白居易创制了"元和体"，又是新乐府诗歌的主要倡导者，主张"文章合为时而著，歌诗合为事而作"，强调诗歌的现实内容和社会作用。其诗风平易通俗，明白晓畅，广为流传。今存诗近三千首，是唐代诗歌数量最多的诗人。有《白氏长庆集》。

赋得古原草送别[1]

离离原上草[2],一岁一枯荣[3]。野火烧不尽,春风吹又生。远芳侵古道[4],晴翠接荒城[5]。又送王孙去,萋萋满别情[6]。

(《白居易集笺校》,朱金城笺校,上海古籍出版社1988年版。下同)

【注释】

[1] 赋得：古代凡按题目作诗,常在题前加这两个字。古原：荒原。
[2] 离离：纷披繁盛的样子。
[3] "一岁"句：意思是一年一度的枯萎和返青。
[4] 远芳：伸向远方的春草。侵：蔓延。
[5] 晴翠：晴天翠绿的草色。
[6] "又送"二句：化用《楚辞·招隐士》："王孙游兮不归,春草生兮萋萋。"王孙,贵族子弟,这里泛指游子。萋萋,草盛的样子。

【题解】

相传此诗是白居易少年时的成名之作。作者虽沿袭了《楚辞》所开创的将春草与离思结合在一起的传统,却能自出机杼,别具新意。尤其是"野火"一联,以对春草顽强生命力的赞美振起全篇,生气勃勃,富有理趣,成为千古传唱的名句。

【集评】

[1] 白尚书应举初至京,以诗谒顾著作况。顾睹姓名,熟视白公,曰："米价方贵,居亦弗易。"乃披卷,首篇曰："离离原上草……"即嗟赏曰："道得个语,居亦易矣。"因为延誉,声名大振。(张固《幽闲鼓吹》)

轻　　肥[1]

意气骄满路,鞍马光照尘。借问何为者,人称是内臣[2]。朱绂皆大夫[3],紫绶悉将军。夸赴军中宴,走马去如云。樽罍溢九酝[4],水陆罗八珍。果擘洞庭橘[5],脍切天池鳞。食饱心自若[6],酒酣气益振。是岁江南旱,衢州人食人[7]!

【注释】

[1] 轻肥：轻裘肥马。《论语·雍也》："赤（公西赤）之适齐也，乘肥马，衣轻裘。"后用以指达官贵人及其豪奢生活。杜甫《秋兴》八首之三："同学少年多不贱，五陵衣马自轻肥。"

[2] 内臣：宦官。

[3] 朱绂（fú）：与下文"紫绶"，指代贵官。绂、绶，系官印的丝带。以颜色区分级别，朱、紫色属三品以上。

[4] 樽罍（léi）：盛酒器。九酝（yùn）：美酒名。下文"八珍"，八种珍贵食品，具体说法不一。泛指美味。

[5] 擘（bò）：剖，分开，今言掰（bāi）。下文"天池鳞"，海鱼。

[6] 心自若：内心没有不安，泰然处之。

[7] 衢州：治所在今浙江衢州。据史籍记载，元和三年（808）冬至四年春，南方旱饥。

【题解】

作者在《秦中吟》序中说："贞元、元和间，予在长安；闻见之间，有足悲者，因直歌其事，命为《秦中吟》。"这组诗共十首，《轻肥》是第七首，揭示出封建统治阶级与平民百姓的尖锐矛盾。作品用大部分篇幅铺写宦官在皇帝的宠信下如何穷奢极欲，结末虽直赋其事，因对比极为强烈，令人惊心动魄。

【集评】

[1] 与少陵忧黎元同一心事。（宋宗元《网师园唐诗笺》）

长　恨　歌[1]

汉皇重色思倾国[2]，御宇多年求不得[3]。杨家有女初长成[4]，养在深闺人未识[5]。天生丽质难自弃，一朝选在君王侧。回眸一笑百媚生，六宫粉黛无颜色[6]。春寒赐浴华清池[7]，温泉水滑洗凝脂[8]。侍儿扶起娇无力，始是新承恩泽时[9]。云鬓花颜金步摇[10]，芙蓉帐暖度春宵。春宵苦短日高起，从此君王不早朝。承欢侍宴无闲暇，春从春游夜专夜。后宫佳丽三千人，三千宠爱在一身。金屋妆成娇侍夜，玉楼宴罢醉和春。姊妹弟兄皆列土[11]，可怜光彩生门户[12]。遂令天下父母心，不重生男重生女[13]。骊宫高处入青云，仙乐风飘处处闻。缓歌慢舞凝丝竹，尽日君王看不足。渔阳鼙鼓动地来[14]，惊破霓裳羽衣曲[15]。九重城阙烟尘生[16]，千乘万骑西南行。翠华摇摇行复止[17]，西出都门百余里。六军不发无奈何[18]，宛转蛾眉马前死[19]。花钿委地无人收[20]，翠翘金雀玉搔头[21]。君王掩面救不得，回看血泪相和流。黄埃散漫风萧索，云栈萦纡登剑阁[22]。峨眉山下少人行[23]，旌旗无光日色薄。蜀江水碧蜀山青，圣主朝朝暮暮情。行宫见月伤心色[24]，夜雨闻铃肠断声。天旋地转回龙驭[25]，到此踌躇不能去。马嵬坡下泥土中，不见玉颜空死处。君臣相顾尽沾衣，东望都门信马归。归来池苑皆依旧，太液芙蓉未央柳[26]。芙蓉如面柳如眉，对此如何不泪垂！春风桃李花开日，秋雨梧桐叶落时。西宫南内多秋草[27]，落叶满阶红不扫。梨园弟子白发新[28]，椒房阿监青娥老[29]。夕殿萤飞思悄然，孤灯挑尽未成眠。迟迟钟鼓初长夜，耿耿星河欲曙天。鸳鸯瓦冷霜华重[30]，翡翠衾寒谁与共？悠悠生死别经年，魂魄不曾来入梦。临邛道士鸿都客[31]，能以精诚致魂魄。为感君王辗转思[32]，遂教方士殷勤觅。排空驭气奔如电，升天入地求之遍。上穷碧落下黄泉[33]，两处茫茫皆不见。忽闻海上有仙山，山在虚无缥缈间。楼阁玲珑五云起[34]，其中绰约多仙子[35]。中有一人字太真，雪肤花貌参差是[36]。金阙西厢叩玉扃[37]，转教小玉报双成[38]。闻道汉家天子使，九华帐里梦魂惊[39]。揽衣推枕起徘徊，珠箔银屏迤逦开[40]。云鬓半偏新睡觉[41]，花冠不整下堂来。风吹仙袂飘飘举[42]，犹似霓裳羽衣舞。玉容寂寞泪阑干[43]，梨花一枝春带雨。含情凝睇谢君王，一别音容两渺茫。昭阳殿里恩爱绝[44]，蓬莱宫中日月长[45]。回头下望人寰处，不见长安见尘雾。唯将旧物表深情，钿合金钗寄将去[46]。钗留一股合一扇，钗擘黄金合分钿[47]。但令心似金钿坚，天上人间会相见。临别殷勤重寄词，词中有誓两心知。七月七日长生殿[48]，夜半无人私语时。在天愿作比翼鸟[49]，在地愿为连理枝[50]。天长地久有时尽，此恨绵绵无绝期[51]！

【注释】

[1] 长恨歌：此诗是元和元年（806），诗人任盩厔（今陕西周至县）尉时，一次与友人陈鸿、王质夫同游仙游寺，因有感于唐玄宗与杨贵妃的故事而创作的。

[2] 汉皇：本指汉武帝刘彻，这里借指唐玄宗。色：美色。倾国：绝代佳人的代称。源出于《汉书·外戚传》李延年歌："北方有佳人，绝世而独立。一顾倾人城，再顾倾人国。"

[3] 御宇：人君统治天下。

[4] 杨家有女：指杨贵妃。妃乳名玉环，弘农华阴（在今河南灵宝）人，徙居蒲州永乐县（治所在今山西省城西南）。其父杨玄琰早逝，养于叔父家。开元二十三年（735）册封为寿王（玄宗之子瑁）妃。二十八年（740）玄宗使她为道士，住太真宫，因号太真。天宝四载（745）七月，召还俗，立为贵妃。

[5] "养在"句：故意为唐玄宗的行为隐讳。

[6] 六宫：后妃住处。粉黛：这里代指妃嫔。无颜色：指与贵妃相比相形见绌。

[7] 华清池：开元十一年（723）建温泉宫于骊山，天宝六载（747）改名华清宫，温泉池也改名华清池。

[8] 凝脂：形容皮肤白嫩而柔滑。

[9] 新：刚刚。承恩泽：指得到皇帝的宠爱。

[10] 金步摇：首饰名，用金银丝宛转屈曲制成花枝形状，上缀珠玉，插在发髻上，随人步行而摇摆，故名。

[11] "姊妹"句：指杨氏一家。杨玉环受封后，其大姐封韩国夫人，三姐封虢国夫人，八姐封秦国夫人。伯叔兄弟杨铦官鸿胪卿，杨锜官侍御史，杨钊赐名国忠，天宝十一载（752）为右丞相，故云"皆列土"（分封土地）。

[12] 可怜：可爱。

[13] "遂令"二句：意思是遂使传统的重男轻女的社会风气都改变了。据陈鸿《长恨歌传》记载，当时民间有歌谣说："生女勿悲酸，生男勿喜欢！""男不封侯女作妃，看女却为门上楣。"

[14] 渔阳：渔阳郡，郡治在今天津蓟县，当时属范阳节度使管辖。天宝十四载（755），安禄山于范阳起兵反。鼙（pí）鼓：古代军中用的小鼓，即骑鼓。

[15] 霓裳羽衣曲：唐代著名舞曲。据说杨贵妃很善舞此曲。

[16] 九重城阙：指京城。烟尘生：指发生战祸。

[17] 翠华：天子之旗，或云天子乘舆上所树的华盖，以翠鸟羽为饰。摇摇：道路坎坷、行役匆匆的样子。

[18] 六军：古指皇帝的羽林军。此指陈玄礼扈从军。明皇避乱入蜀，行至马嵬坡（在今陕西兴平西），军士哗变，杀杨国忠，逼明皇缢死杨贵妃。不发：不再前进，暗指哗变。

[19] 宛转：仓皇辗转。蛾眉：美女的代称，此处指杨贵妃。

[20] 花钿（diàn）：古代妇人所用的一种嵌金花的首饰。委地：丢弃在地上。

[21] "翠翘"句：指丢弃地上的各种头饰。翠翘，以翠羽为饰。金雀，以黄金为凤形的金钗。玉搔头，指玉簪。

[22] 云栈：高入云端的栈道。剑阁：在今四川剑阁县北，也叫剑门，即相对而立的大小剑山。

[23] 峨眉山：在四川峨眉西南，与唐玄宗幸蜀无关，因此山闻名遐迩，作者故意移作他用，以此渲染气氛。

[24] 行宫：皇帝外出时的住所。

[25] 天旋地转：指郭子仪等收复西京，时局好转。回龙驭：迎玄宗回长安。龙驭，皇帝车驾。

[26] 太液：太液池，在长安城东北大明宫北。未央：未央宫，在今陕西西安西北。唐时曾就汉宫原址加以修缮。

[27] 西宫：即太极宫，唐人称为西内，即隋之大兴宫，旧址在今陕西西安城北故宫城内，是唐朝最大的宫殿。上元二年（761），唐肃宗听宦官李辅国之言，将玄宗迁到西内

[28] 梨园弟子：指唐玄宗时供奉宫乐的歌舞艺人。
[29] 椒房：皇后的居所，以椒粉涂壁取其温暖，且辟恶气。阿监：宫内女官。青娥：年轻的宫女。
[30] 鸳鸯瓦：屋顶一俯一仰的瓦。
[31] 临邛（qióng）：今四川邛崃县。鸿都：东汉时洛阳城门，此借指长安。
[32] 辗转思：反复思念。
[33] 穷：尽，找遍的意思。碧落：道家称天空为碧落。黄泉：地下。
[34] 五云：五彩之云。
[35] 绰约：柔美的样子。仙子：仙女。
[36] 参差（cēn cī）是：仿佛就是。
[37] 金阙：此指神仙居处。金是美之之词。扃（jiōng）：门户。道教相传，天堂之一上清宫，左金阙，右玉扃。
[38] 小玉：吴王夫差女名。双成：董双成，相传是西王母的侍女。此处借喻太真的侍女。
[39] 九华帐：绣着各种华美图案的帷帐。
[40] 珠箔：珠帘。迤俪（yǐ lǐ）：连接不断。
[41] 新：刚刚。觉（jué）：睡醒。
[42] 袂（mèi）：衣袖。
[43] 泪阑干：泪下纵横的样子。
[44] 昭阳殿：汉宫殿名，汉成帝皇后赵飞燕居住过的地方，这里借指唐宫。
[45] 蓬莱宫：传说中海上仙山的宫殿，这里借指杨太真所住的仙境。
[46] 钿合：用珠宝和金丝镶嵌的盒子。合，通"盒"。
[47] "钗留"二句：古代钗形皆双股折腰，故折之则成两股。合有底盖，故分之则成两扇。意思是镶嵌有珠宝金丝的盒子各得一半。擘（bò），分剖。
[48] 长生殿：天宝元年（742）建造在华清宫内的祀神的斋宫。
[49] 比翼鸟：《尔雅·释地》："南方有比翼鸟焉，不比不飞，其名谓之鹣鹣。"比，并。
[50] 连理枝：两树的枝叶连生在一起。理，纹理。
[51] 绵绵：长久不绝的样子。

【题解】

这是一首以唐明皇和杨贵妃爱情悲剧为题材的长篇叙事诗。关于这首诗的主题，历来存在着重在讽谕，歌颂爱情及既是讽喻又有同情的"双重主题"等说法。诗人融合了古诗、乐府以及说唱艺术的特点，以优美的韵律，绚丽的词藻，平畅的语言，宛转曲折地向读者唱出了一曲富有神话色彩的悲歌。全诗叙事脉络分明，繁简得体，人物形象鲜明生动，尤其是对两人相思的描绘，无论写景还是写情,细腻传神,悱恻动人。通篇采用白描手法,充分体现出诗人语言艺术的造诣和功力。这首煌煌巨制是诗人的重要代表作之一,在当时就已广泛流传,奠定了诗人在中国文学发展史上的崇高地位。对后世小说、戏剧的发展也产生过巨大而深远的影响。

【集评】

[1] 乐天诗如《长恨歌》、《琵琶行》,皆所谓老妪解颐者也。然无一字不深入人情,而且刺心透髓,即少陵、长吉歌行皆不能及。所以然者,少陵、长吉虽能为情语,然犹兼才与学为之。凡情语一夹才学,终隔一层,便不能刺透心髓。乐天之妙,妙在全不用才学,一味以本色真切出之,所以感人最深。由是观之,则老妪解颐,谈何容易!(黄周星《唐诗快》)

[2] 香山诗名最著,及身已风行海内,李谪仙后一人而已……盖其得名,在《长恨歌》一篇。其事本易传,以易传之事,为绝妙之词,有声有情,可歌可泣,文人学士既叹为不可及,妇人女子亦喜闻而乐诵之。是以不胫而走,传遍天下。(赵翼《瓯北诗话》)

[3] 如此长篇,一气舒卷,时复风华掩映,非有绝世才力,未易道也。(高步瀛《唐宋诗举要》引吴北江语)

卖 炭 翁

卖炭翁,伐薪烧炭南山中。满面尘灰烟火色,两鬓苍苍十指黑。卖炭得钱何所营?身上衣裳口中食。可怜身上衣正单,心忧炭贱愿天寒。夜来城外一尺雪,晓驾炭车辗冰辙[1]。牛困人饥日已高,市南门外泥中歇[2]。翩翩两骑来是谁?黄衣使者白衫儿[3]。手把文书口称敕[4],回车叱牛牵向北[5]。一车炭重千余斤,宫使驱将惜不得。半匹红纱一丈绫,系向牛头充炭直[6]。

【注释】

[1] 辗:通"碾",滚轧。
[2] 市:唐代长安城有东西两市(商业区),各有四门。
[3] 黄衣使者:采办太监。白衫儿:太监的手下人。
[4] 敕:皇帝命令。
[5] 北:皇宫在市场之北。
[6] 直:通"值"。炭钱。

【题解】

此诗原列《新乐府》五十首中的第三十二首,原诗题下有序云:"苦宫市也。"宫市是中唐以后皇帝直接掠夺人民财物的一种方式,即由太监直接在集市上为宫中采购日用品时,常以低价强购,甚至不给分文,还向货主勒索"门户钱"和"脚价钱"。作者通过卖炭老翁的遭遇,揭露了宫市给广大人民带来的深重痛苦,对人物的复杂心理描摹得细腻真切,富有感染力。诗人只直书其事,不下断语,而其意自见。在白居易的讽喻诗中,是艺术性比较高的一首。

【集评】

[1] 直书其事,而其意自见,更不用著一断语。(清高宗弘历敕编《唐宋诗醇》)

琵琶行并序

元和十年,予左迁九江郡司马[1]。明年秋,送客湓浦口[2],闻舟中夜弹琵琶者。听其音,铮铮然有京都声[3]。问其人,本长安倡女,尝学琵琶于穆、曹二善才[4]。年长色衰,委身为贾人妇[5]。遂命酒,使快弹数曲,曲罢悯默[6]。自叙少小时欢乐事,今漂沦憔悴,转徙于江湖间。予出官二年,恬然自安;感斯人言,是夕始觉有迁谪意,因为长句,歌以赠之,凡六百一十二言[7],命曰《琵琶行》。

浔阳江头夜送客[8],枫叶荻花秋瑟瑟[9]。主人下马客在船,举酒欲饮无管弦。醉不成欢惨将别,别时茫茫江浸月。忽闻水上琵琶声,主人忘归客不发。寻声暗问弹者谁,琵琶声停欲语迟。移船相近邀相见,添酒回灯重开宴[10]。千呼万唤始出来,犹抱琵琶半遮面。转轴拨弦三两声[11],未成曲调先有情。弦弦掩抑声声思[12],似诉平生不得志。低眉信手续续弹,说尽心中无限事。轻拢慢捻抹复挑[13],初为霓裳后绿腰[14]。大弦嘈嘈如急雨[15],小弦切切如私语[16]。嘈嘈切切错杂弹[17],大珠小珠落玉盘。间关莺语花底滑[18],幽咽泉流冰下难[19]。水泉冷涩弦凝绝,凝绝不通声暂歇。别有幽愁暗恨生,此时无声胜有声。银瓶乍破水浆迸,铁骑突出刀枪鸣[20]。曲终收拨当心画[21],四弦一声如裂帛。东船西舫悄无言,唯见江心秋月白。沉吟放拨插弦中,整顿衣裳起敛容[22]。自言本是京城女,家在虾蟆陵下住[23]。十三学得琵琶成,名属教坊第一部[24]。曲罢曾教善才伏,妆成每被秋娘妒[25]。五陵年少争缠头[26]，一曲红绡不知数[27]。钿头云篦击节碎[28]，血色罗裙翻酒污。今年欢笑复明年，秋月春风等闲度。弟走从军阿姨死，暮去朝来颜色故。门前冷落车马稀，老大嫁作商人妇。商人重利轻别离，前月浮梁买茶去[29]。去来江口守空船，绕船月明江水寒。夜深忽梦少年事，梦啼妆泪红阑干[30]。我闻琵琶已叹息，又闻此语重唧唧[31]。同是天涯沦落人，相逢何必曾相识！我从去年辞帝京，谪居卧病浔阳城。浔阳地僻无音乐，终岁不闻丝竹声。住近湓江地低湿，黄芦苦竹绕宅生。其间旦暮闻何物？杜鹃啼血猿哀鸣。春江花朝秋月夜，往往取酒还独倾。岂无山歌与村笛，呕哑嘲哳难为听[32]。今夜闻君琵琶语，如听仙乐耳暂明。莫辞更坐弹一曲，为君翻作琵琶行[33]。感我此言良久立，却坐促弦弦转急[34]。凄凄不似向前声，满座重闻皆掩泣。座中泣下谁最多？江州司马青衫湿[35]。

【注释】

[1] 左迁：即降职。九江郡：隋郡名，天宝元年（742）改为浔阳郡，乾元元年（758）复改江州，州治在今江西省九江。司马：官名，州刺史的副职。在唐代已成为闲职。

[2] 湓（pén）浦口：即湓口，在九江西湓水入江处。

[3] 京都声：京城流行的声调。

[4] 善才：对琵琶师的称呼。

[5] 委身：托身。贾（gǔ）人：商人。

[6] 悯默：含愁不语的样子。

[7] 六百一十二言：实为二百一十六言。

[8] 浔阳江：流经九江境内的长江。

[9] 瑟瑟：风吹草木声。

[10] 回灯：重新张灯。

[11] 转轴拨弦：将琵琶上缠绕丝弦的轴，拧动以调音定调。三两声：指试弹几声。

[12] 掩抑：指幽咽的情调。思（sī）：悲思。

[13] 拢：叩弦。撚（niǎn）：揉弦。抹：顺手下拨。挑：反手回拨。四种都是弹琵琶的指法，前二者用左手，后二者用右手。

[14] 霓裳：指《霓裳羽衣曲》。绿腰：即《录要》，当时京城流行的曲调。

[15] 大弦：指最粗的弦。

[16] 小弦：指细弦。

[17] 嘈嘈：形容声音沉重而舒长。切切：形容声音细促而轻幽。

[18] 间（jiàn）关：鸟声宛转。滑：轻快流利。

[19] 幽咽：低沉阻塞。

[20] "银瓶"二句：意思是音乐在静寂之后突然发出激越雄壮的声音。

[21] 拨：弹弦的工具，形状略如薄斧头，一般用象牙、牛角等材料制作。当心画：即用拨子在琵琶的中部划过四弦，是结束全曲时常用的右手手法。

[22] 敛容：正容，表情端正。

[23] 虾蟆陵：在长安城东南曲江附近，是当时歌妓舞姬聚居之地。虾蟆为"下马"的讹音。

[24] 教坊：唐代官办管领音乐杂技、教练歌舞的机关。这里虽说"名属教坊第一部"，实际上仅是临时召入宫中演奏的外间歌舞妓。

[25] 秋娘：原是一位著名妓女的名字，后多泛指才貌双全的歌舞妓。

[26] 五陵年少：有钱有势人家的子弟。五陵在长安城外，汉代五个皇帝的陵墓，后来皇帝迁贵族于此，便成为阔人们居住的地方。缠头：以锦帛之类的财物送给歌舞的妓女叫做缠头。

[27] 绡（xiāo）：指精细轻柔的丝织品。

[28] 钿头云篦：镶嵌着花钿的篦子。击节：打拍子。

[29] 浮梁：唐属饶州，今江西浮梁县。是唐代茶叶的一大集散地。

[30] 红：指胭脂色。阑干：纵横的样子。

[31] 重：又。唧唧：叹息声。

[32] 呕（ōu）哑嘲（zhāo）哳（zhā）：形容声音杂乱繁碎。

[33] 翻：指按曲调写成歌词。

[34] 却坐：退回原处，重又坐下。

[35] 江州司马：当时诗人所任之职。青衫：按唐制，青是文官品级最低的服色。这时白居易虽为州司马，官阶却是将仕郎，从九品，所以着青衫。

【题解】

此诗作于元和十一年（816）江州司马任上。与《长恨歌》不同的是，通篇采用纪实的手法，通过描写一位琵琶女的身世和她卓绝的演奏才华，寄寓了作者本人仕途沦落的慨叹。作品结构缜密，风格朴素庄重，语言平畅自然。诗人精于音律，擅长描摹妇女心理情态的才华，在本诗中得到充分的展示。诗歌的最后部分有大段的议论，这也是本诗的独特之处。由于琵琶女身上有着作者的影子，因此诗人在作品中倾注的真情远远超过了《长恨歌》，而这正是这首诗歌获得成功的关键。但在历史上，《琵琶行》的地位和影响不及《长恨歌》，直到近代才获得更高的评价。

【集评】

[1] 香山《琵琶行》婉折周详，有意到笔随之妙，篇中句亦警拔。音节靡靡，是其一生短处，非独是诗也。（黄子云《野鸿诗的》）

[2] 满腔迁谪之感，借商妇以发之，有同病相怜之意焉。比兴相纬，寄

托遥深,其意微以显,其音哀以思,其辞丽以则。(清高宗弘历敕编《唐宋诗醇》)

钱塘湖春行[1]

孤山寺北贾亭西[2],水面初平云脚低[3]。几处早莺争暖树,谁家新燕啄春泥。乱花渐欲迷人眼,浅草才能没马蹄。最爱湖东行不足,绿杨阴里白沙堤[4]。

【注释】

[1] 钱塘湖:即西湖。
[2] 孤山寺:孤山在西湖后湖与外湖之间,山上有孤山寺,陈文帝天嘉(560—566)初年建。贾亭:一名贾公亭。贾全为杭州刺史时建造。
[3] 云脚:指出现在雨前或雨后的临近地面游动的云气。
[4] 白沙堤:即白堤,又称沙堤或断桥堤,在杭州西城外,沿堤向西南行直通孤山。

【题解】

这首诗作于长庆三年(823)诗人任杭州刺史时,是描写苏、杭景色的名篇,笔触舒展流畅,风格清新明快。首二句点题,中间两联以早莺、新燕、乱花、浅草等景物勾勒出一幅生机盎然的江南早春图,末二句稍作议论,展示了诗人愉快的心境和悠然自得的情调。白氏写景同类作品中,都常有类似的结构和句式,因而此诗在艺术上也具有代表性。

【集评】

[1] 首领笔,言自孤山北贾亭西行起,下五句历写绕湖行处春景,七、八以行不到之湖东结,遥望犹有余情。(杨逢春《唐诗绎》)

大林寺桃花

人间四月芳菲尽[1],山寺桃花始盛开[2]。长恨春归无觅处,不知转入此中来。

【注释】

[1] 芳菲:花。

[2]"山寺"句：作者《游大林寺序》说大林寺处于深山之中，节候偏晚，"于是孟夏月，如正二月天，梨桃始华"。

【题解】

此诗作于元和十二年（817）初夏诗人任江州司马时。大林寺在庐山香炉峰上，人迹罕至，作者偶游于此，发现了盛开的桃花，不禁喜出望外。诗用对比和拟人的手法，把春天写得活灵活现，活泼可爱，表现了诗人的惊喜之情和对春天的热爱留恋。诗写的是山里春来迟这一自然现象，然而其中也未始不蕴含着他对于人事的某些感触。平淡清新而饶有趣味，正是这首小诗的魅力所在。

暮 江 吟

一道残阳铺水中，半江瑟瑟半江红[1]。可怜九月初三夜[2]，露似真珠月似弓。

【注释】

[1]"半江"句：在夕阳斜照下，江水背阴的半边为青色，向阳的半边为红色。瑟瑟，宝玉名，其色碧青。

[2]可怜：可爱。

【题解】

此是一首江边即景小诗。前两句写夕阳西下时江上迷人的景色，后两句以通俗贴切的比喻描绘了月出之后明净的江天。画面生动，格调清新，情趣天然，所创造的意境非寻常雕章琢句可比。故被后人誉为"着色秋江图"。

【集评】

[1]诗有丰韵。言"残阳铺水"，半江之碧，如"瑟瑟"之色；"半江红"，日所映也。可谓工微入画。（杨慎《升庵诗话》）

忆 江 南[1]

江南好，风景旧曾谙[2]。日出江花红胜火，春来江水绿如蓝[3]。能不忆江南？

【注释】

[1] 忆江南：词牌名，白居易于调名下自注："此曲亦名《谢秋娘》，每首五句。"

[2] "风景"句：白居易于穆宗长庆二年（822）至敬宗宝历二年（826）先后任杭州、苏州刺史，在江南生活了四年多，故有此说。谙（ān），熟悉。

[3] 蓝：蓝草，可制作青蓝色的颜料。

【题解】

本题共三首，这里选的是第一首，以明丽的色彩，生动描绘出江南风光的美丽和绮丽多姿，抒发了对江南的热爱和留恋。因作者有游宦苏州、杭州的经历，故而写来深情贯注，洋溢浓郁的生活气息。

【参考书】

[1]《白居易诗选》，顾学颉、周汝昌选注，人民文学出版社1963年版。

[2]《白居易集》，顾学颉点校，中华书局1979年版。

柳宗元

柳宗元（773－819），字子厚，河东（今山西永济）人，世称"柳河东"。贞元九年（793）登进士第，授秘书省校书郎，调蓝田尉，十九年升监察御史里行。二十一年擢升礼部员外郎，参加王叔文革新集团，"永贞革新"失败，被贬永州（今属湖南）司马。十年后迁为柳州（今属广西）刺史，故又称"柳柳州"。病死任上。柳宗元与韩愈共同倡导了古文运动，并称"韩柳"，为"唐宋八大家"之一。其诗内容广泛，风格多样，尤其是山水记游之作，与韦应物并称"韦柳"。风格清峭疏淡，自成一格。有《柳河东集》。

渔　翁

渔翁夜傍西岩宿[1]，晓汲清湘燃楚竹[2]。烟销日出不见人，欸乃一声山水绿[3]。回看天际下中流[4]，岩上无心云相逐[5]。

（《全唐诗》，彭定求等编纂，中华书局1960年版。下同）

【注释】

[1] 西岩：即永州的西山，作者另有《始得西山宴游记》。

[2] 清湘：澄清的湘水。湘水源于广西，流经永州。楚竹：湘妃竹。据《述异记》："舜南巡，葬于苍梧，尧之二女娥皇、女英泪下沾竹，文悉为之斑。"

[3] 欸（ǎi）乃一声：即渔歌一声。唐时民间有《欸乃曲》。欸乃，行舟摇橹声。

[4] "回看"句：船下中流之后，回看西岩，远在天际。

[5] "岩上"句：白云悠闲地在岩上互相追逐。

【题解】

此诗作于柳宗元贬永州后，诗人借歌咏隐居在山水之间的渔父，寄托自己避世绝俗、清高孤傲的情感，抒发自己在政治上失意的郁闷烦愁。全诗意境清幽，颇有奇趣。结末余韵悠然，耐人涵咏。

【集评】

[1] 东坡云，诗以奇趣为宗，反常合道为趣。熟味此诗，有奇趣，然其尾两句，虽不必亦可。（惠洪《冷斋夜话》）

江　雪

千山鸟飞绝，万径人踪灭[1]。孤舟蓑笠翁[2]，独钓寒江雪。

【注释】

[1] 人踪灭：行人绝迹。

[2] 蓑笠翁：披蓑衣、戴斗笠的钓鱼人。

【题解】

此诗作于贬于永州时期，诗人描绘了一幅栩栩如生的寒江风雪图。诗中广袤寂寥的冰雪世界，显然寄托了作者内心的孤凄，而那个在茫茫风雪中顽强垂钓的渔翁，正是作者身处逆境不甘屈服倔强抗争的精神写照。诗境幽僻冷清，风格峻洁奇峭。

【集评】

[1] 唐人五言四句，除柳子厚钓雪一诗之外，极少佳者。（范晞文《对床夜语》）

[2] 江寒而鱼伏，岂钓之可得？彼老翁独何为稳坐孤舟风雪中乎？世态炎凉，宦情孤冷，如钓寒江之鱼，终无所得。子厚以自寓也。（王尧衢《唐诗

合解笺注》)

登柳州城楼寄漳汀封连四州[1]

城上高楼接大荒[2]，海天愁思正茫茫[3]。惊风乱飐芙蓉水[4]，密雨斜侵薜荔墙[5]。岭树重遮千里目[6]，江流曲似九回肠[7]。共来百越文身地[8]，犹自音书滞一乡[9]。

【注释】

[1] 柳州：今广西柳州市。漳汀封连四州：指漳州（今属福建）、汀州（治所在今属福建长汀）、封州（治所在今广东封开）、连州（治所在今广东连州）。作者与刘禹锡、韩泰、韩晔、陈谏等人因同属王叔文集团而遭贬，元和十年他们五人一同奉诏进京。由于朝中有人反对，不久又都外调，分别改官柳州、连州、汀州、漳州、封州刺史。

[2] 接：连接。大荒：旷远荒僻之地。

[3] 海天愁思（sī）：像大海苍天一般的无边无际的愁绪。

[4] 惊风：急风。飐（zhǎn）：吹动。芙蓉：荷花。

[5] 薜荔（bì lì）：一种蔓生灌木。

[6] 重（chóng）遮：层层遮住。千里目：指远眺的视线。

[7] 江：指柳江。九回肠：形容愁肠九转。司马迁《报任安书》："肠一日而九回。"

[8] 百越：五岭以南少数民族的统称。文身：在身上刺花纹。

[9] 犹自：仍然是。音书：音讯。滞：阻隔。

【题解】

这首诗是唐宪宗元和十年（815）夏柳宗元初任柳州刺史时所作。通过登楼远望，抒发了诗人离乡别友的悲苦和对挚友的深情怀念。此诗赋中有比，虚实相生，情景交融，悲愤沉郁，具有强烈的感染力。作者善于将宏阔的境界与萧瑟的景物交织在一起，抒发迁谪的悲愤抑郁和去国怀乡的情思，此诗充分体现了这一特点。

【集评】

[1] 惊风密雨，言在此而意不在此。（沈德潜《唐诗别裁》）

[2] 一起意境阔远，倒摄四州，有神无迹。通篇情景俱包得起。三四赋中之比，不露痕迹。旧说谓借寓震撼危疑之意，好不着相。（纪昀《瀛奎律髓刊误》）

与浩初上人同看山寄京华亲故[1]

海畔尖山似剑铓,秋来处处割愁肠。若为化得身千亿,散上峰头望故乡。

【注释】

[1] 浩初上人:潭州(治所在今湖南长沙)人。自临贺(县治在今广西贺州东南)至柳州见作者。上人,对僧人的尊称。

【题解】

此诗作于柳州刺史任上,抒发了诗人思念京华和亲故的痛苦心情。失败的悲愤和被贬的怨艾始终萦绕在柳宗元的心头,不可遏制的情感,无法排遣的乡愁,借出人意表的想象和夸张抒发出来,产生了强烈的艺术效果。全诗思苦语奇,动人心魄。

别舍弟宗一

零落残魂倍黯然[1],双垂别泪越江边[2]。一身去国六千里,万死投荒十二年[3]。桂岭瘴来云似墨,洞庭春尽水如天[4]。欲知此后相思梦,长在荆门郢树烟[5]。

【注释】

[1] 零落残魂:指受尽摧残打击,空虚而无着落的精神状态。魂,一作"红"。黯然:形容离别时的感伤情绪。

[2] 越江,即粤江,珠江的别名。这里指柳江——珠江主源西江的支流。

[3] "一身"二句:是说自己离开京都,被贬到荒远之地。去国与投荒为互文,柳宗元永贞元年被贬柳州,到写此诗时,正好十二个年头。据《旧唐书·地理志》载,柳州去京师五千四百七十里,此言六千里,乃是概数。

[4] "桂岭"二句:上句写自己相送处柳州之景可怖,下句写从弟所去之处风景迷人,从而引出后两句。桂岭:或是泛指柳州一带的山岭。瘴,瘴气。

[5] "欲知"二句:是拟想别后的相思愁情。荆门,山名,在今湖北宜都西北。郢,江陵,也可作楚地的代称。烟,形容距离遥远,极目微茫。

【题解】

元和十一年(816),柳宗元的从弟宗一由柳州北上湖北时,他写了这首送别诗。既迁谪他乡,又客中送别,故倍觉黯然。全诗苍茫劲健,雄浑阔远,感情浓烈，对舍弟宗一的难舍之情中，寓含着作者郁郁不得志的悲愤之情。

捕蛇者说[1]

　　永州之野产异蛇[2]，黑质而白章[3]，触草木，尽死；以啮人[4]，无御之者。然得而腊之以为饵[5]，可以已大风、挛踠、瘘、疠[6]，去死肌[7]，杀三虫。其始，太医以王命聚之[8]，岁赋其二。募有能捕之者[9]，当其租入，永之人争奔走焉。

　　有蒋氏者，专其利三世矣[10]。问之，则曰："吾祖死于是，吾父死于是，今吾嗣为之十二年，几死者数矣[11]。"言之，貌若甚戚者[12]。

　　余悲之，且曰："若毒之乎[13]？余将告于莅事者[14]，更若役，复若赋，则何如？"

　　蒋氏大戚，汪然出涕曰："君将哀而生之乎[15]？则吾斯役之不幸，未若复吾赋不幸之甚也。向吾不为斯役[16]，则久已病矣。自吾氏三世居是乡，积于今六十岁矣，而乡邻之生日蹙[17]。殚其地之出，竭其庐之入，号呼而转徙[18]，饥渴而顿踣，触风雨，犯寒暑，呼嘘毒疠[19]，往往而死者相藉也。曩与吾祖居者[20]，今其室十无一焉；与吾父居者，今其室十无二三焉；与吾居十二年者，今其室十无四五焉。非死则徙尔，而吾以捕蛇独存。悍吏之来吾乡，叫嚣乎东西，隳突乎南北[21]，哗然而骇者，虽鸡狗不得宁焉。吾恂恂而起[22]，视其缶，而吾蛇尚存，则弛然而卧。谨食之[23]，时而献焉。退而甘食其土之有[24]，以尽吾齿。盖一岁之犯死者二焉。其余则熙熙而乐，岂若吾乡邻之旦旦有是哉！今虽死乎此，比吾乡邻之死则已后矣，又安敢毒耶？"

　　余闻而愈悲。孔子曰："苛政猛于虎也[25]。"吾尝疑乎是。今以蒋氏观之，犹信。呜呼！孰知赋敛之毒，有甚是蛇者乎！故为之说，以俟夫观人风者得焉[26]。

【注释】

　　[1]"说"是一种文体，刘勰《文心雕龙·论说第十八》："说者，悦也。"即"说"这种文体重在动人，要说得动听，与重在发挥理论的"论"不同。

　　[2]永州：州治在今湖南永州。唐顺宗永贞元年（805），作者被贬为永州司马，前后九年。

　　[3]黑质：（蛇的）本体为黑色。白章：花纹为白色。

　　[4]啮（niè）：咬。下文"无御之者"，无药可以救治。

　　[5]腊（xī）：干肉，做成干肉。饵：这里指药。

　　[6]已：止，治愈。大风：麻风病。挛（luán）踠（wǎn）：手足痉挛症。

[7] 死肌：腐肉。下文"三虫"，寄生虫，如蛔虫等。
[8] 聚之：征集这种蛇。下文"岁赋其二"，每年征缴两次。
[9] 募：招募。下句说以贡蛇替代纳税。
[10] 专其利：专享以蛇代税的好处。
[11] 几（jī）死：几乎死去（被蛇咬死）。数（shuò）：多次。
[12] 貌若甚戚：表情似乎很伤感。
[13] 若毒之乎：你苦于这差使吗？若，你。毒，痛恨，以为苦。
[14] 莅（lì）事者：主管官员。莅，临。下文"更"，换。"复"，恢复。
[15] 生之：让我活下去。下文"斯役"，捕蛇之事。
[16] 向：以前。下文"病"，陷入困境。
[17] 生：生计。日蹙（cù）：一天天窘迫艰难。
[18] 转徙：迁徙流亡。下文"顿踣（bó）"，劳累得倒下去。踣，仆倒。
[19] 毒疠：有毒的瘴疠之气。下文"相藉"，相互压着。
[20] 曩（nǎng）：以前。下文"室"，家。
[21] "叫嚣"二句：至处乱叫乱闯，大肆骚扰。隳（huī），毁坏。
[22] 恂恂：担心貌。下文"弛然"，放松貌。
[23] 食（sì）：给吃，喂养。下文"时"，按照期限。
[24] 其土之有：自己土地的出产。下文"齿"，年寿。
[25] "苛政"句：见《礼记·檀弓》。
[26] 俟：等待。人风：民风。为避李世民讳，改民为人。

【题解】

本文作于柳宗元贬居永州时期，通过捕蛇者蒋氏对捕蛇与纳赋亲身感受的对比，描绘了安史之乱以后繁重的赋税造成人民家破人亡的现实，形象说明了苛政猛于虎毒于蛇的道理。通过捕蛇者蒋氏的具体感受来写，使文章生动，富有感染力；蛇之毒与赋敛之毒多方比照，增加了说服力。语言朴实自然，简短而有力，与韩愈散文好以奇句长句表达复杂的思想蕴涵风格不同。

【集评】

[1] 前极言捕蛇之害，后说赋敛之毒，反以捕蛇之乐形出。作文须如此顿跌。（沈德潜《唐宋八大家文读本》卷七）

[2] "永州"三段，是言蛇之毒；"予悲"三段，是言赋敛之毒甚是蛇。言蛇之毒处，说得十分惨；则言赋敛之毒甚是蛇处，更惨不可言。文妙在将蛇之毒，及赋敛之毒甚是蛇，俱从捕蛇者口中说出。末只引孔子语作证，用"孰知"句点眼。在作者口中，绝无多语。立言之巧，亦即结构之精。末说到"俟观人风者得焉"，足见此说，关系不小。（余诚《重订古文释义新编》卷

八)

[3] 作者意中,先有"苛政猛于虎"句,因借捕蛇立说,想出一"毒"字,为通篇发论之根。或从捕蛇之毒,形出供赋之尤毒;或极言供赋之毒,见得捕蛇之毒尚不至是。至说到捕蛇虽毒,形以供赋之毒亦不敢以为毒,则用意更深更惨。至其抑扬唱叹,曲折低徊,情致正复缠绵也。中间两段,将供赋捕蛇,或对勘,或互说,颠倒顺逆,用笔固极变化,而题意亦透发无余矣。至其前后伏笔,及呼应收束,亦一字不苟。"毒"字为通篇眼目。(朱宗洛《古文一隅》卷中)

始得西山宴游记[1]

自余为僇人[2],居是州,恒惴栗。其隟也[3],则施施而行,漫漫而游,日与其徒上高山[4],入深林,穷回溪[5],幽泉怪石,无远不到。到则披草而坐,倾壶而醉;醉则更相枕以卧,卧而梦,意有所极,梦亦同趣[6];觉而起,起而归。以为凡是州之山水有异态者,皆我有也,而未始知西山之怪特。

今年九月二十八日,因坐法华西亭[7],望西山,始指异之[8]。遂命仆人过湘江,缘染溪[9],斫榛莽[10],焚茅茷,穷山之高而止。攀援而登,箕踞而遨[11],则凡数州之土壤[12],皆在衽席之下。其高下之势,岈然洼然[13],若垤若穴[14],尺寸千里,攒蹙累积,莫得遁隐[15]。萦青缭白[16],外与天际,四望如一。然后知是山之特立,不与培塿为类[17]。悠悠乎与颢气俱[18],而莫得其涯;洋洋乎与造物者游[19],而不知其所穷。引觞满酌,颓然就醉,不知日之入。苍然暮色,自远而至;至无所见,而犹不欲归。心凝形释[20],与万化冥合。然后知吾向之未始游,游于是乎始。故为之文以志。

是岁,元和四年也。

【注释】

[1] 西山:在永州治所零陵(今湖南永州)。"县西隔河二里,自朝阳岩起至黄茅岭北,长亘数里,皆西山也。"(《零陵县志》)

[2] 僇(lù)人:犹言罪人。僇,通"戮"。下文"是",此。恒惴栗,常常忧惧不安。

[3] 隟:闲暇之时。下文"施(yí)施(yí)",徐行貌。

[4] 徒:友朋,同伴。

[5] 穷回溪:穷尽迂回曲折的溪流。

[6] "意有"二句:凡是心意所能达到的,做的梦也趣味相同。

[7] 法华西亭：法华寺（在零陵县城东山）中的亭子，柳宗元所建。

[8] 指异之：指点西山，觉着奇异。

[9] 缘：循，顺着。染溪：一作冉溪，在县之西南，柳宗元更名愚溪，作《愚溪诗序》。

[10] 斫榛莽：砍伐荒芜丛生的草木。下文"茅茷（fá）"，指茅草，茷，草叶茂盛。

[11] 箕踞：两腿分开向前伸直的坐姿，有如簸箕状。可以表示放肆，亦可表示闲散随意。此指后者。遨：本是遨游，此指纵目四望。

[12] 土壤：土地。下文"衽席"，卧席。此指座席。

[13] 岈（xiā）然：山深貌。洼然：低洼貌。

[14] 垤（dié）：蚁冢。蚂蚁做窝时堆在洞穴外的小土堆。

[15] "尺寸"三句：意谓攒集重叠的景物，尽收眼底（"莫得遁隐"），看似尺寸之间，实则或远在千里之外。

[16] 萦青缭白：青山白水互相交错缭绕。下文"际"，合。

[17] 培塿（pǒu lǒu）：小土丘。

[18] "悠悠"句：从容闲适地与大自然之气在一起。

[19] "洋洋"句：飘飘然地与造物主一起遨游。

[20] 心凝形释：心神专一而身形放松。下句说，身心与万物浑然融合为一体。

【题解】

柳宗元贬为永州司马前后9年，有名作《永州八记》，本篇与下篇均作于元和四年（809）。第一段写未得西山时之游，已经心满意足，"以为凡是州之山有异态者皆我有也。"第二段写"始得"西山之游，这才发现天底下有如此妙不可言的山水，用生动的语言叙述游宴的经过，突出山势的特立高爽，描绘景色的既壮观又幽美；尤其值得注意的是用夸张的手法写游宴中的心胸与心绪：心胸是豁然开朗的，乃至数州之土地，尽在视野之中。而心绪却是恬静的，闲适的，物我相融的，乃至"悠悠乎与灏气俱"，"洋洋乎与造物者游"。以弘扬儒道为己任的古文大师，也可以《庄子》书中获得灵感，用以排解仕途失意贬居僻地的内心抑郁与苦闷。

【集评】

[1] 公之探奇，所向若神助。（茅坤《唐宋八大家文钞》卷二十三）

[2] 全在"始得"二字着笔。语语指划如画。千载而下，读之如置身于其际，非得游中三昧，不能道只字。（林云铭《古文析义》卷十三）

至小丘西小石潭记

从小丘西行百二十步，隔篁竹[1]，闻水声，如鸣佩环[2]，心乐之。伐竹取道，下见小潭，水尤清冽[3]。全石以为底[4]，近岸，卷石底以出，为坻，为屿，为嵁，为岩[5]。青树翠蔓，蒙络摇缀[6]，参差披拂。潭中鱼可百许头，皆若空游无所依。日光下澈[7]，影布石上，怡然不动[8]，俶尔远逝[9]，往来翕忽[10]，似与游者相乐。

潭西南而望，斗折蛇行，明灭可见。其岸势犬牙差互，不可知其源。

坐潭上，四面竹树环合，寂寥无人，凄神寒骨，悄怆幽邃[11]。以其境过清，不可久居，乃记之而去。

同游者：吴武陵、龚古、余弟宗玄[12]。隶而从者[13]，崔氏二小生[14]：曰恕己[15]，曰奉壹。

（《唐代文选》，孙望、郁贤皓主编，江苏古籍出版社1994年版。下同）

【注释】

[1] 篁（huáng）竹：丛竹。篁，泛指竹子。
[2] 佩环：古代人系在衣带上做装饰用的玉，行动时发出声音。
[3] 清冽（liè）：清澄寒凉。
[4] "全石"句：意思是潭底是由整块石头构成。
[5] "为坻（chí）"四句：意思是显露在水面上的石块形状各异。坻，水中的小洲或高地。屿，水中小山。嵁（kān），不平的岩石。
[6] 蒙络：青藤缠绕树木的样子。摇缀：藤蔓垂挂的样子。
[7] 澈：透过。
[8] 怡然：愉悦的样子。
[9] 俶（chù）尔：突然。
[10] 翕（xī）忽：迅疾的样子。
[11] 悄怆幽邃：凄冷幽深。
[12] 吴武陵：作者之友，信州〈今江西上饶〉人，时亦被谪永州。龚古：生平未详。宗玄：作者从弟。
[13] 隶：依附。
[14] 恕己：与奉壹同为作者姐夫崔简之子。

【题解】

本篇是《永州八记》的第四篇，作者用精妙的比喻和拟人的手法，生动描绘了小石潭清幽美妙的景色，抒发了作者被贬失意的孤寂凄凉的心情。文章篇幅短小，笔墨简练洁净，写游鱼一节虚实相生、动静相映、体物工细，极为精彩。

【集评】

[1]《小石潭记》，极短篇，不过百许字，亦无特别风景可以出色，始终写水竹凄清之景而已。而前言"心乐"，中言潭中鱼与游者相乐；后"凄神寒骨"，理似相反，然乐而生悲，游者常情。大而汾水，小而兰亭，此物此志也。其写鱼云："潭中鱼可百许头……往来翕忽。"工于写鱼，工于写水之清也。（陈衍《石遗室论文》）

答韦中立论师道书[1]

二十一日，宗元白：辱书云[2]：欲相师。仆道不笃[3]，业甚浅近，环顾其中[4]，未见可师者。虽常好言论，为文章，甚不自是也。不意吾子自京师来蛮夷间[5]，乃幸见取。仆自卜固无取[6]，假令有取，亦不敢为人师。为众人师且不敢[7]，况敢为吾子师乎！

孟子称"人之患在好为人师[8]"。由魏晋氏以下，人益不事师。今之世不闻有师；有，辄哗笑之以为狂人。独韩愈奋不顾流俗，犯笑侮，收召后学，作《师说》，因抗颜而为师[9]。世果群怪聚骂，指目牵引，而增与为言辞[10]。愈以是得狂名，居长安，炊不暇熟[11]，又挈挈而东，如是者数矣。屈子赋曰："邑犬群吠，吠所怪也[12]。"仆往闻庸蜀之南[13]，恒雨少日，日出则犬吠，余以为过言。前六七年，仆来南。二年冬[14]，幸大雪逾岭被南越中数州[15]，数州之犬皆苍黄吠噬，狂走者累日，至无雪乃已。然后始信前所闻者。今韩愈既自以为蜀之日[16]，而吾子又欲使吾为越之雪，不以病乎[17]？非独见病，亦以病吾子。然雪与日岂有过哉！顾吠者犬耳！度今天下不吠者几人？而谁敢炫怪于群目，以召闹取怒乎？

仆自谪过以来，益少志虑，居南中九年，增脚气病，渐不喜闹，岂可使呶呶者早暮咈吾耳骚吾心[18]，则固僵仆烦愦，愈不可过矣。平居望外遭齿舌不少[19]，独欠为人师耳。抑又闻之，古者重冠礼[20]，将以责成人之道，是圣人所尤用心者也。数百年来，人不复行。近有孙昌胤者[21]，独发愤行之。既成礼，明日造朝，至外庭，荐笏言于卿士曰[22]："某子冠毕。"应之者咸怃然。京兆尹郑叔则怫然曳笏却立[23]，曰："何预我耶[24]！"廷中皆大笑。天下不以非郑尹而快孙子[25]，何哉！独为所不为也。今之命师者[26]，大类此。

吾子行厚而辞深，凡所作，皆恢恢然有古人形貌，虽仆敢为师，亦何所增加也。假而以仆年先吾子[27]，闻道著书之日不后，诚欲往来言所闻，则仆固愿悉陈中所得者[28]，吾子苟自择之，取某事，去某事，则可矣。若定是非以教吾子，仆材不足，而又畏前所陈者[29]，其为不敢也决矣。吾子前所欲见吾文，既悉以陈之，非以耀明于子，聊欲以观子气色诚好恶何如也[30]。今书来，言者皆大过。吾子诚非佞誉诬谀之徒，直见爱甚[31]，故然耳。

始吾幼且少，为文章，以辞为工；及长，乃知文者以明道。是固不苟为炳炳烺烺[32]，务采色，夸声音，而以为能也。凡吾所陈，皆自谓近道，而不知道之果近乎？远乎？吾子好道而可吾文，或者其于道不远矣。故吾每为文章，未尝敢以轻心掉之，惧其剽而不留也[33]；未尝敢以怠心易之[34]，惧其弛而不严也；未尝敢以昏气出之[35]，惧其昧没而杂也；未尝敢以矜气作之[36]，惧其偃蹇而骄也。抑之欲其奥，扬之欲其明，疏之欲其通，廉之欲其节[37]，激而发之欲其清，固而存之欲其重[38]。此吾所以羽翼夫道也[39]。本之《书》以求其质[40]，本之《诗》以求其恒，本之《礼》以求其宜，本之《春秋》以求其断，本之《易》以求其动。此吾所以取道之原也[41]。参之《谷梁》氏以厉其气[42]，参之《孟》、《荀》以畅其支，参之《庄》、《老》以肆其端，参之《国语》以博其趣，参之《离骚》以致其幽，参之太史公以著其洁。此吾所以旁推交通而以为之文也。凡若此者，果是耶？非耶？有取乎？抑其无取乎？吾子幸观焉择焉，有馀以告焉[43]。

苟亟来以广是道[44]，子不有得焉，则我得矣，又何以师云尔哉[45]！取其实而去其名，无招越蜀吠怪，而为外廷所笑，则幸矣。宗元白。

【注释】

[1] 韦中立：宪宗元和十四年（819）进士。此前曾致书柳宗元，欲以柳为师。柳宗元以此书作答，当在元和八年（813）贬居永州时。

[2] 辱书：承蒙来信。辱，谦词。

[3] 仆道不笃：我的道行修养不深厚。仆，自称之谦词。下文"业"，术业，学业。

[4] 中：内心。此指内心之所有（即"道"与"业"）。

[5] 吾子：指韦中立。子，敬称。加"吾"，表亲切。下文"见取"，被你认为有可取之处，被看重。

[6] 卜：估计，度量。下文"假令"，即使。

[7] 众人：一般人。对韦中立而言。

[8] "人之"句：见《孟子·离娄上》。下文"魏晋氏"，曹氏之魏与司马氏之晋。

[9] 抗颜：态度严正不屈。

[10] 增与：渲染，添枝加叶。

[11] 炊不暇熟：等不及饭做熟了。极言时间之短暂。下文"絮絮（qiè qiè）"，急切貌。"东"，向东。当指韩愈由长安至洛阳任国子祭酒分司东都（元和元年，806）。

[12] "邑犬"二句：见屈原《九章·怀沙》。邑，里邑，聚落。

[13] 庸蜀：泛指今四川。庸，本古国名。按，蜀犬吠日，比喻人之见识极为狭隘，

少见多怪。

　　[14] 二年：元和二年（807）。作者贬永州之第二年。作此书已是六七年之后。

　　[15] 逾岭：（大雪）越过五岭山脉。被：覆盖。南越：或作"南粤"，今两广地区，下文"苍黄"，慌张。

　　[16] 蜀之日：与下文"越之雪"，都因为少见而遭到犬吠。

　　[17] 不已病乎：（这）不非常令人担忧吗？已，过甚。病，忧虑，苦害。下两句说，这不只害了我等，也害了你。按，为人师者与以人为师都将受到"犬吠"。

　　[18] 呶呶（náo náo）：喧哗，多嘴多舌。咈（fú）：违逆。此处可理解为聒噪烦人。骚：干扰。下两句说，这就使得我浑身不自在，心烦意乱，愈加难以度日了。

　　[19] 望外：意料之外。遣齿舌：受到指责。

　　[20] 冠（guàn）礼：古代男子二十岁加冠（guān）之礼，表示成人。《礼记·典礼上》："二十曰弱，冠。"

　　[21] 孙昌胤：唐玄宗时进士，德宗贞元初在朝任职，六年（790），任秘书少监。

　　[22] 荐笏（hù）：将手版插进腰带。笏，大臣上朝时所持的手版。绅，腰带。卿士：官名。在周代为执政官，此泛指朝官。

　　[23] 京兆尹：官名。在唐代为国都（长安）行政长官。咈（fú）然：愤怒貌。曳（yè）：拖，拉。此处可理解为甩动。却立：退一步站定。

　　[24] 何预我耶：与我有什么相干！

　　[25] 非郑尹：以郑叔则的举动言辞为错误。快孙子：以孙昌胤的言行为快意。

　　[26] 命：称。下文"大类此"，非常类似上述情况（做对了的受到讥嘲，做得不对的无人非议）。

　　[27] 假而：假如。年先吾子：年龄长于你。下文"不后"，不在你之后。

　　[28] 中：心中，内心。

　　[29] 前所陈者：上文说到的为人师而遭到非议的现象。下文"决"，肯定无疑。

　　[30] "聊欲"句：大意谓只是想通过你读后的反应来判断我的文章是真好呢还是不好。气色，表情。诚，的确。

　　[31] 直见爱甚：只是过于爱我。

　　[32] 炳炳烺烺（lǎng lǎng）：光鲜灿烂。下两句说，追求辞采的华美，夸示音韵的和畅。

　　[33] 剽（piāo）而不留：轻快而不沉稳。

　　[34] 易：治，整。下文"驰而不严"，松散而不谨严。

　　[35] 昏气：昏愦之气。下文"昧没而杂"，晦暗而杂乱。

　　[36] 矜气：骄矜之气。下文"偃蹇"，傲慢。

　　[37] 廉：减省。节：简约。

　　[38] "激而"二句：大意谓激厉发扬使之明畅，集中且有所止留使之庄重。固，专一。存，止。

　　[39] 羽翼：辅佐。夫（fú）：指示词。

［40］质：质朴，实在。《尚书》文辞古朴，内容实在。下文"恒"，常，绵长。《诗经》意蕴深长。"宜"，合宜。三《礼》(《周礼》、《仪礼》、《礼记》)是规范言行使之合宜的。"断"，决断，《春秋》之褒贬决断，极为明确。"动"，变动。《周易》讲运动变化。

［41］取道之原：取益于大道的根本。按，儒道之本原即上述五经。

［42］参：参考，推详。《谷梁》：《春秋谷梁传》。厉其气：磨砺文笔。下文"畅其支"，使内容通达丰满。"肆其端"，使头绪恣肆开放。"博其趣"，使趣味广泛。"致其幽"，达到幽渺的境界。"太史公"，司马迁，"著其洁"，使文辞显出简洁。

［43］有馀以告：(如果你)有更多的读书心得，请告诉我。

［44］亟（qì）：屡屡。来：来信或来访。

［45］"子不"三句：大意谓也许你没有受益，反而是我得益呢，又何必称呼老师呢！

【题解】

本文是作者论"师"与论"文"的重要著作。第一段开宗明义，自己不敢为人师，尤不敢为"吾子"之师。第二、三段讲不敢为人师的原因，从他人说到自己，夹叙夹议，娓娓道来，态度平和，辞气舒缓；只有在讲到蜀犬吠日与越犬吠雪时，才说了句"然雪与日岂有过哉！顾吠者犬耳！"以近乎刻薄的话，一吐内心之愤懑。第四段隐含互为师友之意，亲切而又实在。第五段具体地全面地介绍自己明道与学文的经历与心得。兢兢业业地学文，是为了"羽翼夫道"；儒家五经是"取道之原"；诸子与《离骚》是"所以旁推交通而以为之文也"。这已经是在尽为师之道了。后一段，以"取其（师道）实而去其（师道）名"一语，平平收束。韩愈论师道，从正面讲（见《师说》），柳宗元论师道，主要从侧面讲，韩刚劲，柳委婉；但观点是一致的。他们如此重视师道，为的是文以明道，为的是创新文体，推动古文运动的发展。他们成功了。

【集评】

［1］前论师道，犹作谐谑语，后示为文根柢，倾囊倒箧而出之。辞师之名，示师之实，在（韦）中立之自得之耳。（沈德潜《唐宋八家文读本》卷七）

［2］体认命题，知是通论师道也。名不轻居，实堪共证；前带客气，后抉主根，以让为任。柳集中与韩匹敌之作。（浦起龙《古文眉诠》卷五十二）

［3］其前段"雪"、"日"、"冠礼"诸喻，把末世轻薄恶态，尽底描写，嬉笑怒骂，兼而有之。（林云铭《古文析义》卷十三）

段太尉逸事状[1]

太尉始为泾州刺史时[2]，汾阳王以副元帅居蒲[3]。王子晞为尚书[4]，领行营节度使[5]，寓军邠州，纵士卒无赖[6]。邠人偷嗜暴恶者[7]，率以货窜名军伍中，则肆志，吏不得问。日群行丐取于市[8]，不嗛，辄奋击折人手足，椎釜鬲瓮盎盈道上，袒臂徐去[9]，至撞杀孕妇人。邠宁节度使白孝德以王故[10]，戚不敢言。

太尉自州以状白府[11]，愿计事。至则曰："天子以生人付公理[12]，公见人被暴害，因恬然[13]。且大乱，若何？"孝德曰："愿奉教。"太尉曰："某为泾州[14]，甚适，少事。今不忍人无寇暴死[15]，以乱天子边事。公诚以都虞候命某者，能为公已乱[16]，使公之人不得害。"孝德曰："幸甚。"如太尉请。

既署一月，晞军士十七人入市取酒，又以刃刺酒翁[17]，坏酿器，酒流沟中。太尉列卒取十七人，皆断头注槊上，植市门外[18]。晞一营大噪，尽甲[19]。孝德震恐，召太尉曰："将奈何？"太尉曰："无伤也[20]，请辞于军。"孝德使数十人从太尉，太尉尽辞去。解佩刀，选老躄者一人持马[21]，至晞门下。甲者出，太尉笑且入，曰："杀一老卒，何甲也？吾戴吾头来矣。"甲者愕，因谕曰："尚书固负若属耶？副元帅固负若属耶？奈何欲以乱败郭氏！为白尚书，出听我言。"晞出见太尉。太尉曰："副元帅勋塞天地，当务始终。今尚书恣卒为暴，暴且乱，乱天子边，欲谁归罪？罪且及副元帅。今邠人恶子弟以货窜名军籍中，杀害人，如是不止，几日不大乱？大乱由尚书出，人皆曰尚书倚副元帅[22]，不戢士。然则，郭氏功名其与存者几何[23]？"言未毕，晞再拜曰："公幸教晞以道，恩甚大，愿奉军以从[24]。"顾叱左右曰："皆解甲，散还火伍中[25]，敢哗者死！"太尉曰："吾未晡食[26]，请假设草具。"既食，曰："吾疾作，愿留宿门下。"命持马者去，旦日来。遂卧军中。晞不解衣，戒候卒击柝卫太尉[27]。旦，俱至孝德所，谢不能[28]，请改过。邠州由是无祸。

先是[29]，太尉在泾州为营田官。泾大将焦令谌取人田，自占数十顷，给与农曰[30]："且熟，归我半。"是岁大旱，野无草，农以告谌。谌曰："我知入数而已，不知旱也。"督责益急，且饥死，无以偿，即告太尉。太尉判状[31]，辞甚巽，使人求谕谌。谌盛怒，召农者曰："我畏段某耶？何敢言我！"取判铺背上，以大杖击二十，垂死，舆来庭中[32]，太尉大泣曰："乃我困汝！"即自取水洗去血，裂裳衣疮[33]，手注善药，旦夕自哺农者，然后食。取骑马卖[34]，市谷代偿，使勿知。淮西寓军帅尹少荣[35]，刚直士也。入见谌，大骂曰："汝诚人耶？泾州野如赭[36]，人且饥死；而必得谷，又用大杖击无罪者。段公，仁信大人也，而汝不知敬。今段公唯一马，贱卖市谷入汝，汝又取不耻。凡为人傲天灾、犯大人、击无罪者，又取仁者谷，使主人出无马，汝将何以视天地[37]，尚不愧奴隶耶？"谌虽暴抗，然闻言则大愧流汗，不能食，曰："吾终不可以见段公！"一夕自恨死[38]。

及太尉自泾州以司农征[39]，戒其族："过岐[40]，朱泚幸致货币，慎勿纳。"及过，泚固致大绫三百匹。太尉婿韦晤坚拒，不得命[41]。至都，太尉怒曰："果不用吾言！"晤谢曰："处贱，无以拒也。"太尉曰："然终不以在吾第[42]。"以如司农治事堂，栖之梁木上。泚反，太尉终，吏以告泚，泚取视，其故封识具存[43]。

太尉逸事如右[44]。

元和九年月日[45]，永州司马员外置同正员柳宗元谨上史馆。今之称太尉大节者，出入以为武人一时奋不虑死[46]，以取名天下，不知太尉之所立如是。宗元尝出入岐、周、邠、斄间[47]，过真定，北上马岭，历亭鄠堡成[48]，窃好问老校退卒，能言其事。太尉为人姁姁[49]，常低首拱手行步，言气卑弱，未尝以色待物[50]；人视之，儒者也。遇不可，必达其志，决非偶然者[51]。会州刺史崔公来[52]，言信行直，备得太尉遗事，覆校无疑，或恐逸坠，未集太史氏[53]，敢以状私于执事。谨状。

【注释】

[1] 段太尉：段秀实，字成公，唐代汧阳（今陕西千阳）人，官至节度使、司农卿。德宗建中四年（783），朱泚谋反，据长安称帝，段秀实激烈反对，因此遇害。兴元元年（784），追赠太尉。逸事状："按行状者，门生故旧死者行业，上于史官，或求铭志于作者之辞也。"（吴讷《文章辨体序说》）"其逸事状，则但录其逸者，其所已载，不必详焉。乃状之变体也。"（徐师曾《文体明辨序说》）

[2] 泾州：治所在今甘肃泾川北。刺史：州的长官。

[3] 汾阳王：郭子仪，以平定安史之乱有大功，封汾阳王。后又受任副元帅、河中节度使。蒲：蒲州（河中府），治所在今山西永济。

[4] 王子晞：汾阳王之子郭晞。尚书：郭晞当时任左常侍。"尚书"为误记。

[5] 领：兼，代理。节度使：官名。统辖一区之军、民、财政。郭子仪不在行营，故由郭晞代理。下句说，驻军在邠州（治所在今陕西彬县）。

[6] 无赖：刁蛮横暴。

[7] 偷嗜暴恶：诈伪贪婪暴虐凶狠。下三句说，大都通过行贿将姓名混入军籍，为所欲为，官吏不能过问。

[8] 丐取：讨要，强取。市：街市，集市。

[9]"不嗛（qiè）"四句：（如果）得不到满足，动不动就打断他人手足，椎坏各种器皿满地残破，然后裸着胳膊大模大样离去。釜，锅。鬲（lì），三足炊器。瓮（wèng），陶制盛器。盎（àng），盛器。

[10] 邠宁：邠州（见注[5]）宁州（治所在今甘肃宁县）。以王故：由于汾阳王位高权重的缘故（不敢得罪郭晞）。下文"戚"，忧心。

[11] 以状白府：以官方文书送呈白孝德的节度使衙门。白，禀白，告白。下句说，希望与白孝德议事。

[12] 生人：生民，人民。唐代避太宗（李世民）讳，改"民"为"人"。以下"人"字，多代"民"字。理：治，治理。唐代避高宗（李治）讳，改"治"为理。

[13] 因恬然：仍然无动于衷。下文"且"，将要。

[14] 某：段秀实自称。下文"甚适"，颇为闲适。

[15] 无寇暴死：没有盗寇动乱却死于非命。

[16]"公诚"二句：（如果）您真能委任我为都虞候（军中执法官），我可以为您止乱。

[17] 酒翁：酿酒的技师。

[18]"太尉"三句：段秀实安排士卒逮捕了这十七人，都斩了首级，挂在长矛上，竖立在市场门外。

[19] 尽甲：全部穿上铠甲。

[20] 无伤：无妨，不要紧。下文"辞"，解释，说服。

[21] 老躄（bì）：年老而腿脚有病。持：牵。

[22] 倚：凭依，仗着。下文"戢（jí）"，约束。

[23] 与（yú）：助词。表句中停顿。

[24] 奉军以从：大意谓带军队依从你说的去做。

[25] 火伍：队伍。唐代兵制，五人为伍，十人为火。

[26] 晡（bū）食：晚餐。晡，申时（下午三点到五点）。下句说，希望能提供一点粗茶淡饭，假，借。设，置办。草具，粗劣的饭食。

[27]"戒候"句：命令巡逻兵打更，保卫段秀实。击柝（tuò），敲梆子。

[28] 谢不能：赔礼说自己治军无能。

[29] 先是：在此之前。下文"营田官"，指营田副使，掌军队屯田垦之事。白孝德任邠宁节度使时，曾以段秀实为营田副使。

[30] 给与农：出租给农民。下二句说，待到秋收了，一半归我。

[31] 判状：状纸上的判语（批示）。下文"辞甚巽（xùn）"，言辞很谦和。

[32] 舆：抬。庭：指段秀实官衙的庭院。

[33] 裂裳衣（yì）疮：撕下（自己的）衣裳，为农民包扎疮伤。下文"手注善药"，亲手敷上好药。

[34] 骑马：自己骑的马。下文"市"，买。

[35] 淮西寓军：调驻泾州的淮西军。

[36] 野如赭（zhě）：四野已成赤色。承上文大旱说。
[37] 视天地：面对天地，活在人间。下句大意说，即使面对奴隶之辈也该惭愧。
[38] 自恨死：自己愧恨而死。按，当是误记。焦令谌直到大历八年（773）尚健在。
[39] 以司农征：调任农卿之职。按，建中元年（780），段秀实被召入京，任司农卿。
[40] 岐：岐州，治所在今陕西凤翔。下句说，朱泚倘若馈送钱物。朱泚（cǐ），曾任卢龙节度使，后以太尉居长安。此时当在凤翔。余见注〔1〕。
[41] 不得命：未得（朱泚）同意。下文解释说，自己处于卑下地位，不便强硬拒绝。
[42] "然终"句：不过，毕竟不能把它们放在我的宅子里。下句说，把它们送到司农卿衙门的大堂上。
[43] 故封识（zhì）：原来的封存标志。
[44] 如右：即如上，古文书写习惯为直行自右向左。
[45] 月日：暂书月日，正式发文时再填某月某日。下文"员外置同正员"，编制之外设置的官，地位与编内官相同。
[46] 出入：或出或入。说来说去，无非……。
[47] 周：周原，在今陕西岐山（山名）下，与岐邑合称岐周。邰（tái）：同"邰"，古邑名，在今陕西武功西南。下文"真定"，或疑当作"真宁"（今甘肃正宁），与文意合。"马岭"，唐县名，在今甘肃庆阳西北。
[48] 亭鄣堡戍：驻防工事，如城堡碉楼等。下句说，私下喜欢询问年老或退役的军校与士兵。
[49] 姁姁（xǔ xǔ）：和悦可亲貌。
[50] 色：表情。此指严峻的脸色。
[51] "遇不"三句：（但是，一旦）遇到不能容忍的事，必定坚定地做到自己想做的，这样的情况决非偶然一见。
[52] 会：适逢。崔公：崔能，字子才，元和九年来永州任刺史。下文"备"，完备。
[53] 太史氏：史官。承上史馆言。下文"执事"，尊称对方之词。

【题解】

本文作于元和九年（814）。以严谨、客观的实录其事的态度，选取并纪录了段秀实一生中的三件逸事：一，不顾个人安危，敢于触犯炙手可热的权贵，果断地处置了郭晞部下的横暴无忌的士卒，写出段的勇决之气；二，亲自为无辜受害的普通农民裹伤敷药，卖了自己的坐骑为他交租，不但感动了他人，也使得加害者无地自容，写出段的仁爱之心；三，坚决拒绝朱泚强加于己的"馈赠"，写出段的廉洁之节。与此同时，作者还写了一篇《与史官韩愈致段秀实太尉逸事书》，着重指出"太尉大节，古固无有"，不是一时冲动，"遂名无穷"，可见他表彰段秀实也是出于一种正义感。在写法上，开头至"太尉逸事如右"为"状"（正文），叙事平实，不描摹，不夸饰，其中人物言语，几近口语,而能见情性。"太尉逸事如右"以下为"跋"(后记),这才在议论中略见作者本人的意见与态度。正所谓"书(与韩愈书)以声之,状以条之,跋以振之,合而成篇"。(浦起龙《古文眉诠》卷五十四)柳宗元的努力使史传作者可采的史料更丰富了,使段秀实的形象更为丰满感人了,给后人的印象更深刻了。文天祥《正气歌》歌颂"天地有正气",点评历史人物的时候,就数到了段秀实。

三　戒[1] 并序

吾恒恶世之人不知推己之本[2],而乘物以逞,或依势以干非其类[3],出技以怒强,窃时以肆暴,然卒迨于祸[4]。有客谈麋、驴、鼠三物,似其事,作《三戒》。

临江之麋

临江之人畋得麋麑[5],畜之。入门,群犬垂涎扬尾皆来。其人怒,怛之[6]。自是日抱就犬[7],习示之,使勿动,稍使与之戏。积久,犬皆如人意。麋麑稍大,忘己之麋也,以为犬良我友,抵触偃仆,益狎[8]。犬畏主人,与之俯仰甚善。然时啖其舌。[9]

三年,麋出门,见外犬在道甚众,走欲与为戏。外犬见而喜且怒,共杀食之,狼藉道上。麋至死不悟。

黔　之　驴

黔无驴[10],有好事者船载以入。至则无可用,放之山下。虎见之,庞然大物也,以为神。蔽林间窥之。稍出近之,慭慭然莫相知[11]。

他日,驴一鸣,虎大骇,远遁,以为且噬己也,甚恐。然往来视之,觉无异能者。益习其声,又近出前后,终不敢搏。稍近,益狎,荡倚冲冒,驴不胜怒,蹄之。虎因喜,计之曰:"技止此耳!"因跳踉大㘎[12],断其喉,尽其肉,乃去。

噫!形之庞也类有德,声之宏也类有能,向不出其技,虎虽猛,疑畏,卒不敢取。今若是焉,悲夫!

永某氏之鼠

　　永有某氏者[13]，畏日[14]，拘忌异甚。以为己生岁值子[15]，鼠，子神也，因爱鼠，不畜猫犬，禁僮勿击鼠。仓廪庖厨悉以恣鼠，不问。由是鼠相告，皆来某氏，饱食而无祸。某氏室无完器，椸无完衣[16]，饮食大率鼠之余也。昼累累与人兼行，夜则窃啮斗暴，其声万状，不可以寝，终不厌。

　　数岁，某氏徙居他州。后人来居，鼠为态如故。其人曰："是阴类恶物也[17]，盗暴尤甚，且何以至是乎哉？"假五六猫[18]，阖门，撤瓦，灌穴，购僮罗捕之。杀鼠如丘，弃之隐处，臭数月乃已。

　　呜呼！彼以其饱食无祸为可恒也哉！

【注释】

　　[1] 三戒：三件应当引以为戒的事。戒，警戒；告诫。"按字书云：'戒'者，警敕之辞。字本作'诫'。"（徐师曾《文体明辨序说》）
　　[2] 恶：憎恶。推己之本：推究并了解自己的本来面目（自己究竟是什么样的人）。下文"乘物以逞"，借助他物（他人）以快意。
　　[3] 干非其类：冒犯不是同类者。下文"怒强"，激怒强者。"窍时"，犹言利用机会。
　　[4] 卒：终于。迨（tài）：及，赶上。
　　[5] 临江：唐县名，当在今广西上思西南境。畋：打猎。麋（mí）麑（ní）：幼麋。
　　[6] 怛（dá）之：吓唬群犬。
　　[7] 日抱就犬：每天抱着小麋接近（亲近）群犬。
　　[8] 益狎（xiá）：更加亲昵。
　　[9] 时啖（dàn）其舌：时时吮嘬自己的舌头（形容犬之馋，想吃麋麑）。
　　[10] 黔：唐代黔中道，辖境大体包括今贵州、重庆、湖南、湖北各一部分。
　　[11] 慭慭（yìn yìn）：小心谨慎。莫相知：（虎）不了解（驴）。
　　[12] 跳踉（liáng）：腾跃跳动。㘎（hǎn）：虎吼。
　　[13] 永：永州，治所零陵（今湖南永州）。某氏：姓某。
　　[14] 畏日：怕犯日辰的禁忌。
　　[15] 生岁直子：生在子年，生肖属子。直，通"值"。
　　[16] 椸（yí）：衣架。下文"鼠之余"，老鼠吃剩的。
　　[17] 阴类：阴性的物类。
　　[18] 假：借。下文"撤瓦"，搬动瓦器。"罗捕"，围堵搜捕。

【题解】

　　《三戒》讲了三个故事：临江之麋恃宠而骄，黔之驴出技怒强，永某氏之鼠窃时肆暴。写作目的十分明确，就是"恶世之人不知推己之本，而乘物以逞"。凡是不明白自己究竟是什么人，究竟有什么德能的人一旦错估了外界条件与本身处境而恣意妄为，其结果必然是可悲的。物性折射着人性，麋、驴、鼠的心态写得极为生动传神，文字略带夸张而不失实，读来有熟悉感亲切感。先秦作品中的寓言，作为文章的一个部分，以事证理，重在事；《三戒》则独立成篇，以形象寓理，重在"人"。这是一个突破，一个进步。这种趋势发展到明代刘基的《郁离子》，就蔚为大观了。

【参考书】

[1]《柳宗元集》，吴文治等点校，中华书局1979年版。
[2]《柳宗元诗笺释》，王国安笺释，上海古籍出版社1993年版。

元　稹

元稹（779－831），字微之。郡望河南洛阳，世居京兆万年（今陕西西安）。德宗贞元九年（793）十五岁时以明经擢第，十九年与白居易并登书判拔萃科，同授秘书省校书郎。宪宗元和元年（806）又登才识兼茂明于体用科，授左拾遗。元和四年任监察御史。因触犯宦官权贵，贬江陵府士曹参军。穆宗长庆二年（822）以工部侍郎同中书门下平章事。拜相三月，即出为同州刺史，改浙东观察史。元稹的创作，以诗成就最大。与白居易齐名，并称"元白"，同为新乐府运动倡导者。乐府诗在元诗中占有重要地位，他的《和李校书新题乐府十二首并序》启发了白居易创作新乐府，且具有一定的现实意义。元诗中最具特色的是艳诗和悼亡诗。在诗歌形式上，元稹是"次韵相酬"的创始者，在当时影响很大。元稹在散文和传奇方面也有一定成就。其传奇《莺莺传》为唐人传奇中之名篇，后人以其故事人物创作出许多戏曲。有《元氏长庆集》。

遣　悲　怀（其二）

昔日戏言身后意[1]，今朝都到眼前来。衣裳已施行看尽[2]，针线犹存未忍开[3]。尚想旧情怜婢仆[4]，也曾因梦送钱财[5]。诚知此恨人人有[6]，贫贱夫妻百事哀。

(《全唐诗》，彭定求等编纂，中华书局 1960 年版。下同)

【注释】

[1] 戏言：开玩笑。身后：死后。
[2] 衣裳：指妻子生前所遗衣服。施：施舍与人。行：快要。
[3] "针线"句：意思是不忍打开亡妻生前做过的针线。
[4] "尚想"句：意思是因思念妻子的贤惠而对服侍过妻子的婢仆也平添了一种哀怜之情。
[5] 送钱财：指为亡妻烧纸钱。
[6] 诚：实在，的确。此恨：死别之恨。

【题解】

《遣悲怀》三首，是诗人悼念他的亡妻韦丛的。韦死时年仅二十七岁。爱妻的离去使诗人深感悲哀，以"遣悲怀"为题，正是以此来排遣心中的伤痛。这一首通过一系列生活细节写妻子死后睹物思人的悲痛，表现了贫贱夫妻生离死别的痛苦和伉俪深情，哀宛缠绵，催人泪下。

【集评】

[1] 古今悼亡诗充栋，终无能出此三首范围者，勿以浅近忽之。(蘅塘退士《唐诗三百首》)

行　宫[1]

寥落古行宫，宫花寂寞红。白头宫女在[2]，闲坐说玄宗[3]。

【注释】

[1] 行宫：天子出行时所居之所。此行宫当指洛阳之上阳宫。
[2] 白头宫女："白乐天《新乐府》有《上阳白发人》，此诗白头宫女，当即上阳宫女也。"(高步瀛《唐宋诗举要》郑八)
[3] 玄宗：唐玄宗李隆基。其在位末年，是唐代由盛转衰的关键点。

【题解】

此诗选取了洛阳上阳宫里两位宫女对坐闲话的场景进行描写，全用白描，不着一字褒贬，而明皇已往，遗宫寥落，宫人哀怨，无限感慨都借白头宫女写出。语约意丰，含蓄无尽。

离　　思（其四）

曾经沧海难为水，除却巫山不是云[1]。取次花丛懒回顾[2]，半缘修道半缘君[3]。

【注释】

[1]"曾经"二句：曾经见到过沧海的人，别处的水就很难称其为水。除了巫山的云，别处的云就算不上云了。意思是经历过世间至大至美的事物后，对其他的事物就看不上眼了。前者化用《孟子·尽心》："观于海者难为水。"后者用宋玉《高唐赋》中关于巫山云雨的神话。
[2]取次：经过，接近。花丛：比喻美女。
[3]缘：因为。修道：修身治学。

【题解】

本题共五首。本首以隐喻与对比映衬的手法，寄托了对他曾经爱恋过的女子深挚专一的爱情（参见其传奇小说《莺莺传》）。前两句更因其富有哲理意味而被引申开来，成为千古传诵的名句。

闻乐天授江州司马

残灯无焰影幢幢[1]，此夕闻君谪九江。垂死病中惊坐起，暗风吹雨入寒窗。

【注释】

[1]幢（chuáng）幢：晃动貌。

【题解】

此诗作于元和十年（815）。是年三月，诗人被贬通州，八月白居易被贬江州司马。二人同样远离京师，被贬异地，在政治上极不得意。残灯病卧，凄风暗雨，又惊闻好友遭贬，诗人心境之悲凉可以想见，诗中也寄托了诗人对好友无尽的思念。白居易读了这首诗后，在《与微之书》中写道："此句他人尚不可闻，况仆心哉！至今每吟，犹恻恻耳。"

贾 岛

贾岛(779－843),字浪仙,一作阆仙。范阳(今河北涿州)人。曾出家为僧,法名无本。屡应进士试,不第。开成二年(837)任遂州长江(县治在今四川遂宁西北)主簿,世称"贾长江"。与孟郊交谊很深,并称"郊岛";又与姚合齐名,称"姚贾"。其诗以苦吟著称,力矫平易浮华,讲究炼字炼句,诗风清奇僻苦。题材较狭窄,有警句而少意境完整的佳篇。有《长江集》。

题李凝幽居

闲居少邻并,草径入荒园。鸟宿池边树,僧敲月下门。过桥分野色,移石动云根[1]。暂去还来此,幽期不负言[2]。

(《全唐诗》,彭定求等编纂,中华书局1960年版。下同)

【注释】

[1] 云根:指石,古人认为云乃"触石而出"。
[2] "暂去"二句:意谓不久当重来,不负共隐的期约。

【题解】

此诗乃访友之作,写出坐落在荒山野寺之间的幽居的清幽和野趣。据传贾岛作此诗时曾因"推敲"二字吟哦不定,于驴背上引手作推敲之势,遂冲撞了京兆尹韩愈,贾岛具对所以,韩立马良久,谓作"敲"字佳。(《苕溪渔隐丛话前集》卷下九引《刘公嘉话》)后世遂称反复斟酌字句为"推敲"。

【集评】

[1] 五、六亦百炼苦吟而得。直是深山写野趣,乃觉应接不暇。鸟栖,月上,起"去"字;五、六徘徊不舍,起"来"字。将他人顺叙语倒转说。(高士奇《唐三体诗评》)

寻隐者不遇

松下问童子,言师采药去[1]。只在此山中,云深不知处[2]。

【注释】

[1] 师:童子之师。指隐者。
[2] 处(chù):处所。

【题解】

此诗的巧妙之处在于寓问于答,寥寥数语,把这位难得一窥庐山真面目的"隐者"飘逸的风神,诗人对他的仰慕和不得见的惆怅都表现出来了。

朱庆馀

朱庆馀,生卒年不详,字可久,越州(今浙江绍兴)人。宝历二年(826)进士,授秘书省校书郎,迁协律郎。长庆中,朱庆馀入京时,曾谒水部员外郎张籍,籍爱其诗,置之袖中而推赞之,由是知名。诗的风格也与张籍相似,尤工绝句、律体。有《朱庆馀诗》。

宫 词

寂寂花时闭院门[1],美人相并立琼轩。含情欲说宫中事,鹦鹉前头不敢言[2]。

(《全唐诗》,彭定求等编纂,中华书局1960年版。下同)

【注释】

[1] 花时:春天。下文"美人",指宫女。
[2] 不敢言:鹦鹉能学舌,故不敢言。

【题解】

此诗既像一幅鲜明的图画,又像一个生动的故事。诗人别出心裁,将宫禁的森严,君王的淫威,宫女悲惨的处境和压抑的内心世界,揭示得淋漓尽致。诗歌表现虽然含蓄,但含蓄的背后却使人感到阴冷与恐惧。

闺意呈张水部[1]

洞房昨夜停红烛[2]，待晓堂前拜舅姑[3]。妆罢低声问夫婿，画眉深浅入时无[4]？

【注释】

［1］张水部：即张籍，时任水部员外郎。题一作《近试上张水部》。
［2］洞房：即新房。停红烛：指红烛在燃着。停，留。
［3］舅姑：指公婆。古代习俗，婚后的第二天，新娘要一早起床，去拜见公婆。
［4］入时无：是说化的妆合不合时尚。

【题解】

此诗用隐喻的手法，描写了一位娇羞不安、即将拜见公婆的闺中新妇的情态，暗示自己应试之前忐忑不安的心情。立意和艺术手法都十分巧妙。

李 贺

李贺（790－816），字长吉，福昌县（治所在今河南宜阳西）人，唐宗室郑孝王李亮后裔，因自称"宗孙"、"诸王孙"。父名晋肃，当避讳不得参加进士科考试。后以门荫为太常寺奉礼郎。怀才不遇，郁郁而终。他早岁工诗，受知于韩愈、皇甫湜。其诗尤长乐府，善于熔铸词采，驰骋想象，运用神话传说，创造出恢奇诡谲、璀璨多彩的鲜明形象，艺术上有显著特色。但由于他生活孤独，性情冷僻，对广阔的现实缺乏深切的体验和感受，因而诗中带有阴暗低沉的消沉情绪。有《李长吉歌诗》。

李凭箜篌引[1]

吴丝蜀桐张高秋[2]，空山凝云颓不流[3]。湘娥啼竹素女愁[4]，李凭中国弹箜篌[5]。昆山玉碎凤凰叫[6]，芙蓉泣露香兰笑[7]。十二门前融冷光[8]，二十三弦动紫皇[9]。女娲炼石补天处[10]，石破天惊逗秋雨[11]。梦入神山教神妪[12]，老鱼跳波瘦蛟舞[13]。吴质不眠倚桂树，露脚斜飞湿寒兔[14]。

（《李贺诗歌集注》，王琦集注，上海古籍出版社1978年版。下同）

【注释】

[1] 李凭：中唐时供奉宫廷的梨园弟子，以擅长弹箜篌而名噪一时。箜篌（kōng hóu）引：乐府《相和歌·瑟调曲》题。箜篌，古琴的名称，有横弹与竖弹两种，李凭所弹的是二十三弦的竖箜篌。

[2] 吴丝蜀桐：泛言箜篌的精美。吴丝，吴地（今江浙一带）所产的丝做成的弦。蜀桐，蜀地（今四川一带）所产的桐木做成的琴身。张：绞紧琴弦，弹琴时的准备动作。这里指弹奏。高秋：暮秋。

[3] "空山"句：意思是李凭弹奏的音乐有响遏行云的艺术效果。凝云，裹在一起的云层。颓不流，静止不动。

[4] "湘娥"句：意思是音乐使神女也受到感动。湘娥，传说中溺于湘江成为湘江之神的舜帝二妃。啼竹，相传舜出巡死于苍梧，娥皇、女英寻至湘江，泪洒竹上，使竹成为斑竹。素女，传说中的神女，善鼓瑟。《史记·封禅书》："太帝使素女鼓五十弦瑟，悲，帝禁不止。"

[5] 中国：国中，指国都长安。

[6] 昆山：昆仑山，相传是产美玉之地。玉碎凤凰叫：形容乐声清脆激越。

[7] 芙蓉泣露：形容乐声幽咽哀怨。香兰笑：形容音乐的轻柔欢快。

[8] 十二门：长安城四面各三门，共有十二门。融冷光：音乐融融使城中寒气消解，气候变得温暖。

[9] 二十三弦：指李凭所弹的箜篌。动紫皇：感动天帝。紫皇，道教中最尊贵的神。

[10] 女娲（wá）：神话中的女帝，传说她炼五色石以补天。（见《淮南子·览冥训》）

[11] 逗：引出来。

[12] "梦入"句：意思是李凭的箜篌把听者引入幻境，仿佛他不是在人间弹奏，而是在神山上，把技艺传授给神仙。神妪（yù），指成夫人。据《搜神记》记载，成夫人好音乐，"能弹箜篌，闻人弦歌，辄便起舞"。

[13] "老鱼"句：形容音乐神妙，能使鱼跳蛟舞。蛟（jiāo），古代传说中的一种龙类动物。

[14] "吴质"二句：意思是音乐美妙使吴刚倚桂树而立，既不再砍桂树，也不能入眠，直到露水打湿了玉兔还不察觉。吴质，疑当作吴刚。《酉阳杂俎》载，吴刚因"学仙有过，谪令伐树"。露脚，露水。斜飞，古人以为露是从天上降落下来的，所以诗人想象其斜飞的样子。寒兔，月兔。古代传说月中有玉兔。

【题解】

这是一首描写音乐的名篇，表现了李凭弹箜篌高超的技艺、曲调的优美及其惊天地、泣鬼神的艺术魅力。诗以正面摹声与侧面烘托相结合，运用丰富奇特的想象、绮丽诡幻的语言，通感、比喻等多种修辞手法，将听音乐的感受化为丰富多彩、具体可感的艺术形象，令人心醉神迷、目不暇接。

雁门太守行[1]

　　黑云压城城欲摧，甲光向日金鳞开[2]。角声满天秋色里[3]，塞上燕脂凝夜紫[4]。半卷红旗临易水[5]，霜重鼓寒声不起[6]。报君黄金台上意[7]，提携玉龙为君死[8]。

【注释】

　　[1] 雁门太守行：乐府《相和歌·瑟调曲》旧题。雁门，古雁门郡。今山西西北部皆其地。

　　[2]"黑云"二句：浓重的云层压向城池，太阳透过黑云照在金甲上，像鱼鳞一样闪动着五颜六色的光彩。黑云，古代军事上以"黑云"降临城池称为军精。甲，铠甲。日，一作"月"。这里非写实之景，而是形容大军压境、兵临城下的紧张气氛。

　　[3] 角：号角。

　　[4]"塞上"句：傍晚时落日掩映，塞土有如燕脂凝成，紫色更显得浓重。长城附近多半是紫色泥土，故有此句。燕脂：同"胭脂"。

　　[5] 红旗：战旗。临：到达。易水：河名，在今河北易县一带。取荆轲刺秦易水送别之事增加悲壮。当非实指。

　　[6]"霜重"句：意思是北方严寒，战地艰苦。暗示战争失利。鼓寒，形容军鼓似被冻住，声音寒涩。不起，打不响。

　　[7]"报君"句：报答君王平日重士的厚意。黄金台，遗址在易水东南。战国时燕昭王求士，曾在此置千金于台上，招纳贤士，故名。

　　[8] 玉龙：指剑。

【题解】

　　关于此诗，张固《幽闲鼓吹》记载了一段轶事："李贺以歌诗谒韩吏部，吏部时为国子博士分司，送客归极困。门人呈卷，解带旋读之。首篇《雁门太守行》曰：'黑云压城城欲摧，甲光向日金鳞开。'却援带命邀之。"诗中描绘了一幅奇异的边塞风光，刻画了慷慨激昂、战死边地的英雄形象。同时诗中也反映了作者想要投笔从戎、建功边陲的愿望和报国无门的悲哀。

【集评】

　　[1] 字字锤炼而成，昌谷集中定推老成之作。(沈德潜《唐诗别裁》)

天　上　谣

　　天河夜转漂回星[1]，银浦流云学水声[2]。玉宫桂树花未落[3]，仙妾采香垂佩缨[4]。秦妃卷帘北窗晓[5],窗前植桐青凤小。王子吹笙鹅管长,呼龙耕烟种瑶草[6]。粉霞红绶藕丝裙,青洲步拾兰苕春[7]。东指羲和能走马[8],海尘新生石山下[9]。

【注释】

[1] 天河:银河。漂:浮动。回:运行。

[2] "银浦"句:意思是银河里星云流动如水,好似发出潺潺水声。银浦,银河。

[3] 玉宫:月宫。月中有琼楼玉宇,有桂树。

[4] 仙妾:仙女。香:指花。佩缨:玉佩和系佩的带子。

[5] 秦妃:当指弄玉。据《列仙传》,秦穆公之女弄玉曾向萧史学吹笙,后结为夫妇,二人乘龙凤登仙。这里泛言仙女。下文"桐",梧桐。"青凤"鸟名,亦名桐花凤。

[6] "王子"二句:仙人王子乔吹起笙管,驱赶神龙翻耕烟云,播种瑶草。王子,指王子乔。据《列仙传》,周灵王太子晋(即乔)好吹笙,作凤凰鸣叫状。鹅管,笙上玉管,状如鹅毛管。烟,云烟。瑶草,仙草。

[7] "粉霞"二句:身着艳丽服装的仙女漫步青洲,寻芳拾翠。粉霞,唐时彩色名,指粉红色。绶,带。藕丝,指白色。青洲,传说是仙人所居之地。步拾,边走边拾。兰苕(tiáo),香草名。

[8] 羲和:神话中为太阳驾车的人。走马:跑马。比喻日行之疾。

[9] "海尘"句:大海化为陆地,石山下飞扬着新的尘埃。意思是人世时光易逝,变化迅速。

【题解】

诗人在这首诗中虚构了一个美丽的想象中的世界。晴朗的夜晚,诗人游目太空,为璀璨的群星所吸引,就描绘了这个美丽的天上世界,但诗人是有所寄托的,对美好天界的向往正是对现实世界的失望。

南　园[1]（其五）

男儿何不带吴钩[2],收取关山五十州[3]。请君暂上凌烟阁,若个书生万户侯[4]?

【注释】

[1] 南园:李贺读书之处,在昌谷(属福昌县)山中。

[2] 吴钩:吴地产的弯头刀。

[3] 关山五十州:指当时为藩镇割据,朝廷不能控制的地区。《资治通鉴》元和七年载李绛云:"今法令所不能制者,河南北五十余州。"

[4]"请君"二句：请你暂到凌烟阁上去看一看，有哪一个书生能做到万户侯呢？暂，暂且。凌烟阁，在长安。唐太宗于贞观十七年命画师将辅佐他统一天下的二十四位功臣的像画在上面，并亲笔作赞。若个，哪个。

【题解】

本题共十三首。这首诗直抒胸臆，表达了想要弃文从武，成就功名的愿望，语气慷慨激越。然而诗人体质羸弱，又呕心为诗，这样说不过是有感于作为一个文人的落拓失意、愤激不平罢了。

金铜仙人辞汉歌 并序

魏明帝青龙元年八月[1]，诏宫官牵车西取汉孝武捧露盘仙人[2]，欲立置前殿。宫官既拆盘，仙人临载，乃潸然泪下。唐诸王孙李长吉遂作《金铜仙人辞汉歌》。

茂陵刘郎秋风客[3]，夜闻马嘶晓无迹[4]。画栏桂树悬秋香，三十六宫土花碧[5]。魏官牵车指千里[6]，东关酸风射眸子[7]。空将汉月出宫门，忆君清泪如铅水[8]。衰兰送客咸阳道[9]，天若有情天亦老[10]。携盘独出月荒凉[11]，渭城已远波声小[12]。

【注释】

[1]青龙元年：应是青龙五年之误，因这一年三月即改元景初，"元"是作者误记。

[2]汉孝武：即汉武帝。在长安建章宫造神明台，上铸铜仙人，以掌托盘盛露水，和玉屑而饮，以求成仙。魏明帝景初元年（237）曾命人从长安拆移铜人，迁置于洛阳前殿，传说铜人在拆除时下泪。后因铜人太重，留在灞垒。

[3]茂陵刘郎：指汉武帝。武帝姓刘，葬茂陵，故称。秋风客：汉武帝曾作《秋风辞》，故云。

[4]"夜闻"句：想象汉武帝因知铜人将被拆迁而于头天晚上显灵的情景。

[5]"画栏"二句：意思是上林宫苑久已荒废，只有画栏前的桂树上依然飘来秋香。三十六宫，西汉时长安有离宫别馆三十六所。土花，青苔。

[6]指千里：指向千里之外的洛阳。

[7]东关：东边城门。长安在洛阳西边，故出东关。酸风：秋风使人鼻酸，故称。眸子：眼珠。

[8]"空将"二句：铜人在旧时明月照耀下孤零零地离开汉宫时，想起汉武帝，不禁流下了两行清泪。将，与、和。君，指汉武帝。

[9] 衰兰：衰谢的兰草。客：指铜人。咸阳：秦都城，这里指代长安。
[10] "天若"句：苍天如果有感情，也会见此而哀伤衰老。
[11] 盘：指铜人承露盘。
[12] 渭城：即咸阳，汉改为渭城，这里借指长安。波声：长安北面的渭水涛声。

【题解】

此诗借史实和传说，用拟人的手法让金铜仙人见证了朝代的兴亡变化，抒发了诗人的历史沧桑之感。当时诗人刚刚去官，而唐王朝也日渐没落，一种交织着家国之痛和身世之悲的凝重感情恰可借此得以表达。本篇构思奇特，造语奇隽，取喻新奇，名句迭出，不啻一曲盛极一时的大唐帝国的哀歌。

【集评】

[1] 深刻奇幻，可泣鬼神，后人效之，自伤雅耳。（郭濬《增定评注唐诗正声》）

[2] 此首章法已显，结得渺然无际，令人神会于笔墨之外。（史承豫《唐贤小三昧集》）

马诗二十三首（其四）

此马非凡马，房星本是星[1]。向前敲瘦骨[2]，犹自带铜声。

【注释】

[1] 房星：二十八宿之一。旧注引《瑞应图》云："马为房星之精。"意谓马是房星之精气贯注而生。

[2] 瘦骨：意谓马之骏者，多瘦而不甚肥。

【题解】

这一组马诗围绕马广泛搜罗事典，借马以寄意抒怀。这一首最有名，赞扬马非凡的来历和特异的品质。用敲之犹带铜声的比喻和想象形容马瘦骨寒峭，出人意表。不言而喻，这匹不凡的马正是诗人自己的写照。

苏小小墓[1]

幽兰露，如啼眼[2]。无物结同心，烟花不堪剪[3]。草如茵[4]，松如盖。

风为裳，水为珮[5]。油壁车[6]，夕相待。冷翠烛[7]，劳光彩。西陵下[8]，风吹雨。

【注释】

[1] 苏小小：郭茂倩《乐府诗集》卷八十五，引《乐府广题》曰："苏小小，钱塘名倡也，盖南齐时人。"祝穆《方舆胜览》云："苏小小墓在嘉兴县西南。"录以备考。

[2] 啼眼：流泪的眼。意谓露如泪珠。

[3] 烟花：烛芯烧焦后结成的花状物。不堪剪：不忍心剪去。

[4] 茵：席，垫子。下文"盖"，伞盖。

[5] 珮：玉珮。句意谓流水声如玉珮之清脆。

[6] 油壁车：以油布为帷的车子。

[7] 冷翠烛：幽冷的燐火（所谓鬼火）。下文"劳"，徒劳。

[8] 西陵：在钱塘江之西。一说，即今杭州孤山西泠桥一带。

【题解】

苏小小乃是南朝时钱塘名妓。诗由景起兴，通过凄清的景物描写和诗人丰富的想象，刻画出一个若隐若现、飘飘忽忽的苏小小的鬼魂形象。这是一首"鬼诗"，鲜明体现了李贺笔下的鬼"虽为异类，情亦犹人"的特点。

【参考书】

[1]《李贺诗歌集注》，[清] 王琦等注，上海人民出版社1977年版。

[2]《李贺诗集》，叶葱奇疏注，人民文学出版社1980年版。

许　浑

许浑（788－860?），字用晦，一作仲晦，润州丹阳（今属江苏）人。高宗相许圉师之后裔。他自幼刻苦攻读，但科举屡屡失败，直到唐文宗大和六年（832）才中进士，历任县令、监察御史、润州司马、睦、郢二州刺史。大中三年（849），谢病东归润州丁卯桥别墅。许浑工诗，尤其擅长律体，其诗属对精切，声律谐婉，以整密著称。有《丁卯集》。

咸阳城东楼[1]

一上高城万里愁，兼葭杨柳似汀洲[2]。溪云初起日沉阁[3]，山雨欲来风满楼。鸟下绿芜秦苑夕,蝉鸣黄叶汉宫秋[4]。行人莫问当年事[5],故国东来渭水流[6]。

(《全唐诗》,彭定求等编纂,中华书局1960年版。下同)

【注释】

[1] 咸阳:今陕西咸阳。题一作《咸阳城西楼晚眺》或《咸阳西门城楼晚眺》。
[2] 蒹葭(jiān jiā):芦苇。《诗经·秦风·蒹葭》有"蒹葭苍苍,白露为霜";《诗经·小雅·采薇》有"昔我往兮,杨柳依依"。两句均有愁思之意。此处化用之。汀(tīng)洲:水边平地,此指家乡的小洲。
[3] 日沉阁:夕阳西下,没入寺阁之后。沉阁二字下原注云:"南近磻溪,西对慈福寺阁。"
[4] "鸟下"二句:指秦、汉时的遗迹,已经化为一片废墟。绿芜,杂草丛生状。秦苑,上林苑,旧秦苑,汉武帝扩建,乃皇帝春秋打猎场所。
[5] 当年事:一作"前朝事",指秦汉以来的兴废变化。
[6] "故国"句:一作"渭水寒声昼夜流"。

【题解】

此诗作于宣宗大中三年(849)作者任监察御史时。是时党争遗风犹烈,国事日非。诗人登楼远眺,愁思万里。诗作前半篇写风雨欲来的景色,意境凄迷,属对工整;后半篇感叹今昔兴废,气象深远。诗人融叙事抒情于写景之中,形象生动,寓意深远。

秋日赴阙题潼关驿楼[1]

红叶晚萧萧,长亭酒一瓢。残云归太华[2],疏雨过中条[3]。树色随关迥[4],河声入海遥。帝乡明月到,犹自梦渔樵。

【注释】

[1] 阙:指代朝廷或国都(唐都长安)。潼关:关名。在今陕西潼关县。
[2] 太华(huà):华山主峰亦称太华山,在今陕西华阴。
[3] 中条:中条山,在今山西西南与河南之间。
[4] 迥:无。下文"河",黄河。

【题解】

这是一首由潼关到都城,夜宿驿站的题壁诗。写登潼关驿楼所见所感,于其中流露出封建时代士人普遍存在的士与隐的矛盾心情。中间两联写山川气势,有声有色,无际无垠,境界阔大苍茫。该诗对仗工整,格律精严。

杜 牧

　　杜牧(803-852),字牧之,京兆万年(今陕西西安)人。宰相杜佑之孙。大和二年(828)中进士。历任监察御史、左补阙、史馆修撰,黄、池、睦、湖等州刺史,及司勋员外郎。官终中书舍人。诗、赋、古文都很有名,而以诗的成就为最高,其诗骨气豪宕,神采艳逸,往往于拗折峭健之中,见风华掩映之美,艺术上富于独创。与李商隐齐名,并称"小李杜"。尤长于七言律诗和七言绝句。内容多伤时感事之作,咏史诗独具眼光,见解精辟。有《樊川文集》。

早　雁

　　金河秋半虏弦开,云外惊飞四散哀[1]。仙掌月明孤影过,长门灯暗数声来[2]。须知胡骑纷纷在,岂逐春风一一回[3]?莫厌潇湘少人处,水多菰米岸莓苔[4]。

(《樊川文集》,陈允吉校点,上海古籍出版社1978年版。下同)

【注释】

　　[1]"金河"二句:意思是仲秋八月,胡人张弓射雁,提早南归的大雁因受到袭击而逃散。金河,在今内蒙古自治区呼和浩特市南。秋半,秋季三个月之八月。虏,对异族侵略者的蔑称。

　　[2]"仙掌"二句:意思是早雁失群后,形只影单,悲哀地飞过长安上空。仙掌,汉武帝时,未央宫有承露铜盘,曰仙人掌。长门,汉宫名,汉武帝陈皇后失宠后的居处。仙掌、长门,都借指长安一带。

　　[3]"须知"二句:意思是北方还有威胁存在,即使春天来了,南飞的雁也不能飞回北方。雁是候鸟,秋日南飞,春季北返。

　　[4]"莫厌"二句:意思是不要嫌南方人迹稀少,有菰米、莓苔可吃,不妨居留下来。菰(gū),水生植物,秋季结实,又名雕胡米。

【题解】

　　武宗会昌二年(842)八月,回鹘入侵,大肆掳掠,本篇即咏其事。诗托物寓意,以早雁喻受回鹘侵扰避难南方的百姓,对他们流离失所的遭遇表示深厚的同情,也表达了对于中原常遭西北少数民族侵犯的一种忧患意识。通篇以比兴为主，句句咏雁而句句喻人，具有丰富的想象力。

过华清宫绝句三首[1]（其一）

长安回望绣成堆[2]，山顶千门次第开[3]。一骑红尘妃子笑[4]，无人知是荔枝来。

【注释】

[1] 华清宫：在今西安临潼区东之骊山上，有温泉。
[2] 绣成堆：犹言一团锦绣。骊山右侧有东绣岭，左侧有西绣岭。《陕西通志》卷八引《名山考》："东绣岭在骊山右，当时林木花卉之盛，类锦绣然，故名。"
[3] 千门：指重重宫门。次第：依次。
[4] "一骑（jì）"二句：写杨贵妃嗜鲜荔枝，玄宗命从涪州（今四川涪陵）用快马送鲜荔枝到长安，数日可到。骑，一人一马。

【题解】

杨贵妃性嗜荔枝，史书有载，诗人化用这一历史事实，形象而生动地揭露了封建统治者荒淫腐朽的生活，以及他们为了自己奢侈享乐不恤民力的行为。措辞委婉，讽刺意味深长。

泊　秦　淮[1]

烟笼寒水月笼沙，夜泊秦淮近酒家。商女不知亡国恨[2]，隔江犹唱后庭花[3]。

【注释】

[1] 秦淮：河名，源出江苏溧水，流经金陵（今南京）城南与城西。
[2] 商女：歌女。
[3] 江：指秦淮河。后庭花：歌曲名，南朝陈后主（陈叔宝）在金陵时荒于声色，作《玉树后庭花》舞曲，终至亡国。后人遂称此曲为亡国之音。

【题解】

此诗写夜泊秦淮所见所闻，诗人由眼前浮靡的社会风气，联想到南朝统治者纸醉金迷的奢侈生活，不由生发出愤世忧时的慨叹。全诗寓意深刻，语言精警，手法凝练，一唱三叹，被后人誉为绝唱。

【集评】

[1] 首句写秦淮夜景，次句点明夜泊，而以"近酒家"三字引起后二句。"不知"二字，感慨最深，寄托甚微。通首音节神韵，无不入妙，宜沈归愚叹为绝唱。（李锳《诗法易简录》）

赤　　壁[1]

折戟沉沙铁未销，自将磨洗认前朝[2]。东风不与周郎便，铜雀春深锁二乔[3]。

【注释】

[1] 赤壁：在今湖北赤壁市西北，长江南岸。周瑜火攻破曹之处。另有赤鼻山，在今湖北黄冈。

[2] "折戟（jǐ）"二句：从江岸泥沙中获得残破武器，磨洗后分辨出是三国遗物。折戟，断戟。戟是古代的一种兵器。销，熔化。此处意为朽烂。将，拿，持。

[3] "东风"二句：意思是如果没有东风助势，东吴的二乔就免不了被曹操捉到铜雀台去供他享乐了。东风，指火烧赤壁一事。周瑜用黄盖之计，以火攻焚烧曹操用铁链拴在一起的战船，适逢东南风起，大破曹军。周郎，周瑜。周瑜二十四岁即为将，吴中皆呼为周郎。铜雀，即铜雀台，曹操所建，故址在今河北临漳，上蓄姬妾歌妓，为曹操晚年行乐之处。二乔，大乔、小乔。大乔为孙策之妻，小乔为周瑜之妻，均以美貌著称。此处以二乔被掳代指东吴灭亡。

【题解】

武宗会昌二年（842）杜牧官黄州刺史，四年九月转池州刺史。此诗即作于这一时期。诗人借赤壁之战这一历史典故，抒发吊古之意，不仅寓托了时世兴亡之感，也蕴含了自己自负才能而不逢其时的不平和叹惋。用翻案法，具有史论色彩，既是此诗的特色，也是杜牧咏史诗的一个创造。

【集评】

[1] 牧之此诗，盖嘲赤壁之功出于侥幸，若非天与东风之便，则周郎不能纵火，城亡家破，二乔且将俘，安能据有江东哉？牧之诗意……唯借"铜雀春深锁二乔"说来，便觉风华蕴藉，增人百感，此正风人巧于立言处。（贺贻孙《诗筏》）

秋　夕

银烛秋光冷画屏[1]，轻罗小扇扑流萤。天阶夜色凉如水[2]，坐看牵牛织女星。

【注释】
[1] 画屏：有彩绘的屏风。下文"轻罗小扇"，轻薄的丝制团扇。
[2] 天阶：宫中的台阶。

【题解】
此诗从初夜写到夜深，层层深入地展现了宫女孤寂无聊的生活和内心的凄苦愁怨。尤其是坐看牵牛织女星的细节，透露出她对爱情生活的渴望。富丽堂皇的居住环境与她孤独悲凉的心情对比强烈。手法委婉含蓄，无一愁字而愁情自见。

江南春绝句

千里莺啼绿映红，水村山郭酒旗风[1]。南朝四百八十寺[2]，多少楼台烟雨中。

【注释】
[1] 山郭：山城，山村。
[2] 南朝：宋、齐、梁、陈。均建都建康（今南京）。南朝皇帝多崇佛，梁武帝（萧衍）甚至有舍身佛寺之举。《南史·郭祖深传》有"都下佛寺五百余所"之记载。

【题解】
此诗既是一幅绝妙的青绿山水图，又寓有深邃的哲理。诗人用清新明丽的笔触，选择最具特征的景物，勾勒了江南濛濛春雨中富有诗情画意的春景。后两句写到风雨中的南朝兴建的众多佛寺，不仅写出了江南富有特色的人文景观，时代兴亡的沧桑感也于字里行间流溢而出。

寄扬州韩绰判官[1]

青山隐隐水迢迢[2]，秋尽江南草木凋。二十四桥明月夜[3]，玉人何处教吹箫[4]？

【注释】

[1] 韩绰：生平不详。判官：节度使的僚属。作者于大和七年（833）任淮南节度推官，与韩绰或是同僚。

[2] 隐隐：隐约。迢（tiáo）迢：遥远。下文"草木凋"，或作"草未凋"。

[3] 二十四桥：历来说法不一，一说是吴家砖桥，又名红药桥；一说扬州有二十四座桥梁；一说是隋炀帝与二十四宫女月下吹箫于此而得名。

[4] 玉人：美人，此处指扬州的歌妓。

【题解】

此诗是诗人离开扬州后不久写的怀扬州之作。全诗语词清丽明快，跌宕中透着相思之意，表达了诗人对扬州的缱绻怀念和对旧日好友的思念之情。

山　　行

远上寒山石径斜，白云生处有人家[1]。停车坐爱枫林晚[2]，霜叶红于二月花。

【注释】

[1] 生：起，发。一作"深"。

[2] 坐：因，由于。下文"霜叶"，经霜的枫林。

【题解】

这是一首脍炙人口的描绘秋色的诗歌。诗人一反写秋色离不开萧瑟、凋零和凄清的常调，将山间景色描绘得明洁高爽，生机勃勃。尤其是对枫叶所代表的秋天的赞美，表现了诗人开朗乐观的性格和健康的审美趣味。

阿房宫赋[1]

六王毕[2]，四海一[3]。蜀山兀，阿房出[4]。覆压三百余里[5]，隔离天日。骊山北构而西折[6]，直走咸阳[7]。二川溶溶[8]，流入宫墙。五步一楼，十步一阁。廊腰缦回[9]，檐牙高啄[10]。各抱地势[11]，钩心斗角[12]。盘盘焉[13]，囷囷焉[14]，蜂房水涡[15]，矗不知乎几千万落[16]。长桥卧波[17]，未云何龙？复道行空[18]，不霁何虹[19]？高低冥迷，不知西东。歌台暖响，春光融融。舞殿冷袖，风雨凄凄。一日之内，一宫之间，而气候不齐。

妃嫔媵嫱[20]，王子皇孙[21]，辞楼下殿，辇来于秦[22]。朝歌夜弦，为秦宫人。明星荧荧[23]，开妆镜也。绿云扰扰[24]，梳晓鬟也[25]。渭流涨腻[26]，弃脂水也。烟斜雾横，焚椒兰也[27]。雷霆乍惊，宫车过也。辘辘远听[28]，杳不知其所之也[29]。一肌一容，尽态极妍[30]。缦立远视[31]，而望幸焉[32]，有不见者，三十六年[33]。

燕、赵之收藏，韩、魏之经营，齐、楚之精英，几世几年，剽掠其人[34]，倚叠如山[35]。一旦不能有，输来其间。鼎铛玉石，金块珠砾[36]，弃掷逦迤[37]。秦人视之，亦不甚惜。

嗟乎！一人之心，千万人之心也[38]。秦爱纷奢[39]，人亦念其家。奈何取之尽锱铢[40]，用之如泥沙！使负栋之柱，多于南亩之农夫。架梁之椽，多于机上之工女。钉头磷磷[41]，多于在庾之粟粒[42]。瓦缝参差，多于周身之帛缕。直栏横槛[43]，多于九土之城郭[44]。管弦呕哑[45]，多于市人之言语。使天下之人，不敢言而敢怒。独夫之心[46]，日益骄固[47]。戍卒叫[48]，函谷举[49]。楚人一炬，可怜焦土[50]。

呜呼！灭六国者，六国也，非秦也。族秦者[51]，秦也，非天下也。嗟夫！使六国各爱其人，则足以拒秦。使秦复爱六国之人，则递三世可至万世而为君[52]，谁得而族灭也。秦人不暇自哀，而后人哀之。后人哀之，而不鉴之，亦使后人而复哀后人也[53]。

【注释】

[1] 阿（ē）房（páng）宫：秦宫名，故址在今陕西西安市阿房村。

[2] 六王：指战国末齐、楚、燕、赵、韩、魏六国君主。毕：结束，指被灭。

[3] 四海：天下。一：统一。

[4] "蜀山"二句：意思是砍伐光了蜀山的树木，建造起阿房宫。兀，此指光秃。

[5] 覆压：覆盖掩压。

[6] 骊山：山名，在今陕西西安临潼区东南。

[7] 咸阳：秦都，故址在今陕西咸阳东北。以上二句言沿骊山向北建宫，折向西，一直建向咸阳。

[8] 二川：渭川（渭水）、樊川。溶溶：水盛而动荡的样子。

[9] 廊腰：游廊曲折处。缦（màn）回：宽缓回环。缦，缓。

[10] 檐牙：檐角。高啄：指檐角翘起，如禽鸟仰首啄物。

[11] 各抱地势：依据不同地形而建筑。

[12] 钩心：指曲廊与宫室中心钩连。斗角：指檐角相向。

[13] 盘盘：曲折的样子。

[14] 囷（qūn）囷：回旋的样子。
[15] 蜂房水涡：形容宫室繁密如蜂房，曲廊回旋如水涡。
[16] 矗（chù）：耸立。落：居处。此指院落。
[17] "长桥"二句：指阿房宫横跨渭水与咸阳相接的桥像龙一样，但没有云怎么会有龙？
[18] 复道：楼阁间的空中通道如虹。
[19] 不霁（jì）何虹：并非雨过初晴，怎么会出现了彩虹。
[20] 妃嫔媵嫱（pín yìng qiáng）：泛指六国后妃。妃，帝王配偶。媵，陪嫁女。嫔、嫱，皆古代宫廷中女官名，亦代指帝王的妻妾。
[21] 王子皇孙：指六国君主子孙。
[22] 辇：乘车。言六国妃嫔、王子皇孙，车载至秦，充作秦之宫人和乐工。
[23] 荧荧（yíng）：光亮闪闪的样子。下文"妆镜"，化妆用的铜镜。
[24] 扰扰：纷纭的样子。
[25] 鬟：女子梳的环形发髻。
[26] 涨腻：水面涨起一层油腻。
[27] 椒兰：香料名。
[28] 辘辘（lù）：车声。
[29] 杳：深远。
[30] "一肌"二句：意思是宫妃们精心打扮，使肌肤容貌极尽美妍。
[31] 缦立：久立。缦，慢。
[32] 望幸：盼望皇帝临幸。
[33] 三十六年：秦始皇在位三十七年（称王二十五年，称始皇帝十二年），于三十七年死去，故称三十六年。
[34] 摽（piāo）掠：指六国国君抢劫掠夺。其人：指六国人民。
[35] 倚叠：堆积。
[36] "鼎铛（chēng）"二句：意思是把宝鼎当锅，把玉当石，把金当土块，把珠宝当沙石。铛，平底锅。块，土块。砾，碎石。
[37] 逦迤（lǐ yǐ）：连续不断。
[38] "一人"二句：意思是人心都是相同的，帝王应体察百姓之心。一人，指秦皇帝。
[39] 纷奢：繁华奢侈。下文"人"，他人，老百姓。
[40] 锱铢（zī zhū）：古代重量单位，六铢为一锱，四锱为一两，此喻轻微、细小。
[41] 磷磷：岩石繁密的样子，此指钉头密集。
[42] 庾：谷仓。
[43] 直栏横槛：纵横的栏杆。
[44] 九土：九州，即中国。
[45] 呕哑：形容纷繁的乐器声。
[46] 独夫：残暴失道、众叛亲离的君主，此指秦始皇。

[47] 骄固：骄横顽固。

[48] 戍卒叫：指陈涉、吴广起义。史载，陈涉曾戍守渔阳，故称戍卒。

[49] 函谷：关名，在河南灵宝县东北，为秦东边关隘。举：攻下。

[50] "楚人"二句：指项羽火烧阿房宫。《史记·项羽本纪》：汉元年（206）十二月，"项羽引兵西屠咸阳，杀秦降王子婴，烧秦宫室，火三月不灭"。但据考古挖掘，未见火焚痕迹。可怜，可惜。

[51] 族：灭族。族秦，犹言灭秦。

[52] 递三世：传了三代。即秦始皇、秦二世和秦王子婴。

[53] "后人"三句：意思是后人哀叹秦朝灭亡，但不以此为借鉴，那么也将使更后的人来哀叹他们。

【题解】

本篇作于唐敬宗宝历元年（825），是现今可以考见的杜牧最早的作品。作者借铺写秦始皇大修阿房宫，穷奢极欲，不恤民力而自取败亡的历史，对晚唐统治者进行讽刺和劝诫，表现了他对现实的关注。本文既具赋体铺张扬厉的特征，将阿房宫建筑的宏伟壮丽和秦宫室的极尽奢华描写得淋漓尽致，同时又精练概括，有明显的散文化倾向。代表了这一时期新体文赋的最高成就。

【集评】

[1] 开首直起，以下层层铺叙，赋体自应尔尔。其佳处全在造句新奇，措词流丽，运笔变换，故能使阿房始末与宫中情景，一一宛然在目。然不得"嗟乎"以下议论，亦仅以描写声调见长耳，有何义味。文妙将柱椽钉头，瓦缝栏槛，管弦等项，收拾前幅；而以"可怜焦土"了结之，大发感慨。末因垂戒后世，殊觉言有尽而意无穷矣。至波澜之壮，结构之精严，亦难多遘，宜乎昔人有"唐文至此大振"之褒也。（余诚《重订古文释义新编》）

【参考书】

[1]《杜牧诗选》，缪钺选注，人民文学出版社1957年版。

[2]《樊川诗集注》，冯集梧注，上海古籍出版社1978年版。

温庭筠

温庭筠（812—866），本名岐，字飞卿，太原祁（今属山西）人。曾官隋县及方城尉，终国子助教。他才情敏捷，每入试，八叉手而成八韵，时号"温八叉"。早年以才华知名，好作冶游，恃才傲物，放浪不羁。又好讽刺权贵，多遭忌讳，坎坷终身。工诗及词，词开花间一派，是晚唐词作最多的词人。诗亦负盛名，与李商隐并称"温李"。然所作大都以艳丽精巧见长，内容较狭窄晦深，有姿态而稍乏骨力，流于绮靡。有《温飞卿诗集》。

商山早行[1]

晨起动征铎[2]，客行悲故乡[3]。鸡声茅店月，人迹板桥霜。槲叶落山路[4]，枳花明驿墙[5]。因思杜陵梦，凫雁满回塘[6]。

（《全唐诗》，彭定求等编纂，中华书局1960年版）

【注释】

[1] 商山：在今陕西商州东南。
[2] 动征铎（duó）：旅店里响起催促行人起身赶路的铃铎声。铎，大铃。
[3] 悲故乡：因思念故乡而悲。
[4] 槲（hú）：树名，一种落叶灌木，叶片很大，开黄褐花，结球形坚果。
[5] 枳（zhǐ）：也叫枸橘，似橘而小，春天开白花。明驿墙：在驿站的墙上开得耀眼。
[6] "因思"二句：由此回忆长安，梦中池塘水暖，凫雁在欢快地畅游。杜陵，在今陕西西安市南。作者在长安时，曾寓居杜陵。凫（fú），野鸭。

【题解】

作者于唐文宗开成四年（839）在长安应试，不第而归。此诗描绘离开长安途经商山清晨上路的情形，通过对黎明时分寂静气氛的渲染，抒写了荒山景物和羁旅的辛苦，透露了诗人内心淡淡的失意孤寂。"鸡声"一联，写早行景色，每句平列了三种景物，不用任何关联词语，便意象俱足，启人想象。

【集评】

[1] "鸡声茅店月，人迹板桥霜"，人但知其能道羁愁野况于言表，不知二句中不用一二闲字，止提缀出紧关物色字样，而音韵铿锵，意象具足。（李东阳《麓堂诗话》）

菩 萨 蛮

小山重叠金明灭[1]，鬓云欲度香腮雪[2]。懒起画蛾眉，弄妆梳洗迟。

照花前后镜[3]，花面交相映。新帖绣罗襦，双双金鹧鸪[4]。

（《全唐五代词》，曾昭岷等编，中华书局1999年版）

【注释】

[1]"小山"句：意思是旭日初照，折叠如山的屏风承日光而流金溢彩，或明或暗。一说，小山指眉额，金乃画眉的颜色。

[2]"鬓云"句：意思是丰茸如云的缭乱鬓发欲掩住香而白的面颊。云，喻头发。

[3]照花：指对镜簪花。前后镜：两面前后对照的镜子。

[4]"新帖"二句：意思是在罗衣上，用金线盘绣成双成对的鹧鸪图案。帖，通"贴"。襦，短衣。

【题解】

这首词以细腻的笔调描绘了一个女子晨起梳妆的慵懒情景，末句以"双双金鹧鸪"暗示了女子"懒"、"迟"的原因，反衬出她盛年独处的空虚孤独。刻画细腻，辞藻华丽，词意含蓄曲折，代表了温词的典型风格。

【集评】

[1]温丽芊绵，已是宋元人门径。（陈廷焯《云韶集》）

[2]此感士不遇也。篇法仿佛《长门赋》，而用节节逆叙。（张惠言《词选》）

【参考书】

[1]《花间集校》，李一氓校点，人民文学出版社1958年版。

[1]《温飞卿诗集笺注》，[清]曾益等笺注，上海古籍出版社1980年版。

李商隐

李商隐（813-858），字义山，号玉溪生，又号樊南生。怀州河内（今河南沁阳）人。开成二年（837）进士，授秘书省校书郎，调弘农尉。次年入泾原节度使王茂元幕府。当时牛（僧孺）李（德裕）党争激烈，李商隐被卷入漩涡，政治上受到排挤，此后一生在牛、李两党的倾轧中度过，困顿失意，潦倒终生。曾依桂管观察使郑亚及京兆尹卢弘正（或作弘止）。后依柳仲郢东川幕，仲郢入朝，奏为盐铁推官。罢还，病卒。李商隐在艺术上有杰出的成就，其中七律成就最高，其他五言、绝句、七古、五古等也多有名篇警句。他的诗秾艳绮丽，幽微含蓄，深情绵邈，寄托高远。善于运用典故和神话传说，构成丰富多彩的艺术形象，令读者回味无穷。他的散文峭直刚劲，直抒胸臆；公文章奏典丽工整，才情富赡，善于表情达意，对后世有较大的影响。有《玉溪生诗》及《樊南文集》。

宿骆氏亭寄怀崔雍崔衮[1]

竹坞无尘水槛清[2]，相思迢递隔重城[3]。秋阴不散霜飞晚，留得枯荷听雨声。

（《李商隐诗歌集解》编年诗，刘学锴、余恕诚著，中华书局1998年版。下同）

【注释】

[1] 骆氏亭：指处士骆峻隐居的水榭，在长安附近灞陵东阪下。崔雍、崔衮：华州刺史崔戎之子。作者曾在崔戎幕中，结识其子崔雍、崔衮，成为好友。

[2] 竹坞：竹舍，竹楼。水槛（jiàn）：临水的亭栏。槛，亭外栏杆。

[3] 迢递：遥远的意思。

【题解】

大和七年（833），作者入为华州刺史崔戎的幕府，受到关照和提携。两年之后，崔戎病死于兖州任上。此诗为作者寄怀崔戎之子崔氏兄弟，语言婉转优美。全诗虽然句句写晚秋萧瑟的景象，但怀念友人的真挚情感昭然可见。

【集评】

[1] 分明自己无聊，却就枯荷雨声渲出，极有余味；若说破雨夜不眠，转尽于言下矣。"秋阴不散"起"雨声"，"霜飞晚"起"留得枯荷"，此是小处，然亦见得不苟。（纪昀《玉溪生诗说》）

[2] 秋霜未降，荷叶先枯，多少身世之感！（姚培谦《李义山诗集笺注》）

安定城楼[1]

迢递高城百尺楼[2]，绿杨枝外尽汀洲[3]。贾生年少虚垂涕[4]，王粲春来更远游[5]。永忆江湖归白发,欲回天地入扁舟[6]。不知腐鼠成滋味,猜意鹓雏竟未休[7]。

【注释】

[1] 安定:郡名,即唐代泾州(安定郡),治所在今甘肃泾川。唐泾原节度使治所。

[2] 迢递:此处形容楼高。

[3] 汀洲:指泾水岸边沙地和水中洲渚。汀,水边平地。

[4] 贾生:贾谊。据《汉书·贾谊传》贾谊曾给汉文帝上《治安策》,"臣窃惟今之事势,可为痛哭者一,可为流涕者二,可为长太息者六。"此处的"贾生"和下句的"王粲",是作者自比。

[5] 王粲:字仲宣,山阳高平(今山东邹县)人。"建安七子"之一。东汉末,北方大乱,流浪荆州依刘表。曾登当阳城(今属湖北)作《登楼赋》,抒发惆怅之情。

[6] "永忆"二句:意思是自己希望能够在为国家做出一番回旋天地的大事业之后,等到年老发白,然后乘一叶扁游江湖。回天地,扭转乾坤。

[7] "不知"二句:意思是自己怀有为国建功的抱负,却被那些追名逐利之徒无端猜忌,以为是要与他们争权夺势。鹓(yuān)雏,凤一类的鸟。惠施在梁任相国,庄子要去探望他,有人对惠施说,庄子来,是想接替你的,于是惠施大为惊慌,在城里搜查了三天三夜。庄子于是去见他,对他说:南方有一种鸟,名叫雏,它非梧桐不栖,非竹实不食,非醴泉不饮。鸱(猫头鹰)弄到一只死老鼠,雏恰好从它面前过,鸱竟以为雏要抢它的死鼠,于是发出恐吓的吼声,就像你今天对我一样。(《庄子·秋水篇》)

【题解】

此诗写于开成三年(838年)的春天,是年李商隐应博学鸿词科落选,入泾原节度使王茂元幕中。诗人登楼感怀,抒发了他郁郁不得志的惆怅心怀,以及尽管遭遇挫折却不改初衷,坚持济世抱负的执著。颈联极为凝练,不仅表达了自己的胸襟,而且形象概括了封建社会一切才志之士的共同理想。为王安石所激赏。

【集评】

[1] 王荆公晚年亦喜李义山诗,以为唐人知学老杜而得其藩篱者,唯义山一人而已。每颂其"雪岭未归天外使,松州犹驻殿前军"、"永忆江湖归白发,欲回天地入扁舟"……之类,虽老杜无以过也。(蔡启《蔡宽夫诗话》)

[2] 言己长忆江湖以终老,但志欲挽回天地,乃入扁舟耳。时人不知己志,以鸱鸮腐鼠而疑鹓雏,不亦重可叹乎?(沈德潜《唐诗别裁》)

马嵬二首[1]（其二）

海外徒闻更九州[2]，他生未卜此生休。空闻虎旅传宵柝[3]，无复鸡人报晓筹[4]。此日六军同驻马，当时七夕笑牵牛[5]。如何四纪为天子[6]，不及卢家有莫愁。

【注释】

[1] 马嵬（wéi）：马嵬驿，在今陕西兴平西。唐玄宗天宝十四载（755）十一月，安禄山起兵反。十五载六月，潼关失守，玄宗仓皇奔蜀，至马嵬驿，六军不发。禁军大将陈玄礼密启太子，杀杨国忠父子，缢死杨贵妃于佛室，年三十八岁。

[2] 更九州：更有九州。战国时齐人邹衍有"大九州"之说，"中国名曰赤县神州。""中国外如赤县神州者九，乃所谓九州也。"（《史记·邹衍传》）

[3] 虎旅：扈从玄宗入蜀的禁军。宵柝（tuò）：夜间报更的梆子。

[4] 鸡人：皇宫里负责报晓的人。筹：计数的用具。

[5] 笑牵牛：认为牛郎织女唯七夕一相逢，不如他们朝朝暮暮厮守在一起。参看白居易《长恨歌》。

[6] 四纪：四十八年（一纪十二年）。玄宗在位四十五年。下句说，还不如寻常百姓家的夫妻。莫愁，乐府民歌中的女子，洛阳人。

【题解】

此诗以七夕盟誓为主线，写马嵬悲剧。作者一反传统的"女祸"观念，讽刺玄宗荒淫致乱，咎由自取，表现了高于时人的卓识。作品一开始就点出悲剧的结局，使人警醒。结末说四纪为君，反不如民间夫妇能够相守，讽刺辛辣冷峻。今昔的鲜明对照，以及"徒闻"、"未卜"、"空闻"、"无复"、"此日"、"当时"、"如何"、"不及"等词语的运用，都加强了讽刺的力量。

夜雨寄北

君问归期未有期，巴山夜雨涨秋池[1]。何当共剪西窗烛[2]，却话巴山夜雨时。

【注释】

[1] 巴山：在今四川省南江县以北。亦可泛指东川一带的山。

[2] 何当：犹言何时。下文"却话"，犹言回溯，回顾。

【题解】

此诗是诗人大中五年至九年（851-855）在四川梓州作幕僚时寄答友人之作。前两句通过问答和典型环境描写，表现了客居异地的孤寂和深长的思念。后两句紧扣夜雨，另辟新境，将眼前景象当作他日怀想的材料，不仅写出重逢的欢愉，情思的深长，而且用美好的憧憬排遣了眼前的孤独凄凉。全篇使用白描，虚实相生，情景交融，含蓄蕴藉，情韵深婉，既有民歌的朴素，又有文人之作的细腻。章法也颇独特，"期"字和"巴山夜雨"的重见叠出形成音调的回环往复。是一首广为传诵的佳作。

【集评】

[1] 即景见情，清空微妙，《玉溪集》中第一流也。（屈复《玉溪生诗意》）

[2] 眼前景反作后日怀想，此意更深。（桂馥《札朴》）

[3] 滞迹巴山，又当夜雨，却思剪烛西窗，将此夜之愁细诉，更觉愁绪缠绵，倍为沉挚。（黄叔灿《唐诗笺注》）

隋　宫[1]

紫泉宫殿锁烟霞，欲取芜城作帝家[2]。玉玺不缘归日角，锦帆应是到天涯[3]。于今腐草无萤火[4]，终古垂杨有暮鸦[5]。地下若逢陈后主，岂宜重问后庭花[6]？

【注释】

[1] 隋宫：指隋炀帝在江都（今江苏扬州）所建的行宫。

[2] "紫泉"二句：意思是长安壮丽的宫殿空锁于烟霞之中，炀帝却要到芜城去建行宫。紫泉，即紫渊，流经长安北部的一条河，因避唐高祖李渊讳改渊为泉。这里指代长安。芜城，即扬州。作帝家，指建行宫。

[3] "玉玺（xǐ）"二句：政权如不是落到李渊手里，炀帝一定会玩到天涯海角去了。玉玺，皇帝的玉印，是政权的象征。缘，因。日角，额角饱满像太阳一样。古代相法，认为日角是帝王之相。此指唐高祖李渊。李渊称帝前，唐俭曾说他"日角龙庭"，命相大贵，将拥有天下。锦帆，指炀帝所乘龙舟。

[4] "于今"句：如今腐草间的萤火虫都被捉光了。古人认为萤火虫是腐烂的草变出来的。炀帝曾在洛阳行宫搜求数斛萤火虫，夜间放出，光照岩谷。在江都也曾放萤取乐，还建了放萤院。

[5] "终古"句：意思是当年南游的盛况已成陈迹，隋堤上就只剩下暮鸦在杨柳树上

聒噪。终古，长久。垂杨，炀帝开运河，沿河筑堤，遍栽杨柳，后人称为隋堤。

[6]"地下"二句：炀帝如在九泉之下见到陈后主，难道还好意思再请张丽华舞一曲《玉树后庭花》吗？陈后主，陈朝末代皇帝陈叔宝，国亡降隋。据《隋遗录》记载，炀帝在扬州时曾于醉梦中与陈后主相遇，并请后主宠妃张丽华舞了一曲《玉树后庭花》。

【题解】

此诗讽刺隋炀帝因荒淫而失国的历史教训。诗一开始便点出隋炀帝的穷奢极欲，接着以揣测、想象之词讽刺他巡游无度、至死不悟的荒唐行为，再以一"无"一"有"的对照作昔盛今衰的鲜明对比，结末用反诘语气揭示荒淫亡国的主题。全诗措辞深婉，具有深刻的历史意义。

【集评】

[1] 言外有无限感叹，无限警醒。（李锳《诗法易简录》）

锦　瑟

锦瑟无端五十弦，一弦一柱思华年[1]。庄生晓梦迷蝴蝶[2]，望帝春心托杜鹃[3]。沧海月明珠有泪[4]，蓝田日暖玉生烟[5]。此情可待成追忆，只是当时已惘然[6]。

【注释】

[1] "锦瑟"二句：意思是因瑟有五十弦，联想到自己年将半百，因而追溯生平，华年往事，一一忆起。锦瑟，绘有如锦花纹的瑟。无端，无缘无故，表示心惊。五十弦，古代的瑟本是五十根弦，后来多是二十五弦。《汉书·郊祀志》："泰帝使素女鼓五十弦瑟，悲，帝禁不止，故破其瑟为二十五弦。"柱，调音的支柱，在弦下，可以移动。华年，年轻时候。

[2] "庄生"句：意思是浮生若梦，变幻莫测。庄生，即庄周。庄子有一次在梦中发现自己变成了蝴蝶，醒来却发现还是原来的自己，于是他迷惑了，不知道是庄周梦见自己变成了蝴蝶，还是蝴蝶梦见自己变成了庄周？（《庄子·齐物论》）

[3] "望帝"句：意思是托文字抒写自己的哀愁。望帝，古蜀国国王的称号，名叫杜宇。春心，杜鹃在暮春三月啼叫，故称春心。

[4] 沧海：即大海。珠有泪：传说南海外有鲛人，住在水中，哭泣时泪水能变成珍珠。

[5] 蓝田：在今陕西蓝田县，以出产美玉著称。司空图《与极浦书》引戴叔伦的话说："诗家之景，如蓝田日暖，良玉生烟，可望而不可置于眉睫之前也。"

[6]"此情"二句:这种迷惘感伤岂是等到追忆时才有?就是在当时,我已经觉得怅惘了。可待,岂待,何待。

【题解】

关于此诗的隐喻,历代诗论家颇多揣测,莫衷一是。有人以为是爱情诗,有人以为是悼亡诗,还有人以为是描写音乐的诗。目前大多数学者认为它是作者晚年追叙生平、自伤身世之辞。全篇以华美鲜明的形象,丰富奇丽的联想,比兴象征的手法,隐约曲折地表达了难言的隐痛和深沉的哀怨,有极大的艺术魅力。

【集评】

[1] 此义山有托而咏也……顾其意言所指,或忆少年之艳冶,而伤美人之迟暮,或感身世之阅历,而悼壮夫之晼晚,则未可以一辞定也。(钱谦益、何焯《唐诗鼓吹评注》)

[2] 义山晚唐佳手,佳莫佳于此矣。竟致迷离,在可解不可解之间,于初盛诸家中得未曾有,三楚精神,笔端独到。(陆次云《中晚唐诗善鸣集》)

无　　题

相见时难别亦难,东风无力百花残。春蚕到死丝方尽[1],蜡炬成灰泪始干。晓镜但愁云鬓改,夜吟应觉月光寒[2]。蓬山此去无多路,青鸟殷勤为探看[3]。

【注释】

[1] 丝:与"思"谐音。下文"泪",烛泪,蜡烛燃烧时下滴的油脂。
[2] "晓镜"二句:是设想对方情景之辞。
[3] "蓬山"二句:意思是对方居处离自己不远,希望能有信使殷勤传书,试为探望。蓬山,即蓬莱山,此处指代女子所居之处。青鸟,神话传说中的西王母传送讯息的神鸟,后用来借称爱情使者。

【题解】

此诗是李商隐无题诗中传诵最广的一首。用比兴象征的手法、细密精工的比喻、回环往复的抒情,真挚动人地表达了封建士大夫缠绵悱恻、隐秘难传的爱情生活,堪称描写爱情的绝唱。前四句写离别相思的痛苦和对爱情的执著坚贞；后四句写对女方的深情体贴和对会合的希冀。"春蚕"一联感人至深地写出爱情的缠绵深挚和生死不渝，使执著的感情在濒于绝望中显出无比强烈的力量，所以成为千古传诵的名句。

【集评】

[1] 镂心刻骨之词。千秋情语，无出其右。（杨成栋《精选五七律耐吟集》）

[2] 诗中比意从汉魏乐府中来，遂为《无题》诸篇之冠。（陆次云《中晚唐诗善鸣集》）

[3] 义山"春蚕到死丝方尽，蜡炬成灰泪始干"，道出一生功夫学问，后人再四摹仿，绝无此奇句。（赵德湘《澹仙诗话》）

嫦　娥

云母屏风烛影深[1]，长河渐落晓星沉。嫦娥应悔偷灵药[2]，碧海青天夜夜心。

【注释】

[1] 云母：矿物名，晶体半透明有光泽，可装饰门扉屏风等。下句写天将拂晓之景象。长河，银河。

[2] 灵药：即不死之药。《淮南子·览冥训》："羿请不死之药于西王母，姮娥（嫦娥）窃之以奔月宫。"

【题解】

关于此诗的主旨，前人有自伤不遇、怀人、悼亡、讽女冠等不同说法。前两句写主人公的环境和永夜不寐的情景，后两句写望月引起的联想，揣测嫦娥是否也会因孤寂而"悔偷灵药"。其中与其说是对嫦娥处境的深情体贴，不如说是诗人清高落寞心境的曲折表达。此诗想象丰富，立意超卓，意蕴丰富，启人深思。

乐　游　原[1]

向晚意不适[2]，驱车登古原。夕阳无限好，只是近黄昏。

【注释】

[1] 乐游原：长安（今西安）城南游览区，地势高，四望宽敞。

[2] 不适：不舒适，不愉快。

【题解】

诗人登临古原眺望夕阳之时，迟暮之感，沉沦之悲，触绪纷来。无限美好的夕阳其实包蕴了诗人对唐王朝已至穷途末路的深沉感叹和惋惜。意境苍凉悲壮而感情流连低回。

【集评】

[1] 销魂之语，不堪多诵。（姚培谦《李义诗集笺注》）

[2] 叹老之意极矣，然只说夕阳，并不说自己，所以为妙。五绝七绝，均须如此。此亦比兴也。（施补华《岘佣说诗》）

吴　宫[1]

龙槛沉沉水殿清[2]，禁门深掩断人声[3]。吴王宴罢满宫醉，日暮水漂花出城。

【注释】

[1] 吴宫：春秋时吴王夫差所建的宫殿，在今苏州。

[2] 龙槛（jiàn）：设计成龙形的栏杆。水殿：临水的宫殿。

[3] 禁门：宫门。

【题解】

此诗通过对吴宫欢宴后殿阁凄清、悄无人声的描写，讽刺了吴王的醉生梦死，这死一般的沉静正预示了即将败亡的不祥之兆。侧面烘托和细节描写，有力地表现了主旨。用意深曲而措词委婉。

贾　生[1]

宣室求贤访逐臣[2]，贾生才调更无伦[3]。可怜夜半虚前席，不问苍生问鬼神[4]。

【注释】

[1] 贾生：即贾谊，汉文帝时人，政论家。

[2] 宣室：汉未央宫前殿正室，是皇帝举行大规模祭祀前斋戒居住之地。访：召见。逐臣：贾谊曾被贬往长沙做王太傅。

[3] 才调：才气。无伦：无与伦比。

[4] "可怜"二句：意思是可惜汉文帝白白地听得入迷，原来不是询问有关国计民生的大事而是询问鬼神之事。可怜，可惜。虚，徒劳，枉然。前席，向前移动坐处，古人席地而坐，从所坐的席上向前移动，以接近谈话对方，是听得入神的不自觉的动作。

【题解】

此诗就汉文帝宣室夜召贾谊之事借题发挥，讽刺封建统治者不可能真正重视人才；而"问鬼神"又是针对中晚唐一些皇帝求仙好道的荒唐行径加以针砭。此诗欲抑先扬，使前后形成极大的反差，收到明显的讽刺效果。此外，作者从是否关心国计民生来看待人才问题，见解也远高于表现传统的士不遇主题的其他作品。

【集评】

[1] 纯用议论矣，却以唱叹出之，不见议论之迹。（纪昀《玉溪生诗说》）

[2] 前席之虚，今古盛典。文帝之贤，所问如此，亦有贾生遇而不遇之意哉？（屈复《玉溪生诗意》）

【参考书】

[1]《李商隐选集》，周振甫选注，上海古籍出版社1986年版。

皮日休

皮日休（834？—883？），字逸少，后改袭美，襄阳（今湖北襄樊）人。自号间气布衣，又号醉吟先生、鹿门子、醉民、醉士等。早年隐居襄阳鹿门山，咸通八年（867）进士。十年，苏州刺史崔璞辟为州军事判官。此时与陆龟蒙结识，相与唱和，并称"皮陆"。入朝授太常博士。乾符二年（875）任毗陵副使。黄巢称帝，任为翰林学士。黄巢起义失败，不知所终。早期诗文多有抨击时弊、同情民生疾苦之作，质朴直切，痛快淋漓。有《皮子文薮》、《松陵集》。《全唐诗》录存其诗九卷。

橡 媪 叹[1]

秋深橡子熟，散落榛芜冈[2]。伛伛黄发媪[3]，拾之践晨霜[4]。移时始盈掬[5]，尽日方满筐。几曝复几蒸[6]，用作三冬粮[7]。山前有熟稻，紫穗袭人香[8]。细获又精舂[9]，粒粒如玉珰[10]。持之纳于官，私室无仓箱[11]。如何一石余，只作五斗量[12]。狡吏不畏刑，贪官不避赃。农时作私债[13]，农毕归官仓。自冬及于春，橡实诳饥肠[14]。吾闻田成子，诈仁犹自王[15]。吁嗟逢橡媪[16]，不觉泪沾裳。

（《全唐诗》，彭定求等编纂，中华书局1960年版）

【注释】

[1] 橡媪（ǎo）：拾橡子的老年妇女。橡，栎树。果实味苦涩。
[2] 榛（zhēn）芜冈：草木丛生的山冈。
[3] 伛伛（yǔ）：弯腰驼背。
[4] "拾之"句：踏着早晨的寒霜去拣拾橡子。形容辛苦。
[5] 移时：过了好久。盈掬：满把。下文"尽日"，一整天。
[6] "几曝（pù）"句：经过多次蒸晒。
[7] 三冬：冬季三个月。
[8] 紫穗：金黄的稻穗。古代上等的黄金叫紫磨，因此紫可指金黄色。
[9] 细获：指收割时仔细挑选，除去杂质。
[10] 玉珰：玉石耳坠。此处形容稻米的晶莹饱满。
[11] "持之"二句：将这些好米都缴了官税，家中没有一点存留。仓箱，装米的器具，大的称仓，小的称箱。
[12] "如何"二句：意思是纳赋税量米时官吏作弊，把一石只量成五斗。
[13] 农时：耕种的时候。作私债：指官府趁农民耕种需要种子，拿稻子放高利贷。
[14] "橡实"句：饿极了只好拿橡实来骗骗饥饿的肚肠。诳（kuāng）：欺骗，蒙混。
[15] "吾闻"二句：田成子虽然是假仁假义，但老百姓也得到了一点实惠，因而他的后代成就了王业。田成子，周朝齐国的贵族田常。他为了收买人心，大斗借出，小斗收进，以求达到做国王的目的。后来，他的子孙果然做了齐王。
[16] 吁嗟：感叹之词。

【题解】

这是组诗《正乐府十篇》的第二首。通过对一位以橡栗充饥的老妇人的悲惨遭遇的刻画，揭露和指斥了统治者剥削和压迫百姓的事实。通篇运用对比手法，层层剖析，篇末的议论水到渠成，动人心魄。

陆龟蒙

陆龟蒙（？－881?），字鲁望，自号甫里先生、天随子、江湖散人，苏州吴县（今江苏苏州）人。曾举进士，不第。死后追赠右补阙。他工诗文，与皮日休齐名，并称"皮陆"。他的诗多表现闲适隐逸的生活，而小品文则多讽刺时政之作。有《笠泽丛书》、《松陵集》。《全唐诗》录存其诗十四卷。

新　　沙

渤澥声中涨小堤[1]，官家知后海鸥知。蓬莱有路教人到[2]，应亦年年税紫芝[3]。

（《全唐诗》，彭定求等编纂，中华书局1960年版。下同）

【注释】

[1] 渤澥（xiè）：渤海。涨小堤：河流入海带来泥沙淤积，经海潮冲击涨为沙堤。下句说，官家比海鸥还要先知道这块新出的小沙洲，准备要来收税了。
[2] 蓬莱：古代神话传说中的三座神山之一。
[3] 紫芝：灵芝草。

【题解】

这首诗以出人意表的想象、极度的夸张，揭露了晚唐社会赋税之重的严酷现实，讽刺了官家横征暴敛的贪婪。平淡的语言和嘲谑的口吻，收到更强烈讽刺的效果。

吴宫怀古[1]

香径长洲尽棘丛，奢云艳雨只悲风[2]。吴王事事须亡国，未必西施胜六宫。

【注释】

[1] 吴宫：见李商隐《吴宫》注[1]。

[2] "香径"二句：意谓曾经的繁华香艳已经烟销云散，只留下荆棘与悲风了。

【题解】

这首诗一反传统"女祸"的偏见，指出春秋时代吴国的灭亡，是由于吴王夫差本人穷奢极侈，事事可以亡国，不能归罪于西施。联系唐末的社会现实，可知有借古讽今之意。作品用形象的语言揭示了深刻的道理，富有理趣。

韦 庄

韦庄（836—910），字端己，京兆杜陵（今陕西西安）人。黄巢起义时，长时间流寓江南各地。乾宁元年（894），登进士第，先任校书郎，后为左补阙。晚年入蜀，深得前蜀主王建赏识，任吏部侍郎平章事。韦庄工诗。其诗多以伤乱、羁旅和写景为题材。格调深婉凄清。曾作长诗《秦妇吟》，时人称为"秦妇吟秀才"。亦善写词，与温庭筠齐名，并称"温韦"。为花间词派代表作家。词风清丽，寓浓于淡。有《浣花集》。

台　城[1]

江雨霏霏江草齐[2]，六朝如梦鸟空啼。无情最是台城柳，依旧烟笼十里堤。

（《全唐诗》，彭定求等编纂，中华书局1960年版）

【注释】

[1] 台城：亦称苑城，本三国时代吴国的后苑城，东晋成帝时改建，为东晋、南朝台省（中央政府）和宫殿所在地。遗址在今南京玄武湖与鸡鸣山之间。

[2] 霏霏（fēi）：细雨蒙蒙的样子。下文"六朝"，吴、东晋、宋、齐、梁、陈，均都建康（今南京）。

【题解】

僖宗光启三年（887），韦庄渡江北上凤翔"迎驾"，遇阻折返南京时写下此诗。诗人触景生情,吊古伤今。以"柳"的无情反衬人的伤情,无限感慨见于言外,空灵蕴藉。

菩 萨 蛮

人人尽说江南好,游人只合江南老[1]。春水碧于天,画船听雨眠。垆边人似月[2],皓腕凝霜雪。未老莫还乡,还乡须断肠。

(《全唐五代词》,曾昭岷等编纂,中华书局1999年版)

【注释】

[1] 合:应当。
[2] 垆边人:当垆女,酒家女。垆,酒店中放置酒瓮的土台。

【题解】

本题共五首,此首原列第二。词集中从风景和人物两方面渲染江南之令人陶醉,暗示中原战乱,有家难归之痛。作者饱经离乱的浓烈思乡之情,无可奈何之意,见于言外。外在劲直旷达,而内含曲折悲郁,"似直而纡,似达而郁",正是韦庄词的特色之一。

【集评】

[1] 强颜作愉快语,怕断肠,肠亦断矣。(谭献《谭评词辨》)
[2] 一幅春江图画。意中是思乡,笔下却说江南风景好,真正泪溢中肠,无人省得。(陈廷焯《云韶集》)

聂夷中

聂夷中,生卒年不详,字坦之,河南中都(今河南沁阳)人。咸通十二年(871)进士,久困长安,后补华阴县尉。早年家贫,备尝艰辛,故其诗多反映民生疾苦与讽谕时世之作。语言质朴无华,晓畅自然。擅长五言。《全唐诗》录存其诗一卷。

咏 田 家[1]

二月卖新丝,五月粜新谷[2]。医得眼前疮,剜却心头肉。我愿君王心,化作光明烛。不照绮罗宴，只照逃亡屋。

(《全唐诗》，彭定求等编纂，中华书局1960年版)

【注释】

[1] 题一作《伤田家》。

[2] "二月"二句：意思是二月就预先将新丝贱价抵押出卖，五月禾苗还在田里就预先出卖新谷。粜（tiào），卖粮食。

【题解】

此诗用浅切明白的语言，沉痛激切的情感，反应了广大农民遭受惨重剥削以至无法生存的现象。三、四两句用"剜肉补疮"来比喻农民为救眼前饥寒，不得不忍痛卖新苗新谷的艰难处境，极为生动贴切，是千古传诵的名句。

【集评】

[1] 上（后唐明宗）又问（冯）道："今岁虽丰，百姓赡足否？"道曰："农家岁凶则死于流殍，岁丰则伤于谷贱；丰凶皆病者，唯农家为然。臣记进士聂夷中诗云：'二月卖新丝……'语虽鄙俚，曲尽田家之情状。农于四人之中最为勤苦，人主不可不知也。"上悦，命左右录其诗，常讽诵之。（司马光《资治通鉴》）

杜荀鹤

杜荀鹤（846－904），字彦之，自号九华山人，池州石埭（今安徽石台）人。出身寒微。昭宗大顺二年（891）进士及第，时局危乱，复归隐。曾被宣州节度使田頵辟为从事。后出使大梁，得朱温厚遇，为翰林学士，不久病卒。其诗多反映社会矛盾及民生疾苦，抨击黑暗现实，短小精悍，浅近通俗，擅用白描，自成一家。有《唐风集》。

山中寡妇

夫因兵死守蓬茅[1]，麻苎衣衫鬓发焦。桑柘废来犹纳税[2]，田园荒后尚征苗。时挑野菜和根煮，旋斫生柴带叶烧[3]。任是深山更深处，也应无计避征徭[4]。

(《全唐诗》,彭定求等编纂,中华书局1960年版)

【注释】

[1] 蓬茅：茅草搭成的房子。下文"焦",枯干。
[2] 税：指输绢说。下文"征苗",指田租说。
[3] 旋（xuàn）：现,临时。
[4] 征徭：租税与劳役。

【题解】

此诗通过对山中寡妇悲惨生活的描写,反映了黄巢起义失败后,统治阶级加紧剥削,农民大量逃亡的社会现实。极富现实精神。其中第二和第四两联思想内容深刻,语言高度概括,尤为后人所称赏。

冯延巳

冯延巳（903-960）,一名延嗣,字正中,南唐广陵（今江苏扬州）人。曾任南唐谏议大夫、户部侍郎、中书侍郎左仆射同平章事,官终太子太傅。其词多娱宾遣兴、流连光景之作,词风清丽婉约,寓有寄托。王国维评其词说："冯正中词虽不失五代风格,而堂庑特大,开北宋一代风气。"（《人间词话》卷上）有《阳春集》。

鹊 踏 枝

谁道闲情抛掷久,每到春来,惆怅还依旧。日日花前常病酒,不辞镜里朱颜瘦[1]。　　河畔青芜堤上柳[2]。为问新愁,何事年年有？独上小楼风满袖,平林新月人归后[3]。

(《全唐五代词》,曾昭岷等编纂,中华书局1999年版。下同)

【注释】

[1] 不辞：不推辞,不惜。
[2] 青芜：丛生的杂草。
[3] 平林：平原上的林木。

【题解】

　　此词抒写个人伤感，不涉及具体情事，只表达无可名状而又难以抛掷的一种心境。词中写到的"闲情"和"新愁"，已不再是儿女之情，而是关合生活与人生的感触。因此虽明白如话，却深沉含蓄，给读者提供了广阔的想象空间。这正是所谓冯词所特有的"有寄托入，无寄托出"的一类。

谒 金 门

　　风乍起，吹皱一池春水。闲引鸳鸯香径里[1]，手挼红杏蕊。　　斗鸭阑干独倚[2]，碧玉搔头斜坠[3]。终日望君君不至，举头闻鹊喜。

【注释】

　[1] 引：逗引。香径：飘着花香的小路。下文"挼（nuó）"，揉搓。
　[2] 斗鸭：使鸭相斗的一种博戏。
　[3] 搔头：簪子。

【题解】

　　此词写女子在春日里生活情景，通过景物和她的一些举止透露出她百无聊赖的心境以及由愁而喜的感情波澜，"风乍起"两句以情景交融、寓意深微，历来为人所激赏。其中表现的女子为怀人所苦而不胜怨怅的心理，有可能寄托了自己的情怀。

【集评】

　[1] 元宗乐府辞云："小楼吹彻玉笙寒。"延巳有"风乍起，吹皱一池春水"之句，皆为警策。元宗尝戏延巳曰："吹皱一池春水，干卿何事？"延巳曰："未如陛下'小楼吹彻玉笙寒'。"元宗悦。（胡仔《苕溪渔隐丛话后集》）
　[2] 言情之始，故其来无端。（王闿运《湘绮楼词选续编》）

李 璟

　　李璟（916—961），初名景通，字伯玉，徐州（今属江苏）人。二十八岁继其父李昇（biàn）为南唐主，在位十九年，庙号元宗。后屈服于后周，去帝号称主，故又称中主。李璟多才艺，所作词多抒写离愁别恨,并于其中杂以自己的现实感受,意境深沉。词仅存四首,收入《南唐二主词》中。

浣 溪 沙

菡萏香消翠叶残[1],西风愁起绿波间,还与韶光共憔悴[2],不堪看。细雨梦回鸡塞远[3],小楼吹彻玉笙寒[4]。多少泪珠无限恨,倚栏干。

(《全唐五代词》,曾昭岷等编纂,中华书局1999年版)

【注释】

[1] 菡萏(hàn dàn):荷花的别称。
[2] 韶光:美好的时光。一作"容光"。
[3] 梦回:梦醒。鸡塞:鸡鹿塞的省称,汉朝的边塞,这里泛指边关要塞。鸡塞远,一作"清漏永"。
[4] 吹彻:意谓吹奏了一套完整的曲子。彻,通,贯通。寒:笙声凄清,给小楼带来凉意。

【题解】

这首词用象征的手法,借花残叶败的景物和萧条森寒的景色,抒发人生与时光一起渐渐流逝的哀愁,寄托国运衰败、良辰不再的感慨。意境阔大深邃,情调沉郁凄婉,自然蕴藉。相传"细雨"二句得到宋代王安石的高度赞赏。

【集评】

[1] 沉之至,郁之至,凄然欲绝。后主虽善言情,卒不能出其右也。(陈廷焯《白雨斋词话》)
[2] 南唐中主词:"菡萏香消翠叶残,西风愁起绿波间。"大有"众芳芜秽,美人迟暮"之感。乃古今独赏其"细雨梦回鸡塞远,小楼吹彻玉笙寒"。故知解人正不易得。(王国维《人间词话》)

李 煜

李煜(937-978),字重光,继其父李璟为南唐主,在位十五年,世称后主。嗣位之前,南唐已对宋称臣,继位后,他政事不修,纵情享乐。宋开宝七年（974）十月，宋兵南下攻破金陵，国亡。他被俘到汴京，过了三年囚犯般的屈辱生活。后被宋太宗下药毒死。李后主前期词作风格绮丽柔靡，还不脱"花间"习气。国亡后词作转为抒发亡国之痛，突破晚唐五代的传统，语言精炼而又自然流畅，情感凄苦悲愤，意境深沉。成为词史上承前启后的宗师。王国维说："词至李后主而眼界始大，感慨遂深。遂变伶工之词而为士大夫之词。"（《人间词话》卷上）现存词三十四首，收入《南唐二主词》中。

乌夜啼

林花谢了春红[1]，太匆匆。无奈朝来寒雨晚来风。　　胭脂泪[2]，留人醉，几时重[3]？自是人生长恨水长东。

（《全唐五代词》，曾昭岷等编纂，中华书局1999年版。下同）

【注释】

[1] 谢：辞去。
[2] 胭脂泪：胭脂为眼泪沾湿，成为胭脂泪。
[3] 重（chóng）：重复；再来。包括景物与人事。

【题解】

此词写伤春伤别，但洋溢在字里行间的浓重真切的伤感情调，使人不难体味，其中显然寄托作者的身世之悲和亡国之痛。比拟、象征的手法，色彩鲜明的词汇，将抒发的情感表达得酣畅淋漓。词人将个人的不幸痛苦升华到对宇宙人生的哲理体悟，境界极为深广，给人无限的思索和回味。第三句亦作"常恨朝来寒重晚来风"。

虞美人

春花秋月何时了，往事知多少？小楼昨夜又东风，故国不堪回首月明中[1]。　　雕栏玉砌应犹在[2]，只是朱颜改。问君能有几多愁[3]？恰似一江春水向东流。

【注释】

[1] 故国：建都金陵（今南京）的南唐。
[2] 雕栏玉砌：指代金陵的宫殿。
[3] 君：作者自指。

【题解】

此首作于国亡降宋以后。国破家亡的巨大变故和屈辱的囚徒生活，在词人心中凝结成深哀巨恸。作者直抒胸臆，纯用白描。对往事的追怀，对故国的怀念，以及对人生的大彻大悟，都仿佛是从肺腑中流淌而出，自然真率而又深挚感人。结构大开大阖，境界极为阔大，感慨深沉郁结。

【集评】

[1] 一声恸歌，如闻哀猿，呜咽缠绵，满纸血泪。（陈廷焯《词则·别调集》）

[2] 尼采谓："一切文学，余爱以血书者。"后主之词真所谓此血书者也。（王国维《人间词话》）

浪 淘 沙

帘外雨潺潺，春意阑珊[1]。罗衾不耐五更寒[2]。梦里不知身是客，一晌贪欢[3]。　　独自莫凭阑，无限江山。别时容易见时难。流水落花春去也，天上人间！

【注释】

[1] 阑珊：衰减，将尽。
[2] 衾：被子。
[3] 一晌（shǎng）：一会儿。

【题解】

据蔡絛《西清诗话》："南唐李后主归朝后，每怀江国，且念嫔妾散落，郁郁不自聊，尝作长短句云：'帘外雨潺潺……'含思凄惋，未几下世。"这首词从生活实感出发，抒写心底的深哀剧痛。"流水落花春去也"，美好的东西总是不能长在；"别时容易见时难"，又扩展为一种普遍的人生体验。寄慨极深，概括极广，因而引起普遍的共鸣。

【集评】

[1] 结句"春去也",悲悼万状,为之泪不收久许。(李攀龙《草堂诗余隽》)

[2] 词至李后主而眼界始大,感慨遂深,遂变伶工之词而为士大夫之词。周介存置诸温韦之下,可为颠倒黑白矣。"自是人生长恨水长东"、"流水落花春去也,天上人间",《金荃》《浣花》,能有此气象耶?(王国维《人间词话》)

【参考书】

[1]《李璟李煜词》,詹安泰编注,人民文学出版社1958年版。

[2]《南唐二主词》,王仲闻校,人民文学出版社1957年版。

敦煌曲子词

敦煌曲子词发现于敦煌石窟,共一百六十多首,大部分应是唐代民间流传的曲子词。从内容上来看,这些词主要反映了下层民众的社会生活,其中有不少是歌咏爱情的。体裁兼有小令、长调和大曲,语言和艺术风格有明显的民歌色彩。有王重民辑录的《敦煌曲子词集》。

菩 萨 蛮

枕前发尽千般愿,要休且待青山烂。水面上秤锤浮,直待黄河彻底枯。白日参辰现[1],北斗回南面[2]。休即未能休,且待三更见日头。

(《全唐五代词》,曾昭岷等编纂,中华书局1999年版)

【注释】

[1]"白日"句:意思是大白天参(shēn)星与辰星(商星)同时出现在天空。这是不可能的。参商二星,分别在西方与东方,其出没不相见。

[2] 北斗:北斗星,以位置在北面而形如斗得名。北斗七星永远在北,不可能"回南面"。

【题解】

这首词一连展开六种比喻，全用民间成语中常常提到的绝对不可能的事，表达一位痴心女子对爱情的执著追求。从主人公反复发愿的决绝语气中，不难体会她对爱情的担忧。此词大胆直率，造意新奇，风格朴素，有浓郁的生活气息和民歌风格。

【参考书】

［1］《敦煌曲子词集》，王重民辑，上海商务印书馆1956年版。

沈既济

沈既济（约750－800），苏州吴（今苏州市）人。一说吴兴武康（今浙江武康）人。唐德宗时曾任左拾遗、史馆修撰，官至礼部员外郎。精通经学和史学，著有《建中实录》十卷。有传奇小说《枕中记》和《任氏传》两篇。

任 氏 传

任氏，女妖也。有韦使君者，名崟，第九，信安王祎之外孙。少落拓，好饮酒。其从父妹婿曰郑六，不记其名。早习武艺，亦好酒色，贫无家，托身于妻族。与崟相得，游处不间。

天宝九年夏六月，崟与郑子偕行于长安陌中，将会饮于新昌里。至宣平之南，郑子辞有故，请间去，继至饮所。崟乘白马而东。

郑子乘驴而南，入升平之北门。偶值三妇人行于道中，中有白衣者，容色姝丽。郑子见之惊悦，策其驴，忽先之，忽后之，将挑而未敢。白衣时时盼睐，意有所受。郑子戏之曰："美艳若此，而徒行，何也？"白衣笑曰："有乘不解相假，不徒行何为？"郑子曰："劣乘不足以代佳人之步，今辄以相奉。某得步从，足矣。"相视大笑。同行者更相眩诱，稍已狎昵。郑子随之东，至乐游园，已昏黑矣。见一宅，土垣车门，室宇甚严。白衣将入，顾曰："愿少踟蹰。"而入。女奴从者一人，留于门屏间，问其姓第。郑子既告，亦问之。对曰："姓任氏，第二十。"少顷，延入。郑縶驴于门，置帽于鞍。始见妇人年三十余，与之承迎，即任氏姊也。列烛置膳，举酒数觞。任氏更妆而出，酣饮极欢。夜久而寝，其妍姿美质，歌笑态度，举措皆艳，殆非人世所有。将晓，任氏曰："可去矣。某兄弟名系教坊，职属南衙，晨兴将出，不可淹留。"乃约后期而去。既行，及里门，门扃未发。门旁有胡人鬻饼之舍，方张灯炽炉。郑子憩其帘下，坐以候鼓，因与主人言。郑子指宿所以问之曰："自此东转，有门者，谁氏之宅？"主人曰："此槁壖弃地，无第宅也。"郑子曰："适过之，曷以云无？"与之固争。主人适悟，乃曰："吁！我知之矣。此中有一狐，多诱男子偶宿，尝三见矣。今子亦遇乎？"郑子赧而隐曰："无。"质明，复视其所，见土垣车门如故。窥其中，皆蓁荒及废圃耳。

既归，见崟。崟责以失期。郑子不泄，以他事对。然想其艳冶，愿复一见之，心尝存之不忘。

经十许日，郑子游，入西市衣肆，瞥然见之，曩女奴从。郑子遽呼之。任氏侧身周旋于稠人中以避焉。郑子连呼前迫，方背立，以扇障其后，曰："公知之，何相近焉？"郑子曰："虽知之，何患？"对曰："事可愧耻，难施面目。"郑子曰："勤想如是，忍相弃乎？"对曰："安敢弃也，惧公之见恶耳。"郑子发誓，词旨益切。任氏乃回眸去扇，光彩艳丽如初，谓郑子曰："人间如某之比者非一，公自不识耳，无独怪也。"郑子请之与叙欢。对曰："凡某之流，为人恶忌者，非他，为其伤人耳。某则不然。若公未见恶，愿终己以奉巾栉。"郑子许与谋栖止。任氏曰："从此而东，大树出于栋间者，门巷幽静，可税以居。前时自宣平之南，乘白马而东者，非君妻之昆弟乎？其家多什器，可以假用。"

是时崟伯叔从役于四方，三院什器，皆贮藏之。郑子如言访其舍，而诣崟假什器。问其所用，郑子曰："新获一丽人，已税得其舍，假其以备用。"崟笑曰："观子之貌，必获诡陋。何丽之绝也？"崟乃悉假帏帐榻席之具，使家僮之惠黠者，随以觇之。俄而奔走返命，气吁汗洽。崟迎问之："有乎？"又问："容若何？"曰："奇怪也！天下未尝见之矣。"崟姻族广茂，且夙从逸游，多识美丽。乃问曰："孰若某美？"僮曰："非其伦也。"崟遍比其佳者四五人，皆曰："非其伦。"是时吴王之女有第六者，则崟之内妹，秾艳如神仙，中表素推第一。崟问曰："孰与吴王家第六女美？"又曰："非其伦也。"崟抚手大骇曰："天下岂有斯人乎？"遽命汲水澡颈，巾首膏唇而往。既至，郑子适出。崟入门，见小僮拥篲方扫，有一女奴在其门，他无所见。征于小僮。小僮笑曰："无之。"崟周视室内，见红裳出于户下。迫而察焉，见任氏戢身匿于扇间。崟引出就明而观之，殆过于所传矣。崟爱之发狂，乃拥而凌之，不服。崟以力制之，方急，则曰："服矣。请少回旋。"既从，则捍御如初，如是者数四。崟乃悉力急持之。任氏力竭，汗若濡雨。自度不免，乃纵体不复拒抗，而神色惨变。崟问曰："何色之不悦？"任氏长叹息曰："郑六之可哀也！"崟曰："何谓?"对曰:"郑生有六尺之躯,而不能庇一妇人,岂丈夫哉?且公少豪侈,多获佳丽,遇某之比者众矣。而郑生,穷贱耳。所称惬者,唯某而已。忍以有余之心,而夺人之不足乎?哀其穷馁,不能自立,衣公之衣,食公之食,故为公所系耳。若糠糗可给,不当至是。"崟豪俊有义烈,闻其言,遽置之。敛衽而谢曰:"不敢。"俄而郑子至,与崟相视咍乐。自是,凡任氏之薪粒牲饩,皆崟给焉。任氏时有经过,出入或车马舆步,不常所止。崟日与之游,甚欢。每相狎昵,无所不至,唯不及乱而已。是以崟爱之重之,无所吝惜;一食一饮,未尝忘焉。

　　任氏知其爱己,因言以谢曰:"愧公之见爱甚矣。顾以陋质,不足以答厚意。且不能负郑生,故不得遂公欢。某,秦人也,生长秦城;家本伶伦,中表姻族,多为人宠媵,以是长安狭斜,悉与之通。或有姝丽,悦而不得者,为公致之可矣。愿持此以报德。"崟曰:"幸甚。"睚中有鬻衣之妇曰张十五娘者,肌体凝洁,崟常悦之。因问任氏识之乎。对曰:"是某表娣妹,致之易耳。"旬余,果致之。数月厌罢。任氏曰:"市人易致,不足以展效。或有幽绝之难谋者,试言之,愿得尽智力焉。"崟曰:"昨者寒食,与二三子游于千福寺。见刁将军缅张乐于殿堂。有善吹笙者,年二八,双鬟垂耳,娇姿艳绝。当识之乎?"任氏曰:"此宠奴也。其母即妾之内姊也。求之可也。"崟拜于席下。任氏许之。乃出入刁家。月余,崟促问其计。任氏愿得双缣以为赂。崟依给焉。后二日,任氏与崟方食,而缅使苍头控青骊以迓任氏。任氏闻召,笑谓崟曰:"谐矣。"初,任氏加宠奴以病,针饵莫减。其母与缅忧之方甚,将征诸巫。任氏密赂巫者,指其所居,使言从就为吉。及视疾,巫曰:"不利在家,宜出居东南某所,以取生气。"缅与其母详其地,则任氏之第在焉。缅遂请居。任氏谬辞以逼狭,勤请而后许。乃辇服玩,并其母偕送于任氏。至,则疾愈。未数日,任氏密引崟以通之,经月乃孕。其母惧,遽归以就缅,由是遂绝。

　　他日,任氏谓郑子曰:"公能致钱五六千乎?将为谋利。"郑子曰:"可。"遂假求于人,获钱六千。任氏曰:"鬻马于市者,马之股有疵,可买以居之。"郑子如市,果见一人牵马求售者,疵在左股。郑子买以归。其妻昆弟皆嗤之,曰:"是弃物也。买将何为?"无何,任氏曰:"马可鬻矣。当获三万。"郑子乃卖之。有酬二万,郑子不与。一市尽曰:"彼何苦而贵买,此何爱而不鬻?"郑子乘之以归;买者随至其门,累增其估,至二万五千也。不与,曰:"非三万不鬻。"其妻昆弟聚而诟之。郑子不获已,遂卖登三万。既而密伺买者,征其由。乃昭应县之御马疵股者,死三岁矣,斯吏不时除籍。官征其估,计钱六万。设其以半买之,所获尚多矣。若有马以备数,则三年刍粟之估,皆吏得之。且所偿盖寡,是以买耳。任氏又以衣服故弊,乞衣于崟。崟将买全采与之。任氏不欲，曰："愿得成制者。"崟召市人张大为买之，使见任氏，问所欲。张大见之，惊谓崟曰："此必天人贵戚，为郎所窃。且非人间所宜有者，愿速归之，无及于祸。"其容色之动人也如此。竟买衣之成者而不自纫缝也，不晓其意。

后岁余，郑子武调，授槐里府果毅尉，在金城县，时郑子方有妻室，虽昼游于外，而夜寝于内，多恨不得专其夕。将之官，邀与任氏俱去。任氏不欲往，曰："旬月同行，不足以为欢。请计给粮饩，端居以迟归。"郑子恳请，任氏愈不可。郑子乃求崟资助。崟与更劝勉，且诘其故。任氏良久，曰："有巫者言某是岁不利西行，故不欲耳。"郑子甚惑也，不思其他，与崟大笑曰："明智若此，而为妖惑，何哉？"固请之，任氏曰："倘巫者言可征，徒为公死，何益？"二子曰："岂有斯理乎？"恳请如初。任氏不得已，遂行。崟以马借之，出祖于临皋，挥袂别去。

信宿，至马嵬。任氏乘马居其前，郑子乘驴居其后，女奴别乘，又在其后。是时西门圉人教猎狗于洛川，已旬日矣。适值于道，苍犬腾出于草间。郑子见任氏欻然坠于地，复本形而南驰。苍犬逐之。郑子随走叫呼，不能止。里余，为犬所获。郑子衔涕出囊中钱，赎以瘗之，削木为记。回睹其马，啮草于路隅，衣服悉委于鞍上，履袜犹悬于镫间，若蝉蜕然。唯首饰坠地，余无所见。女奴亦逝矣。

旬余，郑子还城。崟见之喜，迎问曰："任子无恙乎？"郑子泫然对曰："殁矣。"崟闻之亦恸，相持于室，尽哀。徐问疾故。答曰："为犬所害。"崟曰："犬虽猛，安能害人？"答曰："非人。"崟骇曰："非人，何者？"郑子方述本末。崟惊讶叹息不能已。明日，命驾与郑子俱适马嵬，发瘗视之，长恸而归。追思前事，唯衣不自制，与人颇异焉。其后郑子为总监使，家甚富，有枥马十余匹。年六十五，卒。

大历中，沈既济居钟陵，尝与崟游，屡言其事，故最详悉。后崟为殿中侍御史，兼陇州刺史，遂殁而不返。

嗟乎，异物之情也有人焉。遇暴不失节，徇人以至死，虽今妇人，有不如者矣。惜郑生非精人，徒悦其色而不征其情性。向使渊识之士，必能揉变化之理，察神人之际，著文章之美，传要妙之情，不止于赏玩风态而已。惜哉！

建中二年，既济自左拾遗于金吾。将军裴冀，京兆少尹孙成，户部郎中崔需，右拾遗陆淳，皆适居东南，自秦徂吴，水陆同道。时前拾遗朱放，因旅游而随焉。浮颍涉淮，方舟沿流，昼宴夜话，各征其异说。众君子闻任氏之事，共深叹骇，因请既济传之，以志异云。沈既济撰。

（《唐宋传奇集》，鲁迅辑校，文学古籍刊行社1956年版）

【题解】

《太平广记》卷四五二收录，题为《任氏》。六朝志怪中就有狐化美女的传说，《任氏传》是一篇较早完整地描写狐女和人恋爱的动人故事。狐妖任氏实际上是唐代城市平民中一个美丽、机智的少女形象。她大胆追求自由和幸福，对爱情坚贞专一，不屈服于暴力，具有高贵的品质。另一方面，她为报恩，竟使用妖术，将"己所不欲"的痛苦转嫁到别人身上，这无疑损害了任氏的形象。采取侧面烘托的笔法，借家童之口，衬托出任氏的美貌，写得亦真亦幻，似人似妖，颇为成功。情节跌宕顿挫，引人入胜。后世说唱文学、戏曲多有演述任氏故事的，对《聊斋志异》影响尤为明显。

李朝威

李朝威，根据《柳毅传》篇中的自叙，知道他是陇西郡（今甘肃陇西、定西、武山一带）人。大约生活在唐贞元、元和年间。其他事迹无可考。

柳 毅 传

仪凤中[1]，有儒生柳毅者，应举下第，将还湘滨[2]。念乡人有客于泾阳者[3]，遂往告别。至六七里，鸟起马惊，疾逸道左。又六七里，乃止。

见有妇人，牧羊于道畔。毅怪视之，乃殊色也。然而蛾脸不舒[4]，巾袖无光，凝听翔立[5]，若有所伺。毅诘之曰："子何苦而自辱如是？"妇始楚而谢，终泣而对曰："贱妾不幸，今日见辱问于长者。然而恨贯肌骨，亦何能愧避，幸一闻焉。妾，洞庭龙君小女也。父母配嫁泾川次子，而夫婿乐逸，为婢仆所惑，日以厌薄。既而将诉于舅姑，舅姑爱其子，不能御。迨诉频切，又得罪舅姑。舅姑毁黜以至此。"言讫，歔欷流涕，悲不自胜。又曰："洞庭于兹，相远不知其几多也？长天茫茫，信耗莫通。心目断尽，无所知哀。闻君将还吴，密通洞庭。或以尺书寄托侍者，未卜将以为可乎？"毅曰："吾义夫也。闻子之说，气血俱动，恨无毛羽，不能奋飞。是何可否之谓乎！然而洞庭，深水也。吾行尘间，宁可致意耶？唯恐道途显晦，不相通达，致负诚托，又乖恳愿。子有何术，可导我邪？"女悲泣且谢，曰："负载珍重，不复言矣。脱获回耗，虽死必谢。君不许，何敢言？既许而问，则洞庭之与京邑，不足为异也。"

毅请闻之。女曰："洞庭之阴，有大橘树焉，乡人谓之社橘[6]。君当解去兹带，束以他物。然后扣树三发，当有应者。因而随之，无有碍矣。幸君子书叙之外，悉以心诚之话倚托，千万无渝！"毅曰："敬闻命矣。"女遂于襦间解书[7]，再拜以进，东望愁泣，若不自胜。毅深为之戚。乃置书囊中，因复问曰："吾不知子之牧羊，何所用哉？神祇岂宰杀乎？"女曰："非羊也，雨工也。""何为雨工？"曰："雷霆之类也。"毅顾视之，则皆矫顾怒步，饮龁甚异。而大小毛角，则无别羊焉。毅又曰："吾为使者，他日归洞庭，幸勿相避。"女曰："宁止不避，当如亲戚耳。"语竟，引别东去。不数十步，回望女与羊，俱亡所见矣。

其夕，至邑而别其友。月余到乡，还家，乃访于洞庭。洞庭之阴，果有社橘。遂易带向树，三击而止。俄有武夫出于波间，再拜请曰："贵客将自何所至也？"毅不告其实，曰："走谒大王耳。"武夫揭水指路，引毅以进。谓毅曰："当闭目，数息可达矣[8]。"毅如其言，遂至其宫。始见台阁相向，门户千万，奇草珍木，无所不有。夫乃止毅，停于大室之隅，曰："客当居此以伺焉。"毅曰："此何所也？"夫曰："此灵虚殿也。"谛视之，则人间珍宝，毕尽于此。柱以白璧，砌以青玉，床以珊瑚，帘以水精，雕琉璃于翠楣，饰琥珀于虹栋。奇秀深杳，不可殚言[9]。

然而王久不至。毅谓夫曰："洞庭君安在哉？"曰："吾君方幸玄珠阁，与太阳道士讲《火经》，少选当毕[10]。"毅曰："何谓《火经》？"夫曰："吾君，龙也。龙以水为神，举一滴可包陵谷。道士，乃人也。人以火为神圣，发一灯可燎阿房[11]。然而灵用不同，玄化各异[12]。太阳道士精于人理，吾君邀以听焉。"语毕而宫门辟。景从云合[13]，而见一人，披紫衣，执青玉。夫跃曰："此吾君也！"乃至前以告之。君望毅而问曰："岂非人间之人乎？"毅对曰："然。"毅遂设拜，君亦拜，命坐于灵虚之下。谓毅曰："水府幽深，寡人暗昧，夫子不远千里，将有为乎？"毅曰："毅，大王之乡人也，长于楚，游学于秦。昨下第，闲驱泾水之涘，见大王爱女牧羊于野，风鬟雨鬓，所不忍视。毅因诘之。谓毅曰：'为夫婿所薄，舅姑不念，以至于此'，悲泗淋漓，诚怛人心[14]。遂托书于毅。毅许之，今以至此。"因取书进之。洞庭君览毕，以袖掩面而泣曰："老父之罪，不谂坚听，坐贻聋瞽[15]，使闺窗孺弱，远罹构害。公，乃陌上人也[16]，而能急之。幸被齿发[17]，何敢负德！"词毕，又哀咤良久。左右皆流涕。时有宦人密视君者，君以书授之，令达宫中。须臾，宫中皆恸哭。君惊，谓左右曰："疾告宫中，无使有声，恐钱塘所知。"毅曰："钱塘，何人也？"曰："寡人之爱弟。昔为钱塘长，今则致政矣[18]。"毅曰："何故不使知？"曰："以其勇过人耳。昔尧遭洪水九年者[19]，乃此子一怒也。近与天将失意，塞其五山[20]。上帝以寡人有薄德于古今，遂宽其同气之罪。然犹縻系于此，故钱塘之人，日日候焉。"

语未毕，而大声忽发，天拆地裂，宫殿摆簸，云烟沸涌。俄有赤龙长千余尺，电目血舌，朱鳞火鬣，项掣金锁，锁牵玉柱，千雷万霆，激绕其身，霰雪雨雹，一时皆下。乃擘青天而飞去[21]。毅恐蹶仆地。君亲起持之曰："无惧，固无害。"毅良久稍安，乃获自定。因告辞曰："愿得生归，以避复来。"君曰："必不如此。其去则然，其来则不然。幸为少尽缱绻[22]。"因命酌互举，以款人事。

俄而祥风庆云，融融怡怡，幢节玲珑，箫韶以随[23]。红妆千万，笑语熙熙。后有一人，自然蛾眉，明珰满身，绡縠参差。迫而视之，乃前寄辞者。然若喜若悲，零泪如丝。须臾，红烟蔽其左，紫气舒其右，香气环旋，入于宫中。君笑谓毅曰："泾水之囚人至矣。"君乃辞归宫中。须臾，又闻怨苦，久而不已。

有顷，君复出，与毅饮食。又有一人，披紫裳，执青玉。貌耸神溢，立于君左。君谓毅曰："此钱塘也。"毅起，趋拜之。钱塘亦尽礼相接，谓毅曰："女侄不幸，为顽童所辱。赖明君子信义昭彰，致达远冤。不然者，是为泾陵之土矣。飨德怀恩，词不悉心。"毅抆退辞谢[24]，俯仰唯唯，然后回告兄曰："向者辰发灵虚，巳至泾阳，午战于彼，未还于此[25]，中间驰至九天，以告上帝。帝知其冤，而宥其失，前所遗责，因而获免。然而刚肠激发，不遑辞候。惊扰宫中，复忤宾客。愧惕惭惧，不知所失。"因退而再拜。君曰："所杀几何？"曰："六十万。""伤稼乎？"曰："八百里。""无情郎安在？"曰："食之矣。"君怃然曰："顽童之为是心也，诚不可忍。然汝亦太草草。赖上帝显圣，谅其至冤，不然者，吾何辞焉。从此已去，勿复如是。"钱塘复再拜。是夕，遂宿毅于凝光殿。明日，又宴毅于凝碧宫。会友戚，张广乐。具以醴醑，罗以甘洁。初，笳角鼙鼓，旌旗剑戟，舞万夫于其右。中有一夫前曰："此《钱塘破阵乐》[26]。"旌铫杰气[27]，顾骤悍栗，坐客视之，毛发皆竖。复有金石丝竹，罗绮珠翠，舞千女于其左。中有一女前进曰："此《贵主还宫乐》[28]。"清音宛转，如诉如慕，坐客听之，不觉泪下。二舞既毕，龙君大悦，锡以纨绮，颁于舞人。然后密席贯坐[29]，纵酒极娱。酒酣，洞庭君乃击席而歌曰："大天苍苍兮，大地茫茫。人各有志兮，何可思量。狐神鼠圣兮，薄社依墙[30]。雷霆一发兮，其孰敢当！荷贞人兮信义长，令骨肉兮还故乡。齐言惭愧兮何时忘！"洞庭君歌罢，钱塘君再拜而歌曰："上天配合兮，生死有途。此不当妇兮，彼不当夫。腹心辛苦兮，泾水之隅。风霜满鬓兮，雨雪罗襦。赖明公兮引素书，令骨肉兮家如初。永言珍重兮无时无。"钱塘君歌阕，洞庭君俱起，奉觞于毅。毅踧踖而受爵[31]，饮讫，复以二觞奉二君。乃歌曰："碧云悠悠兮，泾水东流。伤美人兮，雨泣花愁。尺书远达兮，以解君忧。哀冤果雪兮，还处其休。荷和雅兮感甘羞，山家寂寞兮难久留。欲将辞去兮悲绸缪。"歌罢，皆呼万岁。洞庭君因出碧玉箱，贮以开水犀[32]；钱塘君复出红珀盘，贮以照夜玑[33]，皆起进毅。毅辞谢而受。然后宫中之人，咸以绡采珠璧，投于毅侧。重叠焕赫，须臾埋没前后。毅笑语四顾，愧揖不暇。洎酒阑欢极[34]，毅辞起，复宿于凝光殿。

  翌日，又宴毅于清光阁。钱塘因酒作色，踞谓毅曰："不闻猛石可裂不可卷，义士可杀不可羞邪？愚有衷曲，欲一陈于公。如可，则俱在云霄；如不可，则皆夷粪壤。足下以为何如哉？"毅曰："请闻之。"钱塘曰："泾阳之妻，则洞庭君之爱女也。淑性茂质，为九姻所重[35]。不幸见辱于匪人。今则绝矣。将欲求托高义，世为亲戚。使受恩者知其所归，怀爱者知其所付，岂不为君子始终之道者？"毅肃然而作，歘然而笑曰[36]："诚不知钱塘君孱困如是！毅始闻跨九州，怀五岳，泄其愤怒；复见断金锁，掣玉柱，赴其急难。毅以为刚决明直，无如君者。盖犯之者不避其死，感之者不爱其生，此真丈夫之志。奈何箫管方洽，亲宾正和，不顾其道，以威加人？岂仆之素望哉！若遇公于洪波之中，玄山之间[37]，鼓以鳞须，被以云雨，将迫毅以死，毅则以禽兽视之，亦何恨哉！今体被衣冠，坐谈礼义，尽五常之志性[38]，负百行之微旨[39]，虽人世贤杰，有不如者，况江河灵类乎？而欲以蠢然之躯，悍然之性，乘酒假气，将迫于人，岂近直哉！且毅之质，不足以藏王一甲之间，然而敢以不伏之心，胜王不道之气，惟王筹之。"钱塘乃逡巡致谢曰："寡人生长宫房，不闻正论。向者词述疏狂，妄突高明。退自循顾，戾不容责。幸君子不为此乖间可也。"其夕，复欢宴，其乐如旧。毅与钱塘，遂为知心友。

  明日，毅辞归。洞庭君夫人别宴毅于潜景殿。男女仆妾等，悉出预会。夫人泣谓毅曰："骨肉受君子深恩，恨不得展愧戴[40]，遂致瞑别。"使前泾阳女当席拜毅以致谢。夫人又曰："此别岂有复相遇之日乎？"毅其始虽不诺钱塘之请，然当此席，殊有叹恨之色。宴罢辞别，满宫凄然。赠遗珍宝，怪不可述。毅于是复循途出江岸，见从者十余人，担囊以随，至其家而辞去。

  毅因适广陵宝肆，鬻其所得，百未发一，财以盈兆。故淮右富族，咸以为莫如。遂娶于张氏，亡。又娶韩氏，数月，韩氏又亡。徙家金陵。常以鳏旷多感[41]，或谋新匹。有媒氏告之曰："有卢氏女，范阳人也[42]。父名曰浩，尝为清流宰[43]。晚岁好道，独游云泉，今则不知所在矣。母曰郑氏。前年适清河张氏，不幸而张夫早亡，母怜其少，惜其慧美，欲择德以配焉。不识何如？"毅乃卜日就礼。既而男女二姓，俱为豪族，法用礼物，尽其丰盛。金陵之士，莫不健仰。

居月余，毅因晚入户，视其妻，深觉类于龙女，而逸艳丰厚，则又过之。因与话昔事。妻谓毅曰："人世岂有如是之理乎？"经岁余，有一子。毅益重之。既产，逾月，乃秾饰换服，召亲戚。相会之间，笑谓毅曰："君不忆余之于昔也？"毅曰："夙为洞庭君女传书，至今为忆。"妻曰："余即洞庭君之女也。泾川之冤，君使得白，衔君之恩，誓心求报。洎钱塘季父论亲不从，遂至睽违，天各一方，不能相问。父母欲配嫁于濯锦小儿某[44]，惟以心誓难移，亲命难背，既为君子弃绝，分无见期。而当初之冤，虽得以告诸父母，而誓报不得其志，复欲驰白于君子。值君子累娶，当娶于张，已而又娶于韩。迨张、韩继卒，君卜居于兹，故余之父母乃喜余得遂报君之意。今日获奉君子，咸善终世[45]，死无恨矣。"因呜咽，泣涕交下。对毅曰："始不言者，知君无重色之心；今乃言者，知君有感余之意。妇人匪薄，不足以确厚永心，故因君爱子，以托相生。未知君意如何？愁惧兼心，不能自解。君附书之日，笑谓妾曰：'他日归洞庭，慎无相避。'诚不知当此之际，君岂有意于今日之事乎？其后季父请于君，君固不许。君乃诚将不可邪？抑忿然邪？君其话之。"毅曰："似有命者。仆始见君于长泾之隅，枉抑憔悴，诚有不平之志。然自约其心者，达君之冤，余无及也。以言慎勿相避者，偶然耳，岂有意哉！洎钱塘逼迫之际，唯理有不可直，乃激人之怒耳。夫始以义行为之志，宁有杀其婿而纳其妻者邪？一不可也。某素以操真为志尚，宁有屈于己而伏于心者乎？二不可也。且以率肆胸臆，酬酢纷纶，唯直是图，不遑避害。然而将别之日，见君有依然之容，心甚恨之。终以人事扼束，无由报谢。吁，今日，君，卢氏也，又家于人间，则吾始心未为惑矣。从此以往，永奉欢好，心无纤虑也。"妻因深感娇泣，良久不已。有顷，谓毅曰："勿以他类，遂为无心，固当知报耳。夫龙寿万岁，今与君同之，水陆无往不适。君不以为妄也。"毅嘉之曰："吾不知国客乃复为神仙之饵。"乃相与觐洞庭。既至，而宾主盛礼，不可具纪。

后居南海[46]，仅四十年，其邸第舆马珍鲜服玩，虽侯伯之室，无以加也。毅之族咸遂濡泽。以其春秋积序，容状不衰，南海之人，靡不惊异。洎开元中，上方属意于神仙之事，精索道术[47]。毅不得安，遂相与归洞庭。凡十余岁，莫知其迹。至开元末，毅之表弟薛嘏为京畿令[48]，谪官东南。经洞庭，晴昼长望，俄见碧山出于远波。舟人皆侧立，曰："此本无山，恐水怪耳。"指顾之际，山与舟相逼，乃有彩船自山驰来，迎问于嘏。其中有一人呼之曰："柳公来候耳。"嘏省然记之，乃促至山下，摄衣疾上。山有宫阙如人世，见毅立于宫室之中，前列丝竹，后罗珠翠，物玩之盛，殊倍人间。毅词理益玄，容颜益少。初迎嘏于砌，持嘏手曰："别来瞬息，而发毛已黄。"嘏笑曰："兄为神仙,弟为枯骨,命也!"毅因出药五十丸遗嘏,曰:"此药一丸,可增一岁耳。岁满复来,无久居人世,以自苦也。"欢宴毕,嘏乃辞行。自是已后,遂绝影响。嘏常以是事告于人世。殆四纪[49],嘏亦不知所在。

陇西李朝威叙而叹曰[50]:"五虫之长[51],必以灵者,别斯见矣。人,裸也[52],移信鳞虫。洞庭含纳大直[53],钱塘迅疾磊落,宜有承焉。嘏咏而不载,独可邻其境。愚义之,为斯文。"

(《唐宋传奇集》,鲁迅辑校,文学古籍刊行社1956年版)

【注释】

[1] 仪凤:唐高宗李治年号(676—679)。
[2] 湘滨:湘水边。湘水即湘江,湖南最大的一条河流,流入洞庭湖。
[3] 泾阳:唐县名,今陕西泾阳县西北。
[4] 蛾脸不舒:面带愁容。蛾脸,比喻面庞美。蛾,喻眉之美。
[5] 翔立:站立。翔,止。
[6] 社橘:古代封土为社,各随其地所宜种植树木,称社树;故唐人乡间亦称大树为社树。树为橘,故称社橘,即大橘树。
[7] 襦:短袄。
[8] 数息:呼吸几次,形容时间短暂。
[9] 殚:尽。
[10] 少选:片刻,一会儿。
[11] 阿房(ē páng):阿房宫,秦始皇所建,方圆三百余里。
[12] "灵用"二句:谓水、火各有其不同的神异作用和玄妙变化。
[13] 景(yǐng)从云合:谓侍从众多。景从,如影随形。景同"影"。云合,如云之合。
[14] 怛(dá):伤痛,痛苦。
[15] "不诊坚听"二句:谓不加考察,听信人言,因而造成像聋人、盲人一样。诊,察。
[16] 陌上人:不相识的路人。
[17] 幸被(pī)齿发:有生之年。齿发,年龄。
[18] 致政:退职,谓不再做官。
[19] "昔尧"句:事见《史记·夏本纪》。
[20] 塞其五山:此处指发大水淹掉五座山。
[21] 擘青天而飞去:谓挣断金锁破空飞去。擘,分开,分裂。
[22] 少尽缱绻(qiǎn quǎn):稍尽情意,略表谢忱。缱绻,情意深厚缠绵。
[23] 箫韶:相传为古帝虞舜时乐曲名。此处指音乐或乐队。
[24] 㧑(huī)退:谦逊、谦让。

[25] 辰、巳、午、未：都指时间。古代记时，一昼夜分为十二时辰，每时辰相当于现在的两小时。辰时指上午七时至九时，余依次下推。

[26]《钱塘破阵乐》：唐太宗李世民做秦王时为庆祝战功而创作舞曲《破阵乐》。这里借作庆贺钱塘君胜利的乐曲名。

[27] 铫（tiáo）：矛，古代兵器。铫，原作"　"，据《龙威秘书四集·柳毅传》改。

[28]《贵主还宫乐》：为龙女还宫而制的乐曲。贵主，谓公主。

[29] 密席贯坐：靠拢坐席，连成一排。席，坐席。

[30] "狐神鼠圣"二句：城墙洞中的狐狸、社坛里的老鼠，欲除之而担心毁坏城墙和社坛。比喻坏人有靠山，不便消灭。薄，近。社，祭土地神的土台。

[31] 踧踖（cù jí）：恭敬而又不安的样子。

[32] 开水犀：可以把水分开的犀牛角，见《埤雅》。

[33] 照夜玑：夜明珠。

[34] 洎（jì）：到。酒阑：酒席将散。

[35] 九姻：九族，泛指所有的亲戚。九，多数。

[36] 欻（xū）然：忽然，突然。

[37] 玄山：黑色的山，这里借以比喻海浪。

[38] 五常：谓仁、义、礼、智、信。

[39] 百行：指各种德行。

[40] 展愧戴：表达惭愧、爱戴的感激之情。

[41] 鳏旷：年岁大而无妻。

[42] 范阳：即幽州，唐郡名，治所在今北京市城区西南。唐方镇卢龙治所亦在幽州，地名隐"龙"字。卢姓为范阳望族。

[43] 清流宰：清流县（今安徽省滁县）县令。泾清渭浊，隐指泾河。

[44] 濯锦小儿：指濯锦江龙君的儿子。濯锦江，即今成都市的锦江。

[45] 咸善终世：一同欢好终生，即白头偕老的意思。

[46] 南海：唐县名，今广东广州。

[47] "洎开元"三句：开元年间，唐玄宗崇信神仙之道，到处访求有道术的人。（见王谠《唐语林》卷五）

[48] 薛嘏（gǔ）：生平事迹不详。京畿令：指京兆府所辖县的县令。

[49] 纪：古代以十二年为一纪。

[50] 陇西：唐郡名，亦称渭州，治所在今甘肃陇西。

[51] 五虫：指倮虫（人类）、羽虫（鸟类）、毛虫（兽类）、鳞虫（鱼类）、介虫（龟类）。五虫之长，指五虫中的精华，分别是圣人、凤凰、麒麟、蛟龙、神龟。见《大戴礼记·易本命》。

[52] 裸：同"倮"。人身上没有羽毛鳞甲，故称之为倮虫。

[53] 含纳大直：宽宏大量，正直无私。

【题解】

本篇见《太平广记》卷四百十九，下注出自《异闻集》（唐代陈翰编）。原题无"传"字，鲁迅先生辑《唐宋传奇集》时增。这是一篇爱情与侠义相结合的小说。歌颂正义，抨击邪恶，控诉不合理的婚姻制度。主要人物的性格鲜明生动。龙女温柔婉顺、柔中有刚，柳毅见义勇为、威武不屈、光明磊落的侠义精神以及钱塘君暴烈、刚强的气质，都很传神。作品充满了神奇的想象，具有浓郁的诡幻情调。结构布局谨严，情节曲折，富有戏剧性。描写细腻，辞藻华美，人物语言极具个性，是唐人小说中的优秀作品。对后世影响很大。晚唐时已有人本此作《灵应传》，元代尚仲贤的《柳毅传书》、李好古的《张生煮海》、明代黄说中的《龙箫记》、清代李渔的《蜃中楼》以及现代的《龙女牧羊》、《张羽煮海》等剧，都自本篇脱胎演变而来。

白行简

白行简（776-826），字知退，白居易之弟。下邽（今陕西省渭南县）人。唐德宗贞元末登进士第。元和十五年（820）授左拾遗，累迁司门员外郎、主客郎中。有集二十卷，今已失传。所作传奇，今存《李娃传》、《三梦记》两篇。

李 娃 传

汧国夫人李娃[1]，长安之倡女也，节行瑰奇，有足称者，故监察御史白行简为传述[2]。天宝中，有常州刺史荥阳公者，略其名氏，不书。时望甚崇，家徒甚殷。知命之年有一子，始弱冠矣，隽朗有词藻，迥然不群，深为时辈推伏。其父爱而器之，曰："此吾家千里驹也。"应乡赋秀才举[3]，将行，乃盛其服玩车马之饰，计其京师薪储之费，谓之曰："吾观尔之才，当一战而霸。今备二载之用，且丰尔之给，将为其志也。"生亦自负，视上第如指掌。

自毗陵发[4]，月余抵长安，居于布政里[5]。尝游东市还[6]，自平康东门入[7]，将访友于西南。至鸣珂曲，见一宅，门庭不甚广，而室宇严邃。阖一扉，有娃方凭一双鬟青衣立，妖姿要妙，绝代未有。生忽见之，不觉停骖久之，徘徊不能去。乃诈坠鞭于地，候其从者，敕取之。累眄于娃，娃回眸凝睇，情甚相慕。竟不敢措辞而去。生自尔意若有失，乃密征其友游长安之熟者，以讯之。友曰："此狭邪女李氏宅也。"曰："娃可求乎？"对曰："李氏颇赡。前与通之者多贵戚豪族，所得甚广。非累百万，不能动其志也。"生曰："苟患其不谐，虽百万，何惜！"

他日，乃洁其衣服，盛宾从，而往扣其门。俄有侍儿启扃。生曰："此谁之第耶？"侍儿不答，驰走大呼曰："前时遗策郎也。"娃大悦曰："尔姑止之。吾当整妆易服而出。"生闻之私喜。乃引至萧墙间，见一姥垂白上偻，即娃母也。生跪拜前致词曰："闻兹地有隙院，愿税以居，信乎？"姥曰："惧其浅陋湫隘，不足以辱长者所处，安敢言直耶？"延生于迟宾之馆[8]，馆宇甚丽。与生偶坐，因曰："某有女娇小，技艺薄劣，欣见宾客，愿将见之。"乃命娃出。明眸皓腕，举步艳冶。生遽惊起，莫敢仰视，与之拜毕，叙寒燠，触类妍媚，目所未睹。复坐，烹茶斟酒，器用甚洁。久之，日暮，鼓声四动。姥访其居远近，生绐之曰："在延平门外数里[9]。"冀其远而见留也。姥曰："鼓已发矣。当速归，无犯禁。"生曰："幸接欢笑，不知日之云夕。道里辽阔，城内又无亲戚，将若之何？"娃曰："不见责僻陋，方将居之，宿何害焉！"生数目姥。姥曰："唯唯。"生乃召其家僮，持双缣，请以备一宵之馔。娃笑而止曰："宾主之仪，且不然也。今夕之费，愿以贫窭之家随其粗粝以进之。其余以俟他辰。"固辞，终不许。俄徙坐西堂，帷幕帘榻，焕然夺目；妆奁衾枕，亦皆侈丽。乃张烛进馔，品味甚盛。彻馔，姥起。生娃谈话方切，诙谐调笑，无所不至。生曰："前偶过卿门，遇卿适在屏间。厥后心常勤念，虽寝与食，未尝或舍。"娃答曰："我心亦如之。"生曰："今之来，非直求居而已，愿偿平生之志。但未知命也若何？"言未终，姥至，询其故，具以告。姥笑曰："男女之际，大欲存焉。情苟相得，虽父母之命，不能制也。女子固陋，曷足以荐君子之枕席？"生遂下阶，拜而谢之曰："愿以己为厮养。"姥遂目之为郎，饮酬而散。及旦，尽徙其囊橐，因家于李之第。

自是生屏迹戢身，不复与亲知相闻。日会倡优侪类，狎戏游宴，囊中尽空，乃鬻骏乘及其家童。岁余，资财仆马荡然。迩来姥意渐怠，娃情弥笃。他日，娃谓生曰："与郎相知一年，尚无孕嗣。常闻竹林神者，报应如响，将致荐酹求之，可乎？"生不知其计，大喜。乃质衣于肆，以备牢醴，与娃同谒祠宇而祷祝焉，信宿而返。策驴而后，至里北门，娃谓生曰："此东转小曲中，某之姨宅也。将憩而觐之，可乎？"生如其言，前行不逾百步，果见一车门。窥其际，甚弘敞。其青衣自车后止之曰："至矣。"生下，适有一人出访曰："谁？"曰："李娃也。"乃入告，俄有一妪至，年可四十余，与生相迎，曰："吾甥来否？"娃下车，妪逆访之曰："何久疏绝？"相视而笑，娃引生拜之。既见，遂谐入西戟门偏院[10]。中有山亭，竹树葱蒨，池榭幽绝。生谓娃曰："此姨之私第耶？"笑而不答，以他语对。俄献茶果，甚珍奇。食顷，有一人控大宛[11]，汗流驰至，曰："姥遇暴疾颇甚，殆不识人。宜速归。"娃谓姨曰："方寸乱矣。某骑而前去，当令返乘，便与郎偕来。"生拟随之。其姨与侍儿偶语，以手挥之，令生止于户外，曰："姥且殁矣，当与某议丧事以济其急。奈何遽相随而去？"乃止，共计其凶仪斋祭之用。日晚，乘不至。姨言曰："无复命，何也？郎骤往觇之，某当继至。"生遂往，至旧宅，门扃钥甚密，以泥缄之。生大骇，诘其邻人。邻人曰："李本税此而居，约已周矣。第主自收。姥徙居，而且再宿矣。"征徙何处，曰："不详其所。"生将驰赴宣阳，以诘其姨，日已晚矣，计程不能达。乃弛其装服，质馔而食，赁榻而寝。生恚怒方甚，自昏达旦，目不交睫。质明，乃策蹇而去。既至，连扣其扉，食顷无人应。生大呼数四，有宦者徐出。生遽访之："姨氏在乎？"曰："无之。"生曰："昨暮在此，何故匿之？"访其谁氏之第，曰："此崔尚书宅[12]。昨者有一人税此院，云迟中表之远至者。未暮去矣。"

生惶惑发狂，罔知所措，因返访布政旧邸。邸主哀而进膳。生怨懑，绝食三日，遘疾甚笃。旬余愈甚。邸主惧其不起，徙之于凶肆之中[13]。绵缀移时，合肆之人共伤叹而互饲之。后稍愈，杖而能起，由是凶肆日假之，令执繐帷，获其直以自给。累月渐复壮，每听其哀歌，自叹不及逝者，辄呜咽流涕，不能自止。归则效之。生，聪敏者也。无何，曲尽其妙，虽长安无有伦比。初，二肆之佣凶器者，互争胜负。其东肆车舆皆奇丽，殆不敌，唯哀挽劣焉。其东肆长知生妙绝，乃醵钱二万索顾焉。其党者旧，共较其所能者，阴教生新声，而相赞和。累旬，人莫知之。其二肆长相谓曰："我欲各阅所佣之器于天门街，以较优劣。不胜者罚直五万，以备酒馔之用，可乎？"二肆许诺。乃邀立符契，署以保证，然后阅之。士女大和会，聚至数万。于是里胥告于贼曹，贼曹闻于京尹。四方之士尽赴趋焉，巷无居人。自旦阅之，及亭午，历举辇舆威仪之具，西肆皆不胜，师有惭色。乃置层榻于南隅，有长髯者拥铎而进，翊卫数人。于是奋髯扬眉，扼腕顿颡而登，乃歌《白马》之词[14]。恃其夙胜，顾眄左右，旁若无人。齐声赞扬之，自以为独步一时，不可得而屈也。有顷，东肆长于北隅上设连榻，有乌巾少年，左右五六人，秉翣而至，即生也。整衣服，俯仰甚徐，申喉发调，容若不胜。乃歌《薤露》之章[15]，举声清越，响振林木，曲度未终，闻者歔欷掩泣。西肆长为众所诮，益惭耻。密置所输之直于前，乃潜遁焉。四座愕眙，莫之测也。

先是，天子方下诏，俾外方之牧[16]，岁一至阙下，谓之入计。时也，适遇生之父在京师，与同列者易服章，窃往观焉。有老竖，即生乳母婿也，见生之举措辞气，将认之而未敢，乃泫然流涕。生父惊而诘之。因告曰："歌者之貌，酷似郎之亡子。"父曰："吾子以多财为盗所害，奚至是耶？"言讫，亦泣。及归，竖间驰往，访于同党曰："向歌者谁？若斯之妙欤？"皆曰："某氏之子。"征其名，且易之矣。竖凛然大惊；徐往，迫而察之。生见竖，色动回翔，将匿于众中。竖遂持其袂曰："岂非某乎？"相持而泣，遂载以归。至其室，父责曰："志行若此，污辱吾门。何施面目，复相见也？"乃徒行出，至曲江西杏园东[17]，去其衣服，以马鞭鞭之数百。生不胜其苦而毙。父弃之而去。其师命相狎昵者阴随之，归告同党，共加伤叹。令二人赍苇席瘗焉。至，则心下微温。举之，良久，气稍通。因共荷而归，以苇筒灌勺饮，经宿乃活。月余，手足不能自举。其楚挞之处皆溃烂，秽甚。同辈患之。一夕，弃于道周。行路咸伤之，往往投其余食，得以充肠。十旬，方杖策而起。被布裘，裘有百结，褴缕如悬鹑[18]。持一破瓯，巡于闾里，以乞食为事。自秋徂冬，夜入于粪壤窟室，昼则周游廛肆。

一旦大雪，生为冻馁所驱，冒雪而出，乞食之声甚苦，闻见者莫不凄恻。时雪方甚，人家外户多不发。至安邑东门，循里垣北转第七八，有一门独启左扉，即娃之第也。生不知之，遂连声疾呼："饥冻之甚！"音响凄切，所不忍听。娃自阁中闻之，谓侍儿曰："此必生也。我辨其音矣。"连步而出。见生枯瘠疥疠，殆非人状。娃意感焉，乃谓曰："岂非某郎也？"生愤懑绝倒，口不能言，颔颐而已。娃前抱其颈，以绣襦拥而归于西厢。失声长恸曰："令子一朝及此，我之罪也！"绝而复苏。姥大骇，奔至，曰："何也？"娃曰："某郎。"姥遽曰："当逐之。奈何令至此？"娃敛容却睇曰："不然。此良家子也。当昔驱高车，持金装，至某之室，不逾期而荡尽。且互设诡计，舍而逐之，殆非人。令其失志，不得齿于人伦。父子之道，天性也。使其情绝，杀而弃之。又困踬若此。天下之人尽知为某也。生亲戚满朝，一旦当权者熟察其本末，祸将及矣。况欺天负人，鬼神不祐，无自贻其殃也。某为姥子，迨今有二十岁矣。计其资，不啻直千金。今姥年六十余，愿计二十年衣食之用以赎身，当与此子别卜所诣。所诣非遥，晨昏得以温清。某愿足矣。"姥度其志不可夺，因许之。给姥之余，有百金。北隅四五家税一隙院。乃与生沐浴，易其衣服；为汤粥，通其肠；次以酥乳润其脏。旬余，方荐水陆之馔。头巾履袜，皆取珍异者衣之。未数月，肌肤稍腴；卒岁，平愈如初。异时，娃谓生曰："体已康矣，志已壮矣。渊思寂虑，默想囊昔之艺业，可温习乎？"生思之，曰："十得二三耳。"娃命车出游，生骑而从。至旗亭南偏门鬻坟典之肆[19]，令生拣而市之，计费百金，尽载以归。因令生斥弃百虑以志学，俾夜作昼，孜孜矻矻。娃常偶坐，宵分乃寐。伺其疲倦，即谕之缀诗赋。二岁而业大就，海内文籍，莫不该览。生谓娃曰："可策名试艺矣。"娃曰："未也。且令精熟，以俟百战。"更一年，曰："可行矣。"于是遂一上登甲科[20]，声振礼闱[21]。虽前辈见其文,罔不敛衽敬羡,愿友之而不可得。娃曰:"未也。今秀士苟获擢一科第,则自谓可以取中朝之显职,擅天下之美名。子行秽迹鄙,不侔于他士。当砻淬利器,以求再捷。方可以连衡多士,争霸群英。"生由是益自勤苦,声价弥甚。

其年,遇大比[22],诏征四方之隽,生应直言极谏科[23],策名第一,授成都府参军[24]。三事以降[25],皆其友也。将之官,娃谓生曰:"今之复子本躯,某不相负也。愿以残年归养老姥。君当结媛鼎族,以奉蒸尝[26]。中外婚媾,无自黩也。勉思自爱。某从此去矣。"生泣曰:"子若弃我,当自到以就死。"娃固辞不从,生勤请弥恳。娃曰:"送子涉江,至于剑门[27],当令我回。"生许诺。月余,至剑门。未及发而除书至,生父由常州诏入,拜成都尹,兼剑南采访使[28]。浃辰[29],父到。生因投刺,谒于邮亭。父不敢认,见其祖、父官讳,方大惊,命登阶,抚背恸哭移时,曰:"吾与尔父子如初。"因诘其由,具陈其本末。大奇之,诘娃安在。曰:"送某至此,当令复还。"父曰:"不可。"翌日,命驾与生先之成都,留娃于剑门,筑别馆以处之,明日,命媒氏通二姓之好,备六礼以迎之[30],遂如秦晋之偶。

娃既备礼,岁时伏腊,妇道甚修,治家严整,极为亲所眷。向后数岁,生父母偕殁,持孝甚至。有灵芝产于倚庐,一穗三秀。本道上闻。又有白燕数十[31],巢其层甍。天子异之,宠锡加等。终制,累迁清显之任。十年间,至数郡。娃封汧国夫人。有四子,皆为大官,其卑者犹为太原尹。弟兄姻媾皆甲门,内外隆盛,莫之与京[32]。

嗟乎,倡荡之姬,节行如是,虽古先烈女,不能逾也。焉得不为之叹息哉!予伯祖尝牧晋州[33],转户部,为水陆运使[34]。三任皆与生为代,故谙详其事。贞元中,予与陇西李公佐话妇人操烈之品格[35],因遂述汧国之事。公佐拊掌竦听,命予为传。乃握管濡翰,疏而存之。时乙亥岁秋八月[36],太原白行简云。

(《唐宋传奇集》,鲁迅辑校,文学古籍刊行社 1956 年版)

【注释】

[1] 汧(qiān)国:唐时的汧阳郡,故址在今陕西汧阳。据《新唐书·百官志一》,唐代一品官的母亲和妻子才能封为国夫人。

[2] 监察御史:隋、唐官职名,属御史台下三院之一的察院,掌纠察百官、巡按州县。

[3] 乡赋:即乡贡。唐朝科举制度,由州县选送者曰乡贡。秀才:唐初考试科目之一,贞观后即废止。本篇说明是天宝年间事,已没有秀才科,此处泛指明经或进士的考试。

[4] 毗陵:古代郡名,唐时称常州。

［5］布政里：唐代长安城坊名，又名隆政。
［6］东市：唐时长安有东、西二市，是商业荟萃之地。
［7］平康：长安里坊名，亦称北里，是妓女聚居的地方。
［8］迟（zhì）宾之馆：招待客人的地方。迟，接待。
［9］延平门：长安西城城门之一。
［10］戟门：唐朝三品以上官员得立戟于门，因称显贵之家为戟门。
［11］控大宛（yuān）：骑骏马。大宛，汉朝西域诸国之一，产良马，因称良马为大宛。
［12］尚书：唐朝尚书省各部的长官。
［13］凶肆：专售丧事用品并为丧家代办出丧事务的店铺。
［14］白马之词：《白马歌》。古代祭祀时宰杀白马，因以《白马歌》为祭奠时乐曲。
［15］薤（xiè）露之章：送丧之歌。薤，一种野菜。薤露，比喻人生像薤叶上的露水，很快就会消失。
［16］外方之牧：指州牧，即刺史。古时称州郡长官为牧。
［17］曲江：即曲江池，在长安城南，是唐时著名的游览胜地。
［18］悬鹑：鹌鹑鸟尾秃，悬挂之鹑，比喻衣服破烂。
［19］旗亭：酒楼。坟典：《三坟》、《五典》的略称，这里代指书籍。
［20］甲科：甲等。唐初选士，按试题难易，明经分为甲、乙、丙、丁四科，进士有甲、乙二科。考中甲科的，任官品级较高。
［21］礼闱：即礼部。闱，考试的地方。唐时科考归礼部掌管。
［22］大比：指每三年举行一次的科举考试。这里指由皇帝特命举行的考试。
［23］直言极谏科：唐代为选拔人才而特开的考试科目之一。（参见《新唐书·选举志》)
［24］成都府：即益州，治所在今四川成都。参军：官职名，辅佐府君的官吏。
［25］三事：即三公。唐时指太尉、司徒、司空，皆正一品。（见《新唐书·百官志》）这里指级别最高的官吏。
［26］蒸尝：古代祭祀的名称。《礼·祭统》："秋祭曰尝，冬祭曰蒸。"
［27］剑门：唐县名，在今四川剑阁东北。
［28］剑南：唐道名，治所在今四川成都。采访使：即采访处置使，掌监察州县官吏。
［29］浃（jiā）辰：古代以干支纪日，自子至亥十二辰为一周，即十二日。浃，周匝。
［30］六礼：古代结婚时的六项程序，即纳采、问名、纳吉、纳征、请期、亲迎。
［31］白燕：古代认为祥瑞的鸟。
［32］莫之与京："莫与之京"的倒文，即没有谁比得了。京，大。
［33］牧晋州：晋州刺史。唐时以刺史为一州的行政长官。晋州，治所在今山西临汾。
［34］水陆运使：唐时户部下面负责水陆运输的官员。
［35］陇西公佐：陇西李公佐。李公佐，字颛蒙，陇西（今属甘肃）人。曾中进士，任过锺陵从事等官职。有传奇《南柯太守传》等四篇。

[36] 乙亥岁：唐德宗贞元十一年（795）。

【题解】

《太平广记》卷四八四收录，末注："出《异闻集》。"又名《汧国夫人传》、《一枝花》。是唐人小说中的出色作品，通过妓女李娃和郑生悲欢离合的恋爱故事，表现了一对社会地位悬殊的青年凭持坚贞的爱情，跨越门阀制度的鸿沟，争得团圆幸福的生活。结构严整细密，情节缠绵，人物形象刻画生动，细节描写传神。元人石君宝的《李亚仙花酒曲江池》杂剧、明人薛近衮的《绣襦记》传奇，均取材于此。也是戏曲中"落难公子中状元"故事模式之滥觞。

蒋 防

蒋防，生卒年不详。字子征，一作子微，义兴（今江苏义兴）人，宪宗时为李绅推荐，曾任翰林学士、中书舍人等职。后被贬为汀州刺史、连州刺史。《全唐诗》录其诗一卷。《全唐文》收其文集一卷。

霍小玉传

大历中[1]，陇西李生名益[2]，年二十，以进士擢第。其明年，拔萃[3]，俟试于天官[4]。夏六月，至长安，舍于新昌里。生门族清华，少有才思，丽词嘉句，时谓无双。先达丈人，翕然推伏。每自矜风调，思得佳偶，博求名妓，久而未谐。长安有媒鲍十一娘者，故薛驸马家青衣也[5]，折券从良，十余年矣。性便辟，巧言语，豪家戚里，无不经过，追风挟策，推为渠帅。常受生诚托厚赂，意颇德之。

经数月，李方闲居舍之南亭。申未间，忽闻扣门甚急，云是鲍十娘至。摄衣从之，迎问曰："鲍卿，今日何故忽然而来？"鲍笑曰："苏姑子作好梦也未[6]？有一仙人，谪在下界，不邀财货，但慕风流。如此色目，共十郎相当矣。"生闻之惊跃，神飞体轻，引鲍手且拜且谢曰："一生作奴，死亦不惮。"因问其名居。鲍具说曰："故霍王小女[7]，字小玉，王甚爱之。母曰净持。净持即王之宠婢也。王之初薨，诸弟兄以其出自贱庶，不甚收录。因分与资财，遣居于外，易姓为郑氏，人亦不知其王女。姿质秾艳，一生未见，高情逸态，事事过人，音乐诗书，无不通解。昨遣某求一好儿郎，格调相称者，某具说十郎。他亦知有李十郎名字，非常欢惬。住在胜业坊古寺曲[8]，甫上车门宅是也。已与他作期约。明日午时，但至曲头觅桂子，即得矣。"

鲍既去，生便备行计。遂令家僮秋鸿，于从兄京兆参军尚公处假青骊驹，黄金勒。其夕，生浣衣沐浴，修饰容仪，喜跃交并，通夕不寐。迟明，巾帻，引镜自照，惟惧不谐也。徘徊之间，至于亭午。遂命驾疾驱，直抵胜业。至约之所，果见青衣立候，迎问曰："莫是李十郎否？"即下马，令牵入屋底，急急锁门。见鲍果从内出来，遥笑曰："何等儿郎，造次入此？"生调诮未毕，引入中门。庭间有四樱桃树，西北悬一鹦鹉笼，见生入来，即语曰："有人入来，急下帘者。"生本性雅淡，心犹疑惧，忽见鸟语，愕然不敢进。

逡巡，鲍引净持下阶相迎，延入对坐。年可四十余，绰约多姿，谈笑甚媚。因谓生曰："素闻十郎才调风流，今又见容仪雅秀，名下固无虚士。某有一女子，虽拙教训，颜色不至丑陋，得配君子，颇为相宜。频见鲍十一娘说意旨，今亦便令承奉箕帚。"生谢曰："鄙拙庸愚，不意顾盼，倘垂采录，生死为荣。"遂命酒馔，即令小玉自堂东阁子中而出。生即拜迎。但觉一室之中，若琼林玉树，互相照曜，转盼精彩射人。既而遂坐母侧。母谓曰："汝尝爱念'开帘风动竹，疑是故人来[9]'。即此十郎诗也。尔终日吟想，何如一见？"玉乃低鬟微笑，细语曰："见面不如闻名。才子岂能无貌？"生遂连起拜曰："小娘子爱才，鄙夫重色。两好相映，才貌相兼。"母女相顾而笑，遂举酒数巡。生起，请玉唱歌，初不肯，母固强之，发声清亮，曲度精奇。

酒阑，及暝，鲍引生就西院憩息。闲庭邃宇，帘幕甚华。鲍令侍儿桂子浣沙与生脱靴解带。须臾，玉至，言叙温和，辞气宛媚。解罗衣之际，态有余妍，低帏昵枕，极其欢爱。生自以为巫山洛浦不过也[10]。中宵之夜，玉忽流涕观生曰："妾本倡家，自知非匹。今以色爱，托其仁贤。但虑一旦色衰，恩移情替，使女萝无托，秋扇见捐。极欢之际，不觉悲至。"生闻之，不胜感叹，乃引臂替枕，徐谓玉曰："平生志愿，今日获从，粉骨碎身，誓不相舍。夫人何发此言？请以素缣，著之盟约。"玉因收泪，命侍儿樱桃褰幄执烛，授生笔研。玉管弦之暇，雅好诗书，筐箱笔研，皆王家之旧物。遂取绣囊，出越姬乌丝栏素缣三尺以授生[11]。生素多才思，援笔成章，引谕山河，指诚日月，句句恳切，闻之动人。染毕，命藏于宝箧之内。自尔婉娈相得，若翡翠之在云路也。如此二岁，日夜相从。

其后年春，生以书判拔萃登科，授郑县主簿[12]。至四月，将之官，便拜庆于东洛。长安亲戚，多就筵钱。时春物尚余，夏景初丽，酒阑宾散，离思萦怀。玉谓生曰："以君才地名声，人多景慕，愿结婚媾，固亦众矣。况堂有严亲，室无冢妇[13]，君之此去，必就佳姻。盟约之言，徒虚语耳。然妾有短愿，欲辄指陈。永委君心，复能听否？"生惊怪曰："有何罪过，忽发此辞？试说所言，必当敬奉。"玉曰："妾年始十八，君才二十有二，迨君壮室之秋[14]，犹有八岁。一生欢爱，愿毕此期。然后妙选高门，以偕秦晋，亦未为晚。妾便舍弃人事，剪发披缁，夙昔之愿，于此足矣。"生且愧且感，不觉涕流。因谓玉曰："皎日之誓，死生以之，与卿偕老，犹恐未惬素志，岂敢辄有二三。固请不疑，但端居相待。至八月，必当却到华州[15]，寻使奉迎，相见非远。"

更数日，生遂诀别东去。到任旬日，求假往东都觐亲。未至家日，太夫人已与商量表妹卢氏，言约已定。太夫人素严毅，生逡巡不敢辞让。遂就礼谢，便有近期。卢亦甲族也，嫁女于他门，聘财必以百万为约，不满此数，义在不行。生家素贫，事须求贷，便托假故，远投亲知，涉历江淮，自秋及夏。生自以孤负盟约，大愆回期。寂不知闻，欲断其望。遥托亲故，不遣漏言。

玉自生逾期，数访音信。虚词诡说，日日不同。博求师巫，遍询卜筮，怀忧抱恨，周岁有余。羸卧空闺，遂成沉疾。虽生之书题竟绝，而玉之想望不移，赂遗亲知，使通消息。寻求既切，资用屡空，往往私令侍婢潜卖箧中服玩之物，多托于西市寄附铺侯景先家货卖。曾令侍婢浣沙将紫玉钗一只，诣景先家货之。路逢内作老玉工[16]，见浣沙所执，前来认之曰："此钗，吾所作也。昔岁霍王小女将欲上鬟，令我作此，酬我万钱。我尝不忘。汝是何人？从何而得？"浣沙曰："我小娘子，即霍王女也。家事破散，失身于人。夫婿昨向东都，更无消息。怏怏成疾，今欲二年。令我卖此，赂遗于人，使求音信。"玉工凄然下泣曰："贵人男女，失机落节，一至于此。我残年向尽，见此盛衰，不胜伤感。"遂引至延先公主宅[17]，具言前事。公主亦为之悲叹良久，给钱十二万焉。

时生所定卢氏女在长安，生既毕于聘财，还归郑县。其年腊月，又请假入城就亲。潜卜静居，不令人知。有明经崔允明者[18]，生之中表弟也。性甚长厚，昔岁常与生同欢于郑氏之室，杯盘笑语，曾不间离。每得生信，必诚告于玉。玉常以薪刍衣服资给于崔，崔颇感之。生既至，崔具以诚告玉。玉恨叹曰："天下岂有是事乎？"遍请亲朋，多方召致。生自以愆期负约，又知玉疾候沉绵，惭耻忍割，终不肯往。晨出暮归，欲以回避。玉日夜涕泣，都忘寝食，期一相见，竟无因由。冤愤益深，委顿床枕。

自是长安中稍有知者。风流之士，共感玉之多情，豪侠之伦，皆怒生之薄行。时已三月，人多春游。生与同辈五六人诣崇敬寺玩牡丹花[19]，步于西廊，递吟诗句。有京兆韦夏卿者[20]，生之密友，时亦同行。谓生曰："风光甚丽，草木荣华。伤哉郑卿，衔冤空室！足下终能弃置，实是忍人。丈夫之心，不宜如此。足下宜为思之。"

叹让之际，忽有一豪士，衣轻黄绔衫，挟弓弹，丰神隽美，衣服轻华，唯有一剪头胡雏从后[21]，潜行而听之。俄而前揖生曰："公非李十郎者乎！某族本山东，姻连外戚。虽乏文藻，心尝乐贤。仰公声华，常思觏止。今日幸会，得睹清扬[22]。某之敝居，去此不远，亦有声乐，足以娱情。妖姬八九人，骏马十数匹，唯公所欲。但愿一过。"生之侪辈，共聆斯语，更相叹美。因与豪士策马同行，疾转数坊，遂至胜业。生以近郑之所止，意不欲过，便托事故，欲回马首。豪士曰："敝居咫尺，忍相弃乎？"乃挽挟其马，牵引而行。迁延之间，已及郑曲。生神情恍惚，鞭马欲回。豪士遽命奴仆数人，抱持而进。疾走推入车门，便令锁却，报云："李十郎至也！"一家惊喜，声闻于外。

先此一夕，玉梦黄衫丈夫抱生来，至席，使玉脱鞋。惊寤而告母。因自解曰："鞋者，谐也。夫妇再合。脱者，解也。既合而解，亦当永诀。由此征之，必遂相见，相见之后，当死矣。"凌晨，请母妆梳。母以其久病，心意惑乱，不甚信之。镪勉之间，强为妆梳。妆梳才毕，而生果至。玉沉绵日久，转侧须人。忽闻生来，欻然自起。更衣而出，恍若有神。遂与生相见，含怒凝视，不复有言。羸质娇姿，如不胜致，时复掩袂，返顾李生。感物伤人，坐皆欷歔。顷之，有酒肴数十盘，自外而来。一座惊视，遽问其故，悉是豪士之所致也。因遂陈设，相就而坐。玉乃侧身转面，斜视生良久，遂举杯酒，酬地曰："我为女子，薄命如斯。君是丈夫，负心若此。韶颜稚齿，饮恨而终。慈母在堂，不能供养。绮罗弦管，从此永休。征痛黄泉，皆君所致。李君李君，今当永诀！我死之后，必为厉鬼，使君妻妾，终日不安！"乃引左手握其臂，掷杯于地，长恸号哭数声而绝。母乃举尸，置于生怀，令唤之，遂不复苏矣。生为之缟素，旦夕哭泣甚哀。将葬之夕，生忽见玉帏之中，容貌妍丽，宛若平生。著石榴裙，紫裲裆，红绿帔子。斜身倚帏，手引绣带，顾谓生曰："愧君相送，尚有余情。幽冥之中，能不感叹。"言毕，遂不复见。明日，葬于长安御宿原[23]。生至墓所，尽哀而返。

后月余，就礼于卢氏。伤情感物，郁郁不乐。夏五月，与卢氏偕行，归于郑县。至县旬日，生方与卢氏寝，忽帐外叱叱作声。生惊视之，则见一男子，年可二十余，姿状温美，藏身映幔，连招卢氏。生惶遽走起，绕幔数匝，倏然不见。生自此心怀疑恶，猜忌万端，夫妻之间，无聊生矣。或有亲情，曲相劝喻。生意稍解。

后旬日，生复自外归，卢氏方鼓琴于床，忽见自门抛一斑犀钿花合子，方圆一寸余，中有轻绡，作同心结，坠于卢氏怀中。生开而视之，见相思子二，叩头虫一，发杀觜一，驴驹媚少许[24]。生当时愤怒叫吼，声如豺虎，引琴撞击其妻，诘令实告。卢氏亦终不自明。尔后往往暴加捶楚，备诸毒虐，竟讼于公庭而遣之。卢氏既出，生或侍婢媵妾之属，暂同枕席，便加妒忌，或有因而杀之者。生尝游广陵[25]，得名姬，曰营十一娘，容态润媚，生甚悦之，每相对坐，尝谓营曰："我尝于某处得某姬，犯某事，我以某法杀之。"日日陈说，欲令惧己，以肃清闺门。出则以浴斛覆营于床，周回封署，归必详视，然后乃开。又畜一短剑，甚利，顾谓侍婢曰："此信州葛溪铁[26]，唯断作罪过头。"大凡生所见妇人，辄加猜忌，至于三娶，率皆如初焉。

（《唐宋传奇集》，鲁迅辑校，文学古籍刊行社1956年版）

【注释】

[1] 大历：唐代宗李豫的年号（766-779）。

[2] 李生名益：唐时有二李益。其一为"门户李益"，官太子庶子。这里指"文章李益"，字君虞，传见诗文部分。据《旧唐书·李益传》载，他年轻时为人性痴而妒，对妻妾防范过于苛严，以致时人称妒病为"李益疾"。

[3] 拔萃：唐代由礼部主持的科举考试，考中者就算有了"出身"，即取得了做官的资格，还要经过一段时间，方能授官。如果想马上做官，还需经过吏部考试，称"关试"或"释褐试"，主要有两科，一是博学宏词（试文三篇）；另一个就是书判拔萃（撰拟判词），简称拔萃。

[4] 天官：吏部的别称。

[5] 青衣：婢女。

[6] 苏姑子：出处不详，应是当时的一句俗谚，可能是对风流青年男子的戏称。

[7] 霍王：唐高祖的第十四子，名元轨，封霍王，武则天时被贬死。从时间上推算，这里的霍王应指李元轨的四代孙李晖。

[8] 胜业坊：唐代长安城坊名。

[9] "开帘风动竹"二句：原诗作"开门复动竹，疑是故人来"。（见李益《竹窗闻风早发寄司空曙》）

[10] 巫山：典出宋玉《高唐赋》，谓楚怀王游高唐，梦与神女欢会。洛浦：典出曹植《洛神赋》，写遇洛水女神宓妃事。

[11] 乌丝栏素缣：一种织成黑线竖格的白色细绢，可供书写。

[12] 郑县：唐县名，即今河南郑州。主簿：管理文书簿册的官员。

[13] 冢妇：嫡长子之妻。

[14] 壮室之秋：娶妻的年龄。古代男子三十为"壮"。室，娶妻。（见《礼记·曲礼》）

[15] 华州：古代郡名，今陕西华县。

[16] 内作：皇宫里的工匠。

[17] 延先公主：唐肃宗的女儿。"先"，应作"光"。

[18] 明经：唐代科举科目的一种，由吏部主考，内容以经义为主，考中者称明经。

[19] 崇敬寺：在长安靖安坊。

[20] 韦夏卿：字云客，京兆万年（今陕西西安）人，官至礼部侍郎、太子少保。新、旧《唐书》有传。

[21] 胡雏：年幼胡人。此指小胡奴。

[22] 清扬：语出《诗经·郑风·野有蔓草》。本指眉目清秀的容貌，这里是敬词，即"尊容"之意。

[23] 御宿原：长安城南的墓地。

[24] "见相思子"四句：相思子，即红豆。叩头虫，形色如豆之小虫，能入人耳为患，破人家产。（《渊鉴类函》卷四四八引《墨客挥犀》）发杀觜（zī），不详何物。驴驹媚，宋释赞宁《物类相感志》："凡驴驹初生，未堕地，口中有一物，如肉，名'媚'，妇人带之能媚。"（王士禛《池北偶谈》卷二三引）

[25] 广陵：古郡名，即今江苏扬州。

[26] 信州：唐代州郡名，在今江西上饶一带。上饶葛溪铁，以精工闻名于世。

【题解】

《太平广记》卷四八七收录，下注"蒋防撰"，是唐人小说中脍炙人口的名篇。通过书生李益与歌妓霍小玉的爱情悲剧，反映了豪门大族与市井细民的矛盾，控诉了封建婚姻制度和门阀制度的罪恶。在层层推进矛盾发展过程中塑造形象，尤其是霍小玉极具个性，既温柔痴情，又刚强炽烈。对比手法的运用，如对李益前后表现的对照、李益与霍小玉的对照，使形象更加丰满。为"痴心女子负心汉"故事类型之先驱。汤显祖曾据此作《紫箫记》、《紫钗记》传奇。

【集评】

[1] 唐人小说纪闺阁事，绰有情致。此篇尤为唐人最精彩动人之传奇，故传颂弗衰。（胡应麟《少室山房笔丛》，转引自《唐人小说》）